作为一个新手和老兵，一个男人和女人，一个记者和有抱负的写作者，
在这半个世纪，我游历了这个世界，并且写下它。

湖岸
Hu'an publications®

湖岸®
Hu'an

A WRITER'S WORLD

20世纪的道别

世界

Jan Morris

TRAVELS
1950-2000

［英］简·莫里斯／著 方军 吕静莲／译

中信出版集团 | 北京

图书在版编目（CIP）数据

世界：20世纪的道别 /（英）简·莫里斯著；方军，吕静莲译 . -- 北京：中信出版社，2023.1（2024.4 重印）

书名原文：A Writer's World: Travels 1950-2000

ISBN 978-7-5217-4775-1

I. ①世… II. ①简… ②方… ③吕… III. ①随笔－作品集－英国－现代 IV. ① I561.65

中国版本图书馆 CIP 数据核字（2022）第 173353 号

世界：20世纪的道别
著者： [英]简·莫里斯
译者： 方军 吕静莲
出版发行：中信出版集团股份有限公司
（北京市朝阳区东三环北路 27 号嘉铭中心 邮编 100020）
承印者： 北京中科印刷有限公司

开本：880mm×1230mm 1/32 印张：23 字数：450 千字
版次：2023 年 1 月第 1 版 印次：2024 年 4 月第 7 次印刷
京权图字：01–2022–5695 书号：ISBN 978–7–5217–4775–1
定价：99.00 元

服务热线：400–600–8099
投稿邮箱：author@citicpub.com

Er
Anrhydedd
Cymru

献给威尔士

目录

20世纪50年代

20 世纪 60 年代

20世纪70年代

20世纪80年代

20 世纪 90 年代

漫游之梦——代中文版序

许知远

我梦见了简·莫里斯。

在一家购物中心，她正沿自动扶梯而下，满头银白的卷发。我先是愕然，然后向她挥手，大喊一声"Master"。购物中心地点不明，在北京朝阳，或是我从未去过的威尔士，它嘈杂、破败，扶梯吱吱呀呀，是速朽的消费主义的最佳象征。她似乎侧了一下头，也好像无动于衷，没有像海明威在巴黎时那样向无名马尔克斯的挥手致意。

我醒来，带着明确的遗憾。简·莫里斯是我心中的英雄，自从二十年前读到她的《香港》，我就成了她的狂热追随者。她的浪迹天涯，她恢宏又细腻的笔触，同样敏锐的历史感与即兴触觉，皆让我着迷不已。我几乎买了她每一本书，英文的、中文的，精装的、平装的，有一些署名仍是"詹姆斯"。它们凌乱地分散在书架上，每当感到困顿、无聊，就抽出一本，随便翻到哪一页，总有意外的慰藉。

她为何进入我的梦中？2020年12月，她离世的消息传来时，我有过触动，却并未过分强烈。她已94岁，三年前，还出版了一本日记体著作，这是一个过分丰沛的人生。唯一的遗憾是，我曾通过英国朋友联系，想去拜访她，如果状况许可，拍摄一期节目。死亡也带来一种释然，何必要真的见到她，若完全听不懂一个94岁老人的威尔士口音，我该怎么办？除了一窥偶像的衰老，我又有什么真心的好奇吗？那些书籍已保存了她的一切，世界各个角落的偶遇、洞察、追问以及永不枯竭的幽默感。

我没写下任何文字，哪怕一篇短文，来纪念她对我的影响。当一个人的思维与情感方式，弥漫于你的头脑与心中时，你反不知如何描述。这也与时代气氛相关，几年来中国社会的剧烈变化、疫情令一切陡然停滞，世界似乎突然缩小了，冬日芝加哥的寒风，斯里兰卡的政局，柏林的艺术家群落，不再与你有关……这些曾令我兴奋难耐。

在班加罗尔的夜晚闲逛，在小巷遇到多话的酒鬼，在开罗的市场里看到来自世界各地的香料，在伦敦抽一口摩洛哥水烟，曾对我充满诱惑。我成长于一个逐渐开放的中国，逃向他乡是对自身匮乏的反叛。而一个加速的全球化进程、一个陡然丰裕的中国社会，使一切轻易起来。

发现从来是双重的，你必然带着自己的经验去观察他人，也在他人的轨迹中，逐渐辨清自己。纵横四海的简·莫里斯，总带着那个年轻英国士兵的视角，战争把她带到了远方，归家时，一场冷战又开始了，她对极端情况下的人的行为深有体会，在她不断奔赴地球每一个角落时，她身后的大英帝国瓦解、沉没，砸向水面的帝国碎片，又激起绵延的往昔之音。她又在一切事物中，墙皮脱落的大厦，咖啡馆服务员的姿势，巴黎站台的一个英国人的风衣，香港街道的人声沸腾，都看到了一种精神存在，它们总是与过去的记忆、被压抑的感受、摆脱束缚的兴奋有关，是带着长长阴影的种种即兴。

模仿简·莫里斯是徒劳的，她却助我逐渐接近自己的声音。我在一个曾经是中心、后来被边缘，并再度可能回到中心的文化中成长，它古老、延续又高度断裂，在自傲与自卑间剧烈摇摆，个人要艰难地从集体中发出只属于自己的声音……在我前往加尔各答、开罗、莫斯科、仰光、新加坡时，我看到的是古老与新生的冲突，大规模社会试验的后果，几个世纪以来中国人移民浪潮的痕迹，唐人街里的会馆、庙宇、突然飘出的粤剧，总令我着迷不已。

在我刚刚习惯于这种旅行的欢愉时，一切突然中断了。这个春日的北京，潜入梦中的简·莫里斯意味着我心中溢出的焦虑，我无法像她那样自由穿梭，世界正重新被竖起一道道墙，人们对他者丧失了兴趣，我的天分更是有限，即使同样的机会，活得更长，也难有她那样的洞察。

醒来后，我随手翻看简·莫里斯的一本书，记录她五十年来的欧洲之行。其中一节有关奥德萨，在这个昔日的沙皇俄国、如今的乌克兰的港口城市。它是一个多元种族、文化的象征，希腊人、格鲁吉亚人、土耳其人、保加利亚人，尤其是犹太人在此混居，黑海给它带来一种难得的放松感，这在庞大俄罗斯世界中尤为难得。莫里斯在冷战时到来，在一个封闭、驽钝的现实中，看出了这座城市昔日的荣光，一个勤奋的指挥家，一位咖啡店经理，以及破败却仍典雅的酒店大堂，诉说着暂时沉睡、等待被唤醒的往昔。

这段描述疗愈了我的焦虑。你知道，即使被冰封之后，世界仍会醒来，摇曳多姿、火急火燎地等待着被观察、被记录。

在简·莫里斯所有的书中，这本《世界》尤为迷人，从第一页到最后一页，我爱每一个细节，每一个判断，他们不一定准确，却总是俏皮、敏锐。如果我的人生能留下一本书，最希望是这样的一本。比如在我 75 岁时，距离我出版第一本书、第一次出国恰好 50 年，我能辑合成这样一本断片集，记录 2001 年至 2051 年的世界变迁，它们既是我看到的、体验过的，又属于每一个人。

A WRITER'S WORLD
TRAVLES 1950-2000
JAN MORRIS

序言 这是事实吗？

《世界：20世纪的道别》采样于我所游历的半个世纪。它一边前进，一边选择自己的主题。它的题目也许暗示了这是一部更深思熟虑、更客观的作品，类似于某种回忆录——充满哲学思辨的小说家，或者从一份严肃大报退休的专栏作家，会在书中对其时代加以沉思。别给骗了哟，这个由我的报道和随笔组成的文件夹，可远没有那般慎重，也并非包罗万象。它的确镜映了这个世界50年的进程，却是以一种浮华得多的方式。它的本质更接近于一场展览或一次表演，且关于其作者的内容至少与关于世界的同样多。它的开篇有一点震撼。如果说它的收尾显得更加谦逊，那是因为50年的书写与漫游生活将会让大多数人最终更安静一点。哪怕是鸫鸟，也只在一季的初期才带着无忧无虑的狂喜歌唱。

本书所述时期覆盖了20世纪的后半叶，从50年代到90年代，从

"二战"初停到千禧年终结。当然，按照惯例，我忍不住要说，这是历史上一段决定性的时期，但它可能并不比其他时段更具决定性。实际上，我所书写的这半个世纪的时代精神也许比大多数时期更幸福、更乐观。这是冷战的时代，当人类的资本主义部分和共产主义部分被桎梏在一种无法和解的猜疑中，世界上真的还有许多别的公共焦虑。小规模的武装冲突频频发生。核弹灭绝人类的前景使人忧虑，毒品文化无情的散播更令人困扰。环境遭受可怕的污染。艾滋病这一邪恶瘟疫出现。贫穷，甚至饥荒，还在世界的某些地方存在。全球化的降临——这实际上意味着这座星球日益加剧的美国化。人们环绕全球的活动变得更加容易，造成许多通常是无法预料的问题。世界人口的增长给易受影响的预言性情绪投下了阴影。

但是，尽管这一切听起来令人害怕，还是有许多东西可以补偿这些恐惧与痛苦。例如，欧洲的各个帝国从它们遍及全球的广阔领土上后撤。在一些特定的情况下，这一过程并非总是产生有益的后果，并且被许多冲突损害，但普遍看来，它是一种有价值的承认：没有哪个国家有权宣布统治另一个国家。联合国，尽管经常表现得虚弱无能，至少是国与国之间预期的兄弟关系的一个标志。西方人正在摆脱有组织宗教的更为原始的掌控。在东方，伊斯兰教似乎大体上还是一种保证秩序的高贵的力量，而对许多人来说，佛教是真正的世界之光。在我这半个世纪的行程中，欧洲那些争吵不休的国家似乎正在走向联合。生态环境的恶化导致人们对自然状态产生了更大的兴趣。半个世界的人口仍然贫苦如昔，而另一半则拥有史无前例的繁荣富足。人类的第一次太空探测似乎——至少在早年——预示着美妙的成果即将到来。

总而言之，在这个世界的大部分地区，人们变得比他们在“二战”之前更加宽容、更加和善、更加慷慨。不论漫游何处，我很少受到威胁，也几乎从未被打劫。我们仍然认为——至少我是这样想——总体上人类在朝着希望进步，断断续续地走向一个更加幸福的结局，不管那结局有时看上去多么不可能实现。我想，维多利亚时代的乐观主义重又徘徊人间，泰雅尔·德·夏尔丹[1]的理论仍有可能被信仰：在一个几乎无法察觉的过程中，所有的种族正在走向某个终极的和解。

无论如何，这是我自己的反应，是我自己对我那个时代的精神的看法。这是我对世界的感受的记录。20 世纪 50 年代初，我 24 岁；20 世纪 90 年代末，我 74 岁；因此这本书中所描述的全球历程也是一个生命的历程，从青年的落幕到晚年的开场。其中那些无论如何都不够可靠的判断，全被生命从韶华到衰老的重大改变染了色——在某些方面，对我们所有人来说，这是一个庄严的过程，但在另一些方面，思考方式的任

1 全名为皮埃尔·泰雅尔·德·夏尔丹（Pierre Teilhard de Chardin，1881—1955），汉名“德日进”，法国古生物学家、地质学家、哲学家、耶稣会教士，在中国生活和工作过20多年，是“北京猿人”的发现者之一。他试图调和物种进化理论和基督教教条，其理论表现出近乎泛神论的倾向，被天主教会长期列为危险人物。——以下注释，如无特别说明，均为译者注

性的转换和头脑的改变也削弱了判断。我们中间，很少有人能 50 年如一日地保持观点和价值的连贯一致，我们不仅被经验和成熟度影响，也被情绪、变幻无常的口味、厌烦和个人境遇左右。

我并不经常深深地卷入这本书里所描述的事件中去。我本性是局外人，职业是旁观者，倾向于做孤独客，我这辈子一直在看事物和事件，观察它们对我自己的特定感受力的影响。这通常并非一种内省的生命，但在某个方面，自我审视也确实纠缠着我。从童年开始，我就恼火地认识到，我被生错了身体，我真该是个女人。在从军的四年里，在作为外国通讯记者的十年里，为了应付这个谜，需要一定程度的内省，虽说不上是欺骗：当我通过俗称“变性手术”的手段最终解决这个难题，从“詹姆斯”变成“简”的时候，我获得了一种某些批评家宣称在我的写作中也清晰可辨的解放感（倘若你乐于自己下判断，最终的变形发生在本书《卡萨布兰卡：变性》一文中）。通常来说，这样戏剧性的桥段并不为反思性的文集提供一个核心，而在本书中它也确实没有，因为对我来说，它始终被一种爱的忠贞与个人幸福感所遮蔽，后两者对我风格的影响远大于任何简单的性别转换。

无论如何，作为一个新手和老兵，一个男人和女人，一个记者和有抱负的写作者，在这半个世纪，我游历了这个世界，并且写下它。我从记者起步，当时所接受的观点是（主要是来自美国的例子），记者生涯是进入文学的正确途径。我从牛津毕业后就加入伦敦《泰晤士报》，几乎立刻开始了漂泊生活，不久又被吸引到当时的《曼彻斯特卫报》[1]。那时，这两份风格突出的报纸都处在声名的顶点，富有威望，包容各种个性，它们不仅容许我或多或少像对待随笔写作一样对待新闻快讯的写作，更给了我一个正面观察各种事件的大看台，这可耻地助长了我的自负。压根儿就是一转眼间，我就开始对全人类的问题指手画脚，并且建议各个国家和民族如何解决它们。借用马克斯·比尔博姆[2]说他自己和牛津大学的话——是《泰晤士报》和《卫报》让我变得难以容忍，但我依然感谢它们。

尽管我是个有抱负的文人，但我也是个有抱负的无政府主义者。我从来就憎恶权威，尽管有时会被其辉煌诱惑。当我为报纸写作时，这种偏见有时鼓舞，有时压抑了我的新闻生涯，但在 20 世纪 60 年代中期，我不再受雇于任何机构，开始靠自己漫游。我被这个广大的世界过早地变得乖戾，不想再让自己的写作拴在日常新闻上。在这个世纪接下来的时间，我主要忙于写书，通过卖游记给杂志（主要是美国的）让这一过程成为可能，并保证家人免于贫困。我只为两家报纸工作过，但在 20 世纪最后 40 年，我为几十本英语杂志工作，还写下 35 本书。

1 《曼彻斯特卫报》（*The Manchester Guardian*），即《卫报》（*The Guardian*），创刊于 1821 年，因总部设于曼彻斯特而称为《曼彻斯特卫报》，1964 年总部迁至伦敦。

2 马克斯·比尔博姆（全名为 Sir Henry Maximilian Beerbohm，1872—1956），英国作家、讽刺漫画家。

从开始到结束，从青春期的新闻报道到文学上日渐老去的努力，我在半个世纪中游历所有有人居住的大陆，观察许多历史事件，描写大多数大城市，采样世界上的许多文化，从骨子里感受某些划时代的改变，并一直记录着世界对自己的影响。我拥有一段绝妙的时光，我希望，不论我的判断多么荒谬，或者我的任性多么讨厌，至少我生命中的某些欢愉感染了我的文字。

因此，这是我的工作成果的实质。这本书中的作品全都是关于去一个或另一个目的地的旅行。它们与最初发表时基本保持一致——不管现在读起来多么不成熟——只在读起来沉闷或篇幅过长的地方做些删减。有时我会添加阐释性的评论，并容许自己进行少量文学性而非新闻性的事后考量——比如，我觉得自己以前经常滥用分号，而且，我逐渐变得不喜欢年轻时像称呼船一样称呼城市为“她”。我删掉了让我觉得多余的直接描写的段落——既然现在所有读者都能自己去任何地方。有时，当年的写作在政治正确性上的要求比时下低；有时，很久以前我的态度令人尴尬。如果偶尔有年代模糊之处，那部分原因是历史自有其任性，拒绝接受年代的约束，还有部分原因是我的记忆也变得模糊了，但主要还是因为我从不认为日期有多重要。我基本没有收录有关我家乡威尔士的文字，但是请相信我，在这本书中，几乎每篇文章的字里行间，都有某种威尔士的东西，潜伏着、微笑着，像是修道院免戒室里的绿精灵[1]。

作为对这个世界半个世纪的反映，这个选集可能往往会是有误导性的，或者是幼稚的，但这真的无关紧要。我写的当然是这个世界，但它是**我的**世界——正如我自己在另一种语境中所表述过的，“这是事实吗？这就是它的样子吗？它是**我的**事实。尽管在现实方面，它并非总是真确，但在想象方面，它是真确的”。

1 绿精灵（green man），神话原型及建筑母题，一张从枝叶间探出头、被树叶覆盖、嘴里长出枝条的脸，广泛运用于教堂、神庙、墓地等建筑与欧洲的春季庆典中。它是凯尔特文化的重要象征之一，但并不专属于凯尔特文化，世界各地都有此形象的踪迹。

这是战后的第一个十年，这个世界仍然在从“二战”的灾难中恢复呼吸。
在被战争弄得半破碎的欧洲，苏联仍然控制着大陆的东部，
而美国军队驻扎在整个西方，这两大势力都将第一颗卫星送入太空。
战败的日本在美国的强制监护下正稳定地重新获得某种国家信心，
中国开始浮现为苏联的潜在对手。
多年来作为世界事务的首要主宰者，英帝国拖延着勉强让位，
其他地方的事件还受到这一进程的控制。
在国家独立后最初的鲁莽年月里，印度和巴基斯坦挥拳攘臂；
在中东，摆脱英国控制的阿拉伯人和以色列人正算计着彼此的未来。

尽管从很多方面来看，这是患上欣快症的十年，尤其对于英国人来说，
他们沐浴在刚取得的胜利的荣光中，不管这胜利将其消耗得有多厉害，
他们仍然认为自己在世界诸国中享受独有的特权。
这些年里，我特别关注英国的权力与影响从全世界稳定地消退的过程，
在这十年，我为英国的两份最棒的报纸工作：
首先是《泰晤士报》，它认为自己是地球上最伟大的报纸；
接着是《曼彻斯特卫报》，它认为自己是最开明的报纸。

20世纪50年代

1

珠穆朗玛峰 1953 年

我的职业生涯的确是从一次帝国的英勇探险开始的。1953 年 5 月 29 日，世界最高峰珠穆朗玛首度被人类征服。登顶者是约翰·亨特爵士带领的英国探险队，其中包括两名新西兰登山者、一个来自珠峰脚下的著名的夏尔巴山地人，还有一队夏尔巴高海拔挑夫。我代表《泰晤士报》和他们一同前往，作为探险队的唯一记者这一经历给我带来了一次重要的独家报道（我们当时说“狠舀了一勺”）。登顶珠峰是英帝国这类成就中的最后一项，其辉煌因为一个巧合而格外瞩目：我的报道在 1953 年 6 月 2 日于伦敦刊发，这一天恰好是伊丽莎白二世加冕礼的日子——当时人们天真地以为，这标志着一个新的伊丽莎白时代的开始。

5 月 30 日下午，我和亨特以及大多数登山队员一起待在海拔 2.2 万英尺[1]的西库姆冰斗（Western Cwm），等待新西兰人埃德蒙·希拉里和夏尔巴人丹增·诺尔盖登顶的消息。我们还不知道他们是否已经成功。

“他们回来了！”

1　英尺，英制长度单位，1 英尺为 30.48 厘米。

我冲出帐篷门，看到从500码[1]内一个小山沟里冒出四个精疲力竭、穿着防风服的身影。我们同时跳出营地，爬上山坡，靴子陷在柔软的雪地里不停地打滑，亨特戴着防雪盲的大墨镜，格里高利的帽子上顶着个摇摇摆摆的小羊毛球，鲍迪伦的衣服外面系着带子，伊万斯像美国码头工人一样把帽檐往上翻。我们疯狂地跑过去，在雪地上滑行，那些夏尔巴人也从他们的帐篷里冒出来，兴奋地跟着我们跑。

我不太看得清楚归来的登山者，因为奔跑时的呼气模糊了护目镜，我只能透过厚厚的雾气往前看。他们机械地、步履艰难地走下来，我们奔上去，因为期待而浑身颤抖。很快，我就因为雾气而看不到任何东西了，于是我把护目镜从鼻梁上推上去。就在我从雪光造成的突然眩晕中恢复过来时，我看到了乔治·罗领着这群人走下山来。他一边走，一边举起手臂挥舞！那是祝贺的手势！珠峰已经被征服了！希拉里疲惫地挥舞冰斧表明胜利，丹增突然朝一侧打滑，他稳住脚步，朝我们露出洁白的牙齿，灿烂的微笑。从峰顶归来的勇士走到我们中间，人们同他们握手，拥抱，大笑，微笑，叫喊，拍照，再次大笑，再次叫喊，直到喧闹和喜悦在整个西库姆冰斗传开，让那些跟着我们爬上山的夏尔巴人也在期待中大笑起来。

丹增靠近时，夏尔巴人一个接一个地走上前，祝贺他。他如谦逊的王子般接受祝贺。有些人向前低下头，似乎在祈祷。有些人和他轻轻

1　码，英制长度单位，1码约等于0.91米。

地、优雅地握手，手指几乎没有触碰到。一个脑后盘着乌黑辫子的老挑夫郑重其事地弯腰，用额头触碰丹增的手。

我们走进穹形的大帐篷，在登顶小组周围坐下来，问他们各种问题，我们仍然笑着，仍然不能相信这个事实。珠峰被征服了，这两个坐在我们面前旧箱子上的凡人站上了珠峰的顶点，地球上最高的地方！并且，除了我们没有人知道！天仍然是炫目的明亮——雪如此白，天如此蓝，空气中仍然激荡着兴奋。尽管我们充满期待，但不知为何这个消息仍然是这般美妙的惊奇——那一刻的冲击波一定仍然盘桓在西库姆冰斗，如此强有力，如此荣耀地充满欢乐。

国际媒体在这个消息上的竞争非常激烈，因此我当晚就匆匆下山，使用了一些狡猾的手段，将自己关于登顶珠峰的第一篇报道发出。两天后，我和夏尔巴助手们一同离开珠峰，那时我还不知道自己是否争取到了独家，也不知道新闻是否被人中途截取，故事是否被某个甚至比我还更加肆无忌惮的竞争者剽窃。

6月1日傍晚。空气清凉而芬芳。松树再一次出现在我们周围，还有繁茂的树叶，涨水的杜江（Dudh Khosi）的喧嚣声在我们耳中轰响。这条河西岸有一个名叫班卡（Benkar）的夏尔巴村庄。走到这儿时暮色降临，我们停下来过夜。在房屋之间一片小小的方形空地上，索南搭起我的帐篷，我支起收音机天线。那些夏尔巴人，以其通常的方式，莽莽撞撞地走进周围的房子，在楼上房间的稻草、炉火和土豆之间安下身来。很快就有烤肉与茶的香味飘出。当我坐在帐篷外面沉思的时候，只有几个顽童漠然地站在我前面，而索南突然出现，带来一大盘瘦骨嶙峋的小鸡、一大杯青稞酒（一种含酒精的麦片粥）、一碗茶、一份巧克力和薄煎饼。

我的新闻送得有多远了？我一边吃饭一边想着这事儿。它已经插上翅膀从加德满都向英国飞去，还是仍然在喜马拉雅山麓上沉重地走着？明天，6月2日，会既是伊丽莎白二世加冕日，又是珠穆朗玛日吗？或者，登顶的消息随后就会传到英国，如同威斯敏斯特大教堂的钟声最后一次辉煌地奏响吗？没有办法知道，我独处于一片空旷中；鸡肉很硬，顽童令人身心俱疲。我上床了。

但是晨光很美。当太阳爬上我的睡袋，我懒洋洋地从裹得像木乃伊般的被子里伸出一只手，朝无线电收音机的旋钮摸去。一阵胡乱摸索，几声噼啪和嘶嘶声，然后是一个英国人的声音。

人类登上了珠穆朗玛峰，他说。伊丽莎白女王在加冕礼前夜收到这个消息。在下着雨的伦敦大街上等待的人群听到消息后欢呼、起舞。经过30年努力，跨越了一代人的时间，地球的最高处被抵达，一次最伟大的冒险成功了。“加冕珠穆朗玛”的消息（伦敦的这个好人儿就是这样说的）已经被《泰晤士报》以版权快讯的方式首发。

我从床上跳起来，把被子甩到一边，拉开帐篷门，穿着脏兮兮的衬衫、裂口的靴子和磨破的裤子跳进空地。我的脸上长满浓厚的胡须，皮肤因为阳光和寒冷而干裂，嗓音嘶哑。但我朝附近窗户里出现的睡眼惺忪的夏尔巴人喊叫：

“珠穆朗玛被搞定了！世界最高峰被征服了！一切顺利！”

“好的，先生，”夏尔巴人叫喊着回答道，“现在吃早餐吗？”

经常有人说，《泰晤士报》推迟了登顶新闻的发布，目的是让它与加冕礼重合。真是天大的冤枉！我们在珠穆朗玛峰上没有远程通信设备，而我为了将这个消息及时送回差点在跌跌撞撞下山时摔死。为了保证独家，我是用暗语发的消息。我设计这套密码仅仅是为了最终宣布成功的消息，暗语如下：雪况糟糕（= 登顶成功）前沿基地被放弃（= 希拉里）等待改进（= 丹增）一切尚好（= 无人受伤）。

我的快讯被安全送抵报社，然而，它没有登上头版，因为还要再过13年才会有新闻故事登上《泰晤士报》头版。它也没有独家太长时间，因为编辑大方地决定将消息刊登在当天晚上出版的预发版上，结果其他所有人都把它抄走了。当年的新闻故事都是匿名发表，因此我也没有署名，三年后，我才出版了一本有关这次冒险的书——《加冕珠穆朗玛》。

从尼泊尔回到伦敦后，我们被邀请参加在兰开斯特宫（Lancaster House）举行的庆祝宴会，那是政府的官方娱乐场所。我发现自己旁边坐的是这种场合的大管家，一个充满老派魅力的令人愉快的老侍臣；我对面坐的是丹增·诺尔盖，这是他平生第一次离开亚洲。吃饭过程中，那位老绅士总是半侧身转向我，告诉我，我们正在喝的红葡萄酒是最后一批来自兰开斯特宫酒窖的特别佳酿，也许在世界上也是最后一批。他希望我好好享用。这给我留下了非常深刻的印象，我越过桌子望着丹增，毫无疑问他极度享受。他以前也许从未喝过葡萄酒，因为这一场合的骄傲与欢乐而容光焕发—— 一个极度时髦又充满异国情调的形象。穿制服的男仆殷勤地给他杯子斟了又斟。不一会儿，我的邻座再次转过身来。“哦，莫里斯先生，”他以其爱德华七世[1]时代的悦耳语调说道，“看到丹增先生懂得品尝高雅的红葡萄酒，这真令人欣慰。”

1　爱德华七世（Edward VII，1841—1910），维多利亚女王之子，1901—1910年任英国国王、印度皇帝。

2

一个温和的共和国：美国

在珠穆朗玛峰之后，我靠一笔为期一年的联邦奖学金首次去了美国。美国仍处于一种温和的愉悦状态，在“二战”胜利后变得富足且自信满满；然而，当国外的访问者不熟悉它时，一切还是让人不习惯。我走遍了整个国家，在各处为《泰晤士报》发送新闻稿；等到要为我的赞助人写报告时，我把自己的第一本书《从海岸到海岸》献给了他们。此书开篇写到的就是曼哈顿，实际上是我所写的关于城市的第一篇散文。

曼哈顿

突然，远处耸起一座座摩天大楼，在阳光下闪烁光芒，仿佛一片更古老的土地上的纪念碑。略微陶醉于这景象，你屏息驶入哈德逊河下面的巨大隧道。在隧道里，你的时速不能低于30英里[1]，也不能高过35英

1　英里，英制长度单位，1英里约等于1.61千米。

里，因此你的行进如同流水线上的某物，没有灵魂；但当你重又出现在日光下，奇迹随之发生，仿佛某种每日一次的复苏，灵魂的一次绽放。轿车、卡车、公交车，不再为隧道所限，随着引擎的轰鸣排出黑烟，骤然四散开去。大量的胆识立刻取代了服从。暴躁地叫嚷、挥手的警察，推着一架架夏装的男人，沿着铁路线轰隆隆行进的火车，拉响汽笛的大客轮，拎着购物袋且衣着不整的黑发女人，从出租车里向外大声叫骂的男人，有罕见波兰名字的商店，放陌生报纸的巨大支架；大胆的色彩，喧闹的嘈杂，难以形容的味道，瘦骨嶙峋的猫，陈旧不堪的垃圾车，公交车司机耐心而厌倦的脸。几乎在你察觉之前，曼哈顿的神秘就已包围了你。

每个人都读到过这个地方魔法般的绚丽，但除非置身于此，很难想象一个城市可以如此光彩夺目，以至于弗雷德·阿斯泰尔[1]先生任何时候沿着第五大道跳起他的城市舞步都是合情合理的。这是一座充满活力到不可思议的城市，甚至当秋日的刺骨寒风怒号着刮过其楼间峡谷时，亦是如此。出租车司机口若悬河、滔滔不绝，谈谈沙俄时代对犹太人的大屠杀，聊聊爱尔兰最艰难的岁月，说说其父辈所来自的那不勒斯。侍者力劝你多吃几口，因为你看上去太瘦。药店的女孩唐突却非常礼貌地向你借阅报纸里有漫画的那几页。在洛克菲勒中心的溜冰场，总能看到

1 弗雷德·阿斯泰尔（Fred Astaire，1899—1987），美国舞蹈家、歌手、演员，被誉为“歌舞之王”，其作品形成了美国20世纪30年代歌舞喜剧片的风格，对美国歌舞片的发展影响甚大。

些叫人愉快的事：漂亮姑娘卖弄芭蕾式脚尖旋转的姿态，孩子们在不由自主的颠扑中踉踉跄跄，一个怪家伙带着玄奥无比的轻蔑神情轻快地滑过，一位上了年纪的穿斜纹软呢的女士兴奋地挽着教练的手臂。

无穷无尽的活泼与生机是这座城市的灵感。在远离贫民窟和邋遢市郊的市中心街道，你置身于一个色彩和活动都生气勃勃的世界。最棒的新建筑仿佛玻璃堡垒，如冰激凌蛋糕般明艳。公园大道（Park Avenue）上一栋建筑底楼有花园，楼上是绿色的平板玻璃。第五大道的一家银行从顶棚上垂下藤蔓，透过巨大的厚玻璃板窗户，过路人可以看到保险库的黑色圆门。在附近一家打字机商店外面，一台货真价实的打字机被摆放在台子上，任何人都可以上前一试。有一次我凌晨两点经过，一位胡子拉碴的老人正全神贯注、满脸泛红地敲打着，仿佛刚刚带着令人震撼的新公式或是银河系外的消息从顶楼跑下来。

车流打着旋儿穿过纽约，像是一摊黏糊糊的混合物从蛋糕模子里流出来。大约75年前，一位评论者将纽约的交通形容为“到处紧密地铺展开，浓稠地纠结在一起（然而没有碰撞和麻烦），带着大规模的明艳色彩、活动与漂亮盛装”。这一描述放在今天也不算离谱，尤其是色彩，仍然鲜亮而惬意。女人们毫不担心衣服上的颜色，商店橱窗华丽璀璨，小车漆得如孔雀般炫目。从曼哈顿街道的楼上看下去，这座城市活跃着移动的色彩。

有时，当你在活泼的人群中推挤时（“**对不起**，我希望没有钩到你的尼龙丝袜"），可能会响起一阵警报，一小队公务车飞驰而过，往华尔道夫（Waldorf）酒店或市政厅开去，沿途把其他车挤到路边，得意扬扬地闯红灯而不受惩罚。警察弓背骑在摩托车上，看上去冷酷无情，不过可能对年长的女士颇为友善。接待委员会成员都穿深色外套，戴小礼帽，显得格外正式。在最豪华轿车里的凹处，可以看到一些尊贵的访客：歌剧演员、政客或晒成古铜色的探险家，不体面地为可以不遵守交通规则而面露喜色。

中央公园的角落里，有一溜双轮带篷马车，每一架都带有煤炭加热器（倘若是冬天），每一架都由一位戴大礼帽的老先生照管，马儿略微有点瘦，轮子略微有些松动。恋人们发觉在公园中可以很方便地借助颠簸来调情。漫步到曼哈顿岛任意一边的水畔，你可以站在一艘远洋邮轮的阴影中，或者注视一辆拖船（有一个弯度很大的船桥，一名冷漠的船长，带着扬基佬的傲慢）在布鲁克林桥黑色的桥梁下冒着蒸汽。中央车站外面，透过你脚下的护栅，可以看到地下的芝加哥快车隐约闪烁金属光芒；你可以一直生活在中央车站而见不到一列火车，因为它们都秘密地藏在下面，在铺有地毯的地牢里。

曼哈顿的商店里塞满这世界各地的好东西，其辉煌远胜神话中香气怡人的东方市场。"您想要什么都可以，"华尔道夫－阿斯多里亚酒店（Waldorf-Astoria Hotel）的老侍者以可谅解的语气夸耀道，"要是我们没有，我们会派人到街上去买。"橱窗里，皮毛闪耀着一种冰冷的特质。有些华贵的衣服来自巴黎，另外一些是令人愉悦、舒适随意的美式风格。能想到的任何型号的鞋子，适合最深奥口味的书籍，从各个时代、各个地域召集而来的绘画和珠宝，充满异国情趣的悦人美食，品种无法确定的小狗，已经储满食物的冰箱，不可一世的劳斯莱斯，设计精巧炫目的玩具，无穷无尽的迷人小饰品……实际上，幻想所渴求的或是金钱能买到的一切这里都有。这是一个储藏传说中奇迹的仓库，而这些奇迹也只有我们这个时代才能储藏。对于某个野蛮人的劫掠队伍来说，挥刀从丝绸与缎子中杀出路来，抢夺初进社交界的少女，在顶级的法国饭店中饕餮，这会是多么了不得的奖赏啊！

然而，纽约的两极分化如此明显，如此戏剧性，你仍然可以看到那么多乞丐游荡在街头。他们怯生生地站在人行道上，衣着得体却没有外套，在离开明亮的灯光、回到下等旅馆过夜前，谦恭地乞求施舍。他们是来自另一个曼哈顿的使者，来自那些数不清的阴暗街道，在那儿，黑人和波多黎各人、波兰人和穷困的意大利人不幸成为邻居，互相蔑视，继续着他们古老的争斗。一丝坏脾气、愤恨或不满的迹象时常败坏纽约的滋味，而在哈莱姆区警察局看到的当前的犯罪记录也绝不会让人愉快。一页一页接连不断，满是捅刺、强奸、抢劫和袭击，疯狂的恶意行为或是令人厌恶的性变态。“好吧，”虽然在如此巨量、过剩的星期日新闻前感到一丝震撼，你还是会尽可能轻松自然地问，“好吧，这是多少个星期以来的犯罪记录？”那个警佐宽容地笑了笑，说：“这就是今天的记录。”

美国是一片贪婪的土地，很少有美国人放弃对财富的探求，也很少有人不对发财者表示羡慕。这座城市里数百万非美国人，那些还未被吸纳的纽约客，不管看上去多可怜多凄凉，也不管他们对自己的梦想多失望，仍然忠实地信仰着那个美国理念——每个人都有机会发大财。有时，这情绪相当悲怆。我曾在临近东河（East River）的一家廉价咖啡馆里遇到一位老人，他并无傲慢地、温和地对所有人吹嘘纽约神话般的财富，简直就像是他拥有这座城市的金库与全部的奢华，而非仅仅得到一间阴暗的坐卧两用室和一件袖子都磨损了的外套。他说：“哎呀，这座城里每天早上扔掉的垃圾——**每天早上**——都能让整个欧洲用上一个星期。”他这样讲时不含一丝妒忌，而是一种对所有物真诚的骄傲，而众多坐在旁边、灰尘满身、衣着破烂的人们纷纷点头，带着自豪，令人吃惊地一致认可。

然而，身处曼哈顿的巨大差异之间，有时很难让人保持自己的社会良知。在这样一个充满机遇的大都会，贫富之间的鸿沟显得格外尖锐而强烈。娱乐、活力和刺激都存在于纽约的资本主义交响曲中——闪烁的霓虹灯，巨大明亮的办公大楼，漂亮的商店和友善的店员——但是，一个如此牢固地建立于个人利益之上的欢乐场，也有些令人反感之处。到处都有唠唠叨叨的标示牌，用一种全无顾虑的启发式的利己主义激励人们的生活。“学会照顾他人，”一张力劝女性做护士的海报写道，“你将知道如何照顾你自己。”“你所拯救的生命或许就是你自己的。”一则行车安全广告如是说。“倘若你不能按计划前来，请通知我们，”火车票上这样告诉你，“它可能恰巧被你的一位朋友或商业伙伴所需要。”面对如此连续不断的提醒，国外旅客甚至开始怀疑行善者的无私。聚会真的带给他愉悦了吗，还是只是主人从中赢得了一些模糊的荣耀呢？意想不到的礼物当然受欢迎，但馈赠者希望你回赠的又是什么呢？很快他就倾向于相信，任何意愿或心思的扭曲，任何意识形态上的游移，任何古怪反常，任何沙文主义，都比如此持续地执意纠缠于提升自我更可取。

但在这儿，曼哈顿是野心家的良港，你不能指望它扰攘纷乱的竞争变得特别圣洁高尚。事实上，你倒不如承认这整个地方都建立在贪欲之上，尽管程度各有不同；甚至城中的教堂，包括怪诞得令人难以置信的哥特式或英国国教教堂，都有其强力的社会野心。奇妙的是，劣等的动机中却涌现出如此多的美与善。在纽约有存放伟大绘画的宫殿，每年都有数百万人前来观赏。每个星期，《纽约时报》都有一整版登载音乐会的公告。这里有举世无双的博物馆、生气勃勃的剧院、有影响力的出版社和一所著名的大学。《纽约时报》本身（“所有值得印刷的新闻”[1]）就是一件绝佳的城市装饰，有时犯错，经常无趣，但从不挖苦、下流或恶毒。

1　1896年，阿道夫·奥克斯收购并接办《纽约时报》，次年提出“所有值得印刷的新闻”这一格言，被公认为对当时“黄色新闻”的挑战。

带着锐利的锋芒和炽热的色彩，这城市本身即是一件美的事物；尤其是从高处往下看，摩天大楼间中央公园的绿色令人惊异，远处是朦胧的华尔街高楼，还有两条洒满阳光的湛蓝航道和一艘大西洋班轮滑向大海时留下的长长水痕。这景色壮观、宏伟，可惜身边没有华兹华斯的诗集来赞美此景，只有一个手持喇叭的人或是一本 50 美分的导游手册。

因此，离开曼哈顿就像是撤离一座雪山的峰顶。周遭的空气似乎放松下来。如同充过电的紧张气氛变得柔和，嘈杂声安静下去，色彩开始模糊、消退，压力舒缓了，交通稀疏起来。很快，你走出这座城市的魔咒，你停下来，仅仅是为了回望，越过廉价公寓和沼泽地，看到驾驭着黑夜的摩天大楼的灯光。

当然，在这个世纪，曼哈顿从出租车司机到犯罪率都发生了巨大的变化，但 1953 年它在我身上激起的反应并没有太大的改变，从那之后我每年都到那儿去。

南方

对美国南方的最初印象让我的心情不太轻松。位于华盛顿的最高法

院对布朗诉教育委员会案[1]做出影响深远的判决，裁定公立学校的种族隔离非法，我恰好在此案宣判次日到达亚特兰大。

这一裁决宣布时，南方白人心中骚动的全部不满立时在苦涩怨怒的言语中沸腾。一整天我都听到男人女人们的怒骂。他们的辱骂既如此充满戏剧性，又这般翻来覆去，简直让我不能不觉得是从某本歧视惯用语词典中整体摘录的。我在一间咖啡屋里参加了一场对话——跟那儿的经理以及一名自称高级警官的男人。他们用了不少时间来回忆过去的种族骚乱，惬意地谈到"黑鬼"在街头被嘲辱和殴打，特别提到一个黑人被一帮暴徒追赶，拼命扑进这间咖啡屋的大门，结果只是被推回到人行道上。"黑鬼唯一应该待的地方，"那经理最后说，"就是后门，手里拿着他的帽子。"

另一些温和点的亚特兰大人，像任何惊骇于这些残忍的言辞的人一样，转而鼓吹其他维持白人至上地位的方式。他们迷醉于"老南方"的多愁善感，像假装正直的狱卒一样说道："把事情留给我们来处理。我们理解黑人，他们也理解并尊敬我们。毕竟我们已经一起居住了很久。我们彻头彻尾地了解他们，相信我，他们的头脑跟我们不一样。把这一切都交给我们。**南方人自己照管南方人。**"如果我是一名南方的黑人，

1　1954年5月17日，美国联邦最高法院宣布对布朗诉教育委员会案的裁决，推翻了1896年确立"隔离但平等"原则的普莱西诉佛格森一案的裁定，标志着"合法的"公共场所种族隔离制度的终结。

我想我大体上更愿意听到高声大吼，而非柔声细语。

至于乡间的黑人，他们似乎仍然与那些奴隶制时代旧印刷品上的图样一致；仍然半裸身体在田里艰苦劳作，仍然沉溺于色彩和俗艳的装饰物，仍然充溢着歌声，仍然无知且无组织；一个受奴役的民族，令人无比同情。看起来他们几乎没人深入思考过自己的社会地位，但却时常以一种令人悲哀的无动于衷想到它。我曾与亚拉巴马州一名黑人农夫交谈，问他有色人种的状况是否有任何好转。“事情没有变得更好，唔，”他说，“也没有变得更糟。它们只是保持原样。对有色人种来说，只要我们待在这儿，情况永远不会变得更好。”

这个区域自身的本性也增强了南方的压迫性。大体上，这是一片广阔、干燥、多尘、萎靡不振的乡村；有时美得叫人难以忘怀，但通常是忧郁的；缺乏充沛精力和兴高采烈，也缺乏新鲜与活泼；一个独一无二的非狄更斯式的乡村。比如说，当你在夏日开车穿越南卡罗来纳州，会有无垠的棉花地将你吞没。各处都是凋敝的村庄，积满灰尘、破败倒塌，小块木头拼凑的屋子，生锈的广告牌，几个没精打采的白人和黑人聚集在商店周围。在贫穷白人的未粉刷的房屋外常常停着朽旧的汽车，洗衣机摆在走廊上一堆乱糟糟的东西中间。有时会有个带弯弯尖塔的白色小教堂。时常见到幽暗发霉的低洼地，阴郁的树木站在水中。种植园的主宅有时很气派，但大多年久失修，死气沉沉。

我拜访了这样一栋房子，跟房主聊了聊，听到的无非是慷慨宏富的往昔的哀伤回音。三代人前，帕克种植园包含大约1万英亩[1]田地，曾是这一区域的一块大产业。如今萎缩到只有150英亩左右的棉花、烟草、甘薯和玉米。通往那房子的车道是两行松树间的一条窄路，未铺柏油；汽车沿路开过时，后面腾起烟尘。路边有两间简陋的小木屋，其中一间有人住，外面晾着一排衣服，另一间房子前面，麦秆一直堆到屋檐高；路的最尽头是那间大屋，破败而古典。有四根柱子的门廊宽阔且壮观。帕克太太认为只有华盛顿或托马斯·杰斐逊才真正配得上它，但当我注意到那宽阔台阶在摇摇晃晃，前门门框已经松塌下陷，屋顶高处还挂着一个暂无动静的蜂巢，就觉得自己更有资格坐在那里。屋内可真是相当凌乱；主厅贯穿全屋，里面有一架高寿的脚踏式风琴，乐谱架上搁着一本巨大的圣歌乐谱。

种植园主刚刚同拖拉机扭打过一番，手上油乎乎，戴假发，穿开领衬衣。但像绝大多数南方绅士一样，他有好客的天分，很快我们就坐到门廊的栏杆上，喝起一大杯冻饮，透过松树向外望。他告诉我他差不多是独自一人运营这种植园，只有一个全职雇工帮手。他的孩子们在当地公立学校念书，妻子负责家务。这块产业上的五间小屋出租给在其他地方工作的几个黑人家庭，而“那条街”——过去给奴隶居住的两排一模一样的棚屋，如今已然荒弃，行将坍塌。

1 约为0.4公顷。

我们在门廊里闲聊时，一大团尘土从车道扑来，紧接着出现了两匹步履庄严的高大的骡子。它们拉着一种类似雪橇的东西（混合了滑雪长撬与克利奥佩特拉游艇[1]的形状），上面坐着个戴草帽的黑人，老得够呛，满脸皱纹，威仪堂堂。他转过拐角以帝王般的姿态开进来，骡子气喘吁吁，雪橇吱吱作响，尘土在我们周围翻腾；经过门廊时，他抓住帽顶举起帽子喊道："晚上好，老板，先生；晚上好，帕克太太。""晚上好，亨利大叔。"他们回答道。

芝加哥

我乘20世纪有限公司的列车从纽约去芝加哥，回想起19世纪坐火车前往该城的英国游客，他们被告知："先生，芝加哥可不是个娘娘腔的地方。"这篇关于1953年芝加哥的鲁莽无礼的文章是一系列文章中的首篇——20世纪接下来的每个十年，我都会写一篇关于芝加哥的新文章。

第一个晚上，我被带往水滨观赏这城市的灯光。我们身后，密歇根

1　克利奥佩特拉游艇（Cleopatra's Barge），1816年在美国马萨诸塞州建成的一艘豪华游艇，下水后成为夏威夷国王卡美哈梅哈二世的游艇，1824年触礁。

湖是一片黑黝黝的奇妙虚空，点缀着从德卢斯（Duluth）运走铁矿石或从加拿大运来新闻纸的蒸汽船的亮光。在来芝加哥之前——我穿越了半个大陆方才抵达——你很难意识到，它其实是个海滨城市。有海上风暴，有滚滚波涛，有日光浴海滩，有船坞；在芝加哥，你可以登上开往欧洲的船，在它的码头上，你可以看到多国国旗。湖面如此宽阔，看上去广阔无垠，我不只一次被好奇心驱使着走到湖边，向自己证明它容纳的确实是淡水而非咸水。

因此，那天晚上，在身后这个奇特的内陆海旁，我们眺望城市的灯火。一排闪烁的高大建筑沿着湖边延伸了一英里又一英里，灯火璀璨：一些摩天大楼干净而轮廓鲜明，另一些顶上拱起无数尖顶、塔楼、尖塔，以至于通常意义上的功能性效果融合了少许巴洛克的风格。在这宏伟的行列旁，宽阔的公路沿着湖边延伸，路上闪烁着连绵不断的疾驰的车流，几乎没有一丝停顿和踌躇，除了某个不适应状况的可怜的女司机熄火或迷路，几乎被身后抗议的喇叭声震聋。这种时候，车灯的线条短暂地摇曳起来，直到发动机轰鸣、车轮飞旋，车流转向改道，飞奔而去，把那个可怜的迷失的灵魂甩在后面，让她独自咬着下嘴唇，艰难地对付排挡。

因为，在许多方面，芝加哥仍然是个冷酷无情的城市。无能者在街上不会遇到什么恩惠；慌乱的人也不会得到定心稳神的劝告；在这里，生活必须自行到位，并且要行动迅速。在那些如魁梧的哨兵般列队站在湖边的建筑之间，可以看到数不清的狭长峡谷暗自通往后面更加阴暗的地带。芝加哥的建筑正面没有壮观的深度提供支撑，被两三条炫人眼目的街道所掩藏的是一片由贫民窟和灰褐色郊区组成的丛林，是不同种族和道德的大杂烩。

在白天，实际上，只要还有喧闹和拥塞的存在，甚至商业区的光鲜魔力也不是那么无法抗拒。这儿肯定是世界上最嘈杂的地方。汽车咆哮，高架列车轰鸣，警察吹着奇怪的双调口哨，像是迷失在都市里的海鸟，汽笛尖啸，喇叭鸣响；从咖啡厅回去的打字员，把尖细的嗓音提到最大音量，交换着闲言碎语。购物者快步穿过拥挤的十字街头，好像一大群绵羊，警察不耐烦地挥手让他们继续走，小汽车在一旁等着放行。芝加哥的节奏快得可怕，其过分拥挤则令人绝望。如同每次改善埃及农民生活的新计划都被出生率那无情的步伐赶超和淹没，在芝加哥，每一个新的停车位都被消灭得干干净净，每一条高速公路都被不断增长的车流弄得黑压压。每天早晨，进城的公路上满是不知疲倦的小车，从头到尾都沉重地移动，挤入每一条车道，争相赶超，刺耳鸣叫，喧嚣咆哮，直到你认为再也不可能多塞进一辆——这个地方就是这么膨胀和肿大，街道就是这么密集混乱，车流的运动就是这么被掐得死死的。在芝加哥，把办公楼拆成停车场会是笔好买卖。对容易紧张或思虑过多的司机来说，冒险驶入这些街道的混乱中去，无疑是不明智的，在这一方面，如同在其他方面一样，芝加哥可不是个娘娘腔的地方。

犯罪和腐败在这里仍有强大的影响力。那个被叫作“辛迪加”的影子般的邪恶中枢机构仍然繁忙，据说当地两边的政党里都有其代言人。自从“阿尔·卡彭[1]”的时代之后，大约有数百件未结案的凶杀，但绝大多数市民更愿意让此类事件悄然滑过。管闲事可能会让人丧失太多东西。大人物可能丢掉一张合同，小人物就会失去当地警察局长或小老板本来就靠不住的合作。各种级别的勒索在芝加哥仍是平常事。每个人都知道，偷偷塞给主考官一张五美元钞票可以在考驾照时帮上大忙。每个人也都知道，哪怕只是读读报纸都能知晓凶杀仍然非常频繁；但当我某次与一位芝加哥高级警官谈论此事时，他熟练地逃避到交通堵塞和卖淫的孪生话题（因为它们似乎是结伴而来）上去了。

倘若城市本身宽敞且外表整洁，所有的这些污秽与不健康可能还不那么扎眼。然而，尽管因为位于湖海之滨而拥有幻觉般的高贵宏伟，芝加哥还是一个衰败溃烂的地方。高架列车将老朽的铁轨压得哐当作响，如有遮篷的轮椅般带着超然的傲慢劲儿穿越城市，从车窗往下望，你可以看到芝加哥那不讨人喜欢的腹地。不同地段的贫民区各有其民族特点——意大利人、中国人、波多黎各人、立陶宛人——但从外部看，全都融混在一片消沉而荒凉的辽阔中。一座褐色的砖砌房屋，转角处崩塌，窗户裂开或毁坏，门上铰链歪歪扭扭，一个黑人妇女穿着磨损了的肮脏短衫，手里拿把梳子，从楼上窗边探出身子。一座摇摇欲坠的廉价

1　阿尔·卡彭（Al Capone），绰号疤脸阿尔（Scarface Al），20世纪20年代著名的芝加哥黑帮头目，被视为该市的“地下市长”。

木头公寓，屋檐板腌臜污白，阳台扶手下陷断裂，一个长胡子意大利老头蹲在台阶上。不论在世界任何地方，贫民窟就是贫民窟，这些地方可能和巴黎或格拉斯哥的类似区域一样衰朽；但在这里，这一切不幸由于居民的境况而增添了额外的辛酸，许多种族的人抱着发财的渴望来到美国，却仍然活得如同吃不饱的牲畜。

这样一种生存氛围犹如腐蚀剂，不可避免地侵蚀了芝加哥旧时的无忧无虑和不管不顾的自信。就在不久前，芝加哥人还确信他们的城市会很快成为全球最伟大、最著名的地方，盖过纽约、伦敦和巴黎，成为一个新世界的中心，成为宇宙的首脑城市。在其 19 世纪神话般的成长时期，百万富翁多到不值钱，整个大陆的财富都被汇聚到芝加哥，对于这样一个热切而未经世故的群体来说，设想美国领土的重心将很快转移到中西部，是再自然不过的了。在某种意义上，我想确实如此：中西部的铁轨、绵延的畜栏、芝加哥及其姐妹城市的工厂都堪称美国的肌腱，也是半个世界的肌腱。但如今，最盲目的芝加哥热爱者也不会为它要求世界大都会的地位。太多旧时宏大的自负已然丧失。没有人佯称芝加哥已经超过纽约；相反，有一种乡下人对劣势地位的接受与顺从，外加一种针对吹牛与牢骚的旧日子的轻微遗憾。因为某种原因，重大事件的川流总是从芝加哥身旁掠过。就连芝加哥剧院，一度那么活跃的机构，都坠入了沉闷的日子，以二轮放映的百老汇剧作和一些单调、发霉的滑稽表演敷衍时光。芝加哥有骚动，有压力，但有时却感觉如一潭死水。

这个印象只是部分正确，因为芝加哥有许多美妙和振奋之处。宏伟的艺术画廊、堂皇的图书馆，多到过剩的大学，还有一支卓越的交响乐队。铁路货运编组站松松散散地横跨乡村，杂乱地停放着列车。芝加哥河上的桥以迷人而持续的轻巧姿态张开怀抱，让巨大的货船通过。自称世界上最伟大报纸的《芝加哥论坛报》肯定属于城中最活跃之列。弗兰克·劳埃德·赖特[1]正是为芝加哥构思了他最后的绝妙的放肆作品：高达一英里的摩天大楼。恩里科·费米[2]和他的助手也是在芝加哥的一个壁球场实现了首次核链式反应。

但这样强劲的活动不再代表这座城市的精神脾性。芝加哥人仍然被进步之魔追逐，仍然被可能失败的景象纠缠，因此他们的生存压力是无情的；但这一切的张力，这个地方持久的腐朽，已经钝化了某些他们旧有的强度与有意的挥霍。他们接受了自己在生活中的位置，不再带着对自己传统的惹人喜爱的自夸，昂首阔步地穿越这些岁月，而是更听天由命，更消极被动，甚至（可能）有一点点幻灭。芝加哥肯定不是一个过气的城市，但却可以被形容为一个本该更有希望的城市。

1 弗兰克·劳埃德·赖特（Frank Lloyd Wright，1867—1959），20世纪美国最具独创性的建筑师之一。

2 恩里科·费米（Enrico Fermi，1901—1954），美籍意大利著名物理学家、美国芝加哥大学物理学教授，1938年诺贝尔物理学奖得主。

在我书中的其他地方，我把《芝加哥论坛报》称作美国最空洞、最有偏见的报纸，并对其雇员可令自己屈从于它渗透性的恶意感到相当惊讶。“对于本报，”《芝加哥论坛报》在其书评中称，“28 岁的詹姆斯·莫里斯给予了有节制的赞扬，混合着父亲般的劝诫。”

芝加哥是第一个我待过一段时间的美国城市。我一到那儿，就被友善的市民邀往他们市郊的房子做客。我感激地接受，接着马上就发现自己被拥入一连串不停歇的鸡尾酒会、招待活动、奢侈晚宴和湖边野餐。在我天真的想法中，如果这就是美国，它可真是一个了不起的地方，马提尼酒像水一样流淌，好客之道永不衰竭。只是渐渐地我才了解到，1953 年的森林湖（Lake Forest）不仅是芝加哥最富有和奢华的郊区，可能也是整个美国最棒的地方——即使不是全世界的。

「火箭号」

这是 1954 年的美国留给我的最后一个印象，它当即攫住我的想象力，且始终未再松开过——那就是巨大的美国火车的形象。

铁路造就了西部，对我而言，最好地代表了此地风味的，仍然是那些庞大的火车，拖着巨大的货车厢飞奔，或者连绵不断地涌过铁路道口，白色餐巾与银器的光泽一闪而过。一天晚上，我们寄宿在一个典型的西部铁路小镇上一间窄小廉价、被香烟熏黑的旅馆里，可以看到铁路，可以听到铁路搬运工嘶哑的嗓音。那天下午，友善的旅店老板对我说："如果你喜欢火车，别错过'落基山火箭号'。'火箭号'每晚8点19分准时经过这里，要是你喜欢铁路，照我说，它可值得一看。"在8点17分左右，我们穿过公路来到火车站。有一小群人在等"火箭号"——几个带着旅行袋、钮孔里别着花的旅客，几个送行的朋友，还混杂着一些同我们一样的观光客，有人带着孩子，有人背着购物袋，有人一边闲逛一边嚼烟叶，偶尔吐出来。

薄暮中，车灯渐近。不久以后我们就听到一阵低沉的咆哮从远处传来，还有汽笛的巨响，然后是叮当作响的铃声。顺着那条铁路，可以看到一道强烈的光束。旅客聚拢行李，孩子活蹦乱跳，闲逛的人咀嚼得更快了，几个意料之外的过路人偶然进入车站；突然间，"火箭号"就来到我们身边，四节亮闪闪的巨大柴油机车厢，像房子一样大，火车司机威严地把身子探出窗外；一连串闪光的旅客车厢，全都由铁和铝组成；只看到几眼的衬有软垫的卧铺；黑人搬运工从高高的车厢跳下来，猛地抓起提包；旅客们懒洋洋地从餐车窗户往外看，一边呷着咖啡；每当有人动一动百叶窗，这里或那里就出现一条亮光的缝隙。柴油机咆哮起来，列车长跳上车，车门无声地合上，那巨大的火车出发了，像一条长长的银色船只，冷静、整洁、强大、闪闪发光。很快它就要开出平原，爬进科罗拉多州的群山。

3

纷扰不断的地区：中东

在美国待了一年后，我成了《泰晤士报》在中东的撰稿人，此时，这里仍然是个“麻烦的温床”，因为七年前以色列人在巴勒斯坦建国，因为石油的竞争，因为苏联的诡计，也因为英帝国残留不去的影响和存在，而燃烧着。后来，我在《塞琉西亚[1]的市场》一书中记下了这段经历。我对这整个区域都很感兴趣，我的落脚地是开罗，我曾经在英国人和法鲁克一世[2]控制此地时拜访过这座城市，而如今，在1952年的军事政变后，它被贾迈勒·阿卜杜勒·纳赛尔[3]总统作为独立的共和国的首都。

埃及

高贵的尼罗河宏伟地向北奔涌出非洲内陆，最后，分散成埃及三角

1 塞琉西亚（Seleukia），是希腊时代和古罗马时代的一座大城市，坐落于美索不达米亚的底格里斯河畔，是塞琉古帝国的首府。

2 法鲁克一世（King Farouk I，1920—1965），全名穆罕默德·法鲁克，第二任埃及和苏丹国王，努比亚、科尔多凡和达尔富尔的统治者（1936年至1952年在任），1952年埃及政变后流亡国外。

3 贾迈勒·阿卜杜勒·纳赛尔（Gamal Abdel Nasser，1918—1970），阿拉伯埃及共和国第二任总统，1952年至1970年埃及实际最高领导人。执政期间，他曾是阿拉伯民族主义的倡导者。

洲上的几条支流，创造出一个如此富足、如此古老、如此根深蒂固地恒久不变的区域，它的丰饶中有某种近乎淫秽的东西。在这个国家的顶端，在尼罗河分流的那个点上，矗立着开罗。它是埃及的首都，非洲最大的城市，阿拉伯世界的大都会，伊斯兰教的智识中心，1000 多年来都是地球上一个伟大的地方。

在开罗，从没有什么东西彻底死灭，因为这里的空气清亮干燥得不可思议，这个国家的脾性有着收敛剂般的防腐性。若是站在莫卡塔姆山（Mokattam Hills）那俯瞰城市的赤裸山脊上，你会看到吉萨的金字塔分布在城市的外围地带。从这儿看去，它们是模糊的粉红色，半透明，像是用雪花石膏制成。金字塔正位于沙漠突然被尼罗河约束的边缘地带，看上去古老得可怕，神秘得惊人，并且相当令人恐惧。多年前，旅游者会发现这些纪念碑在沙漠中孤独而阴沉，一尊狮身人面像与其做伴，还有一个祭司跟着他，提供肆无忌惮的导游服务。今天，这座城市已经向上游扩展，吞下了一小片有灌溉系统的沙漠，直到由别墅、夜总会、旅馆、高尔夫球场组成的一条线将首都和法老们连接起来，让金字塔获得了一种独特的城郊风味。它们之于开罗，也许正如蒂沃利花园之于哥本哈根。

这座城市的生活的另一层带有朦胧的中世纪色彩，直接遗传自阿拉伯征服者从东方的沙漠里旋风般冲过来、以伊斯兰教的名义攫夺了埃及的那些时代。从山上的房子里朝西望去，你会看到这座城市斑驳陆离的部分。那一片微呈褐色，杂乱混沌，似乎流溢出（如果你天性富于想象力）一种岁月、香料与污秽的蒸汽。这是中世纪的开罗。一片无与伦比的尖塔森林，从那破碎的大杂烩街道里一跃而出：这座塔带着螺旋楼梯，那座塔带有球茎状屋顶，有的是单体，有的是双体，有的像胡椒瓶，有的像蜀葵，有的优雅而简单，有的华丽而自负，有的形如阳具，有的端庄娴静，从密密麻麻围绕在周围的房屋里升起，像是如此之多、各色各样的通风井从同一个地下室里冒出来。据说在开罗，一年中的每一天都有一座清真寺与其对应，而在清真寺周围，徘徊着奇迹般腌制保存的中世纪伊斯兰教的灵魂，刚刚从万物有灵论与异教徒迷信的混沌中浮现。在这些狭窄的街巷与摇晃的屋舍中，恶魔之眼[1]依然有着强大的力量，一百种禁忌与符咒约束了日常生活的进程。

在城墙的一道大门上，你仍然可以看到脏兮兮的亚麻和纸张的碎片，它们被钉在那儿是为了向某个模糊的史前圣人祈愿。一座清真寺里有节庆活动时，吱嘎作响的秋千为孩子们竖起来，望不到头的人流整夜围着本地圣人的墓喧嚷，然后美术馆里所有那些中世纪的角色在路灯下涌上街头：半疯癫的狂舞托钵僧，步履蹒跚，如恶魔附体；粗野而瘦弱的乞丐，有长指甲和闪烁的目光；施行割礼者，在搁板桌上精细地准备

1　恶魔之眼（Evil Eye），中东地区的避邪物。当地居民深信，邪恶嫉妒的眼神具有特别的力量。为与恶眼抗衡，乃创造了各式各样的眼睛图案饰品，据说能吸引恶魔注意，这样就可以避免真正的眼睛被迷摄。

手术器械；圣洁的伊玛目[1]，温和而谦恭；安逸自得的商人，分发糖果和施舍；小丑、小贩和扒手，还有许多一小群一小群的女人，穿着一模一样、质地粗糙的黑衣，蹲在街角围成圈地高声聊天，或者懒洋洋地敲着小手鼓。

坐上一辆发疯般狂奔的公交车，两三分钟后，你就从这片飞地来到现代开罗——“中东发电站”——的林荫大道上。西方化的开罗诞生于1798年，拿破仑带着他的学者队伍[2]抵达埃及，从那以后，开罗就在一系列外国影响和干预下发展起来。今天，最终实现真正的独立后，开罗成为一座如此久经世故、配置先进的城市，会让其他所有阿拉伯国家的首都都显得土里土气。埃及共和国是阿拉伯世界自封的首领，没有人能否认其首都的活力与自信。一群高耸的新建筑在河边迅速生长：两个大酒店，全玻璃幕墙，价格高昂；一座塔楼，顶上带旋转餐厅；庞大的新政府大楼，金玉其外，杂烩其中；昂贵的公寓楼，随意蔓延的居民区。一条漂亮崭新的滨海路在水边延伸，从城市一边通往另一边。一座壮观的新桥跨过河面。当代开罗并非一座时髦的城市，其尊崇感几乎全部来自它的河流与过往，但它有一种无可否认的活力与能量。

1　伊玛目（Imam），阿拉伯语音译，原意为站在前列的人，即引路人和领袖。在宗教上一般用来指清真寺领拜人和伊斯兰教大学者。

2　拿破仑1798年远征埃及时，随军的有天文学家、数学家、化学家、矿物学家、东方学家、技术人员、画家、诗人、文学家等200余人。这次最终失败的远征，拉开了国际性的多学科考察埃及的序幕。

开罗是一潭死水的反义词。这是一座骚动的城市，经常夸夸其谈，总是在运动。菲尔丁[1]讲述的一个故事中，一位盲人被要求描述他对红色的印象，他回答道，对他来说，红色似乎总是“有点像一支喇叭的声音”。开罗并非银色的，但当它再次跃上头条新闻时，总会在你心中唤起某种类似耀眼的且有穿透力的印象。这里总是有什么事在发生。可能是某个大经济学家正在机场耐心地降落；或者是一个商人正泰然自若地升空；或者是一个来自莫斯科的新的行动方案；或者是一个英国经济代表团，一场对以色列的强烈谴责，一次与伊拉克的和解，一个俄罗斯大坝建筑商的到来，一次阿拉伯联盟的会议—— 一个威胁，一次游行，或者仅仅是埃及总统经过，护卫摩托车队发出咆哮，宽大的黑色防弹轿车上警报器尖啸。

这是一个闪耀的地方。它闪耀着炽热。它闪耀着对立面的冲突，现代与传统的对撞。最重要的是，它闪耀着当代历史的强光。在开罗的一座桥上停下，在汽车的喇叭声与路人的推挤中停下，黑色、棕色和黄色皮肤的人从你身旁快步走过，你几乎能听到周围不断变化的力量的平衡。开罗蒸馏出非洲与亚洲复兴的精髓。这里充满想法与大胆的野心——往往是平凡的，有时肯定是孩子气的，但却始终充满强烈的活力，厚颜无耻、斗志昂扬、投机取巧。它的集体趣味趋向于跳肚皮舞的

1　亨利 · 菲尔丁（Henry Fielding，1707—1754），英国小说家，代表作为《汤姆 · 琼斯》（1749）。

舞娘、黄段子、暴饮暴食、亲热的戏谑。它热爱烟花和波霸歌手。它的报纸很聪明。它的漫画家尖刻敏锐。它的电台节目带着宣传，在每一间咖啡馆里尖声鸣响。这是一座刚发高烧的城市，温度不断升高，直到汗水最终沁出的那一刻。

西方生活的全部物质享受都可以在开罗获得，但开罗从不给人以西方城市那种冷漠疏离的感觉。它友善地欢迎你，帮你指路，引着你穿过街道，把你拉进热情的谈话——只是为了在巷子的尽头做某种显然古怪的事。有时，事情叫人害怕：一群乌合之众沿着小街奔涌，或者巨大的坦克轰隆隆经过。有时，事情很吸引人：在公园里与一个快乐的家庭分享一碗豆子。有时，它们叫人沮丧：一觉醒来，就听说国家政策发生了完全无法预料的逆转。有时，它们奇迹般地令人振奋：某个年轻的政坛新贵说了句大实话，如此清晰，如此诚实，突破了世代相传的桎梏，让我们全部想入非非的猜测都显得过时。那些浇铸了我们西方社会的特殊的历史与冲突的力量，在开罗的形成中几乎没有影响。这是一个自成一格的城市，支撑它的是一个新兴世界的全部希望、力量、弱点与委屈。

其实它并非一个富有的城市，正如埃及不是一个富有的国家。尽管如此，它是一个有着令人生畏的个性与自然力量的首都。它矗立在富饶的三角洲顶端，像一座瞭望塔耸立在葱翠公园的大门前，世界似乎慵懒地躺在它周围，因此，当这个古老的城市伸出臂膀，它那伸长的影子有如神怪般越过亚洲和非洲，沿着地中海海岸延伸开去。它不同于地球表面上任何别的城市：正如慷慨的尼罗河，它骄傲而平静地流经这座都城的喧闹，带着它自己全部悲哀而深沉的庄严向下流入大海，这气度正如一个人望着生活的队列经过，疑惑这一切纷扰究竟是为了什么。

尽管我在许多方面都认可贾迈勒·阿卜杜勒·纳赛尔的革命政权，但坦率地说，它是独裁的，我常有机会写到它在城市和农村的统治技巧。

如果把车长时间地停在巴伊阿拉伯（Bai-el-'Arab）的农村街道，你会发现挡风玻璃的灰尘会被人胡乱涂抹：也许画出一张滑稽的脸，一两个名字，一句晦涩的俏皮话，或者是“贾迈勒·阿卜杜勒·纳赛尔万岁”的口号。在埃及共和国，可能没有哪个乡村能让你避开由纳赛尔上校领导的“共和”（al-Gumhuria）政权的影响，在支持者眼中，该政权现在正抓着埃及的脚踵将其从贫穷与苦难中拽出。但这并不意味着因为军政府无情的改革，巴伊阿拉伯看上去或感觉上就会有多少变化。它很大程度上未受触动，和其他一千个地方一样，几乎没有被一个多世纪以来物质方面的进步所改变，依旧深陷在贫穷和无知中。

开罗以北，三角洲的农村里，混杂不堪的泥巴小屋分布在远离大路的地方。在这些尘土飞扬的乡村，越过田野，你会看到尼罗河上过往船只的白帆。往近处看，蒙着眼睛的公牛绕着水车无尽地转圈，裤子卷到大腿的农人用原始的工具将水抽进灌溉渠。棉花、麦子和大豆的农田明亮得炫目。树木排在窄路两旁。偶尔才有一辆车鸣响喇叭开过。

这个小小的社区里生活着穆斯林和科普特人[1]，很容易进入他们的家，因为他们友善好客。当你喝他们的咖啡时，可以亲眼看到埃及农民的生活状况：难以描述的肮脏污秽，与狗、山羊、小鸡、火鸡有时还有牛共享家里的泥土地面，睡的是硬床，煮饭没有灶，用的是敞开的火堆，一摊乱糟糟的垃圾和铁罐全都裹在浓厚的尘土里。泥垢与贫穷主宰着这些人的生活，但其中并非没有优雅之处。他们的殷勤有礼是本能的，到处都可以发现审美追求的迹象：一个新奇地做成手形的门扣，一个幼稚的彩色木雕，一个装饰盘，或者一些铜铸的小饰物。

一支车队最近来到这个乡村，带来一位政府高官——麦格迪·哈赛宁少校，还有一群贵宾。他们受到隆重的迎接，因为这位高官来访，是要从巴伊阿拉伯挑选合适的**农民**移居到解放省——从西部沙漠中通过灌溉开垦出来的一片广阔的农业区。移居者可以获得一栋好房子、一套新衣服与稳当可靠的公社生活，所以被挑中的人无不欢喜若狂。在道路边上的一块空地里，用大幅地毯支起了一个帐篷，一支乐队奏起簧乐，乐音通通不在调上。盛装的阿拉伯马表演著名的舞蹈——埃及乡野的高等马术。人们呼喊热情的口号，女人尖声发出怪异的高调门的呼哨，这是

1　科普特人（Copt），古代埃及人或者在伊斯兰教传入埃及之前的埃及人中的成员或其后裔。伊斯兰教进入埃及初期，“科普特人”泛指所有埃及人，今日主要指埃及基督教徒，多信仰基督教雅各布派科普特支派。

她们为婚礼和这种庆典准备的保留节目。

解放省，像该政权的许多其他计划一样，是一个勇敢而有想象力的构想，然而，尽管这个政府在许多方面通情达理，但它同时也是专制的。媒体被套上了辔头；有深远影响的法令发布得突如其来、无法预料；外国议题被无耻地利用，纯粹是出于政治目的；政府的反对者未经正式程序就被清除。因此，在巴伊阿拉伯的拉拉队员们发出的呼哨里，传出一阵表示支持的吼叫，还有“麦格迪·哈赛宁少校万岁”的齐声高喊。

在学校里面，一些想去解放省的候选者排成一队，如同某个新的优等民族的材料，让来访者参观。“他们全都在30岁以下，识字，样貌端正。瞧瞧，他们看起来多聪明！他们会在解放省穿上精致的华达呢制服。他们将接受心理学家的检查，以确认是否合格。来，看他们如何进行笔试。”

这些新埃及人坐在一张木桌前，每个人都穿着一尘不染的白色长袍，指间夹着刚刚削尖的铅笔，面前放着空白的试卷。“再过一会儿就要开始了。这是一场非常严格的考试。看看他们为考试做的准备！不，不，名额绝对不是事先内定的。他们马上就要开始了。请稍等！”但是这些候选者整齐划一地站起来，脸上带着难以描述的虔诚，又高喊了几声“万岁”，然后才重新开始他们的考试。

专制手段就这样应用于人文事业，要重建埃及，铁腕也许是必需的，此外还得强制性地频繁灌输骄傲与忠诚。总而言之，撇开金融家的怀疑、知识分子的憎恨、自由主义者的疑虑、犹太裔少数民族的恐惧和阿拉伯世界的日益疏远，“共和”对埃及来说似乎是好的。但谁能预见，军政府这些盛气凌人的年轻人，连同他们的考试和他们的军队，能否维持这一进程？或者，那些苍蝇、泥巴房子和陈旧的铁罐，是否会比他们活得更长久，就像比他们之前的那么多的人与事物活得更长久一样？

开罗的另一边是哈尔加（Kharga）绿洲，位于尼罗河西岸，这里有一群沙漠中的小村庄，是传统的流放地。5世纪，聂斯托利[1]提出“圣玛利亚并非真正意义上的圣母”这一革命性的教义后被驱逐于此，据说巩固信条的阿塔纳修[2]也在这儿待过。在纳赛尔总统治下，这是一个监禁政治反对者的地方，被囚者大多是持宗教激进主义的穆斯林兄弟会成员，一个人很容易就会在既未收到警告又无法上诉的情况下消失，被关进这些隔离营中。我作为《泰晤士报》的撰稿人前往此处，希望能碰到某些个囚犯。

1 聂斯托利（Nestorius，386—451），景教创始人，428年至431年间出任君士坦丁堡牧首。提出“基督二性二位说”，认为圣玛利亚只是生育耶稣肉体，而非授予耶稣神性，故而反对圣母崇拜。431年，以弗所会议召开后，聂斯托利被革除教职，其教派亦被认定为异端，最终客死埃及。

2 阿塔纳修（Athanasius，298—373），基督教圣人，曾任亚历山大城主教，生前多次遭流放。在325年的尼西亚会议中，击败阿里乌主义，确立耶稣和天父上帝是同一本质和平等的信条，为传统基督教教义三位一体的发展奠下历史性基础。

这是一块完美的流放地。它位于尼罗河以西140英里，在西部沙漠中间一片广阔的斜坡上，由滚烫的绝壁俯瞰，四周被无水的沙漠包围。这片沙漠如此不友善，看上去那么阴沉，似乎在任何时候都有可能下定决心，将整片绿洲、棕榈小树林、村庄、隔离营以及这里的一切全部吞下。一条粗糙的道路，曾经是来自苏丹的贩奴商队路线，往东北方伸向尼罗河；但是，去往哈尔加最简便的方式是从尼罗河上一个名叫拿戈玛第（Nag Hamadi）的地方搭乘柴油有轨车。这种讨人喜爱的小车（本地人说它的父亲是一台蒸汽机车，母亲是一辆公交巴士）一大早就出发，抵达绿洲中心浅浅的凹地时，太阳那可怕的热力刚好到达顶点。乘客们这样下车时，仿佛感觉自己也是因为制造教派分裂而被押送前来。

我花了两天时间来了解哈尔加的某些奇异特征。我想，它有一种静默的、裹得严严实实的特质，非常吻合这堆位于如此荒凉之地、又有如此不祥之名的小村庄。沙漠里的沙子永不停歇而又不可抗拒地随风移动，其实这些年来它们一直在向此地缓行寸进。某些偏远的定居点已经被吞没。某些地方在四周建起高大的防护墙。在一个小村子里，只有一个户主还留在自家房子里，并且他也准备离开了，因为一个无情的黄色沙丘悬在他的小屋上面。“沙漠有它的需求，”他富于哲理地说道，“我们必须容许沙漠自己的权利。”到处都有断墙、破屋、不堪信赖的路障，全都半埋在沙丘里。

隔离营在沙漠几英里外，似乎没有人有那份热心带我去，因此我逗留在绿洲的主要村庄，怀揣着找到某个友善的卫兵或不受控制的囚犯的希望，其实很是满足于在连绵延伸的中心广场上啜饮咖啡。这里气氛麻木，但令人安慰，居民大多是柏柏尔人[1]，无精打采却友好和善。许多狭窄的街道顶上堆着木头和泥土，是以前用来阻止野蛮的贝都因[2]骑手乱哄哄冲进去劫掠的设施。在这些有荫蔽的路上，人们以轻柔无声的脚步走动，随身带着的篮子上装饰着古怪的羊毛簇，到了夜里，灯笼沿着边道挂起来，摇晃在店铺敞开的前门上（里面摆放着成堆的豆子、大玻璃瓶装的香料，安静的店主懒洋洋地斜靠卷帘门）。在这座严格遵循传统的小镇里，几乎看不到一个女人；我只见过一个畏畏缩缩的女人，浑身裹着黑袍，从广场上一堵墙的阴影里急匆匆跑走。哈尔加的天气热得过分，时间缓慢而沉重地流动。

然而，到赶集的日子，这个地方就会大变样，我也因此找到了接近那些囚犯的路径。中心街道上摆满屠夫的肉摊，上面高高地堆着雪白肥腻的骆驼肉，屠夫们粗鲁地挥动切肉刀，然后用血糊糊的双手噗的一声将肉撕开。我注意到，这种可怕的食料被成堆地搬进一辆小货车，车边上站着几个警察看守，我问这车开往何处，他们回答：“运给犯人。”哦

1　柏柏尔人（Berber），西北非洲的一个说闪含语系柏柏尔语族的民族，有1400万—2500万人，主要分布在摩洛哥和阿尔及利亚，少数人群分布的最东部可以到埃及，最南部可以到布基纳法索。

2　贝都因（Beduin），阿拉伯游牧民族，分布在西亚和北非广阔的沙漠和荒原地带。“贝都因”为阿拉伯语译音，意为“荒原上的游牧民”。

唷，我说，能带我一起去吗？当然不能，他们说。那都是些政治犯，显然不能让外国人和他们说话——监狱长会怎么说？然而，有人怀疑地眨巴着眼睛补充道，我若是有兴趣，可以去参观哈尔加的医院嘛，喏，就在那边，从广场上转右走，我会发现那儿非常有趣。于是，那天早上我就走过去，一个好说话的年轻医生带着我在医院里转了一圈。在一个病房，我们看到许多坏脾气的瘰疬病人躺在地板的草垫上。“这是怎么回事儿？”我说，“是床位不够吗？”医生漫不经心地说：“床位平常是够的，但是我们刚刚腾出一个病房给从隔离营来的犯人。想要去看看他们？”

他们就在这儿，这些阿塔纳修的后来人，不同信仰的信奉者：其中一些是共产主义者，一些是穆斯林兄弟会成员。他们看上去像是一群亡命徒，并且因为覆盖在眼睛上或者支撑着手脚的绷带与石膏而显得更加充满恶意。我们东扯西拉地谈起过去和未来，监禁所的生活条件，还有他们对被释放的渴望。我了解到，每天早上他们都要去上一堂教导课，讲课的是政府派来的代表，但他们眼睛里的某种东西告诉我，洗脑压根儿没起作用。我们说话时，两个头发灰白的警卫站在走廊上望着我们，一个粗鲁的老家伙躺在角落里的病床上，不时插上几句刻薄的俏皮话，他有最文雅的英语口音，带着一颗有学识的锐利头脑的尖酸刻薄。

我想，聂斯托利被流放到哈尔加时也是这样说话的吧。

某些关于被拘禁者所受伤害的谈话也让我了解到这个隔离营的管教方法，但是既然我必须在纳赛尔总统治下的埃及继续生活和工作，我想最好还是让《泰晤士报》的读者自己从字里行间去看吧。

黎巴嫩

在20世纪50年代，黎巴嫩共和国的首都贝鲁特是阿拉伯世界里惹人喜爱的地方，大体与政治无涉，在多年的法国托管统治[1]之后仍然法国化，环境优美、气质温和——与它后来变成的那个充斥着恐怖主义和宗教偏见的危险城市形成强烈的对比。任何时候，只要能找到工作上的借口，我就会从埃及跑到那儿去。

贝鲁特是一个不可思议的城市，具有这个形容词的多种意义。黎巴嫩的山一直延伸到地中海，其环境之魅力是不可思议的。其轻率冲动的个性、没心没肺的欢乐、湿乎乎的含糊其词都是不可思议的。在被许多严肃的理论家判定为完全不可行的体系下，黎巴嫩无可救药的繁荣在经

1　黎巴嫩"一战"后沦为法国委任统治地，1940年法国向纳粹德国投降后，被德意轴心国控制。1941年英军在自由法国部队协助下占领黎巴嫩，同年自由法国部队结束对黎委任统治。黎巴嫩1943年独立，成立共和国，1946年英法军队全部撤离。

济上也是不可思议的。正如大黄蜂从空气动力学上看不可能飞行[1]，根据所有的规则和先例，贝鲁特都无权存在。

然而它恰恰就存在着，是众多城市里的一个卡门，一头鬈发甩来甩去，裙子上有荷叶边花饰。它是中东最后一口肉锅[2]，其生活方式的强烈与轻佻，几乎已被我们这严肃正经的一代人忘却。这片神鬼出没的沿海地带的全部神祇，牧神、林中女仙和财神，都狂欢似的降临于贝鲁特。它是一个不知疲倦的欢乐场，一个阴谋与投机的交汇点，一个有着古老特色的大学城。它是阿拉伯沙漠边缘的一个港口，一所妓院，一座瞭望台。它有着古老的出身，但却萌发于鲁莽的现代性，它以任何一个城市在这样的纬度、这样的历史时机都没有任何合理的借口可以采取的姿态，慵懒地躺卧于怡人的海岸，躺在以色列人和叙利亚人中间。对于世界事务的严肃观察者来说，贝鲁特或许是一个令人陶醉的现象，但同时也非常、非常地不可思议。

贝鲁特坐落在没有大河的地方，也未曾控制勤勉劳作的腹地，几十个世纪以来，主要作为通路和渠道而具有重要性，是大马士革的门槛和叙利亚的出口。它是一个歇脚处或临时宿营地，各种文明前后相继地短暂经过，这儿留下一根石柱，那儿留下一尊雕像，图书馆里留下一段传

1　根据生物学的观点，所有会飞的动物，必然体态轻盈、翅膀宽大。但大黄蜂的身躯十分笨重，翅膀却出奇的短小。根据流体力学，大黄蜂身体与翅膀的这种比例，是绝对没有可能飞行的。但实际上，正常的大黄蜂都是能飞的。

2　语出《圣经》典故“埃及的肉锅”，形容丰裕淫逸的世俗生活。

奇，海滩上留下一座碉堡。

一根石柱，一座碉堡——征服者没有留下更坚实的东西，因为贝鲁特的土质呈片层状，易于流失。地震和火灾摧毁了大量的遗迹，但主要是这里的特性使得这座城市没有可见的过往。它总是处于当代，随着环境见风使舵、改弦易辙。它是一个半基督教、半伊斯兰国度的首都，一直在东方和西方，在亲法和立足亚非，在沿着水滨排开的雅致旅馆与散落在山坡上摇摇欲坠的东方村庄之间保持平衡。尽管如此，它并非那种精神分裂的城市中的一个；相反，它成功地充分利用了自身的对立，成为最圆滑、最诱人的中间商。所有的东西对这个磨坊来说都是谷物：一箱钢螺栓，一张信用证，一首诗，一个航海系统，一杯鸡尾酒，一副嗓音，一台电动印刷机，一碗汤——贝鲁特照单全收，如有需要就加工处理，然后卖出获利。

这座城市依赖中间地位，凭最挠人的贪欲驱使而生。几乎没啥事是它不愿干的。它会把你的小麦经内陆运去大马士革，或走海路把你的石油向西运至汉堡。它会油漆你的干舷，翻译你的论文，把你介绍给阿拉伯半岛的酋长，让你住进水边带空调的、过分豪华的套房。它会在户外节日中演奏你的无调性音乐，或提供给你关于宰加济格（Zagazig）的政治论战的不可靠的统计数据。它会不带丝毫诧异地把你的挪威旅行支票换成印度卢比和玛丽亚·特蕾西亚银币[1]。它没有任何自己的东西，没有铁矿或煤矿，没有值得一提的工厂，没有上规模的军队，但无论想要什么，只要出价合适，它几乎都能提供给你。

不，这话不公平——它也不仅仅是为了钱。贝鲁特同样是一个思想的贸易中心，把集市与剑桥和索邦神学院[2]联系起来。不论一个人来自北京还是匹兹堡，他很快就会在这块自由开明的地盘上发现某个肯定会让他像在家里一样舒坦的角落，或包裹在情欲里，或深陷于哲学概念的讨论中。贝鲁特的空气中有一种特殊气味，又苦又甜，平易近人，不可能存在于世界上其他任何地方：因为它是东西方之间古老联盟的产物，接受过古代人文主义的洗礼，又沐浴在无与伦比的地中海阳光中。这种精神创造出了古老的亚历山大城[3]，也使得贝鲁特让每个古典模式的钟爱者、每个拥有慷慨宽宏本能的人产生怀旧的惋惜。

总是有惋惜，因为贝鲁特是一个二等的奇迹，一个靠边站的城市。它矗立在阿拉伯世界的边缘，以一种扭曲和怀疑的超然往里面窥视，其

1 玛丽亚·特蕾西亚（Maria Theresia，1717—1780），奥地利女大公，匈牙利和波希米亚女王，在任期间奠定了奥地利成为现代国家的基础。此银币于1773年始铸，是最著名的非官方贸易银圆和币制欠稳定时所共同接受的银币，一直生产到1975年，但此银币无论何时何地生产的均印有她逝世的年份1780。

2 索邦神学院（Sorbonne），巴黎大学旧称，1253年由罗伯特·德·索邦创建第一所学院，早期以神学研究享誉。1261年改成巴黎大学，巴黎大学拆分时成为巴黎第六大学。

3 亚历山大城（Alexandria），埃及北部城市，公元前332年由亚历山大大帝建立，并成为犹太、阿拉伯和希腊文化的博物馆，尤以其广博的收藏品而闻名。

道德心尚未发育完全。

无可否认，这有助于寻乐。整个中东的一切助长了贝鲁特。在这里，你可以看到政治流亡者，说着隐晦而冗长的托词；或是金玉其外的鹰钩鼻阿拉伯酋长，笼罩在阿拉伯祖先传下来的全副镀金的光辉中，拨弄念珠，沉湎于华丽夺目的闪烁。这里有如丝绸般的叙利亚女人，体态娇美、眼神天真；这里有水畔的妓女，卷发，性感迷人，是带着些微巴洛克风格的闪米特人[1]。贝鲁特有许多诗人，偏爱空想的艺术家，穿磨损便鞋、头发蓬乱的存在主义者，论素质是半吊子，论职业是间谍。有时，你会在城里见到德鲁兹教派[2]的部落居民，他们来自东边的山脉，毛发极度茂盛，容光焕发，大摇大摆。有时，有英国、美国、法国或是希腊的船队开来，码头的酒吧里便充斥着下流话。当某个常年存在的中东危机爆发成为报纸头条，那么贝鲁特沉静的旅馆就又要塞满外国记者，大厅里行李搬运工温习行话，四处找机会闲聊，整个城市似乎变形成一根敏感的、颤巍巍的天线。

但是，在贝鲁特，你极少处于事物的核心。消防员总在巡视，危机总在别处。它给人昙花一现的感觉，如同一所极度堕落而世故的女子学校。这样一种生活方式，让你觉得不可能恒久：太无常、太迅捷、太装样、太

1　闪米特人（Semite），居住于近东和北非的讲闪语的民族，包括阿拉伯人、阿拉姆人、迦太基人、埃塞俄比亚人、希伯来人和腓尼基人，据说是《圣经》中闪的后裔。

2　德鲁兹教派（Druse 或 Druze），主要分布在黎巴嫩、叙利亚等地的一个伊斯兰教的派别，成员信奉主神归一，相信伊斯玛伊派哈里发阿尔哈奇姆是神的化身。

空幻。贝鲁特是没有哲学家，没有法老王，甚或连克利奥佩特拉都没有（因为它那些牵贵宾犬、戴太阳镜，蹒跚着从沙龙去往时装店的名媛贵妇衰老起来格外明显）的亚历山大城。尽管历史悠久，但它却让人感觉是一个无根之城——淫荡但未放开，阳刚却又不育。看起来，一缕风，一次命运的转变，就会将所有那些色彩鲜亮的织物掸进被人遗忘的角落。

这就是此地的本质。贝鲁特是一个极小的共和国的微小首都，这里发生的事件往往并不让人感觉有多重要。贝鲁特一直在低声说，给它点时间，别大惊小怪，等等再看，来喝一杯。在这里你总是会睁一只眼闭一只眼，无论是角落里的一个洞，一只手的背面，还是台面下的东西。这不是一个诚恳的城市。维多利亚时代的体面人会厌恶它。哈佛经济学家或英国公务员正在研究它那些不可思议的方法、它轻浮饶舌的魅力、它的喧哗与谄媚——这些有着严肃目的的人在一个芬芳的傍晚在贝鲁特安顿下来，他们也许会宣称它已不可救药。

但谁会去拯救这样一个地方呢，在一个虚假救赎的世界里？俱乐部女会员和蓝袜子[1]在我们的时代层出不穷，但率直而可爱的放浪者仍然让人振奋。这样一种不管不顾的喜悦，这样一种无忧无虑的眼神的闪耀，就是贝鲁特的赠予。这是一个没有太多灵魂的城市，但拥有不可估量的

1　蓝袜子（blue stocking），18世纪英国一批知名新女性办的文化沙龙，参与者中多有穿蓝袜子者，现在多指女学究，常有贬义。

诱惑力，更重要的是它被一种天赐的背景之美赋予荣光：这种美永恒而古典，属于蓝色和深酒红的类型，带有你在漫长而潮湿的北方夜晚所梦想的、渴望来一大杯温暖的南方时的那种魔力。这城市总让人感觉是二流的，但它的环境是绝佳的。在黎凡特[1]海岸上的这个地点，黎巴嫩山脉宏伟地平行于海岸线，靠得如此之近，以至于贝鲁特的市民若被狂热的一时之兴攫住，大可早上滑雪，下午海泳。正是城市周围存在的这些美妙的群山，将贝鲁特的境界从令人愉悦提升到崇高庄严，并在朝生暮死与永恒不灭的对比中，为这座大都会梦幻泡影的轻浮提供了一种奇迹般的烘衬。

想象贝鲁特海滨露台上的一张桌子，在地中海黄昏的须臾中，众店铺拉起卷帘门迎接晚上的生意，你住的饭店在夜色初降时响起丝绸的沙沙响与嗞嗞声。你的桌上可能有明虾，或来自西顿的羊鱼，来自葱翠的贝卡山谷的水果，一瓶色泽怡人的黎巴嫩白葡萄酒，或是产自法国的高贵的葡萄佳酿。围绕着海湾，这城市咕哝、叫嚣、喋喋不休：某个看不到的铁匠铺的叮当声、微风中几丝香料和生鱼的味道、散步场外传来的收音机刺耳的回声、有轨电车遥远的哐当声——所有这些火热、沉重、叫人喘不过气的征兆，如同日落时分的一声叹息，暗示着黎凡特的一天即将耗尽。在你下面，最后一个滑水橇的人在浪花飞沫的疾雨中飞奔回

1　黎凡特（Levant），是历史上一个并不十分精确的地理名称，指的大略是地中海东部沿岸诸国与岛屿，包括叙利亚、黎巴嫩等在内的自希腊至埃及的地区。

家，同时不忘向海滩上的姑娘们炫技。在海上，一艘高高的旧纵帆船闲荡着，在暗光中恍如幽灵；防浪堤外，或许有一艘偷偷开往希腊的意大利班轮，涡轮轻柔地踩踏海水，旗帜猎猎翻动。有时，一架班机从海上颠簸摇晃着飞来，在雪松林的另一边着陆时闪烁红灯；有时，一辆炫目的轿跑车头重脚轻地载满金发女郎与年轻肌肉男，尖啸着在通往夜总会的滨海路上滑行。海岸边从头到尾遍布高大的白色建筑，坚固笔直，有太阳伞和亮灯的阳台，灯光昏暗的酒吧和低沉的乐声。

现在，夜晚来临之前，黄昏仍是朦胧的紫色，天鹅绒般的薄暮仍在持续——此时此刻，你可以品味贝鲁特的不可思议之美：大幅度地上升到这座山坡台地鳞次栉比的都城之上，在摩天大楼之上，在最边缘的市郊之上，在橄榄树林之上，在山麓小丘的村庄之上，在蜿蜒的大马士革公路之上——在那里，在海与城市之上统摄着的，是耸立的群山，“漂浮于天堂的水池”。雪光悬浮在它们高高的山脊上，黄褐色的陡坡穿过山麓碎石、田野和橄榄树林，跌跌撞撞地延伸至下面的地中海。在宁静安详的群山下面，贝鲁特正在溃烂也在欢庆：正巧在呷着美酒或拨弄鱼肉的你眺望之时，灯火如星团般在山间村庄亮起，沿着斜坡向越来越高处延伸，直到最后黑暗降临，落日的余晖消退，远远地，在贝鲁特之上，只有山顶的积雪在黑夜里仿佛一顶朦胧的王冠。

贝鲁特是驻中东的西方媒体人士太过中意的消遣地。有一次，埃及

发生了一个重磅新闻，当时我的一位在开罗的美国同行碰巧溜到贝鲁特享乐去了。传言说，当他在海滩上喝冷饮、晒太阳时，所供职的报纸给他发来一条消息。“法鲁克国王退位了，”那消息说，“你的计划是什么？”

约旦

1955年，《泰晤士报》派我去全程报道约旦国王侯赛因与其埃及新娘在首都安曼举行的婚礼。约旦哈希姆王朝的存在要归功于英帝国，由后者在“一战”后扶助建立，直到1946年以前，约旦都和外约旦一样属于英国托管地——英帝国的一种保护国。婚礼的场面几乎是对由英帝国主义从土耳其－阿拉伯传统中所制造出的混合的仪式感的最后一次展示。

国王站在他父亲（精神失常的塔拉勒国王）的肖像下迎接婚礼来宾，他身边是一名皇室堂兄——伊拉克的费萨尔二世。这两位小国王看上去那么小，那么无助，那么优雅，两人都还是小伙子，都是结实的小个子，穿的深色西装不知为何不甚合体，颇有些手足无措——刚从桑德霍斯特[1]回来不久的侯赛因大致站成立正的姿势，稍微有经验一点的费萨尔两腿分开，两手交握放在身前。他们是国王，但却是一个共和制流行的麻烦重重的世界中的国王。

那个奢华的日子（因为首都从黎明到焰火时间都挤满了阅兵和游行的队伍）真正意义重大的一刻是晚上的集会，那时国王将与他的王后正式相会。过去，这一仪式在挂着帘子的后宫门背后举行，数不清的王室女性不会在外界的注视下除去面纱片刻。这一次，尽管此事主要还是由女性主导，但一些男人也被允许参加；女士们完全不戴面纱，无拘无束的样子非常迷人或至少是引人注目的。

我站在房间的一个拐角，此时集会正为那对皇家新人的到来做准备。穿戴着黑色大氅、阿斯特拉罕羔羊皮帽、高筒靴还有其他令人眼花缭乱的服饰的切尔卡西亚[2]人守卫着大厅入口——古时候，守护这些地方的是宦官。楼梯顶端是两名勇敢的、穿着猩红色束腰外衣和白马裤的枪骑兵。但屋里的主体是一大群女人。她们衣着华丽，缎子、织锦和皮毛闪烁光泽，唇膏和睫毛膏构成一幅镶嵌画，叮当作响的耳饰组合成一支万花筒，镶着金属亮片的手包带来小小骚动。香奈儿和迪奥让空气变得浓厚。当约旦王太后抵达时，嗞嗞作响的阿拉伯人的低语声在大厅间掀起涟漪；这是她首度没在华丽的丝质长袍上佩戴面纱就公开露面。

1　桑德霍斯特（Sandhurst），英格兰小镇，著名的英国皇家军事学院所在地。

2　切尔卡西亚（Circassia），位于黑海东北岸，高加索山脉北部，1829年由奥斯曼土耳其割让给俄国，19世纪后期，在一系列反抗俄国的起义后，很多切尔卡西亚人流散到中东各地。

然而，我禁不住觉得，我们与后宫中那些群雌粥粥的嫉妒心和女学生般的快活劲儿在精神上——即使不是在质地上——多么接近。这些宫廷里的女人是多么频繁、多么厚颜地打量彼此的衣服和发型！她们的眼部轮廓描抹得那么重，像是在后宫禁止外人出入的走廊里透过半透明的帘子看到的眼睛一样。指甲多么参差、如同爪子，体形是多么粉嘟嘟的肉感，这些不受约束的女人看上去多么被动、如同玩偶，排成芳香四溢的密集方阵，仿佛某个好色的苏丹将要穿过她们的行列，以不可一世的姿态用食指从这儿挑出一名佳人，从那儿点中一位美女！

但是，随后走进房间的，只是小侯赛因国王和他平静、聪明、文雅的妻子。幻象刹那间消失，宫廷贵妇们抚平裙子，按压手套腕部的褶皱，一名穿着皱巴巴马甲的摄影师忽然从切尔卡西亚守卫中挤过来，说，再来一次，女士们，请再给我一个迷人的微笑。

尽管有这些仪式，20 世纪 50 年代的约旦仍处于一种地方性的革命初期状态中——与作为一个整体的阿拉伯世界的大多数地区一样。为了对这个国家的当务之急有些不同的了解，也是在安曼，我参加了对五名政治颠覆分子的审讯。

革命是件令人敬畏的事，我们多半是以宏大的抽象想到它。我们像天文学家一样宽泛地谈论如今已席卷阿拉伯世界的骚乱，只是偶尔，在获得启示的急剧而短暂的瞬刻，我们才仔细核对重大的政治企图与在那些公开宣言下面挣扎的可怜的小小的人类良知。这样一次启示的闪光，就发生在这个早晨，安曼城外一座山上，约旦军队教导团的军官食堂里。

食堂铺上了白桌布，好像即将供应午餐，团里收藏的银色小玩意儿在玻璃橱柜里漂亮地隐约闪光。尽管有阳光，日光灯仍然开得大亮。墙上有装甲车的照片，窗外的中欧山松散发出一股微微有些刺鼻的香气。正在进行的审讯是指控五名约旦人策划阴谋以及非法拥有和使用炸药，按法律规定这是死罪：在这儿，你可以从某些狂野的侧影中看到清晰而冷酷的革命形象。

审判庭一边坐着被告。两名戴破旧巴勒斯坦头巾[1]的、平静的约旦人，静默而沉着地坐着，仿佛置身清真寺。一名略胖的、面部肿胀的男人头上顶着一块毛巾，明显被审讯者严刑伺候过，已经快要不行了：大块青紫的鞭痕在手上留下伤疤，因为疼痛而行动迟缓，透过水汪汪的眼睛可以看到其中的痛苦，他有时以绝望的姿态倒下身子，把头搁在旁边人的膝盖上。而那一排的末尾坐着一对恋人，男的高个有须，女的苗条大眼，是革命的与拜伦式的浪漫形象的典型。小伙儿愉快地微笑，穿着蓝色的开领衬衣；姑娘脸色苍白但神情骄傲，大大的黑眼睛焦虑不安，穿橙色条纹的裙子，戴白色手链，脖子上挂着一根纤细的金十字架。

1　巴勒斯坦头巾（Kuffiyah），巴勒斯坦男人常戴的一种头巾样式，将斜纹布折叠成三角形，对折部分置于额头，一个角垂到背后。在西方人的想象中，这是巴勒斯坦民族解放运动（法塔赫）成员的标准服饰。

权力机构以军事法庭的形式坐在房间另一边，穿卡其布军装的审讯者表情严厉，意态不祥地把文件搅来混去。辩护律师穿双排扣西装，坐在一张桌旁。起诉人是一名战战兢兢、效率低下的中尉，坐在另一张桌旁。两名颇为矮胖的少校构成法官席的附属物。庭长是一位准将，衣服缀着红标签、饰有缎带，颐指气使，傲慢自负：他的脸大而多皱，像沙漠居民的样子，嗓门很大、相当刺耳，短胡茬刚硬竖直，上面一对深陷的眼睛瞪着法庭。

原告、被告、法官，他们就这样坐在那儿：旁听者推挤着环绕四周，懒散地站着，或者三心二意地自己找乐子。这里有成群的士兵，显然是不当班的，坐在审判室里或挤在敞开的大门周围。有少量急切关注此事的市民。戴锥形尖顶头盔的警察硬邦邦地坐着，神情茫然但乐于配合，就像战前英国喜剧里骑自行车的乡村警察。几名外国记者在便笺簿上随手乱写（“你可以就这个氛围写一篇报道，老兄，但你不能把它称为硬新闻，除非从那个姑娘的角度”）。一名黑色短发的女警戴着金耳饰和步兵便帽，不协调地坐在一群男人中间，脸上脂粉很重。这场景有一种哑默且沉郁的娱乐感，如同在郊区电影院看一部相当沉闷的二轮放映的剧情片。

然而，事实上，这个小审讯室里充满可怕的情绪，充满恐惧、忠诚与蔑视，以及一切人类判断的冲突——这正是革命的基础。这对感人的年轻恋人正面临死亡，也已经（如果对他们的指控是真确的）完全准备好消灭任何数量的陌生人，以推动民族主义的事业。他们表现出的情感是甜蜜的，那姑娘的裙子是漂亮的，十字架是精致的，但他们的生活却与残酷狂暴相毗邻。紧张的年轻起诉人无意识地拨弄领带，冲着准将讨好地微笑，依赖于从残忍的暴力方法中获得的所谓招供；这个可怜的家伙，也许他只想到自己的升职，但如果他望向房间对面，就仍然会看到，那个被打残的囚犯痛苦地抬起胳膊把包头毛巾拽得更贴近脑袋时露出的大块的青紫鞭痕。

准将强有力地主持着审讯，知道他可能也是在签署自己的死刑判决书；他所审判的力量比他所代表的权力的力量强大得多，不可压制得多，倘若革命最终抵达安曼，他无疑将遭受忠诚的惩罚。他们都是焦虑的人，每一个都是，法官和囚犯和起诉人和狱卒以及所有人，被残忍地攫握在变化的漩涡中。

那么，那些充满象征意味地坐在厨房椅子上吮大拇指的旁听者又如何呢？他们代表了那种冷漠的沼泽，敏感的或被误导的人类良知在里面如钻石般闪烁。他们坐在强烈的情绪中；一个被拷打的男人在一边，一对时乖命蹇的恋人在另一边，在庭长刺耳的宣判之上，你几乎能够听到他们未说出口的共同的恳求："把针线筐递给我好吗，亲爱的，我要继续织毛线，你们大老爷们儿可以好好聊个天。我一直说，你不可能改变人的本性，不是吗？"

我一直不知道那些被告最终遭遇了什么，但不论如何，革命从未在约旦爆发。

耶路撒冷

20 世纪 40 年代晚期，我在英属巴勒斯坦托管地服役，但英国在 1948 年已经从该国撤出，留下阿拉伯和犹太居民为了领土而争战。对两派来说都是圣地的耶路撒冷似乎是他们达成协议的一个无法解决的障碍。1955 年，当我为《泰晤士报》写这篇报道时，有城墙的耶路撒冷旧城在约旦人手上，被认为是约旦的一部分，负责驻防的是由英国人建立的约旦阿拉伯军团士兵，而这座城市的现代部分则被以色列人控制。

耶路撒冷旧城依然金碧辉煌，特别是从橄榄山上，或是在一个晚夏的黄昏透过客西马尼[1]多瘤节的树木观看。它依旧是神圣之地中最神圣的地方，依旧是一个壮丽的伊斯兰教城市，依旧是一个堡垒。在最近的战

1 客西马尼（Gethsemane），《新约全书》中耶路撒冷以东橄榄山山脚下的一座花园，是耶稣被出卖的地方。

争中留下创伤的建筑安详而宁静地矗立着；穿过弯弯绕绕的街道，移动着朝圣者、牧师、贝都因人、擦鞋童、卖咖啡的商贩与穿长袍的传统商人；城墙守卫着与以色列交界的严阵以待的边境线，在城墙上，阿拉伯军团士兵们系着粉红格子的巴勒斯坦头巾、穿着战服戒备着。

对耶路撒冷来说，和平安宁与其传统格格不入。死亡和战斗，军队和围困，流血和贫穷是这座城市的常态。在稀疏的小山之间，这块地方无疑处于一种奇妙的静默，安宁而沉着，天边裂开最初几缕光亮，升天峰（Hill of Ascension）上清真寺里传来对晚祷者的召唤。但一条无法和解的边界将旧城与其大部分现代化的市郊隔离开来，西边山脊上亮堂堂的光线标示着耶路撒冷新城的中心，那里如今在犹太人手中，对阿拉伯人来说就像不丹般难以接近。敌人，实实在在地来到了家门口。

耶路撒冷的精神已经从如今大部分属于以色列的宏伟的新市郊退却，退到它所属的被墙围着的城中。街道拥挤、繁荣、洁净。宽大的美国轿车颠颠晃晃地沿着有台阶的窄巷开上斜坡，因为很多从新城开车过来的有钱的阿拉伯零售商都把店铺建在城墙里面。当你喝着他们加香料的咖啡时，他们会向你讲述庞大的商业中心、广阔的地产，而且似乎每个人都曾留下数不胜数的银行余额—— 一个有关消失了的丰饶的神话，一种镶着金边的亚特兰蒂斯之灵魂。悲哀的是，这些不幸的人会将你带到他们的建筑楼顶，去眺望交战两军之间的无人地带。那里延伸着一条萧条杂乱的狭长土地，乱糟糟地拥挤着被遗弃的建筑、成卷的电线、成堆的混杂的垃圾。几个可怜的寄居者已经偷偷摸摸钻进了靠近阿拉伯人边界的一些摇摇欲坠的建筑；在那中间，一名以色列家庭主妇无视严酷的国际局势，正晾着衣服；在最边上，靠近旧城城墙之处，一间小小的犹太军队哨所大胆地设置在一个荒废的阳台顶上的沙包后面。

边界对面是另一个世界，平和而隔绝，仿佛某种完全外来的、疏远的文明将自己移植到那里。阿拉伯人只能扫视并惊奇，但他们居住在伊斯兰教的第二圣城里，他们自己的世界幸存下来。壮丽的岩石圣殿[1]在战斗中被破坏，但在宽阔的庭院、拱门、楼梯和旧城墙的环绕中，它依然有一种闪烁的辉煌，农民仍然会在它面前虔诚而敬畏地伫立。

在这些神圣的遗址间漫步时，基督徒也会感到他们哲学的可靠。圣方济会的朝圣者总是沿着苦伤道[2]前行，穿褐色袍服的修道士，穿棉质裙衫的美国女人，跪在苦路14处[3]旁坚硬的鹅卵石上的意大利一家子。曾被古老的教派分歧与对抗劈裂、关闭、损毁和亵渎过的圣墓大教堂[4]里，天主教徒每晚列队行进：受过训练的嗓音，格列高利圣咏，一名来访

1　岩石圣殿（Dome of the Rock），著名清真寺，638年伊斯兰教徒攻占耶路撒冷，并于691年在被公认的犹太第二圣殿原址上兴建岩石圣殿，成为今日以色列人重建圣殿的最大障碍。

2　苦伤道（Via Dolorosa），又称“悲哀之路”或“十字架苦路”，是《圣经》中耶稣从彼拉多审判大厅到髑髅地的路程，沿途共有14站。

3　苦路14处（Stations of the Cross），苦伤道上供人膜拜的14个十字架，配有介绍耶稣受难经历的图画或塑像，教徒常在十字架和图像前进行祈祷和冥想。

4　圣墓大教堂（Church of the Holy Sepulchre），又称“复活大堂”，耶稣坟墓所在地，基督教圣地，耶路撒冷基督教大教堂之一，位于以色列东耶路撒冷旧城。

的英国牧师，一群手持点亮的小蜡烛的朝圣者。过了一会儿，希腊人来了，他们的音乐刺耳且不和谐，他们年老的主教掩蔽在法衣里，只能在兜帽下的暗光中隐约看到眼镜与几缕白发。一位老妇放下拐杖，在亚美尼亚人的地下小教堂里向神举手崇拜；一个高高的阿比西尼亚修道士站在柱子间，静默着，陷入冥想；圣墓背后那座小小的科普特教堂里，一个圆圆的厨房钟在圣坛上响着尖细的滴答声。

耶路撒冷旧城的虔诚就这样幸存下来，无数伊斯兰和基督教宗派仍然在其城墙间繁荣兴旺。但这城市永远不会安宁，在其南部区域，在粪门[1]内，有一大片废墟，被压塌的房屋和崩毁的庭院，只有那些不幸的、污秽的、乞求施舍的难民才会居住。犹太人给他们留下了四分之一个耶路撒冷，他们的房屋都损毁了。哭墙[2]荒弃了，没有一张揉皱的纸插在希律王的巨石间，而甘蓝则生长在汲沦谷[3]上的犹太墓地里。

1967年，以色列夺取了整个耶路撒冷，自那之后——好吧，你们知道其余的情况了。

---

1 粪门（Dung Gate），耶路撒冷旧城东南角的一道城门。

2 哭墙（Wailing Wall），耶路撒冷旧城第二圣殿护墙的仅存遗迹，亦称“叹息之壁”，长约50米，高约18米，由大石块筑成。犹太教视其为第一圣地，教徒至该墙须哀哭，或背诵经文，或将写着祈祷字句的纸条塞入石缝。

3 汲沦谷（Kedron Valley），沿耶路撒冷旧城东城墙外的一道山谷，将圣殿山和橄榄山隔开。汲沦谷在《圣经》中被多次提及，是许多犹太人坟墓之所在。

伊朗

那时伊朗通常被称作波斯，其统治者仍然是沙阿[1]中的沙阿，国王中的国王，恺加王朝、阿夫沙尔王朝、萨非王朝和伊尔汗国的继承者。《泰晤士报》主要是对在南部阿巴丹的英伊大型炼油厂发生的事件感兴趣，而我则更愿意在沙阿统治的内陆城市闲逛，因为我非常欣赏他们古老文明的特殊风味，这一文明在世界上的声誉还没有因为即将到来的伊朗宗教狂热而变得粗劣。

波斯为自己制定规则。从来没有过像波斯人这样拐弯抹角、底儿翻外背朝前的思考方式；从来没有过如此魅惑的、鬼火般不可预知的民族群体；没有别处的建筑是这般难以描述的可爱，没有别处的风景比辽阔的伊朗平原更独特，有时荒凉得无法形容，有时又温煦多彩，时常有怪异地零乱分布的圆形大坑洞标示出地下水道的路径。问一名波斯人哪个是他的右耳，他会把左手放在头后面这样指出来。

波斯的生活很大程度上被一种幽默感支配，为了连续性而依赖于一连串不合前提的推论，因此那里的事件进展得颠颠簸簸但却宽慰人心，仿佛内含粗沙的鸦片。很久以来它就是这样了，因为经过多个世纪

1　沙阿（Shah），古代伊朗世袭君主的尊称。

的专制统治，波斯人业已在其周围竖起一面难以定义的幽默、古怪、滑溜溜的屏风，一道烟幕或迷彩，一条伪装的行迹，一片催泪瓦斯，当麻烦靠近时他能一个猛子扎到那后面，搞得那些折磨他的人不知所措、憋闷懊恼。波斯的全套古老风味和本质最能在伊斯法罕的集市中嗅出或体验到。在中东所有绝妙的集市里，我最欣赏这里。它们蜿蜒、散漫而神秘，被一束束透过屋顶的阳光照亮，到处都是织物、地毯、珠宝和蔬菜，缠着异国情调的包头巾的身影漫步其间，连续不断的推挤、摔倒、叫嚷和讨价还价；一切都发生在一连串带有些微宗教特征的拱廊中。女人在这个伊斯兰市场备受冷遇，被驴子挤出街道或被无情地诅咒，有时，这个地方的鲜活热情也会发展到阴森或诡异怪诞的地步。

有一次我走过集市，一位年轻人从自行车上摔下来，一个拴在行李架上、裹着报纸的包裹松开，一整个儿带角的羊头滚到人行道上，眼珠像玻璃球，脖子里细细地渗出几滴血。在靠近集市入口处，一个类似地牢的地方，仍在运转的古董级骆驼磨坊也隐约叫人不安。你沿着一段磨损的台阶走下去，发现自己站在一个无窗的地下洞穴里。这个可怕场所的正中间，有两头老骆驼，蒙着眼睛，在暗光中绕着研磨机一圈又一圈地慢慢跑动，有一种粪便、毛发、麦秆和燃烧的木头的气味，远处一个角落里有火焰闪动，三名年老的、衣着破烂的养驼人正在给自己做饭。

在这样一个地方，你能够清晰地听到波斯心脏的节拍——古老、紧闭、老谋深算、飘忽不定。在这些通风良好的拱廊之间曳足而行、乱冲乱撞的人群有种尖锐急躁的感觉，而在波斯人的眼睛里——哪怕他的气质中有一丝小丑的浮华鄙俗——总有一种深沉而工于心计的内省。在伊斯法罕，你永远不会感到远离沙漠；你永远无法脱离伊斯兰教；这里有许多东西提醒你，这座城市站在狂野的非世俗领地的边缘，有成群结队闲逛的部落人盘踞，有徘徊不去的大量禁忌和迷信为其添色。这是拜火教徒与伟大的波斯神秘主义者的家园，是古代脆弱的波斯诗人的养育之所。时至今日，爬上集市中众多蜿蜒而摇晃的楼梯，在灰尘和水烟袋的甜蜜烟雾中，你会发现细密画画家仍在工作，叉着腿蹲踞在长椅上，弟子环绕身旁。

伊斯法罕既苦涩又芬芳：也许你曾被它的魅力哄骗得多愁善感，但你也会很快看到某个容光焕发的人物漫不经心、高视阔步地走来，穿戴头巾、斗篷、皮帽、羊皮靴、印度腰带、透明长袍或是束腰紧身皮上衣——这些永恒的波斯的真正化身。他那严峻的形象萦绕在这种场景里，给其大部分活动笼上一股辛香刺激的气息。

那时，沙阿的首都德黑兰的辛香刺激几乎一点也不比其他地方少。如果我用滑稽趣闻来举例说明这一特性，那不是因为这种特性本身是滑稽的，而是因为波斯人的特征如此频繁地呈现出舒芙蕾[1]的风格——以幽默松软其外，以强韧精细其内。

1　舒芙蕾（soufflé），著名法式甜点，又称蛋奶酥，以起泡蛋白为主烤成的酥松食品。

据说有一次，伟大的礼萨沙阿[1]沿着新修的横贯伊朗的铁路视察时，前面一辆机车出轨，倾覆在铁轨旁。铁路工不想沙阿陛下看到他们不称职的证据。当皇家火车沿着铁路飞速开来时，他们拼死想把机车放回轨道，或者至少让它轮子着地，但它却一寸都挪不动。幸好，一个气魄宏大的波斯点子及时而偶然地浮现——他们把它埋了起来。

波斯的氛围辛辣尖刻且防范心重——或许与地球上任何国家的风味一样独特鲜明——外国人很容易被其吸引。德黑兰的波斯中央银行金库里保存着御宝，一个为国家货币流通提供后盾的珠宝与艺术品的惊人收藏。经过好几代皇室的收集它们才有此规模，包括大量战利品、镶嵌宝石的武器、来自其他王朝的无数昂贵礼物和小玩意儿，被存放在一个有着大量便衣护卫的巨大地下保险库中，这收藏也成了一个相当有吸引力的观光之所。

我在一个工作日上午去到那儿，挤在大开眼界的游客里，周围是他们染过的头发和叮当作响的手链。我偶然看到一盒很不错的胸针与几块镶钻的小手表——我想，它们比那些为这场展览确立了整体基调的巨大的钻石和层层叠叠的皇冠更符合我的标准。我弯下腰，贴得更近地细看那些饰品，就在此时，宝库里忽然响起震耳欲聋的警报声。每个人都愣住了。没有人说一句话。没有谁的精灵饰品发出一丝声响。我们惊骇地

1　礼萨沙阿（Reza Shah，1878—1944），伊朗国王，1925年建立巴列维王朝，进行了一系列改革，1941年被迫退位。

等待着玻璃的碎裂声、枪声、手铐声或是爆炸声。警报器一直响着。一时半会儿什么都没发生，然后，一个穿绿衣服的年轻漂亮的姑娘镇定自若地穿过房间走来。她绕过盛着纳迪尔沙阿羽饰的展柜，饰品中间是一枚巨大的绿宝石，周围以刺刀和枪管形状的钻石装饰。她略过由阿塞拜疆人献给礼萨沙阿的权杖，上面不只一头金狮气势汹汹地围绕着嵌满宝石的小金球。她完全没注意经由恺加部族的宝库从第一个印度莫卧儿王朝皇帝继承而来的“光之海[1]”——“山之光[2]”的兄弟。她平静地走来，高跟鞋哒哒作响，穿过金库直接来到我面前。

“我可以请您，”她亲切地微笑着说，“将胳膊从珠宝柜周围的金属围栏上挪开吗？”我移开了我的胳膊。警报声停止。她表示感谢。我把最后一脚沙子踢到那台被掩埋的机车上，尔后，波斯继续它的荣光。

阿曼

1955年冬天，马斯喀特和阿曼的苏丹[3]作为英帝国的一名忠实的代

1 光之海（Darya-i-Nur），世界名钻，最初为莫卧儿皇帝拥有，1739年纳迪尔沙阿征服德里后易主。

2 山之光（Koh-i-Noor），世界名钻，与光之海同一时期落入纳迪尔沙阿手中，此后又先后流落至阿富汗和印度旁遮普，目前作为英帝国权力象征镶嵌在英王王冠上。

3 此苏丹为赛义德·本·泰姆尔（Said Bin Taimur，1910—1972），1970年被其子废黜，并流放至英国。

理人，在伦敦的鼓励下，决定去他那个国家有争议的内陆地区建立自己的权威。那片他从未去过的土地属于阿曼，有希望挖出石油来。这就需要一次以往从未尝试过的穿越阿拉伯东南角的皇家行程，旅程从苏丹南部行宫的所在地，阿拉伯海边的塞拉莱开始。我作为《泰晤士报》的代表与苏丹一同前往，是这个由贝都因向导和努比亚奴隶组成的团队中唯一的欧洲人——马斯喀特和阿曼当时是地球上最封闭的国家之一，还保留着奴隶制度。后来我写了一本关于此次行程的书，书名是《阿曼的苏丹》。

在那宫殿的庭院里停着一辆粗短有力的美国卡车，上面高高地堆着行李，苏丹站在车旁，展开地图。我站在他面前，比他高一英尺或更多，当他向我指出路线时我一直在琢磨他的脸。他只有44岁，但层层叠叠的尊贵袍服、沉重的穆斯林头巾、庄严的举止、浓密的胡须结合在一起让他看上去岁数要大得多。他的眼睛大而黑，睫毛长，很严肃。他的嘴，尽管和善而幽默，但在我看来却能够不时来个轻蔑的嘲笑，似乎时常独立于其面貌的其余部分。这是一张古老、忧郁的脸，就像你可能在古代东方绘画中看到的那种面孔——我觉得，如金字塔般意味深长、神秘莫测。

卡车司机站在车门边抖动身体，苏丹像运动员一样爬了上去。我注视着他拉起长袍，放好佩剑，整理文件，坐在前座上。他郑重其事地戴上一副太阳镜，司机跳上车，发动引擎。

“莫里斯先生，”苏丹说，“要是你现在准备好了，我想我们就该出发了。我想，这将是一次有趣的旅程。我希望你会感到舒适，不管你想要什么，都请告诉我的手下。”

我鞠躬，他微笑；侍从把步枪弄得咔嗒作响；我从里面的庭院走到外面的大院。我们的护卫车队在那儿，随时准备开拔。另外六辆一模一样的美国卡车，储备和包裹堆得几乎快要把车压翻。每辆车都带着强壮的黑奴，他们穿蓝色套衫，仿佛远方码头上的皇家海军水手或“云雀号”船长。一辆车上站着五只小山羊，命定赴死却淡泊坦然，头刚刚从侧面上方探出可见，耳朵精力充沛地摇晃着。在另一些车的前排，坐着些奇怪的各色权贵，当我快步走过庭院时，模模糊糊扫过一眼那些胡须、头巾、步枪、短剑和明亮的眼睛。空气中有一种香槟的感觉。

苏丹明显是个准时的人。发动机已经运转起来，奴隶们摇摇欲坠地攀上堆积如山的储备物资。“这里，先生！这边走！”两名微笑着的黑人喊道，跑过院子来接我。“您的包已经在里面了。欢迎您！”他们简直像是押犯人一样地领着我穿过院子向卡车走去，车门已经打开，司机在车内冲我咧嘴一笑。我跳上我的座位；奴隶们从后面敏捷地爬了上去；就在这一刻，苏丹的号角响亮而急促地吹起。卡车一跃而起，仿佛摆脱了锁链的狗，飞奔着寻找自己的位置。汽车废气在宫殿周围翻滚。我们出发了！奴隶们高声齐诵《古兰经》第一章，为我们的使命乞灵祈福。王室侍从在几个庭院列队站好，恭顺地深鞠躬，其中一些人还伏地跪倒。守门人轰隆隆地拉开大门。看热闹的人挥舞手杖，高声表达忠诚的致意。女奴们在初步侦察后，哧哧笑着跑进屋去，打褶的裙边飞扬。在一片发动机的咆哮声中，我们穿过市镇，冲进旷野，甚至那些在井边奋力喝水的老骆驼都把头抬起来，老眼昏花地注视我们经过。

奔在最前面的卡车飘着马斯喀特的红旗。它的司机身旁坐着我们的贝都因向导，一个满脸皱纹的小个子男人，看上去一副贪婪样儿。第二辆车上是苏丹，他的大头巾随着卡车的颠簸上下摆动。第三辆车里坐着一位有长长白胡子的年长官员；第四辆车里是两位打扮华丽的沙漠酋长，一起挤在变速箱上，步枪探出窗外；第五辆车里是一位年纪很大、举止神圣的卡迪[1]；其余的车跟在后面，以惊人的速度在平原上狂野地颠簸，仿佛袭击者紧咬敌人的脚后跟穷追不舍。旗帜华丽地飘动。那些大块头的奴隶紧抓武器，相互嘲笑。小山羊挤在一起做伴。真是个令人愉快和振奋的开始。

“我们去哪儿？”我的司机问道。

我们正去往苏丹的首都，波斯湾畔的马斯喀特，一切都很顺利。苏丹羞辱了那些偏远而多山的内陆的各种持不同政见者，满意地获得了对石油的权利，以胜利的姿态抵达首都（尽管14年后，他被自己的儿子

1　卡迪（qadi 或 Kadi），伊斯兰教宗教法官。

废黜，国名被改为简短的“阿曼”[1]）。顺便说一句，他的奴隶在我看来更像是有特权的仆人而不是家奴，作为这个苏丹国半个宗主的英国人则试图劝说我根本就不要再把他们叫作奴隶。“我给莫里斯讲过，”一名外交官给在伦敦的上司写信说，“并且我希望，我已经让他确信，一名奴隶何时不是奴隶。”至于我有关此次旅程的书，从那时到今天在阿曼都是禁书。我不知道为什么。

苏伊士事件

1956年，贾迈勒·阿卜杜勒·纳赛尔将法国人管理的苏伊士运河收归国有，以色列对此反应强烈，在与英法两国合谋后，对埃及西奈半岛发动闪电战，巧妙地占领了此地。英法两国的军队随后控制了运河，其借口是要将以色列人和埃及人分开。这一近乎超现实主义的图谋，实际

1 1920年，阿曼被分为“马斯喀特苏丹国”和“阿曼伊斯兰教长国”，1949年阿曼教长国境内发现石油，1955年，马斯喀特苏丹在英国支持下吞并阿曼教长国，1967年改名为“马斯喀特和阿曼苏丹国”，1970年7月23日，卡布斯·本·赛义德（Qaboos bin Said）发动宫廷政变，废父登基，改国名为“阿曼苏丹国”并沿用至今。

上标志着欧洲对中东进行殖民主义干预的终结，并成为导致英帝国自信心崩溃的一个关键性时刻。

在那之前，我已经从《泰晤士报》跳槽到了《卫报》，后者派我去西奈，在这个不确定的胜利时刻去观察战场上的以色列军队——因为，没有人知道接下来会发生什么，苏联、美国或者联合国是否会干预，第三次世界大战是否正在酝酿。

一道彩虹出现在午后，尽管除了我，似乎没人注意到它。我站在三岔路口，身旁全是以色列士兵，正从战场上搭车回家，他们朝路过的以色列卡车欢呼，彼此交换战争故事，比较各自的纪念品，用口哨吹出曲调，一眼也不去瞧头顶上那道可怜的暗淡的彩虹。也许他们是对的。大量的军队正围绕着今日的以色列旋转。在这 10 年危险的生存中，以色列也许从未如今日这般摇摇欲坠过。

不过，看到一支军队回家总归是好的，特别是这支军队如此年轻、自信、充满信念。这支以色列军队仍然有一支非正规军队的某些自由轻松，我身边的士兵们几乎来自太阳底下各个国家[1]，共同拥有一种我以前从未体验过的独特的目中无人的气魄。他们不只是战士，也是坚定的狂热者。

他们的观点无须讨论，他们的宣言不容置疑。在我有提出异议的冲

1　以色列建国初期，大量人口来自世界各国。

动时，脑海里总会浮现出一个眸子清亮的年轻人，他提醒我，如果他们输掉一场战争，以色列人在这个世界上就无处可去了。不管你多么不偏不倚，不管你对巴勒斯坦人的同情多么与此对立，你如何能够与一个不胜利就灭亡的民族争论？

这些士兵的故事很多，很迷人。他们告诉我，埃及战俘中有一个金发碧眼的德国军官，胳膊上有党卫军徽章的刺青；苏联人给埃及的坦克部队下命令；地下隧道里堆满了武器。他们说，收缴的武器弹药数量庞大，埃及突击队在他们的制服外面罩上睡衣。他们的声音尖利刺耳——战斗一打响，士兵的嗓子就会变成这样；他们一致同意，无论如何，以色列都不会仅仅因为英国或苏联或联合国碰巧这么要求就从西奈半岛撤退。这是他们的想法，也是我的看法，大体上我并不想要就这一点进行争论。

卡车来来往往，士兵爬上去，挥手道别。天上下起雨，我准备往前走。就在此时，彩虹出现了。“快看，一道彩虹，”我对一个不久前才从罗马尼亚来的留络腮胡子的沉默寡言的军士说，还充满感情地补了一句，“一个和平的预兆。”但是这个不同寻常的军士不需要手帕来驱散他的情绪。“对于当下的局势，这不是一个合理的比喻，”他一边回答，一边把轻机枪换了个肩膀，“上帝向诺亚显现彩虹，作为未来不再有大洪水的承诺。当他只是想要告诉诺亚已经能够离开方舟的时候，他派了一只小鸟去，嘴里衔着一根树枝。”

这场战役结束时，我和一个以色列军官坐在一块儿，看着似乎望不到尽头的被俘虏的埃及装甲车队在路上轰隆隆开过，朝北驶入以色列。我问他，如果联合国要求将这些坦克还给埃及人，他们会怎么办？“坦克？”他回答道，“哪儿有什么坦克？”

我从西奈继续前往埃及的塞得港，苏伊士运河的北出口，一个我多年来早已熟悉的地方。我想看看英国人轰炸和占领此地后情况如何。

去苏伊士的冒险历程有一种狂暴的不真实的气氛，因此，发现塞得港沉浸于一种虚幻感，这并不令人惊奇。今天，这座城市有一种梦魇之感，似乎暗示着：我们会在一个愉快的早晨完全醒来，用早茶冲洗掉这段记忆。

战争非常轻易地降临到黑沉沉的平原中散乱蔓延的众多首府头上，意识形态在此互相冲撞，独裁者的雕像从基座上倾倒。塞得港曾经让人觉得距离这种事无限遥远。它是某种不同的、有区隔的东西，一个只有唯一生活目标的地方，被整洁地放置在地图上，像是铁路模型上的一座城市；并且，直到几个星期前，它还闪耀着某种辛辣的活力，因此，当你在西蒙·阿兹百货公司那些过时的蓝色绉绸衣服中啜饮咖啡时，望着油轮沉重地驶过倒也不失为一件乐事。

当你乘坐英国皇家空军飞机从塞浦路斯飞进这座城市时，它依然是那般熟悉。你也许会以为，很快，小贩就会像往常一样在你身后追个不停，出租马车仍然蹄声嘚嘚地走在破败的林荫大道上，在小巷中，在一大片连绵的廉价公寓里，在墙体剥落的房子里，罪恶的散播者正准备纵情声色。但是，不，即使在飞机着陆以前，你就已经能够感到沉重的沮丧笼罩着这座城市。下面的街道几乎是空的。港口周围没有胆大包天的小贩船出没。阿拉伯街区没有熙熙攘攘的人流涌动。近海处，一群战舰警戒地守备着，城市上空似乎悬挂着一片病态的哑默。仿佛某种流行性枯萎病降临到塞得港头上，把居民们赶回家中，街面上只留下紧张的拾荒者。

很快，你就恍恍惚惚地进入城市。一个“百夫长”坦克[1]中队散乱地行进于郊区，把泥土搅得稀烂。码头区的巨大建筑被炮火溅起的水淋湿。阿拉伯街区的一部分被摧毁，一股淡淡的死亡气息徘徊在街头，但是，当你坐着公交车往运河驶去，给你造成最强烈震撼的并非战争的悲剧，而是此番体验的那种梦一般的性质。在塞得港发生的事粉碎了此前人们所持有的任何有关可能性法则的观念。英国军队强行占领了这座城市。

到处都有英国国旗，熟悉的制服，军官开着强行征用的雪铁龙。有礼貌的英国水手站在码头周围放哨，这里有战地记者，自命不凡的海军上校，多如牛毛的海军士官，与你读过同一所学校的家伙，英国笑料、

1　百夫长（Centurion），英国“二战”末期开发的第一代主战坦克，第一次使用是在朝鲜战争中。

粗话和绰号满天飞。有那么一刻，一切都显得不真实。像喝醉酒的人想要把酒精从脑袋里甩掉一样，你把头摇来摇去，直到越过港口通道向外看，看到沉没的船只的杂乱的桅杆与烟囱。啊，这不是幻觉！

商业街一片颓丧、萧条。旅游商店拉下卷帘门。只有很少几个商贩没精打采地坐在房子外面的厨房椅上。到处都有商铺遭到轻微的抢劫，地板上散落着碎玻璃和有缎子衬垫的盒子，里面可疑的绿宝石与伪造的古董被抢走。在暂时作为战地医院的赌宫酒店（Casino Palace Hotel），你找不到戴着威严的塔布什帽[1]的经理，他们的存在通常会将这酒店的陈设与爱德华七世时代牢不可破地联系起来。参谋官们在苏伊士运河公司带穹顶的办公室里傲慢地走来走去。懒洋洋的士兵从船务办公室的窗口探出身。

不时有埃及小贩同你搭讪。在向你出示商品前，他东张西望，生怕会有人指控他通敌，他把价格开得很低，远远低过他往常愿意接受的价位。在咖啡馆外面，几个男人坐在空桌子旁，神情茫然。他们用一种忧郁的顺从的口吻回答你的问话，肩膀一耸，眉毛一抬，尽量不告诉你什么东西。塞得港被吓到了，不是被英国军队（这仍然是一支常见的、普通的军队），而是被这座城市的建筑背后沸腾着的愤恨与报复的威胁性的力量。

1　塔布什帽（tarboosh），穆斯林男子所戴的一种没有帽檐的、通常为红色的毡帽或布帽，上面饰有流苏。

一种多么奇特、扭曲而意义重大的混乱压倒了这座可怜城市的活动！动机朦胧混沌，道德颠倒无序。自由主义者发现自己与独裁者联盟，反动分子发现自己与进步力量携手。帝国衰落，新亚洲兴起，东西方碰撞——在破旧的城区街道上，所有这些不祥的行动，突然被呈现得格外清晰。一个人可以足够轻易地想象这些事情出现在某个满目疮痍的欧洲战场上，但在塞得港，它们显得多么反常！在这个地方，以前，船夫总是连哄带骗地要把土耳其软糖卖给你，年轻的海员去逛妓院时试图表现得更老到，殖民地居民的苍白的孩子盘腿坐在客轮甲板上，着迷地围着用小鸡变戏法的魔术师[1]！

“大象城堡站[2]到了！”公交车进站时士兵们说道，但这句俏皮话里有一种虚假的腔调。这句话里没有一丝一毫的感情，它不是从愉快的确定性的根基中迸出来的：正如眼下，塞得港的困境让人觉得缺乏真实或目标的深度。

英国、法国、以色列这三方力量很快就在国际压力下退出埃及领土。从那以后，苏伊士运河一直由埃及管理，欧洲导航员全被撤回。我问一个英国皇家海军的船长，这是否会造成问题。他说，完全不会。你必须要做的不过是命令操舵员“沿着中间开”。

1 此处的魔术师原文为 gully-gully man，特指在埃及，尤其是塞得港，用活的小鸡作为道具的魔术师。

2 大象城堡站（Elephant and Castle），伦敦南区中心一个主要的十字路口，也是周边街区的名字。

巴格达

1958 年的革命终结了哈希姆王族对 40 年来作为英帝国附庸国的伊拉克的统治。年轻的费萨尔二世和他的叔叔阿卜杜拉王储都被杀害，努里·赛义德帕夏[1]——这一政权的强人和阿拉伯世界最知名的政客也同样遇难。我在局势较为宽松的时期见过他们三人，而在他们死后几天前往巴格达。

在酷热的阳光下，我穿过一道敞开的大门，对旧伊拉克说再见。“努里·赛义德已死。”我的司机告诉我，做了几个挖心剖腹的手势。“现在我们可以看看他的房子，也是他的堡垒。”这是一座丑陋的砖造建筑，有一个延伸到底格里斯河的花园，房屋正面被机关枪子弹击碎。发生革命那天，在人群抵达房子前，努里已经悄悄溜过了河，如今那地方被荒弃，像堆满尸体的停尸房，乱丢着废纸、破损的家具和污物。一个小男孩在前门外卖软饮料，熙熙攘攘的好奇的人群持续不断地在走廊中走来走去，扒拉残骸或窥视那破损的淋浴间。

触目惊心的痛苦的遗迹在那房子周围随处可见，人群在所有东西里面翻翻拣拣，从衣橱上敲掉小块木头，从卧室门剥下最后的锁。这里有

1　帕夏（Pasha），旧时奥斯曼帝国和北非高级文武官员的称号，置于姓名后，后被阿拉伯人沿用。

一小包“假牙植体”，那里有张赛马程序单。半边旧头盔，就像过去土耳其军队常戴的那种，被压扁在一个盒子下面。书页的碎片在地板上打转：一张关于艾伦比[1]战略的纸页，一份关于罗马法律的论文，一篇关于火车机车的文章，一部惊悚小说的残片——**“贝莱俯身看那仪器。詹姆斯先生弯腰越过他的身体，问道：‘我们已经发出事故信号了吗，船长？’”**

一个保险箱被撬开，一小群人把它前前后后摇来晃去，希望先到者会漏掉一些宝贝。两个年轻人正以商人的姿态检查一个破损的碗橱，好像拾垃圾的人在检查旧衣服。一名带步枪的哨兵在后门站岗，当你走近时他给你一个几乎称得上亲密的微笑，“欢迎”，他说，微微鞠躬，仿佛要给你自由出入这座花园的权利。

老努里徘徊不去的存在如此强大，他在伊拉克数十年的历史中如此全能，以至于很难想象他的遗体在底格里斯河对面被屈辱性地肢解。他的房子被拆毁，弄得污秽，剥去了宏伟庄严，而当他死后，我听说他们开着一辆车反复碾过他的尸体，“因为他是个腐败透顶的家伙”。但当你站在花园最高处，感觉很古怪，似乎这房子只是被开放给公众用以援助某个慈善基金；好像那个老贵族还活着，只是为了避开机械般的人群的压力，把自己同一支雪茄、一叠公文一起反锁在楼上。

因此，我在经过那个卖软饮料的男孩时，忽然回头注视那房子的大

1　艾伦比（全名为 Edmund Henry Hynman Allenby，1861—1936），英国陆军元帅，“一战”期间在中东取得一系列军事胜利。

厅，半是期待地指望能看到他粗壮的身坯沉重地走下楼梯，或者，瞥见他玩世不恭的坚韧的脸出现在一扇高高的阁楼窗户里；但我只看到快乐的一家人带着欢声笑语走进大厅，听到楼上传来重击的砰砰声、小男孩的叫嚷声和跑跳的脚步声，一切节日般的声音。

以色列

以色列共和国建立后的近十年是一个奇迹、一番公开的侮辱和一种永久的焦虑——被正式致力于灭绝它的阿拉伯国家包围，靠一种勇毅、傲慢、慷慨的捐助与坦率的厚脸皮的联合而得以幸存。

我是西方公民[1]，所以我在特拉维夫完全没有感到身处异乡。空气是亚洲的，阳光是东方的，建筑是白色的，树木是热带的，人行道咖啡馆的啤酒有一种奇怪的化学性的品质，与欧洲麦酒那植物性的高贵相去甚远；但倘若你觉得自己是一个西方人，那么在这个犹太国家的这座首要的城市里，你会感到半是像在家里那样自在。

耶路撒冷是以色列的官方首都，滨海的海法是一个更加宁静优雅的

1　我是西方公民（Civis Occidentalis sum），源自古罗马时代著名格言“我是罗马公民”。

城市，但在特拉维夫的街道上，永远供奉着犹太复国主义者为自己争取一个祖国的令人敬畏的努力。在这里，比在世界上其他任何地方都更适合让你思考作为一个犹太人意味着什么，让你深思这个令人惊异的民族的悲剧意义，让你好奇这个半度假地半商业中心的海滨小城是否会成为一个伟大国家的伟大城市，或者，犹太民族的中心是否仍在别的某个地方。在以色列国成为一个事实之前，犹太复国主义的能量里有一种《圣经》般神秘的部族力量，如同季节的轮换或某种巨大的天国真理：但特拉维夫是一个抽空了历史的所在，因为如今它让人觉得本质上是一个乡土的、有希望变得平凡的城市——在这儿，漂亮的年轻女人带着小孩在艾伦比大街上散步，邻桌的谈话通常不涉及真实与残酷的黑暗原理，而仅仅是黄瓜的价格，或者，为什么小摩西不会拼写。

的确，特拉维夫渴望成为一个普通城市，而对今日任何西方游客来说，它从一开始就是半熟稔的。气候美妙如梦，天堂般的金色沙滩沿着城市滨水区延伸，地中海长长的缓慢的波浪卷上休闲海滩：尽管环境充满异国风情，但这仍然几乎是一个欧洲城市，居民的皮肤虽然被永恒的阳光晒成好看的古铜色，但几乎全都是欧洲人。你听到英语、德语、波兰语或意第绪语[1]的频率跟听到希伯来语一样高，一次又一次，你会看到

1 意第绪语（Yiddish），历史上中欧和东欧的犹太人所用的语言，是多种语言的混合，主要来源于中世纪日耳曼方言，其次来自希伯来语、阿拉姆语和各种斯拉夫语、古法语及古意大利语。

某个走在街上的人初看上去像是你认识的一个家伙，巴黎的一名出版商或是伦敦的一位音乐家，但结果只是因为他是一个犹太人、一个西方人所以相像而已。就像英国诗人菲利普·贝利曾经把美国人称作“全世界人同父异母或同母异父的兄弟”，特拉维夫也通过犹太民族的血缘兄弟关系与西方所有的大城市远远地联系起来。

它始终有 20 世纪 30 年代城市的感觉，就像从希特勒统治下的欧洲逃出的难民主要定居的那些伦敦市郊一样。很少有迹象表明两次世界大战之间是英国人在统治此地——比如说，这里一条街道的名称，那边某个地方的警察局：但它的建筑带有浓厚的掺了水的包豪斯风格，它那不起眼的广场整齐而对称，看上去仿佛“二战”前建筑评论中的城镇规划设计，就连它的滨海地段，尽管有闪亮的新酒店和嘈杂的咖啡馆，但仍然在很大程度上保留了一种矜持却坚决的时代风味。特拉维夫建于 1910 年，但真正诞生是在希特勒上台后：当时来到此地的难民为它打上了那个时代的烙印，如果对它思考得足够久、足够努力，你就可以在其家庭主妇般的外表下，察觉到某种流亡者的艺术或悲哀，以及被放逐者的乡愁。

特拉维夫希望成为一个平凡的城市，但却永不可能完全达到这一目标，因为以色列并非一个平凡的国度。在它最叛逆的满怀愤恨的时期过去后，它已经成熟了，不再那么爱挑衅，但却仍然依靠“Ein Brera”（别无选择）的口号生存，仍然摇摇欲坠地孤立于一圈敌人中。此外，以色列人的路径会不时被来自过去的演说打断，那是来自国家或历史的暗示，提醒他们不是普通的民族，而是一个仍然被隔离的国家，一个超出常规的时间进程、有着可怕的受苦受难的天才的国家。哪怕是沉思的陌生人都真切地意识到，这个国家的人民仍然面临着一种独特的两难境地：要么放弃他们的犹太性和分离主义，成为像黎巴嫩人一样平凡、健康的国民，要么刻意保持他们优越、超然与受迫害的心态，将他们的新国家与犹太民族过去黑暗而辉煌的世纪相连。只要乐意，他们可以不受其天才的约束，作为一个小小的但有天赋的黎凡特共和国而存在；或者，他们可以继续置身于其崇高遗产的监狱宫殿中，让这个地方不再仅仅是一个以色列人的城市，而是一个犹太人的城市。

在特拉维夫，你会感到，他们业已做出了选择，因为这座城市没有什么特别虚饰或可怕的东西，这里所有人都感到充裕而满足。当他们漫步到海滩时，近距离观察他们，那么高，那么健康，大笑着，戴鲜艳的阔边遮阳帽，穿紧身短裤，带着野餐食品和胖胖的孩子；以一种超然的非犹太人的眼光望着他们，你会看到特拉维夫已经在形成一类全新的人——就像很久之前克雷夫科尔[1]对美国的描述一样。在以色列出生的一代人正在成熟，不再知道犹太聚居区的恐怖或是其他那些较为次要的犹太性的屈辱：这既是特拉维夫的胜利，也是它的悲剧，尽管它更年轻的

1　克雷夫科尔（全名为 Michel-Guillaume-Saint-Jean de Crevecoeur，1735—1813），法裔美国作家、博物学家，其作品提供了新世界生活的广阔图景，最早向世人呈现了美国梦的雏形。

市民明确无误地是以色列人，但他们感觉上并不像犹太人。

对于从这样一个民族的天赋中诞生的这样一座城市，这是一个有价值的角色吗？许多犹太人并不这么认为，而我自己，也不认为特拉维夫正确地代表了犹太人的未来，尽管它如实地反映了这个犹太国家的前景。一个最重要的传说如此终结，听起来对历史、预言、艺术或犹太民族本身而言都不像是真的。我越久处于特拉维夫安逸的舒适中，就越有一种无法解释的强烈感觉——犹太人是某种选民。如果你追溯一种人类行为的起源或结局，犹太人会如此频繁地成为你的终点。他们从不与我们完全一致，不论他们设法让这城市多么快乐而平淡，他们可能永远也不会得到长久的宁静、安详或平凡。他们是一个注定不幸但却高贵荣耀的民族，永远包裹在神圣的微光中。

我毫不怀疑，特拉维夫将成果丰硕，并在这些小国的事务中扮演一个值得尊敬的角色。但是，犹太人传说的唯一合适的结局是无私战胜自私——并且，肯定也包含在“每个基督徒都会在自己身上发现一个犹太人”这一观念的核心里。

我曾在以色列人控制的耶路撒冷新城的曼德尔鲍姆门旁边，与当时也在当报纸记者的伦道夫·丘吉尔——伟大的温斯顿·丘吉尔的任性的儿子——坐在一起。伦道夫可能喝了太多以色列红酒，坐在那里沉思着环视周围的景象，然后以一种响亮但却梦幻般的语调自言自语道：

“曼德尔鲍姆，曼德尔鲍姆！如果我不是姓丘吉尔，我愿意被叫作曼德尔鲍姆。”

4

南非的白与黑

1957 年，《卫报》派我到南非联邦去了几个月。当时这个国家仍属英联邦，但 1948 年以来，阿非利坎人[1]国民党已经掌权，并且逐渐实施强制性的种族隔离政策。

在约翰内斯堡的操练场大厅，从全国抓来的 156 名反对政府者被控以叛国罪。我为《卫报》全程报道了这一审判，文章收入《南非的冬天》一书。

这是最古怪、最丑恶的非洲现象之一，隐约有一种土著的风味，如同不驯服的酋长被拖到最高权威的统治者面前，或者像达荷美（现贝宁共和国）的奴隶在被食人族国王吃掉前集体接受检查。操练大厅是在英国统治南非的旧日子里修建的，有一条低低的走廊，许多公告牌，带有一种涂上褐色清漆的军队连部办公室的氛围。被告们每天早上聚到这

1　阿非利坎人（Afrikaner），旧称“布尔人”，南非和纳米比亚的白人种族集团之一。其种族来源以 17 世纪至 19 世纪移居南非的荷兰移民和少量法国胡格诺教徒为主，还有德国人和弗拉芒人、瓦隆人血统在内。他们说阿非利坎语（又称南非语），多信仰基督教新教加尔文教派。

里，带着厌烦或好斗的屈从姿态。这间暗褐色的大厅让人想起拳击练习球和绑腿，厅里有一种皮质运动鞋的味道，一道门上挂着大布告牌，上面写着“逃生门：勿锁”，与环境很不协调。那些寒冷的冬日早晨，厅里光线相当昏暗，一个警察坐在入口旁边的桌前，借着阳光看惊险小说，以更好的方式寻找生命中的某种刺激。

在南非的这个法庭上，种族隔离政策被默默地放弃。听众自然会像往常一样按照白人和黑人分开，被告们却混杂地聚集在金属围栏里。其中一些是白人，一些是褐色皮肤，还有一些是骄傲的黑人。有一两个被告在读报，有的在写信，还有几个看起来总是在睡觉。有人穿着一件绿、黄、黑相间的运动夹克。一个优雅的高个儿犹太人表情漠然地整理着自己的彩色发夹。一个年轻的非洲女孩，戴绿色贝雷帽，穿黑白花裙子，把文件铺在自己身旁的长椅上，忙着写论文。一个快活的小个子印度人在同邻座调笑。一个身形瘦长、留络腮胡的黑人，脸上显出难以形容的凶恶，冷冷地盯着天花板，如一尊向上昂着头的神像。彼此有着细微差异的每一种左派观点都在此得以表达，有时表达得笨拙但却贴切。那个银发黑肤、笑容温煦的英俊的大高个是鲁图利的酋长，祖鲁人的首领，南非联邦最惹人注目的黑人领袖。这里有律师、教士、学生、出租车司机、作家、家庭妇女和政治活动家：出于这种或那种动机，他们全都是种族隔离制度的敌人——全都是阿非利坎人国民党政府的反对者；至少从理论上来说，全都是绞刑架的候选人。

南非是一个暴政与自由均等的古怪混合体，而在这场奇特的审判中，还有一种意想不到的老派的公正。官员们认真严谨，警察对犯人友善和蔼，听证会中隐约有某种学院式甚或是娱乐性的东西。由半文盲的便衣侦探提供的公诉人证据有时是彻头彻尾的滑稽玩意儿：比如，一个倾向左派政党的长老会牧师被指控“在莫斯科的教堂”受到教皇的正式接见。辩护律师经常诙谐风趣。每天上午 11 点，庭审暂停让人喝茶休息时，法庭里常有一种很是喜气洋洋的氛围。保温瓶从篮子里拿出来。一个急切的非洲人四处兜售题为“1956 年叛国罪审判”的集体照，照片上所有被告坐成几排，微笑着跷起大拇指，向非洲民族主义致敬。那位长老会牧师给他的邻座看下一个星期天的布道讲演稿，上面已经盖上了警方政治保安处的审查印章。自愿为被告辩护的律师在委托人中自由走动，或者和检察官（他们仍然被可笑地称作“皇家检察官”）交谈。两位记者在桌上胡写乱画，听众席里几个非洲人透过铁栅栏网眼和他们的朋友交谈。这位参观者刚从欧洲或美国的那套逻辑中赶过来，还未适应南非的环境，当他和一位祖鲁酋长、一个来自德班的出租车司机的妻子、一个信奉马克思主义的有钱律师、一个阿非利坎人警官、听众席上一个穿着属于几乎被遗忘的英国旧时代的无袖制服与黑色长袜的女学生交谈时，不由得感觉头脑发晕。在操练大厅的喝茶时间里，想必李尔和卡罗尔[1]会感到无拘无束。

当天晚上，在店铺关门，工厂工人在夜色里匆忙离去之际，在操练大厅之外，我们看到的景象可以提供给庭审的文字游戏作为补充，作为每日一份的悲哀的附言。

现在，约翰内斯堡所有被禁止住在城区的贫穷的黑人工人冲向公交车。公交车将把他们带回自己的地盘，带回贫民窟或者西区那些乱七八糟的住宅区。每天傍晚，暮色降临时，苦涩的夜风开始在建筑物之间呼啸，一支衣衫褴褛的庞大队列乱糟糟地朝公交车站行进。队列环绕着操练大厅外的整个广场，以至于队伍的头尾碰到了一块儿，这些成千上万的非洲人排成双列，拖着脚慢腾腾地走向破旧的公交车。这是我看过的最长、最悲哀、最冰冷的队列。公交服务一般是充足的，因此，这些黑人通常并不需要在寒风中瑟缩太久；但是，这一场景中有一种难以言喻的屈辱意味，这队列的行进如此颓丧、如此机械；白人们坐在自家小车里快速离去，开往希尔伯劳（Hillbrow）和帕克堂（Parktown），百货公司的窗户里灯火闪烁，这些贫穷的迷失的灵魂被塞进他们的公交车，匆匆开往遥远黯淡的黑人居住区。许多人已经饿得不行了。他们走出公交车，走进那些街区黑咕隆咚的街道，其中大多数人生活在对抢劫

1　李尔（全名为 Edward Lear，1812—1888）、卡罗尔（全名为 Lewis Carroll，1832—1898），均为英国胡言诗（nonsense poem）的代表人物，后者以《爱丽丝梦游仙境》和《爱丽丝镜中奇遇记》闻名于世。

和暴力的恐惧中。他们中有一半人几乎把休闲时间全都耗费在城区与那些分布得极为遥远的小片高地（法律强迫他们居住于此）之间的路上。直到深夜，他们才能到家，晨曦微露，他们又要为了工作而上路。看着这样的场景，思考其中的蕴意，并将它与你身后操练大厅里荒唐的审判进行比较，这不能不触动某种疾恶如仇的本能，某种拜伦式的冲动，或者，至少引起某种怜悯的刺痛。

但是，等你再次回到旅馆，把记忆淹没在一瓶来自好望角的雷司令白葡萄酒中，也许你会听到外面街上传来尖细的拨弦音乐：在总统大街的拱廊下面，某个孤独的黑人正在闲荡，戴一顶破棕帽，穿粗蓝布工装，一边走一边拨弄吉他，哼着一支高调门的曲子，他的每个手势、每次肩膀的摇摆，都表现出无忧无虑的懒散劲儿。

种族隔离最糟糕的压制还没有发挥效力，法官仍然是相对独立的，经过四年诉讼，被控叛国罪的156名被告全部被宣布无罪。然而，这个国家的黑人与白人之间的鸿沟似乎已经无法弥合。一天，在伊丽莎白港，我见到了克里斯托弗·盖尔，一个对政府深恶痛绝的白人反对者，而在此之前，我刚刚与一个黑人团体的几名成员会面，他们的领导者自称为《圣经》中向那些愚蠢的童女发出警告的“午夜之声”[1]。

1　见《马太福音》第25章十个童女迎新郎的故事。

很少有欧洲后裔横跨这道种族分界线。只有很少几个人能够不自觉地体会到受过教育、有政治头脑的黑人的自信心，或迟或早，几乎每个外国调查者都会联系上克里斯托弗·盖尔。他可能比其他任何人都更了解非洲人反抗的力量与弱点。他的文章在全世界发表；他的名字在南非几乎是一个传奇。对他在伊丽莎白港的那些更为拘谨僵化的邻居们来说，他是一个狂徒兼怪物。对许多非洲人来说，他充满魔力。对全世界的记者和评论者来说，他是一个提供指引与信息的独一无二的源泉。对于白人民族主义者来说，他是一个被诅咒者。他的电话被监听，访客被监视，他那些嘲弄的尖锐观点无疑会被保存在南非白人种族主义的墓穴里。他是南非悲剧的象征性人物之一，他从这个沉闷而褊狭的港口对国家事务发挥了无法估量的独特影响。并且，碰巧盖尔因为小儿麻痹症瘫痪，得依靠人工呼吸器生活，令这一切变得更加有趣了。

他是一个在英国出生的南非人，有一种真正振奋人心的性格力量。我不赞成他的许多意见，我发现他经常不宽容，偶尔不公正，但是我从未见过一个人能比他更让我欣然追随其前往地狱。盖尔的父亲是一个英国海军军官，他本人曾经是印度文官机构的一员。他说话常涉不雅之事，有时会用上英国绅士的粗话，但在任何时候都没人能指责他是个古板、颟顸的自由主义者。他确切地知道自己的立场，并且其他所有人也都知道。“别挂电话！”当你在电话中介绍自己时，他说，“一直等到我把电话放下，然后你听着，等到那些死家伙停止监听我的电话时，你会听到一声咔嗒响。准备好了吗？好的，现在我要挂电话了——你听！”的的确确，当他的笑声消失后，再等上几秒钟，你可以认为自己听到了一声消过音的、尴尬的咔嗒响，某个看不见的检查员，耳朵发着烧，给盖尔的档案里添上一条记录。

以这种乐呵呵的态度，盖尔不断嘲弄权威部门，勇敢地投身于自己选择的事业——解放非洲人。一条被踩得平整的道路通往他的小屋（他那引人注目的年轻妻子靠从事理疗工作维持他俩的生计）。到这儿来的有非洲的政治家、本地报纸的编辑、数不清的上门调查者，川流不息的来访者对非洲复兴充满兴趣，急切地想要见到这个拜伦式的奇特人物。盖尔在人工呼吸器里接待来人，或者坐在床上见客（他每天可以有三个小时不用那机器）。他个子很高，因为痛苦而苍白消瘦，但又充满无穷的活力。他戴着眼镜，一只胳膊用吊带悬在头上。房间里成排地摆放着书和精致的档案橱。墙上有一幅画，画的是他父亲待过的“胡德号”（Hood）战斗巡洋舰；床边的桌子上杂乱地丢着校样、小册子、信件和翻开的书。有时，一个非洲仆人端咖啡进来，背上还背着个娃娃，盖尔不露声色地对她充满关爱。常有电话响起，这时盖尔会冲你做个鬼脸，接着拿起电话，然后一堆混杂的观点、偏见和论述滔滔不绝地涌出，直到电话另一头的那个声音沮丧得透不过气，盖尔的脸上闪烁着顽皮的神情，那场谈话以一场智力上的碾压告终。

然后，像一支旋转机枪或消防水龙带，他向你转过身来。“现在，让我来纠正你对那些该死的种族主义者的看法……”他说话时充满惊人的能量，生气勃勃，机智，蛮横，尖刻，无法抑制，谩骂中夹杂着压倒性的自信。他有时停下来，给你潦草地扒拉出一个名字，或者匆匆写下一封介绍信，在一种最不同寻常的刺激与确信的情绪中发誓，大笑，引用施韦泽[1]的话。不过，他那受损的身躯慢慢地疲乏了。他的呼吸变得越来越沉重，越来越困难，谈话越来越气喘，越来越痉挛，他的脸因为费力而绷得越来越紧，你简直能够亲眼看到热情从他的身体里流逝，就像一幅哥特式绘画里的象征手法：直到最后，他的妻子高高兴兴地走进来，把他挪回人工呼吸器前。在你离开他时，他仍然说个不停，那双急切、幽默的眼睛会一直在他头顶上的那面小镜子里追随你的身影。“我们**当然**不宽容，”你走时他说，“我们必须得这样。如果不这样，有那些死家伙在，我们将永远干不成什么事儿！”有人相信克里斯托弗·盖尔是一个圣徒。当然，在我看来，他在伊丽莎白港的存在，令他在不朽声名的赌局中大大地领先于“午夜之声”。

1　阿尔贝特·施韦泽（Albert Schweitzer，1875—1965），法国哲学家、医生、音乐家，1913年建立一家教会医院，1952年获得诺贝尔和平奖。

5

天堂的混乱：加勒比

在这十年的后面几年，我被《卫报》派往加勒比。这个地区在摆脱帝国主义控制后的第一个十年处于某种混乱中，我尽可能多地报道了它的各个方面，并将由此产生的某些随笔收录在一本名叫《城市》的集子里。

特立尼达

特立尼达是英属西印度殖民地中最世界主义的，大量亚洲移民给它带来一种滋滋冒泡的独特活力。当时，它的首都西班牙港是一个游览的好去处。

若在傍晚正衰退的炎热中穿过萨凡纳（Savanah），你会偶尔听到无伴奏的曲调，你知道那是年轻的摩根先生在练小提琴。萨凡纳是特立尼达首都西班牙港北边一片宽阔的公共绿地，热带山岭从那儿向一侧延伸到海里；在它周边，耸立着一组传奇式的特立尼达宅院。一个是华丽的哥特风格，一个是异国情调的摩尔式样，还有一个以蓝色为主色调，但其中最漂亮的是摩根先生住的马拉瓦尔路 25 号。这是一座白色的房子，四周全是阳台，就像是中国站[1]里的一艘古怪的炮艇，镶嵌着各色各样的装饰、堡垒、炮塔、金银细丝工艺品、锻造精制的钢铁、栏杆、旗杆、公鸡风信标和一切能想到的精心制作的碎片。

摩尔式的房子里，住着一个大主教；哥特式的城堡里，是一个古老的种植园家族；但是，在 25 号房的住户里，应该说是年轻的摩根先生代表了特立尼达的特色，他几年前才从英国来，爱在一个清凉的带拱顶的楼上房间拉小提琴。西班牙港这座城市，充满无穷无尽纷繁复杂的多样性，混合的种族，偶然的共谋、惊奇与不协调，用西方世界的历史镀着金，有海盗、奴役和战争的过往，而其现状则是从混乱炫惑的政治到英国式的议会一应俱全。带着乐谱架来到这儿的摩根先生听上去像是一个不大可能存在的人物，但其实不过是一幅华丽而庞杂的马赛克镶嵌画中一块谐和的小碎片。

耳中隐约听着他的音乐，穿过萨凡纳游荡，你会感受到这个异质社

1　中国站（China Station），一个历史上的军事地理区域，由英国皇家海军的中国中队管理值守，覆盖中国海岸及其可通航的河流、西太平洋，以及荷属东印度群岛周围水域。

会中某些高昂的兴致与洋溢的热情。这是特立尼达的广场。跑道周围空荡荡的大看台上，一个戴草帽的大块头黑人，以壮观的懒散姿态摊手摊脚地躺在几个座位上，而在他下面，草地上充满运动、喧嚷与活力。从山上往城里望去，不论你望向哪边，都有人在玩板球。岛上任何地方，肯定都有人在进行这项运动，在地图上未标明的数不清的灌木丛中的空地上玩，顶上垂下阴郁的香蕉树或绚丽的火焰色红花：这是特立尼达板球运动的核心，如今，这项运动在这儿比在世界上其他任何地方都带有更多的生猛与喜悦。这里可能同时有 30 或 40 组板球赛在进行。板球的砰砰声越过绿地发出回音，像闷声闷气的焰火，不论你看向哪儿，都有俯身接球的身影，时髦的黑人击球手，一场比赛突然在欢呼声或戏剧性的悬念中土崩瓦解，所有白色的眼睛和胳膊，全都追随着那充满魔力的“出局”的喊叫。

这些运动员中的一些人威风凛凛又煞有介事，穿着一尘不染的白衣，守着卷曲的三柱门，但他们与正规俱乐部的水准相差甚远，有些不过是球场边上衣衫褴褛的小男孩，这些孩子手持木头当球棒，用石头作板球，捕手在汽油罐前凝视赛场，兴奋得喘不过气来。不论形式如何，比赛总是受到像模像样的追捧。在你要走的路上，球、石头和守场员不分青红皂白地横冲直撞。充满轻蔑或热情的狂野喊叫不时打断你的行程。“他出局了！他出局了！”小男孩们喜悦地叫嚷，抽着烟斗的小伙子低声咕哝：“漂亮，打得真漂亮。”如此多的文化或传统丰富了西班牙港的质地，其中最强烈的一种是这根古老、坚韧的脐带——板球运动。

并非所有的板球运动员都是黑人。这里许多居民是印度后裔，许多人血统混杂，部分欧洲，部分非洲，还有一星半点中国血统，或者有个印度的外祖父母。种族冲突依然强烈，特别是在棕色人种与黑色人种之间，有时你可以在萨凡纳觉察到细微迹象。比如，一个印度父亲把一个想要和他儿子一起放风筝的黑人小男孩嘘走。“走开，小家伙，”他口气不善地说道，“这是我们父子俩玩的游戏，我们不想其他人过来这边玩。”黑人男孩固执地盯着不远处。他戴一顶旧军便帽，对他的头来说太大了。“我根本就不是要和你们玩，”他说，“我是自个儿在这儿玩。这可不是私人公园。我就是要在这儿放风筝。”你还能看到，那个印度人平静的脸上恼怒地痉挛了一下，这痉挛也掠过特立尼达的社会，并给这座城市的政治增添了一股险恶的活力。

萨凡纳也有白人。女孩们在南边玩曲棍球，观众从母亲到不加掩饰的色狼，她们很好地表现出一个本地选美推广者曾经构想过的有着细微区别的多种诱惑，“乌木小姐和桃花心木小姐，缎木小姐和多香果小姐，檀香木小姐，金苹果小姐，茉莉小姐，石榴小姐，莲花小姐，苹果花小姐”。到处都有一位饱经风霜的白人西印度群岛居民在草地上长时间停留或者闲逛，有时你甚至可以看到一对威严气派的老夫妇，穿卡其布短裤和亚麻布衬衣，在草坪对面卖力地锻炼身体。植物园边上的总督宅邸仍然有着极度英伦风格的外表，但没人对我这一身怯怯的肤色表现出公开的怨恨，当你在球场间警惕地逡巡时，闲逛者们会开心地冲你咧嘴而笑。

他们往往不只是咧嘴而笑，因为特立尼达人都是话痨。他也许想要谈谈宗教。“你必须了解，我们是逊尼派穆斯林，这完全是一个关乎正统性的问题，你知道，对于先知的继承者我们有分歧。”或者是，“我的朋友，我来这儿不是为了打球，而是来沉思，想要有所领悟，你懂我吗”？或者他想要谈政治，“伙计，这是一个种族问题。很明显，这个人是一个独裁者。他没有任何经验。一个像伯蒂这样的人，骨子里就是个政客。伙计，这就是真相啊”。或者“你是哪里人？英国？我有两个兄弟、一个姑妈、一个表弟在伯明翰。他们住在伯明翰弥登斯巷 102 号。毫无疑问，他们非常喜欢那里，在挣大钱呢”！或者，就像在西方世界的任何地方一样，在这儿，你也可以听到出租车司机那历史悠久的大嗓门，他们靠在路边的栏杆上朝你喊：“要坐车吗，先生？我会带你环游这个岛，沥青湖[1]，本笃会修道院，机场，卡力骚曲[2]，灵泊舞[3]，夜总会？这是我的名片，先生！我的名字叫卡斯伯特 · B. 哈里森！”

最终，漫游迎来一个高潮，你会发现自己被卷入一支倒退着行进的胚芽态的钢鼓乐队，20 个男孩穿着自制制服，敲打铁罐、锡盘，有节

1　沥青湖（Pitch Lake），位于特立尼达岛西南方，湖中没有一滴水，只有天然的沥青，被称为“加勒比海最丑陋的旅游胜地”。

2　卡力骚曲（Calypso），一种起源于西印度的音乐，在特立尼达较有影响，主要特征是根据主题或广泛的幽默体裁即席而作的音律。

3　灵泊舞（limbo dance），西印度群岛的一种舞蹈，舞者向后弯腰钻过逐次降低到离地面很近的横杆。

奏地齐声高唱。他们的水手装上印着“铜男孩”字样，边上绣着模模糊糊的花边，在傍晚的阳光中如一群黑色的小矮妖[1]昂首阔步，敲击铁盘，唱着狂野而单调的小曲，长腿赤脚，精力充沛地不停转圈。板球运动员玩着他们古老的运动，风筝飘到萨凡纳上空；一位英国女士在跑道旁耐心地等待她的狗；大看台上的那个黑人动了动身子，把帽子歪到眼睛上，继续睡觉；在中间，那个喧嚣的仪式仍然活跃着，柔软发亮的腿伴随咔嚓作响的节奏踢踏，白牙齿在阳光下闪烁。

西班牙港是一个宽容的、世界主义的、受教育人口相对较多的城市。但有时你会感到，这个地方真正的精髓并不在于其高尔夫比杆赛和智力活动，而是包含在那些粗陋而嘈杂的庆典中。肯定有某些时刻，摩根先生的小提琴乐声依然摇摇晃晃地御风而来，仿佛是一个退却的世界的曲调，就像他房子上那些令人迷醉的塔楼与装饰物是对一个很久以前的特立尼达的纪念。

巴巴多斯

“巴巴多斯支持你们”，“二战”开初，这块小巧的殖民地发给英国

1　小矮妖（leprechaun），爱尔兰民间传说中一种小精灵，可以向抓住它的人指示隐藏的宝藏。

政府的电报令人振奋，20 年后，它仍然确凿无疑地忠诚于英帝国。

今天是巴巴多斯圣约翰教区一个珊瑚岛上的复活节，一个安排在银色海水中的复活节，大西洋海浪的一道长线温柔地拍碎在教堂下面的海滩，高高的甘蔗地在阳光中轻微起伏。但在这个早上的宗教仪式之后，我坐在教堂墓地里心想，这是一个多么小、相互关联多么密切的世界，我们共享了多少鬼魂与传统，不管我们愿不愿意都将我们捆在一起的纽带是多么强大，令我们的复活节鲜花变得清新的，是一场肯特郡的毛毛雨，还是从加勒比吹来的一股温暖的信风？

前来参加宗教仪式的教区居民几乎全是黑人——糖厂工人及其家属——来自将这座陈旧岛屿分隔得像棋盘一样的种植园，但是其中几乎没有人是我真正不熟悉的。他们穿着白色平纹细布衣服，戴着一度为英国社交界增光添彩的宽大草帽，他们坐下来等待布道时，衬裙的沙沙声与上浆的碎裂声渗过那么多爱德华七世时代的传记向我传来。我知道他们将会兴致勃勃地唱起哪些赞美诗，因为，我曾在许多英国基督教救世军教堂的隆隆作响的游行中听到过这同样踌踌躇躇的开端以及汇成一片的合唱。我以前经常见到这样穿黑色法衣的教堂司事，指出报死虫[1]正在郡里肆虐。当钢琴奏起预备的和弦，我从她命令般的骄傲曲调中得知，

1 报死虫（deathwatch beetle），窃虫科的各种小甲虫，尤指窃盗甲虫，在木质建筑物里打洞时，头部发出的咔嗒声过去被迷信的欧洲人看作是死亡的前兆。

这些老朋友中谁总是会在诵诗开始时快半拍。

如果我闭上眼睛，聆听圣歌，噢，这些声音变成了亚当斯牧师[1]在汤姆·琼斯时代的英国的勇敢日子里经常在祈祷中引领的声音。巴巴多斯的人们有最陈旧、最朴素、最古怪、最乡土和最能唤起回忆的口音，带着一种浓厚的英国西南部喉音，在那上面还像奶油般覆盖着薄薄的一层爱尔兰语。“你的座位在彼处”，教堂司事会一边说一边递给你祈祷书，你立刻回到了18世纪，门外似乎传来马车的咔嗒声，乡绅家的女士们戴无边女帽，在桃花心木上方点着头。这天早上，当西蒙斯先生卓越的布道结束时，会众们虔诚地低语“阿门，阿门”，像是加了平头钉的鞋子在牛奶场那铺石板的地上发出的乡村味十足的嘚嘚声。

巴巴多斯并非纯粹的天堂，但在这样一个乡野之地，远离俱乐部和大酒店，你会觉得自己置身于某个依然留存的世外桃源，或是在托尔金教授发明出来给霍比特人居住的仙乡。住在这儿的人全都显得友善而礼貌。诚然，他们的确忙于从种植园里争取更高的薪水，但是他们仍然能够愉快地说起“住在上面宅子里的斯普瑞波利女士”，并且以直接而坚决的好客欢迎你去他们那些木头搭起的小屋。在这个地区的地图上，不论你往哪儿看，都有令人惬意的神话般的地名——月光厅、枪山、温莎、牛卧洗、洋槐厅、毕克登，沿着怡然厅往下，在乔之骑

1　亚当斯牧师（Parson Adams），英国小说家菲尔丁的《汤姆·琼斯》中一位堂吉诃德式的人物。

那边。

因此，这天上午，在宗教仪式结束后，教堂庆典的钟声响起时，我一边晒太阳一边哼唱圣歌的曲调，想到没有哪座岛屿真的是一座岛屿，强壮的黑皮肤的撞钟人从塔楼顶上冲我露齿而笑，他是在为我们所有人撞响钟声。教堂墓地的鲜花充满异国情调，隐藏在田地里的糖厂的砖砌烟囱遍布在我周围的地平线上，看上去瘦削而陌生。然而，坟墓里的克尔们、卡特尔们、托品们和西雷斯们，在我身旁的阴影里做着梦，并且我发誓，我能够听到飞行中队的哈里斯军士长在教堂里领唱哈利路亚。（他一直喜欢一首美妙的老赞美诗。他说，唱圣歌可以清肺。）

古巴

古巴最近刚刚摆脱它长期以来的状态：腐败和美国侵略性的领主权。在与黑手党有关系的独裁者富尔亨西奥·巴蒂斯塔[1]统治时我去过古巴，毫无疑问我不欣赏这个欺诈、暴虐的政权，但当《卫报》将我派回

1　富尔亨西奥·巴蒂斯塔（Fulgencio Batista，1901—1973），1933—1940年为古巴实际的军事统治者，1940—1944年为古巴民选总统，1952年通过军事政变重新成为古巴最高领导人，1959年被卡斯特罗驱逐出境。

古巴去看看那位富有领袖魅力的左翼游击队首领菲德尔·卡斯特罗的统治如何时，我仍然遭遇了一次非常不愉快的震惊。

倘若我是在做梦，请将我掐醒；但是，倘若我已经醒了，那么抵达如今的古巴就是我们那个患失眠症的世界里一个最怪异的噩梦。这是一个快乐的阳光充足的岛屿，距离迈阿密不到 100 英里，住着友善而热爱音乐的拉丁裔居民，它置身一片甜美的假日海水中，以全套的美国式愉悦诱惑我们，还有一半的西班牙式娱乐撩拨我们的欲望。亲爱的装腔作势的老山姆大叔[1]就住在街对面，《纽约时报》沉甸甸地堆放在这里的报摊上。然而，拿起一份古巴报纸，你就会看到一个留着糟糕大胡子的家伙正对美国佬狂喷死亡威胁，一个来自中国的贸易代表团刚刚抵达，一个美国人相当严肃地说要入侵这个地方，还有某种神经错乱的解释：苏联的导弹军械库是古巴的第一道防线。而从卧室窗口望出去，迈阿密，这个典型的热狗与妇女俱乐部的大杂烩，几乎还没有从视野里消失！

你的首次抵达足够寻常而愉快。古巴人仍然会给你一个最好客的欢迎，这肯定是地球上最容易让外国人进入的国家之一。当你拖拖拉拉走出海关，一支卡力骚乐队正在震耳欲聋地演奏。一群乌七八糟的微笑着的市民，全都是褐色面孔，穿着各色棉布衣服，像过节一样倚靠在栅栏上。当你驾车开出，在夜色中往城里驶去，一切都如你所料：在草丛里

1　山姆大叔（Uncle Sam），美国政府的绰号。

不知疲倦地快乐高唱的知了，炫人眼目的广告牌与霓虹灯，汽车餐馆与整洁的加油站，黑暗中沿着宽大的双车道公路奔涌的车流。这里让你感觉像是一条美国公路的热带样板——与波多黎各有着同样鲁莽的美国特色，比起迈阿密来也不遑多让。

但当你早上醒来时，灿烂的白色哈瓦那在你的窗下展开，蓝色海湾必然是宁静的，车流的轰响沿着美妙的水滨地区传来，然后睡梦重新占据你的身体。怪异，怪异的事正在这儿发生。这个蔗糖与比基尼之国（“隔壁那个诱人的岛”，纽约的游客指南上这样说）已经从美国人的理想中偏离了那么远，以至于我们在谈话中可以正儿八经地将其作为捷克斯洛伐克或匈牙利一样的潜在的苏联卫星国。这座城市的街道几乎与迈阿密或坦帕[1]的林荫大道无法区分——同样类型的店铺，同样类型的建筑，同样款型的汽车，同样的味道、景观、声音，像南佛罗里达一样微染热带地区的刺激与一种昔日西班牙的繁华。然而，你会发现，这座岛上已经有某些最初的迹象在不厌其烦地向你提示其人民民主。港口有苏联的船，从黑海将石油运往这里的国营精炼厂。这里有中国人，还有充满赫鲁晓夫那父亲般关怀的文件。一份日报上有一张漫画，也许直接摘引自《鳄鱼》[2]杂志，表现的是美国被一个虔诚的世界毫无异议地抛弃。这座城市因横幅与标语而沉重，小道消息称，就在昨天晚上，还有两个

1 坦帕（Tampa），美国佛罗里达州西部一城市，位于坦帕湾畔，该湾是墨西哥湾的一个小海口。
2 《鳄鱼》（*Krokodil*），莫斯科出版的幽默杂志，以讽刺和漫画著称。

美国人在我住的旅馆楼上被抓走。

然而，对于单纯的新来者，显得更加怪异而不祥的似乎是那些暗示与影射。例如，哈瓦那的希尔顿大酒店看上去依然庸俗得惊人——巨大宽阔、华丽炫目、典型的资本主义货色。然而，它已经像华沙和列宁格勒那些奢华的老旅馆一样变成了国营企业。它被改名为“自由哈瓦那”酒店，其美国资金已被掐断，在没有倒空的烟灰缸和空寂得唯有回声的餐厅里，你可以像从水晶玻璃镜子里一样，瞥见公共管理的单调乏味的形象。藏在其格式和漫画仍然像牛仔裤一样呈现美式风格的报纸里的，是各种新哲学的黑乎乎的排泄物。外交部宣称，本周辞职的驻波恩前大使是个叛徒。所有家产“被征用或充公”的公民被告知，在未来，他们的事务会由战争受害者协助局处理。安东尼奥·希门尼斯上校已经从对捷克斯洛伐克、波兰、苏联和民主德国的商业访问团归来，宣称为古巴的 30 种新工业赢得了设备。古巴体育代表团打算参加在莱比锡举行的象棋锦标赛。三个制造牙膏、肥皂、指甲油、洗发液的工厂“根据工会的要求”被军队接管。哈瓦那律师协会上周由革命委员会控制后，48 个律师被丢脸地驱逐出会。大学生联盟要求，大学理事会和各个院系的主管——“文化地主们”——必须给改革让道。

你可以说，这并不特别紧迫地令人担忧。这个早上，没有狂野的人群风暴般涌上哈瓦那街头，没有毛发蓬生的狂热者在阳台上大发雷霆、口吐白沫，迄今为止，似乎还没有人粗鲁无礼，或是充满仇恨。但是，如果你想要理解这里给人的感觉多么怪异，那就请你想想：从外表上看，这里几乎可以说是美国的领土。这是一个使用美元的国家。这种感觉，就好像一个近乎共产主义的政权控制了华盛顿，并且正在倾覆美国社会系统中那些最高级的成员——从大型石油公司到奢华旅馆。它像是在经历某种灾难性的境遇转换，一次粗糙的、折磨人的、无限烦扰的行进、逆转和放弃，如同一场恶毒地互相攻击的离婚，甚或是一次变性。

某些梦魇就像是这样。它们把你放到一个相当熟悉的环境中，然后迫使你服从某种无法想象的折磨。这个古老的天主教岛屿，通过一张交流与利益密集交织的网与大海对面那个邻居紧密联系，但却真有可能像许多批评家所认为的那样正在加入共产主义阵营，这让我几乎难以置信。我甚至读到了有关苏联将在古巴建立军事基地的猜测，这真像是某种可怕的幻觉。但就是这样的。这是眼下哈瓦那人常说的话。如果这一切都是我的梦，请赶快叫醒我。

近半个世纪后，苏联已经解体，“亲爱的装腔作势的老山姆大叔”在世界上似乎也不复有当年那种乐善好施的形象，而卡斯特罗依然在古巴掌权。有一次，在哈瓦那我采访了埃内斯托·格瓦拉，当时的古巴国家银行行长。30 年后，在埃内斯托早就成熟为切·格瓦拉，并已成为全世界年轻人崇拜的偶像后，我在英国给一个旅人搭便车，他穿的 T 恤上印着熟悉的格瓦拉头像——当时地球上最有名的照片之一。“我打赌，

在你搭过车的人当中，我是唯一一个亲眼见过切·格瓦拉的。”“哦，”他回答道，“切·格瓦拉是谁？”

6

欧洲：战争结束之后

20 世纪 50 年代快结束时，在以不同的情绪和技巧前往三个欧洲首都后，我为《卫报》写了几篇关于它们的简短文章。我还记录了同两位欧洲最受尊敬、仍然在世但业已归入传奇的战时领导人的截然不同的远距离接触。

柏林

我沉思着，颇为忧郁地漫游在这德国前首都。声名狼藉的柏林墙彼时尚未建成，但这城市已经被分成西方和苏联占领区，并且大部分区域仍是废墟。

柏林是欧洲的中心城市——有人甚至会说它是世界的中心城市——

其核心是那被称作勃兰登堡门[1]的生硬粗粝、伤痕遍布的拱门，这不是因为它耸立在西方世界的最后一道大防线上，而是因为，它一直平衡于两种迥然相异的势不可挡的哲学之间，却仍然保留着德国的精髓。这是一个粗糙的、时常被人憎恶的纪念碑，但至少它让人感到真实。

尽管柏林是一个令人激动的不祥之城，被砖石建筑和方针路线分割，但对我而言，它主要还是更像一个怪异奇特的舞台城市。在东边，它学习共产主义路线，在西边，它研究自由主义道路；东边，教条砰砰作响，西边，利益叮叮当当：但在任何一个角色中它都不甚自然。不太久远以前，它统治的领土从大西洋延伸到高加索山脉，并拥有自己严酷的意识形态。今天，它则成为一种噩梦的集市，世界的两半边在此汇合，搭起竞技场。它的精神里有一种空虚和伪装，仿佛这个地方的内涵早在20年前就被强行剥离，作为替代的仅仅是标语和封蜡。

眼下流行的说法是，柏林不再神经质，但我并不赞同。它给我的感觉是一个极度困惑的大都市，被旧有的焦虑和压抑所折磨，可以理解的是，它也被恐惧击穿。因此，柏林人拥有无可否认的勇气、勤奋和现实主义。他们有着同伦敦佬差不多的欢快，一种近乎活泼的友好，从表面看，他们对其残忍的、忽上忽下的命运毫不沮丧。但我怀疑，在公开的和蔼外表下，他们怀有更为幽暗的多层情绪：玩世不恭、自我厌弃、破

1 勃兰登堡门（Brandenburger Tor），柏林标志，始建于1788年，被柏林人称为“命运之门”。柏林墙建成后被隔在大墙以东几十米，成为柏林墙象征地段。1990年柏林墙倒塌时，则成为柏林人聚集之地，成为德国统一的象征。

碎的骄傲、病态的果决。有人说东柏林和西柏林的差别是光明和阴影的差别。在我看来，尽管从一边向另一边的转换破碎得叫人难以承受，但它们都同时让人感觉到黑暗与通明，就像一场意外事故的场景。

柏林是一个失败的帝国的首都，其帝国往事仿佛储藏柜里戴头盔的骷髅。它的一边是民主德国（东德）的首都，另一边则是联邦德国（西德）的一个省份：但它的德国性却在忍耐、暗示与追忆中生存下来。在东区，布告和劝诫、国有商店和列宁大道那睥睨一切的傲慢，给古老的菩提树下大街（Unter den Linden）周围带来一种油滑的亚洲气息。在西边，所有那些美国世界的大杂烩活蹦乱跳、自吹自擂：霓虹灯、自动点唱机、《泰晤士报》、勒·柯布西耶[1]的公寓、康拉德·希尔顿的酒店、平装本、马尾辫、干马丁尼和碧姬·芭铎[2]。老德国则生活在地下，有时浮出水面，现身于一部辉煌的歌剧、一出席勒的戏剧、一段旋律或是一个新纳粹主义分子之中。

在一边，东柏林人发现自己被月复一月、年复一年、一个转折点接着一个转折点地改造为一种全新的民族——如往昔般，在习惯的力量下被集体洗脑。在另一边，西柏林人成为行走的符号：一个没有经济价值、没有地理意义、没有确定性和安全感的城市的居民，这座城市如同行将就木的阔佬，行尸走肉般吊着命，只为刁难遗产继承人。似乎很少

1 勒·柯布西耶（Le Corbusier，1887—1965），20世纪最重要的建筑师之一，现代建筑运动的激进分子和主将。

2 碧姬·芭铎（Brigitte Bardot，1934—），与玛莉莲·梦露齐名的法国性感女星。

有市民还认为柏林会再次成为一个自由而统一的德国的首都。东柏林人活着就是为了那个时刻，或是为了下班后的党会。西柏林人接受了一种悖论的命运所提供的一切，无忧无虑地在生活中挪步，仿佛闪亮的金鱼缸里的鱼儿。

尽管如此，它仍然是一个统一的城市，其创伤的特质，以及混合了耻辱、挑衅、徒劳和悲怆的感觉毫无掩饰。柏林人领着你参观林荫大道时，他们的评论苦涩而尖刻。他们的笑话粗鄙，并且往往残忍，他们的影射带有自嘲的痕迹。他们尖刻地告诉你，勃兰登堡门的两边都自称民主——东边有一个大写的 D，西边有一个小写的。他们挖苦地评论说，那“永不熄灭的自由火焰”耗费了数量惊人的煤气。他们几乎像是道歉一样地指出，仍是世界上最令人震撼的机场的滕珀尔霍夫（Tempelhof）是“希特勒做的一件好事”。他们口气顺从，但私底下却充满怨恨。他们知道你正在想些什么。

因为事实上，直至今日，他们的城市仍是针对德国对 20 世纪所意味着的一切的一种永久而可怕的谴责。自由钟[1]和巨大的俄罗斯战争纪念馆都在提示：在我们这个时代，德国的价值已然是朽腐的价值。柏林，无论东边还是西边，都是一座建立在德国废墟上的城市，用德国人的泪水洗刷，萦绕着一百万个丧命的年轻人的阴影和一百万个迷失的幻觉，

1　自由钟（Liberty Bell），1950 年美国赠送柏林的一口钟，作为对欧洲争取自由的象征，其构想受到美国费城独立钟的启发。

萦绕着一个死去的身败名裂的爱国主义的鬼魂。它是所有城市中最忧郁的。它业已遗失了灵魂，仍在寻求替代物。

对我来说，我发现它的神经官能症在任何时候都很明显：比如，存在于柏林人对安放在城市最中间、以戴镣铐的大象而闻名的动物园的那种几乎是着魔般的骄傲中；存在于对这座最好战和最令人生畏的都城里开得如此神秘诡异的花卉的激情中；存在于对夜生活的古怪的自信中——举个例子，安逸的市民和他们的黄脸婆从一个打扮成女服务生的男人手中接过啤酒时的平静与安详；存在于西部浮华的挥霍和东部钝化了的冷漠中；存在于不可避免的、始终增长着的一边对另一边的疏离中；存在于影院观众在可怕的电影《我的奋斗》——德国人的骄傲与自尊心上一道骇人的伤口——放映后鱼贯而出时那种完全目瞪口呆的沉默中。

因此我要说，柏林的核心是勃兰登堡门，还有它那虽然重修过但却很难再度君临其上的巨大的四马二轮战车雕像。围绕着这个昔日辉煌的标志，真正的柏林仍然存在：裂开大口子的德国国会大厦、废弃的威廉大街、破损的大教堂和毁坏的宫殿的框架、戈林的办公室和希特勒的地堡、第三帝国摇摇欲坠的礼堂、一个失败的帝国的坟墓。20 世纪后半叶，任何事情都有可能发生在柏林身上；但是，不论是什么人统治它，在那个恐怖首都的阴影最终被驱除之前，在对它的记忆黯淡下去之前，这座新城市的流光溢彩与气势汹汹将一直是虚幻，而其灵魂也永远不会获得平静。

巴黎

置身于“二战”中未受物理损伤的巴黎，我追随着一个显然比我实际年龄要大几岁的、想象中的英国人的路径穿越全城。像很多大不列颠人一样，他非常厌恶法国人克服有关战争的耻辱记忆的能力——在那场战争中，大不列颠人进行了悲壮的抵抗。

一个谨小慎微的中年英国人，斜戴软毡帽，钻出火车北站，走进巴黎的街道。在赶到里昂火车站重新登车前，他还有几小时可消磨，但他并不指望接下来这段时间里会有狂野的放纵，因为在其内心深处，不论多努力地尝试，不论其法语多文雅，也不论其往昔多四海为家，他的内心深处总是搅动着一种英国人对此地的古老的憎恶，仿佛一个黑暗洞穴中骨头沙沙作响的声音。这根源于世世代代的争斗与流血冲突；根源于悲惨的结盟带来的苦涩；根源于依然贯穿在英国人性格中的清教徒气质——很久以前他们就指责这座无与伦比的都城是炼狱的前厅；根源于嫉妒和出身乡野的自卑感；根源于航海岛民那顽强的固执己见和主观狭隘的历史观。美国人崇拜巴黎，急匆匆赶来，写小说，或者画些狂暴的抽象画，享受它的春天，租下它那些古老的出租车，在昂贵得令人绝望的亭子间里同身段曼妙的金发女郎缠绵。这个中年英国游客走近巴黎的方式总的来说更警惕，更拘谨，他快速地左右张望，把钱包往口袋里塞得更安全些，轻快地穿过狂野的出租车，到街角咖啡馆坐下，点了被法国人滑稽地叫作“一杯茶”的东西，自己想起来也不免苦笑。他知道自己犯了个错。自己应当要咖啡。但是与巴黎有关的某些东西激发了他的岛民心态，让他觉得自己身后的英吉利海峡变得格外深沉、宽阔和重要。

那东西部分是此地令人挫败的异国感。对这个英国人来说，世界上没有哪儿比巴黎更是无可改变的异域他乡，尽管它比纽卡斯尔离伦敦要近得多。尽管它在战前还略显亲近，但四年的禁闭[1]却一劳永逸地将其密封为一个远在分界线之外的城市。危险和耻辱硬化了它骄傲的动脉，在一个国界越来越淡化的世界中，它并不为是否要使用某种共同语而劳心费神，时至今日依然故我地抱着盛气凌人、华丽庄严的法语不放。它是欧洲的支点，但却招摇着老派爱国主义的全副荣光。和往常一样，它庇护了一个庞大的外国社区，但它的客人却都穿着法国衣物。巴黎街头，看样子几乎没人会说英语。几乎没人看似美国化或英国化或意大利化，更不用说德国化。巴黎自始至终都是法国的，从街头小便池到高等专科学校，这位中年英国人继承了全套英国式的施恩的本能，故而感觉自己不公平地落了下风。就像在他之前的那位诗人[2]，他以一种纯粹而刺激的

1　指“二战”中法国被德国占领并建立伪政府的四年。

2　此处指英国诗人切斯特顿（Gilbert Keith Chesterton，1874—1936）。这里引用的句子出自他的诗歌《世界之国》（*The World State*）中的“哦，我多么地爱人文主义，/ 我的爱是如此纯洁而刺激，/ 我又多么地讨厌的法国佬，/ 他们永远不会变得英格里希”。

爱去爱人文主义，但对永远不会变得英格里希的法国人却有一种隐约的怨恨。

因而，他对自己说，巴黎真是浮夸得要命！以它的风格搞一两条林荫道当然是合适的，迟早也能为皇室车队或紧急停车派上用场不是？但一整个城市按照几何学的规范画成圆圈、弧形或是直角，那就冒犯了刻意不拘礼节的英式口味。绝对没错，巴黎有着广阔绵延的、金丝银线般的小街，翻越蒙帕尔纳斯（Montparnasse），穿过蒙马特尔（Montmartre）迷宫，但当这位英国人买完单并动身穿行巴黎时，他感觉自己正在穿越无穷尽的充满繁文缛节的土地。香榭丽舍大街走啊走，星形广场转啊转。从协和广场的一角到另一角，感觉走了有一英里，穿过杜伊勒里宫，从卢浮宫华丽的肃穆中撤出，就像是在有皇室成员在场的觐见室里没完没了地倒着退下去，一边不停地谄媚鞠躬。那条巴黎之河人工痕迹很重，仿佛精致的观景楼中一条长长的华而不实的水道，埃菲尔铁塔像是被一位超人造园师放在那儿，形如一名体型小得多的造园师在玫瑰花圃后面竖起的柳条编制的宝塔。所有这一切，令我们的切斯特顿主义者心烦意乱，他想，不列颠不需要绿荫大道，不需要宽阔明快的空间，而法国人居然需要它们，他对此感到一种没来由的恼怒。

沿着里沃利街一路沉思，他认定这些都是法国佬的**小聪明**。每个人都知道巴黎人精得跟猴子似的，在这座城市，没什么是简单或不复杂的。每样东西都是芳香的。连粗鲁暴躁的看门人也会带着狡黠的神态审视你，中央大市场（Les Halles）那些胖胖的女售货员看上去也压根儿不像职业女性，倒像是一群古怪的贵妇人为寻开心来逛贫民窟，或者来对某种依然破碎的家庭信念表示敬仰。老练的巴黎女子不仅有难以企及的优雅、广泛得令人生畏的阅读面，还有一种叫人抓狂的爱马的习惯。文雅的年轻人仿佛抹了“圆滑世故”油膏的杏仁，被打磨得滑不唧溜。巴黎大学的学生宣扬政治和怪异的哲学猜想，但看得出他们永远也不会拔一毛而利天下。甚至清洁工都喝绿茴香酒那样时髦的饮料，吃奇妙的卡蒙贝尔奶酪或布里奶酪，抽浓烈辛辣的香烟，行为举止总是优雅得让这位中年英国人觉得有点儿傲慢。当然，他立即掐死了那个念头，因为他是那种自由派的家伙，但这想法依然在那儿，在那儿，始终挥之不去。

他也不信任他们。是的，不信任。他没法儿抑制这样的念头：自己掉进了一个贼窝里。小商店精心的散漫中有某种狡猾、鬼祟的东西——那些被扔在橱窗里的有如嫁妆中压箱底的晚礼服的漂亮衣服，那些雅致的轻浮物事儿故意的杂乱摆放，那些鲜亮的便宜货和败家的奢侈品如手术刀般整齐并置。的士司机阴沉的粗鲁中有某种相当可疑的东西，仿佛他正在迅速地对乘客加以估量，打算把对方榨干。侍应生的微笑中有种讨厌的逢迎，仿佛他正在为算错的账单偷乐。对这位中年英国人来说，没什么让人感觉是完全坦诚直率的；不仅如此，他还像是真抓到了最后一根救命稻草似的对自己说——“另外，如果说这些讨厌鬼**其实在相互欺骗**，我一点都不会惊讶。”

很久之前，远到小时候，他所接受的教育是：法国人的证件要多看一次。这一辈子，他觉得巴黎人的履历极少是无瑕疵的。菲利普·锡德尼[1]曾经写道，“那甜蜜的敌人，法兰西”，但之后那感觉便逐渐消失了。英国人嗤之以鼻地问自己，谁知道法国人下一次是否会有所改观？谁知道什么时候会发生下一次政变？谁没有看到那些警察在大学生联谊会的地盘上用警棍狂殴可怜的学生，或是用催泪瓦斯喷他们？戴高乐这家伙怎么样？赖伐尔[2]、法绍达事件[3]、老波拿巴、被焚的莱伊[4]，还有阿金库尔战役[5]，又怎样？谁（这位中年英国人被他父亲过去一直穿的那种厚海岛棉制成的衣领箍得很热）——他挖苦地自言自语道，巴黎人要谈论的是谁？

因此，在心烦意乱但无可否认地受到这次短暂停留的刺激后，他再次走向车站——他有点担心，因为他很肯定他们提供了错误的出发时间，并且无论如何他都不习惯24小时制的钟。你知道，他是个服膺于习惯的男人，也是一名中年男人。他正在表达一代英帝国人的全部偏

1 菲利普·锡德尼（Philip Sidney，1554—1586），英国文学史上最早的诗人之一，1580年至1584年写下百余首十四行诗，合集名为《爱星者与星》。

2 赖伐尔（Laval，1883—1945），法国政客，“二战”中任维希政府副总理、总理，1943年通过“义务劳动制”将75万法国工人强制送往德国服苦役，1945年被以叛国罪处死。

3 法绍达（Fashoda）事件，1898年英法两国为争夺非洲殖民地在苏丹法绍达地区引起的一场战争危机。1899年两国达成妥协，以乍得湖、刚果河和尼罗河流域为双方殖民势力的分界线。

4 莱伊（Rye），英国东南部港口城市，1377年被法国人攻占并焚烧。

5 阿金库尔战役（Agincourt），1415年，英王亨利五世在法国北部阿金库尔村重创兵力远胜于己的法军，显示了装备大弓的军队优于穿着厚重盔甲的封建武士。

见，这一代人被教导出庄严的气度，由残存的支离破碎的光荣孤立[1]所养育。他还隐约记得，在他童年时，英格兰仍是世界的仲裁者，庄严地纠正势力的不均衡——在这儿，故意抑制一名当权者，在那儿，对一个合其心意的革命者和善地拍拍头。他没有意识到，他们多么快地抽干了他心爱的英吉利海峡。我想，他还没有结婚，但如果他有自己的孩子，他就会认识到，在巴黎期间脑子里掠过的每个想法都暴露出，他不过是他那个时代的一个孩子。他属于这样的最后一代人：当英国的白色峭壁最终出现在模糊的地平线上，一滴返祖的热泪会尴尬地、难以抑制地涌上他们愚蠢的老眼。他还不到50岁，但几乎已经是最后一代岛民。

我们不该责备他，或是嘲笑他的观念。他的路数在那个时代异常成功，也值得尊敬，使得躲在堑壕后面的英国人发展出一种民族天赋，丰富、震惊和愉悦了我们所有人。然而，历史的循环不断轮回，令我们时代兴奋的一个想法是：古老的欧洲大家庭再度复苏，唤回它那些疏远的孩子，像瑞普·凡·温克[2]一样舒展身体，揉捏自己强健的肌肉。我预言，再不会有哪一代英国人如此谨慎地踏足巴黎，带着这么多刺扎扎的保留意见。谁能够长时期嫉妒这样一个地方呢？哪怕是我们这位戴软毡帽的朋友，他惊奇地发现火车能按照公告里的时间准点停靠在正确的站

1　光荣孤立，19世纪60年代至20世纪初英国奉行的外交政策，为维持欧洲大国之间的均势，不与任何大国或大国集团结盟，以保持行动自由。

2　瑞普·凡·温克（Rip van Winkle），美国作家华盛顿·欧文（Washington Irving，1783—1859）的小说名篇《瑞普·凡·温克》的主人公，该小说与中国古代“王质烂柯”的典故类似，讲的都是“山中方一日，世上已千年”的故事。

台，也不得不勉强承认：巴黎人似乎最终还是有了些进步。

伦敦

我成年后大部分时间都生活在国外，在自己的首都倒有点像是个异乡客。因而，我度过了一个愉快的早晨，在闲逛中天真地迷恋上了这座城市。

那天，当我开始与伦敦进行清晨约会时，天色还很早，我像坚定的恋人应该做的那样，以吃一顿营养丰富的英式早餐开始，这是最有效的催情剂。当我步入柯芬花园（Covent Garden）的街道时，第一缕湿漉漉的阳光正在闪耀，大剧院的宏伟正面矗立于运菜棚车之上，显得苍白而浪漫。小径塞满卡车，人行道上搬运工奔忙，一位穿黑衣的健壮老妇头顶一盘卷心菜大步走过。在古典式柱廊的阴影中，某个工会宣传员钉上一份布告，提出对付工贼的几种令人不快的手段。它评论道，绞刑对这些害虫来说太便宜了。

拐角处有一间酒馆。这是为市场的搬运工而特许的，伦敦城里唯一可以在早上这个时间点买到啤酒的小酒馆，因此我坐下来要了瓶褐色麦酒、三根熏得金黄的腊肠和一片吐司—— 一顿王侯般的早餐。两个壮硕得惊人的男人跟我同桌，滔滔不绝地互开玩笑。他们的伦敦腔骄傲而地道，其中一个人不时对我蒙蒙眬眬地眨巴眼睛，让我更自在些。我在腊肠上抹了很多芥末，并尽力享用麦酒。伦敦是一个丰富又充满活力的城市，尽管它有咖啡吧的外表，但内心却依然热爱着啤酒、香肠和这些味觉强健的老伙计。

眼下，阳光仿佛畏怯的酒鬼，穿过雅座酒吧的玻璃门出现：我对那两位爱开玩笑的粗壮汉子说声再见，向东边的比林斯格特（Billingsgate）鱼市场走去。到那儿时，伦敦大桥几乎还空无一人，我爬下阴暗的楼梯去鱼市，脚步声在桥下寂寞地回响：但当我钻出隧道出现在下泰晤士路，以这地球上最辉煌的城市街景之一为背景，伦敦鱼市便在我面前展开全部的喧嚣、色彩与雄浑。

东边远处耸立着伦敦塔的棱堡，仿佛朦胧不清的卡纸板复制品；我身后，坎农大街车站弓着山一般的背脊，宏伟如巨穴；我旁边，靠着一栋办公大楼，矗立着古老华丽的圣马格内斯殉道者（Magnus Martyr）教堂，带着它“难以解释的爱奥尼亚式的白色与金色的光辉壮丽”；我左边是网状的城市小巷，鱼街和布丁巷，博托尔夫巷和山上圣母教堂，攀上伦敦大火纪念碑四周的斜坡；那里到处都是渔夫，他们穿白色外套，戴奇怪的皮帽子，左冲右撞，从冰柜车往市场里挤过去，浑身溅满泥浆、热情与鱼腥味的液体。这一引人注目的场景包含着壮观、幽默、粗野和生机勃勃：而在这一切的中心，站着城市警察，像圣人一样，在小小的黑色笔记本上写着些什么。

河对面的岸区没有如此高贵的骚动令港口活力四射。一片静默覆盖小巷和货栈，只有几个早起的码头工人咳嗽着，在靠边停泊的驳船上用沙哑的嗓音说话。可是，我漫步经过时能感觉到，当城市醒来进入白天，这里的活力也不断升高；很快，沿着一条空荡荡的小巷向我走来一个身影，那急切的大步和急骤坚定的脚步声集中体现了清晨的意义。这人全身着黑衣，沿着货栈之间幽暗的峡谷走来，我看到他腿上裹着绑腿。我在自己的路线上停下来，被这场与商业、中世纪和教会的充满刺激的遭遇所征服。“太棒了！”我说。“嗯，是的，”这位牧师说，“早上这个时候总是很可爱的，你如果再向前走几步，就可以看到他们刚刚为我在克里斯托弗·雷恩[1]的房子旁边建造的新房子，这样能让我成为南华克区第一个住在这里的教长——自从我们的总教堂落成后，让我想想，没错，从那以后 **1300** 多年来我是第一个。早上好！”这位教长大步流星地走开，向他的总教堂走去。

但是，即便是伦敦的回忆链条有时也会中断，当一个旧的地标被毁坏、替代或变得多余，你会感觉到这里的忧郁，会明白它是多么沉重地倚靠着往昔的尊荣。你可以感受到这种怀旧之情，在被遗忘的印度事务部旁，或不再是世界最终仲裁者的海军部外，或白金汉宫旁——在那

1 克里斯托弗·雷恩（Christopher Wren，1632—1723），英国建筑师，曾设计过50多座伦敦教堂，最著名的是圣保罗大教堂。其实用性建筑包括牛津的谢尔顿剧院和剑桥大学的三一学院图书馆。

儿，维多利亚女王的雕像越过一个业已消失的帝国凄凉地凝望着。或者，你可以像我那天早晨一样，穿过黑修道士桥，沿着刚刚醒来的舰队街漫步，转到国王路，停下来一小会儿，看他们推倒老旧的斯托尔剧院——它实在是太快地步上了圣詹姆斯剧院和蒂沃利剧院的后尘。

一条坡道将你从形销骨立的围墙引向坡下那座剧院的巨大乐池；你可以站在那儿，像好莱坞歌舞剧里多愁善感的歌手，沉浸在幻想中，凝望你头顶那座建筑被摧毁的悲哀外壳，票房的黑色木方格仍然在废墟中安详地保持原位，所有的挖掘机、起重机和铁铲都拼命地在前排座位那儿挖掘。你不大可能找到比一座著名的爱德华七世时代的剧院更能唤起回忆的伦敦标志物，它们在那么长时间里饱含优雅与欢乐，如今却被有条不紊地摧毁、湮灭。

到现在，天已经大亮，于是我乘公交车去了哈利街：在那里，每个非周末的早晨，你都可以欣赏到世界上最好的劳斯莱斯精品，气派十足地互相礼让着停放于此。这些车里最老的一款是20世纪20年代出厂的一辆橙色双门小轿车，毫不害臊地倚老卖老；最新的是1958年的一款，正适合王室的外科医生；在这趾高气扬的两极之间的是劳斯莱斯的全部系列，一个不可抗拒的伦敦大集汇。有战前生产的线条笔直的劳斯莱斯，略微向后倾斜，仿佛被不舒服地紧束着；有略微像跑车的劳斯莱斯，适合闯劲十足、玩世不恭的精神病专家；有强硬的重量级“幻影”，黑色、威严，令人敬畏的专家俯身钻进去，同时温和地与司机说话，并因为责任感而发出一声叹息。要想体会伦敦根深蒂固的等级和虚荣，就请沿着哈利街走一遭，检视这些华丽的机器，这些为盖过有钱邻居而设计的最好的工具。

然后我坐车去了苏富比拍卖所，经由外珀斯和索姆街，因为我的出租车司机有些骇人听闻的故事，关于第一次世界大战，关于酒后伤人和最初的叛乱，以及法国人的不幸的缺点——“我像不信任扬基佬一样不信任他们——你可以看到一大群没文化的家伙！”那天早上他们在拍卖玻璃制品，主持拍卖的优雅年轻的拍卖师像瑞典水晶一样平静安详。精明顽固的买卖人挤在拍卖台下的桌旁；有美国人以困惑的姿势坐在外圈的沙发上；一两个女孩穿着最昂贵、最鲜亮、最短的时髦裙子，跷腿坐在临时的椅子上；温文尔雅的拍卖师观察他周围费解的细微动作或点头，彬彬有礼地拍卖每一件物品，温柔地敲击拍卖台。

然后是午宴（拍卖师可能会这样措辞）。在一条名叫圣马丁庭院的小巷里，温德汉姆剧院后台入口的旁边，可以找到一家全欧洲顶级的“希齐”（Sheekey）鱼餐厅。在这里你可以买到伦敦人常吃的大比目鱼、大菱鲆和炖好的鳗鱼，你可以吃奶酪配小萝卜，和着白葡萄酒咽下。各种各样的人都常来希齐，我和同桌的食客聊天，发现其中一个是来自巴伐利亚的逃亡者，如今是个成功的制造商；一个是鞋子设计师；另一个带着嫌恶凝视我的炖鳗鱼，谦逊地告诉我，他是一个名叫“主音”的合唱团的成员，也为商业电视节目制作广告曲。我为他的和声干杯，祝这位巴伐利亚人好运，并且抱怨了鞋子的价格。当这个早晨滑向一个尽管不算油腻但也算是酒足饭饱的结局时，我在心里对自己说："伦敦！一盘大杂烩，一只万花筒，一个秘密的食橱，一条经常炖老的鳗鱼！"

我在这篇关于20世纪50年代伦敦的文章中故意撒了个谎。我可能在柯芬花园的那家酒馆里喝了啤酒当早餐（其实没有），并且可以说，从形而上学的角度看，我确实喝了。但那个早晨朝气蓬勃，腊肠肥软，咖啡诱人地冒着热气，我在没精打采地扫视酒吧时对自己说，不，我说，这是一个艺术比真实更美妙的时刻。这是《世界：20世纪的道别》里唯一的一个谎。

两位大人物

两位欧洲的"二战"老英雄，到20世纪50年代仍然常在媒体现身。魅力超凡的夏尔·戴高乐，"二战"中"自由法国"运动的领袖，仍然是一位令人生畏的法国总统。1958年，他不仅要面对法属阿尔及利亚的一场旷日持久的殖民地战争，还要面对一场受到数十万法国殖民者支持

的军事革命，后者害怕被他出卖给本土的阿拉伯人。那年5月，当他飞往阿尔及尔时，可以预期的是一场混杂矛盾的接待。

对于阿尔及利亚的革命来说，今晚是一个宣泄的时刻，过去几个星期所有被点燃的情绪全部爆发成某种危险得接近于疯狂的东西。在无处不在的标语的怂恿下，在军国主义的迷醉和爱国主义的盲目中，阿尔及尔的法国**殖民者们**同时感到欢欣鼓舞与痛苦怨怒，同时充满焦虑与希望，他们再次聚集在山上的广场上。他们唱起爱国主义歌曲，汇成我平生听到过的最高亢、最深沉、最令人恐惧的音乐，如雷霆般越过港口，飘向海上。他们表达的情感是真挚的，也是凶残的，是友善的，也是偏执的；但是大体上，对于一个被熊皮高帽和布兰可擦白剂培养出来的老派的民主观察者来说，这天晚上，阿尔及尔的这个广场上散发出令人不快的军用长筒靴与炮铜的臭味。带着一种近乎清白的正直的气度，戴高乐将军进入这个弥漫着武力与沙文主义，由30万名法国**殖民者**的欢呼、喊叫、歌唱与喧闹支撑着的背景。

看上去，他像一位盗匪窝里的主教，虽不协调，但受欢迎。现在，他的脸颇为肥胖，他以胜利的姿态张开手臂，像是费了挺大力气。但他的嗓音中有一种诚实的语调，他似乎在看着我们，坦率地直视这30万人。他说，阿尔及利亚的所有人，不论什么种族或宗教，都肯定是具有相同权利和责任的法国公民。他说，他们一定会获得过上像样生活的收入，在北非的法国人和穆斯林一定会互相和解，后者的叛军发动了一场勇敢的战争，但一定会被带回法国的怀抱中来。

不时爆发的欢呼声和齐唱口号、不断重复的“法国的阿尔及利亚”的喊叫打断了他的讲演。当他从一个主题转向另一个主题，从共和国制度转向阿尔及利亚的未来，从融合转向和解，你能够感觉到这一群被这种情结支配着的人们做出的敏锐的群体反应。他再次说道，民族与民族之间一定会有和解，然后，当人们等着他继续说时，他在麦克风后面抖擞精神，重重地拍打胸口，俯瞰面前的广场，庄严地宣称：“我，戴高乐，会打开这扇门！”

法国殖民者们被这番讲演弄糊涂了。他心里到底在想什么？“我明白你们的意思。”在他离开前，他威严地告诉他们，用“他永远也不会放弃一个法属阿尔及利亚”的想法安抚了其中许多人。但是他实在太了解他们了。他知道他们没有与阿拉伯人结合的意愿，两年之内，他就会看到法国的阿尔及利亚不再属于法国。

同一年，温斯顿·丘吉尔，最具领袖魅力的战争领导者，正过着退休后的生活——1952年，时任大不列颠首相的他在自己的最后一场选举中落败。到1958年，他已经病得很厉害，在一所位于法国南部的别墅里，似乎快要死了。和世界上许多媒体一样，《卫报》派我去那儿等

待丘吉尔的最后时刻，但我发现自己对我的同行们比对这个政治家的即将临近的逝世（其实，此后又过了七年丘吉尔才死）更加关注。

这天傍晚，在蒙特卡洛的巴黎大饭店那大理石砌出的富丽堂皇中，一个美国人粗重的嗓音突然爆发，“看看，你这个讨人嫌的、两面三刀的杂种，”那声音说道，其中并非没有几分威严，“我可能是个他妈的记者，但我也是个人，你想一想，我们正在等的不是玛丽莲·梦露，而是丘吉尔，丘吉尔！我要发疯了！”

我们总是因为沉重的竞争任务而发疯，只不过很少向别人承认。这天傍晚，当这个愤怒的美国人因为某种模糊而短暂的委屈感重重地拍打吧台时，他说出了一个历史性的真理。正像他说的那样，等待丘吉尔是某种不一样的事，在洛克布鲁纳村里，由一支互相竞争的国际媒体兵团在整个白天和半个晚上维持的漫长的值守中，有一股被压抑的、不稳定地接近于多愁善感的暗流。今天的病情公报宣称，他体温正常，正在令人满意地好转。但“你永远不知道能否相信那些讨厌的医生”，我们都这样说。这个晚上，只有几个自信且自律的记者逃离现场，拒绝用整夜困守换得一张摩纳哥的报销单。

对于剩下的人来说，无私的值守得维持下去。守望开始得很早。“去别墅！”出租车司机得到指令。泡萨别墅高踞于摩纳哥之上，通往它的路上涌动着早晨的车队。一条私人公路通往那栋房子，到正午时，它已经被轿车和卡车堵起来了。一辆俗丽的黄色箱式小客车上印着“欧洲一号”的字样。一群摄影记者坐在墙上，腿晃晃荡荡。一个高个儿的 BBC 实况播报员穿着一件非常英式的运动夹克，以一种不协调的尊贵姿态，站在各色各样的胡子刮得乱糟糟的巴黎周刊的摄影师堆里。大门由两个镇定的法国警察守卫，两人都平静而沉着。

一条舒适的、满是尘土的路绕着泡萨别墅延伸，路上游荡着摄影师，长焦镜头让零零落落的队伍显得颇为周密。一本活色生香的色情杂志被扯得七零八落地丢在路上，几个坚定的欧洲人蹲在阳光里，认真地打算把它们重新拼起来。转过拐角，一个摄影记者如雕像般独自站在花园的墙那儿。从那个地方，他曾经远远地瞥见丘吉尔夫人在下面的花园里，从那以后，他就再没挪过位置。

最有利的观察点在房子靠海的那一边。在那儿，你能够足够清晰地看到别墅的一部分，从楼上关着的窗户，到户外紧闭的大门。树木清凉而多荫，一小群记者靠往铁罐里扔石头打发时间。“你们在这儿也看不到多少东西。”一位费劲往山上爬的英国老绅士经过时说。“哈哈，是啊，”记者们礼貌地回答，又低声对自己说道，“没事儿，伙计，能占到这个位置就算不错了。”

他们就是这样干活的，至少眼下是这样。也许他们将会开车去芒通吃午餐，或者在某个惬意的小酒吧耗上一两个小时，然后聚集到巴黎大饭店听下午的病情公报。温斯顿爵士的秘书蒙塔古－布朗先生冷静而精确地传达消息，娴熟地拒绝描述详情。不，他不能更精确地解释这些医学名词。不，他很抱歉，但温斯顿爵士是别墅的客人，讲述其更多家庭生活的细节是不礼貌的。是的，他非常理解媒体的难处。不，非常抱歉，他不能透露温斯顿爵士今天读的是什么书。“在别墅里，我们都是厚脸皮，”蒙塔古－布朗先生和蔼可亲地说着，一边穿过软塌塌的扶手椅逃走，从一团未加答复的问题的迷雾中消失。

然后，这支媒体军团，仅仅是略微有些职业性的不满，就各自去发电报，找地方过夜。和往常一样，我们的快乐里充斥着和工作有关的闲话。他们说，某家日报试图搞定别墅的女仆。有人听说，不知是哪位爵士让他手下的记者们停止采访。“嘿，《巴黎快讯》有什么消息？它派来的那家伙偷听到温斯顿说梦话！”几个耐力惊人或曰神经过敏的记者吃完晚饭又打车去了别墅，打算在黑暗中继续朝着那位政治家所处的大概方位坚定地窥探。有几个人还要去完成地球另一边的艰难的限时稿件。剩下的人遵从此地的惯例，立即正确地投身于斑驳杂色的游乐场所。在山坡的高处，所有这些词句的主体、对象和谓词——老温斯顿爵士躺在床上。

消息从世界各个角落涌来，他却与世隔绝地躺卧，这最后一位巨人，读着报纸，诅咒着自己的胸膜炎。在我一些同行的描述中，他要求喝白兰地、抽雪茄，自己写健康公报，读毛姆的小说，要求丰盛辉煌的大餐。就我自己而言，这天傍晚爬上山时，我想我听到泡萨别墅里传来一个声音，高过鸟儿可爱的鸣啭与远处伐木工的锯声。那声音从别墅楼上的一扇窗户里传出，在我听来，不同寻常得像是一声咯咯笑：一声深沉洪亮的、堂吉诃德式的、难以抑制的、永不变老的哈罗人[1]的咯咯笑。

“你怎么听到那声音的，别的人怎么都没听到？你在某个地方受影响了？嗨，伙计，来两瓶干啤。”

1　此处指丘吉尔毕业于哈罗公学。哈罗公学是英国最负盛名的私立学校之一，英国首相中约有四分之一来自哈罗。

7

东方主义：远东

1959年大多数时间我都在远东度过，为《卫报》写稿，给BBC制作一些电视电影，给一本名叫《通往哈德斯菲尔德之路》的书准备材料，这本书受世界银行委托，但我不可能在华盛顿写。那时，后来令人震惊地改变世界的亚洲经济腾飞还没有发生。

日本

距有史以来第一颗轰炸城市的原子弹在广岛投下，已经过去14年了，这座城市依然处于一种震骇与魔怔的状态。

广岛，静立于太田川入海口，那里有一群岛屿蜿蜒着伸入内陆海的雾气中。这是一个海港，一个工业城市，一个老军事基地，一个市场中心；但直到今天，它还生活、呼吸、谈论和思考于1945年8月6日那场核弹爆炸中。这座城市已经重建很久了，一批新的居民涌入，替代了那场灾难的受害者，然而，尽管有这些鲜亮的新建筑、宽阔的林荫大道，却没有哪座庞贝城[1]像它这样更加确定地冻结在遭遇灾难时的姿态中，也没有哪座培雷火山[2]比它更加永恒地留下伤疤。从城市高处的山坡，你能够看到广岛是一个多么可怕的丰满而被动的靶子。它紧凑地躺卧在山岭中间的漏斗里，太田川从这儿愉快地流入大海。它建在一群岛屿上，故而有纵横交错的水道，其中心位置有一座T字形的桥，被投弹者当作目标。今天，它已经被完全重建了。日本城市常见的杂乱无章的房子蔓延向海边，商业区矗立着一组高楼，就像你在美国的地平线上常见的那样，一个保证贸易与好客的剪影。几艘船停靠在近海处。黏稠的车流淌过街道。有花哨条纹的广告气球游荡在市政厅上空，一种家常的城市活动的嗡嗡声悬浮在柔软而潮湿的空气中。从山坡上整体看来，它显得足够正常——甚至堪称漂亮，城市如此崭新而闪亮，后面是深蓝色的高地，平静的海面上点缀着岛屿，海水涌向宫岛和太平洋。

在广岛待上几天，你就会开始因为这个地方的可怕的畸形而感到压抑。这座城市的灵魂被撕扯、掏空，尽管身旁有出租车飞奔，有轨电车

1 庞贝（Pompeii）城，意大利南部古城，79年在一次火山喷发中被摧毁，1748年它完好保存的废墟被重新发现，而后被大量发掘。

2 培雷火山（Mount Pelée），位于加勒比海东部西印度群岛的马提尼克岛北部，1902年5月8日的喷发被认为是20世纪最致命的火山灾难，其南部6千米处的圣皮埃尔城全城被毁，3万人丧生。

铿锵作响，霓虹灯欣悦地闪耀，穿和服的女孩朝你鞠躬，诱你进入夜总会，但它仍然让人感觉是一座空城。总之，它有某种朦胧地苍白且压抑的东西，就像是那些高高的新建筑压根儿不存在，仿佛太田川三角洲的众多岛屿仍然焦黑、浓烟滚滚。实际上，充满信心的，必定是那些从未——哪怕仅仅是在一些转瞬即逝的愚蠢的瞬间——疑虑过广岛的石头是否仍有放射性，也没有沉思着凝视过流水的游客。

无法逃避的恐惧，部分是人为的。在广岛，核爆的恐怖被刻意地保存，那份记忆被有目的地维持。在城市中心，你会被这个悲剧的、病态的笼子俘获。你入住的崭新的大酒店外，矗立着和平纪念博物馆，它部分是核科学展览馆，更是一座攫人心神的恐怖展示馆，它的主要空间都被一个被摧毁的广岛的巨大环形模型所占据，四处装饰着可怕的照片。每隔一小时，马路对面的文化中心就会飘来一阵甜蜜的柔板圣歌的和声，那是在播放充满丰富颤音的钟乐唱片。周围到处都是圣地，儿童纪念馆和各教派共同的神社，那个银行的台阶上有著名的“倒影”[1]，中心纪念馆上有高贵的铭文：“在和平中安息吧，因为这错误不会再犯。”面对广岛的这些提示，如果你还能无动于衷，那你肯定有着病态的冷酷无情，或者无可救药的厌世；今天，待在这座城市，仍然像是在伊夫

1　住友银行原广岛分行门口的石阶上印有一个人体的倒影。1945年8月6日8时15分，一个人正坐在那里，原子弹爆炸的冲击波与高温将人体蒸发，令其周围的石阶变得灰白，而在此人身下留下了一道黑色的印记。

林·沃[1]的加利福尼亚公墓中度过一个梦魇般的周末（那座公墓里，死亡的庄严被令人生厌的、流于表面的虚情予以敬重）。

倘若这是很久以前发生的一场灾难，那么人们会更加容易忍受，但在广岛，许多人仍然在直接承受核爆造成的痛苦。有些不幸的人，容貌严重损毁，以至于几乎从不出门。直到今天，还有些病人住在医院里。这里有白血病患者。有些母亲，在爆炸那一刻正好怀着孕，结果生下来的孩子带有可怕的残疾与畸形。有人经历了核爆，但没有受伤，现在如同空心人，被噩梦纠缠，元气大损，身体里某种东西被吸干——“总是疲累，”一个人对我说，“从那以后，我似乎一直疲惫不堪。”这一切中最可怜的是，有许多年轻人害怕核爆对基因产生长远影响。媒体和政客残忍而玩世不恭地充分利用这种不祥的预感，双头婴儿和形象怪异的金鱼的谣言狂野而无情，一道令人恐慌的栅栏在这里的年轻人周围竖起。男人到其他地方找老婆。女孩试图隐瞒其籍贯。残忍的记者四处嗅探这类恐怖故事。

然而，在普通市民身上，你看到的只是和善与常识判断力。面部被可怕毁损的女孩直瞪瞪地望着你，目光亲切。经历过轰炸的人讲述他的故事，和布里斯托尔或柏林有过同样遭遇的人讲述得差不多，都有一种嘲讽的味道。令人惊讶的是，广岛人很少控诉——除了在报纸和博物馆

1　伊夫林·沃（Evelyn Waugh，1903—1966），英国小说家，以笔调灰暗的讽刺小说名世。此处的“公墓”出自其小说《亲者》（*The Loved One*）。

那个层面。因此，广岛那骷髅般的空洞仿佛是某种有机的东西，就像某些严酷的核爆影响依然从全部复苏的人类活动中渗透出来。我不能描述这个地方的感觉，但它好像是有某种无法定义的本质元素从周围环境中被抽走——不是颜色，不是气味，不是声音，而是别的某种东西，为一座城市赋予意义和温暖的某种东西，就像食物中的盐，或者一张漂亮脸蛋上的眼睛。

京都给我非常不一样的感觉。没错，我在那儿见证了日本政治家浅沼稻次郎[1]被刺杀瞬间的电视实况转播，当时我正懒洋洋地坐在宾馆的长沙发上，但是很显然，我想这一经历与这篇随笔无关。

京都意味着“首都”。这个躺卧在鸭川之上、山岭之中的名城，有1000多年都是日本首都，日本文化的象征，甚至到了今天，对日本人来说，它仍然在众多城市中保持着特殊的地位，远远不只是国家中心的山岭中一座古老的省会大都市。它依然君临日本，是古老传统的至高无上的宝库，保留着他们的文化、习俗、宗教、夸张的爱国主义、金光灿烂的遗产和坚韧的骄傲。对于九千万日本人来说，它是这片土地的灵魂

1　浅沼稻次郎（Inejiro Asanuma，1898—1960）日本社会党领导人、左翼政治家，1959年访华时提出著名的“美帝国主义是中日两国人民的共同敌人”的口号。1960年10月12日在东京日比谷公会堂发表演说时，被年仅17岁的极右翼分子山口二矢（Otoya Yamaguchi）刺杀。

与主旋律。

然而，对于从大阪搭乘公交车一路晃晃悠悠地进入京都的外国人，第一眼看上去它毫不可爱：因为，尽管它拥有宏伟壮丽的景观，保持着永恒的皇家气度，但它展示给世界的那张脸仍然是悲哀而粗糙的。新日本的狂热也落到京都身上，让其街道塞满狂野的车流，用怀疑与幻灭败坏古老的智慧。京都没有遭遇战争的最糟糕的悲剧，但它与日本其他地方同样具有一种目标丧失、理想过气的感觉，一种情绪被扭曲、激情被压抑的感觉。京都的城市规划由桓武天皇[1]在11个世纪前以法令形式决定，但它很久以前就已经失去了其对称与样式，当你乘坐的公交车歪歪斜斜地穿过面目模糊的街道，眼前所见到的似乎是一座乱糟糟、不雅致、丧失风格的城市。

两种观感都是对的：日本人热情洋溢，外来人感到失望。京都整体上是一片平坦的土地，破烂的棚屋随处可见，但像世界上别的大城市一样，这是一个有着沉默魅力的地方，一个私密的地方，一个藏在墙后的地方，一个你肯定能找见其美的地方，一个其意义像日本茶道的精致微妙一样隐身于多层暗示之下的地方。京都是日本城市中最保守的，仿佛还生活在其镀金的鼎盛时期，那时，它的君主与幕府将军尽情享受优雅的奢华，日本佛教的四个重要教派在它的山下定居，沉湎于仪式与冥

1　桓武天皇（Emperor Kammu，737—806），日本第50代天皇（781—806），794年迁都平安京，即京都。

想。京都的名门望族依然傲慢而超然。这个地方的终极珍宝被警惕地守护着。游客可能咔嗒一声合上百叶窗，车流可能会咆哮，收音机可能震耳欲聋，但在俗丽的街景之上，甚至在庙宇和举世无双的花园之上，这座深刻的城市的灵魂古井无波地偃卧着，像圣池中的一尾鲤鱼。

一个世纪前天皇离开这里，时间的结局抛弃了京都，然而，它全部衰残的高贵庄严依然让人确凿无疑地觉得它是一个大城市，一座依然存留着权力与威严、有时甚至带着威胁的城市。最深刻地扎根于日本性格中的一切，都在这个内向的社会中继续存在：其中一些富有魔力，一些丑陋可怕，一些令人担忧，一些无与伦比的精美雅致、过分挑剔，一些（在西方人看来）完全无法理解。在京都，你可以观察到一种依然存在、仍有活力的尚未与西方社会真正发生接触的高级而复杂精巧的社会形态。它有百货公司，有电视演播室，当然，也有航空公司和空调旅馆，但它在内心深处仍然属于最东方的城市，像一位眼皮沉重的君主在城堡的高窗里窥视游艺集市一样凝望着世界。

无数圣地、庙宇与宅邸，强力地巩固了这种隐秘的力量与排他的感觉。它们分散在城中各处，像泥土中的宝石，在死胡同的尽头不期相遇，在小山丘的松林中气度恢宏，在装饰华美的庭院中富丽堂皇。在京都，大约有2000座佛教寺庙、神道教神社和重要的宫殿，让这座大都会的每个角落都隐约添上圣洁、精巧与智慧的意味。其中一些地方巨大而不祥，陡峭的柏树皮屋顶（覆有绒毛似的青苔）庄严地高踞于众多房屋之上，仪式用的巨型铜锣放在木制的遮蔽物下面，一尘不染的走道无止境地蜿蜒于贴金箔的屏风、涂彩漆的前厅、无限复杂精妙的花园与比例无可挑剔的茶室之间。有一些不比花园木屋更大，是灯火摇曳的小冥想室，倚靠在花园高墙下，沉浸于霉腐的阒寂中，或者安立在奔流的小溪旁。有一些是天皇和将军留下的空殿，浸透在庄严与象征性之中：它们美妙的花园代表了太平洋，或濑户内海[1]，或和平，或天堂，或一支运宝船队，或宇宙；它们的居室遍布老虎、竹林、海鸟、海龟的彩色图案。一些是僧侣和圣人的大祈祷室，其神秘源自烛光、缓慢的动作、钟声、圣书纸页的翻动、熏香的味道、喃喃低诵的咒语，这咒语会在净土宗[2]教徒死后将其灵魂确实可靠地带往西方极乐世界。有一些是巨大珍宝的储藏室，比如三十三间堂[3]的上千尊观音像——闪耀光泽的金像组成一个神话般的方阵，雕像沉默，多手，眼神悲哀，面带责问，每一尊都填满佛教经卷，一级压一级，眼睛对眼睛，旁边随侍着风雷之神、慈悲母性的佛、虔诚献身的佛和驱邪伏魔的佛。有一些是空气般澄澈透明的珍宝，比如被称作金阁寺的小小的金色亭楼，曾经被一个疯僧烧毁，但现在又如羽毛般轻巧地矗立于湖上，一个房间保留给诵读诗歌、馨香祝

1 濑户内海，太平洋的一个区域，在日本南部，位于本州岛、四国岛、九州岛之间。通过一狭窄航道与日本海相连，以风景优美著称。

2 净土宗，汉传佛教的一个宗派，始于东晋慧远大师（334—416），因专修往生阿弥陀佛净土法门而得名。经唐代善导大师（613—681）发扬光大，流传于中国、日本、韩国、越南等地。

3 三十三间堂，始建于1164年的寺院，南北长125米，以柱相隔，为世界最长木造建筑之一，共建有33间殿堂，置有1001座千手观音的坐像。

祷的聚会，周围都是针叶树的沙沙声。有一些是庄严得可怕的神社，栖身于高处，只能通过望之令人气夺的梯级前往，还有孤独的宝塔耸立在落叶松与山涧溪流之间。京都的重要建筑无穷无尽，无可回避。仅仅是把它们全瞄上一眼，都得费时数周，因为它们散布在每个街区、每片城郊，它们深入地赋予这座城市以尊贵，将其乱糟糟的土褐色建筑强力地结合到一块儿。

在这儿，日本传统的本质与特性比在其他任何地方都保留得更加强健有力，在强化京都特色方面所做的贡献绝不比以往更少。这是一个坎坷的、谜一般的存在，一个为新来者准备的城市，有点怪异，充满丰富的装饰音。挤在高大庙宇的屋檐下，你会看到一把古老的伞，被一个神圣的人物在无限久远以前遗弃，并作为圣恩的标志永恒保存在那儿。在另一个地方，你会欣赏到一幅富士山的风景画，只有跪在这幅画前才能发现其透视的精确。在第三处，你可以听到地板被踩得吱嘎作响，导游指南将其描述为“一种类似日本树莺鸣啭的声音”。在一座花园里，你可以走上覆满青苔的柔软小径，这是一个脚下有垫、头顶有荫、适于沉思冥想的静修地；你可以听到一只惊鹿发出空洞的有节奏的咔嗒声，那是一根带铰链的木管，由流水激活发出的声音；或者，你会疑惑于从皇宫屋顶上垂下的粗大链条，那本来是给消防员提供方便的，但导游手册还指望游客会认为它“也构成了一种装饰”。如果你有特权，你甚至可以看到那些略微有些淫秽的中世纪绘画，裹在无数的丝绸中，藏在密不透风的匣子里，它们被珍若拱璧，每年只允许 20 个人参观。

京都宫殿的米纸窗户常被小孩的手指或鸟儿好奇的嘴喙戳破，但却被修补得如此风姿绰约：每个小洞小心翼翼地粘上一小片纸，那纸片被裁成迷人的花的图案，每一片花瓣都匀称得堪称完美。

京都的日常生活也点缀着类似的挑剔的优雅。日本所有的大城市中，京都始终最接近那个水彩的日本，那个版画复制匠和花扦儿制作者的日本。这里的大街平庸陈腐得可怕，但是在它们之外，到处都有充满诱惑的小巷。在任何小街上都可以看到蝴蝶和服、白丝袜、分趾靴、带花方巾，这座城市的边缘充满强壮的乡民，像小妖怪一样皮肤棕黑，咧嘴微笑。从某座巍峨的高墙下经过，会不时听到奇特的长笛的尖啸，或者日本鼓的低沉的嗵嗵声。在阳光灿烂的河边草地上，你也许会碰到一个穿灰色长袍、戴球根状编织帽的游方僧，正为修行之路化缘。在这座城市周围，那座高高的山丘构成的天际线上，连片的松树排成瓷器上柳树图案的轮廓，有时你会碰到当地的学生，戴尖顶帽，穿土褐色哔叽制服，在神道教神社里乞求考试获得好成绩。

京都也是最棒的艺伎家园，那些有才能的表演者（部分是艺术家，部分是妓女）在这里将技艺训练到完美的巅峰，在许多上漆的沙龙里表演精美的舞蹈，取悦那些大肚腩的恩客。晚上，在艺伎区的窄巷里半闭上眼睛，就像是回到了炫目的西方世界还没有到来之前的、封建时代的京都。街巷上热热闹闹地分布着茶室和旅馆，雅致的屏风遮住入口，软拖鞋在门前诱人地放成一排。成百上千的球形灯笼点亮了这个街区，将其沐浴在橘黄色的光线中，头顶的高处飘浮着一个广告气球，尾巴上招摇地亮着一行字。行走于这些房子中间，能够不时瞥见宽阔的鸭川，水声汩汩，对面河堤上闪烁着灯火与欢乐，黯淡的月光照着远处的山岗。三两个年轻人四处走动，吵吵闹闹地寻乐子；突然，从某个不期而遇的巷子里冒出一道传说中的日本风景—— 一个带着粉饰妆容、光彩照人的艺伎快步走来，匆匆赶赴约会。她的发型高耸庞大、乌黑闪光，脸上抹得浓重地雪白、鲜红，衣服是华美的丝绸与飘带，互相冲撞的颜色与图案极尽俗丽之能事。从头到脚装饰着脂粉和锦缎的她沿着这条街笨拙地快跑，几乎不像是一个活着的女人，而是某种神话般的玩具，是费伯奇[1]的最后一件杰作，像女王的饰品一样刷上磁漆，由精密至极的钟表机械提供动力。

尽管被历史遗弃，京都仍然是一座都城：在古老的墙垣中间，在雅致的百叶窗后面，在庙宇的楼梯上面，藏在馨香的花园里，沿着绿色的河滨林荫道，在茶室与尊荣的图书馆的静谧中，高踞于山岭之上，或者迷失在青苔中，日本的本质、芬芳与精髓灌注在京都的每一寸肌理中。

1　彼得·卡尔·费伯奇（Peter Carl Fabergé，1846—1920），著名珠宝制造商，俄罗斯皇家金匠。他每年都要为沙皇皇室制作复活节彩蛋，将彩绘蛋壳艺术发挥得淋漓尽致。

这一切都是真的，正是京都生活的连续性赋予它力量感。然而，京都被现代化侵蚀的方方面面——比如，一座寺庙里冒犯外国游客的自动点唱机——其真实性并不稍弱；并且，赋予这座城市针刺感与苦涩回味的，正是近乎崇高与几乎难堪这两者那刺眼的毗邻。

京都不会让任何游客感到安慰或欢欣：其本质中有某种令人不安的东西，一丝病态或反常。在某些方面，它是一座死城，在其遗物中朽腐，但在另外一些方面，它与日本其他地方一样，搏动且增殖着混血的生活——部分是规整熟稔的过往，部分是茫然摸索的现时。它并不安详，不再是平安时代[1]的京城，那座“平安之城”。在京都，几乎没有哪个地方在任何时候是空寂的，除了那些以回廊与外界隔绝的私家花园和更偏远的林间空地。在每条街道上，市民们伴随着一片喇叭的喧嚣与风格的大杂烩骚动着，从完美无瑕的和服宽腰带到青春盎然的牛仔裤与毛线衫。穿过每一处沉思冥想的庙宇，吵吵嚷嚷的日本游客涌进来——学童成群结队，背着花哨的小书包和午餐包，度蜜月的新婚夫妇不停地互相拍照，表情严肃的商人从观光车里互相点头致意。在每一处神圣的入口，纪念品贩子哑着嗓子向你迎来，挥舞明信片，或者摇晃玩具鸟，乞讨的退伍老兵模仿阅兵场上的姿态，以带钩子的手向你致敬，或者竖起木腿吸引注意。火车，这种日本风景中无法回避的元素，在夜色里从河边轰隆隆开过，出租车在咔嗒作响的电车间

1　平安时代（Heian），指日本历史上以文艺兴旺发展著称的时期，从794年到1185年。

发疯般地猛冲。有时，你会看到一个穿和服的新娘，但是，你会同样经常地看到她与穿细条纹翼领礼服的新郎一起站在一个出租的翻版巴黎的场景中，新娘的父亲明显表现出一个将要为所有这些花费买单的人的满足。有人在众多京都神社的阴影中打棒球，有人绕着皇宫院墙做运动。在今日的京都，你永远无法确定，某个别致的小玩意儿是神道教崇拜的对象，还是一件广告饰品。这是一座双面的城市，一面是凤凰，另一面是寒鸦。

这也是一个野蛮的城市吗？这些象征与圣物中是否依然徘徊着日本精神中某些古老的兽性？是否有一柄剑时不时在山头闪烁？也许是的。京都，因为它那些完美的飞地而让人觉得是一个困惑不安的地方。当游客们经过宁静的寺庙向狂乱的公路走去，甚至其中最爱说恭维话的人偶尔也会意识到，这座大城市的风味中有某种被埋葬的不适。京都是日本的灵魂，是这个内向民族的缩影。当你徜徉于那些京都的奇迹：雀屋或野鹅屋，银亭或千席阁，三十六大诗人画像，赛箭廊，不朽的龙安寺花园，你可以品尝到这个令人惊讶的国度的全部魅力。但你也会在皇家行宫中隐约感到不安，并且，一只扩音器的刺耳声，或者一辆出租车凶猛的喇叭声，实在是太有可能淹没那恍如日本树莺鸣啼的声音。

中国香港

我以前从未来过香港。现在它仍在英国殖民式统治下[1]，但打动我的更多是其中国性而非其英国性，这激发我产生了一些富有狂野想象力的统计数据。

住在香港的人似乎比住在世界其他地方的人加在一起都要多，他们制造出的噪音比 100 万只电钻还要吵，他们像机器人一样工作，他们的婴儿数不胜数，他们的机器每天嘁嘁喳喳地响上 25 个小时，他们的市场售卖曾经捕到过的每一种鱼、扭动过身子的每一种虾、夹紧过钳子的每一种蟹，他们质量上乘的衬衣每件只要 4.5 便士，这座城市中每个欧洲人对应着 500 万个中国人，而每个中国人都比一座发电站能量更强劲：所有这些令人难以置信的冗长而丰沛的悖论，是力量之无常与历史之易变中的一课。

100 年前，英国从混乱的中国手中攫走了香港，并强迫中国承认其“永久性”的统治权。当时这座岛上几乎无人定居，但英国人将其建

1　香港在1842年至1997年6月30日受英国殖民式统治，1997年7月1日中国恢复对香港主权的行使。

成了一个巨大的港口和一个重要的炮艇基地，从那儿，英国商人可以在皇家海军的炮管下操控中国贸易。香港成为最重要的自由港和贸易中心之一，成为欧洲优越性的符号。在这儿，西方技术可以施加于中国那腐朽而摇摇欲坠的结构。商业巨头显赫地居住在山顶的高处，而山岭另一边，人们互相争吵和欺骗，雕刻着有一天将作为漂亮摆设登上埃普索姆[1]壁炉架的象牙饰品。

今天，英国人仍然在香港，每天早上，富有的商人坐着宽大、沉重的黑色豪华轿车从山顶开下来。大银行和大商铺仍然异常熙攘忙乱，公司旗帜在英国国旗旁招摇地飘扬。然而，只要你在香港过上一天，就不可能不意识到，它的存在有赖于中国的宽容与仁慈。时代已经随着一个帝国的复仇而改变。长长的灰色军舰仍然停泊在港口（“蚜虫号”“螳螂号”[2]和优雅的老式内河炮艇的后继者），但已不再能够愚弄任何人，尤其骗不到任何讲求实际的英国人。香港在军事和经济上都是无法防卫的，它半靠信任半靠犬儒主义存活。

考虑一下它的地理位置。事实上，站在香港岛的高处就可以看到整个香港。你脚下是香港本身，在英国统治下，远处是一大片辉煌的港口区，挤满了自由企业的汽船、舢板、渡轮、汽艇，从不沉默，永不静止，是世界上最重要的商业水路之一。但在中距离处，完全是中国固有

1　埃普索姆（Epsom），大伦敦南面的一座城镇，英国最重要的赛马会所在地。

2　两者均为长期驻防中国海域的英国军舰，属于“昆虫”巡逻艇系列。

的山脉，而这中间的大部分地区——新界，香港必不可少的腹地——并不属于英国，只有一纸20世纪末到期的租约（倘若国际租约到那时还有意义的话）。不仅中国在逼近，在这处后院里，英国对香港也只有无法保证的租赁权。

或者，换个角度，谈谈香港的经济优势吧。在香港岛的西环，有一个码头供从中国的珠江和广州开来的舢板停靠。它毫不掩饰自己对中国的从属关系。在摇摇欲坠的饮食店里，劳工毫不在意地吞下米饭和颇为糟糕的鱼，一张巨大的海报在宣扬中国的工业潜能，外面拖船的主甲板上贴着一系列关于人民权力、帝国主义侵略之类的标语。你头顶某处的阁楼上，一名孤独但坚定的笛手正吹奏一首革命宣传歌曲，从摇摇晃晃的舢板上卸载下来的数以千计的鸭子挤在巨大的柳篮里，被愉快又谦恭的苦力接力传递。没有这些从中国运来的货物，没有它的鸭子、母鸡和蔬菜，香港大概存活不了多久。中国人知道，1997年腹地租约到期时，香港的治理权就是他们的，一切由他们做主：但他们同样知道，如果有需要，他们在此前很早便可揉捏挤压，使之屈服。所有的牌都在他们手中。若是不怕冒世界大战的风险，他们可以通过武力解决。他们可以用饥饿迫使其臣服。或者他们可以只是再等上几十年——这在中国漫长的岁月中纯粹只是白驹过隙的一瞬。

英国人在香港干得不坏，也为全球实现了一些益处，但这里的精神状况令人气馁。中国之所以能忍受其现状，部分是由于他们有更加重大的事情要考虑，部分是由于他们不想激起不必要的新问题，部分是由于他们需要讨价还价的筹码，部分是由于他们自己也发现了香港经济服务的有用之处。香港的资本家兴旺发家，是因为他们相信在1998年前不会遇到重大的变革，因此他们还有时间，迅速创造出新财富，或为旧财富添砖加瓦。普通市民从商业机会中得到好处，尽量不去考虑未来。

但在所有这些态度之上，此地萦绕着一种亚洲之庞大、丰饶和粗野力量的感觉。不久前，一名作家可以观察到，英国在中国砍出一个凹口，就像伐木工在树上割了一道口子，“留个标记，等到方便时再将其砍倒”。而在今日的香港，山岭对面有多达6亿中国人，且整个地方都骚动着亚洲的活力和喧闹，持续地受到亚洲力量的威胁，还弥漫着亚洲的意识形态——在这儿，在香港，你忍不住要猜测，中国这个“伐木工”若达到力量顶峰时会有怎样的野心，又有多少我们这样的老榆树它想砍了当柴火。

在香港中心市场，用来食用的活青蛙被一堆堆捆着，一根稻草绕着肚子把它们绑在一起。它们就这样表现出一种多肢的匀称外观，一对小腿不断地往左边跳，另一对则向右边踢，处于一种难以琢磨、无法预知的冲动的争斗中。尽管这明显让可怜的青蛙不舒服，但看上去也并非全然没有搞笑之处——我第一次看到时就对自己说：我的天啊，我们怎么能与这样特别的民族竞争呢，甚至他们的青蛙都有12条腿，以如此滑稽而又无法抗拒的活力四处扑跳。

后来我多次回到香港，直到大约40年后，我见证了英国人撤出这个地方，中国人恢复对香港主权的行使，我最终写了一本关于它的书。

8

威尼斯 1959

我是在威尼斯走完20世纪50年代的，我第一次见识威尼斯是“二战”后被英国军队派去的。1959年，我和家人入住威尼斯大运河上的一座小宅邸，我写了一本书，名字很简单，就叫作《威尼斯》。这里是该书的开头几页。

在北纬45º14’、东经12º18’，沿着意大利的亚得里亚海沿岸向北航行的航海家在长长的、浅浅的海岸边发现了一个缺口：随着潮汐的急流向西转，他进入一片环礁湖。大海狂暴的戳刺立即消失。环绕着他的水不深，但也不透明，空气倒是奇特地透亮，四下里色泽苍白，在泥滩和水面组成的整个宽阔的凹处之上，悬垂着几分忧郁。这仿佛是一个得了白化病的环礁湖。

这里环绕着虚假的映像，好似沙漠中的海市蜃楼——摇摆的树木，模糊的小丘，没有船壳的船，幻想的湿地：在这些幻觉之间，海水躺在一种恍惚里。沿着东面的暗礁，几行稀稀落落的渔村延伸在空旷与凌乱中。远处的荒地里，竖立着渔船的船帆，橙色、黄色和绛红，带着玄妙的标记或纹章的符号：一匹跃立的红马，一只全视之眼[1]。浅滩里胡乱丢弃着错综复杂、摇摇晃晃的树篱和编织物，在它们中间是孤独的人们，污泥和水没过膝盖，手指戳到泥浆中搜寻贝类。一艘摩托艇突突响着、带着一股鱼或是油的恶臭经过。海岸上一名妇人正冲朋友大喊，声音打着旋儿奇怪地飘远，越过平滩，减弱并扭曲。

各处皆是沉寂的岛屿，包裹在沼泽和泥滩中。这儿有一座怒目而视的八角形堡垒，有一座荒凉的废弃灯塔。一座渔民小岛上，一张网装饰着墙壁，一支不安宁的船队拱进水闸。岛上兵营的防御土墙上，一名无精打采、帽子盖眼的士兵，从岗亭里半心半意地朝外挥手。两只野狗在一间破败的别墅中狂怒地吠叫。一面墙上有蜥蜴一闪而过。有时，一种奶牛、干草或肥料的乡村气息悄悄越过水面；有时，那扑扇翅膀尾随着船只的并非信天翁，而是一只蝴蝶。

不久，这荒无人烟的所在有了生气，漂亮的白色别墅出现在暗礁上。一座大酒店脊背隆起，高过树丛，鲜艳的阳伞装饰着一间咖啡馆。一艘整洁的客轮慌乱地向南方驶去，吃水很深。一支小小的渔船队熟练地向远海滑行。在西边，山岭模糊的形影下面，油桶闪烁出一道细细的银光，还有一缕青烟升起。一艘高高地堆满饮料瓶的黄色驳船从栈桥旁一跃而出，仿佛从诺亚方舟上飞出的欢快的鸽子。一艘白色游

1　全视之眼（all-Seeing Eye），希腊、埃及、印度等地传说中广泛出现的一种象征图案，一只永恒睁开的眼睛，被认为代表了监管着世界秩序与平等的神的眼睛。

艇懒洋洋地侧身行进。三个小男孩把他们的小船搁浅在沙坝上，相互抛掷湿乎乎的烂泥。一间黑暗的工棚里闪出氧乙炔的火焰，一艘驳船摆在船坞外的支柱上。一声汽笛响起；钟声庄严地隆隆发声；一只硕大的白色海鸟重重地落到桩子上；就这样，航海者绕过一处海角，看到眼前出现一座城市。

它弓着背，非常古老，非常雄伟。它的塔楼在古怪的辉煌中俯瞰着环礁湖，一些朝这边倾斜，一些朝另一边。它的地平线上精细复杂地密布着钟楼、拱顶、尖塔、起重机、帆缆、电视天线、开垛口、古怪的烟囱和一座有升降设备的大型红色谷仓。这里随处都可以瞥见旗帜、破损的屋顶、大理石柱和巨穴般的沟渠。连续不断、熙熙攘攘的船只从此地的码头前经过；一艘巨大的白色班轮缓慢驶向港口；大量摇摇欲坠的豪华住宅形容丑怪，垂头丧气地挤向滨水地区，仿佛众多有病的贵族推推搡搡地争夺着新鲜的空气一般。这是一个饱经风霜但却仍华丽耀眼的城市：当船只穿过最后一些以教堂作冠冕的岛屿靠近陆地时，一架喷气式战斗机呼啸着，从阳光中绚丽地飞出，似乎整个场景都在闪耀微光——带着粉红，带着岁月，带着自满，带着悲伤，带着喜悦。

航海者收起海图，戴上一顶鲜艳的草帽：因为他已经抵达威尼斯，这远航后完美的登陆点。

到20世纪60年代，“二战”的记忆和影响开始消退，

冷战全面爆发。

正如丘吉尔所言，铁幕已经拉下，

从波罗的海的什切青到亚得里亚海的的里雅斯特，

资本主义与共产主义的欧洲之间出现一道阴沉的屏障。

美国和苏联像老牌帝国主义者过去常说的那样，

无法和解地各自管理着他们的势力范围，

德国被两种意识形态分裂。

嬉皮士和花童的亚文化兴盛起来——

他们把这一时期称为宝瓶时代[1]，或宽容放任的时代——

一种新型的对软硬毒品的熟稔，

为这情景增添了意义含混的微妙之处。

当两名美国宇航员成为第一批踏足月球表面的人类，

20世纪60年代以一个大满贯结束，

这也是美国在冷战中的一个胜利。

这10年，我部分时间为报纸和杂志写稿，

部分时间是在忙活自己的书。

1　宝瓶时代（Age of Aquarius），在西方的星象中，宝瓶属水象，而水代表和平与安宁。嬉皮士倡导爱与和平，所以，“Aquarian”就成了其信念的一个代名词，他们将其信念称为“Aquarian beliefs”，并将其所属的时代称为“Age of Aquarius”。

20世纪60年代

9

审判艾希曼

1961 年，我被《卫报》派回耶路撒冷报道对阿道夫·艾希曼的审判，他是纳粹灭绝欧洲犹太人的计划——“最终解决方案”——的主事者。一年前，他被以色列情报部门从阿根廷绑架，此后一直被与世隔绝地关在耶路撒冷。照我的理解，这一事件并不完全是一场摆样子的公审，而无疑是一种犹太象征主义的表达。

希伯来历 5721 年，尼散月[1]25 日，上午 11 点，德国人阿道夫·艾希曼出现在耶路撒冷的犹太法庭，被控对犹太民族犯下罪行——我猜想，正是在这场真正的宣判中，我记录了这一悲剧般而又具有象征性的诉讼的全部意义。其他一切都是附带性的——争辩、证据、推论、宣判、裁决。艾希曼审判的关键之处就在于它竟然发生了，以及，犹太人通过这一仪式回击了历史。

这天上午，艾希曼离开神秘而传奇的囚禁地，悄悄进入法庭时几乎

1　尼散月（Nissan），希伯来年的1月，约在西历3月到4月之间，艾希曼初审之日换算公历为1961年4月11日。

未引起注意。没人知道法庭已经为他准备好了。平行的霓虹灯条板射出苍白无情的亮光。犹太式样的枝状大烛台闪耀着给墙壁镀上金色。起诉方坐着五个犹太律师，表情严肃，大多是年轻人，还有一个留着胡子、面色阴郁的首席检察官，四肢修长而柔软，优雅地戴着无边便帽，坐在那一排的边上。辩护方坐着德国律师塞尔瓦蒂乌斯博士，他正同年轻的助手认真地讨论着。隔间里有翻译，桌旁坐着女书记员，门边站着戴尖顶帽的警察，座位上还有一锅媒体人士的大杂烩，沸腾着，嘟囔着，乱涂乱画着，开着有点尴尬的玩笑。法庭里竖起防弹玻璃箱，像博物馆的大陈列柜——对一只麝猫或天堂鸟来说太大，对一具恐龙骨架来说又太小——这是整个法庭的焦点与支点。没有什么被忘记，没有什么被忽视。我们只是在等待被告出庭。

但当他进来时，我们中的大多数人恰好看向另一个方向去了。他无声地、几乎是羞怯地悄悄进场，三个穿蓝色制服的警察把他围在中间。没有什么震颤流经法庭，因为几乎没有人注意到他。“他在那儿。”我听到自己肩膀后的某处传来一个声音，简直像是有时候你在葬礼上听到哀悼者指出富有的亲戚。并且，足够确定的是，当我抬起头来望向那个玻璃容器时，他已经在里面了。

他显示出足够的尊严，几乎是骄傲的，戴角质架眼镜，穿黑色新西装，这是昨天专为开庭而买给他的。也许他本人的样子就像个律师，或者，也许是个刚刚退休的准将，又或者，可能是个有着模模糊糊知性追求的纺织品生产商。然而，当我再次看他，我注意到他的举止里有一种怪异的僵硬或急速的抽动。他几乎不往法庭上看——没有什么人是他要找的——但我认为，即使在他表示准备和期待的小小手势中，也能辨认出其症状：在新西装与表面的些许藐视背后，在其内心深处的某个地方，阿道夫·艾希曼在颤抖。

三位法官——摩西·兰道博士、本雅明·哈列维博士和伊扎克·拉维博士，全都是欧洲犹太人，其中两个来自德国，几乎是在种族主义者一上台的当口就逃了出来——进入法庭时，艾希曼像口试候选者一样站着，似乎正在抑制胃里的抽动。法官们庄重、威严、不戴帽子，但诉讼程序却与此矛盾，开始得毫无尊贵可言，因为就在此刻，那一大群旁听的记者发现他们用来同声传译的便携收音机似乎一起罢工了，因而，对艾希曼的审判，这犹太人命运的关键时刻，是伴随着一片在塑料物件上闷声摇晃与拍打而发出的咔嗒作响的不和谐音开始的。“你是阿道夫·艾希曼吗？”法庭主审官兰道博士发问，透过周围的吵闹声，我们听到回答借助麦克风和导线从那个玻璃绝缘体里传出。“是的，先生。”他说，于是审判开始了。

依据以色列的《纳粹及纳粹合作者（惩治）法》，艾希曼被控以15项罪状。兰道博士读起诉书读了一个多小时，整个这段时间里艾希曼几乎一动不动。最严重的核心指控是：作为盖世太保部门的一个头目，他导致数百万犹太人被杀；他要对他们被奴役、驱逐、洗劫和恐怖统治负责；他也对波兰人、斯洛文尼亚人、吉卜赛人和捷克人犯下过同样的罪行。

这些可怕的控诉一宣读完（朗读过程中，艾希曼偶尔猛地一抽身子，但大多数时候如大理石般僵硬），塞尔瓦蒂乌斯博士就站起身，陈述他对该法庭权限的反对意见。这是一个上了岁数的人，背微微有些驼，长期为被指控的纳粹分子辩护，在他开口之前，这座建筑中的每个人就已经熟悉其论辩的分量。首席检察官吉迪恩·豪斯纳做出详尽的回答，他翻开又合上法律书籍，像昆虫把腿蜷进翅鞘一样把手缩在法袍下面，持续几个小时进行论辩、说理，而旁听席上大多数无目标的心思已经开始飘远。我们将这个法庭留在其贫瘠乏味中，转而审视在本次审判之预备性听证中提到的长达几个世纪的敌意，中世纪的犹太人限居区和美国乡村俱乐部，恐惧、冷落、嫉妒与毒气室。我们疑惑历史是否终究是有模式的，我们把自己置入艾希曼谜一般的立场上，推测他是否曾在最可怕的梦魇中想象过，自己会这样坐着，被禁闭在一个大型的玻璃标本盒里，犹太民族的力量无所不在地围绕着他，而锋利、冷静的犹太头脑正在到处编织着对他的诉讼。

坐在他两边的警察一动不动、冷漠、无特征，但却叫人过目难忘。自始至终，他看上去没有害怕或绝望过，他所流露的表情绝对不会让人觉得他会尖叫着撞向那笼子的玻璃墙，或者突然大哭，也绝不会以爱国与忠诚那古老而令人痛苦的两难境地揪住我们的心。

他坐在那儿，抿着嘴，直到主审官让他站起来，他像一个男孩在校长办公室里那样神经质地跳起身。他是否要为起诉书上的第一项罪状（**尤其是**，导致数百万犹太人被杀）认罪？“就这份起诉书而言——无罪。”艾希曼说。他是否要为起诉书上的第二项罪状（**尤其是**，强迫数百万犹太人进集中营）认罪？“就这份起诉书而言——无罪。”艾希曼说。他们就这样对过起诉书上的15项罪状，对过所有那些可怕的指控：谋杀、虐待和勒索，对每一项艾希曼都用一种平板但却毫不颤抖的嗓音回答道：“就这份起诉书而言——无罪。”然后，当艾希曼再次坐下，戴上耳机，俯身到他的麦克风的三个话筒上，法庭似乎要说，很好。很好，那么，让历史说话吧。

豪斯纳立刻站起身来，开始陈述，带着一种如此热情的紧迫感，带着一种如此压倒性的历史感，带着一种如此受轭却又如此无碍的骄傲，带着一种如此被逐猎却又如此逐猎的燃烧的犹太性，以至于有几秒钟，我们似乎处在某个时空之外的界域，在那儿，从古至今所有犹太人的声音能够同时、统一地发出来。

我永远不会忘记那个时刻。对我来说，那似乎是一道百叶窗被打开——哪怕仅仅是暂时的——透过这窗，我们这些非犹太人能够窥探犹太民族的内心；而从那窗外——哪怕仅仅是一两个世纪——犹太人自己能够有尊严地说话。这是本次审判的意义，也许是以色列的存在价值，对于豪斯纳博士本人来说，这必定是一个悲剧般兴奋的时刻。

他是这样开始陈述的：

> 这个法庭的以色列法官们，当我站在你们面前，对阿道夫·艾希曼做出指控，我不是一个人。此刻，有600万起诉者和我站在一起……沿着这个民族走过的全部血迹斑斑的道路，自从他们成为一个民族的第一天起，从来没有出现过任何人，像希特勒的邪恶政权一样成功地制造出如此凶残的滔天罪行，而阿道夫·艾希曼就是执行该政权灭绝犹太人政策的实施者。在人类的全部历史上，没有别的任何人，能够让人针对他写出像刚刚读过的那样一份起诉清单。

在你生命的第55个年头，远在你所爱的人数千千米之外，落在那些恨你的人们手中，听到别人针对你说出这样一番话，你会有怎样的感觉？当你像艾希曼在片刻之后所听到的那样，听到自己被归入成吉思汗、阿提拉和伊凡雷帝之列，且后三者野蛮嗜血的罪行与对你的审判中所指出的“那些可憎的暴行、谋杀的恐怖比较起来，几乎苍白得无足道哉”，你会有怎样的感受？

我望着艾希曼，看他如何做出反应，半期待着想要看到他因为被列入这个令人恐惧的群体而在脸上掠过几丝变态的骄傲。但是现在，他靠在椅子上好好地坐着，手放在膝头，频繁眨眼，嘴唇微动，让我无法抑制地想起某些上了年纪的干瘪皱巴的家庭妇女，穿印花围裙，向后靠坐在椅背罩布上，一边换假牙，一边听邻居抱怨不停的闲言碎语。

眼下，无论如何，起诉人从可怕的总体描述细化到残忍的特例，并继续以冰冷的细节与精确度描述纳粹德国的兴起—— 一个步骤接着一个步骤，一个恐怖接着一个恐怖——反犹主义对华而不实的纳粹哲学的重要性，以及集中营里那些我们熟悉但却永远令人惊愕的灭绝技术。这是艾希曼的国家。他们说，他一直是个尽职尽责的管理者——起诉人将其描述为一个坐在办公桌后的刽子手——而这种系统性的文牍工作肯定也适合他的风格。整个起诉过程中，他认真而专注地坐着，只是到了那天上午快结束时，几个小时、一万个词语和一种恐怖的永恒之后，这位系着围裙的老妇人才开始有点烦躁不安，在椅子上轻微地摇晃身子，似乎正在渴望一杯上好的热茶。

这场审判的巨大的象征意义暂时悬而未决，法庭现在转向阿道夫·艾希曼，对这个非同寻常的较小的生命体进行讯问——如果说还算不上是解剖的话。古老的反犹主义的阴影仍然萦绕着这间法庭，但我们现在主要关注的是纳粹德国，它肯定是一切暴政中最卑鄙、最恶劣的：从今天上午这场预审中浮现出的，是纳粹主义那欺骗性的信仰中不可思议的价值混乱——它培养出一种彻底的无能，不仅无法辨别是非，而且无法辨别重要与琐碎、相关与无关紧要、凶残致命与粗俗不雅（使用希姆莱[1]最爱用的一个词）。

这个上午，在被告人自己的磁带录音证词里，我们一直听到他在介绍灭绝犹太人的技术。这些证词是以色列在几个月的审前质询里从他口中榨出的，当你从他自己口中听到这些时，令你目瞪口呆的并非其中骇人听闻的恐怖，而是明显的、彻底的茫然未觉的不协调。在这份证言的最开头，有一种模糊而混乱的暗示，指向帝国的力量，以及你可能会期待在一个战胜的民族身上看到的滚雷与辽阔——然而，事实证明，希特勒的帝国如此彻底地缺乏此种特质。"我要从法国开始吗？"艾希曼向讯问者发问。"那是首先从法国开始的吗？它是怎么在那儿开始的，或者它是否是在荷兰开始的？……在塞萨洛尼基发生了什么？在爱琴海？当它首次在布拉迪斯拉发（Bratislava）开始时，情况是怎样的？维斯李森西[2]什么时候到的布拉迪斯拉发，它在罗马尼亚是怎样的？"

当我听到这个堂皇宏伟的开篇时，圣保罗、道蒂[3]，也许还有荷马的隐约回响在心中掠过：但是片刻之后，这玩意儿的风格就整个儿坍塌

1 海因里希·希姆莱（Heinrich Himmler，1900—1945），德国纳粹头目，权力仅次于希特勒，曾领导纳粹党卫军（1929—1945），负责指挥第三帝国的警察和秘密警察盖世太保（1936—1945），协调集中营的遣送与灭绝事务（1941—1945），后被英军俘虏，自杀而死。

2 维斯李森西（全名为 Dieter Wislicency），艾希曼的党羽。

3 道蒂（全名为 Charles Montagu Doughty，1843—1926），英国诗人、作家、旅行家，代表作为1888年出版的《阿拉伯沙漠游记》（*Travels in Arabia Deserta*）。

了，我们听到的是一段如此恐怖、无耻、疯狂和难以置信的叙述，以至于它只可能是从纳粹德国里面迸出来的。因为，艾希曼随后讲述了他首次听人介绍“最终解决方案”这一想法的情景。他说，是海德里希[1]告诉他的。“起初我没有听明白他的意思，因为他挑选字眼如此谨慎。后来，我想明白了，但是没有回答。对于这样一个我从未想过的解决方案……我没什么可说的。”然而，不久以后他就被派往卢布林（Lublin）去视察附近一个集中营里的灭绝行动，在那儿，一台苏联潜水艇的引擎被用来将囚犯窒息致死。

“这是件可怕的事。我还没有强悍到能不被这样的事彻底撼动。若是在今天，我看到一个裂开的伤口，我几乎不能盯着它看。我属于那一类人——经常会被人提醒说我做不了医生……”艾希曼以一成不变、颇为不满的口气说道，令他烦心的另一件事，是负责集中营建设的警官的口音。“他嗓门大，平凡却没有教养。他有一副非常普通的嗓音，带着德国西南部方言的腔调。也许，”艾希曼一本正经地说起这个20年前在地狱的门槛上与他如此短暂地接触过的角色，“也许他喝酒了。”艾希曼在明斯克看到他们在一个大坑里枪毙犹太人（“我的腿都软了”），然后去了利沃夫，那里的情况也差不多，他记得最清楚的是那座为庆祝弗朗

1　海德里希（全名为 Reinhard Tristan Eugen Heydrich，1904—1942），德国纳粹党卫队重要成员，地位仅次于希姆莱，在迫害犹太人方面尤其积极，1941年9月起担任捷克斯洛伐克德军占领区摩拉维亚与波希米亚的副行政首长，1942年5月27日遇刺，6月4日死亡。

茨·约瑟夫一世[1]统治60周年而修建的迷人的黄色火车站。“我总是能在那段时光里找到快乐，也许是因为我小时候在家听到过关于它的那么多好话——我继母有不少在社会上有头有脸的亲戚。”

尽管这份证词的不协调之处中有一些是微不足道的，但最起码有一点极其重要：这个人的供认状中充满拘谨、伪善、奴颜婢膝的特质。我想，对此问题肯定不能妄加判断，但是无论如何至少有一点毫无疑问：艾希曼是一个手握重权的著名的纳粹分子，一个党卫军的高级官员，他与权力核心接近到足以被委任去执行最终解决方案——“特殊处理”（引述另一位纳粹头目对屠杀之委婉说法）。然而，他说起话来，像或者试图像一个被误导、被误解的普通人，似乎他被自己不理解的那些卑鄙的事件搞糊涂了，并且被那种他儿时在母亲膝头上学到的尽职尽责的服从感压倒性地支配了。

他的每一句证词都在扭动着，让整个法庭的人都难耐地扭动着。在一个神秘的自我贬斥的时刻，他评论道，也许他应该在公众面前吊死自己，“为那些可怕的事情赎罪”，法庭上可能只有极少的几个人会忍得住不赞同他的意见。

一年多后，艾希曼被吊死了，但不是在公众面前。他告诉死刑的见

1 弗朗茨·约瑟夫一世（Franz Josef I，1830—1916），奥地利皇帝兼匈牙利国王（1848—1867），奥匈帝国的缔造者和第一位皇帝（1867—1916）。

证者，“我相信上帝，我遵从了战争的法则，忠诚于我的旗帜。我们将会再次相见”。对于遍布世界的犹太人来说，对他的审判是民族复兴的一个明证。对我来说，这是“二战”的最后一次象征性的谢幕。

10
冷战

整个20世纪60年代，冷战占据了我的全部注意力，不论是在为《卫报》工作，还是忙于自己写作，我花了大量时间观察冷战现象，在铁幕的两边旅行。我想，穿越边境线从西往东，就像是进入一场单调乏味、令人烦扰的梦境，特别是作为外国报纸的记者进入东欧国家，通常会被视为兼职间谍。然而，我第一次体验到这种冲突却是在美国。

联合国

1960年，我在纽约为《卫报》报道联合国大会中一场关键性的会议。世界上大多数国家的领导人出席了这场会议，它在极大程度上降格成为互相指责——“再仔细想想，”苏联的尼基塔·赫鲁晓夫向西方列强发出警告，“即使不是在今天，殖民主义秩序也会很快，非常快地最终消亡，如果不及时改弦易辙，你们就会被扫进历史的垃圾堆……压迫其他国家的国家自身也不会自由。”但是这一场合的一颗不可思议的明星是沉着冷静的保守派——大不列颠首相哈罗德·麦克米伦。

这天早上，从威斯敏斯特[1]降临到我们面前的绝非一名先知，尽管哈罗德·麦克米伦的伊顿公学式发型闪烁平滑的灰色光泽，当他如此缓慢而拘谨地朝联合国讲坛走去时，看上去如此沉着又高贵。然而，他无可争议地是个政治家——并且在这个可悲的大会上，做出了一点令人愉快的改变。这位首相也许并未搅动起许多狂野的激情——除了在那些最返祖的英国人的胸膛里（比如，我的心中）——但是最终，从这场大会那乱糟糟的一大堆讨论中，至少有人试图去了解其对手的观点了。

麦克米伦讲演的主要观点如下：在冷战的基础上，在我们焦虑的核心处，偃伏着恐惧。各方势力互相畏惧。西方害怕共产主义的崛起。苏联人也害怕，因为可理解的历史原因，因为仍然可能有另一个国家侵入其领土。首相说，全世界都有任务消除恐惧的根源，并且由此通过逐步实现裁军的目标，最终将我们的资源转向各个国家真正的需求——“通过公共和私人的投资，满足不断增长的、政治上日渐成熟的人口的需求。”

1 威斯敏斯特（Westminster），英格兰东南部大伦敦的一个市区，位于泰晤士河岸，是英国政府的主要官邸的所在地，尤其是沿着怀特霍尔街与唐宁街的官邸，以及如西敏寺和白金汉宫等有名的建筑物。

这场讲演没有戏剧性的手势，也没有震惊世界的主张。这是一个文明的、有教养的绅士的演说，令人尊敬地反映出世界各地正派人的渴望，并且，因为讲演者那种议会发言般审慎的客观超然，给这场大会带来了些许互相矛盾的情绪。作为一出表演，它毫无瑕疵。在讲演开始时，麦克米伦对联合国大会将有一位来自爱尔兰的新主席表达了自己的喜悦——“我与这个国家有如此多的密切联系。”我不知道他说这话是否有讽刺意味，但他在做此评论后停顿了挺长一段时间，在这段空白被会场中一阵慢慢升起的带笑的低语填满时，首相那雕刻般的面颊缓缓爬上一丝极度轻微的对自己发言目标的狡黠的怀疑。

他以同样艺术性的手法反击了赫鲁晓夫先生的几次打断，后者似乎处在最粗野的情绪中，摊手摊脚、面色愠怒地坐在座位上，并且显然未能察觉这场演讲的真正调解式的语调。赫鲁晓夫两次从座位上半站起身来，挥舞胳膊，叫嚷着有人意图干涉并颠覆苏联，他第二次这样做时，首相等这个苏联人的大喊大叫在代表席上逐渐平息下去，然后亲切地评论道，他乐意让人把这段话翻译出来——尽管这一反击在新闻报道中听起来很平淡，但实际上却是如此出人意料，如此果断坚决，以至于整个会场大笑并拍起手来。

麦克米伦的演说跨越了他熟悉的风格范围，从丘吉尔式到隐约的炉边闲谈式，但它也承受了无可回避的障碍。整个讲演都让人感觉到“英国要满足美国观点”这一压倒性的需求，并且完全没有示弱。整个讲演中我们都感到，必须要让苏联人确信（这一需求并不缺乏真诚）：尽管他们的观点常常是可理解的，然而他们不可能通过恐吓令西方屈服。并且，我们总是感到这个后帝国主义政治家不断受到殖民主义的困扰，以至于他的多数言辞不得不是自我防卫的，而其中一些话听上去，不管愿不愿意都流露出宗主国的语调。

然而，它仍然是有着胜利本质的某种东西。它有政治家的艺术，赢得了热烈的、长时间的并且绝不嘈杂的掌声，只有某些国家的代表，与赫鲁晓夫一样表现出一种相当阴郁的不悦。至于这场讲演的实质内容，说实话，它并不具有革命性。其中部分是对英国与西方态度的捍卫，部分是对调解的明智表达，部分是对另一次裁军行动的动员，部分是对一种国家首脑层面的经济和解的恳求，通过这种和解，全世界的经济资源会协同调配，而不是互相对抗。但是，作为一个整体，这场讲演真的是对一个新开始的呼吁，是对陈词滥调的摒弃，是对常识的回归。它真正的重要性也许不是表现在它将争吵的巨人们拉扯到一块儿来，而是它向世界的其余部分宣示，哪怕是从一种不加掩饰的党派观点看来，冷战也是愚蠢的，其本质是无可救药的误会与曲解。

赫鲁晓夫的一次打断变得举世闻名，让麦克米伦简直变成了纽约本地的一个英雄。在这场讲演中的某一刻，赫鲁晓夫脱下鞋子，拍打桌子以示抗议，对美国人来说这是一个代表了苏联式粗野的特别挑衅的动

作。那天晚上的会议后，当麦克米伦曳步走过华道夫－阿斯多里亚酒店的酒吧时，我碰巧在那儿。在场的每个人，包括酒吧侍者在内，爆发出一阵掌声，但我却发现自己模模糊糊地站在赫鲁晓夫一边。在我看来，他的行为中有一种会被首相加以充分利用的农民式的诚实与幽默。并且后来我得知，事实上，用鞋拍打桌子表示不赞成，这不过是一种旧式的俄国风俗。无论如何，麦克米伦的讲演对冷战或历史进程没有任何哪怕是最轻微的影响。

莫斯科

我第一次飞抵莫斯科是在约瑟夫·斯大林死后的一个冬天，当时苏联仍然是一个凶险的谜。这次报道分成两部分连续两天发表在《卫报》上，我有意识地模仿了查尔斯·狄更斯为1845年初次去威尼斯而写的随笔的开篇。

旅行者跌跌撞撞地穿过一处飞机的埋伏地——似乎比他以往见过的全部飞机还要多，凶猛的机头、高高的尾翼在雪中暗淡地闪着光，笨拙而陌生，像些巨大的掠食性梭鱼。但在那座昏暗、气闷的接待厅里，一排坏脾气的搬运工穿褐色棉夹克，戴皮帽，懒洋洋地躺在长椅上，一个戴蓝帽子的官员眯着近视眼看文件，如滑稽剧中的乡村警察般犹豫不决地翻转它们，想要更好地掌握其主旨。

一群霉馊老土的旅客，包裹得严严实实，在海关办公桌旁闲荡：一个宽脸的胖女人在流泪，她的孩子用力拖着她手提包的带子；一个戴绒帽、脸色病黄的男人，正为一个锦缎衣箱与人争论；一队中国人，穿着气派庄重的双排扣上衣；乱糟糟的一堆矮壮结实、汗流浃背、没精打采的人，翻领上别着徽章，胸前晃荡着精美的奖牌。这位旅行者警惕地从他们中间穿过，呼吸粗重、拖着脚走路的搬运工在后面背着包，一直将货物送到等在外面的一辆车里。就这样，沿着潮湿覆雪的道路，穿过一片因为寒冷而麻木的风景，他坐车向城里奔去。

细雪被横过马路的风吹拂。车窗结上厚厚的冰、霜和凝结的水珠。在一片冬日的薄雾中，仿佛透过酒鬼的眼睛观看，沿着道路的风景变得模糊。这里有成排歪歪倒倒的棚屋，涂着陈旧斑驳的蓝色油漆，带着摇摇晃晃、行将倾塌的门廊，雪埋了有半膝深，外面围着古旧的外屋、栅栏、犬舍和小块砖石。这里有成群的小房子，紧紧挤到一块寻求温暖和舒适，似乎它们听到了狼群的嗥叫。这里有被雪包围的宽阔、荒凉的大片土地，冷酷而肮脏，由没精打采的冷杉监护着，也许正有一个衣衫褴褛、包绿色头巾的孤独老妇从那里穿过，身上捆着包裹和桶，像一只旅鼠，朝树林中看不见的家园艰难前行。

有时，一匹瘦骨嶙峋的马在路上拖着倾斜的雪橇，上面高高地堆着篮子和装运货物的箱子；或者是一辆车在雪地里犁行，喷出油乎乎的废气和一股原油味儿；或者是一辆做工粗糙的机动卡车，漆成暗淡的绿色，引擎盖上包着垫棉花的布，阴沉地轰隆隆驶过树林；眼下，城市最初的标志在起雾的挡风玻璃中浮现。一辆漆成明亮的黄蓝二色的郊区无轨电车从街边滑过，窗户上蒸汽浓重，以至于只能模模糊糊地看到头巾和皱巴巴的脸，或者一个压在玻璃上的孩子的粉红鼻头。车流浓稠起来，空旷的乡村逐渐消失，很快，在断断续续的降雪中，隐约出现一排庞然大物般的建筑队列。它们显得巨大、方正、拒人于千里之外，缺乏可定义的风格或年代，仿佛数不胜数的庞大的八层饲养棚。它们看上去门窗紧闭、阒寂无人，但是，由于各处闪烁的昏暗灯光，它们陡峻而冷酷地矗立在道路两侧，窗接着窗，街区接着街区，一英里接着一英里，像是某个偏远而秘密的废料场里大量成堆的武器箱。只有几个矮胖女人在它们的拱形门洞里进进出出，电视天线歪斜地站在楼顶上，显得悲哀，但又有几分可爱的傲慢无礼。刺穿这个阴郁行列的街道宽得惊人，建筑物的节奏于此为之一变，像是火车开过道岔。可怕的对称让位于一堆或老或新的、不确定的混乱：高墙后面一个下陷的古典式柱廊；由摇摇欲坠的单层木屋组成的一条死胡同，灰泥与板条剥落，露出下面的十字形框架；一座跨越封冻之河的桥，桥上装饰性的瓮里堆满雕刻的步枪、刀剑、号角与机关枪。旅行者用皮帽擦拭车窗，看着这座城市向他逼近。

没有一滴颜色，没有一丝色泽，也没有一段对色彩的记忆激活它那冰封的郊区。一切都是褐色、灰色，堆满了雪。敦实的行人包裹在厚外套、皮毛和高筒靴里，在人行道上步履艰难地移动着，他们的孩子深陷在兜帽和羊皮大衣里，只露出眼睛，像是裹在包装里的宝石。到处都有机器在轰鸣，忙着铲除烂泥——快活的小小机动扫帚车，像是温和的黄鼠狼；巨大的哐啷作响的机器伸出细长的胳膊，像大龙虾；还有抽吸斜槽，高而险恶的扫雪车；在它们中间，一队在白色围裙外面穿着衬软垫夹克的健妇，扫啊、铲啊、挖啊，在人行道上留下一幅由扫痕组成的网纹复杂的图案，让空气中持续充满沙沙声与碎屑粉末的伴奏。

一缕蒸汽从地上的金属隔栅里冒出，水汽中间蜷着一群鸟——六七只骄傲的、毛发凌乱的鸽子，几只强横无赖的麻雀。一群小男孩踏着滑雪板在公园树丛中鱼贯穿梭，一个帽檐包着耳朵的老哲人向天气挑战，坐在长椅上读书，他的衣领上落满白色皮毛般的雪。穿过宽阔的十字路口，挤成一团的无尽人流沉重缓慢地行走，被系皮带、穿棉服、踏高筒靴、戴皮帽子的警察以不耐烦的手势和哨声驱遣着、催促着。这座城市同时让人感到空旷和引起幽闭恐惧的拥塞：空旷，是因为它的建筑苍白而冷漠，像是献给已故科学家的纪念碑；拥塞，是因为急急赶路的市民的行动中有某种幽暗而无动于衷的东西，仿佛不论何时都没有什么能够阻遏其数目的纯粹重量——仿佛驱动他们的不是快乐、工业、雄心甚或责任，而是不可抗拒的身体本能，就像迁徙的鸟儿，或者奋力逆流而上的黑色小鲑鱼。

但是现在，目光在办公大楼间扫视时，出现了一些怪诞的、幽灵般的摩天大厦，孤独地高过周围的屋顶，奇异地装饰着尖刺与尖塔，如同东方总督的凉亭；就在黄昏开始降临时，这位旅行者看见自己面前一处高地上耸起一座鬼气森森的巨大堡垒。有角塔的古墙捍卫着它，大门下面是一道宽阔的冰封河面，堡垒中成簇、成团的球状金色物件闪闪发光，还有错综复杂的钟楼、主堡、宫殿、风标、那些权力与政治的象征，以及一堆大教堂、军营和华丽的瞭望塔，一道由小块砖石拼嵌而成的阔大的防御墙散乱地延伸，一面巨型旗帜在风中傲慢地飘扬在圆形拱顶上。

在这个冰冷的奇景下面的广场上，他从车里走出，加入一个由市民组成的沉默的队列，从两个僵硬得如同人偶的岗哨中间穿过，那两个卫兵翻起衣领包住脸颊，靴子锃亮，小眼睛坚定，眼神毫不游移。慢慢地，沉思地，像哑巴一样，这支队伍拖着脚穿过花岗岩入口，进入一座光秃秃的庞大建筑。穿灰色长大衣的官员从阴影里警惕地凝视，没戴帽子、深感敬畏的人群沿着花岗岩台阶笨拙地挤进大厦内部时，只有一个没留心的婴儿的哭声打破宁静。静静地，静静地，人群沉重而缓慢地移动，伴随着有节奏的呼吸声与厚重衣服的沙沙声，还有靴子踩在石头上滞钝的咯吱声。直到最后，这位旅行者不管是否愿意都被裹挟进朝圣的人流，他发现自己进入一个如同地牢的内厅。四个沉默的士兵持枪站立，一眼望不到头的队列蜿蜒盘绕在房间里，像是一条心醉神迷的蝰蛇，扣子对扣子，呼吸对呼吸，总是在凝望大厅中央的那个水晶盒子。

两位做过防腐处理的死者躺在刺刀中间，沐浴在非尘世的光线中，苍白光滑，超自然般的干净。其中一个短胡子、额头高高隆起，另一个胡髭粗糙浓密，淡蓝色夹克上沉重地缀满奖章。人群经过这两具化过妆的遗体时，没有一句话，没有一声叹息，没有一声咳嗽。一种神秘的仪式感弥漫在这个地方，仿佛置身金字塔神秘的墓心。这位旅行者，被队列那夸张的势头攫住，梦游般走出内室，爬上宽阔的台阶，进入暮色中：他已经感觉到莫斯科的气息与精髓，粘在他的身体上，陷在他大衣的褶皱与裤子的卷边里，像火车车厢里的烟草味一样浸透在他的头发中，蔓延在他的指甲下面，刺痛着他的眼睛。

冬天的莫斯科几乎不是一个梦，完全不是一个梦魇，而是更多地具有一场宿醉的性质：视线模糊，嘴唇发干，险恶不祥，却被几乎是痛苦的明澈的时刻刺穿，词语、思想或者回忆在心中金属般地滚来滚去，如同弹球桌上的小球。

这是一个粗鲁不文但却鬼迷心窍的城市，一个陌生的亚洲世界的首都。在它那些丑陋建筑间的林荫大道上，铭刻着难以描述的斯大林式审美的空洞，压低声音的人群以饥饿的热情推挤着：并非传说中那种真正的莽撞无脑，而是带着一种特殊的粗野无礼的技巧，一种自我诱导的恍惚，人行道上其他任何人的存在都被从意识中擦掉，仿佛一位瑜伽修行者无视他周围猛烈抨击的人群。没有谁能比莫斯科人推挤得更有效率，但那些队列仍然是单调而温顺的，它们拖曳在中心市场的牛奶柜台前，或者在歌剧结束后令人窒息地挤在一块儿等着取自己的帽子和橡胶套鞋，每个人都靠在旁边人的脖子上打鼾一般地呼吸。莫斯科街头没有留下会令人颤搐的优雅与风格。这是属于平民的大都市，他们喝甜菜浓汤时发出骄傲的呼噜声。

这里有古代国度的神秘：克里姆林宝库中带尖刺的中世纪头盔，华丽的马鞍搭饰和皇家雪橇，构型复杂精美的成堆金器，来自英国的闪光的银器，谈不上新奇精巧的珠宝，象牙王座，权杖，金蛋里金灿灿的鸡、猫头鹰、雉鸡、火车、轮船，盔甲展览，这一切全都陈列在它们的柜子里辉耀、闪烁，游客们像进清真寺一样包上毡鞋套，脚步无声，顺从地跟在导游身后。

还有宗教的神秘：在洋葱头形拱顶下依然华丽地幸存着的沙皇俄国的宗教。星期天早上的教堂仪式仍然笼罩在奇异与苦难之中。门外，一个留着分岔胡子的老人在喂一群脏兮兮的鸽子；门内，似乎有百万个莫斯科人占据教堂中殿，挤得如此之紧，以至于一次突然的屈膝礼会掀起一阵掠过教堂的涟漪。远远地，烛光中偶尔闪过一个神父的法衣，看不见的唱诗班的歌调始终飘浮盘桓在柱子和圣像周围。靠近门边，两个老女士苍白而平和的尸体躺在鲜花中。在侧面一个礼拜堂里，一位金色长发、戴眼镜的神父坐在祭坛旁一把厨房椅上，接受源源不断的喃喃低语的忏悔与恳求，女人们挤在他身边，如同一群侏儒围着一位魔法师。

莫斯科的遭遇是奇特的，有如发烧的幻想中的事件。香槟酒吧里，一个穿笨重靴子、戴硕大皮手套的男人会自称是工人运动的准将，并向你探询英国泥水匠同志们的福利状况。图书馆里，一个快乐女孩会丢给你一句嘲讽现实主义的无礼的俏皮话。离婚法庭的一个女法官会因为想起自己作为孤儿的童年而潸然泪下。两个穿时髦外衣的年轻人会向你乞求一英镑纸币、钢笔、《生活》杂志、口香糖、尼龙衬衫或留声机唱片。莫斯科充满暗示与影射、间谍线索、怀疑、紧紧相逼的不祥秘密的威胁。

有时，一种窒息感攫住了你，你感到自己如此远离大海，位于如此肿胀、无法计数的某种东西的中心，以至于你的血液涌上大脑，心思变得消沉。在洁白无瑕的地下大厅里，你会有这种感觉，被巨大的象征与湿壁画上跳舞的挤奶女工扼住呼吸；或者，迷失在无穷无尽的课本、传单、挂满勋章的半神肖像、经济学论文和一家书店那充满灵感的海报中；或者，游荡在莫斯科大学可怕的对称中——这是老大哥的母校，一家头脑工厂，一条有25 000名学生像32层蚁穴中的蚂蚁一样辛勤工作的流水线：33间阅览室，5 754间宿舍，80个科学院院士，20门有价值的科学，100万册书，50 000棵树，一个拥有1 500个座位和11层储藏空间的会议大厅——“世界上最好的大学，”苏联国际旅行社的一本宣传册上写道，“只能在莫斯科看到。”

有时候，你会感到恐惧。你的恐惧，不仅来源于隐藏的麦克风与秘密警察的痕迹，或者，被驱赶到限制区里的外国居民的那种紧张的隔离，甚或，这座阴沉但却令人印象深刻的城市所散发出的生硬的权力感；你的恐惧，也源自一种深深的疏离感，似乎你属于某个毫不相关的访问物种。你的谈话不管多么热情，永远也不可能真正跨越意识形态的鸿沟。你的受访者，即便是友善好客的，也会突然摆出一副出人意料的傲慢腔调。在那位工人运动准将的探问背后，藏着的完全不是敌意，而是一种不可避免的误解，似乎在某个注定的点上，你们的语言和观念就已经分岔，永远不可能获得和解。在莫斯科，你永远不可能揪住真相。它从你身边滑走，滑入雪中，甚至其路径也被过往成群结队的脚步抹得一丝不留。

然而，有时候，在那个宿醉的男子郁闷而清晰地分析让他不省人事的酒水的准确成分时，你也会瞥见这座城市神秘性的心与核。也许是在波修瓦（Bolshoi）大剧院，某部大型俄罗斯史诗正在凶猛地演出时，随着定音鼓的摇晃与盔甲的冲撞，一支庞大的合唱团放声高歌，一群英雄在前景中激情演出，骑士、骏马、奴隶在其身后反复穿梭，圆锥形头盔和锁子甲掀起阵阵狂热，旗帜招摇地挥舞，火焰在背景幕上熊熊燃烧，烟雾升腾，烽火闪烁，交响乐队战栗着发出最强音，指挥者甩动大汗淋漓的光头，数不清的观众紧紧抓住座位，或者从高过枝形吊灯的贴金箔的包厢里伸长脖子观看——然后，你会越过邻座的肩头望向这一切的中心，大厅中央宽大的国有包厢：那里坐着世界上最有权力的人，他神情厌倦，目光空茫，一丝细微的悲哀的笑容荡漾在嘴角，而他的妻子挽圆形发髻，穿垂坠的褐色衣服，端庄而专注地坐在他的身旁。

你无须再等待最后一幕了。回家去吧，把这一切睡过去。

1960 年，就在这同一座令人烦心的城市中，一架美国间谍飞机的飞行员在苏维埃最高法院受审。他的飞机在乌拉尔地区上空 60 000 英尺处被击中，仿佛是要展示苏联的防空火箭技术能够抵达前所未有的高度。他不愿意用美国中央情报局提供的毒刺自杀，被斯维尔德洛夫斯克（Sverdlovsk）附近的农民抓获，然后在莫斯科受审。这是苏联从 20 世纪 20 年代就开始的面向国际的公开审讯系列中的最后一次。

这天早上，在莫斯科的联盟大厅，31 岁的美国人加里·鲍尔斯在苏维埃最高法院的军事法庭面前被指控对苏联进行间谍行为。他认罪了。

他的妻子在法庭后面，穿着带有清教徒白色衣领的黑衣，表情悲伤。到场旁听的有几百名外交官——各种卡夫卡和乔治·奥威尔——但就总体而言，这不是一个恐怖的早晨。审判的圆柱厅华丽辉煌，里面的情绪从暗淡阴冷的忧惧，到不断增长的玩世不恭，再到某些时候偶尔发作的轻浮。这个早上的审判看上去并非虚张声势，也没有恃强凌弱。为什么它会这样？因为它已经得到了想要的一切，眼下举行这场审判的目的纯粹是画蛇添足。

这天早上，当鲍尔斯被人带着走进众人注目的中心，那种怪诞的仪式感仍然足够瘆人。法庭设置在一种以不透明的白色幕布作为背景的台子上。法庭中央是军事法官和他的两个助理法官，全都是将军，衣服颜色是毫无瑕疵的鸽子灰，坐在高高的木头椅子上，恍如几尊庞大的佛像。左边坐着起诉人，苏联的总检察官，一个严肃得令人生畏的律师，穿着暗蓝色制服。用来照明的是叫人目眩的枝形吊灯，成串的赤裸裸的灯泡，强光灯——让整个场景沐浴在冰冷的光辉中，让法庭成员的脸色看上去像化过妆似的苍白。

10 点，鲍尔斯被准时引入这个非凡的场景，护卫在他身旁的是两名穿橄榄绿夹克和蓝裤子的年轻士兵。他穿着一套蓝色的俄罗斯西装，由于尺码太大，不得不时不时地将袖子往上拉，他的头发被剪成一种改良过的小平头 —— 或者，也许是平头的头发又长长了。他被关进木制的被告席，在强光灯下像是一个大孩子的游戏围栏。卫兵直挺挺地站在旁边，像是站在灵柩台旁，眼下，随着摄影机开始嗡嗡作响，审判开始了。

它的开场令人恐惧。鲍尔斯显然被吓到了，我也是。对指控的宣读冷酷、精确，如同仪式，它被用一种叫人害怕的生硬而学院式的英语翻译给鲍尔斯，并且通过耳机被即时翻译成法语、德语和西班牙语。检控方的证人被扭扭捏捏地带上台，是四个穿蓝色双排扣大衣的矮壮男子，他们在书记官的桌前做登记，然后又笨拙地拖着脚走出去。专家证人被传唤——“请专家走到前面来”——六个穿制服的官员和一个穿整洁的灰色衣服的科学家。当摄影师需要一个充满期待的听众席的全景或鲍尔斯夫人的一个远景时，耀眼的光线就不时移动起来。从那个如同一声活脱脱的呜咽般站在被告席里的年轻人，到这位高踞于法官座席上的冷漠的将军，这一切全都让人感到冰冷、绝望，结果已成定局。

有一两次，鲍尔斯从照相机的闪光中绝望地望向大厅，但他显然没法看到自己的妻子。他望向我，一个如同被罗网兜住、不停颤动的苍蝇般的迷失者，一个颓废、丧气到几乎奴颜婢膝的囚徒。他焦虑地站起来，坐下去，像好孩子一样回答问题。毫无疑问，他们待他足够温和，给他足够的余地去扮演资本家的傀儡，单纯、善良、误入歧途的典型美国男孩。显然，辩护方的责任在于证明：鲍尔斯执行了这趟飞行，但却没有真正参与其意图——他仅仅是未加思索地做了他被命令去做的事，并在这种情况下幸存下来。

然而，总检察官得到了一些奇怪的尖刻回答，于是这个上午在兴高采烈与灰心绝望那怪异的起起落落中过去了。然后，在我们的全部心思背后，藏着对洗脑和在幕后的黑暗地牢中酷刑折磨的怀疑，到最后，当滔滔不绝了好几个钟头的总检察官说起那根毒刺，整个法庭都紧张起来。

“他们给我这根毒刺，万一我在被折磨得无法忍受时，可以选择去死。”

“所以，你的主子们并不重视你的生命啰？”

“唔，他们或多或少把这事儿留给我自己解决。没有让我自杀。”

“你被告知你会被酷刑折磨吗？”

“没人告诉我这个，但是我想可能会。”

“那你受到折磨了吗？”总检察官问道。

“没有，”鲍尔斯上尉说，“我受到的待遇很好。”

昨晚，鲍尔斯的辩护律师米哈伊尔·格里涅夫（他有点像个饮食有度的奥利弗·哈台[1]），提出了我们所想得到的为其减刑的全部论据。他暗示，鲍尔斯仅仅是一个普通的美国**农民**[2]，被一个犬儒主义的资本主义国家充分剥削，他不过是想努力在一个普通职业中自立，以克服无情的环境所带来的障碍。他出身平凡，拥有的只是这个世界上的劳动者都有的一些单纯的野心。可以说，驾驶 U-2 飞机飞越苏联，仅仅是他在一个好战的资本主义社会的残酷压力下产生的暂时性的失常。

尽管如此，这审判自有其刺激诱惑的时刻，让人瞥见了一个超出我们经验界限的怪异世界。比如，我们看到鲍尔斯为白沙瓦的飞行戴上氧气罩——像战斗前的骑士一样——地图插在口袋里，秘密设备装在飞机

1　奥利弗·哈台（Oliver Hardy，1892—1957），美国喜剧演员，与斯坦·劳莱（Stan Laurel）长期搭档，劳莱瘦削而哈台肥胖，两人成为世界喜剧电影史上最出名的二人组合“劳莱和哈台”。

2　原文为 muzhik，特指沙皇统治下的俄国农民，即农奴。

上，有火箭的位置在地图上标示出来。我们看到 U-2 分遣队指挥官谢尔顿上校模糊的身影，在起飞前穿过停机坪走向飞机，递给鲍尔斯一块黑布——鲍尔斯安全抵达博多后，就将这个含义难以解说的护身符交给别人。我们和鲍尔斯一起，在苏联上空的某个地方，从飞机座舱里往外看，看到远远的下方一架苏联飞机的排气凝成的轨迹。

我们看到斯维尔德洛夫斯克附近的乡民，站在家门前望着降落伞摇摇摆摆地落下来。我们和专家同志一起检查飞机上的全套特殊仪器，从照相机到雷达干扰器，全都是现代智慧的工具。我们的视野从帕米尔高原到斯堪的纳维亚半岛，甚至越过大西洋，抵达鲍尔斯度过青春期的美国，当时他是一个救生员，"因为没有人会雇用一个快要被征召入伍的家伙"。透过这一切，我们望见像神一样笔直地坐在一面巨大的镰刀锤子旗帜下面的法庭庭长那张静止、冷漠、有些微蒙古人种特征的脸。

让法官们用了四个小时准备的判决，仿佛要用一个时代来宣读。法庭里不出意料地塞满了人，记者在旁听席里，不当班的速记员从背后的幕布间窥视，当三名将军走进来时，整个法庭都站起身来，并且，在主审官宣读判决时，大伙都一直站着。

他说，法庭得出结论，鲍尔斯是美国中情局的一件工具，"他执行的计划经过了美国政府的批准"。他的飞行是有预谋的设计，意在强化国际间的紧张局势，针对普遍的和平制造威胁。

那时候，我有片刻担心会出现最坏的结果：检方要求 15 年有期徒刑，辩方恳请减轻判决——这些也许都不过是开胃小菜，只是用来给最高法院的审判增加戏剧性的冲击力。我能够看到鲍尔斯太太在我下面，脸色白得像纸一样，手里紧紧攥着一方手帕。在我周围，来自十几个国家的同行们在悬空平举的便笺簿上飞快地书写，在大厅中心位置，电视台的摄影师将镜头对准被告人，等待讯号接通。有那么一瞬，我想我们正等着的是一场死刑判决。

但是，随后，“苏维埃最高法院的军事执行管理委员会，出于苏维埃人道主义的原则，考虑到鲍尔斯真诚的悔悟，因其对苏联国家的间谍行为而判处弗朗西斯·加里·鲍尔斯 10 年拘禁，其中 3 年需在监狱度过”。法庭里卷起一股情绪的波浪，有一会儿，枝形吊灯被鼓掌声震得摇晃起来。鲍尔斯步子足够稳当地走出法庭，一个士兵在前面，一个士兵在后面，几乎是一会儿工夫，亮晃晃的灯光就熄灭了，圆柱大厅清空了来宾，三位谜一般的法官退场，鲍尔斯的审判结束了。

我憎恨这场审判的每一分钟。它是可怕的。它是我们的美丽新世界的缩影。它发出恶臭。

当时我怀疑鲍尔斯实际上并非被击落，而是飞机遭遇某种机器故障。当我在一个打回家的私人电话中提出这个猜想时，一个身份未知的审查员的冰冷声音立刻将我掐断。

1962年，鲍尔斯获得释放，和一个被美国人抓住的苏联特工互换。1977年，他死于一场直升机事故。

在莫斯科期间，我认识了盖伊·伯吉斯[1]，一个变节的英国外交官，做了几年苏联特工，但那时却悲哀地思念起英国的家乡来。不知是奉克格勃之命，还是真的出于乡愁，他经常与访问苏联的演员、作家和记者接触。我忍不住为他感到遗憾，有天晚上，我们商量好一起去波修瓦大剧院。我们约好在大剧院门外碰头，当我到那儿时，他正在台阶上等我。我一边穿过人群向他走去，一边挥手致意，但当我走到门前时，他已经消失了。从那以后，我再没有见过他。

列宁格勒

与莫斯科恰恰形成强烈对比的永远是列宁格勒，原来的圣彼得堡，曾经的彼得格勒。我第一次看到它是在从基辅回家的路上，我在两趟班机之间在这座城市待了一天一夜，第二天，在飞回家的路上，我为《卫

1　盖伊·伯吉斯（全名为Guy Francis De Moncy Burgess，1911—1963），间谍史上著名的“剑桥五人组”成员之一，大学时思想左倾，被苏联情报机关吸收，后先后供职于英国军情六处和外交部，1951年叛逃到苏联。

报》写下了这篇被施了魔法的随笔。

彼得大帝把它称作“朝向西方的窗户”，今天它仍然是一个瞭望哨，在风格与姿态上都是警惕的西方式的，是通往亚洲的大门上一个欧洲的人造物。他们驯服了列宁格勒，为其套上轭具，驱逐其皇帝，将其宫殿变成博物馆，将其为年轻女士而设的私立学校改为政治办公室——令其优雅精美的旅馆变得粗陋，流放其制扇人与骑术师，用辩证唯物主义淹没其书店，亵渎大教堂，羞辱教会人士，扼杀其轻浮，令其林荫大道斑驳、衰颓。然而，它仍然凌驾于命运之上，仿佛一个它原本就是的女王；而当我从坚硬粗粝的乌克兰飞来此地，它在我看来依然是众城中的克利奥佩特拉。

列宁格勒不仅是一个几何学上的大都会，实际上也是一个天文学上的大都会，因为此地的南方门户，莫斯科大街，不仅笔直地长达六英里，而且是从位于南部高丘上的普尔科沃天文台[1]开始沿着子午线延伸。当我开车从这条天体干道上驶过，这座城市显得平静、精确、优雅：仍然是一个平衡且匀称的纯种货，没有任何怪诞的蒙古式摩天大厦损害天际线，只有一片安详的经典式柱廊、巴洛克式邸宅、拱顶和镀金的尖塔。海光与雪光永恒地滤过建筑物，冰冷地闪耀在宽阔上冻的涅瓦河面，这条河里散落着岛屿，两旁排列着完美无疵的建筑，从码头区中间

1　普尔科沃天文台（Pulkovo Observatory），位于圣彼得堡以南约19千米，海拔75米，1839年建成。

穿过，向西流入芬兰湾。

我眼中仍有乌克兰的鳞屑，我目眩神迷地游荡着穿过这一片明澈。河对面，阳光奇迹般地闪烁在彼得保罗要塞金色的手指形尖顶上，那尖顶苗条得像是一把高过城墙的细短剑。埃尔米塔日宫楼上的展览馆里涌动着阳光，可俯瞰一片璀璨的白色、金色和巴洛克式样的风景，大幅的雷诺阿、高更、莫奈和蓝色的马蒂斯画作，矗立在华丽的勃勃生气中，看到它们就像吸入一股芬芳，或者，咽下一口令人振奋的酒。冬天的苏联是一个令人生畏、阴郁沉闷的国度，很像是被淤泥和教条阻塞；但是，像我这样飞进列宁格勒，你的腺体将会获得新生。

这里有唯物主义革命的圣地，有砰砰作响的郊区工业带，船坞上有核潜艇——对于这个时代的一切标记，列宁格勒仍然像不老的交际花一样，保留了许多无关紧要的魅力。那天早上，在街角货架前，我从一位穿白罩衫的庄重妇人手中买得一根用牛奶鸡蛋面糊包裹的腊肠。在老派书店乱糟糟的书堆里，我发现一本 1905 年的俄罗斯旅游指南，上面有细长的德文签名，墨迹陈旧。我在夏园那些隐藏的雕塑间游荡，因为是冬天，它们全被锁进各自的小木屋，像是任性的宁芙女神藏身岩石。我讶异于彼得大帝坟墓上鲜花的丰富多样；从圣伊萨克大教堂的阳台上凝望海军部大厦闪光的尖塔，像是一尊佛塔高耸于冰面；我注视着冬宫那叫人难以置信的辽阔，沙皇曾经于此生活在无边无涯的辉煌中，而革命者从这里狂风骤雨般杀入历史。在莫斯科，很难不感觉到一种势利；而在列宁格勒，你是一个农奴，穿着未鞣制过的长筒胶靴，对马车与往昔的高潮大打哈欠。

因此，这是一个有不随时代而变的天赋的城市。在其他地方，俄国人看上去如此缺乏吸引力，几乎让我疑惑这个种族的繁衍是如何维持的。而在列宁格勒，仍然有一些女孩具有不朽的小说家们写过的那种令人难忘的、乡愁般的美，还有一些男人具有超越了阶级或时代的自然的优雅。被忘却的西方的回音仍然诱人深思地盘桓不去。在我住的旅馆，我观察到两个年轻的外交官，穿厚厚的大衣，戴高高的皮帽，在前台时他们那古老的英国面庞和长手长脚的倦怠姿态让他们看上去像是来自伊斯特齐普[1]的盛气凌人的皮毛商，正在等待皇后做出让步。我在一家也许是从帝国时代的维也纳蹦出来的店铺里饮下早晨的咖啡，听着如此嘈杂、廉价、低级夜店般的爵士，让我又像是回到了30年前，在芝加哥卢普区[2]观看一出已然忘却的滑稽戏。

列宁格勒是一座幽默的城市。衣帽间侍者讨人喜欢地戏拟着王室气派的过分典雅，将帽子庄重地戴到你的头上。在一座反上帝的博物馆（主题是宗教和无神论的历史），甚至官方导游也在狡黠地嘲笑其中一个虔诚地吹捧列宁的展览区。列宁格勒年轻人的穿着，经常是放浪的，有时是厚脸皮的，保留了一种欢腾愉悦的感觉：品位、风格和精致的痕迹

1　伊斯特齐普（Eastcheap），伦敦一条街道的名称。

2　卢普区（Loop），芝加哥市商业中心，其名称源于高架铁轨的环形路线。

在动荡中幸存下来，仍然有少量市民的衣服是得体的，眼睛里闪烁着欢乐之光。

列宁格勒有现代主义的有轨电车——直到今天，我仍然认为这种设备的名称是自相矛盾的。这里有礼貌、宽厚、不惹眼的警察。这里有一座清真寺，像是源自伊斯法罕[1]的某种东西；一座广场，上面每个建筑其实都是一座剧院；一所房子，曾经住过飞机的发明者（我没必要说了吧，“这人的发明比莱特兄弟早20年”）；一座婚礼宫殿，专为现在俄国官方鼓励的新娘穿白色婚纱的婚礼而设；博物馆里一具猛犸残骸，一个重达19吨的花瓶，25幅伦勃朗。甚至，扫雪车也以一种特别的对称完成其工作，绕着宫殿广场移动，像老式收割机一样笨重地转着越来越小的圈，直到最后再也没法打转为止，一班女人欢喜雀跃地带着扫帚和铲子，穿过扫雪车排出的气团，清除中心位置最后剩下的雪——如果有野兔的话，那应该是它们躲藏的地方。

一天傍晚，我去了一家儿童木偶剧院，观看台上叫人神魂颠倒的蠢玩意儿，观众席上热烈欢腾、沸反盈天，与之相比，英国乡村学校里学期结束时的戏剧表演简直是与“混沌”对立的“秩序”。也是那天晚上，我看了《蝙蝠》[2]，演出带着一种真正欢闹的神韵，充满华尔兹的魔力、

1 伊斯法罕（Isfahan），伊朗中部一城市，1598—1722年是波斯首都，以精美的地毯和银丝细工饰品而闻名。

2 《蝙蝠》（*Die Fledermaus*），三幕轻歌剧，1874年首演，是奥地利音乐家小约翰·施特劳斯创作的16部轻歌剧中最为著名的一部。

白裙子的漩涡和燕尾服的摇摆，以至于当我审视周围女人（每一位都是苏联无产阶级）的脸时，我发现它们全都闪烁着一种真正的郊区居民的魅力。

在宴会上，他们递给我香槟，一张白色餐巾整洁地折叠成锥形置于瓶顶。那天深夜，香槟的嗞嗞声还在身体里回响，我摇摇晃晃走在海事法庭旁的河坝上，吱吱嘎嘎走过冰封的涅瓦河，头顶的天空是一种深湛的冰蓝色。这座城市的灯火模糊地闪耀在远离冰面的地方，像是一片磷光。海事法庭的金色尖顶被泛光灯照得璀璨华丽，像是夜空中大天使的权杖，在那座桥的下面，我勉强能够辨认出“黎明女神号”老巡洋舰的三根高烟囱，以及斑斑点点的舷窗灯光。即使在午夜，列宁格勒仍然发着光，在我看来像是欧洲理想的一个典型，一个范例，一则讣告。

第二天早上，一场雾降临这座城市，你没法从河这边望见另一边。

我没有再写过列宁格勒，直到1999年，它再次成为圣彼得堡。[1] 此时，俄罗斯的资本主义正在全面发展，我住的德国人控股的酒店极尽奢华之能事。我再次被完全迷住了。

1 原文有误，列宁格勒于1991年恢复原名为圣彼得堡。

敖德萨

我也喜欢敖德萨，当时它仍然是苏联最具犹太特征的城市，然而，在整个参观期间，我都感觉自己被克格勃跟踪，并且这种跟踪比在苏联的其他任何地方都更持久。

世界上最戏剧化、同时也是最勤勉的指挥家，将在敖德萨的歌剧与芭蕾大剧院演出。他已经上了年纪，但仍然充满激情。当他指挥时，周围正发生着稀奇古怪的事。在他身后，半空的观众席上，家长里短的交谈发出持续不断的嗡嗡声，构成配乐的铺垫；坐在第二排的三个胡子刮得乱糟糟的黎凡特人似乎正挣扎于一场鸦片梦，在座位上蠕动、叹息。在前面，当《茶花女》的演员们——显然没有任何一个超过 5 英尺高——越过脚灯送来坚定的微笑，闪出一片金牙的富贵光泽时，舞台上充满各种小小的灾难：地板门神秘地开开关关，风扇掉了下来，铁质附件叮叮当当。

指挥家泰然自若。他庄严宏伟地穿越这个傍晚的混乱前行，不受这一切的影响，有时情绪饱满地哼哼，有时以强壮有力的男中音加入曲调，将他那优雅的脑袋向后甩，深深地弯下腰，鬼鬼祟祟地向后缩，杀气十足地向前进，带着无穷无尽的情绪与面部表情变化，以嘘声向木管乐器频频发号施令。在东欧国家的阵营中，再没有任何人能够达到比他更高的投入度，也没有任何人能给英雄城市敖德萨带来更多的荣光。在莫斯科或者基辅，通常并不容易对俄国革命的简朴做出反应。在这些大城市，人民生活的刻意的粗俗，永恒的宽松裤、发油、周六晚上短途旅行的氛围，与其说是惹人喜爱不如说是叫人沮丧，不管你多么信仰平等主义，你也会开始渴望一家真正傲慢的上流社会的餐馆，或初进社交界的少女那尖嗓子的飞短流长。然而，像敖德萨这样的一个较小的省中心，一切都有所不同。这里远离可怕的国家运行方式，仍然能够使人感觉到些许理想主义的印记，一种简单的骄傲与目标感：在这样一种背景下，很难不对这些现代的俄罗斯城里人的尽职尽责产生好感，不论它所全神贯注的是掌握一组英语元音，还是纠正一个女低音的走调。

一个世纪前，敖德萨是一个热爱法国文化的有教养的海港，在沙皇派来的一个法国籍长官黎塞留伯爵的管理下地位日益上升。尽管其闺房艳妆已被剥除良久，但它仍然保留着某种褪色的优雅。港口上方是一条漂亮、宽阔的林荫道，宽阔的台阶从路上逐级降下来，这里曾是电影《波将金战舰》[1]中的重要场景。敖德萨有一座装饰华丽的老交易所，一个英国俱乐部的鬼魂，一具法国里昂信贷公司的外壳，一座巍峨、传统、堂皇、缪斯萦绕、涡卷饰纹中宁芙出没的歌剧院。这里甚至有本地杜马

1 《波将金战舰》(*Battleship Potemkin*)，苏联导演谢尔盖·M. 爱森斯坦成名作，在敖德萨台阶上革命群众遭沙俄军队镇压的一段戏是蒙太奇手法的代表之作。

的老建筑，被苏联国际旅行社不地道地认定为“旧制度下的另一座前证券交易所”。这座城市的林荫道宽阔、笔直，颇有巴黎风味，在一尊黎塞留雕像的大腿上，镶嵌着一枚英国皇家海军舰艇“老虎号”的炮弹，这艘船是克里米亚战争[1]期间这片水域的一位凶猛的访客。

沙皇修建敖德萨是将其作为俄罗斯的南部出口，它到现在也是苏联的第二大港口。它面朝南方和东方，码头区装饰着巨大的欢迎标语，分别用阿拉伯文、中文、法文和英文写着“全世界人民之间的和平与友谊万岁”。敖德萨的空气中悬浮着一股令人愉快的柏油味，防波堤内总是呈现出一片杂乱的航运景象：一对由军校学员操控的可爱的三桅船，三两条开往格鲁吉亚和伊斯坦布尔的漂亮的黑海班轮，来自拉塔基亚或亚历山大的货船，一艘带倾斜的球根状烟囱的矮而宽的俄国战舰。夏天，被爱琴海冲刷得斑斑点点的英国和希腊巡航班轮会开来这里，做短暂的好奇的拜访；冬天，一圈冰穗子浮荡在港口附近，大多数船只似乎都懒散、荒废地静卧着。

船坞被高墙和警察隔开，你只能找一个高处窥视它们的码头区，或者偷偷摸摸地在入口处逡巡，假装要去见一个同志：但是无论如何，敖德萨都让人无疑地觉得是个港口—— 一个破败剥落、景况堪忧的港口，

1　克里米亚战争（Crimean War），又名“克里木战争”，世界史上第一次现代化战争。1853年，为争夺巴尔干半岛的控制权，奥斯曼帝国、英国、法国、撒丁王国等先后向俄国宣战，战争持续到1856年，以俄国失败而告终。

一个苏联的丹吉尔[1]。这仍然是一个世界性的城市，满是希腊人、犹太人、亚美尼亚人、格鲁吉亚人、埃及海员、中国代表。年老的教堂看守中最快乐的那个会领着你参观正在朽坏的犹太会堂，借一顶白色尖顶帽给你戴，蜡黄的地中海脸庞会在希腊教堂里庄严地欢迎你。敖德萨是一个倦怠的南部海滨城市，不下雪，阳光强，甚至工人光荣榜，甚至从中央委员会总部传出的刺耳的喇叭声，甚至细声细气的新排钟，甚至“你正被人跟踪”的令人困扰的怀疑，都不能完全扼杀它那如同一股越过博斯普鲁斯海峡的暖风般放松而随和的城镇天性。

敖德萨几乎不算是一处旅游胜地。它有繁忙的工业，一所规模可观的大学，一所有名的眼科医院：但是，由于下层土壤过于松软，它没有那高耸的坟墓般的公寓街区，离开几乎任何一条林荫道，只要穿过一道拱门，你就会发现自己回到了革命前的俄国，看到废墟般的庭院周围摇摇欲坠的公寓房，还有提着桶到房子中间的户外公用水龙头打水的女人。一切都让人感觉微小、友善和谦逊。在致敬敖德萨战争期间英勇抵抗壮举的新火车站，有一面巨大的布告牌，只要按下一个按钮，就会有灯光照亮开往某个俄罗斯西部城市的路线标记；这个简单的玩具让一大群不断问路的人找到了乐子，这快乐中有一种颇为诱人的东西，按钮周围萦绕着一种好奇的娱乐气氛，像是集市里的乡村节日。

1　丹吉尔（Tangiers），北非国家摩洛哥北部一城市，位于直布罗陀海峡西端。该城建于古罗马时代，后来被许多强国控制过，从1923年到1956年作为国际共管区的一部分。

敖德萨也有某种自相矛盾的老派风格。它的餐厅，尽管挤满乱糟糟、油腻腻的年轻人，响彻着铜管爵士乐，其陈设却不可思议地属于19世纪。它的公共建筑在其乏味的标语下仍然保留着老式礼仪的碎片。如果你观察一对在街头结伴漫步的年轻女人，你会被琐碎的似曾相识的感觉震惊。她们身上有什么让你如此熟悉？你以前曾经在哪儿见过她们吗？于是，在一道启示性的闪光中，你看到装满20世纪30年代钟形女帽和长外套的阁楼抽屉里面用作衬垫的旧报纸：你意识到，这些敖德萨的年轻女士如同相片簿中的快照，将你神秘地带回了童年。

想想看！敖德萨是俄罗斯的第二大港口，乌克兰的门户，黑海的珍珠；然而这一切都在我的心中，像时间与经验的不可分割性一样，熬煮成一钵模糊的童年记忆——这记忆蛰伏了30年，仅仅是在瞥见波将金台阶之上的那些被遗忘的时尚时才得以复苏。

我在敖德萨住的旅馆，房间用蒸汽供热，热到窒息。我很惭愧地承认：发现窗户是密封的之后，我操起重物砸破一扇窗，让空气进来。在20世纪60年代的苏联，一个人往往会被刺激得去违反纪律。一天早上，在当时属于苏联的乌克兰哈尔科夫机场，我体验到一种更加光荣的解放的时刻。我在那里逗留了好几个小时，在一间酷寒的、可厌的等待厅遭遇航班不断延误，被盛气凌人的航空公司职员反复搪塞，直到最后与我同行的苏联旅客们耐心耗尽。他们找到一架登机梯，推着它前往停机坪，爬上飞机，将被吓到的空中小姐推到一边，重重地坐到位置上，叫嚷着要喝伏特加。我兴高采烈地跟在他们身后，感觉我们似乎是狂风暴雨般地袭击了所有生活里各式各样的克里姆林宫。

捷克斯洛伐克

捷克斯洛伐克也许是最受压制的东欧国家，《卫报》派我去那儿时我第一次瞥见了那个晦暗的世界。不久，我离开首都布拉格，去参观西捷克斯洛伐克著名的温泉疗养区，全欧洲健康不佳的有钱人曾经的旅游胜地。它现在是捷克人民共和国的旅游胜地，国家乐于将其展示给实在是少得可怜的西方游客。

“莫里斯先生，今天早上，”我的导游轻快地说道，她的金发重新挽了一个很商务的髻子，“我们将参观位于我国西部的玛丽亚温泉城。”我的内心既不欢跳，亦不消沉，因为它已经被冷漠和怀疑麻木了。我深深地陷于不信任中。这个国家是捷克斯洛伐克。时间：正处在一个严酷的中欧冬日的最深处与最低点。我躬身钻进一辆罗圈腿似的绿色斯柯达轿车的后座，带着一丝相当生硬的逆来顺受的微笑。但是，导游在我身旁坐下，给我一个甜蜜但却完全不值得信赖的微笑，像是后来又想起似的补充道：“你知道吗，在旧政权时，他们通常把这个地方叫作马里安巴！”

马里安巴！我的脑子里马上响起一记铃铛，刺耳，但又洪亮，破碎，却依然丰富，在布拉格度过那些衰残剥落的巴洛克之夜后，在高塔特拉（High Tatra）山中遭遇冷冰冰的民风后，在打着寒战驾车穿过冰雪覆盖、冷杉幽暗、无情且无欢的捷克乡村后，这名字让我有种古怪的熟稔感。马里安巴！它像是一个黄金时代的回声，在导游向我热情地解释针对工人家庭的新医疗待遇的当口，仅仅听到这个名字，就有许多声名狼藉的情景掠过我的脑海：蕾丝与坚挺的白色衣领，蹄声嘚嘚的灰色马与逢迎的侍臣，这厢一顶带羽毛的皇家帽子，那边一面翩然拍动的带刺绣的扇子——小哈巴狗，快步趋走的仆人，纺锤形桌子上的咖啡，玫瑰丛中给提琴调音的管弦乐队，小跑着前去迎接阁下大人的胡子抹油的酒店经理。它们是一个刚刚结束的时代的图景，一个刚刚被摧毁的社会的图景，是不公正的特权与过时的礼仪的图景；但它们在想象中保留了一种古老的淡紫色的魅力，宛如一张张褪色的假日明信片。

对我来说，它们还提供了更多：因为，穿过这一切，穿过四处闲荡的老派的人群与弦乐队，有一张特殊的面孔，上面的眼睛大胆地瞪视着我的心。我个人的万神殿中的一个神：老“杰基”·费舍尔[1]，英国海军元帅，无畏战舰的创建人，偶像破坏者，自我中心者，溜须拍马者，失败者与幽默家，在我出生前六年逝世，但仍然奇迹般地活在我的情感里。在马里安巴繁盛时，这个慷慨无畏的老家伙是常客。在这儿，他骄傲地陪伴帝国君主，狂喜地与皇室女人跳舞，听取外国将军的想法，朝那么多欧陆美人儿愉快地耸起一条眉毛。我读过费舍尔的许多信，他硕大而潦草的笔迹写在马里安巴那些已然湮没无闻的酒店的棕色信纸上，纸上印着精致华美的信笺抬头，还有夏日花园的雕版画。

我们正在去马里安巴！当我们费力地穿过冷酷的风景，费舍尔那张皱巴巴的、玩世不恭的脸一直从冷杉林中凝视着我。他有一张非同寻常的脸，如此古怪惹眼，以至于有传言说他是一名锡兰王子的私生子，那张脸如此令人难忘，摩洛哥的苏丹在参观费舍尔的地中海舰队后，被问及在一排排闪耀的战舰中，在巨大的露天炮塔与毫无瑕疵的炮兵操练中，什么给他留下最深印象时，他毫不迟疑地回答：“元帅的脸！”从未有过一张脸上如此凝结着自负，如此荣耀着欢乐，如此骄傲，如此轻蔑，如此挑逗，如此气势迫人！透过这片像裹尸布一样覆盖着田野的潮湿雾霭，我能够看见那张脸，眼睑厚重的眼睛几乎难以察觉地眨巴着。

但是我们已经到了，正坐车穿过美好的林荫大道，朝围绕在温泉周

1　约翰·阿巴斯诺特·费舍尔爵士（Sir John Arbuthnot Fisher，绰号“Jacky” Fisher，1841—1920），英国皇家海军历史上最杰出的改革家和行政长官之一，通过他的努力，英国海军得以在“一战”中确保海上优势并赢得最终胜利。

围的优雅的广场与柱廊开去。尽管弥漫着阴霾的意识形态瘴气，马里安巴仍然庄严而静穆。老旅馆虽然油漆剥落，依然风格鲜明。加顶棚的散步道（青年协会的女孩们排着沉闷的双列队在上面漫步）依然悲哀而优雅。喷泉依然精美。花园依然新鲜。全都被官方或公共机构占有的迷人的房舍，依然拥有一种绸缎与窗槛花箱的细微芳香的诱惑力。它是一个披着彩色碎片的鬼魂。

我们尽职尽责地参观这个地方，察看温泉里的免费待遇，检查这种或那种机构，沿着温泉疗养区那苍白的辉煌略带凄凉地溜达。现在，我们发现自己被一个粗鄙的大块头同志引领着参观城市博物馆。这个怪异的纪念品集散地，位于市中心一栋漂亮的小别墅里，主要是用来控诉哈布斯堡帝国统治下悲惨的旧日子；当我们从一个房间转到另一个房间，从一面玻璃橱转到另一面玻璃橱，馆长同志偶尔乜斜着眼打量那些大公肖像，导游不时抚弄自己的头发——当我们看着这些悲哀的展览，我的眼神偶尔飘向一扇开着的窗，望向楼下休闲空地的曲线。多么容易想象这些 19 世纪 80 年代的旧时显贵，他们也许是邪恶的，往往是自私的，通常是漫不经心的，有时是残酷的，但却鲜活地带着一种已然消失的神韵与光泽！多么容易看到那些留着络腮胡的权贵，那些苗条的英国贵族，那些洋娃娃般的奥地利贵妇，还有费舍尔本人，帕拉丁中最骁勇者，像是一堆女人的羽毛围巾中一个发笑的官老爷！

我相当谨慎地拍了拍馆长的肩膀。我说，博物馆很棒，但是难道这城里没有人真正**记得**那些旧时代，那些财阀豪富与战争贩子通过温泉疗养区无耻地敛财自肥的时代？这个粗汉沉思了很久，然后咧嘴笑着告诉我，还有人记得，就在这所房子里——不是别人，正是在人民政府到来之前拥有这个地方、一直以贪婪的安逸和奢侈占有它的那个女人。他像一头巨大的蹒跚的熊，领着我走上印刷品中间一道陡峭的楼梯，最后我们再次来到这所房子入口边上的大厅里。馆长解释说，这个女人被允许住在地下室的一个房间，作为交换条件，她的职责是打扫卫生。打开一道门，他朝里面通往地下室的楼梯嘶哑地喊了一嗓子。起初里面一片沉寂。馆长又用刺耳的命令的口气大吼了一声，于是下面马上传来窸窸窣窣的声音。一声咳嗽，一阵沙沙响，费力的脚步沿着楼梯走上来；接着，一个老妇人出现在大厅里，来到我们身边，穿的几乎是些碎布，正在裙子上擦手。她面无表情，非常冷漠，行动僵硬得怪异，好像中风了一样。她的皮肤很脏，手粗糙、弯曲。她看上去像是一头没有灵魂的老动物，一匹虚弱的矿坑骡马，一只跛足的无用的牧羊犬。“她就是我说的那个人，”馆长说，粗暴地指派她站到大厅中央，“想问什么，就问吧。”

我很尴尬，对馆长的行为感到愤怒，万分希望自己未曾把这个老妇人召进这残酷的聚光灯下：但是我的导游以突如其来、出乎意料的和善冲她微笑，于是我问了她一个问题。她是否碰巧记得，在来马里安巴的外国游客中，在所有那些肯定穿行过她生活的这些走廊的显赫的男人与耀眼的女人中，她是否碰巧记得英国皇家海军的杰克·费舍尔元帅?

一丝亮光闪烁在她的眼底，变得温暖、热烈，几乎放出火花来：她僵硬地转过头，望着我，直起穿着土褐色棉质衣服的背，用一口完美、清晰的爱德华七世时代的英语做出回答。“啊，”她说，“杰基·费舍尔！杰基·费舍尔！**那个人有一张多么奇特的脸啊！**”

于是，我抓起她软弱的、被肥皂水泡得粗粝的手握了握，走出这座博物馆，走进寒冷的雾气，心中想着一个好人带来的欢乐是多么持久地发光发亮，然后就这样结束了我对玛丽亚温泉城的拜访。

40年后我在一本心血来潮写就的关于费舍尔元帅的书（我戏称其为《费舍尔的脸》）中重新讲述了这个故事。这位老妇人的一个亲戚读到它，写信告诉我：毕竟，政府给她的待遇其实并非那般恶劣。

波兰

波兰在这些卫星国中最不安宁、最让人激动，但这也让人对它的体验越发悲哀。这篇随笔也许会显得格外不快乐，因为待在首都华沙期间，我在非法的货币兑换中出了丑，并且半期待着随时被投入波兰的监狱。

隆冬时节，从一家旅馆的窗子向外望上几个小时，眼前所见只可能是华沙，因为在这个地球的表面上没有别的任何地方呼吸着这同样融合的气氛。布里斯托尔旅馆的221房，有沉重但却惬意的维多利亚时代风格，一张柳条垫挂在一面墙上不协调的装饰品中，一幅如果不算莽撞大胆也还算鲜艳明亮的抽象画挂在另一面墙上。在门外，两位亲爱的矮胖老女佣习惯性地坐在地板上，以嗞嗞作响的口音拉呱闲扯，身边是一堆白色的帽子、围裙和地毯织料制成的拖鞋。巨大的玻璃电梯如同一个囚禁凤凰的笼子，沿着通道宏伟而踉跄地滑进门廊，乘客们离开时递给电梯操作员几个兹罗提[1]。楼梯平台上有一股浓浓的炒菜味，走下楼梯，你恰好可以听到一个美国进步剧作家敲击打字机的声音——昨天晚上，他和一群杰出的社会学家待在一块儿，现在正忙着整理自己的笔记。

这是一个过时、老派、豪华但却悲哀的旅馆，但在窗外，华沙显得极度开阔。天空是灰色的，浩瀚的，确凿无疑地属于中欧。雪在宽阔的街道上堆得厚实而阴沉。只有一条细细的蜿蜒的水流穿过冰冻的维斯杜拉河，顺着山坡冲出一条路。对一个英国游客来说，空气中似乎轻微地散发着汽油和煮土豆的味道，但却仍然感觉像是从森林、无边无际的平原和喀尔巴阡山脉的沟壑中吹来的乡村空气；并且，在这个冰冻的早晨，当你首先从你住的房间窗户向外俯身，会听到马蹄的嘚嘚声，还有

1　兹罗提（zloty），波兰的基本货币单位。

一只快要冻僵但却无法抑制歌喉的公鸡发出的欢欣鼓舞的鸣啼。然而，在你下面，早晨的第一批市民断断续续地出现了：一位老女士，带着一只欢蹦乱跳的黑狗；一群快乐的学童，高颧骨的迷人脸蛋从皮兜帽里向外凝视，像是灌木丛里的幼狐。覆满雪的长推车经过，紧接着是一列大卡车，甚至一辆古董四轮四座大马车也上了路，吱吱嘎嘎地朝计程车候租场开去；现在，华沙已经完全醒来，太阳熹微地闪烁着，221 房间的这位观察者能够看到波兰人的世界从外面经过。

这并不完全是一个单调乏味的世界，因为波兰人已经通过努力，从他们的领导者那里取得了许多让步。现在倾泻到人行道上的市民穿着并不太糟——也许照西方的标准看，还是色彩单一，不过鞋子穿得不错，而且裹得暖暖和和。有时，一个年轻的美女走过，穿着最好的尼龙袜，却轻率地戴着顶最荒谬的皮帽，带着几乎是滑稽的魅力，以碧姬·芭铎的姿态灵巧娴熟地溜走。有时，一个农民脚步沉重地走在街上，穿着厚厚的、磨破的斜纹哔叽布料的衣服和硕大的靴子。通常，人们对衣服更重视做工精良而不是引人注目，似乎他们更关心保暖和抢先赶到肉贩那儿，而不是提高回头率或迷住老板的女儿。

街对面的店铺不会在第五大道或摄政街[1]赢得夸赞，但比你所预期的有更多的亮点——尽管杂货铺前排队的人显得倦乏，而肉品的短缺叫人厌烦。进口的非必需品种类丰富到令人惊讶，在陈列中华丽地闪着

1 第五大道（Fifth Avenue）、摄政街（Regent Street），分别为纽约和伦敦的著名商业街。

光——美国香烟、法国沙丁鱼、夏威夷菠萝、佛罗里达果汁、英国罐装咖啡、马德拉斯的茶、阿根廷的橄榄，来自保加利亚的看上去像是瓶装醋栗的东西，装在形如八品官吏那光彩照人的瓶子里的中国果酱。外国图书的明艳队列在路边书店里闪耀，从一本几乎让那颗思乡之心破碎的牛津图画书，到一套经验主义范畴的平装本。在华沙，你甚至能够买到法国香水，如果你碰巧更喜欢它们而不是本地货，并且碰巧有一个纵容你的丈夫。

路上经过的汽车在增加，但种类仍然不算丰富，看上去大多是甲壳虫形，显得难以驾驭，然而不时会有一辆崭新时髦的俄国豪华轿车出现，有时一辆奢华的梅赛德斯－奔驰滑过，或者是一辆精致的菲亚特。根据阿加莎·克里斯蒂小说改编的电影也许正在一家剧院里上映。在大酒店，你能够读到《曼彻斯特卫报》。公交车是法国制造。沿着这条路往下走就是英国及海外圣经公会的总部。也许你对汤姆方庭[1]或泰晤士广场充满乡愁，但在华沙，这里与你的家乡仍然有着丝丝缕缕的联系。

即使从221房间，你也能多多少少看出波兰人的个性，因为他们的行动中带着一种特殊的活力，几乎是洋洋自得的，他们的面庞坚强而有趣。华沙总被哀伤的回忆纠缠，然而这里的空气中也有一种只可能从波兰人心底迸出的活泼、欢闹与快乐。吃完中饭几小时后，上了年纪的旅馆服务员前来铺床叠被，她的眼睛里闪烁着一道皱巴巴的幽默的微光。

1　汤姆方庭（Tom Quad），牛津大学基督教会学院最大的一个方形庭院。

无论如何，对于一个英国访客而言，与波兰人的交谈无限轻松、宜人，不知何故还有些熟悉。有时，在下面的街上，一个吵吵嚷嚷的快乐醉汉蹒跚着穿过雪地，大声吼着俏皮话，唱着淫荡的歌。波兰人不是一个冷淡、疏远或难以理解的民族；我有时觉得他们很适合待在爱尔兰。

然而，在另外一些时刻，华沙让人感觉与戈尔韦[1]有着很远、很远的距离；当夜晚降临，那位进步剧作家关上打字机，出门去和七位杰出的哲学家开会，你会注意到，市民汇成一股人流专注地涌向教堂，这教堂矗立在公园外面，有一种华丽的自信，金球上一对孪生天使撑起十字架。他们走路时带着一种功能性的坚定，非常不同于星期天早上的巴里康姆[2]，然后他们迅速溜进教堂，似乎在里面有工作要做，无论如何都要去画个十字，就像一个工人要去工厂点个卯；并且，如果你有耐心，你会看到他们几分钟后再度现身，扣紧上衣，戴上厚手套，快速离开，朝无轨电车走去。他们仿佛是在一个加油站前停下，为晚上加点油，他们甚至让我想起——并无不敬，只是同情——一个迷失的周末，在纽约第四大道的"乔"酒吧里囤货的瘾君子。

然后，寒冷的夜色早早地降临到华沙，东欧的黯淡灯光不情不愿地醒来。从阳台上看到的景象变得严酷而消沉，粗糙的冰冻的维斯杜拉河总是在你背后，只有一条漫溢的车流让街道活跃起来。咖啡馆和餐厅把

1　戈尔韦（Galway），爱尔兰西部的一个城市，濒临大西洋的入口戈尔韦湾，是爱尔兰非常重要的工业和旅游中心。

2　巴里康姆（Ballycommon），爱尔兰中南部北蒂珀雷里（Tipperary）郡的一个村庄。

它们的身份藏在窗帘和紧闭的门背后，几乎没有明亮的灯光诱惑你去剧院。一支爵士乐队的敲打声越过雪地传到你的耳朵，但这座城市隐约让人感觉被包上衬垫，消去了声音，新华沙的瘦削的方形建筑不苟言笑地矗立在寒冷中。

把你的视线抬过屋顶，高过金球上的天使，你会看到文化科学宫的盛大的红光，那是苏联作为礼物送给波兰的建筑，像黑暗中一个巨大的看守者耸立在这座灰色城市之上。并且，也许在同一时刻，如果你闭上眼睛，足够努力地听有轨电车的叮当响与过路汽车的辘辘声，可以听到某个遥远的学生阁楼传来纤细、颤抖的肖邦的波洛乃兹舞曲，如符咒般乘着寒冷的夜风而来。

但是也许听不到。我可千万别将它们浪漫化。“是客房服务处吗？请来一杯咖啡，两片阿司匹林，一张电报纸。没错，221 房间，祝你愉快。”

现在，布里斯托尔旅馆又是一家辉煌的五星级国际酒店了。当年，它如此幽闭地藏在铁幕后面，以至于在我待在 221 房间那段日子里的某一天，酒店管理方想请我为它写一篇报道。我写了。

冷战催生了一种全新类型的间谍小说与电影，我们这些新闻记者全都看见自己在其中出现。有一次去布达佩斯途中，一个朋友托我将一包书带给一位在大使馆里工作的外交官。我没有问这是什么书；他让我在多瑙河上连接布达和佩斯的链桥中间一个约定地点转交这些书，我也没

有问任何问题。真像是一场电影。在约定时间，我准时走到桥上的人行道，并立刻在行人中发现一个特殊人物从桥的另一头朝我走来。我像透过微微闪烁的长焦镜头一样看见我们两个，当我们彼此靠近时，距离被扭曲。我们相遇了。我们打招呼。我们握手。我交出包裹，并且，伴着阴暗不祥的音乐——全是鼓和大提琴——我返回布达那一边的河岸，此刻，片头字幕开始滚动。

第六舰队

冷战的一个重要的力量要素是美国的第六舰队。它的 50 艘舰艇、200 架飞机与 2 万名军人在地中海上不断游弋，直接从美国获得补给，被苏联船只持续跟踪。一天，我受《卫报》派遣，飞往崭新的航空母舰“萨拉托加号”（6.5 万吨）——当时全球海面上最强有力的战舰之一。

“萨拉托加号”舰长，一个举止像教会人士的高个瘦子，坐在舰桥上靠港口一边的一把加高的、垫衬垫的扶手椅子里，极像是正在理发或正式就任主教职位。因此，透过倾斜的玻璃窗望向下面的飞行甲板，他能够俯瞰一个历史奇景。

装有空调的宽阔舰桥平静、隔音。地中海蔚蓝、古老。一艘驱逐舰远远地行驶在西边，在平和的护航舰队中，不时懒洋洋地眨巴一下信号灯。在这艘航空母舰背后，一架孤独的救援直升机盘旋于不变的警戒位。但是，在它的窗户下面，这位舰长能够看到大型喷气式轰炸机，它们随时可以以 1000 英里的时速将一颗氢弹送往苏联本土——这让“萨拉托加号”及其美国第六舰队的姐妹舰船们成为有史以来被发明出的最非凡的战争工具。

地中海里的第六舰队！这是一桩可以炫耀、奢侈、闪闪发光的大事儿。“这艘船，”萨拉托加的公关人员递给你一份文件夹，一张名誉船员卡，一顶飞行头盔，说道，“使用了足够将 3 万个美国普通家庭重新粉刷一遍的油漆。如果将它竖起来，会达到帝国大厦 18 层楼的高度。船上有 2000 部电话，3 部自动扶梯，3 个冷饮柜，9 张理发椅，3676 个衣架。我们发的电足以供应一座像俄亥俄州的工业城匹兹堡这样大的城市运转。我们的空调系统足以为 20 座像纽约无线电城音乐厅这样大的剧院提供服务。每天晚上，船上有 11 场电影上映。我们的机器每小时削掉 1000 个土豆的皮。你能够在船上的商店里买到低座小摩托车。”

然而，这支舰队本质上是一个严肃的概念。世人往往认为第六舰队是一群紧密、灰色、庄严的战舰，持续不断地驶向一处发出假警报的地方，这种想法是错误的。当舰长从他的理发椅上向外望时，可以看到随行的驱逐舰，也许还有舰队旗舰——“德梅因号”巡洋舰——那隆起的、令人生畏的侧影；但是，舰队的其他船只可能在任何地方，有的正离开贝鲁特，有的远在苏瓦湾，影响爱琴海的人们，有的正在伊斯肯德伦清洗甲板，还有的仅仅是在巡弋，船上的飞行员零零星星地跳上战斗机，军乐队正在擦亮铜号。

“萨拉托加号”的运作具有一种略带戏剧效果的光辉与闪耀——那种明亮、喧嚷与热情带给你一种独特的审美愉悦。在你头顶上，巨大的灰色雷达装置静默、庄严地旋转，一缕纤细的蒸汽从船上凹陷的烟囱里冒出。年轻瘦削的水手们穿着牛仔裤或工装裤，蹲在岗位上，或者倚靠在栏杆上，带着某种棱角分明的优雅，与英国水兵粗朴的姿态相去甚远，恰如鳄梨之迥异于萝卜。

在飞行甲板上，负责空中交通的军官穿着黄色毛线衫，像剧团指挥或舞蹈指导一样踱来踱去，到处你都能碰到三两成群的等待的飞行员，披挂着精细的职业服装，穿黄色救生衣，戴球形头盔，头发剪得很短，像个和蔼可亲的登月太空人。这艘船上色彩无所不在，从飘动的旗帜到飞机上绘制的炫目图案。时不时地，带着旋翼的呼呼声，一架闪亮的直升机降落到甲板上，惹起一番忙乱；到了一次飞机启航的时候——经常会有这样的时候——船上就又弥漫起一阵新的、苦涩的、戏剧性的兴奋。

一大群不当班的旁观者围住飞行甲板上的栏杆。飞机弹射器里冒出一阵准备性的蒸汽的嘶嘶声。穿戴着古怪头盔或石棉套装的人出现在甲板上，或者蹲在甬道上。手提式扩音器高声叫嚷。飞行员爬进他们高高的座舱。舰长从椅子里站起来，站到窗户旁边，喷气发动机第一阵猛烈的咆哮震颤着穿过航空母舰，淹没了从下面很远的地方传来的、母舰自身引擎那隐约可闻的重击声。（“这艘船有 17 层甲板，”公关官员不知疲倦地大喊，“这艘巨大的航空母舰得名于美国独立战争时的一处战场，船上有超过 7000 个咖啡杯。”）

然后，带着粉碎性的冲击力，飞机飞远了。突然，当你昏头昏脑地站在微风中，一架苗条、银色的喷气式飞机尖啸着掠入你的眼角，以极度危险的高速狂暴地冲出甲板，钻入一片蔚蓝：突然之间，似乎到处都冒出飞机来，一些猛冲斜角甲板，一些直扑船首，闪着光，咆哮着，向远方奔流而去，像是在一场盛大的样板戏里，舞蹈者以狂暴却又无懈可击的精确动作跳上舞台。须臾，整个飞行小队都升空了，在飞往土耳其的方向上逐渐缩小。

实际上，这天早上，这些像炮弹一样呼啸着冲离甲板的小伙儿们并不是要去任何特定的地方。很快，他们就会转个圈，重新投回母舰的怀抱，带着一阵震颤和可怕的摇晃，将自己猛然钩上横跨甲板的飞机制动索。再过片刻，他们会乘自动扶梯下到开有空调的舰上军官室，加冰的茶、《时代》杂志和热切的服务员正等待他们到来。然而，在这艘船迅捷的行驶中，当公关官员向你讲解垃圾粉碎机和焚烧机的情况，而一盏信号灯正从护卫驱逐舰上闪来时，倘若你和舰长一同站在舰桥上——当你站在这位彬彬有礼的海员身旁，站在他这艘巨舰的心脏，你会突然意识到那种令人眩晕的短暂奇景的意义。

第六舰队的令人震惊的力量如豹子般诡秘而敏感，如雷达般反应迅捷，如闪电般剧烈凶悍：一道闪光，一声喷气的巨响，一群年轻人从你身边狂野地呼啸而过，历史的可怕的一页几乎能够立刻写就。毫无疑问，当“萨拉托加号”的舰长回到指挥座上时，他有了一种沉思但却专断的神圣气质。

赫尔辛基

离开冷战的憎恶，去往中立的斯堪的纳维亚，这始终是一种快乐，但在某种意义上，这也始终是一个反高潮。这篇随笔记录了我第一次逃出苏联，去往距离如此之近的隔海相望的芬兰首都，但却以一种矛盾的扭曲收尾。

不论你多么自由、心胸开阔、乐于发现任何人好的一面，但离开这片灰色边缘地带总会让你感到一种欢庆：一个轻快的、带花边的庆典，像是在换季时初次下水游泳，或是坠入爱河。在列宁格勒，他们非常仔细地检查你的包裹，不辞辛劳地翻查你的文稿，翻到一份七年计划的图表时明显面色一喜，这让你在被送上飞机时隐约觉得受到了斥责，就好像校长并非真的朝你发火，而是对你流露出些许失望时你体验到的那种感觉。但是，在一架笨拙的“伊留申 -76”里，只有愁眉苦脸的女乘务员（在制服外面穿着褐色的皮领大衣）做伴，独自待上短短的一小时后，你就到了赫尔辛基，跌跌撞撞进入世界的另一半。办公桌前的男人说的仅仅是“请出示护照”；但有铃声响起，鸟儿鸣啭，某个地方有酒瓶正被砰的一声打开。

那个和善的人对我的护照进行了一番悄无声息的检查后，由一位优雅的空姐作为导引，拉响汽笛将我送进芬兰，此时最令我高兴万分的依次是：芬兰航空公司的空姐，因为她们优雅的呼吸叫人精神振奋；干净、闪耀的建筑，因为它们自由地低声细语；成排的漂亮小房子；埃索石油和国际收割机公司，因为它们闪烁着受人欢迎的利润的光芒；各个国家的汽车，保持着适当的速度（在苏联，汽车时速似乎从不超过 30 英里，甚至在荒僻的地方也是如此）；丰满的城市居民那红润的脸颊，儿童公园里玩耍的孩子；精心优雅地装饰过的商店橱窗，剪裁得体的西装，任何人都能够随意走动的码头区，船坞旁边一台快活、锃亮的蒸汽机车，“简单”牌缝纫图样，瑞典语电影《窈窕淑女》，盖子绝对不会倒霉地扑通一声掉进杯里（你大可放心！）的咖啡罐。

即使在拜访过列宁格勒这苏联城市中最可爱的幻影之后，赫尔辛基仍然让人感到不可思议的自由、轻松和大胆，沿着它舒适的街道，一切西方的微风如同用灵丹妙药调制的鸡尾酒般拂过。这座城市最著名的书店，也被宣称是欧洲最大的书店，摆满了十几种语言的书籍，在看过苏联那些单调、恭顺、微微发褐的书架后，参观这家书店，就像是打了一针兴奋剂，或者猛吸了一口嗅盐。港口中耐心的破冰船（在它们没有罢工时）沿着海上航路不动声色地来回游荡，在这儿附近闲逛，给人妙不可言的振奋感：从苏联领海上吹来的风感觉像是家人的死讯，但当它吹出芬兰湾后，就仅仅是脸颊上的一丝刺痛。在芬兰特色的桑拿浴室待上一小时，其间周期性地被桦条和细枝抽打，愉悦地从痛苦难耐的酷热投入战战兢兢的森寒，足以将之前的瘴气从你的身体中驱走，并让你干净、活泼，清新得如同一份杂志广告。

在看过纽扣扣紧的粗壮苏联人后，赫尔辛基的人们显得柔软优雅，脚步轻快得不可思议，身形高大但却敏捷，在瑞典式自助餐馆开心快活，或者像藏地圣人一般在雪地上大步慢跑、上下斜坡。他们的孩子带着冰球棍四处滑行，给人留下振奋人心的印象——他们仿佛是滑着雪橇降临这个世界的，完全不会对某些意识形态的示威产生兴趣。他们的妻子非常整洁，在价格昂贵的咖啡馆里尖声拉着家常。他们的旅馆要不就是赏心悦目的摩登，全是浅灰色的木头和滑动玻璃，要不就是芳香宜人的爱德华七世时代的风格，装饰着壁画和被雪茄熏黑的镶板。他们的郊区时髦，带着地方的势利，他们是这样一个民族：在这个世界上，没有任何人，哪怕是那些心神澎湃、齐步前行的进步论者，能够为他们感到遗憾。他们像钉子一样顽固，并且比钉子还要尖利两倍。

在距离冬宫只有一小时路程的赫尔辛基，你能够完全照你喜欢的去做。你能够搭乘一架由筋疲力尽的小型马拉的雪橇，穿越冰封的港口，而不会被疑神疑鬼的警察拦阻。你能够为自己建起一座小棚屋，在冰面上凿洞捕鱼。你能够饮下来自森林的神秘的利口酒，这酒由浆果、松果、北极莓酿成。你能够抑制住感伤的眼泪，吃下烟熏的驯鹿舌拌沙拉，或者大肆饕餮“鱼公鸡”——一种芬兰特有的美食：填入淡水鲱鱼并经特别烘烤而成的圆形猪肉派。你能够去看一场法国电影，或一部美国戏剧，并在总统官邸（一座舒适的小型宅第，属于被房地产经纪人描述为“适合改建”的那种类型）外面以一个夸张的动作阅读英语文件。

当你的出租车快活地滑入赫尔辛基，所有这些大量的快乐与刺激迎向你；西方世界的欢乐与自由迎接你，一切维生素与卡路里在此补充你荒废的体力。大多数人，当他们离开铁幕后面那个土豆世界时，似乎都渴望某种新鲜或强有力的食物，一颗莴苣或一只凤梨，一根黄瓜或一枚咸蛋。在从东欧飞往芬兰时，我所渴望的是生萝卜；到赫尔辛基后，我直奔杂货铺，要了半磅[1]胡萝卜，在旅馆浴室里洗净后，就着一杯荷兰杜松子酒奢侈地吃了个精光。

1　磅，英制重量单位，1磅约等于0.45千克。

但是这里有一个古怪而令人恼火的事实：我开心地吃着这些丰富的红艳艳的蔬菜，帝王般沉溺于资本主义的全部甘美多汁的快乐；但在那天晚些时候，当我想要找到某些读物来佐餐时，某种意想不到的本能引导我做出选择，那是一种不情不愿的怀旧感，些许微不足道的尊敬与温情；等到坐下来消灭猪脚时，我发现自己正与屠格涅夫同席。（我感觉，这一整个衣着光鲜的小首都，所有那些勇敢而殷勤的市民，都没法为我提供这种陪伴。）

的里雅斯特

冷战的另一个畸形产物是亚得里亚海的港口城市的里雅斯特，它在“二战”后成为意大利与南斯拉夫之间的争议地区，并被丘吉尔定义为铁幕的最南端。在我写下这篇文章时，它的地位已经最终确定，但它仍然既不完全属于这边，又不完全属于那边。这座城市将会成为我个人、职业及文学生涯的一部分，并成为我最后一本书（不包括本书……）的主题，而这是我所发表的第一篇关于它的随笔。

“韦林碰到了啥事儿？”勃朗宁[1]的一首关于某位消失了的花花公子的诗中问道。你大可以这样问及的里雅斯特（实际上，韦林就是去了那儿），因为没有哪个城市如此灵巧地滑出了世界的新闻头条，或者如此彻底地消失于危机被遗忘的灵泊[2]。有时，一个旅行者归来，对此地轻轻一瞥——他说，这是一个被遗弃的、灰心丧气的城市，没有生活目标。有时，一个游荡的外交家从埃及或东方而来，途经此地时觉得自己辨认出一条分界线，或听到了斯洛文尼亚人示威游行的回声。对于我们其余的人，的里雅斯特只不过是从老相识的行列中消失了，我们中大多数人甚至忘了那一切扰攘纷乱究竟为了什么。

因为这里曾经有过吵嚷，“二战”后的几年中，意大利和南斯拉夫都对这个港口提出主权要求，并且如此激烈地为此反复争论，所以，某种一触即发的冲突似乎随时都会发生。这场争论一点一点地平息，悬而未决，而事实上的结果是：邻近的伊斯特拉半岛（Istria）落入南斯拉夫囊中，的里雅斯特则以一种匿名的、默不作声的方式再度成为意大利的一部分。这座城市里仍然有一群暴躁的斯洛文尼亚少数族群，有斯洛文尼亚学校和文化中心，但实际上这是一个意大利的港口。明亮的小菲亚特车沿着水边飞驰，时髦的意大利班轮懒洋洋地泊在码头边，手挽手

1　罗伯特·勃朗宁（Robert Browning，1812—1889），英国诗人，开创了诗歌中的戏剧独白体，其杰作《指环与书》在措辞和节奏上探索新路，对早期庞德影响甚大。文章开头所引诗句出自其长诗《韦林》（*Waring*）。

2　灵泊（limbo），基督教神学中地狱的边境，不能进入天堂的正直或无辜的灵魂的所在地，后来也指被遗忘和被忽视的境地。

闲逛的女孩胸脯高耸、眼神倦怠，恍如那么多野心勃勃的索菲亚·罗兰。的里雅斯特今日的风味明确无误地是意大利式的，在宏伟、古旧的总督宫殿中，高高地坐着总代表，一位彻头彻尾的罗马执政官。

尽管如此，它还有一丝细微的法律上的模糊性，因为联合国从未真正决定好如何处理这个地方，这种模糊状态也许助长了的里雅斯特的麻木。这是一个不满意的、脾气相当坏的城市。原本作为奥匈帝国首要出海口的它，失去其原有功能已经差不多半个世纪了，但直到今天，它仍然一直在扭头回望其古老的荣耀岁月，那些奢侈的帝国时日，彼时，帝国之繁华的潮涌倾入其金库，维也纳的全部雅致风情溢入其沙龙。如今，的里雅斯特是意大利最东边突出的部分，但看上去仍然属于中欧，稳固，忧郁，沉默，让我想起一个穷困潦倒的贵妇人，沉溺于皮克牌[1]，还有冯·霍夫曼斯塔尔[2]——在气闷的画室里，仍然可以找到他那些哀叹哈布斯堡王朝衰落的作品。“当然，”这座城市似乎在说，“我们过去习惯了更好的事物，但是现在，哈！世界已经改变了！你可怜的亲爱的母亲怎么样？”

在战后，引发争论的那几年中，的里雅斯特如果算不上幸福，也至少是活跃的，并且充满愤愤的喧嚣。它的腹地已经丢失，同时失去的，还有其作为重要仓储贸易中心的地位：但世界的目光聚焦在它身上，这

1　皮克牌（piquet），用7点以上的32张牌供多人对玩的纸牌游戏。

2　雨果·冯·霍夫曼斯塔尔（Hugo von Hofmannsthal，1874—1929），奥地利新浪漫主义和象征主义的代表作家。

激发了它的自尊心；各方势力争论其未来，这温和地加强了它的潜意识。也许它仅仅是在黑暗中借吹口哨壮胆，但当时毕竟有些外国资金涌来，还有一支领着高薪的占领军。那是一段沸腾、好奇、兴奋的日子，每个星期六晚上都有一场骚乱，人群为铁托发出欢呼！然而，今天，的里雅斯特已然疲乏。意大利政府慢慢地、分阶段地将这个港口整合到共和国的事务中去，直到它不再有任何特殊之处。它已经被驯化，失去了嗞嗞作响的闹腾劲儿。曾经，它是世界上第七大港口，如今，它只是意大利港口中的老三。

当然，机遇和历史对的里雅斯特是严苛的。“我们的城市建立在一个非常不舒服的位置上。”一名的里雅斯特律师曾经对我如此评论，不可否认，它确是如此。山脊上那些荒凉的小山，落在南斯拉夫的领土内。应该怀抱那些码头的大多数腹地已经被关闭在铁幕背后，通往意大利的工厂和市场的路漫长且不经济。即便只是看看欧洲地图，你也会明白，为什么没有人想要在如此摇摇晃晃地平衡于意识形态之间的的里雅斯特投入资本或热情。

毫无疑问，它仍然是奥地利的港口——繁忙的火车在海边车道上哐啷作响，往往来自格拉茨或维也纳。数量相当可观的车流仍然经过的里雅斯特。造船厂在不罢工时那是相当繁忙。本地也有几种新产业。这里的失业率和意大利其他任何地方一样糟糕。季节一到，游客仍然纷至沓来。人们的穿着很不错，营养充足。这仍然是一个重要的保险业中心，意大利邮船公司在外海上仍然小有名气。的里雅斯特没有遭遇什么特别悲剧性的事件。它仅仅是在混日子。“看看热那亚，”的里雅斯特人愤怒地说，“还有博洛尼亚，所有那些意大利的新兴都市！看看阜姆！看看意大利人给我们的承诺！看看他们给我们的这个笨头笨脑的官僚系统！我要告诉你，我的朋友，”——讲到这儿，说话者弹了弹烟灰，垂下眼皮，音调发生了复杂的变化——“尽管我是个忠诚的意大利人，但有时我真希望我们的问题从未解决！”

因为，今天的的里雅斯特缺乏通常给人留下深刻印象的热忱与活力。勃朗宁的见证人说，时间和辛劳都不能损害韦林的特色；但是，的里雅斯特在从显赫滑落的过程中可没有这么强的适应力。城中有才能的年轻人正在离开，它古老的自由传统被忽视，它勇敢的商业本能变得迟钝，或者遭遇挫败。它沮丧而灰心，在幻灭中漫无目的地漂泊：事实上，它没有被战争灌醉或摧残，也没有受到压制甚或变得赤贫；它仅仅是厌烦了，就这么回事儿！仅仅是厌烦了。

11
南美战栗

《卫报》派我到南美去了几个月，像当时的许多欧洲人一样，我对这块次大陆无知得骇人。这趟任务给我提供了一段从冷战的复杂局面中松口气的休息时间，并且带给我许多各色各样的震颤。在哥伦比亚，我看到一具尸体漂浮在河上，无人理睬；在智利，我直接吃刚从海里捞起来的海胆；在布宜诺斯艾利斯，我犯了乡愁；在里约热内卢，我遭遇抢劫。《卫报》在一本小册子里再版了我的报道，这里是其中再现南美城市的三篇。

拉巴斯

作为一场革命的结果，玻利维亚刚刚将社会和政治权利平等地赋予其全部公民——至少在理论上如此。没有人知道它会持续多久，但在眼下，它让人感觉这个共和国的政治首府拉巴斯魅力十足、生气勃勃。

从钢青色的波光粼粼的的的喀喀湖向南，一条公路穿过玻利维亚高原。在东方，矗立着雄壮的安第斯山脉，还有一座更比一座高的庄严雪峰，但是这条路所穿越的风景与其说像是天国，不如说如同月球，一个干旱、阴沉、不友善、海拔高达 1.4 万英尺的国家。到处散乱地分布着艾马拉印第安人[1]那可怜的小泥屋，他们从贫瘠的土壤中刮刨出来的成堆的石头。有时，你会碰到一个农民带着他的驴子或美洲驼；有时，你在一个砖坯的乡村里掀起飞扬的尘土；有时，你越过荒野远远地望见某个孤独的印第安女人，像是沼泽地上一个蜷成一团的巫婆，弓腰快步穿过碎石堆。

这条路在这种千篇一律的风景中延伸 60 千米，然后落向一处悬崖。它突然跨过这片高地的边缘，手忙脚乱地翻滚下降，飞速落入一道深渊：在滑下这段马蹄铁形的弯道时，你会看到，在下面的深谷中，在山丘的一道褶皱中，秘藏着拉巴斯这座城市。它的红色屋顶和泥巴棚屋，沿着峡谷山壁向上堆叠，向下则涌向河谷。围绕在周围的是无边无际的高原。南边，高高耸起沉思冥想的可爱的白色山峰伊利玛尼（Illimani），印加传说中皇室神鹰入眠时折起巨翼的地方。

1 艾马拉印第安人（Aymara Indians），南美洲印第安人的一支，主要分布在玻利维亚西部的拉巴斯、奥鲁罗、波托西等省及秘鲁南部的普诺省和塔克纳省，少数分布在智利北部的塔拉帕卡地区。

海拔 1.2 万英尺的拉巴斯是世界上最高的大城市。它是一个骚动、狂热的地方，常常令人发狂，往往冒失鲁莽，但任何一个对乡村感兴趣或嗜好戏剧的人都无法不对它的刺激做出反应，也无法抗拒其所处位置之高绝的不可思议。以这样的方式靠近它之后，在这样一种环境里，你可以像旧时的航海者一样，合理地期待发现三眼人，或者脑袋悬吊在肩膀下面晃晃悠悠的人。嗯，拉巴斯尽力了。请考虑到有关这座城市的几个简单的事实：

拉巴斯的大气如此稀薄，以至于唯一的市政消防车的唯一功能其实是向政治示威者喷射难以擦掉的彩色液体。

拉巴斯最活跃的机构是一个走私者贸易联盟，“边境商人辛迪加”。到目前为止，它最好的贸易中心是“黑人市场”，一个卖非法进口货物的巨大的露天市场，我最近还撞到过一个海关官员到这儿来给自己买些非法的留声机唱片。

拉巴斯一半的女人戴圆顶硬礼帽，当她们走进教堂时会虔诚地摘下帽子。在旧式的村庄里，现成的治疗药物是骆驼胎儿、猫皮和犰狳角。

在玻利维亚独立的135年中，拉巴斯目睹了179次政变和革命，它的货币也是如此，前几天，当我掏空口袋时，发现自己拥有683 700玻利瓦诺（要支付我的旅馆账单，需要100多万玻利瓦诺，当然，此外还得有几千玻利瓦诺付给侍者）。

好啦，我嘲笑这个地方，但仅仅是带着扭曲的情绪，因为我几乎从未发现哪座城市比它更迷人。在其虚饰之下，它绝对不滑稽。它可怜、悲惨、刺激、险恶，仍然保留着西班牙人带来的某种野蛮的耀眼与叫人透不过气来的绚丽，他们在四个世纪前发现了它。它本身并非一个漂亮的地方。它很少有古老建筑被淹没在半心半意的现代风格中，在周围的峡谷碗状凹地中，印第安人用泥巴和波状钢建起他们梯田状的街道。然而，它拥有个人主义的品质，达到一种近乎古怪的程度。在地球表面，再没有别的哪个地方与拉巴斯相像，但如果必须找个地方进行类比，我的建议是：将某个战栗的沙漠城市（比如，大马士革，或者凯鲁万[1]）神奇地移植到青藏高原的一处斜坡上。

这是一座安第斯山的城市，如今，正是安第斯成群结队的艾马拉印第安人奠定了它的风格。这些人的包耳羊毛帽和印加面庞有时足够惹眼，但安第斯女人的魅力难以描述。她们戴着潇洒翘起的圆顶硬礼帽，穿着叫人眼花缭乱的宽松短衫和裙子，衬裙上有泡泡状的荷叶边，背上的婴孩像是些小暴君，脚上套着用旧轮胎做成的凉鞋——她们服饰华美，无休止地操劳，往往装饰着一丝堂皇的尊贵与自负，赋予拉巴斯一

1 凯鲁万（Kairouan），突尼斯第四大城市，670年兴建，800—909年阿格拉比德王朝曾在此定都。

种部分属于吉卜赛人、部分属于叫卖小贩但全都辛辣刺激的风味。

一场印第安人的高地骚乱让这座城市保持紧张与警惕，让午夜宵禁更像是惯例而非例外。在国家议会大厅里，在玻利瓦尔彩色肖像的监督下，主要是些西班牙的面孔，慷慨激昂地操练着拉美式的辩论术；而高踞于这场争论上方的阳台、越过栏杆沉默地凝视的，是艾马拉人专注的、神秘莫测的黑色眼睛。在拉巴斯，你处处都会感到不断上升的印第安人意识，以及郁积的潜伏暴力。它是一座流言与回声的城市。有时，卡塔维的矿工准备拖着他们的人质行军到首都；有时，在天亮前，你可以听到窗外传来行军的脚步声与喊口号的声音。有时，戴面罩的卡宾枪手提着冲锋枪四处晃荡，检查你的汽车，搜寻武器；有时，你发现一条链子被抛过小山顶的城门，一个持枪的平民警惕地站在旁边。15 年前，拉巴斯的暴民将总统的尸体毁损后挂在穆里略（Murillo）广场的一根电线杆上，今天，这个老广场显得僵硬紧张，因为有戴德国钢头盔、穿厚高领夹克的士兵，带着夸张的隆重，站在总统府外的小平台上，或者不显眼地待在大教堂的屋顶上戒备着。

这一切激情，这一切能量，没日没夜地在城中砰砰作响，被叫人喘不过气来的高海拔的明净削尖成某种刀一样的、震颤的东西。你能在周末的散步中感觉到它，当大眼睛女孩和小胡子男人在柯巴卡巴纳（Copacabana）酒店的桌子前以一种欢快而紧张的姿态闲聊。你能在此地的谈话中感觉到它，这些交谈因为密谋而阴暗，却又因为荒诞而幽默，愤世嫉俗，却又往往遮遮掩掩。你能在几乎每一面墙上涂抹着的无数标语中感觉到它，上面的政治首字母的变换令人迷惑，油漆狂乱地滴沥泼溅在宣言中。你甚至能看到它反射在城里迷人的卡尔帕乔犬（Carpaccio）的微笑、奔跑和摇尾巴的动作里。让游客喘气、晕眩地爬上床的拉巴斯那令人不可思议的冰川空气，有助于嗞嗞作响的兴奋、活力和令人冲动的热情；而作为一个内陆国的山地首都，这座古怪城市的与世隔绝赋予其一种惹人注目的内向的焦虑感。

倘若在入夜后参观过高处的印第安社区，你会特别认识到拉巴斯的压力。它们沿着满是尘土的山坡散乱地翻滚、蔓延，在夜里，它们充满骚动的活力。这不是一种吵闹的能量——它有一种软垫裹衬、消去声息的影射——但目标明确、专注得可怕。每条巷子里都蹲着不知疲倦的街头小贩，围着嘶嘶响的火盆，或者在他们的柑橘摊后乱糟糟地摊开一片裙子、披肩和婴孩的大杂烩。几百支蜡烛照亮了人行道上的柜台；在一大片帆布遮篷下面，印第安人吃粗稠的炖食，喝古柯茶；在每个带阳台的幽暗庭院——拉巴斯的商队旅舍——卡车正在为天亮后的旅程做准备，他们要下到热气腾腾的多雨密林区采购热带水果和丛林蔬菜，穿越高原寻找神话般的的的喀喀湖虹鳟鱼。

这场景影影绰绰、乱七八糟，你推搡着穿过人群时，始终没法辨认出细节；但是，它给人留下的印象是一种永不停息、不知疲倦的精力，一团模糊的陌生面孔与强健的四肢，一片朦胧的难以领悟的意图，一个穿粗蓝布工装的小个子蒙古人发出的笑声，一股从明渠里突然飘来的臭味，烛光中一支斜戴硬圆顶礼帽的队伍——在这一切之上，是玻利维亚辽阔的蓝色碗状天空，以及南方璀璨无云的星光，如此清晰、如此接近，以至于你将星河混同于街灯。

然而，这里有一件怪事儿。当你越过悬崖峭壁，从北方来到拉巴斯，它似乎是众多城市中一个真正的奇观；但是，如果你从它出发，驾车前往伊利玛尼和南方，在翻越最后一道山脊时，扭头回望，为什么，它的一切魔力全都枯竭，一切色彩全都褪却，一切神经官能症全都像是幻觉，它看上去仿佛某个土褐色的旧矿坑，在残渣中显得邋邋遢遢。

利马

显然，秘鲁首都使我的道德感受到了一次恼人的震撼，让这篇随笔（只有这一次）像是一个正儿八经的《卫报》记者的文字。

在秘鲁，你能够闻到苦难，并且不需要太用力地嗅。在利马背后，贫瘠的安第斯丘陵地带懒洋洋地向下延伸至海边的地方，有一座名叫

“圣克里斯托瓦尔”（San Cristóbal）的山，山顶有处朝圣的十字架，可俯瞰这个首都的胜景。辉煌的“众王之城”躺在你下方，蜷缩在冬日的蒸汽下面：圣伊斯德罗区和观花区华丽的金色市郊，城市中心照例必有的摩天大楼，塔楼、广场和连绵的古老宫殿，让这个前总督国家的都城在传奇般的两个世纪中一直是西半球的第一城。然而，马上就有一个迥然相异的社区，像某种梦魇中的观景楼一样簇拥到你脚下。宏伟地盘踞在这片山丘上，讽刺地俯瞰着庄严的远景，一个贫民窟蹲伏于此，如此溃烂，如此污秽，如此像癞蛤蟆，如此牲畜般密集，如此彻底地缺乏水、光线、健康和舒适，如此深陷于垃圾和排泄物，如此拥塞着赤脚、褴褛、疮痂累累的孩童，如此挥发着肮脏与悲惨，以至于仅仅是穿过这些街巷就会让你往手帕里呕吐连连。从这些无法形容的大杂烩中升起堕落的恶臭，将这座众王之城笼罩在一片雾霭中，甚至在山顶的十字架旁旋转翻腾。

利马被这样一道可怕的壁垒环绕。在一个120万人的城市里，也许有25万人住在贫民区，在这个世界上，我再没见过有哪个地方在无量的富有与难以置信的贫穷之间形成如此紧张痛苦的鸿沟，而在中间几乎没有任何朴素的家常之物——没有勤劳的出租花园园丁，没有二手剪草机的咔嚓声，下午茶期间几乎见不到一只瓷壶或瓷杯。秘鲁呈现出一切都很陈腐的症状：在外居住的地主，巨大的半封建庄园，普遍的文盲，政治上的不负责任，复杂的金融利益网，势利，诡辩，放纵，炫耀。圣克里斯托瓦尔山的象征意义精确无比。这么多代人以来，众王之城被如此有效地隔绝于其荒凉的腹地，恰如曾经的圣彼得堡；但是，苦难已经爬到它身上，赤贫的印第安人和混血儿从农村蜂拥而入，今天，对这个敏感的外国人来说（即便对那些社交新闻版上的长腿女孩来说并非如此），表达了利马之意义的，不再是那些宏伟的古老教堂，也不是那些蓝花楹木的公园，而是你内心深处那些贫民窟。

这个国家并未让人感觉到了动乱的边缘，但你不免觉得，似乎在某个遥远的地方，在这片高原的一个偏远僻静之所，或者，也许在某个更为遥远的隐修室或小隔间，一根潮湿的导火索已经开始闷燃。在我看来，要对这样的秘鲁承担责任的并非旁人，而正是其统治者。如果有一天，一场革命发生在秘鲁，利马傲慢的达官贵人们将在暴力和羞辱面前低下头颅，他们要抱怨的不是别人，只能是香喷喷的自己。我听说，今天他们正不情不愿地醒来，即使不是出于利他主义，也至少是出于个人利益；但是，从历史来看，他们的满不在乎、暴发心态和闭关自守都不可思议地证明他们够格上绞刑架。

我希望，你会因此而原谅一个忠诚的英国传统主义者得出直言不讳、也许草率匆忙的结论。前几天，我从丑陋的圣克里斯托瓦尔郊区直接开车前往圣伊斯德罗区的乡村俱乐部喝茶。贫民窟的臭味跟着我，像某种渎神的对熏香的嘲弄一样，粘在我的夹克与鞋跟上，当我坐在那些窄小的黑衣服和黏糊糊的蛋糕中间，坐在头发灰白的显赫人物与矫揉造作的花花公子中间，坐在草地上衣服浆硬的保姆和穿着精致的孩子中间，坐在都市的时髦款式、教养和闲聊中间——当我坐在那儿时，肮脏仍然留驻在头发里，我忍不住想起（尽管在回忆中这显得有点伪善）约翰逊博士的著名的区分：我有味，你发臭[1]。

库斯科

今天每个人都知道秘鲁的库斯科，在1961年，我还从未听说过它。

15峰美洲驼沿着一条古老的道路摇摇摆摆地走出一座秘鲁山岭，身后默不作声地跟着一个披篷却[2]、穿及膝短裤的男人，一个戴白色草帽、鲜艳衬裙飒飒翻动的女人，女人背上还背着一张婴儿吊床。那男人嘴里嚼着一团有麻醉作用的古柯叶，那女人正打算去祈求地震之神手下容情，听说下面城市里那神祇的非凡雕像会因为同情而出汗，并且会因为怜悯而流出真正的泪水。

在北边，一台装有排障架的陈旧的美国火车头，发出古老的汽笛鸣

1 约翰逊（全名为Samuel Johnson，1709—1784），英国著名学者、辞书编纂者。据说约翰逊在有一次长途旅行后，被人说他身上有臭味时，约翰逊不客气地回击，“我有味，你发臭”。

2 篷却（poncho），南美洲的一种斗篷，为单块的羊驼毛呢布，使用时披在身上，头从布中间的洞伸出来。

咽声，带着一串装牲畜的车厢，沿着“之”字形路线冲进山谷。从南边一座华丽钟楼传来破钟的叮当声。伴随着赤脚磨蹭地面的轻微声响，还有带肉掌的骆驼蹄步的声音，行路者转过最后一个尘土飞扬的拐角，然后就看到，在下面，在高山的阳光中，清晰地呈现出这个“四分之国[1]”的首都的轮廓。

这只可能是库斯科，一个小小的城市，却唤起至高无上的兴趣与历史象征意义，有着如此丰富的多样性与冲击力，在南美大陆巡游的背景中，它结合了一个史前巨石阵、一个小巴塞罗那和一个加德满都的冲动。它躺在秘鲁高原上海拔 1.1 万英尺处，从利马去那儿，你得乘坐一架不增压的飞机，轻咬着一根水烟筒似的氧气管，惊心动魄地飞越安第斯山脉；但它的山谷是绿色的，它周围的山和英国山地牧场一样新鲜而湿润，只有你的心脏在夜里那暴躁的搏动和雪峰从天国对尘世的俯瞰让你想起，在世界另一边，圣莫里兹[2]的滑雪坡道比你住的旅馆还要低 5000 英尺。

五个世纪前，位于的的喀喀湖与令人生畏的亚马逊雨林之间的这个偏远而封闭的地方，是印加帝国的首都，当时这个帝国还是个璀璨而邪恶的有机体，既有辉煌的贵族政体，又有残酷致命的秩序，其权力扩展

1　四分之国（Land of the Four Quarters），南美洲印加帝国的另一称呼，帝国由从库斯科城辐射而出的四片国土组成。

2　圣莫里兹（St. Moritz），世界上最著名的滑雪场之一，位于瑞士东南部，被誉为冬季运动的发源地。

到安第斯地区的大部分地方，勉强控制着与法国、瑞士、意大利、比利时、荷兰和卢森堡的面积总和同样大小的一片土地。

在这里，印加皇帝死后，会被抽空内脏，制成木乃伊，接下来几十年来坐在闪闪发光的太阳神庙里，身上满是拂尘掸留下的斑迹。在这儿，选女[1]在至尊的贞洁中铺展她们无与伦比的织物；在这儿，凶残的印加将军汇集他的军队；在这儿，占卜者从豚鼠内脏中看出预兆，神职人员为祭祀准备经过麻醉的牺牲者，不可思议的印加外科医生施行奇迹般的钻孔、截肢和切除手术。

在 15 世纪，库斯科是一个如此奇特、精确和纯净的文明的心脏，甚至可以说人们从未见过与它有一丁点相似的地方。这座小城是这一切的核心——库斯科这个名字本身就意指“中心点”——在城中任何地方，都仍能感觉到印加的存在。在旅游业和利润中，在印加纪念品、怪诞的异国情调的服饰珠宝中，在民俗节日中提着灯、戴着罕见头饰的女学生扮的贞女灶神身上，它经常被庸俗化。然而，更为本质的它永存于那些直到今天仍然构成库斯科贴地层的庞大砖石建筑中：宽阔而完美无瑕的粗凿石雕技术，比如那些极度精细的巨人雕像的手艺，带着怪异的出人意料的尖角、精密得令人生畏的拐角——整体看上去如此簇新，如此精致，让我忍不住想起在英国被称为“铸石”的建筑

1　选女（Chosen Woman），印加人宗教中立誓保持童贞，在神庙中作为太阳神新娘的女子。她们负责准备供奉食品，看护圣火，为皇室和祭祀织做服装。

材料。

太阳神庙的基础不可思议地完整保留在一座教堂的下面，选女室的墙壁同样如此。一道大门顶上仍有印加圣蛇，一座修道院里仍有印加圣殿，而沉思地矗立于这座城市之上的是被叫作“萨克塞华曼”（Sacsahuamán）的谜一般的堡垒，包含了一些由人力巧妙堆砌起来的、效用可疑的巨大无比的石块。但所有这些可畏的建筑，被皮萨罗[1]仅以偏执、悍勇、贪婪和火药作为武器推翻；在这个卑顺的印加首都，没有皇帝，没有选女，没有占卜者和其他一切，西班牙人给自己建了第二座城，献给一个版本截然不同的太阳神。

基督教的圣迹与显贵们的头衔、拱门、钟楼、优雅广场、安达卢西亚歌谣、摩尔式大门、热辣风骚女子、银色神龛，在今天这一切的富丽、华美、烛光闪烁、势利与璀璨中矗立着西班牙人的库斯科，仍然耀武扬威地凌驾于印加工程师之上。他们把它叫作“无上高贵的库斯科大城”“秘鲁王国的首府和头脑”，它深陷于秘鲁境内安第斯山的峡谷，始终是对欧洲雄浑气概的一座混乱矛盾的纪念碑。

回溯其起源，它可能并不卓然出众，但在这个迥然相异的环境中，高踞于这个大陆的分水岭上，西班牙人的库斯科真的像其旧时传教士所希望的那样，有着奇迹的味道。在武器广场（Plaza de Armas）周围

1　皮萨罗（Francisco Pizarro，1478—1541），西班牙探险家、印加帝国的征服者，1535年建立利马城。

耸立着饱经风霜、庄严、盛气凌人的教堂——颜色发黑但却光彩熠熠的大教堂、耶稣会傲慢专横的教堂、宗教裁判所大厅旁边幽暗的基督与圣母圣祠、孤立的胜利大教堂（1536年，圣母曾抱着圣婴基督现身于此，吓退了一场印第安人的叛乱）。旧时达官显贵的宅邸精美愉人，透过曲曲弯弯的门口能瞥见那炫目的花园，浇花的滴水罐，冠以顶饰的阳台，以及一丝柔软的慰藉。

几乎每个角落都透露出西班牙的骄傲，但西班牙人并未以其建筑的花样藻饰主宰今日的库斯科，而消失的印加人也做不到这一点。今天的库斯科主要由西班牙人与印第安人混血的梅索蒂斯[1]经营着，但是它所活跃着的一切色彩与气势都是由乡下那些血统更纯正的克丘亚人（Quechua）提供。有时，他们看上去像吉卜赛人；有时，他们穿上拖曳坠地的裙子，像美国亚利桑那州的纳瓦霍印第安人；有时，他们戴上高高的白帽子和披肩，像从博洛[2]笔下更为狂野的威尔士走出来的女士；但对我来说，他们通常看上去、听上去、闻起来、行动起来像是喜马拉雅山的夏尔巴人——也许没那么无忧无虑，肯定没那么精神饱满，但仍然充斥着牛粪火和马铃薯的味道、被烟熏黑的内在、汗水味、未经鞣制的皮革味、异常辛劳的工作、贫穷、迷信、适应力，还有这些地区用玉米在女人口水中发酵酿成的黏性酒精饮料。

1 梅索蒂斯（mestizo），混血儿，尤指欧洲人与美洲印第安人的混血儿。

2 博洛（George Henry Borrow，1803—1881），英国语言学家、旅行家、作家，著有游记《狂野威尔士》。

他们遍布库斯科，在地震之神面前像藏人在铃铛叮叮响的庙宇里一样恭顺，或者整夜赤脚疾行，沿着一条铺鹅卵石的小巷的阴影趋走，被稻草的重量压得身子弯折。我敢肯定，在这片高原荒凉的空阔中，秘鲁的印第安人时常没精打采，往往一贫如洗，有时真的快要饿死。在库斯科你不会看到这样的情形。他们的存在可能有一点苍白惨淡，但仍然是粗朴的。他们的孩子如此可爱，连我都忍不住想要乐呵呵地收养几个。他们的女人，头戴潇洒的帽子，身披荷叶边的衣饰，密密麻麻地游荡在摇摇欲坠的市场中，边走边纺羊毛，在我看来，似乎只要一盎司[1]机会，只要一打兰[2]教育，只要一个年头的丰足食物，就足以释放出其力量与个性的惊人泉源。他们的男人，被古柯叶、营养不良和几个世纪的堕落弄得半麻醉，看上去似乎压根儿就没有任何东西——从敌意的征兆到最凶猛的宿醉——能够阻止他们堕入其生活的无穷无尽的麻木的苦牢。

毫无疑问，在这个秘鲁王国的首府与头脑，印第安人赢了。在他们旁边，混血儿看起来像暴发户，而利马的名门贵胄注定衰亡。他们要再次得到自己应得之物——倘若有一日真能成功的话——还有很长、很长的一段时间；但是，当我让自己心灵的眼睛回溯库斯科的风景，它远离门上的蛇，远离被烟熏黑的地震之神，掠过山上的钟楼和堡垒，掠过

1　盎司，英制重量单位，1盎司约等于28.35克。

2　打兰（dram），英制重量单位，在药衡中为1/8盎司（3.88克），在常衡中为1/16盎司（1.77克）。

那喷着烟、呼啸着的火车，最终再度停留于印加道路上那些遥远的形象：那15峰懒洋洋走着的美洲驼，那个嘴里塞着古柯叶的男人，那个衬裙明艳但却灰扑扑的赤脚女人，还有她背上那个无穷小的克丘亚婴孩——襁褓裹得如此严实，只留下一只褐色的沉思的眼睛透过包裹露在外面——永恒地颠摇着走出安第斯山脉。

12

牛津 1965

这个十年过去一半时，我写了本关于牛津的书。我对待这座城市和城中那所大学的态度仿佛是：综合考虑时，它们提供了作为一个整体的当代英国的一种范例；但是，首先令我感兴趣的，确实是这所大学古老的个人主义——它正受到不断变迁的风格、价值与忠诚的威胁。

在某些方面，牛津大学极其怪异，总是与时代不合拍。这激怒了那些珍视逻辑甚于独立的人们，正如工业在牛津的出现冒犯了那些喜欢城市浑然一体的人们，他们要的是完全学术或者完全商业，全黑或者纯白。

牛津切分音最臭名昭著的象征是万灵学院，高街上那所全男性的研究生院，在某些人眼中邪恶得像是 20 世纪 30 年代的张伯伦绥靖政策，而在另一些人眼中则卑劣得仿佛学术资源的一种令人惊骇的浪费。理论上来说，万灵学院是一个高级研究院，但实际上学院的 60 多位导师中，相当一部分并不从事任何学术研究工作。真的，他们压根儿就不需要做任何事——尽管对他们有一种温和的期待，希望他们有时在学院就餐，并在那些候着他们的床上去睡觉。万灵学院有大概 40 个导师是大学讲师，还有一些是教授。其他人是年轻的研究员，在一场残酷的艰难考试中赢得了他们的位置。剩下的大多数人都获得了各种类型的奖学金，只在周末才露面，从伦敦归来，满载大都市的流言蜚语，储备了十几门职业的专门知识。

在欧洲，没有哪个事件，哪怕是最愚昧的乡村恶作剧或最无意义的安纳托利亚秘密祭神仪式，能够比这所学院的“绿头鸭仪式”更无聊——固然，这玩意儿每 100 年才搞一次，但在中间的日子里依然令人记忆犹新。据传说，15 世纪修建万灵学院时，一只绿头鸭从喷泉旁一条排水管里拍打着翅膀飞出来，从此，这只鸟就莫名其妙地获得了荣誉。每 100 年一次，研究生们会在饕餮一番后，手持棍棒和刀剑，由一位坐在轿子里的“绿头鸭王”引领，用杆子挑着一只死鸭子，四下里寻找它的影子——到午夜时分，他们无疑全都已经酩酊大醉，爬上屋顶，咆哮声越过雷德克利夫广场，火炬在夜空中摇曳，直到最后快到凌晨时返回公共休息室，和着鸭血干掉最后的饮料，然后让这只鸟再躺上一个世纪。

就我自己而言，我宁愿看到万灵学院保留其拥有特权的挑剔个性，但要在每个房间里塞满求知若渴的全职学者——所有研究生院中效能最高，同时也是最金贵的那种人。然而，传统理论认为，思想与争论的往复在古老的橡木桌上一周接一周地传来递去，本身就是一种英式润滑剂，丰富了国民的生活，弥合了不同专业之间的罅隙，值得保留于其自身中，作为一个无忧无虑的、有贴身男仆伺候的古老英国的晚近的残存物。

作为一个整体的牛津大学怀抱着同样的意愿，但并不如上述想法那般陈腐守旧。这是一个仍然自行其是的大学，仍然半独立于世事变换。它试图在平等主义的时代选择一种贵族式的传统，尽管在同情的观察者看来，这通常是值得钦敬的——虽然有一丁点绝望——但对批评者而言，这往往不过是傲慢自负。为夏季协商会而拜访这座城市的工团主义者，有时会向愤怒的大学搬运工建议，这整个地方都应该被爆破，让教育部长从零开始；反牛津的批评从未平息过，主旨总是针对这所大学那种过时的优越感——这种感觉就是：尽管它摆出一些开明的姿态，但所迎合的仅仅是这个国家中地位较高的那一半人，并在生活中赋予其毕业生不公平的优势。

然而，大多数批评完全搞错了方向，它们误解了这个地方粗哑的含糊其词——实际上那仅仅是一幅面具，掩饰了它的宽容及对同一性的完全不信任（尽管对于会在2001年万圣节之夜住在雷德克利夫广场附近的任何人来说，它将是令人恼怒的，到时候，那些研究生会再度跟着绿头鸭王爬上高处，在烟囱管帽之间跺脚，围着那只该死的鸭子大吵大闹）。在这座城市中，似乎存在着一个分离的小世界，带有自身私有的时间表，并且，在某种意义上，下述说法是真确的：一直被我们挑剔地检查的牛津，代表了一种几乎已经消逝的文化。尽管你可以努力将这座城市视作一个整体，但那些工厂和住宅小区仍然像是某个古老保留地上的入侵者。令牛津区别于其他城市，或区别于其他大学的一切最非凡之处，源自已然失落的英国秩序——本质上是一个贵族社会，坚定，宽容，充满业余爱好，足够自信到可以在一个僵硬的框架下拥抱一种无穷无尽的多样化。英国绅士主宰着牛津，不是以肉体形式（因为他几乎已经从舞台上消失），而是以徘徊不去的本地精神。

另一个英国已经出现，牛津正在适应它，学习如何与摩托工厂及车流共存，努力跟上时代的步伐。这座城市没有什么可怜之处，新牛津将毫无疑问地与老牛津一样自满自足。但是，当你思考它如今的状况时，似乎正在看着这位特使进入一出庄严的戏剧。在英国造园师的黄金时代种下的大树如今已过盛年，不久便会倒下，英国人的岛民特性也正在消退，取而代之的是更为宽广的西方文化。很快，它将仅仅幸存于历史中，但我们来得还不太晚，牛津还矗立在那儿，让我们想起它的缺点和优点——勇敢，傲慢，慷慨，浮华，尖刻，自鸣得意，滑稽有趣。

让我骄傲的是，2001 年万灵学院再次搞“绿头鸭仪式”时，我描述这个可笑仪式的文字被引用在学院纪念册的封面上。然而，到这个时候，牛津的一切已经完全不是它 1965 年时的样子了……

13

澳大利亚

《卫报》派我到澳大利亚去了几个月。以前我从未去过那儿。当时，来自欧洲的飞机通常降落在达尔文市加油，然后继续飞往悉尼或墨尔本。我决定在这儿离开航班，并且由此与澳大利亚有了一次粗暴的最初接触。

达尔文市

抵达你在澳大利亚的着陆点达尔文市时，海关给了一份表格要你填，它要求了解的东西足以满足丛林游击战的需求。你有任何危险的武器吗，比如弹簧折刀、匕首、大头棍、金属心橡皮棒、指节铜套或者内藏刀剑的棍杖？你有没有带任何鞍具、笼头或马衣？你的包里有没有牛羊角或蹄子，有没有干血迹、羽毛、培养菌或者微生物？你是否带着昆虫，不论它们处于何种发育阶段？

就这样，你被预处理后交给达尔文市，因为它是这样一座城市：骄傲于它的边境风格，它的马衣，它的大头棍、牛羊角和蹄子的传统，骄傲于在它周围蹦跶和打滚的奇特的动物，从袋鼠到野牛，从鳄鱼到澳洲野狗。再没有哪座城市会这般粗暴地迎迓来访者。再没有哪儿的啤酒会流淌得如此迅猛[1]。再没有哪个地方，游客会遭遇如此轻松、怠惰、随遇而安、漫不经心与乐于交游的谦恭。作为对澳大利亚的入门介绍，达尔文是被气候、习俗与倾向小心翼翼地塑造而成的一件艺术品，是由一切有名的澳大利亚德行——从"随时可以同最显赫的头面人物直接打交道"这一特点，到吧女那坚毅的金色脸庞——镶嵌而成的马赛克图案。（"但是，请别根据这个地方来判断整个澳大利亚，"它的友好公民们会向你保证，"在整个大陆上，都再没有哪个地方与这个'尖端'类似。"）

"尖端"：达尔文市恰恰位于澳大利亚北领地的极点，在帝汶海之滨，距印度尼西亚近得几乎就在枪炮的射程内，仅仅通过那条长长的、孤独的、通往艾丽斯斯普林斯（Alice Springs）的道路与遥远的南方连接起来——这条道路被他们亲昵地叫作"车辙"或者"柏油路"。紧靠在达尔文市背后的是世界上最令人畏惧的荒野之一，从这里直到阿德莱德（Adelaide），全是沙漠与干枯的灌丛。它距离下一座随便什么规模的城市——艾丽斯斯普林斯——几乎恰好是 1000 英里。甚至铁路也在

1　达尔文市的人均啤酒消费量仅次于德国慕尼黑，居世界第二位。

它南边300英里处逐渐消失，而达尔文市的电话区号从东到西统辖着一大片压根儿就没有电话的区域——通讯录会殷勤地告诉你这一点。这是一个与世隔绝的热带城市，位于赤道以南12°，在澳大利亚的夏日时酷热潮湿，到了7月还有着温柔的暖意。[1]在这个尖端上，它完全是靠它自己，事实上它非常喜欢自己的伙伴，但有时又不安地意识到，就在这片海水的对面，有好几亿亚洲人生活在拥挤的贫穷中。

绝对不要把它想象成太平洋上一个全由棕榈环绕、终年西风吹拂的天堂。阿纳姆地[2]，澳大利亚额头上这个肿块，是一个严酷而不可爱的地方，覆盖着灌木丛林，红树林陷没在水边，四周全是平坦单调的未开垦森林地带。我听说，30年前，这是一个彻头彻尾的边境港口，充斥着赌窝、妓女等等。今天它要受尊重得多。其首要功能是管理，因为它是北领地的政治中心，大概60%的市民是公务员。他们住在整洁的统一样式的政府公房里，尊重无处不在的公务员等级统治，并且像本地人所说的那样，繁衍得比长耳大野兔还快。一句当地的谚语说：达尔文市的首要进口品是公务员，而首要出口品是空啤酒瓶。

但是，尽管这里60%的人足够规行矩步，那另外40%则是不可思议的自由散漫。尽管达尔文市有自助式商店、浓缩咖啡吧和二手汽车市场，但它也保留着狂暴喧嚣的旧日子的某些生气勃勃的回声，还有许多

1　澳大利亚位于南半球，7月是这里的冬天。

2　阿纳姆地（Arnhem Land），澳大利亚西北部的一个地区，是澳大利亚最大的土著人特别保留地。

纪念物提醒人们：在这条路的前方，依然存在着一个空旷的大陆。雅座酒吧里满是英俊的小伙子，穿着短裤，摊手摊脚；呼吸中带啤酒味的刺儿头装卸工，仍然在码头周围闲逛；有时，达尔文酒店里大摇大摆走进一位帅气的瘦高个牧场主，戴宽边帽，有贵族范儿；完全是偶然地，人们会在一家店铺里看到那些紧闭嘴唇、沉默寡言的女人中的一个，穿褪色的印花布衣服，顶着卷发夹，传统上她们是拓荒者的伴侣。

始终睥睨亚洲的达尔文市，老早就已经成长得超出了它的种族偏见。星期六晚上，在史密斯街电影院的放映间歇，退场观众涌向附近的冷饮吧买可乐和冰激凌时，最能方便你观察到这座城市在人口激增上的容忍——人流的种群丰富得令人惊讶：黑色、棕色、黄色，意大利人和中国人，闪闪发光的土著，混血儿，貌似加利福尼亚人的女子，身躯庞大像荷兰人的男子。在这里，“白人澳大利亚”的概念事实上显得很可笑，空气中也不包含任何北欧人种的拘谨保守或高傲。私生子的比例极高，种族混合与阿纳姆地一样古老，在这样一个夜晚，史密斯街嗞嗞响着一种近乎巴西式的热情。

然而，将所有这些居民结合在一起，印上其特征，并为这熔炉提供模子的，是我们通常所认为的、仍然可以辨认出英国特征的澳大利亚人，这也是地球表面上最优秀、最可爱的一种人。在这儿，在大内陆的边缘，你可以看到他们最有自信的状态。这些“真正的澳洲人”可能处于任何年纪，可能祖上是来自纽卡斯尔的囚犯，也可能是新到者。他可能是单调乏味的银行职员，或是从荒野小屋狂暴地驾车而来的探矿者，要把钱抛掷在喝酒作乐上——一位老淘金者将这一过程描述为“驾车杂耍”。不论他是什么人，都显得庄重高贵：他有你今天能在世界上找到的最自由的精神，绝不受阶级或不利条件的限制，很少有节俭意识，甚至更缺少礼节，没有痛苦的保守，没有嫉妒，没有轻蔑，没有卑劣。他像是一位解除了几个世纪的重负，被南方的太阳强化与净化，被允许彻底重新开始历史的杰出的英国劳动者。

当然，这种再生也有瑕疵。酿酒厂的笑话很快变味，生活的啤酒味本身就偶尔接近于野蛮。就我自己而言，我发现那些钢一般冰冷的金色吧女有时毫无诱惑力，并且我也讨厌别人做作地叫我的教名——“很高兴认识你，吉姆”——仿佛我正在参加一档电视智力竞赛节目。这个地方有一种不上不下的气质，如同一个并不兴旺的新兴城市，或者也许像是一支没有长官的军队。我不认为达尔文市是一个有着壮观前景的地方，一个萌芽中的旧金山：它一直在成长，但在好几十年的定居与好几百万加仑的啤酒注入其集体的喉咙之后，它仍然是一个缺乏特色的小城。

然而，它是进入澳大利亚的一个好的入门——某种新鲜、新颖、噼啪爆裂的东西。它总是充满活力，总是大笑，总是充满离奇的故事与不可思议的特性，总是在喝酒，总是乐于助人。来访的英国人在这样的背景中几乎忍不住把自己想象成一个到牧场度假的城里人，但就我而言，我太过轻易地对那些宽容而挥霍的哲学做出了反应。让我在这片辽阔的陌生风景中感到安然自得的，也许是血液中某种遗传的本能，也许是岛民对地平线能够更为宽阔以及天空中能少些烟霾的古老渴望。当你在酒吧里，听到我在对面用疲弱的声音胆怯地要求再来一杯菠萝汁时，你多半会认为我不可能有投身丛林的决心，但是，以上帝起誓，只要给我一辆四轮驱动的汽车和一个出色的丛林女人，我就会自个儿到丛林里去流浪一遭。

悉尼

我对悉尼如此无知，甚至一直不太确定它的拼法，在最初见到它时也不喜欢它。这篇随笔发表后，整整过了五年，从澳大利亚或新西兰给我寄来的义愤填膺的反击才渐渐平息。

悉尼是一个港口，被一道每个人都眼熟的桥[1]横跨，是一座没有人能够完全构想其周围风景的城市。悉尼的起源不体面，它的历史读起来不愉快，它的脾性很粗鄙，它的组织似乎邋里邋遢，它的郊区丑陋，它

1 悉尼海港大桥号称世界第一单孔拱桥，与悉尼歌剧院隔海相望，成为悉尼的象征，常见于明信片。

的政治往往是欺诈，它的建筑大多很平庸，它的声音传进耳朵里有如锉子，它那大肆鼓吹的艺术运动我怀疑一半是伪造的，它的报纸不是迟钝就是令人反感，最终，当你在这个著名的地方渴求美或安慰时，你会不情不愿地回到港湾，那里有船带着优雅的小心翼翼向下碇处驶去，还有巨大的拱桥犹如主宰者般耸立在码头上方。

一个陌生人说这些话很是刺耳，不过，没有什么对比比悉尼与其环境之间的不和谐更刺眼。在我心中，这个港口不如它通常被人提及的同侪里约、香港和旧金山漂亮，但仍然是极其可爱的。在一个清爽的有阳光的下午站在北头，南太平洋上一轮波涛滚滚而来，游艇在布莱德雷海岬外悠闲地摇动——这样一个下午，站在悉尼的门户，就是一种经典的旅游体验：你头顶的天空是如此难以言喻的澳洲的蓝，港口中无数的山凹与峡湾如此出人意料、惹人心动，驶向大海的油轮如此沉着，阿索尔湾里的战船如此安静而气派，那座桥于海角之上拱起的驼背是如此宏伟却又畸形。这样的环境所匹配的该是旧金山，实际上，这个急切的旅行者偶尔发现悉尼让自己想起那个天国般的海港。他会在冬日的薄雾中看见相似之处：每一道深景尽头处海水的拍打，乌鲁姆鲁湾上面的领地公园中清凉的绿色花园，如此惬意地安坐于港口上方悬崖上的别墅。如果碰上合适的悉尼人，他将会品味到同样谨慎却又永远不乏幽默的勤勉，对一段简单往事同样小心翼翼的兴趣，差不多一样欢乐的俱乐部，以及，国王十字区逼仄的浓缩咖啡馆里相似的任性而坚决的放浪不羁。断肠岛[1]的石头要塞和阴沉回忆，会让你想起恶魔岛[2]；当曼利渡船驶向居民弹钢琴的叮当脆响与乞丐拉小提琴的颤音，环形码头里，船只的奔忙犹如旧金山渔人码头的一个遥远而粗朴的回声。

然而，这是一个可悲的**不成功的**旧金山，正如多门朗[3]美妙的桥，不管多明智，多强健，都不过是金门大桥的笨重的替代品。悉尼算不上一座你的绝对之城，并且在我窥测过的任何方面——也许赛马评论除外——都谈不上一流。事实上，它几乎和旧金山一样老，而且比绝大多数欧洲首都都要大，但其核心处有某种冰冷而空洞的东西，某种令陌生人在其街头隐约感到孤独的东西——不论他的相识多么热情好客。对大多数悉尼市民来说，生活的目标也许就概括在曼利海滩救生员的游行队伍中，概括在星期六下午将皮肤晒成青铜色的全部露天娱乐中，也许正是这种目标的匮乏，这种崇高的记忆或意愿的缺失，使得这座大都市的灵魂给人如此苍白或冷淡的感觉。

这似乎也意味着善意的缺乏。悉尼人通常会足够热情地欢迎你，但与新世界那些大型的移民城市——蒙特利尔、纽约、圣保罗——相比，

1　断肠岛（Pinchgut），悉尼港内一座小岛，岛上建有丹尼森堡要塞（Fort Denison），曾经作为监狱，其英文名由 pinch 和 gut 两个单词组成，可以理解为“掐肠子”，据说是由被禁于要塞内的囚犯所起的外号。

2　恶魔岛（Alcatraz），美国加利福尼亚州西部一座岩石岛屿，位于旧金山湾，1859—1933年是一座军事监狱，1963年以前为联邦监狱，曾经关押过众多重刑犯。

3　多门朗（Dorman Long），英国钢铁制造商、工程技术企业，其最著名的建筑作品为1932年建成的悉尼港口大桥。

它给人残忍、冷漠之感。唤起这种感觉的也许是悉尼的起源——因为，别管如今的社交界名媛如何狡辩，它的确是在仅仅六代人以前由英国的社会渣滓建立的。也许是那些女士本人脸上的表情，如此刚硬、轻蔑而充满谴责，似乎正估摸着你会做出下流的暗示（你可千万别那么干！）。也许是一个市民对另一个市民、坏脾气的巴士售票员对易怒的乘客、牢骚满腹的女侍者对不体面的顾客的不宽容。悉尼感觉不像是个避难所。它不像曾经的纽约，朝“你受穷受累的人们，你那拥挤着渴望呼吸自由的大众”[1]伸出欢迎之手。没有政治或人道主义的伟大理想激发它的远见，只有更加赤裸的促进自身利益或自我生存的冲动。

它甚至也不感到满足。它似乎充满责备、冷笑和抱怨的嘟哝。来自欧陆或英国的移民太过频繁地感到怨怒。真正的澳洲人似乎太过经常地怀有最恶意的种族歧视。此地的下等酒吧，外表像公共厕所，闻起来有泼洒掉的啤酒的味道，绝不会传出温和友好的欢呼，而是只有一种没头没脑、有时甚至相当令人恐惧的男性共谋的感觉。我在澳大利亚时，墨尔本倒塌了一座骄傲的新桥，但悉尼《每日电讯报》在关于此事的社论中，没有表达一丝同情，甚至也没有一点善意的玩笑，仅仅是一栏粗野而恶毒的嘲笑。悉尼人喜欢认为自己是一群“古怪的家伙”，但他们的古怪给我留下印象不是在任何自由轻松的游乐中，仅仅是在一种扭曲的怀疑与孤立中。我甚至有点脸红地想到这些匆忙草率的概括有无数的反

1　这段话出自纽约港口自由女神像基座上镌刻的一首十四行诗。

例：所有那些也是生活在悉尼的和善而有教养的人们，所有那些耐心的荷兰侍者与快活的意大利码头装卸工，所有那些富有魅力的大学教授，所有那些公共图书馆里学究气十足的服务人员，许多愉快的出租车司机，许多细心的书商，国家议会里彬彬有礼的服务人员，渡船掉头时从一个操舵室走向另一个操舵室、像后甲板上的海军司令一样昂首阔步的如此威严而杰出的渡船船长。华丽的新剧院计划也许是更有风格的事物即将来临的预示，每一年欧洲人的涌入都往这座新鲜的城市里揉进一丝优雅与温和。一些新的摩天大楼，尽管几乎不再令人兴奋，却也足够美观。一些新的公路，散发出人们想象中这样一个爆炸式增长的年轻港口就该有的冲劲与炫目。

尽管如此，悉尼仍然没有一座伟大城市的感觉——它不是一个慷慨、自信、安详的城市，不是一个拥有任何温暖与辉煌的城市。背对着那座桥，你的目光将穿越一片怨怒的郊区荒野、一座不愉快的林荫道迷宫、一片单调的凄凉，到最后抵达市郊，只要你坚持，澳大利亚的空虚就会铺陈在你的面前，那是无可逃避的，像某种冷飕飕的病毒流经这个国家的血脉，并将那些脆弱的年头如此牢固地捆扎到一块儿，以至于即使到了现在，你仍然可以在悉尼感觉到锒铛囚徒的存在，并且可以想象押送犯人的小艇划向断肠岛。

第一次拜访悉尼，我学会了享用食物与饮料。在那之前，我从来都

不太关注这两者，但一个澳大利亚朋友在一块俯瞰港口的草坪上请我吃了次野餐，在他吞咽我们的简单食品、啜饮我们的澳大利亚白葡萄酒、用手指折断松脆的面包条的姿态中，突然有某种东西让我看到了美食之乐。多年以后，在开始写一篇关于这次经历的小随笔时，我还精确地记得那些感受——我的主人享受食物的清晰模样，我们头顶开阔的蓝色天空，我们下面港口的宏伟全景，以及，像对这一刻的祝福一样展开在一切之上的歌剧院的白翼。直到结束这篇随笔时，我才意识到，歌剧院当时还没有建好。

艾丽斯斯普林斯

艾丽斯老早就因为内维尔·舒特[1]1949年的小说《一个像艾丽斯的城》而举世闻名。除开这一点，即使到了20世纪60年代，都还很少有游客去那儿。

1　内维尔·舒特（Nevil Shute，1899—1960），英国小说家，也是成功的航天工程师。

艾丽斯斯普林斯在任何澳洲旅游线路中的位置，正如佛罗伦萨之于旧时贵族子弟遍游欧陆的教育旅行：它是一个最远点，至少在理论上，这趟旅程所代表的一切在此最终完成。在大内陆，人们把它叫作艾丽斯，它肯定是地球上最著名的小城之一，尽管它的起源是严格的功能性的，最初的构想是将它作为横贯大陆的电报线的一个站点，但今天人们把它当作一个象征或标语，当作飞行医生[1]的家，土著画家和阿富汗赶骆驼人的家，牲畜迁徙的路径在这里的铁路末站会合，柏油路从这里出发通往达尔文市和帝汶海。

即使在艾丽斯只待一天，你仍然可以萃取到澳大利亚本源的恰当的精髓，一股尘土飞扬、浓烈扑鼻、座椅与皮套的幸福的风味，弥漫着整个澳大利亚的神话，并且依然招魂般地盘桓于丛林。当代澳大利亚本质上是一个城市性的国家，在精神上相当薄弱；但在艾丽斯，荒野以辽阔而贫瘠的形态踉跄着奔向一道浩渺无边的地平线——在这里，传说再度活跃起来。

你应该很早就动身，当沙漠的刺骨寒意还弥漫在空气中，你走向这座城市的北部边界，那是封闭的公路开始的地方。在那儿，如果幸运的话，你会看到澳洲中部一道壮观的景象：一辆公路列车。它巨大的柴油机轰隆震动，20 个轮子辘辘作响，电喇叭高声尖叫，带着一种可怕的堂

1　飞行医生（flying doctor），一种专业出诊医师，乘坐飞机到相隔很远的地方出诊。飞行医生服务在澳大利亚有 14 个基地，由民间个人赞助，政府拨款成立。

皇气度，如同这边缘地带的一道幻象咆哮着从你身旁冲出城镇：它拖着50码长的运牲畜的卡车、四架拖车和一台强劲的拖拉机，放在世界任何道路上都是最大的东西，也是一个正宗的澳大利亚奇迹。司机高坐在驾驶室里，透过打着旋儿的尘土冲你露齿一笑，然后雷霆般向北开远，目标是内陆的广阔畜牧农场，在那些地方，人们有时用几十万的数字计算他们的牲畜，一片地产可能比比利时还要略微大点。

这是新的澳大利亚人，但在这城市的另一边，你仍然可能偶尔碰到老派的横越大陆者。即使在今天，仍有牲畜贩子赶着庞大畜群，一个星期接着一个星期地穿越荒原走向艾丽斯；在这儿，你可以看到他们走在那串行列的最后，他们消瘦的骏马被拴在路径两侧，他们的早餐在罐子里慢慢炖煮。这些澳大利亚人正符合你一直以来的想象。我不相信今天的地球上还有更强壮或者更可爱的行者，行为举止如此平静、沉着，带着善意的幽默感如此有感染力，身材如此消瘦而漂亮。他们走到艾丽斯斯普林斯时疲倦而肮脏，胡茬像刺一样硬，指甲缝里满是污垢，但是，他们歇息在自己的畜群中就像王子一样，这些有着叫人嫉妒的满足感的人们，这些天生的澳大利亚人。但是，很快你就必须匆匆赶去机场，因为那里有一架小飞机正等着将你送往艾尔斯巨石[1]，仿佛意大利教堂外一辆旅游大巴不耐烦地冲你鸣响喇叭。不久以后，你就飞到山岭上方，下

1 艾尔斯巨石（Ayers Rock），又名乌卢鲁巨石（Uluru Rock），位于艾丽斯斯普林斯西南方约340千米处，是世界最大的整体岩石，俗称“地球肚脐”，号称世界七大奇景之一。

面延展着澳大利亚中部神秘怪诞的红色世界。这是最令人生畏的风景，比撒哈拉或鲁卜哈利沙漠[1]还要可怕得多，涂抹着一种古怪而残酷的红色，被奇形怪状的侵蚀弄得皱皱巴巴，以至于看上去往往像是一条不允许任何人或动物生存的不祥的设防地带。

这一切奇怪的形状中最奇怪的乃是那岩石本身，你刚刚降落在它光秃秃的阴影中。这是一切岩石中最大的，是单块巨石中最具压倒性的，孤零零、巍巍然地耸峙在一片平地上，随着光线变幻持续不断地改变颜色，一时是蓝色，一时是粉红，一时在落日中几乎变成深红。它拱起的两侧平整而滑溜，当你沿着冲沟往上爬时，荒野似乎在周围不断生长，越来越宽阔，越来越空旷，直到最后，当你抵达它顶上那块锥形石堆与那棵孤独的树，风在耳旁呼啸，岩石上的水池在脚边波动，你会感到自己置身于一个绝对孤立的顶点——在当地传说和巫术中盘旋上升，远离平凡的位面，扎营于某个虚幻之境的顶层阁楼。

因为你现在进入了土著的领地。这是北领地（Northern Territory）的一块保留地，当你再次爬下这块岩石，可以去拜访当地黑人的一个宿营地。他们住在破旧不堪、乱七八糟的帐篷里，有精神抖擞的狗和几峰骆驼做伴，穿着褴褛的欧洲服饰，颇像吉卜赛人；但这些非凡的部落居民像在他们的各个发展阶段一样，保留了一种几乎惊悚的超然感，甚或

1　鲁卜哈利沙漠（the Empty Quarter，或名 Rub al Khali），阿拉伯半岛东南境内的沙漠地区，实际上没有任何水，也没有人居住，1932年英国探险者首次到此地，但一直没有被完全开发。

是神秘主义。头人握手欢迎你，和你说英语，挤在凌乱的火堆旁的那些女人足够热情地冲你微笑；但是，不管你多么努力，你总会感到你们的交谈不过是从某种光溜溜的屏障上滑开，如同光线穿过棱镜时发生偏转；你感到周围全是自己无法理解的波长与横流，而那些澳洲土著人，尽管其境况显得混杂可怜，但却与他们那空旷的风景保持着某种共鸣，那是被束缚在逻辑界限中的白人永远也不能获得的。

因此，你飞回艾丽斯时感觉有点冷，似乎刚刚与一种神秘交流过目光。但是，在斯图尔特·阿姆斯酒吧来上一品脱麦芽酒，很快就会让你恢复庸常，在艾丽斯斯普林斯的这一天结束后，你应该返回起点，正如来到佛罗伦萨的明智游客在阿尔诺河边上结束他的欧洲之旅。这座小城往北一两英里是最初的艾丽斯的遗址，曾经是它存在理由的古旧的木板电报站仍在星光下沉思冥想。走吧，去那儿结束这一天。在桉树林中会有风的沙沙声，水中会有青蛙军团哇哇叫，空气中弥漫着尘土与树叶的芬芳，在你头顶，南十字座璀璨地悬挂在煤袋星云边上。去往水坑旁，有两匹马警惕地站在胡椒树下的阴影里，发出咀嚼和响鼻的声音。澳大利亚的空洞魔力中有某种非常刺激感官的东西；在艾丽斯的尽头，这样一个时刻让人感觉如此饱满地充斥着情绪、回声和苍白，以至于仅仅是体验它，似乎就等于做出了微弱的回应，并且感到自己的确应该拥抱它、驾驭它，或者至少将它倒进一只大酒杯，饮下。

14
一个新非洲

20 世纪 60 年代，欧洲各帝国不断从非洲的据点退出，而我到各个地方去报道各国的独立仪式。我记得，有天晚上，坐飞机抵达一个显然实际上非常大的都市，但它的名字“金沙萨”我却从未听过。我困惑了好久才意识到它就是我前次去过的利奥波德维尔。

加纳

1957 年，我去参加黄金海岸（后来改名为加纳）的独立庆典。几年后我重返此地，为《卫报》报道其现首都阿克拉在共和国总统克瓦米·恩克鲁玛治理下的状况。

沿着西非海岸，像辉煌的尖木桩一样矗立着葡萄牙人的要塞，那是航海家亨利[1]的小吨位轻快帆船队在向南探索好望角时，用悍勇、屠杀和奴役一个接一个地竖起来的。它们有着宽大开阔、精美华丽、傲慢自负的结构，其起源传达出一种黑暗的力量感，而混乱的奇花异树、棕榈小屋、大艇船和非洲嗞嗞作响的活力——这活力如今正笼罩着它们那漂亮的防御墙——带来一种刺激之感：它们以其古老的玩世不恭的方式，仍然对这些领地的风味做出有力的贡献，仿佛如此众多的乡间豪宅搁浅于居民小区中。

我爬上一条陡峭的路，走向那些城堡中最壮观的一座，从它的墙上眺望遥远的城市低处的混乱。一个漂亮而愉快的跛子，面带一种结晶了的狡狯微笑，引导我蹒跚着爬上山坡。一个穿耀眼的蓝色宽大长袍的男子从附近一座棚屋里冲我挥手。“嗨，老爷[2]”，大声喊叫的是下面海滩上的渔民，这些渔网和细长独木舟中间肌肉强健的黑色身影。在城堡墙壁下面顺着沙坡倾泻而下的那个村庄里，人们正在庆祝一个当地节日：村主任打扮得花里胡哨，坐在他那把仪式时用的伞下，官方语言学家挥舞着官职徽章，鼓声在泥巴棚屋之间砰砰敲响。村里的布告板上写着，第十二使徒教堂主教约翰·海克曼（别名安凯姆·茨亚）的葬礼即将举行，首席哀悼者将包括女先知格雷斯·珊尼和资深先知约翰·易鲁巴·库维

1　航海家亨利（Henry the Navigator，1394—1460），原名唐·亨利克（Dom Henrique），葡萄牙王子，建立了全世界最早的航海学校、天文台、图书馆、港口和船厂，为葡萄牙日后成为海上霸主奠定了基石。

2　老爷，原文为 massa，系美国南部黑人用语，意为“主人”。

西。但我大步流星地从他们所有人中间穿过，不因他们的活动而分心，一直走到这座要塞最高处的有利位置，能够从那儿俯瞰令人愉快的边缘长有棕榈树的海岸线，望向远处的大都市。我想，这座地球上只有一座首都，在靠近它时，能让人穿越如此这般的情绪联合体，穿越历史、勇气、颜色与粗糙稚嫩的混合物。只有一座城市，拥有如此这般尖刻辛辣的腹地，他们把它叫作阿克拉：在不同时间里，它曾经是葡萄牙人、荷兰人、丹麦人和英国人的殖民地，而现在是加纳共和国的首都。

它不美丽，但它不可忽视地令人振奋——并不总是出于最好的理由：一个爵士乐般兴致高昂、永远泡沫般欢腾的地方，它的居民穿着炫目的多色宽长袍，爱跳一种名叫“高品质生活”（High Life）的缓慢、喧嚣的曳步舞。自从加纳获得自由以来，阿克拉已经经历了不少古怪而阴云密布的政治波动，然而，尽管政坛波诡云谲、反复无常，但它仍然让人感觉在为“获得独立”这一事实本身激动着，犹如一个年轻人在过了 21 岁生日后好久，都还在挥舞着他自己的房间钥匙。阿克拉的许多光闪闪、咧嘴笑的活泼市民都是穷人，非常穷，靠干鱼和多纤维的蔬菜活着，生活在摇摇欲坠的肮脏棚屋里，深陷于乱糟糟的一堆中世纪的忠诚与迷信里：但这座城市作为一个整体是富足而自信的，一直有来自内地广阔种植园的可可豆的价格作为支撑。这座城市从骨子里给人幸运、随和之感，在这里，实在是有太多诱惑让你耸耸肩，丢掉统计手册，走马观花去也。

或者，更为恰切地说，是走马闲扯去也。阿克拉确实没有太多可看的，但它一刻也不停止说话。教育已经深深地渗透到它遗传的习俗中，既然这教育通常是由欧洲人或传教士给予的，它的风味有时也就显得奇怪地不协调。常有阿克拉的“年轻人”（加纳人喜欢用这个词称呼那些抛弃了旧观点的人）讲不出阿善提[1]的金凳子的起源，也不知道阿莫阿佛战争[2]的后果，但叫人尴尬的是，他们往往对英国都铎王朝或国事诏书耳熟能详，也有可能以令人发窘的精确度引用约书亚[3]、雪莱或爱德华·摩根·福斯特[4]。阿克拉漂亮的公共图书馆总是熙熙攘攘，挤满的不只是那些穿哈罗克西斯[5]棉质衣服与便鞋的苍白的英国家庭主妇，她们在下午茶时间出现，想要找最新的动物畅销书。阿克拉的媒体，鲁莽灭裂，泼辣生猛，前后矛盾，充斥着挑拨是非、野心和半私隐的笑话，印刷错误连篇满版，乱七八糟的隐喻令人急眼，在污言秽语上有拉伯雷之风，在人物描写方面像出自狄更斯之笔——阿克拉本地的媒体哪怕什么都缺也

1　阿善提（Ashanti），加纳境内古国名，创立于1670年，1896年成为英属保护国，1935年恢复君主统治，1957年并入加纳。据说，在一次头人会议中，一只金凳子从天庭飘落到阿善提首位国王的膝盖上，阿善提人认为这是吉兆，于是就此独立建国。

2　阿莫阿佛战争（Battle of Amoafo），1874年，英国在阿莫阿佛击败阿善提人，为其在西非的殖民统治铺平了道路。

3　约书亚（Joshua），《圣经·旧约》中希伯来人的领袖，摩西的继承者。

4　爱德华·摩根·福斯特（Edward Morgan Forster，1879—1970），英国著名小说家，代表作有长篇小说《霍华德庄园》《印度之行》等。

5　哈罗克西斯（Horrockses），南非顶级的亚麻布制造商。

绝不会缺活蹦乱跳的劲头。只要有任何大的审判，阿克拉的最高法庭里就会挤满急切而消息灵通的热心人儿，身子裹在宽长袍中，或者不舒服地包在旧衣服里，他们和中心球场上的网球迷一样，大黑眼珠在交叉讯问的对手之间闪来闪去。阿克拉生活的丰富杂拌儿总有谣言与阴谋为佐料，以至于随便哪个侍者或售货员都很有可能压低嗓门，瞳孔诡秘地闪烁，让你洞悉内阁最近的争议，而此地事务的整体结构则服从于突发的秘密骚乱、大规模的逮捕或可怕的指控。

在阿克拉，没有什么是完全平常的。这是一座无节制的城市。从物质和象征的角度看，公共商业都被血气旺盛、胳膊强壮的市场“妈咪”主宰着，这些有着经过高度历练的经济本能的女人对加纳的发展起到了特别重要的作用。这些阿克拉**老太君**，衣服上装饰着原色的荷叶边，半埋在干鱼、眼花缭乱的成卷棉布、脏兮兮的蔬菜垛、挂在钩子上的鸡和一箍箍的橡皮圈中，一种高贵的比林斯格特[1]式的宽广令她们与众不同。从来没人能骗倒一位阿克拉的市场妈咪，除非是另一位市场妈咪出手，也没有哪个明智的政客敢忽视她们的利益。也正是她们的钱，支撑了阿克拉著名的“妈咪货车”，后者在这座城市快活的民间景观中也许最令人难忘。没有哪种现代运输形式比这些漆成明亮颜色的货车更欢快、更绚丽。它们的平均速度快到能把人的骨头给震散了，它们的货物混乱得

1　比林斯格特（Billingsgate），伦敦的鱼市场，充斥着粗俗、詈骂与下流话的地方。这里称其高贵，有反讽之意。

不可思议，车身上装饰着奇怪的标语，其中有些尖刻（“一个孤独的女人是男人的诱惑”），有些虔诚（“追随真理，服从天国”），有些纯粹是谜语（“为什么”或者“你永远不能讲述”）。你可能很容易厌倦这种奇观，连同它们的厚脸皮，它们的色彩冲撞，它们的幼稚心性：但是，它们给这个首都带来一种万花筒式的冲击力，让你感觉自己似乎正沉湎于一瓶颇为廉价的软性饮料。

加纳的下议院弥漫着非洲的活力，以至于连空气本身都充满了火星，犹如在充满亲昵行为的夜晚从丝绸织物里飞出的那样。不管做什么事情，都像是默片里的蠢警察一样，做得应接不暇、吵闹喧嚣。议院似乎永远处于开工状态，身份尊贵的议员跳出来抢夺麦克风，部长们跳起来做出尖刻的回应，电风扇嗡嗡转，从敞开的门窗往外看，可以瞥见蓝袍女人或穿衬衣的男人如万花筒般穿梭来去。在质询时间，这个精力充沛的议院达到欢闹的顶点。此时，议会的交流几乎百无禁忌。轻蔑的嘲笑声在走廊里回荡。长椅之间，拳头互相挥舞，俏皮话来回抛掷。有时会突然有一个沸反盈天的时刻，每个人都在叫喊，议员发言席传来嗞嗞作响的嘘声“坐下来！”，有时你会瞥见一个议员伸出手指，弓起肩膀，闪露眼白，抬起眉毛，似乎正在向对面施展某种温和的符咒。

幼稚？我在那些保守的时刻，忍不住这样想。尽管阿克拉有其真实的欢乐，有其喧闹的友善与才智，但在我看来，它仍然是各国都城中最不成熟的。它表达了有关非洲的最嘈杂、最不让人放心的一切，表达了原始的或一知半解的信仰大杂烩、交叉的价值与空虚的轻浮。如果说，莫斯科如托尔斯泰所想，是一件古老的晨衣，那么阿克拉就是一顶化装舞会时用的蓬蓬头。这是近乎纯粹的非洲文化，没有掺杂古老的闪米特遗产、阿拉伯风格或犹太人的神秘，并且迅速地淹没了帝国秩序的残余。历史学家喜欢回忆道，迷人的贝宁青铜器就在距离阿克拉仅仅500英里的地方锻造的；但是就我而言，必须承认，我感觉这片水汽蒙蒙的几内亚海岸令人震惊地缺乏古老的艺术、深刻的智慧或高峻的宗教，仿佛一座托儿所的海岸线，在一堆花哨小玩意儿中拌嘴，咯咯笑，吹着锡喇叭。

在阿克拉仍然有符咒杀人者和资深先知，仍然有魔法灵媒、预言家和巫师。在可爱的海水浴沙滩上，在冲浪板和冲凉房之间，仍然会有人给你指出一片棕榈小树林，众所周知那是某个特别有威力的神物的居所。在城中市场里，摩托车中间零星可见巫医使用的蛇头、干鼠、变色龙和猴头。一位具有传统本能的食客仍然会偶尔说声抱歉，然后从大使旅馆的餐厅走出去，到花园中小心谨慎地酹酒祭神。我听说，加纳大学的平均教育水准比大多数英国大学还要高，但它的毕业生在进入公共生活后吐出的蠢话数量多得可怕。“自由与公正”的标语用粗体大字写在阿克拉的凯旋门上，但当又一位政治异见者仍然被隔离禁言，或者又一种对民主的嘲弄被欺骗性地兜售给一位激动的选民时，它听起来往往既糟糕又令人遗憾。一天早上，执政党的三个最显要的成员突然被捕，官方报纸立刻宣布他们是危险的机会主义者、可耻的马屁精与穷凶极恶的变节者。“冒险大师阿达玛菲奥以自己为先锋，纠集起他那部落式的帮伙，阿克·阿杰伊和科菲－克拉比，错误地认为他们能够往这个国家的眼睛里揉沙子。今天，这个邪恶卑鄙的三人帮的罪行大白于天下，他们是这场斗争中浮现的疯狂的野心家与可耻的部落流氓中最野蛮的一帮家伙。”

这些鲜明生动而血气旺盛的材料，是直接从黄金海岸血淋淋的往昔中蹦出来的。实际上，阿克拉充满从城堡墙壁到酋长统治的各种传统，但却没有忠诚或目标的确定性为它们提供支撑。阿达玛菲奥和科菲－克拉比不断出现在这些地区的编年史中，但是《加纳时报》老一套的谩骂反映出阿克拉的状态中某种不安全、欠成熟的东西。这部分是西方帝国主义的错，要承担责任的还有它的奴隶贸易、它那些有时被误传的信念以及它欠缺考虑的传教热情。但是，在我心中——**感谢**那位快乐的跛子导游，**感谢**沙滩上那位友善的渔民，**感谢**那位穿着全套礼服的亲切的村长，还有从要塞防御墙上看到的阿克拉的辉煌美景——在我那颗死硬的英国心灵中，它通常仅仅是非洲，是可爱而可怕的古老非洲，这片有时高贵，有时残酷，但却如此频繁地让人感觉像是在戏耍历史的大陆。

后来没多久，逐渐形成独裁习惯的恩克鲁玛[1]在出访中国时被一场军事政变推翻。他死于 1972 年。

尼日利亚

尼日利亚也在新近赢得独立，我也报道了它的庆典，但是我对该国北部的卡诺更感兴趣，这座伊斯兰教城市好像几乎没有受到过殖民经历的影响。

这位旅行者在广阔的非洲大地上漫游，穿过万物有灵论、部落信仰、巫医、圣石、物神、华而不实的基督教异端、互相竞争的传教团与偶尔出现的弥赛亚——当他穿过这一锅鼎沸的虔诚，发现自己来到了伊斯兰的外围边缘；这种神奇宗教的庄严秩序立刻将一种新鲜的高贵赋予社会，并让空气微染其华丽的魔法。这个前哨就是卡诺（Kano），北尼

1　克瓦米·恩克鲁玛（Kwame Nkhruma，1909—1972），加纳政治家，非洲独立运动领袖，泛非主义主要倡导者之一。1957年，加纳在英联邦内独立，恩克鲁玛出任总理。1960年，加纳成立共和国，恩克鲁玛成为首任总统。1964年，他宣布实行一党制，自己出任“终身总统”。1966年2月24日，恩克鲁玛出访中国和越南时，国内发生政变，他再未回到加纳，1972年病逝于罗马尼亚。

日利亚的首要城市，卡诺酋长住在那儿的一座辉煌的连绵宫殿里，成堆的落花生在围墙外垒得像白色的金字塔。

西方在非洲传教的一个悲哀的结果是这片大陆的庸俗化。数以百万计的非洲人被切断了与其岌岌可危的传统间的联系，转而被填塞了一堆轻率鲁莽、浅尝辄止的教育和基督教信仰。花一两个星期观察这些泡沫的汩汩翻腾是有趣的，这种浮华的欢腾常常源自下述日常事务：标语和海报的不虔诚的快乐，阿克拉的“高品质生活”爵士乐的铜管节奏，乱糟糟且经常粗鲁庸俗的报纸，讨论塞吉木尔[1]或伏尔泰的诚挚的学校老师，顶着假发的得意扬扬的黑人律师，用喇叭传教、嘴角白沫翻飞的宗教激进主义传教士。西方化的非洲，特别是沿着尼日利亚和加纳海岸线的地区，具有巨大的活力，还储备着无穷无尽的快乐。

然而，不久以后，你就开始感到这一切的悲哀，开始意识到，这都是些暂时无根的人，被无能为力、不满或挫败的情绪折磨，被剥夺了给他们带来历史自豪感的、往往是潦草粗劣的文化。在撒哈拉沙漠以南的非洲的发展过程中，这也许只是一个遗憾但却无法避免的阶段，并且肯定会从物质方面的各种福祉（从小儿麻痹症疫苗到粉红色的薄绸）中获得平衡；但是，当你某天漫步经过拉各斯（Lagos）的贫民窟，一边思考此种风俗的可悲的种族混合，一边从干猴头走向大吼大叫的收音

1 塞吉木尔（Sedgemoor），英国西南部一大片沼泽地，1685年6月6日，詹姆士二世的军队在此击败蒙默斯公爵。

机时，你会对自己低声说道：“上帝啊，我们让他们陷入了怎样的混乱啊！”在部落的恶魔与进步的蔚蓝深海之间，在古老的宗教与新宗教之间，在酋长会议与厄斯金·梅[1]之间，多少可怜的非洲人被本能与渴望弄得脑子一团糟，荒腔走板地吹着口哨给自己壮胆。

但当你走过卡诺的城门，看到它长草的防御墙像密西西比河堤岸一样伸向地平线，所有这一切都在一刹那间消失。在有围墙的城池外面，是南边来的伊博人和约鲁巴人的社区，也是异教徒和不同宗派的基督徒的社区，在他们中间，也许会不时看到戴牛仔帽的年轻人，或者听到拉格泰姆[2]的重音，甚或被人带着在一个猪圈周围转悠；城里全都是穆斯林，一个非洲宣礼员的沙哑的四分音从清真寺尖塔上传来，这里让人感觉到一种风格与潜在的壮观。尽管尼日利亚这三个结成联邦的省各有其独立地位，但卡诺仍然让人感觉是一个不同的国家，它的人民有自己古老而根深蒂固的忠诚，在仪式性的场合（或者旅游海报上），酋长的保镖像古代武士一样披挂古老的锁子甲和面盔。在宫殿附近巨大的白色清真寺，你能够抓住这个浪漫而非凡的城市脉动。一些快乐的囚犯穿着一尘不染的白色编号工作服，在庭院中茫然地闲逛，披头巾的黑人宣礼员在开始爬下梯子以前，在城门附近的平台上颇为紧张地整理他的长袍。

1　厄斯金·梅（Erskine May，1815—1886），英国宪法理论家，其著作《关于法律、特权、诉讼和议会使用的实践论述》（又称为《议会实践》或《厄斯金·梅》）是英国宪法的组成部分之一。

2　拉格泰姆（ragtime），1890—1919年期间美国的一种流行音乐，特点是旋律中的强切分音和伴奏中有规律的重音。

接近清真寺尖塔并非总是那么容易，因为允许多少异教徒攀爬其楼梯的问题曾引起了一场小小的骚动；但是，经过片刻气喘吁吁的协商，一个从头到脚包裹在明亮的红色织物中的看管人，像一个彩色的木乃伊或者难以消化的瑞士松糕卷，会为你打开门，并引你上楼去。

这城市在你下面铺展，在热力与尊贵中装饰着花彩。撒哈拉躺在地平线对面某个地方，这是一个像伊斯法罕或者大马士革的地方，微妙地浸透了沙漠的作风，还带有商队旅馆、奴隶贸易与朝圣旅程的回声。一个巨大的杂乱无章的市场横跨过城市中心一条小河，这是一件奇妙的东西，带着撒哈拉沙漠以南的非洲的一切颜色，却几乎没有那种给海岸和伊巴丹[1]的大型市场添上一丝丛林气息的、杂糅了干鱼味和微弱药味的恶臭。贸易路线在尘土飞扬的平原上辐射开去，依然将这个古老的地方与地中海、红海和麦加本身连接起来。在你下面，躺着富拉尼显贵们的宫殿，他们仍然是这座城市的贵族统治者。从这个高高的地方看下去，卡诺极为古老，极为自信，极为宏伟。

但是，尽管它看上去平静而沉默，实际上，进步的风像小精灵国的号角一样，正穿过那些城墙细细吹来。英国人在拥有宗主权的半个世纪中拓宽了其王侯统治的基础，但却绝对没有摧毁它。独立的尼日利亚的联邦政府也没有。酋长和他的伙伴们保留了许多特权，但是，人们不可避免地开始朝四周打量。许多人知道苏丹；成千上万人去过沙特阿拉伯

1　伊巴丹（Ibadan），尼日利亚第三大城市，位于拉各斯西北偏北。

朝圣；这里与北非有着古老的联系；并且，同所有穆斯林和阿拉伯语使用者一样，这里的人对于身兼伊斯兰国度族长与歌舞男郎的埃及的做法有着深厚的兴趣。最后，我毫不怀疑，尼日利亚成为一个自由国度，将削弱卡诺的特色及其传统的稳定性，因为这座城市并不完全如它表面那般安详。北方人对南方人的不信任在尼日利亚根深蒂固[1]，反之亦然。城墙外带着业绩证明和毕业证书的伊博人和约鲁巴人，在卡诺城中冷漠的豪萨人和富拉尼人眼中是该受诅咒的家伙；反过来，受过教育的城外人也看不起如此不可救药地深陷于中世纪遗产的民族。此地的宏伟高贵，没有深厚的安全感作为支撑。如同所有那些更广阔时代的遗存一样，它完全处于常识的掌握之中。

眼下，卡诺那些裹得严严实实的权贵有琥珀念珠，有虔诚，也不乏信心；而在卡诺市民常用来向过路的外国人表示欢迎的大拇指朝上的诚挚手势中，自信也尚未衰退。在卡诺的国际机场，许多旅行者登上飞机返回欧洲。朝北飞向地中海时，他们将明智地对这座古城偷偷投上告别的最后一瞥，它交叉纵横于长草的城墙之间，如底格里斯河旁的撒马尔

1　尼日利亚分成北部、东部、西部三个相对独立的部分。北部人口多为穆斯林，以讲豪萨语（Hausa）为主，统治阶层主要讲富拉尼语（Fulani）。到1960年，北部人口占了全国的54%，接受过小学教育的人数却只占10%，中学毕业人数低于5%。西部的主要人口是约鲁巴人（Yoruba），很早与欧洲殖民者接触，在教育、商业、管理方面都有很大发展，很多人接受了高等教育。东部位于尼日尔河东面，主要居住着伊博人（Igbo），这是尼日利亚最贫穷、人口密度最高的地区，却有最高的受教育程度，几乎全国的小职员、技工、小商贩，甚至流动的劳动力，大都出自这个地区。约鲁巴人和伊博人大多信仰基督教。

罕，[1]或者某个骄傲的波斯集镇。多好的对非洲的告别啊！对阿拉伯的古老哲学来说，这又是针对爵士乐时代与街头小贩的一切古怪事物的一个多么辽远的胜利啊！

若是几十年后到卡诺，阿拉伯的古老哲学可能不会那么亲切地打动我，因为更多严苛的教条主义复苏了。

埃塞俄比亚

在20世纪60年代不断改变的非洲，埃塞俄比亚王国是最大的时代错误。当时，它仍然处于皇帝海尔·塞拉西一世的统治下，其首都保留了30年前短暂的意大利殖民统治的某些纪念物，但在大多数方面都绝对是自成一格。

一天早上，在亚的斯亚贝巴，一头年轻的狮子对我进行了审查。它安闲地躺在埃塞俄比亚皇帝宫殿外的一块围地里，爪子干净地交叉

1　原文如此，但底格里斯河并不流经撒马尔罕。

着，尾巴直立在身后，长时间地望着我，冰冷，超然，目光精明。我想知道它如何看待亚的斯亚贝巴这座乌木传奇之都的未来，但它并不鼓励我向前。像这座城市本身，它用一种并非全然禁止、肯定没有恶意但却相当诡秘或迷糊的表情回望着我，仿佛刚刚咽下了一只睡鼠，并且决定不打嗝。

亚的斯亚贝巴也处于一种消化不良的状况，体液出了点问题，但仍然拥有某种狮子般的尊贵。我不能说它是一个漂亮的城市。它的风格无条理、乱蓬蓬，从泥巴小屋到伪柯布西耶式建筑，中间涵盖了一千种错乱失常的巴洛克和包豪斯样式。这是一座没有太多焦点的城市，贫民窟和宫殿交织在一块儿——扎马尾辫的姑娘们涌出公立中学，瘫痪的乞丐用千疮百孔的膝盖在市场中爬行。它不提供恶毒的对比，因为它彼此分离的元素太过亲密地融合到一起，但在物质方面，它是那种面目不清的地方，也许有一点模糊，有一点脏污。

在今日非洲的城市中，亚的斯亚贝巴是最干净的一个，最少污秽的一个，最宁静的一个。这部分是由于政治，因为它是一个族长独裁政权的首都，一点儿也不鼓励活跃闹腾与狂欢作乐；但这主要还是由地理历史决定的。亚的斯以天时地利弥补其自身的不足。修阿高地围绕在它周围，仿佛复制的威尔特郡；刺柏、落叶松、无花果和桉树的树林侧身趄入城市中心，如同日本京都处处覆盖着的神秘森林。辉煌的半阿尔卑斯气候赋予这座首都一道闪光与一种刺激，让它免于淤泥和恶臭，丰润了它那些简陋棚屋组成的贫民窟，迎合了它最新的公寓楼街区墙壁上涂抹的色彩丰富的狂野抽象画。亚的斯亚贝巴这个名字本意是“新鲜花朵”，因为它在19世纪末建于希望的馨香中，到了今天，这座城市仍然让人感觉年轻和意想不到的迷人，被埃塞俄比亚人的庄重姿态与园艺才能同等地增光添彩。

自打亚述浅浮雕的时代以来，从未有过比此地更漂亮的市民。有一次我停下脚步，观察城中市场里一个商人称量黍米。他的妻子忠心地坐在旁边，穿白长袍，戴毛线帽，三四个穿褴褛长套衫的劳工正背着麻袋快步来回。商人坐在一张厨房椅上，严肃地俯身于秤盘，像祭司王约翰[1]一般气派十足，当他抬头望向我时，我看见他热情的黑眼睛深陷在颧骨之间，鼻子如花岗岩般轮廓分明，嘴巴既傲慢又无比精巧，灰色头发像荷马一样卷在额头周围，一张瘦长脸带着冰冷的权威，表情里奇妙地掺加了淡漠而会心的幽默。注意到我之后，他释放出一丝微颤的浅笑，同时以一种极其果决的手势砰的一声关上秤盘锁，仿佛是在发出立刻驱逐耶稣会士的命令[2]，或者刚刚砍掉了他祖父的脑袋。

亚的斯亚贝巴充满叫人难忘的面孔：老人在地方法院那铁皮屋顶的

1 祭司王约翰（Prester John），传说中的中世纪基督教牧师兼国王，据传在远东或埃塞俄比亚地区统治着一个基督教王国。

2 14—15世纪，阿比西尼亚（埃塞俄比亚旧名）与葡萄牙关系密切，接受过葡萄牙的武器与军事援助，但当受到葡萄牙和西班牙支持的耶稣会试图在信奉科普特基督教的阿比西尼亚树立天主教的绝对权威时，苏斯尼约斯皇帝于1623年发布公告，驱逐葡萄牙人，恢复了传统的宗教。

小屋外消磨时光，轻轻地靠在弯曲的拐棍上，面容淡漠、听天由命，如同《圣经》里的人物；从欧洲和美国回到家乡的年轻人聪明、机警的脸；在清真寺喷泉里洗脚的信徒冷漠而缺乏好奇心的面孔；年轻妓女身穿贞净白衣和牧师绣袍，在丘吉尔街人行道上灯光黯淡的闺房（病态的粉红、蓝色，或者常规的红色）外等待，脸儿温顺、空洞、一见难忘。这是注射过闪米特元素的非洲。这些不是阿克拉那种粗糙、大笑的脸。这里的血液中有某种特别的东西，某种拘束和傲慢的东西，某种让我想起传说中黑人贵族或者马厩门前的占星术士。

因为亚的斯亚贝巴有其高贵，一种骄傲但却温和的基督教信仰的高贵，一种无法追忆的古老自尊的高贵。这座城市像曼谷[1]，几乎不晓得殖民主义的长期羞辱，也未曾被迫在反责、挫败与扭曲情绪的悲哀泥淖中打滚，而其他那些臣服过的首都，在其解放过程中则饱受这些情绪的折磨。在非洲复兴的所有重击与喧闹中，亚的斯亚贝巴作为一个古老而真实的非洲国度的首都孤独地矗立。它由此保留了一丝封建时代的傲慢不逊。这里有“笔大臣”，还有一种职位叫作“君王之嘴”。“犹大之狮[2]”充斥于镀金的肖像中，在每个旅馆的办公室里、每个餐厅的墙上和每个理发店的壁炉架上，都悬挂着皇帝陛下这位神之选民、犹大部落的征服之

1　埃塞俄比亚是殖民时代基本保持独立的两个非洲国家之一，而泰国是唯一未遭殖民的东南亚国家。

2　犹大之狮（Lion of Judah），亦称犹太之狮，以色列民族十二支族当中犹大支族的象征。“犹大之狮”亦曾经是埃塞俄比亚的国徽图案，此外，所罗门王骑“犹大之狮”的雕刻在埃塞俄比亚亦到处可见。

狮的画像——他穿宫廷服时充满辉煌的礼仪感，穿卡其布制服时有严峻的军人之风。这是一种丰富而可爱的传统主义，但却沾染了悲悯之感。世界上剩下的国王不多了，而遇见一个自称所罗门和示巴女王直系后裔的国王仍然令人震动。

这种狮子的风范不可能持久了。它已经被腐蚀，被磨损，被嘲弄。埃塞俄比亚因其隔绝而获得庄严，但这个首都已不再遥远或神秘。我能想到多个更难抵达的首都，还有几个更加落伍和偏僻的首都。如今，这里每天有一趟航班飞往欧洲，周日的伦敦报纸这里周一就能看到。亚的斯拥有一座现代都市的全部附属品，从干冰喷射牙科到蒸馏咖啡吧。来自伯克利的美国人，来自法兰克福的德国人，有时会认为这是一个原始得无法忍受的都城，包括它的乞丐、麻风病患者、蠢笨的官僚系统都叫人讨厌，但对我们这种遍历帝国与第三世界的老手、候见室里的习惯性等待者与抗阿米巴病药的瘾君子，对像我们这样的漫游者来说，亚的斯亚贝巴是一个便利舒适的庇护所。

但是，进步所带来的更为低劣庸俗的腐蚀也开始显现，在祖传的信念周围，少许泛非洲的气泡开始嗞嗞作响。宗族秩序注定要消亡，甚至皇帝本人，这位尊贵的老武士兼哲人，也不再神圣不可侵犯。亚的斯亚贝巴挤满外国人——瑞典人、德国人、美国人、英国人——他们连接电话线，教授木工手艺，经营旅馆，修筑公路，争吵，密谋，恳求，抱怨，挣钱，他们白天跟着黑夜、一年随着一年、一个音节接着一个音节地，始终如一地试图让这个古老的和谐世界相信它的系统是错的，它的价值被误导了。亚的斯不是一个有激情的城市，不会涂满标语，充斥示威的呐喊，但当这种异己的能量潮水般涌入，当越来越多的埃塞俄比亚年轻人从哈佛、波恩或者牛津的大学返乡，我们可以想象新的混杂的非洲文化也将在这儿生根发芽，以其喧嚣花哨的繁殖，覆没埃塞俄比亚的古老花园，将这个依然孤傲的大都市降格到我们时代的水准。

这一切还没有发生。皇帝仍然统治着埃塞俄比亚，此地依然是一个意气高扬的条约的首都[1]。那天早上，那片围地里有35头狮子，一些幼小而令人想要拥抱，一些成熟而有王者之相，我离开时，幻想它们全部沉思的目光都稳稳地集中在我身上。它们非常沉默，绝对静止。这像是那种礼貌但却略微有点尴尬的静默时刻：女士衣衫沙沙作响地离开客厅，男人们都注视着她的姿态。这些动物压根儿就不是真的想要我在那儿，但它们是征服之狮的幼兽，它们丝毫不打算表露出这一点来。

在这次游览该国的过程中，我基本上没见到海尔·塞拉西。后来去那儿时，我发现他的独裁统治程度似乎大大提高。当他的豪华轿车车队呼啸着驰过街道，市民须脸朝下匍匐在地，而我好不容易才避开一次对持不同政见者的绞刑。无论如何，20年前，我曾经亲眼见到这位皇帝，

1　1963年5月，31个非洲独立国家在亚的斯亚贝巴通过《非洲统一组织宪章》，宣布成立非洲统一组织，总部和秘书处设在亚的斯亚贝巴，故而亚的斯亚贝巴又被称为“非洲首都”。

当时他从意大利的占领下流亡到英国巴斯，在一列帕丁顿火车的一等车厢里，我看到他孤独地坐着，面色苍白，黑眼睛，沉思冥想。

尽管进退维谷，也有不确定性，但我仍然喜欢20世纪60年代不断变化的非洲。在苏丹共和国首都喀土穆，有人对我作为记者的正确职责给出了一个简洁的定义。在采访国民辅导部长（后来他被以误导国民的罪名处决）时，他告诉我，我的责任应该是去报道“耸动的、吸引人的好消息，在有可能的情况下追求符合真实”。从那以后，我一直遵从他的忠告。

15

曼哈顿 1969

在这 10 年的最后一年，我受纽约港当局委托前去参观并为他们写一本书。我非常得意，总是向人夸耀一张挂在自家墙上的大幅航空照片，过早地告诉自己和其他所有人："这个港口是我的！"这趟工作完成后，我乘拖船出海去迎接跨越大西洋的最后一艘经典班轮"QE2"（伊丽莎白女王二号），当时这艘做处女航的船正开进纽约港口。我想，这是对我写《大港口》一书的一个恰当的祝贺性结束语。

我登上一艘麦克阿里斯特拖船，从炮台公园出发。麦克阿里斯特是纽约旧时一个拖船和港口工作者的家族，祖上来自爱尔兰，这家人秉性热情洋溢，而且好客。这天早上，他们家的三艘船排着紧密的队形出航，在我看来似乎满载着几百号麦克阿里斯特——严肃的老麦克阿里斯特、快活的穿迷你裙的麦克阿里斯特小妞、饶舌的麦克阿里斯特夫人、男子气十足的麦克阿里斯特亡命徒。自然，这些船本身都是照各位麦克阿里斯特女士的名字命名的，甲板上相当松散地配备着绿色的苏格兰打褶短裙和苏格兰宽顶无檐圆帽，纽约多内加尔管乐队的风笛手正欢乐地轮流吟唱，乐声越过波浪传来。船上有一顿令人满意的简易午餐，还有大量饮品，到我们从韦拉察诺大桥下面经过并看到“QE2”那纺锤形的优雅轮廓从外海驶近时，我觉得自己在这一天也是一个名誉上的麦克阿里斯特，并且带着一种多内加尔式的慈善越过水面向外望去。

这个港口是纽约最美的部分，曾经与曼哈顿同义，如今则是一个不快乐的大都市中那些活力与兴奋以及情侣们获得释放感的最后一处庇护所。某些美国的露天历史剧幸存于此，这一日，当“QE2”驶入时，旧时美国人的慷慨与感伤的忠诚再次得以大幅度地展示。大海波涛汹涌，海风狂野，但是，正好在这艘船穿过纽约湾海峡时，太阳出来了，因此，我们的队列在旗帜与泡沫的一阵明亮的骚动中经过海湾。班轮高高地耸立在我们面前，明亮、崭新，几乎显得脆弱。天空中密布直升机和水上飞机，像风筝或纸飞机一样快活地四处游弋，在我们周围，许多小船吵嚷着喜悦地护送班轮向停泊处驶去。

在“QE2”的艏楼上，它的厨子们带着厨师帽，漠然凝视着曼哈顿。班轮侧面一扇开着的门里，靠着黑乎乎的内侧，立着一个孤独的白衣水手冷淡的，甚至是厌烦的侧影，似乎眼前的景观在任何一次旅程中都看得到。至于其他人，好像全都在挥手。我们全都靠在栏杆上，朝完全陌生的人挥手，朝各个地方飞吻。一个蓝衣女孩在救生艇甲板上兴奋地跳上跳下，透过某个在我看来是空调开得太猛或中央供暖的休闲室里轻微起雾的窗户，我能够看到一张张苍白的、上年纪的面孔正在谨慎地窥视着外面的空阔处，我想象，他们仍然对桃花心木和棕榈庭[1]充满忧郁的乡愁。

这一切多么有趣！汽笛持续不断地鸣叫。旗帜在每根桅杆上飘舞。斯塔腾岛的渡船轧轧响着开过，垂下巨幅欢迎标语。飞机嗡嗡响。多内加尔的风笛手暂时放弃了他们的里尔舞[2]曲，他们的全套盛装绽了线——这倒叫人心生亲近——我们会在这艘拖船的偏僻角落里碰到他们愉快地喝着苏格兰威士忌，彼此玩笑打趣。波浪不时从船的排水孔里泼溅上来，冲刷自助餐桌的桌腿，让我们全都跳到甲板躺椅上去；但是没人太在意这个，所有人都表现出最好的一面，世界美好，纽约大笑，当那艘高贵的船沿着哈德逊河往上开，拐进它的泊位时，拖船的无线电广播里传出新闻：接待我的女主人，杰勒德·麦克阿里斯特夫人，刚刚当上祖母。

那天下午，当我们湿漉漉但却心满意足地蹒跚上岸时，我回想起此前那几个月里，自己望着那张海湾照片，大言不惭地宣称它将是我的。现在，我想，它真的属于我了。我敢肯定，没有哪个活着的英国人曾经比我对纽约港见得更多，或者比我更了解它，或者在它宽阔、肮脏、神秘的水面上比我更有在家一般的安适感。

按照最初的计划，我的书会在纽约港这艘班轮上举行的一个聚会上

1　棕榈庭（Palm court），位于伦敦著名的丽兹酒店（Hotel Ritz）内，是一处喝下午茶的高档休闲厅。

2　里尔舞（reel），发源于苏格兰的快节奏舞蹈。

发布，但是，唉，“QE2”确立了一个会“荣耀”其大部分职业生涯的传统——因为引擎问题，它迟到了四个月之久。

在我与纽约港当局合作期间，他们正在下曼哈顿委托修建世贸中心的双子塔，而这两栋楼之间的广场就以纽约港董事长（也是本人在该组织中的赞助人）奥斯汀·托宾的名字命名。这个和蔼、令人愉快的人快要退休了，因此，办公室里的人开玩笑给这两座巨大的建筑起了个绰号叫“奥斯汀的最后一次勃起”——如今，奥斯汀早已离世，双子塔被恐怖分子摧毁，这个笑话也变得苦涩。

对于世界来说，20世纪70年代是一个命运格外混杂的时代。

在欧洲，不幸的冷战仍然分裂着这些国家，

但在1972年签订的《布鲁塞尔条约》

是这片大陆朝形式上的最终统一迈出的庄严一步。

在亚洲，巨大的意识形态对抗的延伸

将美国及其少数盟友卷入了悲剧的越南战争，

但在日本、韩国、中国香港和新加坡，

波澜壮阔的工业发展正蒸蒸日上。

非洲一片混乱，

周期性地遭遇战争、饥荒、疾病和种族冲突的祸害，

并且或多或少被其前殖民宗主国抛弃。

中东仍处于其通常的不安宁状态。

对我来说，这是快乐的10年。

就职业而言，正在进行我最具雄心的文学计划——

关于维多利亚时代兴衰的《不列颠治下的和平》三部曲，

谈到个人生活，纠缠我一生的性别困惑终于有了一个解决方案。

我仍然接受杂志的委托，

但是，发现自己的新闻报道和游记变得越来越印象主义——

也许，在我看来，这个世界上

似乎再没有什么事情能像往常那样鲜明清晰了。

20世纪70年代

16
快乐之地

围绕着这个时代，当我没有想着越南、冷战或帝国末日的时候，我用一系列文章描写那些特别令人愉悦的地方——我觉得这是一种放松，因为我开始觉得，自己对于世界的问题地区已经观察得够多了。在此我摘选了这一系列享乐主义随笔中的两篇。

克什米尔

克什米尔，这个印度与巴基斯坦的争议地区，亚洲的一个长期的潜在爆发点，若说是一个隐遁之地的典型，恐怕会显得诡异：但是，当时它的确是这样的，我带着一种梦一般的喜悦，独个儿隐遁于此。

在克什米尔，在旅游的后期与生命的中途，我第一次遭遇超验的感受。在这个不受时间影响的高高山谷，现实似乎格外相对，真理弯折，距离不精确，甚至日历也不确定地摆来晃去，一周与另一周的界限模糊，星期日的晚上过去后，星期五蹑踪而至、不宣而来。

最初几天，我执着于事实，但却越来越懈怠。似乎没人觉得那有什么重要性。在这儿，仿佛没有什么决定是神圣不可侵犯的，生活明显悬浮于事件之间的某种遗忘之境。我住在一个没有特定形状或准确地址的湖边，芦苇丛生的蜿蜒水道将其与山谷下游一座 15 世纪的城市相连。我去城里得花一个小时，一路上全都躺在船上加软垫的凹处，划桨者在我身后自得其乐地唱起高亢的歌调，偶尔从水烟筒里咕噜噜吸几口，喝下加盐的绿茶。有时，我停下来做一单难以置信的买卖：一条翡翠手链，一只鸭子，蜂窝里刮出的厚厚一坨蜜。有时，全然陌生的人问我手表用多久了，或者向我讲起他们即将到来的初级经济学考试。有时，在这座城市游荡一整天后，我在傍晚时分回到我的湖边，对于发生在自己身上的任何特定的事完全没有哪怕是最细微的回忆。

最后，我就这样解放了自己，不受阻遏地飞升于现实之上，几乎不太确定自己身处何地，或者何时，有时甚至忘了自己是谁——用恣意妄为的奇想回答一切问题，从不寻找原因，也不提供理由。我感到自己脱离了躯壳，在这蓝绿色的湖水与周围的雪峰之间，在一种自我的温和涅槃里：对我来说，没有什么存在于这个克什米尔的天堂山谷之上，而这个山谷本身是否存在，则取决于个人感知。

我不是第一个进入这个轻盈的感知平台的人。克什米尔对其访客产生这样一种影响，至少已经有 400 年了。16 世纪征服此地的莫卧儿皇帝对此山谷报以感官的激情，用诱人的花园修饰它，以皇家的调戏赋予它荣耀。19 世纪 40 年代成为其宗主的英国人，认为它是摆脱帝国重负的终极静休所，并将其魔力带回英国，产生了“在爱的神殿之侧，我爱那苍白的手”[1]的曲调。今天，流浪于此的嬉皮士为自己找到了无所依托的安逸，而在树顶旅馆与香港之间享受几日克什米尔生活的美国中产阶级，往往觉得这段间奏是一个非实在的梦。

克什米尔从来就不仅仅是一个地方。它的品质中包含一番体验，或者一种心境，或者也许是一个理想。当地的教徒们相信，基督并没有死在十字架上，而是被偷偷带到了克什米尔，这个最后的完美避难所。而莫卧儿皇帝贾汉吉[2]在临终之际表达过这样的心愿：根据他一直以来的想法，克什米尔和天堂会被证明是同一个地方。

在这儿，我必须得插句话：在更加清醒的时刻，我并不**完全**同意这位皇帝。严格而现实地看来，克什米尔达不到极乐世界的标准。像它这样高踞于亚洲中部，位于苏联、中国和阿富汗之间，不可能逃避

1 歌词出自《克什米尔之歌》，由英国作曲家阿米 · 伍德佛德–芬登（Amy Woodforde–Finden，1860—1919）谱曲，“爱的神殿”（Shalimar）指的是克什米尔的一座花园。

2 贾汉吉（Jehangir，1569—1627），莫卧儿王朝第四位皇帝，1605年即位，也是颇有造诣的鉴赏家、画家、艺术批评家。

世界的传染。在克什米尔首府斯利那加的高尔夫球场边上，经常能看到联合国的白色轿车在等待，司机耐心地坐在驾驶位上：周围总有士兵、恼怒的政客、愤恨不平的学生、无法说服的宗教人士。克什米尔是世界上一个永久性的动荡地区。尽管当地民众大多是穆斯林，但直到 1947 年，它都在英国庇护下由一个印度大君[1]的王朝统治着，而在 1947 年以后，它又成为印度和巴基斯坦的争议地区。整个克什米尔山谷落在印度领土范围内，但很大一片外围土地被巴基斯坦控制，这一整个地区的合法主权花落谁家尚未确定。克什米尔属于这样一类地方——被安置于地球各处的那些尴尬棘手的角落，似乎从未获得过安宁：一个有点像散布集市谣言的地方，一个总是被联合国决议案涉及的地方，一个这些年来不断成为较小的头条新闻的地方，就像一场永远也不会最终解决的家庭争吵。

此外，我的天堂里没有人是贫穷的，但克什米尔的大多数居民实际上非常穷。我的天堂将一直是快乐的，但克什米尔弥漫着一种挥之不去的忧郁。我的天堂中不会有旅行推销员、骗子或叫卖小贩，而克什米尔在过去一个多世纪里都是世界上最重要的旅行目的地之一，并且可以自夸拥有全亚洲最不讨人喜欢的兜售者和最不屈不挠的砍价者。在我的天堂中，勃艮第红葡萄酒像水一样流淌，而在克什米尔，除了最奢侈的莫卧儿人，其他所有人都不得不凑合着喝印度的戈尔康达酒，那酒产自海

1　大君（Maharajah），梵语中对当权者的一种称呼，意为“伟大君王”。

德拉巴的葡萄园，每半瓶卖 16 卢比。

我在哪儿？没错，几乎是一动不动地漂过一个克什米尔的湖，更适宜于待在一艘西卡拉中——这是威尼斯小艇贡多拉的远亲，加有顶棚，吃水很深，船尾看上去相当沉重，由带着水烟筒蹲在后面的船夫推动。从**外面**看，西卡拉像是一个露天市场上的新鲜玩意儿，明亮的颜色与窗帘，总是载满爱扎堆的印度年轻人，一边挥手一边喊着“嗨”，把你误认为是来自南犹他州大学的比较民族学研究生。从**里面**感觉，西卡拉是一种非常不同的交通工具，像是一个漂浮的胶囊或长沙发，精致地衬以软垫，如同抹过油膏般顺滑地穿过睡莲，朝游乐园和野餐地驶去。

尽管克什米尔山谷离大海有 800 英里，并且四周全被巨大的山脉包围，但它的精华与象征性的元素仍然是水。克什米尔的事物本质上都是以一种涟漪般、水样的形态发生。地理学家说，这整个山谷曾经是个湖，如今它仍然点缀着一连串较小的湖。斯利那加位于四个湖的中央，纵横交叉着古老的运河，并且被水势浩大的杰赫勒姆河贯穿。这个首府里没有一处看不到船：豪华庄严的船与寒酸邋遢的船，迅捷如飞的船与被废弃的船；用杆支撑的顶上盖着茅草木瓦的、带发动机的船；满载水果、坚果、木材、皮毛和牲畜而吃水很深的船；驳船、无篷方头平底船、独木舟、单人小艇，还有用来出租的老旧的摩托艇。在克什米尔的场景中，所有这些漂浮的形象之上，是那些芳名远播的传奇：船屋。

克什米尔的船屋已经变成一种瑞士山间木屋式样的船，或者是水上的别墅。通常有山形墙，铺着木瓦屋顶。顶上是一层带遮篷的上层甲板，艉楼铺着舒服的软垫，还有通往水面的台阶。这种船通常会配上维多利亚风格的内饰：深黑色家具，爪形足浴缸，非常诱人的椅背套，肯定还有热水瓶。每座船屋都有自己的炊事船，泊在其船尾，有随侍的西卡拉，靠在其船边，还有一支常驻的仆佣队伍。船屋本身散发出雪松木、咖喱粉和玫瑰的特殊味道，并且深深地濡染着雪茄的烟味：生活在这样一艘船上，停泊在纳金湖的果园堤坝边，或者倚靠在斯利那加的一条运河边的垂柳中，一个人很快就会发现，现实消退了。轻轻拍打的水声接管了一切，黎明时传来鸭子的嘎嘎声，朦胧的霭蓝色的烟从做饭的船上袅袅升起，柔软的水光中，露珠闪烁于睡莲叶片上，小鱼在蔚蓝清澈的水中一闪而过，山色在湖光之外呈现模糊的淡紫，边缘装饰着一道远雪。

在这样的背景中，时间延展，失去其强制性。时日闲散地流动，脚夫将你的咖啡送到上层甲板，西卡拉上的人躺在软垫上等你吩咐，巡游行商的船只踅入你的视线，“女士，您想要看看我的珠宝吗？买点巧克力、香烟、香波？你想要一件非常漂亮的小山羊皮上衣吗，先生，只要萨维尔街[1]的一半价格？太太，来束鲜花？理个发？皮帽子？要洗衣服

1　萨维尔街（Savile Row），伦敦西区的一条小街，聚集了英国甚至是全世界最顶尖的裁缝，是高级定制男装的圣地。

吗？”没有什么非常特别的事发生。当你想要吃饭时，一桌菜马上就会上来。西卡拉总是在那儿。鸭子嘎嘎叫。当你认真思考这事，会发现日升日落，在茶点与暮后小酌之间的某个时候，天色开始变暗了。

另一方面，规模缩小了。焦点变窄，聚集到克什米尔水上生活的取景框里。这幅画变得越清晰，越精确，一个人就越会发现自己凝神于细枝末节，譬如被拔出水面的伊乐藻上的叶片的数目，或者翠鸟们抽搐般的运动。我随身带着一本简·奥斯丁的小说来到克什米尔山谷，她用鹅毛笔写下的戏剧与瓷器般精美的喜剧，完美地契合了此地精致细腻的意识。

有时，我会乘坐桨声哗哗的小船进城。我们穿过开满百合的水道前行，柳枝垂在头上，到处都是绿色的田地和苹果园，靠近城市时，生活的质地在身边变得浓稠起来。装运牲畜的驳船从旁边滑向市场。小孩儿在半没于水中的独木舟里朝周围泼水玩。把拖曳的头巾灵巧地包在头上的女人，在简陋的船上棚屋里烧饭，或者在水边台阶上洗衣服。孤独的渔夫在浅滩里撒网，有时一个人划着平底撑船而来，盘腿坐在船首，好似侏儒。我们经过因为交通而颤颤巍巍的中世纪的桥下，经过格状图案的神秘高楼，经过前门大敞的水边店铺，商贩庄严地坐在长沙发上，咕噜噜抽着水烟，屈尊俯就般地朝面前点头弯腰。我们继续划，像一艘正在阅兵的海军司令的游艇，穿过船屋的小舰队，那里有些船的艉楼甲板上游客快乐欣喜，有些船却是阴湿无人，像是暂时没生意可做的葬礼船。

马上，我们就发现自己来到杰赫勒河浑浊的水面上，河上横亘着一长列古老的桥（从零桥到第八桥），斯利那加褐色的大杂烩围绕在周围。我思绪纷乱地登岸，游荡着穿过集市的迷宫，被得体的与猥亵的建议追逐着，几乎从不知道自己要去哪儿。尽管喷气式飞机每日从斯利那加飞往德里只需 70 分钟，但它仍然是中亚的一个边境城市。有史以来，从中国新疆或哈萨克斯坦去往印度的商队都会在此休整，这里乱糟糟的露天市场更像是属于突厥斯坦，而非孟加拉国。在这儿，你会感到接近乌兹别克人、库尔德人、蒙古人、塔什干或布哈拉的商人，会经常看到来自最遥远北方的、穿山羊皮斗篷、戴皮帽的异国人士摇摇摆摆穿街过巷，让人想起耸立在这座山谷顶点处、宏伟而神秘的帕米尔高原和兴都库什山脉。

斯利那加有西式街区，但在杰赫勒河的河湾处，却零落而气派地幸存着中世纪的斯利那加。对日渐朽坏的如画风景沉溺上瘾的人，绝不会抱怨这些街市。它们拥有东方诱惑的一切标准的先决条件——香料的味道，拥塞难行的小巷，蒙着面纱的女人，金匠，圣人，侏儒。老斯利那加的空气中充满暗示，它的街巷挤满如此多裹着衣服、包着头巾的名人要士，因为尘土、烟雾和植物微粒而如此不透明，以至于我在里面永远会失去方位感，并在庙宇和布商之间毫无结果地游荡，走过第三桥又走回来，经过宰因·阿比丁墓，最后往往是爬上双轮小马车，听着鞭子轻轻抽打，嗅着马儿的汗味，乘着嘚嘚的马蹄声归去，回到在达尔门耐心等我的西卡拉。“现在去船屋？”西卡拉船夫低声问道，而我会不为人知地乘船回到湖上，把胡桃吃了一路。

然而，这不是一次令人振奋的巡行。克什米尔的眼睛，是一只沉思的、近乎邪恶的眼睛——点数着货物的店主的眼睛，站在交通岗哨上的宪兵的眼睛，不时透过船屋窗户窥视、寻找目标的船商的眼睛。

克什米尔人好客，但却并不令人兴奋。他们似乎总在考虑厄运的可能性。尤其是在秋天，山谷中一个可爱的季节，树叶飘落仿佛是他们的一种私人的痛苦，这一年的流逝像他们自身能力的衰退一样令其压抑。然后，在寒冷的傍晚，女人消失到私人住所后面，男人们在小篮子里燃起木炭，把它藏到棉亚麻混粗布的斗篷下面，闷闷不乐地蹲在暮色中，未刮胡子的脸流露出一种细微但却明显的不安。“进来吧，进来吧，”他们喃喃低语，“来和我们一块儿，欢迎你，坐下来，坐下来吧！”——但是，就我自己而言，通常都会避开他们悲哀的殷勤，而选择在舵楼甲板上享受奥斯丁小姐带来的欢乐。

然而，这样做时我略微有些不好意思，因为他们的善意是真实的，并且因为其沉默寡言而更加真切——脑袋的轻轻一甩（表示“不用谢”），以及特意被忽略的一份账单。我想，克什米尔的风格有一种令人感动的悲悯。“你喜欢你的生活吗？”当我和一个当地的新相识逐渐亲密起来时我问他。“非常喜欢，”他带着一种难以解释的遗憾表情回答道，

“我爱这里的每一分钟。”他从斗篷隐秘处抽出一只冰凉的手，没精打采地在空中挥舞，以表明其欢乐。

克什米尔山谷像是第四维——脱离于普通的事物形状之外。大约100英里长，20英里宽，它是喜马拉雅断层中一个绿色的凹处，深深地藏在积雪的山脉中。

要欣赏极度的孤高，旅行者必须得爬到山谷边上，到古马各或帕哈根的高山牧场去。这个地方的与世隔绝获得了一种无实体的性质，整个山谷仿佛安歇在云层中被周围雪峰支撑着的高高的摇篮里。你必须得走过去才能获得这种神秘的超然，离开小小的山间木屋旅馆和旅游胜地的街市，向上穿过静默的松林，沿着鲑鱼溪流的瓦灰色河坝，向上穿过高地牧羊人的最后一片粗糙棚屋，越过林木生长的极限，走上花岗岩的碎石堆，直到站上城墙般的山脊，站到雪峰的中间。

下面这座山谷时常被云朵半遮半掩，人们只能断断续续地看到这里那里冒出一块绿色，或者一片微小的水体：但是，白雪皑皑的山峰耸立四周，将克什米尔捧在它们的腰际——峰峦连着峰峦，山脊接着山脊，南迦帕尔巴特峰从北边侧翼限定了它们的规模。克什米尔不像任何其他地方，甚至从这样一个高踞于雪峰和阳光中的有利位置看来，它的角色仍然是奇特地否定性的。它也许不能是任何别的地方，但是它可能压根儿就是不存在的地方——在这些高处的静默中，我经常会产生这样的感觉。

人们只能根据它自身来判断它。克什米尔的魅力本质上是内省的，是一种镜映之乐，乘着西卡拉、随波逐流地从花朵和翠鸟之间漂过的旅游者，能够看到自我被生动别致地映于其中。它是一个无可比拟的地方。在这儿，就像在任何地方一样，天堂存在于心中。

特鲁维尔

我受委托为《生活》杂志国际版写关于特鲁维尔的文章，作为我为该杂志所写的历史名胜系列中的一篇。我曾在地图上查询它，但一到那儿，我立刻就了解了它——不是从任何特定的书籍或绘画，而是从一种整体的气质，或者甚至是从一整套艺术类型。

海边延伸着长长的空旷的前滩，只有几个捕虾者站在没膝的沙滩池塘里；木板路上闲荡着一群布丹[1]会喜欢的那种女人，印花的棉质衣服模

1　欧仁·布丹（Eugene Boudin，1824—1898），法国19世纪风景画家，其画作多为小型海洋风景画，大多是不列颠和诺曼底海岸，往往描绘海滨浴场上的人群，被称为“印象派之父”。

糊而微微发亮；这片海滩排列着一堆别墅，有山形墙、尖顶，或者荒谬地造成露明木架[1]结构；三条捕鱼船张着三角帆，突突响着驶离海岸；在这一切之上，在沙滩、海湾和遥远的勒阿弗尔（Le Havre）海角之上，悬挂着一道从潮湿的阳光中召唤而来的印象主义的柔光，还有高天上卷动的流云与大海的反光。我立刻领悟了这一场景——从莫奈、勃纳尔[2]和普鲁斯特的作品中。英国人是现代海滨名胜的发明者，让去海滩变得时髦；但却是法国人最先发现了海滨景色的美，并将其持久长存的全部风景转化为艺术——倾斜的白帆，在自己垒起的沙堡旁弯腰的孩子，精心打扮去散步的高贵女士。

这种特别的审美诞生于特鲁维尔。它属于法国最早的一批海滨名胜，一度是其中最宏伟的，在我们内心深处，所有人都有点熟悉它。

在塞纳河河口下面不远处，一条名叫图克河的小河低调地汇入英吉利海峡。在它的右岸，几乎靠近入海口的地方，19 世纪初这里孤零零地矗立着特鲁维尔村。1820 年，艺术家查尔斯·莫辛[3]发现了它，在一长串充满爱的画作中描绘了它的各种细节：在低潮时缓缓涉过河流的骑马人，健壮结实的捕鱼女，沿着码头排列的船只上明亮的帆，码头区旁边

1　露明木架（half-timber），欧洲乡村常见的一种建筑构造形式，特色是房屋的柱、墙、斜撑等均露出墙面之外。

2　皮埃尔·勃纳尔（Pierre Bonnard，1867—1947），法国画家，纳比画派创始人，坚持印象派风格。

3　查尔斯·莫辛（Charles Mozin，1806—1862），法国风景画家。

柱廊结构的鱼市场，以及，最重要的，似乎盘旋于这座小城之上的那种明澈的静默。他的画作把世界带到海岸景色的魅力面前，在那以前，海岸一直被认为是枯萎的，是原始得无法忍受的，而那以后，时尚的旅行团各寻其路前往诺曼底海滨，让特鲁维尔这个名字在一个短暂而奢华的极盛时期里，等同于第二帝国[1]的欢乐。在极度纵欲的欧仁尼皇后[2]的引领下，这个帝国冲向特鲁维尔，如同冲向某位浑身上下芳香四溢、衣饰浮华、气势逼人的有钱姑妈。沙滩上铺出一条木板路，在这条路上面与悬崖下面，出现一列旅馆和别墅；在河流抵达这片沙滩的那个点上，他们建起一座大型赌场，一座常规的纪念碑，还有按照最新风格建造的会议室，以及一条适合皇家四轮四座大马车的车道。

特鲁维尔成了一种促使宏伟与古怪结合的催化剂，因此，我一到那儿就辨认出它来：来自画家的大海与沙滩，来自历史书的风格，好似从《追寻逝去的时光》中走出来的旅馆经理的姿态。自从普鲁斯特的时代以来，甚至是从欧仁尼皇后的时代以来，特鲁维尔并没有继续扩张太多。它身后的乡村未受损害，仍然赏心悦目；绿草与沙地在前滩上相遇、结合，仍然让这个海滩的景色犹如你从一艘船的甲板上惊鸿一瞥所见的那样——在船边移动的风景似乎很近，但却完全不可抵达，仿佛你正透过平板玻璃望着它。

1　法兰西第二帝国，简称为第二帝国，是拿破仑的侄子路易－拿破仑·波拿巴在法国建立的君主制政权（1852—1870），后于法兰西第二共和国而先于法兰西第三共和国。

2　欧仁尼皇后，拿破仑三世的妻子，法兰西第二帝国的皇后。

特鲁维尔没有经历两次世界大战的战火，这种幸运意味着它保留或“腌制”了一种奇怪的氛围。这是一件老古董，比大多数事物更完美。它小心翼翼地在商业与快乐之间保持平衡，即使在今天，你也能享受到一个世纪前那些朝臣与艺术家们享受过的同样的混杂的感受。这座城市的核心始终是那座赌场。开业以来，赌场稍许变老了点，并且变得有些潦倒。它部分是电影院，部分是海水温泉区，部分是夜总会，部分是蜡像馆，部分是消防站，部分是破旧的廉价公寓。然而，作为一个建筑整体，它仍然有着令人印象深刻的傲慢，看上去还略微有些异国情调——也许像是一座大蒙古包，带有小羊毛球、穹顶和旗杆，名字用巨大、华丽的字体写在入口处的顶上。

在特鲁维尔的第一个晚上，我走在这座古老奇迹的台阶上，倚靠在一根大理石柱上，俯瞰眼前的城市。在这座建筑前面，用作停车场的广场点缀着树木，并不对称，此种形式上的歪斜令其看上去像是一张我们曾祖父母时代流行的全景式明信片，那上面几张负片被拼凑在一块儿，风景被怪异地拉长，边缘比中间小。从这个扭曲的顶点，我能够看到特鲁维尔的两半。在左边，躺着沙滩及其呈现的一切：骄傲、古老的庄严、空间；在右边，捕鱼船排列在码头边，明亮的遮篷装饰着店铺的门面，全都是乱糟糟的亲密。那天晚上，我意识到，这两边的风格都是特鲁维尔艺术形式的本质；正是这两者在前滩的光线和规模之前的对峙，将其独特的浓烈的魅力赋予这海滨的美学。

我首先向右，望向渔民的特鲁维尔——仍然像是19世纪20年代的浪漫的愉悦。潮头很高，小渔船的干舷在林荫覆盖的河道上排成一列——混乱地纠结成团的绳子和帆缆，上面挂着旗帜、救生圈、救生带、渔网和油漆罐，船在各自的停泊处轻微地起伏波动。到处都有船员将捕获物倾入码头上的柳条箱，鱼贩子严肃地计算价钱，一群家庭妇女精明地讨论质量，几名游客眼睛直勾勾地盯着，像人见到死鱼时一样看得入了迷，几个穿蓝色校服的小男孩扭动身体、哧哧笑着挤过人群。也有人带着沉重的鱼竿和硕大的帆布包前来钓鱼。挑夫在鱼市周围闲荡，穿褪色罩衫，戴水手帽。大轮子的手推车撑靠在墙上，船坞里传来一阵叮叮当当的锤打声，沿街摆放的卖鱼摊上闪闪发亮地堆满螃蟹、龙虾、像大水蚤一样蹦蹦跳跳的玩意儿、抽搐个不停的鳗鲡、蛤蜊、牡蛎，还有身体两侧带着一丝冰冷的浅蓝色调的鲭鱼。到处都是和鱼有关的东西——鱼腥味，鱼的知识，捕鱼技巧，盒子里的鱼，筐子里的鱼，餐厅摆放于人行道的桌子上成堆成垛的贝类。

因为特鲁维尔仍然是一个劳动者的城镇，在滨水区后面，如同绷紧的网线的街道上充满工作日的良好感觉。这里有店铺销售渔网和索具；有店铺堆满甘美的水果、蔬菜、诺曼底奶酪；整洁的咖啡馆里满是镜子和烟草雾；两家大型连锁商店；医院院子里爬满常春藤，装饰着古旧的圣徒形象；特鲁维尔最早的教堂，从大门到圣坛有13步远，在这虔敬的昏暗中，在第一位游客把目光投向这里之前，渔民们已经礼拜了好几个世纪。所有法国守旧的顽固生活方式都在这些街上骚动。特鲁维尔充满脚步轻快的强壮的老女士，衣着怪异，用缆车篮子装运杂货；这里也充满衣衫褴褛但却彬彬有礼的法国老绅士——从公爵到退休牛奶工，可能什么身份的人都有——在8月中旬还穿着浆硬的高高的衣领。但这里也有许多笑容满面的法国新一代的代表，比我们以往所知道的法国人更高大，更快乐，更自信，把漂亮的小孩放在家庭小轿车的后排座位上，带有一种从陈腐的往昔中得以解放的明亮感觉。

渔民的特鲁维尔从不迟钝。它令人惊叹地表现出法国人的天赋中永恒不变的朴实自然：总是贴近土地、大海、婚床和邻居的家长里短。普鲁斯特笔下难以形容的贵族领主古尔曼特公爵夫人爱用一口乡土腔讲述乡村逸闻——赌场右手边的风景最完美地表达了这种对世俗事物的古老依恋，这是法国艺术能量中如此重要的一部分。

然后我望向左边，在海滨休闲地里躺着的是另一个法国。旅馆和别墅密密麻麻地围聚在海滩周围——实际上，没有哪所房子是新的，但全都很光鲜，像是一群快活的老派上流人士，扎着缎带，戴上高顶黑色大礼帽，出门来寻欢作乐。让特鲁维尔声名大噪的是一个精致的时代，这个风景胜地的建筑华丽炫耀而个性十足。一些建筑光灿灿地覆盖着经典样式的螺旋、穹顶、藻饰。一些建筑表面是昂贵的诺曼底露明木架结构，杵在沙滩边上，不协调得像是第五大道边的农舍。其他建筑趋于更为狂野的夸张，被修筑得如同城堡、神话中的宫殿，甚至有一个像是波斯商队旅馆。这个特鲁维尔，屋顶点缀着金色的鸟、菠萝、新月、纺锤、金属的花与瓮，邸宅庄严地矗立在树丛中，不因品位或社会的变迁而局促，在装饰门和防护性的多树荫的花园后面，看上去几乎仍然骄奢而舒适。

这个旅游胜地的黄金时代结束以来，发生改变的东西并不太多。如今，人们在海滩上搭起的明亮小帐篷是尼龙的，但它们东方式的轻浮放浪仍然会唤起德拉克洛瓦[1]或戈蒂埃[2]的热情。它闻名遐迩的木板步道，不管在盛夏时节会变得多么人头攒动，仍然是安静而休闲的。没有人在这儿竖起一座摩天酒店，也没有人修建保龄球场，贴在旗杆上的严厉指示管理着这片沙滩的礼仪。赌场旁边那个微缩的高尔夫球场正是一个优雅娱乐的典型，令人钦佩地切合了对松紧带靴子与裙撑的禁止：它有上过漆的木头风车（让人把球从中间打过去），它有狡猾棘手的斜坡与反复无常的障碍区，似乎永恒地回响着宫廷女侍银铃般的笑声，还有上校们放纵的调笑。

1　德拉克洛瓦（全名为 Eugène Delacroix，1798—1863），法国浪漫主义画家，以其大量富有激情的油画和丰富色彩的运用而闻名，代表作有《希阿岛的屠杀》（1824）和《自由领导人民》（1831）。

2　戈蒂埃（全名为 Théophile Gautier，1811—1872），法国作家，影响法国文学从浪漫主义向唯美主义和自然主义转变。代表作包括《青年法兰西》（1833）和《珐琅和玉雕》（1852）。

检查过城区的二分法后，我走到赌场人群的背后，越过窄窄的小河，看到对面是另一个更大、更闪亮的城镇。诡异的是，特鲁维尔衰落的肇始者正是拿破仑三世的同母异父兄弟莫尼公爵。在19世纪60年代，这个有魄力的投机者将目光越过图克河，看到对面的沙滩同样金灿灿，天气同样明晃晃，大海同样激荡荡——而这片风景几乎还是空的。特鲁维尔已经达到了其时尚的顶峰，巴黎精英们开始渴望某个更高级、更排他的地方；几年后，在公爵的大力推动下，图克河左岸耸起极度奢华的多维尔。今天，它是法国北部最漂亮的矿泉疗养地，那天傍晚，我在特鲁维尔赌场背后看过去，它像是另一个时代的幻象。如今它的顾客比特鲁维尔的更富有，来自世界上更多的国家。它的赌场营业额比特鲁维尔翻了一番。它的街灯早亮15分钟。它的赛马大会是欧洲最重要的一个。没有渔民的咖啡馆弄脏它优雅的散步道，只有游艇、快艇驶入它的内湾。它是彻头彻尾的休闲胜地。今天，如果你想要解释特鲁维尔在哪儿，你最好是说，它在多维尔河对面，过桥即到。

因此，从特鲁维尔的赌场看到的风景含有某种感伤——但却是一种温和而愉悦的感伤。特鲁维尔并不感到被羞辱。艺术家所热爱的正是这个小城，几代人以来它的形象得到各种各样的阐释，已经进入我们所有人的感受力——特鲁维尔的沙滩、船帆，我们都隐约能辨认出；特鲁维尔可笑的邸宅，装饰了相片簿的册页；特鲁维尔的明亮光线，带着一种英吉利海峡空气的特殊味道，在那么多展览馆的墙上那么频繁地闪烁微光。在特鲁维尔，太阳、大海、渔民和上流社会变成了一种灵感，创造了一个艺术传统。

那天晚上，接下来我没有闲荡。我走回旅馆，接受普鲁斯特笔下小听差的鞠躬，留下一份便笺邀请惠斯勒[1]和缪塞[2]来雷瓦布尔餐厅与我共饮，请女服务员清洁我最好的鞋子，为万一在餐后的赌桌上碰到皇后做好准备。

从英国飞往特鲁维尔时，我的汽车享受了尚在开拓阶段的空运服务（当时的起点是汉普郡的林普尼）。回程等待登机时，我和一个同行的车主（也是飞往林普尼）闲聊起来，但在聊天过程中，他抬起头，正好看到自己的车被装上飞往都柏林的班机，并且马上就要起飞。那是一架“布里斯托尔”运输机，这种机型的一个幸存的标本矗立在加拿大耶洛奈夫的一个柱基上，享受“世界上第一架在北极降落的有轮飞机”的荣耀。

1 惠斯勒（全名为 James Abbott McNeill Whistler，1834—1903），美国画家，其作品具有精细微妙的色彩及和谐的色调，受音乐美学和日本艺术的影响。

2 缪塞（全名为 Alfred de Musset，1810—1857），法国作家，浪漫主义运动的领导诗人。

17
英国前殖民地

20 世纪 70 年代中期我埋首写作一部名为“不列颠治下的和平”的关于英帝国的三部曲，因此频繁前往英国人曾经统治过的地方，从现状中收集印象，用来照亮我对过往的召唤。完成这项写作计划占用了我整整十年，其间我去到曾是大不列颠领土的大多数国家。许多出版商从世界各地委托我写文章，以此资助了我的旅行。

新加坡

在某些方面，“狮城”新加坡这片岛屿殖民地曾经是最绝对的帝国领土，因为它是由斯坦福·莱佛士爵士在 1819 年从无到有地创造出来的。它的经历最具悲剧色彩，因为，1942 年英国人将殖民权交给日本人，这是整个帝国历史上对英国军队最灾难性的打击。到 20 世纪 70 年代，新加坡成了一个独立的共和国，拥有鲜明突出的非英国气质。

对于职业旅行者来说，最愉快的事莫过于抵达一个全然自立、壁垒森严、目中无人、独一无二的地方。狮城新加坡共和国，不论你是否喜欢它，无可否认就是这样一个地方。它不像任何其他地方。它的生存风险重重。它既被钦佩又被憎恶。它在期待中闪烁。它招摇地矗立在大海的边缘。它是最后一个城邦——或者，按照格言的说法，也许是第一个。

然而，它不是佛罗伦萨，也不是曼托瓦。平坦、蒸汽腾腾、潮湿浓重，这个岛国躺在炽热的海水中，边缘是红树林沼地，从空中看，它是一个有点叫人绝望的地方，应该不适于定居。从外表看，它是一个被凭空创造出来的地方，并且，也确是如此，因为它是由帝国的炼金术催生的。

我想，对于某个年龄段的大多数英国人来说，直到今天，新加坡仍然是莱佛士的岛屿：然而，辛辣的事实是，尽管这个古老帝国的领土中，没有哪一块是比新加坡更有闯劲地获得的，更浪漫地构想的，或更成功地发展的，然而，在历史名词里，新加坡的形象却始终是这个殖民帝国中最陈腐、最势利的，始终伴随着宽松短裤、滑稽胡子、仆人的问题和星期日海景歌舞会，伴随着网球俱乐部、啤酒和罗宾逊的上午茶——伴随着有关这个没落帝国的最布尔乔亚的一切，最终伴随着最无用的一切。新加坡是毛姆和科沃德[1]笔下的英帝国—— 一个失去目标、信心和意志的帝国——的原型：当它1942年沦陷于日本人之手时，实际上，这个帝国及帝国的观念也崩溃了。

登陆新加坡后，一种归家的本能直接将我引向这个已逝的殖民地的核心——城区一块名为“政府大厦大草坪”的绿地，我毫不惊讶地发现帝国的幽灵在那儿继续存在着。用完正餐后，新加坡板球俱乐部的最后一批成员仍然端着金司令鸡尾酒坐在阳台上，白色亚麻帽盖着眼睛。那里耸立着英国国教大教堂的尖顶，磨损得厉害，但它周边的围场仍然很漂亮，它的办公室外停着英国样式的小车，走廊里一大群英国人长相的女士正在协调安排。自负得难以形容的律师们直接从林肯酒店过来，在最高法院的柱廊下面拨弄衬衫翼领，或者戴上假发。夹着公文包的公务员心不在焉地快步走进政府的大办公室，在英国统治的一个世纪中，远赴海外的官员们带着骄傲或憎恶，从那些窗户里越过热带的绿地朝外望去。

在西边，越过安德森桥，英帝国资本主义的笨重建筑仍然呼吸着20世纪30年代的精神，以至于我半期待地以为会看到牛津的书包和单片眼镜从旋转门里冒出来，或者，戴粉红色钟形女帽的妇人顺道拜访雷吉。

1　科沃德（全名为Noel Pierce Coward，1899—1973），英国演员、剧作家、作曲家，尤以诙谐的世俗喜剧著称。

在东边，高耸着莱佛士旅馆荣耀的棕榈树，这个宏伟的帝国商队旅舍，东方的谢菲尔德酒店，毛姆们曾在这儿饮酒，科沃德们曾在此兴奋活跃；金司令鸡尾酒在这儿被发明，这里有一个“提供给业余摄影师的免费暗房”，还有“为所有进港汽船提供食宿的酒店经营商”，海军上将斯格瑞德洛夫和纽卡斯尔公爵在这儿待过，一代代马来种植园主在此经营，为数不少的种植园主之妻在这儿开始回家探母的含泪历程。它仍然完全在这儿，而垂死帝国的破败、颓废、衰弱、善意的气质也凄凉地徘徊于此。

正是在 1942 年，被羞辱的殖民者和他们的妻子被日本人赶到那片“草坪”上，从那儿开始去往樟宜监狱的残酷行军，不少人死于途中——并且我想，如果闭上眼睛，我仍然能够在阳光中听到他们充满勇气或抱怨的声音，坚持要求给狗提供水，或者勇敢地突然叫喊“这里将永远是英国的土地”。英帝国呜咽着离去——尽管我们甚至对自己都坚持不懈地掩盖这一事实——特别是在新加坡，帝国在感伤中衰退，或甚至更糟的是，在造作的感伤中一落千丈，因为将军是二流的，歌曲是陈腐的，政策是无效的，甚至连勇气也绝不是普遍的。

我发现这种混合非常打动人：帝国的能量被贬抑和削弱，像一种极其排外的运动被乌合之众接管。帝国好的方面，与其坏的方面一样，依赖于使用它的力量与意志：到 1945 年，英国人已经永远地失去了这种意志，而就此事而言，他们也失去了力量。

出于一种受虐的冲动，我决定去参观在1942年2月15日这一天决定新加坡的命运，也因此注定了英帝国命运——仅仅在一两年前，丘吉尔曾经亲口推测，这个帝国将持续1000年——的那个确切地点。当时，日本人已经占领了这座岛屿的大多数地区，但是才刚刚渗透到新加坡城郊。他们既缺燃料又缺弹药，更多是靠虚张声势而不是靠压倒性的力量将其意志施加于倒霉的英国人身上。他们处于顺风顺水的好日子，而英国人无疑正在走霉运；那天晚上9点，阿瑟·珀西瓦尔将军戴钢头盔，着长短裤，沿着武吉知马路走到福特汽车厂去与山下奉文将军见面，并将这座莱佛士之岛拱手交给"大东亚共荣圈"。

这座工厂到如今并没有太多改变。建筑仍然简朴、低矮，并且相当单调，看门人仍以英国殖民统治下低级官员所特有的略微有点军事化的姿态抬起栏杆。在里面，办公室周遭有些改变，被玻璃板分割开来，当年签署投降书的那个房间已经被一分为二。然而，当他们带你走进一间颇为阴暗、有木制镶板、用柚木装修的经理室时，他们说，这就是签署投降书的地方。甚至家具也是当时的。那边，坐着珀西瓦尔和他的三个参谋，垂头丧气，筋疲力尽，绝望，几乎是谄媚地要求更多时间。这边，坐着公牛般的山下奉文，系勋章绶带，穿开领衬衣——"我想知道的仅仅是，你们是否无条件投降？是，或者不是？"风扇在头顶沉重地嗡嗡响，太阳开始落下，黯淡的电灯亮起来，在漫长的沉默中，珀西瓦尔绝望地盯着他的文件，山下奉文的手指嗒嗒响地敲击着桌面。日本战地记者和军方摄影师在桌子周围推挤，山下奉文的指挥官们冷漠地坐在他身旁。我能够看到英国军官们疲乏的眼睛，在闪光灯的亮光下畏畏缩缩，而珀西瓦尔以一声软弱无力的“是”接受了条款，签署了文件——山下奉文的签名是粗大的花体字，珀西瓦尔则是一种难以辨认的学童般的字体，我会猜测他用的是一支2先令6便士的自来水笔。

在这里我感到羞辱、遗憾，我希望可怜的珀西瓦尔将军后半辈子能参加更愉快的战役——“他看上去如此苍白、瘦削、病态。”后来，在因为战争罪行被绞死前，山下奉文将军曾说道。有许多英国游客来看这个房间吗？我问福特公司的人。不是很多，他们说，事实上非常少：但是几乎没有哪天没有一车一车的日本游客停在工厂大门前，导游为他们指出那扇历史性的窗户，照相机一阵咔嚓响。

在新加坡，似乎没有任何人思考历史。这种情况的原因是，尽管是马来人最先拥有新加坡，英国人发展了它，日本人侵略了它，但始终是华人在真正经营它，为这座岛屿提供大多数肌肉和大量的头脑。华人通常对过往并不感兴趣，结果就造成新加坡本质上是为今日而活，不会太过纠缠于历史。莱佛士和其他帝国精英们的雕像平平安安地幸存下来但却失去光泽，似乎没有人很确定他们的身份：由帝国拥护者如此煞费苦心地建起的新加坡博物馆，似乎已经落入一种貌似优雅而无人喜爱的衰微之中。

新加坡的中国性是一种海外华人的品质，我想，它因此坚守着中国的传统，正如澳大利亚性坚守着英国的传统。四分之三的新加坡居民是华人，实际上，这像是一个中国大城市，是最大的中国城市之一。它最强健活跃的一切都是由华人支撑的，从摩天大楼到街角流行小店，从大酒店精美的饮食到数不清的小吃摊，太阳一落山，这些档口就奇迹般地从街头和停车场冒出来。实际上，它是一个相当普通的海外华人社区。它有平凡之物的有机力量，让人感觉绝对不可能被消灭，似乎没有自然灾难也没有历史力量能够将它从这个岛上攫走，或者将码头上港区仓库的资本家从他们的算盘上拉开。

因此，这个城邦的总理，这个差不多从帝国观念的崩塌中独力重新创造它的人，是华人政治家李光耀也就不足为奇了。我想，他设计的不是一个有吸引力的共和国，但这个国家肯定是有其灵魂的。它是一个绷得紧紧的小国，像以色列或者爱尔兰一样带有同样多刺的、自我防护的兴奋—— 一种背壁而立、破釜沉舟、孤注一掷的兴奋。它是一个固执己见的大嗓门的小共和国，长于施舍，却拙于练达或同情—— 一个严苛、骄傲的国家，设定它自己的标准，选择它自己的风格，工作如此卖力，以至于生活水准据称在亚洲仅次于日本。

李光耀相信，整个国家必须被坚定地引向一种公共的专门技能。没有时间留给争论。没有空间留给业余爱好、乡愁或政党政治。繁荣是这个国家的唯一目标，而这只能在一个聪明的专制政府那没有竞争的权威下，通过严格的纪律和专业化得以实现。李光耀断定，政治稳定等于外国信心，等于投资，等于金钱——这是普通公民对生活和政坛的全部期望。

在某些方面，这是一种清教徒的伦理，克伦威尔会同意李光耀的许多政策。新加坡干净，相对诚实，显然毫不颓废。在街上丢垃圾会遭到野蛮的惩罚，禁毒政策毫不手软，摇滚文化遭到强烈反对。报纸对官方路线必须亦步亦趋，否则就会消失，持异议的政治家也会发现自己举步维艰，甚至锒铛入狱。所有这一切当然会造成独裁体制常有的**单调乏味**。最让人沮丧的莫过于在莱佛士酒店醒来，安坐着吃木瓜、烤面包和橘子果酱，发现除了一份言论比《小妇人》还要谨慎的《海峡时报》之外，没什么可读的。

游客到新加坡的美好体验通常是参观真者里[1]，这个被遮得光线暗淡的街市，其宽度几乎无法让人伸直胳膊，几个世代以来，水手与世界观光旅行家就这样穿过两侧印度店主和货币兑换商的夹攻，懵懵懂懂地走上这条骗子林立的道路。出于对旧时代的兴趣，我也去过一两次，走出码头的亮光与推搡，走进这条巷子的阴影，再度忍受街市那古老的戏谑调笑，那帝国的主乐调。“要不要换钱？要不要纪念品？你打哪儿来？有没有美元？有没有英镑？看看这儿，超便宜啊——来一来，看一看，

1　真者里，Change Alley 的音译，新加坡红灯码头对面的一条巷子，是水手旅客兑换钱币和购物的地方。

你不一定要买，和我父亲喝杯咖啡吧！”

然而，真者里的兴奋如今也在它汇入莱佛士坊的那一头戛然而止。走在这条路的途中，我不时被诱惑着想道，在东方压根儿就没有什么东西发生改变，并且未来也不会有；但当我钻出这个喧嚷的陷阱，如同在幻梦中看到新加坡的新塔楼在阳光中闪烁，我马上就知道自己看到了世界上的某种新东西：21 世纪的城邦，在其岛屿的壁垒中，黄铜般耀眼，自信满满。它像是从一个墙下的隧道里冒出，浮现在某个域外文明中，那里的一切，比现实的生命更闪亮、更浮华，全新类型的人的基因正被培育。

放我出去！然后我在自己清醒的梦中大喊。放我出去！雷吉在哪儿？

我为如今已倒闭的伦敦《遭遇》杂志写下这篇文章，后来，我发现资助来自美国中情局，属于冷战文化攻击的一部分。

锡兰

如今已更名为斯里兰卡的锡兰在英帝国历史上曾经扮演的角色远远

谈不上重要。殖民时代的风格在这深深扎根，它是老帝国中一个我有些私人兴趣的地方——我的伴侣就出生在这座岛上。

我的窗上落着一只毛羽闪光的乌鸦；外面，一台上了年纪的蒸汽机车偶尔呼哧冒气；庭院中的棕榈树，对大海的一瞥，一道海市蜃楼的生成，四五个裹得严严实实的人影在沙滩上搜寻。我头顶的老电风扇每转到第三圈就吱嘎响一声表示抗议。给我送来早餐的侍者穿着便鞋，拖着脚舒服地四处走，喊我“主人”。下面传来一股鸡蛋和培根的味道。我在锡兰的一个早晨醒来，它中世纪时名叫 Serendib，霍瑞斯·沃波尔[1]根据这个名字发明了一个抽象名词“慧眼识珠”（serendipity）——根据《牛津词典》的解释，这是一种“意外发现珍宝的才能”。

在锡兰，并非每次发现都是快乐的，因为这是一个经历过黄金时代，后来又被混乱的政治和错误的财政弄得萧条的岛屿。然而，锡兰肯定是出人意料的——印度洋上一个充满魅惑的异物，赤道以北不远处一个隆起的卵形岛屿，有着世界上最美妙的风景，还有一座山，对几种宗教的信徒来说如此神圣，就连信奉不可知论的蝴蝶也会在感到死亡冲动来临时去到那座山上朦朦胧胧地漫游。不论政客多么放肆，一种温和的喜庆气氛似乎始终留驻于岛上，并在几乎每位访客的心中留下一种和谐

1　霍勒斯·沃波尔（Horace Walpole，1717—1797），英国作家、历史学家，作品《奥特朗托城堡》（1764）被认为是用英语写成的第一部哥特式小说。

安宁的印象。

实际上，它的历史明显乱七八糟。印度史诗让锡兰塞满大量凶残的魔王与猴子军队，在有记录的历史中，印度人、葡萄牙人、荷兰人和英国人都侵占过这座岛，渗透程度则各有不同——岛上内地的山谷中一直有个独立的王朝，直到1815年才被英国人以武力废黜。成千上万印度泰米尔人越过狭窄的海峡移居锡兰，岛上各种族混合得如此猛烈，以至于在我探访一个名叫“塔克尔家族有限公司”的锡兰企业时，发现其主管们的名字包括廓茨瓦拉、阿洛伊修斯、费尔南多，还有玛威斯·塔克尔太太本人。自从第一批欧洲征服者来过后，天主教已经很强大，印度教繁盛于泰米尔人中，驱魔舞者的铿锵乐声和闪闪亮光仍然活跃在岛上的街角，安抚充满忧惧的村民。

然而，是佛教为锡兰确定了宁静的调性，并由此令它与北方那个狂乱的半岛区别开来。这种信仰的甜蜜传奇浸透了此地，它的温和仍然在让锡兰每一天的开始成为对“慧眼识珠”的一种快乐的刺激——不管报纸头条标题在叫嚣些什么。那天早上，侍者放下我的早餐，说他希望我会有愉快的一天。我告诉他，我准备去我岳父——战争期间死在锡兰的一个种植园主——的坟上拜祭。

“凭神的恩典，”他马上说道，“那很好，太好了——父母比佛祖本身还要大。”他捡起我的鞋子擦干净，然后得体地鞠了个躬，退出房去。

锡兰的风景斑驳杂色得叫人无法抗拒——依次显得严酷、诱人、宏伟、亲昵，如此错综复杂地搅和到一块，以至于一个早上的行程就能让你从丛林到高山，再到经典的热带海滩。颠颠簸簸、坑坑洼洼的道路将这些迥然相异得令人震惊的部分彼此连接起来。缓慢的吱嘎作响的火车费劲地爬上不可思议的坡度。大巴惊险地从一侧海岸线缓慢驶向另一侧海岸线。跟团旅行还几乎没有抵达锡兰，旅行社的哲学也还没有成为主宰，这座岛屿依然让人感觉恰到好处的自然。（一天早上，我去提取支票时，看到黑板上用粉笔写着“满月日银行关门”的告示。）

有时，风景的转换如此迅猛，结果颜色发生了冲撞，仿佛是一个笨手笨脚的室内装饰工干的活儿。这座岛上的情绪也往往是凶猛的。它的谋杀率跻身世界前列，尽管犯罪几乎总是非预谋的，往往是被爱情或家族世仇挑动。干燥的山地空气与赤道潮气的碰撞似乎导致了内在的怨恨。土著的僧伽罗人怨恨泰米尔移民，佛教徒怨恨印度教徒，每个政党的每一翼彼此共谋般地互相怨憎——而这里居然还有两个亚非团结联盟！

原始气质浓烈：夜晚空气中的鼓点，恶魔崇拜，在岛上一些隐蔽的幽远之处，仍然有怪异的散乱分布的森林土著群落在勉强维持其黑暗时代的最后岁月。锡兰是一个人口如此密集、榫合得如此紧凑、如此成熟的国家，以至于西方的技术文明要最终淹没这个地方还需要几代人，并且我知道没有哪个地方能比这里更安全或舒适，在这儿，你仍然可以感到如此贴近多瘤结的自然之根。如果你从未在动物园外见过猴子，那么在锡兰公路上看到它们会是现代旅游中最愉快的体验之一：当猴子三蹦两跳地跃过主干道，或者以欢快的优雅姿态搂着幼崽爬上一根树干，它们看上去拥有如此充裕、如此庄严的自由。如果对你来说，一头大象主要意味着花六便士让孩子骑一程，或者仅仅是动画片里的滑稽角色，那么等着吧，你会在锡兰的柚树林中看见一头大象高贵地挪动粗腿，要是运气好，还会看到大象以狂野的庄重迈开大步，派头十足、野性未驯地从一片森林奔向另一片森林。

在别的地方，人们可以看到这些动物在更野蛮的环境中以更大的数量出现。但锡兰的光荣在于，它们仍然生存在紧挨着人类的地方，活动在一个可以轻易抵达并且实际上相当局促的环境中。在落日中小酌时，萤火虫随意地闪烁着穿过灌木丛，仿佛友善的信使，来自郊区之外的那另一个世界，那个猿与象的世界：有一次，我驱车五英里才穿过一片绵延的摇曳的黄蛾子群，它们那穿越锡兰的怪诞队列提醒人们，拥有道路并非人类独享的特权。

庄严地证明了这一点的，是锡兰的风景与奇观中最著名的一个——锡吉里耶（Sigiriya）的巨大城市废墟，如今在荒弃中成了灌木野生动物熙攘之处。在它那孤独地位于东北部荒凉风景中的、野蜂大肆滋生的静默的边缘地带，锡兰的戏剧性被演绎得最为激动人心。

锡吉里耶——“狮子岩”——是一块瘦削而庞大的花岗石柱，高达

400 多英尺。隔得老远就能看到，戏剧性地兀立在一片灰褐色的乡村里，第一眼看上去似乎仅仅是个地质学的怪物，就像澳大利亚的艾尔斯巨石，或者亚利桑那州的屁股形蘑菇。但它也是一个历史的怪物。15 个世纪以前，年轻的迦叶（Kasyapa）王子谋篡锡兰王位，将他的国王父亲活埋在一堵墙里；由于害怕在印度的弟弟回来复仇，他在锡吉里耶的岩石上修建了他自己的王宫——的的确确是在岩石上，因为生活在永恒的恐惧中，他在巨石顶上修筑了一个城堡，只有岩石上陡峭的台阶可以连通，上面有觐见室、豪宅、军营、蓄水池，甚至还有象厩。这位弑父的国王，他的朝臣与情妇，都兀然而孤绝地生活在疯狂的避难所中。

那块岩石仍然可以攀爬，半途中有一个展览馆，是著名的锡吉里耶湿壁画，半裸女人的情色绘画，乳房丰满，珠宝沉重，有些权威人士认为它们是信奉佛教的贞女，另一些权威人士则认为是正在享乐的王室女人。你往上爬，抓紧那些在一个远未达到今日这般危险高速的时代竖起的铁栏杆，从巨大的石雕狮子（“狮子岩”这个名字就得自它）的两脚中间，爬上一级又一级石阶，穿过一个又一个画龛，直到最后，出现在这块岩石顶上水平的平面上。这是一个差不多一英亩的正方形，仍然被那个疯子的宫殿的残迹分成高高低低的层级，灌木丛林地在你脚下空阔而毫无变化地延伸。从这样一个东方的贝希特斯加登[1]看出去，的确会让人升起“下面充满敌意的世界无力威胁我”的感觉，迦叶在这里盘踞了 18 年；但到最后，

1　贝希特斯加登（Berchtesgaden），德国的一个国家公园，是阿尔卑斯山最早的保护区之一。

他的弟弟来了，他在情势还没有变坏的情况下自杀身亡。

慧眼识珠！并不一定是快乐的，但却从来不会不让人惊讶。你还记得这篇随笔开始时那个给我送来早餐的侍者吗？当他离开房间时，我连忙去拿我的笔记本，打算一个字一个字地记下他的评论；但在我离开餐桌时，那只该死的乌鸦拍打翅膀穿窗而入，偷走了一片面包。

大吉岭

大吉岭是一个很有皇家气派的遗迹，是英国在印度统治时期的一个山地名胜，如今奇迹般地保留下来。为大吉岭本身，或者为前英国海外航空公司的杂志写这篇随笔是恰当的，后者的名字本身如今几乎已经与其前身帝国航空公司的名字一样充满乡愁。

大吉岭，印度最著名的山中避暑地，一切都是小号的。当然，从物理的角度看它已经是很小了，甚至难以在印度地图上找到，它藏得如此之深，宛如北方边疆地带的一个小点缀。但是从象征的角度看它甚至更小。它是我所知的最为刻意求小的城镇，仿佛总是试图削减自己的实质。一个人从加尔各答穿过炙热的辽阔平原，越过蜿蜒的巨大河流，经过一片无穷无尽的风景来到此地，但在山脚下，大吉岭派来迎接他的却是一辆玩具火车，一辆欢快的、漆成蓝色的矮轮小火车不知疲倦地冒着气，突突作响地往上爬，穿过森林、茶园，直抵那座小城。

在顶上迎接你的是小个子的人们。小小的街道上到处溜达着小型马。成百上千个快乐的小小孩童在你周围蹦跳闹腾。这座城镇栖息在一道狭窄的山脊上，海拔高约 7000 英尺，两边都是倾斜下降的深谷，我第一次到那儿时，发现云朵在它周围旋转。我有一种奇异的私密和自足的感觉——我想，它像是一个孩童的幻想，一个傻念头，一个被魔法缩小规模、被蒸汽隔绝于世的城镇：但是然后，随着在一个戏剧性的时刻响起的一阵鼓点，永恒移动的云层上暂时出现一道裂缝，喜马拉雅山脉神圣的连绵群峰出现在眼前，沉静地俯瞰辽阔的世界，背景里大大地耸立着被阳光照得粉红的积雪，山麓牧场一片挨着一片伴随左右。

我明白了大吉岭刻意求小的原因，我也在这壮丽的景象前感到了自己的渺小。

某些游客压根儿就没见着雪峰，因为它们经常一连消失好几天。总而言之，没有必要再絮絮叨叨地谈论它们。在清凉的早晨，从大吉岭看到的干城章嘉峰[1]及其同伴足够让你说个不停，这是最高贵的旅游体验

1 干城章嘉峰（Kangchenjunga），世界第三高峰，位于喜马拉雅山脉东端，在尼泊尔和印度的边界线上，海拔8585米。

之一。这是一种幻象。它感动了世世代代的朝圣者，令他们进入神秘主义，甚至让更多人为它写下过多的文字。

然而，确立了大吉岭风格的并非喜马拉雅山的景观，而仅仅是它们的存在。这座城镇生活在对它们的知晓中，并且以此去认可事物的其他尺度。它的小不是自卑情结，而是自知之明，它赋予此地居民一种特殊的强度和活泼。大吉岭分层建设，从顶上的奢华旅馆与别墅到底下乱糟糟的集市区，整洁地沿着山脊延伸，像是一座展览之城：穿过密集分层的建筑，一路上连续不断地听到生活的嗡嗡、哼哼与嘶嘶声。大吉岭的能量似乎因为其小而燃烧得更明亮，这座城里没有哪个角落是安静、空寂或沉闷的。

这是一个快活得叫人吃惊的地方。似乎每个人都感觉到纯粹的辉煌。也许他们全都是这样，因为这里空气恢宏明亮，热度很少达到炎热，而凉度又很少变成冰冷。最先在 19 世纪将大吉岭标上地图的那个威尔士人[1]从一开始就把它当作一个疗养地，锡金的王公友善地把它交给英国的印度总督，“好让他那些苦于疾病的政府雇员可以利用它的优点”。今天，大吉岭的兴高采烈劲儿似乎从未衰退过。孩子们从不停止嬉戏，年轻人从未结束打闹，游客从未厌倦骑在租来的小马背上欢天喜地地踏遍全城。花园里知了整日鸣唱，山下不时传来小火车的汽笛声与呼哧声。小火车喜欢结伴而行，一批三两个，乐呵呵地从西里古里

1　即后文所说的劳埃德上尉。

(Siliguri）赶来。

在陌生人看来，这里的一切都比真实的生活更紧张、更专注，特别是在天黑以后，集市的巷子里点起火盆，旅馆的灯光在高处舒舒服服地闪耀。然后，半个大吉岭的人都闲逛着聚到了乔拉斯达（Chaurasta）——那是位于小城沿着山脊方向的半中间位置的一个三角形露天市场，我到大吉岭的第一个傍晚就去了那儿，在一张长椅上坐下来，望着小城居民从身旁经过。在广场之外，山脊突然落入黑夜，只有黑黢黢的山麓伸向那边，还有隐约可见的雪峰，以及不时出现的星星，透过移动的云层璀璨得不像是自然之物。

倚靠着这面天国的背景幕，大吉岭的人们来回地徘徊、漫步、闲聊，如同傍晚散步的西班牙人，或者圣马可广场上更有异国情调的威尼斯人。这里有穿纱丽、戴鼻夹、闪闪发光的高个儿女孩。这里有戴皮帽、棕肤色、地精[1]一般的男人。这里有漂亮得惊人的丹凤眼孩童，有脸庞像成吉思汗一样狂野而热切的男孩。这里有喇嘛、牧师、士兵、穿粗花呢衣服的庄重的印度绅士，穿棉布舞会裙的哧哧发笑的女孩。这里有山地挑夫，带着帆布背包和帐篷杆子从工作地快步回来。这里有还留着大辫子的老人。这里有两个嬉皮士、一个修女、四个法国游客，还有我，从露天音乐台旁边的一把长椅上如梦似幻地望着这一切。

1　地精（gnome），西方民间传说中一种小型生物，住在花园地底。

它像是世界的一个缩影，从平原和群山之间聚集于此，被引领进入这个小广场，被缩小到更整洁和更好管理的尺度，被注入两倍剂量的肾上腺素。

“你来自哪个国家？”一个人专横地问道，我们当时在一条狭窄的山坡小径上无法避免地面对面碰上。我告诉他我来自英格兰西边的威尔士，他接着问道：“翻过这个高高的隘口就到吗？”

隘口高得难以想象，山谷远得无法形容，劳埃德上尉发现大吉岭以来的一个世纪里，这座城镇的居民找到了从山谷通往山脊的路。这是一个边境定居点。这里的雪峰一些位于印度境内，一些位于不丹，一些位于尼泊尔王国，一些位于中国。这座小城站在神秘的边缘，它的居民从东喜马拉雅的许多地方及下面的平原迁徙而来。这个古老的疗养胜地过去属于那些欧洲贵妇，今天，它的功能远不止如此：不仅是一个有名的胜地，也是一个重要的集市，一个本地政府的中心，一个种族的展览馆。

世界上再没有哪个小城能够呈现出更多的人的种类、类型与风俗。此地原住民是矮小的雷布查人，很少超过 5 英尺高，但却极度强壮与灵活。来自东尼泊尔的夏尔巴人，珠穆朗玛峰与干城章嘉峰的高纬度挑夫，行动中带着一种冷漠的昂首阔步的冲力，似乎不能停下。藏人看上去往往非常老于世故，几乎显得时髦，他们的喇叭裤和无可挑剔的肤色足以应付任何一家切尔西[1]迪斯科舞厅。廓尔喀人看上去就是彻头彻尾的战士，即使并不在队列中，也总是保持着昂首挺胸的行军姿态。在这些北方的蒙古种的人里面，很少看到睡眼惺忪或迟钝麻木的面容：看上去都是些能力很强的人——腰身挺直，体格魁梧，若被丢到布鲁克林的后街小巷或南乌拉尔地区某个更为偏远的村庄，也似乎马上就能站稳脚跟。

但是，他们仅仅是大吉岭杂烩中的一个元素。这里有许多其他类型的尼泊尔人，例如古隆人、玛噶人、塔芒人和尼瓦人。这里有来自旁遮普邦和拉贾斯坦邦的印度士兵。这里有黑色皮肤、穿蓝睡衣的苗条女孩，可能来自安南，或者马来。这里有卫戍部队的四个拉其普特[2]军官，留着桑德霍斯特皇家陆军军官学院式的黑色短胡髭，穿着小山羊皮靴。小巷旁的印度圣人身上神秘地抹成赭黄色。来自孟加拉国的一家人正被抬到矮种马背上，他们全都洋溢着热切的期待之情，年轻而骄傲的爸爸抱着婴儿（孩子戴一顶粉红色的尖顶帽，上面有黄色缎带），披着金红两色纱丽的妈妈正专心致志地给一个穿得显然是要去参加一个特别奢华的婚礼的小男孩梳理那几乎已经完美无疵的头发。在浓密的胡子与紧扎的头巾中间盯着你看的，当然是锡克教徒的眼睛；隔壁桌上那位女士羞涩的瓷器般的微笑，是一种来自马德拉斯的棕榈

1 切尔西（Chelsea），英国伦敦西部街区，在泰晤士河北岸，自18世纪以来为作家和艺术家聚居地。

2 拉其普特（Rajput），指印度北方一部分专操军职的族群，自称是古印度武士种姓刹帝利的后裔。

树与沙滩的微笑。

在秋天，大吉岭有赛马会，到那时，你可以看到这一团人口统计学的乱麻处于最欢乐的状态。据说，那可爱的赛马场是世界上最小的；一场比赛结束时，参赛者以极高的速度从跑道猛蹿到马路上去，对于新来者说，这是一种令人紧张的体验。赛马会并不很正式。年轻人在道路中间踢足球。在比赛的间歇，马儿就在周围有草的地方随意吃草。赛马观众的人流从高处城区顺着山坡小径跌跌绊绊地淌下来，带着阳伞和比赛程序单，还有一条吉普与突突作响的出租车汇成的车流，喇叭轰鸣沿着机动车道行进。

传统的程序仍然受到尊敬。赛马会由大吉岭马术俱乐部主办，主要由军官担任的干事和裁判带着极度傲慢的贵妇，穿着剪裁得体的优雅服饰坐在官方席位上。有时，资深干事带着从巴黎隆尚到美国肯塔基马场的所有赛马要人所共有的那种王侯般的仁慈在围栏周围溜达。比赛程序单上印有每一种精炼过的赛马常客的行话，规则当然是严格的（“驯马师和赛马骑师须知：骚动的行为、放纵或者其他不恰当的举止，即使不是发生在赛马场上，也会被干事知晓。”）。实际上，它会招惹来标新立异者，故意违抗大吉岭马术俱乐部的教条。

钟声响了，旗帜垂下，三四匹西藏矮种马绕着跑道狂奔而来，掀起漫天尘烟，凶猛的小个子高颧骨赛马骑师——猩红与黄色交织的骑师行头耀人眼目，面盔低低地压到眼睛上——以狂暴的专注和不顾一切的速度驾驭马匹，像火箭一样蹿过小小的跑道，而观众兴奋得踮起脚尖，直到它们在欢呼、大笑和嘘声中冲出视线，离开跑道，绕到大看台的背后。仿佛刚刚经过的是阿提拉的斥候。陌生人也许会感到某种震撼，但那些干事看起来毫不慌乱，“一场快活的好戏，”他们互相交流，“棒极了的马赛，不是吗？”

大多数教条主义的进步论者不会否认小小的大吉岭有一种强力的乡愁。它是无害的，仅仅是早年的一缕余香，一股依然徘徊于山脊的维多利亚时代的芬芳。大吉岭的建筑主要是那种带山形墙的半牧人小屋的风格，对于维多利亚时代的观光客来说如此亲切可爱，而在其种族的混杂之上，被强加了一种由阔边女帽、茶与饼干结合而成的彬彬有礼的风格。但凡头脑清醒的人都不会希望改变它现在的样子。它是大吉岭那细微的神秘性的本质的一部分，常常令我想起一个百音盒城市，优美的小小旋律在阳光中丁零作响，而那些戴大礼帽、穿裙撑的人物顺时针旋转，一摇一摆地走在商业街上。这个地方的各种名字——游憩场、欢乐谷、旁道——都会唤起旧时的回忆，而贯穿平原的大路在大吉岭仍然被叫作推车路。

有些旅馆拥有美妙宜人的维多利亚风味。无可置疑的权威人士告诉我，温德米尔旅馆的麦片粥放在苏格兰也是无与伦比的，而珠穆朗玛峰上的茶也是茶，我亲爱的，完全像我们**平常的**茶一样。在大吉岭上购物的体验也是令人愉快地老派的。商店里服务员耐心而专注，欧洲太太一到就有人把椅子推到手边，你简直可以期待看到从前的英国乡下布料商店里常用的那种线滑轮的零钱箱在克什米尔披肩和西藏转经筒之上飞来飞去[1]。

大吉岭的大多数娱乐（排除掉集市区那些不合法的乐子）会完美地满足我们的祖父母。例如，被我有节制地拒绝给予自己的一个经典的娱乐是，早上 3 点起床，到老虎岭上去看日出和珠穆朗玛峰的峰顶。这里有远足到有趣之所的娱乐，比如去看古姆岩或卡文特尔的牛奶农场。这里有辨认野花野树的娱乐，还有去户外动物园素描或观看动物的娱乐——羊驼和西伯利亚虎，从围栏里闷闷不乐地回望着人们的检阅，似乎在希望维多利亚时代永远没有出现过。当然，这里有矮种马骑，还有微型高尔夫，我在那儿的时候，圣保罗学校的学生正在表演歌剧《罗地葛》[2]。

最首要的娱乐是走路。大吉岭的大多数地方都不允许汽车进入，这是地球上最能走路的城市之一。你可以彬彬有礼地在这城市本身四处走动，也可以穿越植物园。你可以走到山麓野餐，也可以背起菠萝罐头和睡袋，雇上一队夏尔巴人，大步跨进遥远的山岭。每年都有越来越多的人从大吉岭出发步行，这肯定是一种非常健康的消遣。“没有哪儿像大

1　未查到相关资料，译者猜测，这里所说的“线滑轮的零钱箱”的使用方法，类似于旧时中国商店里收银台与柜台之间用绳子上滑动的夹子传递货款和发票的方式。

2　《罗地葛》（*Ruddigore*），又名《巫婆的诅咒》，由吉尔伯特和沙利文创作的英国著名滑稽剧。

吉岭，”一个被全副装备的重量压得步履蹒跚的壮老太太，除了喝掉一瓶柠檬水，没做任何特别的努力就从我身旁超过，一边抱怨地评论道，“没有哪儿像大吉岭，风把蜘蛛网都吹散了。”

照我说，我们的祖父母会爱上它的：有时，对于一位多愁善感的游客来说，大吉岭剪贴簿的精华可能是格外动人的。在位于这道山脊东边末端的加拉帕哈山，有个小小的兵站，由阅兵场、驻军教堂和针对士兵的商铺加以完善。有一次我走过这片营地，欣赏它所陈列的军事美学——擦得锃亮的铜号、刷过石灰水的卵石中的团部招牌、步兵靴沉重的橐橐声、军士型胡茬——此时，一个出人意料的声音从背后的阅兵场传来。廓尔喀管乐队以一段缓慢而忧郁的导引性的哀诉，奏起苏格兰高地挽歌的悲伤音乐。我在尘土飞扬的小路上顿住了，泪水涌入眼眶：我想，多年前曾经有多少代我的同胞在背井离乡的路上被这音乐激动，在这些印度边境的山岭中，它听起来多么奇怪，多么甜蜜，又多么孤独！

“有什么需要帮忙的吗？”一个过路人看见我站在那儿，问道，“你是不是病了？”没有生病，我让他安心，然后朝山上继续走。那仅仅是多愁善感！

每天早上，我通常会在早餐前走上眺望岭。这个树木繁茂的山岗，在比乔拉斯达更高的地方突然升起，是佛教徒的圣地，顶上有一座神庙。通往山顶的陡峭蜿蜒的小路上满是托钵僧在向善男信女（像大主教一样弓着身子的庄严的圣人，快活的干瘪老太婆，成群结队好发问的叽叽喳喳的孩子）化缘。两个咧嘴笑的石狮子守卫着圣地入口，树上挂满白色经幡，你可以听到连续不断的呢喃祈祷和叮叮当当的钟声从神庙壁龛处神秘地传来。这座山上总是人头攒动。有人在祈祷，有人在冥想，有人在诵读神圣的经卷，我每天都会碰到同一个人孤零零地站在灌木中，望向中国西藏的方向，在一个大黑笔记本上写字。

如果天气晴朗，就可以看到干城章嘉峰及其同伴的壮丽景象，下面的旅馆里有人正为我煮鸡蛋，而我总是独自坐在草地上，对大吉岭的免疫力感到惊讶。在我看来，它已经**逃脱**了现实。它知道自己的尺寸，并且感到满意。尽管它的名字举世闻名，但它始终是喜马拉雅山脚下的一座小城，极其贴近泥土和庙宇。这里在物质方面有足够多的肮脏与贫穷，但是我认为几乎没有绝望，更没有堕落。重负足以令人跛足，但挑夫们仍然有能量微笑。孩子和小鸡可以在厨房跑进跑出，但母亲似乎从不发脾气。女孩们哈哈笑着，在杂树林里卖力地砍柴火，劳动者背上成捆的干草里缀满粉红和蓝色的花朵。

好像是根据一种无意识运用的价值标准，大吉岭从下面的世界选择了它想要的东西，摒弃了其他的一切。来到大吉岭，你会感觉更舒心更愉快。那些藏身云端的巨伟山岭将比例设置得正好，并且校准了平衡。它们似乎在说，忙乱是无益的。那不可能持久。每天早晨我登上那座山岗，待过 10 来分钟后，这个警句一般的想法就会浮上心头，它总是让我想起，我的蛋正在这条小路前面等我——于是我会匆忙下山，经过那些快活的乞丐，被一大群孩子紧随，被慈祥的圣人鼓励，赶往侍者等我的地方。他包着红头巾，戴着擦得锃亮的黄铜徽章，从餐厅门口急切地往外望，正等着给我的燕麦粥掀开盖子。

待在大吉岭的日子里，我经常看到一个穿传统僧侣服装的年轻美国人。我听说他在附近一所佛学院读书，常披褐色斗篷，穿便鞋，扎发髻，好像天生就是这么打扮来着。对这个怪异的角色，没有人表现出丝毫惊诧，甚至他父亲从美国来看他时也安之若素。“我要喝酒，吉米，”有一天我听到他一边对儿子说，一边抽着雪茄喷出一口烟，举起酒杯，“我要为大吉岭所有这些奇妙的人们干杯！”（在我看来是相当匆忙地放下酒杯后，他老练地补充道：“嘿，这是印度酒吗？美极了！”）

多年后我回到大吉岭的温德米尔旅馆拍一部电视片，同去的有我的儿子特姆和一个来自五湖四海的摄制组——成员有威尔士人、英格兰人和波兰人。当我们离开时，我在旅馆的留言簿上写了一首感谢诗，我很荣幸地听说它现在被框在了一面墙上。

德里

这趟旅程的所有目的地中最重要的是德里，这英国统治下的印度的强大首府，曾经是无数王朝的心脏，如今是世界上最大的民主共和国的首都。这篇随笔是为纽约《滚石》杂志而作。

“你看，”政府发言人说，“你可以把德里比作恒河，它蜿蜒而迂折，许多别的河流汇入它，它被分为好多个部分，以如此多的渠道流入大海，多得没人知道哪一条是真正的河流。你跟得上我的思绪吗？这也许是一个形而上学的问题。你最好钻到事物的表面之下，去发现那些不为我们这些凡人所知的东西！另外，我想你会喝杯茶吧？”

我喝了一杯茶，没加奶，非常甜，由一个夹克扣子扣得高高、脖子上围着围巾、拖着脚走路的勤务员端给我，我一边说客套话，一边思忖该发言人的建议。当然，印度人爱把平凡变成神秘。这是他们那“永恒智慧”的一个组成部分。几个世纪以来，这种倾向以各种方式挫败、激怒、取悦和迷惑了来自西方的游客，印度满是从远方赶来朝拜能洞察一切的圣殿朝圣者。但是**德里**呢？德里不仅仅是一个国家的首都，也是世界政治的一极，原动力中的一个。它为权力、战争和荣耀而生。它晋升至伟大，并非因为圣人在这里看到幻象，而是因为它扼守着从西北方向而来的战略要道，征服者大多从那个方向杀入恒河三角洲富饶的平原。德里是一座战士之城，一座政治家之城，一座记者与外交家的城市。它是亚洲的华盛顿，尽管并非那般别致入画，但它靠野心、对抗和机会主义而生存。

“哦，是的。”他说，“你的想法很正确，但这只是德里的**表面**。我知道你是一个艺术家，你应该看得**更深入**！如果你的调查有任何需要我们提供帮助的，”他补充道，迷人地来回摇摆脑袋，“尽管告诉我们。你可以在任何时候打电话，我们将会立刻回电，告诉你必需的信息。我们在这儿就是要提供帮助！这就是为什么我们会在这儿！哪里，哪里，这是我们的职责！”

我想，德里肯定是古旧得没法想象，而衰老是一种形而上学。死亡的表征在此无可逃避，并且确实赋予此地一种令人烦扰的象征意义。帝王的坟墓耸立在交通枢纽边，被遗忘的堡垒俯瞰市郊，久已消逝的王朝之名穿插在方言中，哪怕是被用作街道的名称。

德里绝非一座清白的城市，因为它的每个层次都弥漫着贪污与密谋，但它又格外朴实，朴实到了返祖的地步。我想，《德里城市地图册》中的第八张地图给这城市做出了一个恰当的介绍，该图将一片市政区域坚实的混凝土路面标示为“密集的丛林”：尽管它现在是一个有百万居民的城市，但仍然让人感觉毗邻荒野。从它的许多部分都可以看到开阔的平原，印度的乡村之树（多絮的柽柳与无处不在的刺槐）侵入每一片土地；动物也是如此，因为松鼠到处都是，猴子、水牛、母牛、山羊和一百万只流浪狗游荡在街头，不容侵犯。

到处都有天真淳朴，因为来自全印度的乡下人都涌进德里找工作，求帮助，看稀奇。这里有锡克教徒，圆滑的孟加拉人，珠光宝气的拉其普特人，来自西海岸的精明的古吉特拉人，来自南部的漂亮的泰米尔人，身裹披风、闻起来如同未经鞣制的皮革的藏人，来自孟买、带着须后水味道的职员，学生，漫游的圣人，步兵靴橐橐响的士兵，戴黑纱的妇女，从被烤焦的旁遮普平原进城来讨生活的农民。他们惹人怜爱地拖着脚穿过国家纪念堂，被敬畏感攫住；服务员像吟诵一样自言自语，希望讨得小费；旅游大巴在总统府外排成行；魔术师在红堡[1]城墙下面满是尘土的水沟里练习飘浮与不可思议的消失。

德里充满自发的基本情绪：贪婪、仇恨、报复、爱、怜悯、友善、谋杀的枪击、手的触摸。它的微妙本身是天然的，甚至它的贫穷也是黑白两色的。一边是有组织的儿童乞丐，被人教唆着低声哼唧一些引发同情的绝望词语，比如“饿”“宝贝”或“妈咪”，太过频繁地成功诱骗软心肠的陌生人。另一边则是成千上万庄重有礼的贫民，席子、帐篷和旧箱子的简陋棚屋的市镇，像是些黑色赘疣附着在德里的存在之上。

1　红堡（Red Fort），印度最大王宫，享誉世界的古老伊斯兰文化建筑名胜，坐落在德里旧城东北部，用赭红砂石建成。

甘地曾说过，人民的声音就是神的声音。我怀疑这一点，但是我确实从印度的贫穷中辨认出一种神圣的元素，其高贵犹如来自年岁与牺牲。印度人用转世的观念来阐释它，我也把它看作一种半途中的状态，一个交叉的站点。“在下一世，”经过开往乡村的漫长而精疲力竭的旅程后，我告诉我的司机，“我将会开车，而你躺靠在后排座位上。”但是他用一种更为基础的哲学回答，“在下一世，”他说，“我们**都**会躺靠在后排座位上！”因为，甚至德里的贫富不均，甚至那些痛苦，都带有某种强健有力的东西，一个耐心的宿命论者会激怒许多现代论者，但对我这样的人来说却是一种安慰。它经常伪装成东方式的胡言乱语，在嬉皮士群居村四处宣讲给容易上当的加利福尼亚人，并且，被从神圣到荒唐的各路瑜伽大师敲骨吸髓地榨取价值：但是，它的的确确只是一种对事物如其所是的随遇而安，并且，得到了“事物不总是它们表面上那个样子”这一明智命题的大力支持。

但是，痛苦，是的。德里是一连串失败的首都。它是电话串线、爽约、车胎穿孔、电话号码弄错的大都市。德里的报纸每天报道一些外交、经济、体育方面的新的失败。当我在那儿时，我的鼻子里长出一个难看的疖子，一边脸膨胀得像个巨大的囊肿。在这种情况下，我自觉地继续我的研究，最初，我被街头的印度人假装没注意到我的异态时所表现出来的老练劲儿给打动了。然而，过了一两天，我意识到真相甚至更加动人：他们**真的**没有注意到。他们认为我的脸完全正常。因为在一片畸形的土地上，一时的奇形怪状算得了什么呢？

“当然，”政府发言人说，一边细读我的问题单，“无论如何，这些都是非常简单的问题。我们马上就能够为你关注它们。正如我告诉你的，这是我们的职责！我们拿工资就是干这个的！今天下午，我必须亲自参加一个重要会议——我想，你会原谅我吧——但我会把所有这些小问题交给我们的好人笈多太太，全都会被处理好的。我一定会亲自打电话把答案告诉你——或者，如果我不行的话，笈多太太肯定会打电话给你，不是今天，就是明天早上。你在我们的登记表上签字了吗？如果你不介意的话，请在这儿签两遍名，门口那位女士会发给你申请一份通行证所必需的表格——那会让你办起事来更容易，你明白吧？别害怕，笈多太太会处理所有事。但是请留意我说的话：你会发现我们这座城市精神方面的特征是最有价值的。记得我说的‘恒河’！作为一名历史研究者，你会发现，我的话是对的！哈哈！再来一杯茶？你有时间吗？”

然而，甚至连他都会承认，在作为印度政府总部和印度统治权首府、作为德里的一个最新最大的继任首都的新德里，精神方面的特征几乎不是最重要的。这座英国人建立的城市，除开一两处精辟简洁的象征与令人作呕的文字——**自由不会降临到一个民族的头上，一个民族必须**

把自己提升到自由中去——是对英国人本身的帝国统治的一个坦率而确乎高贵的纪念。即使到现在，它仍然不显得反常。一则，它被赋予一种混合了东西方特色的风格，以便照顾到所有的历史偶然；二则，英国特征在德里还远未死亡。德里的绅士，特别是那些喜爱运动的阶层，仍然英国化得惊人。德里的社会事件能够比爱斯科赛马会或罗兹板球场[1]更加无限的英国化。

在一个雾蒙蒙的大清早，从远处顺着恢宏的主权大道望过来，新德里有着无可否认的威严——它的建筑所表达的，不是罗马，不是英国，不是印度，而是**帝国**。此时，它的自我意识（因为其风格的混杂是精心设计的）被雾霭、距离和正在醒来的德里的骚动弄得模模糊糊——夹着鼓鼓囊囊公文包的公务员，人头攒动的步兵，夸夸其谈的早班警察，穿原色服装、显得优雅的女清洁工，可能（如果时间不是**太**早的话）坐在由司机驾驶的印度制造的豪华轿车里的部长，官邸门口粗壮的廓尔喀岗哨，从奥贝罗伊洲际酒店来的第一批急切的游客，带着跳舞猴子的艺人，带着儿童助手的耍蛇人，国会外面人行道上的露天理发师，装饰性的池塘旁边准备洗衣服的女人，穿过规整的花园凶猛地走近你，问你是否愿意来一份冷饮的穿卡其布的男人。

此时，隐现于这些灰扑扑的复杂事物之上的印度的力量明确无误：不仅是受造的，也是本能的，被外国统治者如同本地统治者一样感

1　爱斯科（Ascot）赛马会、罗兹（Lord's）板球场均为伦敦著名运动场馆。

知，超然于历史的转变。在世界上所有的国家里，印度是最真实的庞然大物，这种令人震惊的品质于每天太阳在德里升起时重新展示其自身。5.8亿人，300种语言，从喜马拉雅山脉延伸到赤道的众多省份，孟买和加尔各答那样巨大的城市，在时间中失落得如此之深以至于没有被任何地图标出的村庄，核物理科学家和土著山民，财富数之不尽的实业家和铁路站台上摊开手脚的垂死乞丐，三四种伟大的文化，无数种宗教，来自世界各地的朝圣者，身陷贪渎的政客，通往白沙瓦的主干道，阳光中闪烁的马德拉斯的庙宇，无穷无尽的历史，难以理解的社会体系，深不可测的人力资源储备，悲惨，含糊，活力，淆乱——所有这一切，印度的巨大身躯覆盖新德里，向其四周伸展，灌注、提升、激励并且几乎完全压倒它。

尼赫鲁说，现代西方文明是仿造的，靠仿造的价值生活，吃仿造的食品：但是德里的统治阶级——政客、商人、军官——却毫无羞耻地普遍采纳了这些价值。甘地说，他的印度会有“尽可能最少的军队”，但德里却是所有首都中最军事化的一个；我在德里的电话簿上查找朋友名字时，发现“可汗纳”这个姓氏下面有四位上将、一位空军准将、十二位陆军上校、一位空军上校、十二位陆军少校、三位空军中校、四位海军上校、一位海军中校、三位海军少校和一名海军上尉。

事实上，我是一个对权力相当着迷的人。我并不太乐意顺从它，甚至也不乐意运用它，但我确实喜欢观察它。我喜欢它那种经常被浮华与历史上过色的美学。我与每个爱国者同声同气，喜欢看到旗帜飘扬，不论是在宫殿或国会，也不论是在威斯敏斯特或凯道赛[1]。然而，不知何故，我对印度的古老魔力没有反应。为自己对帝国荣光的爱加以辩护的英国人，过去总是宣称有必要保留亚洲人的恭敬。然而，反对“半裸托钵僧”（丘吉尔对甘地的称呼）对他们全无好处，而现在德里的壮美似乎也诡异地**超脱**于印度。在外交区的大使馆上空鼓动着的国旗，多么遥远地证实着全权大使的存在！达官贵人们的姿态多么风马牛不相及——宾主都是一样，不论是由戴肩章的将军迎接的波兰国防部长，还是会不可避免地打赢马球赛的威尔士亲王，也不论是在记者招待会上大受吹捧的本地国大党的发言人，还是在下一场记者招待会上纡尊降贵地来访的“国家重定位”部长。

这一切中最超然的似乎是那个难以想象的德里官僚体系——被首都养肥的权力吮吸者，依靠其自身的重要地位谋食，或者以各个部门之间的签条、一式三份的申请表和对惯例的复制、评论、附录与参考注入自身静脉来维持生命：这是一个怪物般的权力巨兽，一动不动地懒坐在文件和茶杯托盘中间。这个系统中的大部分压根儿就不参与现实实践，而只涉及假设或教条。40 个政府雇用的编辑忙于编辑甘地的作品集，乃至他最后的**沉思录**——他们已经搞出 54 卷来了。成百上千的人参与计划，因为没有哪个首都如德里这般适合计划者。老大哥无处不在，带着一套

1　凯道赛（Quai d'Orsay），法国外交部代名词。

计算尺、一块写字夹板和用小号字体书写的警告。“这张地图，”一份德里的旅游出版物严厉地写道，“仅为旅游者作为权威指南，而**非法律建议**”——在这里，在妨碍、迂腐、多余和荒唐的混合中，可以听到印度官场真实的声音在说话。

在德里经常听到电话接线员的英语，那完全不是一种清晰连贯的语言，而是一种拖长的模糊发音。当然，严格意义上的印度英语是印度的一个最严酷的障碍，因为它如此频繁地缺乏细微的差别，导致主人与来宾之间产生了一种不真实的关系，并且往往让非常聪明的人们显得愚蠢。但是，接线员这种含糊、滑溜的语言则是别的某种东西，对其听者有另一种效果。它让人古怪地感觉到自身的不清晰或无定形，似乎给当天的计划蒙上了一层不确定的面纱。

这是对的。没有人能斗志昂扬、精神抖擞、目明眼亮地进入德里。在这儿，希望意味着衰萎，而构想总是在调整。与没鼻子乞丐的一次轻微接触，就足以改变你的社会价值观。申请一次进口执照，就会改变你对效率的评价标准。不久，就可能发生更为严重的突变，你会发现自己开始质疑这一切的意义，质疑时间的现实性和其他古老的印度特性。“你会看到，你会看到！”这一切中最令人惊慌的是，你终于感觉到：那起初作为虚幻的夸示而让你印象深刻的德里的壮观景象，实际上是这个地方唯一的现实。其他一切都是海市蜃楼！东、西、南、北，跨越拉贾斯坦沙漠，下抵科罗曼德尔海岸，远至中国边境，印度的存在中其他一切都是暗示，永远不会变成实质。

因为专注于其自身的后果与命令的每日轮转，德里诡异地免受总是幽暗而模糊地悬挂在印度地平线上的论战、威胁与不幸的尘暴的侵袭。德里的这种模糊或滑动，起初是一种神秘，接着发展为一种恼火，最终变成一种安心。在试了三次之后，你愉快地放弃了。在抗议过一两次之后，让步成了一种快乐。你觉得你能改变这个体系？试一试，试一试，当你被德里的详尽阐述揪住，当你意识到古老方法那迂回曲折的意义，当你听到如下解释——“只有笈多太太有资格拿那笔钱，因为根据习俗，穆克尔基先生不得在穆克塔先生旁边工作，而穆罕默德先生当然不能在星期五工作”，当你逐渐明了，自从中世纪早期以来，不管是在被征服时，还是在获得解放时，印度多多少少一直是这个样子，你可能会带着一丝安慰的、柔情的微笑赞同：也许最好是让它保持原样。

保持原样！印度总是在保持原样！在德里，我从来不失望，因为我总是感到周围有一道深深的冷漠的壁垒。这个首都本质上对这个国家缺乏感情，这个国家对这个都城冷淡漠然。根据目前的人口增速，到 20 世纪末，印度将有差不多 10 亿人，我想这里很有可能发生一场革命，导致这种或那种局面。但我敢发誓，到那时，回到德里的游客将发现这座城市毫无变化，他将要对完全相同的情绪做出反应，将要沉溺于全无二致的猜想，陷入一模一样的哲学泥淖，并且，倘若他多少与我有点相似的话，他会得出差不多同样深情款款、同样没有结果的结论。

“你看到了？你看到了？难道我不该这样说？我早就告诉你啦，你要做形而上学的思考！”哦，也许是吧。但这位政府发言人本人更好地证明了他的要点，因为不管是他还是笈多太太，都没有给我打电话。

18

卡萨布兰卡：变性

1974年，我出版了一本名为《她他》的书，讲述的是我有生以来对自己生错了性别的确信，以及最终的变性。这一过程在荷尔蒙治疗的逐渐影响下花了差不多10年，到1972年，在摩洛哥卡萨布兰卡城B医生经营的诊所里，以一场手术宣告终结。这本书当然有着强烈的个人化特色，但或许也有某些更为宽泛的意义，可以作为后来通常是被贬抑地称作“宽容时代”的那一时期中所浮现出的更为解放的性伦理的一个征兆。我不知道B医生的地址，但当我抵达卡萨布兰卡时，我在电话簿上查到他的名字，然后被告知第二天下午去他的诊所。因此我有时间在城里游荡一番。

作为一座城市，卡萨布兰卡绝不罗曼蒂克，主要以一种浮华的法国殖民地的方式显得摩登、吵闹和丑陋。然而，我将要在这儿拥有的体验，在当时和在现在，都让我感到非常的罗曼蒂克。那真的像是去拜访一位巫师。那天晚上，走过那些绚丽的街道时，我眼中的自己是一个童话中即将变身的人物。丑小鸭变天鹅？厨娘变新娘？我给自己的回答比任何此种变身都要更加魔幻：男人变女人。这是我作为一个男人所看到的最后一座城市。办公大楼看起来可能不太像是城堡墙壁，出租车看起来也不像是骆驼或马车，但我仍不时听到清澈的阿拉伯音乐，闻到辛辣的阿拉伯味道——它们已经如此长久地弥漫到我生活中——我能够将它设想成一座寓言之城，或者凤凰和幻想之城，在这座城市中，变体的发生是普通平常的，只要预兆正确，只要月亮处在恰当的相位。

第二天早上我拜访了英国领事。我偶然想到，在变性的过程中我可能会死掉，如有意外，我想让他帮我通知他人。他似乎并不惊讶。他说，不冒险总是最好的。

诊所和我想象的不一样。我很是期待看到集市上一个烟雾缭绕的所在，结果却是在城里一个更宏伟、更现代的区域，两个出入口分别位于宽阔的林荫大道和宁静的住宅区后街。该诊所较为普通的业务是个什么妇科来着，我在前厅等待时翻看时尚杂志 *Elle* 和《巴黎竞赛》，但注意力完全没法集中，我听到和生小孩有关的许多声音，从分娩时间过久的母亲那压抑的恳求到父亲焦急的踱步。有时，这个地方陷入完全的沉寂，仿佛 B 医生正在隔壁房间里称量某人的命运；有时，从走廊某处爆发出一阵吼着阿拉伯语的女人的叫喊，尖利而狂乱。最后，接待员喊到我的名字，我被领进这位大师那幽暗且排满图书的领地。

他长得极帅。小个子，黑皮肤，面色紧张，打扮得好像要去参加某类沙滩活动。他穿一件深蓝色开领衬衫，运动裤，比赛鞋，被太阳晒得颇为黝黑。他露出愉快的微笑欢迎我，仿佛他的心还在圣托贝[1]。他问我有什么可以效劳的。我告诉他，我认为他也许知道得很清楚。“啊，我想是的。你希望做手术。很好，让我给你看看。”他检查了我的器官。他拍了拍我的胸脯——“**非常好**[2]。”他问我是不是运动员。“非常好，”他说，“傍晚再来，我们看看能做些什么。你知道我的收费标准吗？哦，也许你可以和我的接待员讨论一下价格——**好的，再见**[3]，今晚再见！”

我预付全款，按照惯例签署一张表格，免除了 B 医生的一切责任（倘若他不幸把事情搞砸的话），然后抓紧手提箱和一份当天早上的《泰晤士报》，因为我还没有筋疲力尽，一个小时后我被人领着穿过走廊，走上阶梯，进入诊所建筑的内部。我们一路走过去，气氛变得越来越浓重。房间挂的窗帘越来越厚重，越来越柔软光滑，越来越奢华。半身雕像出现了，我觉得还有些许浓重的香水味。过了一会儿，我看到一个身影穿过这个隐蔽之所的阴暗凹室向我走来，这些凹室显然让我想起后宫的诱惑，而那身影一分也不少地让我辨认出一个婢妾的模样。那是 B 太太。她穿白色长袍，我想腰间束有流苏边，巧妙地将一件土耳其式长袍的奢华与一件护士制服的洁净结合在一起。她金发碧眼，谨慎而神秘，用梦一般的方式说话，急切地确认我是否已在旅行支票上签名。我斗胆

1　圣托贝（St Tropez），法国著名度假地，名流明星汇聚之所，据称拥有法国最好的沙滩。

2　原文为法语。

3　原文为法语。

嘟哝了一句，这可是一大笔钱。“一大笔钱！你会得到什么？他可是个卓越的大夫，一个卓越的外科医生！”她戏剧性地嚷道，像司仪神父一样挥动白胳膊，“要是这么卓越的医生都没法给你做手术，你还能怎么办？”回英国老家啰，我说，然后在那儿把这事儿搞定——“但是让我们别再谈钱的事儿了。”她急匆匆打断我，把我裹挟到她的氛围里，进入一个貌似客厅的房间，打开角落里一扇小门，领着我走下一道螺旋楼梯。气氛马上又发生了改变。在私人区，到处都是闪光和香奈儿；下到这里，当我们出现在下面的走廊，四处充溢的全都是门诊的严厉劲儿。就像是从苏丹的宫殿走到了宦官生活区，当时我想，这是一个不坏的明喻。

房间号真的被涂写在花朵形状的磁漆上，色彩设计略呈粉红，走廊里放着一张婴儿床，扎着缎带，衬有软垫，但是四周弥漫着一种目标坚定的气氛，因为那是手术区。B 太太用手指向一扇慈悲地关闭着的门，说那就是手术室，“即使在现在，”她补充的话叫人毛骨悚然，“就在这会儿，还有一个美国人在做手术。我的丈夫总是在工作。”她打开走廊上最后一道门，把我引进五号病房，说了声温柔但却冰冷的“晚安”——因为我想到了钱，这令她很不愉快——就把我留给了自己的命运。

现在天已经黑了，房间很不吸引人。这里灯光黯淡，地板没有干净到一尘不染，我很快发现水池压根儿就没有热水。我能够听到窗户外面传来一阵模糊的车流轰隆声，而楼下的巷子里传来更加清晰的街市喧嚣。诊所内部好像陷入一种永恒的静默，似乎我被禁闭和隔绝于一切其他生命之外——这种感觉也并不算太错，因为这里的钟不走，这一层也没有别的病人。没有人来。我安静地坐在床上，做《泰晤士报》的纵横填字游戏：因为，虽然说这种境况听上去似乎会让人压抑甚至惊恐，但我心中却丝毫没有感到忧伤，也没有恐惧的战栗，没有遗憾，没有犹豫。我无法控制的力量已经将我带到卡萨布兰卡这间诊所的五号病房，所以，即使我曾经想要逃跑，此时也没法再跑了。

晚些时候，两个护士来了，一个是法国人，一个是阿拉伯人。她们说，接下来就轮到我了。她们是来给我做预先注射的，同时我必须把私处剃干净。“你有剃刀吗？请脱掉衣服，自己剃。我们等着你。”她们坐在桌子上，晃着腿，一个抓着皮下注射器，另一个端着一钵消毒液。我脱掉衣服，拿起剃刀，在赤裸裸的光线下感到很难受，用水龙头里的冷水和一块摩洛哥肥皂剃净阴毛，两个女孩嘲弄地望着我，偶尔彼此聊两句。我到现在都还能看到她们，晃着腿，而我正在不舒服地挣扎，是病房中央灯光最明亮处一个孤独的赤裸的形象。

最后毛剃干净了，她们把我按到床上打了针。“睡吧，”她们说，“过一会儿就手术。”但当她们走后，我爬起来，因为药力开始发作而浑身打战，但还是走到镜子前和自己说“再见”。我们永远不会再见面了，所以我想要与这另一个自我最后一次长长对视，并且眨巴眼睛祝福好运。在我这样做时，外面一个街头小贩在竖笛上吹出一段精妙的琶音，他沿着那条街，用甜蜜的渐弱音一再重复着那个非常温柔而欢快的曲调。天使的飞翔，我对自己说，就这样蹒跚着走回床上，不省人事。

我醒来时已经是一片漆黑，里里外外都没有声音。我立刻警觉，但当我小心翼翼地试图探究自己的身体状况时，却发现连一根手指头也动不了。我被人以某种方式捆在床上。我的胳膊向外张开，好像被皮带捆在床上，而我的腿好像不再存在。我能够略微抬起头，但是没有用，因为这团漆黑是不可穿透的。这大概就跟躺在坟墓里的感觉是一样的吧。诊所里完全没有任何生命的迹象。就算我狂喊乱叫，也不会有人听到。我略微有些好奇，是否出了什么大问题，其实我已经死了？但是没有，我的呼吸好像还好好的，我的头脑还在运转，毫无疑问，腹部肌肉的一丝谨慎的收紧似乎在告诉我：我被缠上了厚厚的绷带，也许下面还插着管子。在我看来，大体上我还活着，还很好，并且在卡萨布兰卡变换了性别。

我总是把我的谜团想象成精神方面的问题，而其他人也宣称它完全存在于心里。但在30多年后，荷兰医生对六位男性变性人的大脑进行尸检后，发现每个人的下丘脑（位于大脑的底部）都有一个特定区域相对于普通男子小得不正常，并且，实际上比大多数女人还要小。这似乎表明，这种现象具有某种与心理原因相对的生理原因，不过，我仍然愿意选择那些神秘的解释。

19

伦敦 1975

英国的古老首都伦敦的特征总是模糊闪烁，在 20 世纪 70 年代昙花一现的气氛中尤其让我捉摸不定。这篇随笔为《滚石》杂志而写，只是我试图把握伦敦特征的多番努力中的一次。

伦敦希思罗机场的一条航迹从东往西径直穿过这个首都的中央。这座城市第一眼看上去并不重要：只是一片随意蔓延的土褐色的住宅楼、露台和工厂，边缘缀着一点脏兮兮的绿色——仅仅是一英里接一英里的平凡建筑，不时沾染着肮脏与破烂。

然而，眼下的飞行路线选择了泰晤士河，迤逦着从东郊之间滑过，一个接一个地出现的是举世闻名的地标性建筑，是我们每个人都熟悉的图景，反映出一半人类的经验。微微发褐的伦敦塔蹲踞在水边。白金汉宫倚靠在宽阔的绿色花园里。在所有著名建筑中最像玩具、也最复杂的国会大厦耸立在威斯敏斯特桥旁边，如同一个教学模型。这里也有一条条公园绿地，还有铁路终点站巨大的维多利亚式屋顶，乱糟糟的皮卡迪利大街中心，苏格兰场高大的新办公楼，并且始终能看到泰晤士河蜿蜒、曲折地穿过这一切，流出城市中心，流入西边的郊区，直到第一片乡村的绿色再度出现在对面，还有砾石坑和高速公路。巨大的温莎城堡耸现在小丘上，飞机轻微地改变声调，在斯劳市上空倾斜翅翼，开始向机场做最后的降落。

我们正飞过的是众城之城。不论你喜欢还是憎恶，它都是所有城市的父亲。尽管纽约在种族上更有趣，莫斯科在意识形态方面更强力，巴黎或罗马明显更漂亮，但伦敦仍然作为一个历史奇观而将它们全部击败。不论好坏，它都是它自己，自从1066年诺曼人威廉在西敏寺加冕英王以来，一千年中它从未被外国军队征服过。它已经培育并放弃了有史以来最伟大的帝国。它是第一座大型工业化都城，第一座议会首府，数不清的社会和政治试验的竞技场。它是一座充斥着可怕的谋杀与无数间谍的城市，一座小说家、拍卖商、外科医生和摇滚明星的城市。它是莎士比亚、夏洛克·福尔摩斯、约翰逊博士、丘吉尔、迪克·惠廷顿[1]、亨利三世、弗洛伦斯·南丁格尔、威灵顿公爵[2]、维多利亚女王、格莱斯顿[3]和两位奥利弗——奥利弗·克伦威尔与奥利弗·特威斯特——的城

1　迪克·惠廷顿（Dick Whittington，1354—1423），英国商人，曾任伦敦市长，留下大量市政工程福泽后人。本名 Richard Whittington，Dick Whittington 是他的绰号及以他为原型的民间故事人物的名称。

2　威灵顿公爵（Duke of Wellington，1769—1852），英国贵族头衔，1814年封予在滑铁卢战役中击败拿破仑的阿瑟·韦尔斯利（Arthur Wellesley，1769—1852）将军。

3　格莱斯顿（全名为 William Gladstone，1809—1898），英国政治家，1868—1894年间四度出任英国首相。

市。莫扎特在伦敦写下他的第一部交响乐，卡尔·马克思在此开始撰写《资本论》。伦敦有五大交响乐团、十一份日报、三个大教堂、地球上最大的地铁，还有最著名的广播系统。它是足球、板球、橄榄球、草地网球、壁球运动最初的世界之都。它是“开膛手杰克”犯案的地方。它是最后一个伟大的君主政体温莎王朝的家园，根据前埃及国王法鲁克一世的专业判断，唯一有可能比这个王朝活得更久的只可能是红桃、黑桃、方块、梅花的王朝。伦敦几乎就是一切。约翰逊博士曾经评论道，如果你厌倦了伦敦，你也就厌倦了生命。

穿透阴暗邋遢、令人不快的街区，虚幻之物习惯性地隐约呈现——这是伦敦的一种天赋，或者毋宁说是一门技术。幻觉闯了进来！它的首要代理人是这个君主政体，其纹章上的狮子、独角兽、王冠、玫瑰、蓟和诺曼语箴言在城中无处不见，正如列宁的语录在莫斯科。

伦敦的君主政体部分是宗教性的，部分是外交性的，部分是装模作样的；如果说，在王室居所上空闪闪发光的旗帜像是经幡或者护符，那么在岗亭之间跺着脚昂首阔步、身形笔直的士兵就是纯粹的西格蒙德·荣伯格[1]。伦敦王室的神秘性、拜物教氛围和偶像崇拜感令这个独特城市的情感改变色泽，并且时常给人朝圣地的感觉，类似卢尔德[2]或耶

1 西格蒙德·荣伯格（Sigmund Romberg，1887—1951），匈牙利出生的美国作曲家，以小歌剧闻名，此句也许是指士兵的精神气质与其音乐风格吻合。

2 卢尔德（Lourdes），法国西南部一小城，以著名的岩间圣母像而成为朝圣地。

路撒冷，或者更为精确地说，也许像是一个圣地，其为人熟知的奇迹定期得到重新证明：圣血一年一度解冻，或者山楂树在每个圣诞节早晨开花。全世界的人蜂拥而来，见证伦敦的神秘在被叫作“林荫道”的气派十足的主干道上一年上演几次。那时，人行道上挤满外国人，车身上装饰着全欧洲的标志和牌照的旅游巴士远远地开上宪法山，成百上千辆车亮闪闪、脸冲脸地停着。排列在林荫道旁的禁卫军士兵像是圣殿里的侍僧，巡逻的警察如同圣器保管人。

一阵鼓点从上面一片金、灰、绿三色模糊之处——那是白金汉宫——的某个地方传来，宣告仪式开场。一阵鼓点后乐队奏响音乐，马上就有一支队伍从悬铃树之间缓缓走来。一名军乐队指挥打头，戴着尖顶骑师帽，穿着镀金的军用长夹克，骑在高大的白马上，神情冷漠得像是奴隶划桨船上负责报时的鼓手。然后是叮叮当、嘚嘚哒、吱吱嘎、呼呼哧的骑兵队，黑马、铜盔、羽饰、沉重的盔带下急切的年轻面庞，马蹄偶尔打滑踏出火星，厚重的胸铠闪闪发光，马匹与皮革发出酸味。三个奇怪的老绅士跟在后面，厚实的熊皮高帽沉甸甸压在头上，硕大的剑在身子两侧弹弹蹦蹦；他们骑着战马，患风湿病般地弓腰驼背，仿佛他们已经在旧皮革一样的马鞍里被压弯。

另一个头戴羽饰的骑兵中队……停步……人群一片静默……然后，高过人群头顶，在几乎和旗帜一样的高度，那张代表了神秘本身的紧张而诚挚的熟悉面庞上下摆动着，在厚厚的妆容下显得苍白。它像是那张裹尸布上的脸[1]，一张画像般的脸。世界上每个人都认识它。一张有皱纹的勤勤恳恳的脸，没有丝毫古意或贵气，但却拥有其自身的奥秘。当它经过时，人群几乎一动不动，沿着人行道散播的窃窃私语是一种战栗，其中包含的同情多过惊异或崇敬。仿佛正经过的是一个烈士。她为我们骑马，为我们流血！

这幅景象中有某种宿命感。仪式如此怪异，如此古老，如此僵化地冻结在如此多的习俗与行话中。女王和她的卫兵、指挥和乐队颠簸着走远，朝她的大管家已经为她在那片树林之外准备好的、精美而无意义的仪式性的随便什么玩意儿走去，但她在身后留下了某种变味的东西。她的牺牲是为一种陈腐的传统而承受的痛苦，而且，如果说王室的无聊仪式是伦敦补偿性的幻想，那它同时也是这座城市的苦修。伦敦似乎经常在其自身遗产的重负下精疲力竭——年复一年，一百年接着一百年，同样的军乐队指挥的鼓点，同样的马具的叮当声，一代又一代同样弓腰驼背的老侍臣，骑着战马，沿林荫道蹒跚而行。

像许多别的信仰的庆典一样，它是一出戏剧，并且，围绕王室宫殿的这番永恒的装腔作态，就像白色法袍沙沙作响的牧师绕着圣骨盒来回走动一样，也流行到首都的其他地方。

伦敦比欧洲的其他任何城市都更像是一场秀，依靠虚张声势与夸示

1　指的是传说中基督裹尸布上的圣容，这块所谓的耶稣裹尸布如今藏于意大利都灵约翰大教堂。

炫耀而活。人们总是议论它戏剧性的本质。在维多利亚时代，它是大基诺剧院[1]，这座城市里被烟熏黑的街道，老鼠大量滋生的泰晤士河流域，还有穷人区那活跃的脏乱差，这一切都给感性的游客留下强烈的印象。在20世纪40年代的闪电战中，它是一场纯粹爱国心的露天剧：战火在圣保罗大教堂的人群周围舔舐却吓不倒他们，丘吉尔穿着防化服在唐宁街的台阶上做出V字手势，诺埃尔·科沃德高唱"伦敦的骄傲传递到我们手中"或者"一只夜莺在伯克利广场歌唱……"

今天我们没赶上伦敦历史节点性的伟大城市表演的机会，但是油彩总是抹好了的，戏剧感仍然是此地的风土。这始终是一座演员的城市——自打莎士比亚和他的剧团落脚环球剧场以来，伦敦就是如此。哪怕在伦敦只待一天，你都不大可能看不到一张你认得的脸，在这座城市，著名演员不仅是名流或荣耀的流行明星，也是大人物。他们是有权威的角色，受人尊崇或被授予爵位。劳伦斯·奥利维尔是上议院的一名男爵。拉尔夫·理查德森爵士在摄政公园旁的别墅里过着大公一样的生活。埃里克·吉尼斯爵士、迈克尔·里德克雷弗爵士、约翰·吉尔古德爵士[2]，全都是这座首都里货真价实的贵族阶层；而更早时代的英国的舰队司令，经常出海去为国增光，在罗马或好莱坞为女王陛下作战，虽然满载荣誉，但却总是回归到他们出身的社会阶层。

1　大基诺剧院（Grand Guignol），巴黎一剧院名，19、20世纪之交以演出情节刺激（如情杀、强奸等）的戏剧出名。

2　以上人物均为英国著名演员。

戏剧艺术是伦敦**最卓越**的艺术——炫人眼目、模仿、欺骗或鼓动的能力。当你饭后走出餐厅，穿过黑咕隆咚的圣詹姆斯公园走向威斯敏斯特，到处瞧瞧吧：这里有泛光灯照明的西敏寺，那个英国风格的玄奥庙宇；这里有白厅[1]密密麻麻的尖房顶；这里闪烁的霓虹灯标示出皮卡迪利街，间歇性地照亮特拉法加广场的台柱上的纳尔逊[2]像；而骑在这一切之上，高过威斯敏斯特宫的大本钟钟面，高踞于夜空的是一道静止的小小的光，在这座城市之上孤零零地燃烧着。那道光表明：英国下议院，一切议会之母，正在下面开会。对你来说，这里有的是戏剧！有的是演技！

或者在早上去参观最高法院，去看伦敦法律的表演者上演他们每天的日戏。没有哪位专业演员曾经像女王陛下的法官这样表演过如此莫测的司法审判，他们的脸如同海龟一样在假发层层叠叠的甲壳下皱皱巴巴。他们坐在高椅子上，潦草匆忙地做着笔记，或者，偶尔插入多音节的讥诮之语。没有什么黄金时段的滑稽戏能够胜过最尖锐的伦敦律师，他们像仪器一样陈述辩护状，只要有可能就会让自己以侧面示人，在成功的狂喜中将长袍环裹到身上，仿佛如此之多的布鲁图[3]聚在一起搞刺

1 白厅（Whitehall），伦敦一条南北走向的大道，根据怀特霍尔宫而命名，是英国许多政府部门的所在地。

2 霍雷肖·纳尔逊（Horatio Nelson，1758—1805），英国最伟大的海军将领，被誉为“英国皇家海军之魂”，1805年10月19日在特拉法加海战中击败法国、西班牙联合舰队，但后来在战斗中中枪身亡。

3 布鲁图（全名为 Marcus Junius Brutus，公元前85—前42），晚期罗马共和国的一名元老院议员，组织并参与了对恺撒的谋杀。

杀。伦敦的法庭上频频爆发出的笑声往往是没心没肺的；这里有一批由丑老太婆和游手好闲者组成的固定观众，剧院的氛围如此有感染力，以至于被短暂地抬高到明星位置的贫穷被告会在欣赏的目光中流露出苍白的微笑。

若是幸运的话，你还可以看到伦敦佬的表演。伦敦佬文化在其发源的这座城市中勉强幸存下来：出租车司机、小商贩和报贩搬往市郊，被重新安置在高价公寓里，或者发现自己的口音、忠诚和幽默感被淹没在这个时代的千篇一律中。多年前，官方就已经将卖花人从皮卡迪利广场清走，甚至作为伦敦传统的街头艺人、过去常为剧场排队者提供娱乐的逃亡艺术家、国家展览馆外人行道上的艺术家也正被慢慢驱赶得不见踪影。但是，这种文化**依然**幸存，并且依然是一切传统中真正最好出风头的。

即使到今天，你仍然可以偶尔在游乐会和庆典上看到珍珠国王和王后[1]——伦敦果蔬手推车小贩，这个行当的民间世袭君主，他们穿着怪异的装束，全身缀满成千上万颗珍珠母纽扣——那是他们的传统特权。甚至更棒的是，随便哪个周日早晨，在佩蒂考特巷那巨大的露天市场里，在伦敦塔以北网格状的破街陋巷中，你都能看到密密麻麻的伦敦小贩在活动。他们的艺术直接来自综艺剧场，也许反之亦然；从他们对时机的

1　据说19世纪伦敦东区的一些果菜小贩喜欢用珍珠纽扣缀到衣服上。一个名叫亨利·克罗夫特的孤儿计划为孤儿院筹款，他用捡来的珍珠纽扣覆满整个外衣，非常惹眼，募捐大获成功。这个传统延续至今，今天，在伦敦的每个地区都有为慈善筹款的珍珠国王或王后。

把握、他们狡黠的机智、他们对失败的笑话做出的本能的反弹、他们以攫住漫不经心者的令人振奋的姿态来判断，这些推搡叫卖的伦敦佬完全有资格站在煤气灯时代喜剧演员的行列中。

伦敦就是一座舞台！城里的红色大巴士，像备受喜爱的性格演员一样，带着如此沉闷的亲切穿过车流移动。伦敦塔外，皇家卫队士兵手持长戟，盛装打扮得如同扑克牌，肯定是这一天雇来的临时演员。而这一切中最有戏剧性的是伦敦那些重大庆典，它们不仅古怪，而且过分装饰，但对这座首都的地位来说的确不可或缺，对政治势力来说的确亲近。

有一天，我去参加一个上议院（英国国会上院）新成员的就职仪式。他是一个著名政客，因为在其政党中的职位而被授予爵位，我被另一个在文坛比在政界声誉更隆的贵族带到仪式现场。我们迟到了，急匆匆穿过威斯敏斯特宫宽阔华丽的厅堂，经过数不清的半身像和令人生畏的肖像（“这是我的曾曾曾祖父，”当我们经过威廉三世时，J勋爵气喘吁吁地说，“当然，我这一系是私生的。”），沿着无休无止的铺有地毯的走廊，穿过有着谜一般标记的房间，从两边壁上乡村情郎、少女、封建领主和战马的巨幅壁画中间穿过，直到走上一道旋转的石头梯级，走进一扇吱嘎作响的橡木门，他把我猛地推进来访者的楼座。

在里面，一场梦正在进行。事实上，其余那些坐在下面长椅上的贵族及其夫人们看上去平凡得很：一个个膀阔腰圆的政党元老，双下巴的前部长，一小群固执而饶舌的妇人，一个戴厚框眼镜、满口坚定的基督教普世主义的主教。但是，英国上议院议长背冲着我，如同假人般神秘地陷在他的议长席上，那个硕大的羊毛袋子600多年来一直都被用于撑起议长的屁股。黑袍模糊了他的身形，一顶黑色三角帽戴在他的法庭假发顶上，让我想起一场险恶的听证会上的首席法官，还有一丝《爱丽丝漫游奇境记》里那个趴在蘑菇顶上官样十足、叼水烟袋的毛毛虫的意味。

就在我进去时，那位新贵族突然默不作声地凭空冒出来，走近这个叫人畏缩的大人物。他穿成红色，披白色貂皮袍，由两位同侪护送，前方引路的工作人员穿黑色马裤，手持一柄银杖。静默中继之而来是一些幽灵般的事。三位贵族坐下去，但几乎马上又站起来，在死一般的沉寂中一齐向议长席鞠躬，同时摘下帽子。议长摘下帽子作为回应，在羊毛袋上调整姿态，朝他们的方向近乎冷淡地微微欠身。没有一点声音，这仪式又重复了两遍——坐下，起来，脱帽，鞠躬，戴帽，坐下——而在楼座上的观众，也许甚至包括坐在下面长椅上的贵族男女们，几乎是惊骇地凝望着这一如此神秘晦涩的景象。

这并非一个字谜游戏，而是一个伦敦风格的当代政治场景。仪式一结束，我快步冲出楼座，及时跑下梯级，碰到正从下面的议事厅里冒出来的J勋爵。“天啊，”我忍不住问道，“他们这样做到底有多长时间了？”他非常严肃地回答道，“我相信这源自德鲁伊[1]。”

---

1 德鲁伊（Druid），古代凯尔特人中的教士阶层，其名称可理解为“了解橡树的人”，或“智者”“男巫”，这一宗教信仰在一世纪左右罗马帝国逐灭凯尔特人后式微。

此时的伦敦是胜利还是失败，是富有还是贫穷，没人完全知晓。令人惊异的是，它是一座极其易变的城市：美国大使最近诊断它有躁狂抑郁症，虽然曾居世界之首，但接下来的全是沮丧。伦敦不仅是这个王国的心脏，也是它的脑、肺和胃，而这个王国有时向我们表现得几乎破产。在其他时候，它站在无可计量的财富的边缘，因北海的石油潜力而再生。这一个月，它的账户上是灾难性的赤字；下一个月，又有了一笔巨大的盈余。伦敦的金库快要装不下钱了，英格兰银行的金子堆得比以往更高，但其中大部分是极易被撤回的外国财富，寄存于此是为了安全和快速回利。

所有这一切并不新鲜。伦敦虽有稳固、宁静与平衡之誉，但却总是活得摇摇欲坠。狄更斯笔下的米考伯先生，总是相信会有什么事突然发生，他是一个真正的伦敦之子。它本质上是一个为无形商品、被履行的服务与专业技能而设的市场。保险、银行、拍卖、评估、分析——这些是伦敦的典型功能。它们是流动的功能，难以估价，并且也是脆弱的，因为它们依赖于世界局势；所以，伦敦的繁荣从来就是不确定的，即使在那些情绪高昂的时期也是如此，它似乎总是在波动，明显依赖于当日的天气、新闻或欧洲的情绪。

伦敦的经济是一种国有与自由企业的混合，“二战”以后它的发展中一个持久不变的趋势是中产阶级的衰落，而在前几代人时，中产阶级是它的防波堤。这一过程总是显而易见的。比如说，在任何一个阳光和煦的午餐时刻，走进一家白厅的酒馆，你就可以独自观察到它。在门外，这座城市的潮水忙忙碌碌地流过——轰鸣的大巴，挽起袖子的游客互相读着旅游指南——但在里面，早来的酒客沉重地埋头喝啤酒。他们是商人或官僚，级别高到有资格在 12 点左右溜出来，成功到可以在帕尔摩街的拐角处开一家俱乐部。他们全都是男人，全都处于中年，无论走到世界上任何地方都会被马上认出是英国人。

在吧台前面幽暗的凹处，一种受伤害或遭围困的气氛伴随着他们，似乎他们从街上退入这片阴暗的飞地，是要和他们的同类待在一起，也许是要来舔自己的伤口。他们不太说话，但只要一开口，就总是抱怨：抱怨这个国家的状态、啤酒、年轻人、天气。在这条路另一头，他们的妻子正在购物的间歇喝着咖啡——或者更确切地说，鉴于眼下咖啡的价格，她们喝的是菊苣汁[1]。历史仍然会更凶狠地击打她们。在早上进城购物还是一件乐事的时代，她们戴最好的帽子，穿最好的大衣，与朋友结伴而行。而现在，她们实在是太过频繁地独坐，衣服也失去了色彩。她们的面容尽管和善，但看起来很造作。她们戴头巾，穿单色的鞋子，似乎每一年都失去一点阶级特征，你越来越难以辨认你对面的那位女士到底是嫁给了一个工人呢，还是嫁给了一个老师。

然而，在外面街道上，不论你朝哪边看，都能看到富裕的标志。劳

1　伪劣咖啡会在真咖啡中掺入菊苣根粉，或将谷物、豆类焙炒粉碎后掺入。

斯莱斯多得很。出租车司机告诉你他计划到突尼斯度假，音像店里挤满挥金如土的年轻人，开宝马车的大有前途的经理们永远比你先到停车场。在上流社会的餐厅，老伦敦舒适的传统由昂贵账单的魔力维持着，连什一税和松鸡都分不清楚的生意人，获得了曾经保留给拥有土地的乡绅们的那种朴实的尊敬。“当然，我的女士”这句舞台腔，仍然可以轻易地从伦敦男仆的口中听到，尽管英国的富人被赶出了传统的梅菲尔区和骑士桥区他们常住的那些地方，但他们仍然像往常一样，带着保姆、菲律宾厨子和换工住宿的瑞典女孩，整洁舒适地居住在圣约翰森林或小威尼斯区的别墅里。

所有这些对比与异常有助于赋予伦敦一种狂热的气质。在两场演出之间！伦敦被剥夺了它所拥有的那个庞大帝国，既不是欧洲的一部分，也不是全然孤立的海岛，是社会主义者，但也是资本主义者，渴望它的光荣岁月，坚持它仪式性的忠诚，感到不安、不满，似乎不确定接下来该扮演哪个角色。这个古老的剧团是否正在“休歇”，读剧本，过气了，或者准备推出另一场轰动的表演？没有人能确定。激进的决定总是传说，但却从未真的发生。总是有一场选举悬而未决，一次罢工威胁发动，一份协议近在眼前，一条环城公路准备修筑，一场爆破正在启动。

这种气质肯定部分源于信心丧失。“二战”结束以来的 30 年对伦敦来说是堕落的 30 年。不论是穷是富，这座城市都不能再像战前那样自称世界上最伟大的首都，正如英镑不再是世界的标准货币。如此多的纪念物与机构，如此多的马背雕像，它们所表达的伦敦的影响力与权力，如今成了一个梦。今天，甚至苏格兰人和威尔士人也在挑战这座都城的首席地位。一座曾经裁定四分之一个地球之命运的城市，如今衰弱得连指示5000万人的方向也有点吃力。政治风格也相应地变得很是萎蔫。今日，当首相迈出唐宁街10号那道门旁有警察如女像柱般直立的著名的门槛时，几乎是充满歉意的，或者匆匆钻进等待着的豪华轿车，仿佛刚刚发现自己的飞行被取消。

一天晚上，和朋友吃过饭后，我们在科芬园的市场区漫步，如今在重生的第一阵剧痛中，蔬菜货摊和水果推车正移往泰晤士河的南边。在伦敦，一个古老而惹人喜爱的地标的搬迁是一种特别创伤的体验，由这个最著名的市场——歌剧院与卷心菜在这里如此浪漫地摩肩接踵，而希金斯教授最初就是在这儿挑中了伊莱莎·杜立德[1]——留下的缺口如今正被犹豫不决地填充，对我来说这是一个烦心的现象，就像是大脑里有一个麻木的角落。我们找到一家稀奇古怪的陶器店，一个非常时髦的书店，还有“摇滚园”咖啡馆，与其同名的音乐正穿过它17世纪的拱廊高声轰响，穿透夜色，让我感觉与其说这是老伦敦的一个角落，还不如说是仅靠夏季贸易而得以复活和生存的某座鬼城的一小块。

1 伊莱莎·杜立德（Eliza Doolittle），爱尔兰剧作家萧伯纳戏剧《卖花女》中的女主角，语音学家希金斯用六个月时间将她的发音改造成上流社会淑女的口音。

歌剧院正被清除，透过脚手架闪烁着磷火，完善了我的错位感，也许还有疏离感，一道孤独的激光束毫不闪烁地悬挂在伦敦上空，如同一张形成禁锢的网格中的单独一根金属丝。难道他们也感觉不到它？我问我的朋友。那天晚上，在这座城市的状况中，难道他们感觉不到分崩离析的症候？我说，伦敦像是某个痛苦地承受一场崩溃的人，其人格被分裂、粉碎，或者可能被搁置。

“它是那道该死的激光束，”我的主人回答道，“足以给任何人带去战栗。”

伦敦曾经是强健有力的英帝国的英式首都，地球上最纯一均质的大城市，如今却是最国际化的首都之一。它并非以一种慷慨的方式国际化，并不张开手臂欢迎那些渴望自由呼吸的饥饿者，而仅仅是心不甘情不愿地被国际化了。伊夫林·沃诅咒现代伦敦，称其为一个“粗俗的世界性城市”，伦敦的排外不仅是茶余饭后的奇想，而是一个社会现实。

在冬天，这一现实可能并不会让你印象深刻。来自西印度和巴基斯坦的公交售票员，地铁的黑人巡查员，如今已被如此彻底地伦敦化，以至于变成了这场景中一个有机的成分，就像巴士本身一样土生土长。一个来自巴巴多斯的黑得发亮的公务员以欢快的伦敦腔——“喂，伙计”——向你打招呼时，不必惊讶；伦敦机场若是没有那些清扫咖啡吧地板上三明治碎屑（有时干脆就是整个三明治）的印度女士，若是缺了她们忧郁的同情，将不会是那副熟悉的样子。

而到夏天，事情感觉就非常不一样了。那时候，伦敦人写信给《泰晤士报》的编辑，嘲讽地抱怨说，他们找不到另一个英国人说话。那时，甚至对最自由主义的头脑来说，出没于伦敦的外国人也像是多如牛毛的昆虫，而沃的定义则真实得叫人不爽。穿过这座城市古老的外观，在一单买卖将被敲定，一座老教堂将被检查，一张工作许可证将被获得，一个仪式将被观察，一份地产将被占有，或者一条队列将被插乱（伦敦人对此会窃窃私语）的任何地方，都完全没法避开陌生人。似乎在每条双黄线上，都不惧责罚地停着外交人员的轿车。在每家玛莎百货店，都有一拨接一拨的法国女人抓着毛线衫彼此贴在胸口比大小。在佩蒂考特巷的边缘，上了年纪的东方女人坐在黑色大轿车的后排，恍如透过**阿拉伯雕刻窗**望着过往的人群，而她们的仆人正在货摊中大肆掠货。

在皮卡迪利广场的厄洛斯塑像周围，一群各种国籍、衣衫脏破的年轻人蹲在雕像基座上，喷泉在他们的脚边无节制地漫涌；他们或者平躺在地，头垫帆布包，而几码之外就是布尔乔亚游客们排着无止境的队列，等待敞篷旅游大巴。此时，皇家卫队士兵站得像是岛屿的棱堡，抵抗着由观光客组成的多语言的海洋，而外国银行家目标明确地从牛排餐厅往办公室走，带着装有暗码锁的黑色纤维质公文包，用不知哪国语言彼此交谈着。

这不仅仅是一切大都会共有的（当然，对纽约这种移民城市来说则是内在固有的）那种惯常的国际性。这里包含的意味更多。它有一种强烈的接管或占有的感觉，这就是为什么，这么多年来普通的伦敦人首次表现出仇外的症状。伦敦曾经是所有首都中最自满自足、最骄傲独立的一个，人们可以期待著名的《泰晤士报》写出这样的头条标题，“英吉利海峡掀起狂野风暴，欧洲大陆被隔绝”。如今，外来移民蜕变了，并且是在这个特殊的历史节点。伦敦比以往任何时候都更依赖外国人来保证它的偿付能力。它依赖国际货币基金会的专家，依赖欧洲中央银行的银行家，依赖旅游业，至少得依赖阿拉伯人，那些昨日的“阿拉伯佬”今天为伦敦金融市场提供了无可计量的资金，并且实际上买下了这座首都的很大一片。对阿拉伯人来说，伦敦暂时是可以合法而绝对地拥有的，事实上，这座城市的好些个部分似乎已被阿拉伯人殖民，从而转完了帝国之轮。特别是骑士桥区——位于肯辛顿公园和海德公园角之间的那个豪华的街道网格——已经变成了一个小阿拉伯半岛。伦敦的贝都因人的路径是从骑士桥出发，纵横穿越这座首都，将城市商业银行、牛津街的商铺、圣詹姆斯公园的修鞋匠、哲麦街的裁缝铺和邦德街的古董商与他们位于哈罗兹百货公司周围的巢穴、公寓、后宫串连起来。

嘲讽的伦敦人宣称，区分他们很容易。他们说，约旦人和巴勒斯坦人是巫术师。只有沙特阿拉伯人在任何情况下都保持着真正富豪的讥诮的笑容。然而，对大多数市民来说，他们看上去都属于同一个阴沉严厉的群体——正如过去欧洲人在他们眼中一样——从牙科诊所等待室里沉默的黑纱女士，到穿着昂贵的灰色法兰绒衣服、在塞尔福里奇百货公司色眯眯地打量女店员的胖乎乎的小男孩，或者到穿着漂亮的斜纹软呢服、保持完美的安逸、在宾馆大厅里不时偷露微笑的青年王子，都是一个样。

根据当代伦敦的标准，许多外国人都有钱得难以想象，更有许多外国人实际上对钱似乎压根儿就没概念。他们不假思索、不加挑选地花钱。这种外来的富有的潮流激怒了伦敦人，同时也腐蚀了他们。它激发嫉妒和怨恨，制造了马屁精。伦敦人用在英国爵士和被授爵演员身上的谄媚劲儿如今扩展到了日本企业家和目不识丁的阿拉伯酋长身上。可以看到，私人司机——坚定的伦敦佬的儿子——伸手将白袍的部落男子从奔驰轿车里扶出来，向他们奉承讨好，并且显而易见地发达起来；旅馆侍者从又一个面无表情的顾客手中接过一份远远超出合理标准的丰厚小费时，满面都是春风。

眼下，伦敦处于比往常更汹涌的潮水中，从不确定感中喷出种种丑陋事物。贫民窟几乎已经消失，但取而代之的是结构糟糕的塔式大楼，那里的电梯过于频繁地出问题，墙壁习惯性地覆满淫秽的涂鸦，似乎每间公寓都在对其他房间设防。这种情况在其他城市很常见，但对伦敦来说还是新鲜的；在那些乱七八糟的社区，未必有人赤贫，但却似乎谁都感到不满，暴力和偏见肆虐。伦敦历史上第一次有相当大的一部分城区，在国外出生的居民占了人口多数——不仅仅是国外出生，而且事实上是黑色和棕色人种，对于有强烈种族意识的英国人来说是完全不同的异族。种族偏见繁盛起来，似乎确实满足了某种心理需求；我想，它在种类上不同于美国的多样性，往往显得不完全是一种社会态度，甚至不是一种政治信念，而属于一种运动范畴。

一个星期六，我和一位朋友走在列维珊路，泰晤士河南岸一条衰萎的大路上，感到空气中有某种麻烦的迹象或震颤。事实上，这条路似乎就是为麻烦而修的。就我们眼前所见，路两边排列着的东西并无特别之处：显然是临时凑合的店铺和办公室的街区，纯粹是从旧时被炸的废墟延伸出来的停车场，遭社会历史搁浅、如今被一大群租客占据的维多利亚式房屋的孤立的露台。足够确信的是，下午的麻烦临近了。我们辨认出远处一面英国国旗，高举着，弯弯曲曲地上下摆动，我们隐约听到，越过星期六的车流，传来那首庄严的爱国主义颂歌《统治吧，不列颠》。

“伙计，你最好远远地看，”一名店主站在一家看似专卖二手长柄深锅的店铺门口说，“这是民族阵线的人。哎，他们可不是闹着玩的。他们可不在乎打的是谁。”但是我们小心翼翼地往前走，那面旗帜马上就从它邋遢的背景中脱离出来，步步逼近的邪恶感现身为一群头发剪得短短的小青年，他们穿牛仔裤、高筒靴和饰有亮片的皮夹克，高过头顶的两根杆子中间挂着国旗，以某种洋洋自得的神气，昂首阔步朝北走向河边，活像北爱尔兰的学徒。他们走得越来越近，不断重复地唱着那首歌里的两句，好像不知道别的歌词：统治吧，不列颠，不列颠统治波浪，不列颠人永远永远永远不做奴隶……“发生了什么事？”他们经过时我们问道，他们马上停下来，毫无愤恨，聚到我们身边，好像发现了什么街头奇观，正打算自个儿来了解什么事。他们说的是一种特殊类型的糟糕的伦敦腔，同一时刻全都想要说话。

“缘着高街搞大集合，对吧？我们反对革命分子，知道我啥意思不？还要到城里去踢几场球。”

“那么，这都是为了什么？”

“哦，那是一场群架，对吧？看看，黑鬼和革命分子跟我们狠干了一架，知道我啥意思不？巴基佬和他们，那些黑鬼和足球流氓，然后我们就到那儿了，是吧？来点暴力，知道我啥意思不？就是为了这个，对吧？周六的黑人之夜！”

他们大笑，但并无敌意——事实上，相当吸引人——他们急切地簇拥到我们周围，似乎我们是出现在一场校园比赛中的学生家长。他们的坦率中有一种冷飕飕的天真，像是月光之子。“要不要来看看？”他们友善地提议。“你不会遭到攻击的。只是要站在后面，知道我啥意思不？”

他们又大笑起来，在这支队伍的边缘，大笑减弱成难以抑制的哧哧笑，有一会儿，我们就那么盯着他们，他们也盯着我们。我发觉一个男孩的耳朵上吊着一只小小的金十字架，当他不成调子地吹口哨时，想起什么可乐的事偶尔用肘推推旁边人的肋骨时，或者用穿靴子的脚轻轻踏在人行道时，那十字架就有节奏地晃动起来。我冲他淡淡一笑，他笨拙地眨巴眼睛作为回应，似乎完全没有掌握这个动作的诀窍。然后，他们突然摇摇摆摆地离开，乱哄哄地沿着街道走去，那面女王的旗帜歪歪斜斜地举过头顶。

他们都是纯粹的骚乱的草料，煽动者梦寐以求的对象，像土豆一样戆，像婴儿一样容易上当，渴望打斗，不缺勇气，也不缺欢乐。他们太过迟缓，无法理解自己正吵嚷着要赶去参加的打斗——右派和左派之间、民族阵线的新法西斯分子和革命党坦率的成员之间的一场碰撞——不仅仅是一场星期六下午的斗殴，而是有朝一日会蹂躏这座首都的意识形态的冲撞。知道我啥意思不?

这场蓄意安排的骚乱变成了伦敦许多年里最糟糕的事。那天晚上我在电视上看到它。以巴黎、柏林、加尔各答或底特律的标准衡量，它只是一场温和的骚动。没有人丧命。只有几辆车被烧。但在伦敦，这座几百年来始终秩序井然的城市，它是一场严重的震动：破街陋巷里混乱的公告板和标语；成群结队的黑皮肤和白皮肤的年轻人，像公猫一样互相攻击；偶尔发出尖叫，突然冒出沾满鲜血的身影；戴头盔的警察形成一道道浓重的蓝色线条，藏身于他们透明的盾牌后面，避开雨点般的石头和瓶子；人群喊着口号；被焚烧的汽车冒出黑烟。骑兵，特别是那些突然出现在电视屏幕上，以谨慎的小跑朝恐惧而狂怒的人群推进的骑兵，非常恐怖地让人联想到历史上其他地方发生过的更加可怕的事件。

伦敦的某种难以描述的不适感，那道穿透夜空的激光束，似乎正在爆发，要爆发一两个小时以获得满足，在这一切中间，我注意到某件出人意料的事。三个没戴帽子、领带歪斜、头盔半掉的警察正与一个年轻人厮打，那人凶猛地挣扎、踢蹴、叫喊，看上去犹如咆哮的化身。最后，他被拉扯出了电视屏幕，但就在他消失前，从一名警官粗壮的胳膊下面，越过另一名警官冒汗的额头，我看到一只尖耳朵上挂着的一个小小的金十字架，正猛烈地摇晃。

正在幕间休息的一座城市。它不再是众城之城——这个头衔，那么长时间里都是君士坦丁堡所特有的称号，如今肯定已经转移到了作为世界典范的纽约头上——但在我心中，它仍然是所有城市中最迷人的。我曾经描写过我在今日伦敦偶尔感觉到的神经官能症，还有在我看来是伴随着眼下王室与国家的盛况而产生的那种听天由命的气氛。但在实际上，我知道这些仅仅是表面上的东西，并不能反映出这座城市的真正意义。在伦敦命运和历史的变迁背后，推动它的是一种与它在人们心目中的普遍形象迥然相异的尖锐的利己之心。本身就是伦敦佬的普里切特[1]曾经写道，伦敦的首要特征是**经验**。我来自威尔士，一个海与山的地方，

1 普里切特（全名为 Sir Victor Sawdon Pritchett，1900—1997），英国小说家、评论家，以嘲讽的风格和对中产阶级生活的生动描述著称。

对我而言，这座首都不变的本质是一种对获利最大的机会的洞察。伦敦有铁石心肠，正是机会主义带着这座挣钱佬的城市如此辉煌地穿越革命与浩劫、闪电战与大萧条，获得又失去帝国称号，穿过无数到如今似乎已钝化其自信的不确定的时代。

在这一切背后，它是一座精于算计的城市，一座特工的城市，一个无可匹敌的政治与军事信息中心。它对整个世界的了解精确而谨慎，一如在它还是帝国的往昔时日。有一天我和外交部的一个家伙在圣马丁酒店的“比欧提”希腊风味餐厅共进午餐，席间他就像外交人员那样，不经意地提到广州一家名叫“Ding Sang”的宾馆，要是我没记岔的话，原名叫“羊城宾馆”——他自己爱叫它这个名字。新名字是什么意思？我感到好奇——“Ding Sang？哦，它的意思是‘东方红’。实际上，它是一首每个中国人都喜欢的爱国歌曲的主题词。”

“至少，”然后他放下刀叉，沉思着补充道，“至少我**以为**，它是其中的主旋律。”——他的表情发生了改变，有一会儿他古怪地望向东方。他的眼珠转到眼角，颧骨似乎奇异地鼓起来。在餐厅的嗡嗡声中，我隐约听到他用一种尖锐刺耳的男高音，伴随颤声和半音，轻柔地对自己唱起一首东方歌曲。“是的，”过了一会儿，他重新吃起鱿鱼来，用一种满意的语调说道，“我肯定它就是。它构成了这首歌里副歌的主要部分。”

这是伦敦的专业技能：灵活适应改变的时代，若是迫不得已，就偷偷摸摸地适应。前面是传统，背后是彻头彻尾的实用主义。可以说，在过去大约十年间，这种内在的刚硬已经因为伦敦烟雾的消散而暴露出来。自打工业革命以来，伦敦的本性一直被尘雾和阴霾遮蔽。它曾经是一座让人联想到黑色的城市，经常被窒息在从河水中升起的无法穿透的薄雾中，与王国的辉煌恰成尖刻的对比。在过去，“伦敦”这个名字本身听起来总是充满回声和迷雾，每部关于此地的好莱坞电影都让它浓重地弥漫着致命的尘雾。

现在，烟雾消散了，作为伪装的某些浪漫的秘密随之而逝。这座城市浑身都被蒸汽清洁过。泰晤士河清除污染的工作干得棒极了，1977年，第一批大麻哈鱼从大海逆河而上，穿过伦敦。今天的伦敦有一道新的闪光，它的清澈讲述了一个比旧时的纷乱与晦暗更真实的故事。伦敦的最佳观景位置压根儿就不是女王骑马经过的林荫道，肯定也不是骑士桥或列维珊路，而是伦敦桥的正中间——**新的**伦敦桥。先前那座桥如今坐落于亚利桑那，而比它更早的那一座上面有商铺、房舍和塔楼，罪犯的头颅在大门前滴血的桥，已经于1832年被推倒[1]。

实际上，我们要去的是第四座伦敦桥——不久前刚完工，但仍然和2000年前古罗马人跨河去北岸建立“伦底纽姆”时一样选择了同一处浅滩。当然，它总是一个高度繁忙的地方。上面的路繁忙，下面的河也繁忙。当旅游汽艇突突响着开往格林威治或伦敦塔时，扭曲的高音喇

1　伦敦桥历史上曾多次原址重建，1832年推倒旧桥，建起新桥，但这一“新”桥在1973年更新的桥建好后，被拆除卖到美国重建，即文中所说的“亚利桑那”。

叭声在桥底回荡。肮脏的拖船拉着成串驳船，逆着潮头驶向狗岛。下游躺着退伍的“贝尔法斯特号”巡洋舰，船上到处都是穿着粉红和黄色衣服的游客，一看那颜色就知道不是海员。朦朦胧胧逆流而上的小舰队似乎正在远处威斯敏斯特的雾霭中故意兜圈子。但当我们走到伦敦桥的正中间，发现北岸在面前展开时，在那一平方英里新城——伦敦的金融中心，也是伦敦稳定性的真正内核——熠熠闪光的庸俗、苛刻和专注旁边，泰晤士河看上去简直是一条乡村溪流，一个快乐的池塘。

它是新的，因为它的大多数建筑都是“二战”之后重修的；直到现在，最后的炸弹废墟还在被填充，以完成这座城市的拥塞的饱和感。它是拥挤在水滨的狭窄、丑陋、推搡、苦涩、聪明的一平方英里。它的建筑仿佛是被一只强力的大锤在前后相继的不同时期，一个世纪接着一个世纪，敲打进这片风景，迫使那些稍逊风骚的建筑从河边退却，或者零落成泥。它是一片可怕的景观，在我看来是欧洲最令人吃惊的都市风景，它从自己古旧的地标中获得了些许高贵：圣保罗大教堂宏伟的穹窿，伦敦塔严峻的堡垒塔楼，塔桥那童话般的轮廓，被挤压在钢筋水泥里的城中所有教堂的尖顶。

但它并非一个美好的场景，压根儿就不是一个美好的场景。它有某种邪恶的东西。你看到的每条街上，直到顶楼都挤满投资者、银行家、证券经纪人、代理人、会计师、外汇专家、经济学家、财经记者和企业家。这些老练的英国人不会被历史问题过多地扰乱心神，也不会被意识形态的疑虑束缚手脚。即使到今天，伦敦还是世上一切金融集市中最诡谲的，或许也是最激烈的，它散发出的并非权力或责任感，而是坚持不懈的利己之心。你会感到，它水泄不通地塞满了绅士派头十足的狡狯。

在19世纪，诗人华兹华斯从泰晤士河的另一座桥上俯瞰伦敦，被眼前的景象激动得狂喜。他宣称，地球不可能再呈现出更美妙的东西！在1978年的伦敦桥上，一位俯瞰者没法说出同样的话来，但我一定要告诉你：地球上没有任何别的地方，比这个无可救药的老骗子更有能力照顾自己！

到如今，这篇随笔显然成了一部历史剧。自从它的时代结束以来，伦敦似乎刻意放弃了它旧时的特色，削减了它传统的机构，抹平了它的怪癖与反常，几乎忘却了它的往昔，变成了一个多文化影响压倒一切的都城。今日的上议院不再那般傲慢尊贵，自从我和朋友在列维珊路上遭遇种族主义以来，它已经获得了一个新的维度。

至于王权，它很快就失去了许多神秘的魔法——还有它的距离感。多年以后，我到白金汉宫参加一个出版商与作家的招待会，那天傍晚，到最后想要走人时，我东张西望地寻找需要感谢的人。女王、王子、公爵，似乎全都不知去了哪儿，于是我就这样离开了，在宫殿门口找到一个警察。“我从小受到的教育是，”我告诉他，“参加聚会要对邀请人说谢谢，所以，当我找不到女王或者其他人说谢谢时，我不得不跟你说谢

谢了。谢谢你邀请我。”

我想，他回答得很潇洒，但用的却是一种新的宫廷礼仪。“别客气，女士。欢迎再来。”

A WRITER’S WORLD
TRAVLES 1950-2000
JAN MORRIS

20

光荣之后：美国

20世纪70年代我为《滚石》杂志写过几个美国城市，发现美国变得与我在20世纪50年代首次接触时看到的那个充满光荣而自信的、慈善的共和国大不一样了。然而，这本杂志的创始人和拥有者，才华横溢的简·温纳，仍然展现出美国旧时的神韵。有一次，在旧金山吃午餐时，我对餐厅的柳条椅表示欣赏，他立刻招来侍者，买下一对柳条椅，让人送往我威尔士的家中。

洛杉矶

1954年我去过洛杉矶。当时我对一些好莱坞电影社区做了介绍，很是享受那些花样翻新的社交娱乐，但在离开时却认为它是一个相当愚蠢而肤浅的地方。20年后我的反应大不相同。

洛杉矶是一座诀窍之城。记得“诀窍”吗？它曾经是20世纪三四十年代的一个时髦词，如今已完全过时。它反映出在拥有极度乐观主义的年代里美国思想中的整个风气与基调。它实际上代表着技能和经验，但也表达出一种确信：美国特殊的天赋，对应用逻辑、系统、装置的天赋，会不可动摇地成为进步的使者。19世纪40年代的英国人就这样想，美国人在100多年后也这样想。他们把未来抓在手里，这次它会奏效的。他们的办法和发明不仅会引导美国本身，也会引领全人类进入另一个黄金时代。诀窍会是美国对历史的伟大馈赠：拯救穷人免于贫穷的诀窍，把有色人种从其耻辱中解放出来的诀窍，让各国确信美国的自由企业道路是一切道路中最幸福之路的诀窍。没有什么高过诀窍。诀窍即使不是事实上的上帝本质，也至少是其直接的衍生物。

有一个美国城市，比其他所有城市都更加代表了这种令人嫉妒的信念。从未有过另一个城市完全像——到现在也没有哪一个城市将会完全像——南加利福尼亚的“宝尊堂天使女王、圣母之村[1]”一样，在这里，美国人已然失落的对机器和物质主义的信仰为其自身建起了令人惊异的纪念碑。

洛杉矶，从一般意义上来说，已经出现很长时间了。它不是一座年

1 宝尊堂天使女王、圣母之村（El Pueblo de Nuestra Señora la Reina de los Ángeles de la Porciúncula），原文为西班牙语，是1781年西班牙人建立的居民点，后来发展为洛杉矶。

轻的城市。在美国建立之前，西班牙人就来到这儿，当我在洛杉矶那巨大、无定形的人群中四处游荡时，我从未感觉它是稀薄地立于大地上。打个比方说，它不像约翰内斯堡，后者在今天人们的记忆中曾经是一片什么都没有的荒地。它也不会像美国中西部的某些城镇一样，让人感觉纤薄或易逝，后者似乎完全没有根基，只待下一轮龙卷风将它在一片翻滚的碎木片中一扫而空。洛杉矶有东西向人提醒它的漫长历史：这座城市的名字本身，它那些悦耳的街道与郊区名称——阿尔瓦拉多、埃尔塞贡多、帕萨迪那、卡汉加大道。还有它的建筑模式，仍然可以辨认出延续了很久以前西班牙和墨西哥的牧场房屋的风格。建筑里有异国情调，天井、深檐、拱廊、庭院，都是如此。甚至还有一些现存的建筑，虽经大幅度重修，却仍然是从最初的西班牙人村镇中幸存下来的正品。这些村庄如今游客云集，但我更喜欢这样的想法：它们最初的主人，那些西班牙骑手的高视阔步的鬼魂也经常故地重游。

一种沧桑感弥漫在洛杉矶的环境中。从空中看，这座城市本身犹如一座巨大、夸张的村镇：平坦、蔓延、直线交叉、色调暗褐，由某个不可思议的原始种族用泥砖建成，茶色的山岭在它背后以一种特别荒蛮的方式、一种蜥蜴般多刺的姿态奔向远方，其干燥的绵延仅仅在零星出现的雪峰的白色闪光中，或在一面湖水的遥远的粼粼波光中才得以松弛。这座城市躺在一个巨大的环形剧场里，必须穿过周边包围的山脊方能抵达，更像是一片广阔的采矿宿营地：穿过其自身人工制造的、引人遐想地旋绕于空中并混合于加州阳光的薄雾面纱，这座城市越过金色沙滩，朝诸多大洋中最神秘莫测的太平洋眺望（洛杉矶人从来不喊“太平洋”，总是将其称作“大洋”）。

这幅场景中没有什么拔地而起的东西。洛杉矶是一片彼此分离的居民点的复杂混合，在它杂乱凑合的存在中包含着 80 个各不相同的自治市，一片郊区接着一片郊区，一个十年接着一个十年，它就是这样蔓延过中心的平原，伸进周边的山麓。尽管我猜想，它 90% 的建筑是 20 世纪修建的，但洛杉矶仍然如同某种无法治愈的疾病，是一个有害的有机体现象。它的街道永恒地轻啮并进一步探入周边的山岭，像不断上升、一直在变得更高更深的水面一样扭曲着钻进峡谷，有时猛然冲出，抵达山岭之外的沙漠。你会感觉，倘若这座城市能够脱离其环境，它会像一团干缩的霉菌，每个隆起、每个边角都被精确地契合其风景。

这部分是因为这片风景本身如此独特，以至于洛杉矶与芝加哥或巴黎不一样——让它出现在其他任何地方都是不可想象的。但我认为，这也是因为，这座城市是真正从其自身的土壤中迸出来的，它拥有一个真正天赋的居所，形成了一个无可替代的燃点——美国历史中的智力、体力与历史力量在此相遇并制造出——哦，燃烧成地图上的这个点，还有别的什么？不管洛杉矶发生了什么，它总是那个汽车与收音机之城、娱乐业和布朗 · 德比饭店[1]之城，在这座城市，“技术带来幸福”的美

1　布朗 · 德比饭店（Brown Derby Restaurant），洛杉矶地标性建筑，造型新异，形如常礼帽。

国理想在好莱坞洋溢的热情中觅得其民间艺术。它本质上属于20世纪四五十年代，也许特别属于“二战”的年代，当时美国人的信念获得了一支十字军的力量，将它的吉普车、技术人员和贝蒂·格拉布尔[1]几乎像神圣的象征一样送往全世界。那时的洛杉矶是每个人对新世界的幻想：因此，不管发展得如何，它都必须始终保留对那些特殊年代的记忆，如同佛罗伦萨对每个人意味着文艺复兴的精神。

从最初的西班牙人村镇的遗迹——如今的奥维拉街上有利可图地聚集着墨西哥纪念品店的地方——越过停车场，对面就是联合车站。这是美国修建的最后一个大型火车站，1939年完工，也是最漂亮的火车站之一。清凉、高大、优雅，如今少有火车光顾，宁静，长有花和树的绿色天井，荫蔽的殖民时代风格的拱廊，很像是一个亿万富豪设计的火车站——倘若他想要在花园底下修一座的话。它很合适，因为它对洛杉矶的起源和自我夸耀给予了得体的尊敬，同时也尊重了这座城市首要而基础的品质：有组织、有程式的运动。

洛杉矶在其全盛时期所珍爱的并非自由，或者至少不是绝对自由。一种精神文化可能是无政府主义的，一种物质文化则绝对需要遵章守纪。技术满足的承诺中，隐含着**系统**的必要性，洛杉矶很快成为一个有

1 贝蒂·格拉布尔（Betty Grable，1916—1973），20世纪40年代美国著名歌舞片演员，其照片和海报是当时美国大兵的最爱。

着坚定秩序的地方。洛杉矶最初的公共运输系统，20世纪早期的电动列车和市内有轨电车将当时分散的居民点拉扯到一块儿，将它们全部整合进城市中。

汽车出现后，交通网被绷紧，于是洛杉矶修建了它无与伦比的免费高速公路。这些道路至今仍是这座城市最宏伟、最激动人心的人造物。它们蛇一般地蜿蜒迤逦，起伏波动，爬上高高的柱子，或者沉入坑道，像是那么多的混凝土触手，盘绕每个街区、每个行政区，掘地三尺，躲躲闪闪，攀上爬下，勾连起这个大都市的每个角落，仿佛将整座城市挤捏到一块儿，让各个部分互相粘连起来。不论从视野还是感情的角度，它们都是无可回避的。它们始终在那儿，总是隔开几个街区；它们进入每个人的生活，似乎主宰着一切安排。

对于大多数陌生人来说，它们意味着混沌，或至少是炼狱。然而，有那么一个时刻，会有某种东西咔嗒一声榫合了你自身的机制，你突然抓住这个高速公路系统的节奏，把握住它的部落或宗教仪式的形式，发现它压根儿就不是一个分崩离析的元素，而是一种通往洛杉矶之应用的电脑密钥。你会被高速公路按照程序加以处理。它们总是被提升到这座城市的平面及其无中心的延展之上，提供了一种导航的助力，你会把自己锁进去以求得指引。然后一切都变得清晰。这里的北边和东边都有山。这里有波光粼粼的大洋。诸如此类的洛杉矶城市地标向你便利地展现自身，此地的格局渐次展开，直至经验发出恰当的指令——到时间了！——你从系统中解锁，驶入右手边的车道，进入下面的日常生活。

我第一次遭遇这种时刻，碰巧也是我第一次遭遇洛杉矶，当时我就瞥见了这座城市的真正含义，并且意识到，它是多么牢靠地遵循着其自身信念的规则。

然而，我将圣安娜和圣地亚哥的免费高速公路搞混，错过布里斯托尔的出口，把纽波特大道误认为纽波特林荫大道，在维多利亚钻岔了巷子，在第 22 大街数错了交通信号灯，当我赶到与 20 世纪早期世界上最权威的欧洲海军历史专家约好的餐厅时，已经晚了足足一个小时。

穿过显而易见的混沌，抵达明确无误的权威。这并非不是一种典型的洛杉矶经验。在这座大都会的交易中，专业技能是一种储备，在卖弄炫耀与自吹自擂背后，坚实的技术与学识正繁盛起来。洛杉矶到处都有匠人：电子学、电影制作、文学、社会科学、广告、时尚的匠人。洛克希德公司在这里造飞机。美国国家航空和航天局在这里制造太空穿梭机。这里有加利福尼亚大学洛杉矶分校，西方世界最丰饶多产的大学之一。迈科络公司在这里发明了一种装置，可以用来将高尔夫球击出球洞，而不用其主人弯腰。这不是业余爱好者应该待的地方。甚至进行运动也是勤勉地，有时是严酷地：比弗利山上打网球的人为求完美毫无乐趣地猛烈训练，用马利布板的冲浪者几乎从不四处嬉戏，而是用一种引人注目的奉献精神获取自己的快乐。

一天早上，我到伯班克工作室去看他们拍摄尼尔·西蒙的惊悚喜剧《怪宴》(*Murder by Death*)。这是那种里面每个演员都是明星的电影，摄影棚里乱哄哄地挤满眼熟的人物。有杜鲁门·卡波特，工作室的宣传将其描述为“著名作家和国际名流”，他戴一顶宽边帽，和一个年轻朋友缩在角落里。有彼得·福克，正魅力十足地和艾尔莎·兰切斯特聊天。亚历克·吉尼斯看上去确实很有绅士派头，大卫·尼文几乎是太过优雅了。制作人雷·斯达克仿佛有着超自然般的成功，导演罗伯特·摩尔看上去天赋卓绝得令人吃惊。

然而，我对这些名人并不感冒，我发现自己的眼睛不断地从这些明星身上飘走，飘向两个录音师，他俩刚好待在摄影棚的边上，神情漠然地坐在设备上，戴着耳机，正在读业内报纸。他俩一个叫杰瑞·约斯特，另一个叫比尔·摩努什，都是入行20年以上的老手。我想，他俩表情多么平静，对自己多么有信心，多么轻易地认识到全世界没有谁能够把这份工作做得比他们更好！他们看着明星来来去去，帮忙制作失败或成功的电影，忍受着各种人的喜怒无常，见识过电影工业本身的起起落落。有时，他们抬起头，和一个过路人寒暄几句，有时，他们翻过一页《好莱坞通讯》。但是他们始终保持警觉，只要一到时候，总是能够看到他们抖动着仪器，随时准备发出那个有魔力的词“speed”——这个词带着他们确信自己把事情都搞定了的意味，向在场的所有人——导演、摄影师、演员、卡波特等等——发出信号：继续你们的华丽展示！

在靠近洛杉矶精神气质核心的某个地方，出人意料地存在着一个坚实、老派、朴素的辛勤工作的阶层。这是一座辛勤工作者的城市。出城到圣莫尼卡的山上，作家克里斯托弗·伊舍伍德[1]和画家唐·贝查迪[2]共有一套俯瞰太平洋的房子，那里阳光灿烂，悠闲舒适，越过众多屋顶和峡谷里的灌木丛，风景绝好。在这样一个地方，有这样的主人，在这样温暖而抚慰的阳光里，连同马路下面的海滩和高速公路上面的好莱坞，这所房子仿佛专为游泳池边有教养的散漫、无休止的机智、午餐前与见多识广的邻居一同喝上一大杯冷饮而设。实际上压根儿不是。伊舍伍德说："我们都是**劳动**者。"他们实际上也确实是：两个人都待在房子的各自角落里，都专注于自己的艺术创作，一个被书籍包围，另一个被画笔和画作包围，他们一整天都认真而娴熟地工作，两人既是朋友，又是同事。

我非常喜欢这一切。它出其不意地让我想起某个中世纪城镇的行会精神：制造铁器或蕾丝花边的工人，钟表制造者和枪械制造者，争先恐后要把自己那一行当的光荣赋予城市。洛杉矶的一切机构都像是如下事物的学徒：遥控灯光，电视摄影机，飞驰的直升机，遍布城中像奴隶一样弓腰驼背地操劳着的油泵，或者高踞于城市之上、在针叶林中沉思冥想的威尔逊山大天文望远镜——在"二战"前的岁月里，它把人类对物

1　克里斯托弗·伊舍伍德（Christopher Isherwood，1904—1986），英裔美国作家，以描写20世纪30年代早期的柏林而闻名。

2　唐·贝查迪（Don Bachardy，1934— ），美国肖像画家，伊舍伍德的终生同性恋人。

质宇宙的全部知识扩展了两倍都不止。

没错，这种专业技能有时相当过气，但洛杉矶本质上是更早那些时代的一个幸存者，它不停地被扯回 20 世纪 40 年代那个更简单的世界，彼时，价值观比今日更明确，而获取财富或声名似乎可以作为满意度的真正标尺。

怀旧之思模糊了好莱坞作为洛杉矶之凡尔赛的现实，并让其永恒地充满另一个时代的堂皇，那是阿斯泰尔、崔西和嘉宝们的时代，甚至也是更早那一批高贵人物们的时代。如今，旅游大巴如常环绕这“明星之家”，小贩沿着日落大道叫卖街道地图。如今，好莱坞如常以自恋为食，被谄媚娇宠，由势利支撑。电影人的房子散布在好莱坞的山丘、圣莫尼卡的山岭并延伸到圣费尔南多山谷，在早晨显得封闭、多疑，唯一的声音是草坪喷洒头的嗖嗖声、看门狗的吠叫，或许还有园丁费劲的呼吸声；他们的车库里堆着豪奢的汽车，捷豹挨着奔驰，劳斯莱斯盖过宝马的风头。好莱坞宁可选择它自己的世界，而不愿选择我们的，它充满爱意，生气勃勃，一代接一代延续着其颇为俗丽的传奇。

我待在这一切的中心，很快感觉到它是多么有昔日风采的一件作品。我住的旅馆是马蒙特城堡饭店，它自身就是一件纪念品，半个世纪前以法式风格修建，直接俯瞰日落大道。好莱坞每个人都知道这个地方。他们说，这是鲍嘉向白考儿求婚的地方，这是嘉宝过去常待的地方，霍华德·休斯在这儿有一个套间，鲍里斯·卡洛夫爱它，瓦伦蒂诺总是挑顶层公寓住。它被娱乐业浸透，从楼下休息厅里巨大的古董家具，到花园平房里传来的流行音乐组合练唱时的电子风琴旋律：但是，愉悦地唤起狂热爱好者记忆的东西，在我看来不过是些旧货色，我时常发现自己渴望一个朴实的城区汽车旅馆，一个从来没有盖博抬过眉毛或者嘉兰发过脾气的地方。

每天早上，我都会穿过日落大道去"世界上最著名的药店"施瓦布吃早餐。每个人都知道施瓦布。拉娜·特纳[1]就是坐在施瓦布的一张吧台高脚凳上被人发掘的。施瓦布弥漫着浓厚的古老神秘氛围，一本好莱坞的回忆录倘若没有提到它，那就很难说是完整的。流亡导演的上了年纪的遗孀一边吃玉米片一边缅怀布拉格的岁月。穿无袖短上衣和昂贵鞋子的年轻人炫耀地读《综艺》杂志，或者用表演腔的亲热和咒骂彼此打招呼。一片嘈杂声中，你会不时听到有人用半红不黑的演员在舞台下面特有的哀怨腔调交换评论："我爱她，她是一个很棒的女演员，但却恰恰不是**她**""哦，但是你对菲利普做导演能有什么期待呢，她需要**明确的**方向""真的，但是真狗屎，她在最后一场的表演真是让我**作呕**……"我起初总是在柜台上喝咖啡，但很快我就发现，这会引得人频频上前搭

1　拉娜·特纳（Lana Turner，1921—1995），好莱坞女星，15岁时偶遇《好莱坞通讯》编辑比利·韦克逊，被其推荐给电影公司。拉娜成名后私生活极度混乱，结过8次婚，1958年其年仅15岁的女儿谢丽尔·克雷恩将母亲的男友、黑帮分子约翰尼·斯托姆帕纳托以"正当防卫"的理由刺死，引起很大轰动。

讪，这让我感到厌烦，于是就改变习惯，和一个墨西哥布景师的前妻同坐一张桌子，她和我都对阿比西尼亚猫充满热情。

尽管恋物癖和怀旧之情时常加重洛杉矶的庸俗，但它们也经常制造出家常感—— 一种融洽共生与家居生活的感觉。哪怕是好莱坞，其私人的一面也远比其公共行为要更少令人反感。这主要是因为洛杉矶是一个避难所，人们从世界各地涌向它的大门。它是一个流亡者的兄弟会。一天，伊舍伍德让我从他的窗前看风景，回忆当年斯特拉文斯基、勋伯格、布莱希特和奥尔德斯·赫胥黎生活在这座城市周边的时候。几乎没有哪一天不听到某个很久以前被战争、野心或迫害放逐到此地的著名欧洲居民的死讯，英国总领事告诉我说，仅他所在那个区就生活着超过五万名英国臣民，有人还在屋顶上升起大不列颠国旗。沿着海岸往上走，旧金山有一种全然不同类型的亲昵，一种遗传或环境产生的紧密感，被那个地方的美丽及其传统的诱惑捆扎到一起。洛杉矶的兄弟关系没有那种优雅。它实际上是一座没有魅力的城市，缺乏幽默感，时常反动保守，是一座没有上流阶层的城市。它的同志关系仅仅存在于一种微染了假日风味的共有的释放感或机遇感中。

我总在农夫市场——威尔希尔大道边上一大片连绵的货摊与桌子的飞地——买面包，然后坐下来，叫上一杯橙汁，小口地啃着面包条的一头，充满兴味地观看洛杉矶人经过。当然，他们经常压根儿就不是洛杉矶人，而是由烦透了的本地代理商带着四处参观的日本商人，或者一群戴狂野太阳镜、包头巾的跟团旅游者，或者来自加利福尼亚大学洛杉矶分校、深深沉迷于《南加利福尼亚社会学比率》的欧洲书虫。不过也总是有一大批本地人，他们马上就会被认出来，与其说是通过外貌，不如说是通过姿态，因为他们全都表现出略微有点不耐烦的自满，好像是发现了一片应许之地，一分钟也不愿错过。尽管洛杉矶显然有许多不幸的人，许多无依无靠的黑人、没工作的懒汉、瘾君子、疯子和酒鬼，但大体上它的市民给你留下的印象是快乐的——也许是毅然决然的快乐。我碰到的人没有谁想要回纽约或底特律。以其中西部的直接坦诚，以其曼哈顿式的苦涩，以其进口的欧洲气质和荣耀的太平洋阳光，洛杉矶似乎最终，或者暂时，取悦了大多数人。

特别值得一提的是，它为更快活的美国鳏寡或离婚者，还有那许多经常光顾农夫市场的获得了姗姗来迟的解放的灵魂，提供了一个愉快的庇护所。这些人的外貌有某种相同之处：他们明亮的宽松短衫、皮马甲、略显紧身的休闲裤、略显时髦的水手帽，时常因为关节炎而弯腰驼背，但脚步却坚定有力，他们中大多数人看上去多少有点像卡波特先生——当然，得把难掩鳕鱼皮般面容的层层叠叠的化妆排除在外。然而，他们的态度中有一种轻快的自由的元素，活泼，欢快，健谈。他们在货摊周围走来走去，这边买一根裸麦粗面包条，那边买一包腰果，他们经常粗着嗓子和熟人交换评论，关于昨晚的电影，或者民主党明天的会议。

洛杉矶为这些市民提供了一份意想不到的安全，因为它勤劳的效率提供了一块基岩，可以说，他们能够在那上面安全地重建自己的生活。滋养这座城市的，也就是把他们养大的确定性，如同小巧机械的卓越或资本主义的善良。尽管它那些刺激的世界主义元素比芝加哥或旧金山（更不必说纽约）要强烈得多，但它仍然是一个美国地方城镇。“你知道吗？”农夫市场的一位女士问我，我想她认为我对社会上的乐事有一点麻木，“你知不知道，电话公司每天提供一趟免费游览？哦，那真是个打发下午时光的好法子。”

一天晚上，我走进一场人们好久以前常常在新闻影片中看到的那种好莱坞游行。没有太多改变。长长的汽车队列在一片充满自豪感的混乱中爬上好莱坞大道，鼓乐队女指挥，大象，苏格兰风笛手，美国海军，肚皮舞女，一队开着老爷车前来的电影名流，不时停下接受电视台采访：“嗨，鲍勃，很高兴见到你！一切都好吗？这难道不是一场盛大的游行吗？”“当然是，吉姆，美妙，简直太盛大了，来来来，吉姆，我给你介绍我的家人，我的妻子玛吉，这是我的儿子詹森，我的女儿劳琳！”“太好了，很美妙，很高兴认识你们全家，很高兴和你聊天，比尔。”“没错，吉姆，确实是一场盛大的游行，美妙……”乐队的喇叭声在城里回荡，肚皮舞女一路亮闪闪地经过中国剧院[1]，直升机在头顶盘旋，

1　中国剧院（Grauman's Chinese Theater），好莱坞星光大道上的一间著名影院，奥斯卡金像奖曾多次在此颁发。

叮当作响，探照灯射向下面巡游的人流。

我被前来观看这场盛会的人群打动了，因为我在其中感到一种真正天真的惊异之情。人们来自各个角落。这里有一些我在农夫市场认识的朋友（“亲爱的，今天早上我忘了说，市政卫生局每周二早上提供一趟非常有趣的巡回演讲”），但也有墨西哥人，穿着明艳的篷刉，宝宝背在背上，还有大批意大利人，英语发音无可挑剔的印度人，讲希腊语的希腊人，有一个穿打褶短裙、在风笛手经过时表情感伤的苏格兰人，还有一个看上去像祖鲁酋长的人，一个健谈的家庭，说的好像是芬兰语，也许是巴斯克语，这里有成千上万特别新鲜的美国血液，不属于特别的肤色，不属于特定的种族，没有严格意义上的方言——他们是**加利福尼亚人**。尽管有警察大踏步来回走动，掀动警棍猛烈拍打自己的大腿，但似乎每个人都还在为能够参加这样一个明确无疑的洛杉矶盛会而真挚、无邪地欢欣鼓舞。

我一直待到最后，在游行队伍中最后看到的是压阵的警车上闪烁的红灯，一闪一闪地沿着大道慢慢开远，人群潮水般涌出人行道，紧随其后。

好莱坞本身，它的事实与声誉，它的工作室与宣传机器，颇有几分像是一个家庭——尽管实际上并非始终充满爱意，而且经常性出现伦常混乱，但仍然由一种对其自身传奇的共同的忠诚维系。它的成员，尤其是在他们老去时，经常怀着真正的感情说起它。当成功的光环消退，金钱的意义淡化，好莱坞的回忆就获得了一种更醇熟的力量，上了年纪的导演、捞到遗产的明星说起旧时的好莱坞，就像其他人回忆快乐的学生岁月或者爱德华七世时代。好莱坞的一桩诡异事是老年人受到尊崇，会有人不带丝毫贬义地告诉你，某某人住在一所老演员之家里，或者会有人心怀尊敬地向你保证，埃斯特尔·温伍德[1]小姐真的**有** 93 岁了。新一代的艺人在这个等级团体里经常显得笨拙而反常，几乎是被孤立的：这就是为什么日落大道上摇滚亡命徒们扎堆的海厄特旅馆很久以前就被起了个“大陆暴乱旅馆”的绰号[2]。

出人意料的是，在省视自己对这个可怕且总是令人惊讶的城市的感觉时，我发现它们被无法摆脱的遗憾穿透。洛杉矶仍然充满活力，充满娱乐和财富。流亡者仍然在从马利布城到欧文城的实验室和工作室里工作。西方思想的几乎每一步发展，从空间探索到比较语言学到超验肺部控制，都能在这座大都会中发现自己的小生境、自己的表达和对自己的鼓舞。早晨，从一座山上的观景楼望出去，洛杉矶的确像是一座古典城市，一个原型。它的街道、房舍、桥梁和建筑似乎是**不一样地**在眼前延伸——不一样地聚在一块儿，不一样地连成一体，到处与众不同地冒出头来，连同它们那些成团成块的城区中心；当太阳升到这片荒原顶上，一片特殊的化学薄雾已经笼罩在城市上空，那薄雾的真正名字叫作“烟

1 埃斯特尔·温伍德（Estelle Winwood，1883—1984），英国舞台和电影演员，后赴好莱坞发展，以长寿闻名。

2 海厄特旅馆（Hyatt Hotel），1966年更名为 Continental Hyatt House，与 Continental Riot House（大陆暴乱旅馆）谐音。

雾污染”，是由洛杉矶发明的。此时，它看上去毫无疑问是一座世界性的城市：我想，在众神归来之前，它会永远代表城市、机械、科学的人类（也许可以说是理性的人类）抵达的最远点。

因为，它韶华已逝。它已经失却了满溢的信心，而正是那信心令它看起来像是（即使在我最初知晓它时）毫无争议的“未来之城”“诀窍之城”。如今我们没人懂得诀窍，机器丧失了它解放人类的承诺，如果说当年的洛杉矶似乎是满足的护身符，那今天它已经沾染上些许幻灭。那些可怕的道路，成千上万的汽车，尖啸着冲出机场的喷气式飞机的闪光，那一切宏伟的效率，那形象建设，那自我投射，那魔力，那声名——它们终究全都是错误的承诺，如今我们几乎没人再把它们看作救赎的征兆。

在洛杉矶有一个纪念这个失败信念的纪念物时常萦绕我心头。它叫作瓦茨塔（Watts Towers），是一簇怪异的小尖塔，耸立在城中第 107 街出口的一个挨着铁轨的破旧脏乱的区域。意大利移民西蒙·罗迪奥一个人花了 30 多年时间建起这组不可思议的建筑。他用水泥造塔，到处贴满小块玻璃和陶瓷，以金属废料做框架加固，周边缠绕着缀满颗粒的奇特螺旋，更像是险峻的翻滚过山车。修好这些建筑后，他又围着它们建起一道不规则的水泥墙，像是一排墓碑，好让这个整体有一种庙宇或圣殿的气氛，本质上很有东方味。

那里灰尘很大，周围全都是黑人的简陋房屋，你可以轻易地想象自己置身于某个非洲铁路沿线城镇，也许是在埃及三角洲。很少有车经过。你能够听到孩子在嬉戏，狗在吠叫，邻居们隔街聊天。它像是一个科技尚未抵达的简朴乡村，而瓦茨塔比它们的时代更久远，是一个象征性的**心灵的嘶喊**，反抗着电脑暴政的来临。罗迪奥先生是一个预言者：修好这些塔后，他毅然决然地从洛杉矶消失，去了另一个完全不同的地方生活。

曼哈顿

关于曼哈顿，20 世纪 50 年代我所想到的与 20 世纪 70 年代我所想到的一模一样。不论美国的状况如何，不论我对其政策或价值观的感觉如何，这是一座永远不会令我失望的美国城市。

有时，从《滚石》杂志位于曼哈顿的办公室的高窗望出去，你能够在下面远处中央公园的绿色中辨认出一块隐隐约约的白色斑点。它像是夜空中一团星云的不确定的朦胧形影，必须通过一架电波望远镜，仙女座里的这团绒毛才将自己确定为 M3I，因此，公园里那团发白的东西也是通过双目望远镜才明确成为一个几乎同样壮观的现象。它是中央公园动物园里的北极熊，当你聚焦镜头令其模糊身形变得清晰时，它正甩动毛茸茸的脑袋，强劲地摇摆硕大的身躯，从笼子一端走向另一端。

这头熊独自居住在它的围栏里，我听说它是一个拥有怪异而强力的独创性的角色——某些消息灵通人士暗示它患上了可悲的神经官能症，另外一些人则认为它有真正的想象力。它是一头与众不同的熊，我敢肯定，造成其现状的并非它被囚禁这一事实，而是它所处的非同寻常的位置。命运将这只动物不偏不倚地置于曼哈顿的中央，你可以说它是市中心的纽约客。无论何时，只要看到它我就会深受触动，放下双目镜后，眼前留下的只是它的模糊形影，显然是懒洋洋地待在树丛中，透过我的心灵之眼，可以看到它身边围绕着奇妙而可怕的曼哈顿岛，以它为共同的中心延伸出一环套一环的笼子、沟渠、壁垒、辖区边界、选区界线、哈德逊河、东河，最后是大西洋——它本身就是一切动物园中最大的一个，其居民像可怕咒语的受害者一样，在里面永远永远地来回巡游。

因为曼哈顿真的是一座岛，即使到现在，仍然通过一条宽度只够让环线船愉快巡游的水道与大陆隔离开来，并且，正是这种飞地状态给它带来刺激性。像那头熊一样，不论如何，曼哈顿市民都因自身所受拘禁而获得提升。即使和大多数世人相比他们更不幸福，但他们也更快乐。即使在某些方面他们是受限的，但在其他方面他们有着令人羡慕的自由。有时他们无穷尽地来回踱步悲哀得让人不忍目睹，但当天气合适，活力升起，令人振奋的节奏呈现，曼哈顿的人们似乎会跳起舞来，沿着林荫道，绕着城市广场，在陵墓般的地铁里进进出出。

在曼哈顿时，受拘禁的形象肯定萦绕在我心头，但是，当我再一次登上这座小岛，打动我的第一件事总是它令人畏惧的神秘的美。今天，别的城市建得更高，或者在其风景中蔓延得更狂暴，但世界上仍然没有哪里可比拟曼哈顿摩天大楼那赫然耸现、凌乱混杂、专横跋扈的盘根错节。勒·柯布西耶憎恨这种缺乏秩序的景观，构想了他自己的“光辉城市”——一个艺术与意识形态的抗菌防腐的混合物，与原来的城市图景正相对立。然而，他的观念主要是试探这个名利场中的众生。尽管有时被分区的法律和社会潮流调和过，曼哈顿仍然一直是一片庞大的混乱，一片光明、黑暗与幻觉般远景的巨大冲撞，到处点缀着贫民窟的荒漠或废墟，被街道系统的隔栅苍白地规限，然而，不论改良者对它做些什么，不论经济体制颁布些什么，也不论建筑时尚提出怎样的忠告，就其本质而言，它是对基本的人类本能——“自由参与”——的至高无上的纪念碑。

但是，还有它眼里光芒焕发的狂喜！没有别的哪座城市，甚至包括威尼斯，能够向我投射出更加放纵狂野的诱惑。我指的不是这个地方流行的生殖器象征，不是那些总是怒指苍穹、充电勃起的建筑物。我想到的是更加含蓄的勾引，它深深的街道中的阴影、警觉、隐藏或诱惑的永远存在的暗示。曼哈顿的清晰明澈被风景明信片强调，但是我宁可选择雾霭中的曼哈顿，沉默寡言、眼皮沉重的曼哈顿。

我喜欢它，例如，在一个非常非常热、从空调房间走到街上就犹如改换了一个大陆般的日子里。那时，薄薄的一层化学蒸汽似乎在城中四处飘浮，扭曲每一条边缘，模糊每一道深景。这座小岛被耗尽，半被遗弃，好像是麻木地站在雾霭里；然而，太阳的闪光偶尔刺穿湿气，短暂地从窗户或金属屋顶反射开来，让我想起那些无常但却灿烂的城市，蒸汽氤氲，闪耀钻石光彩，矗立在一切最美好童话故事的背景中。

相反，在一个灰暗阴沉的日子，它像是一片黑黢黢的森林。建筑顶端迷失在雾中，在云层底部的下方能看到的只有建筑物巨硕的基座，仿佛数不胜数的参天橡木的树干。此时，在曼哈顿，我感觉自己像一只蘑菇，人行道上密麻麻、急匆匆行走的人流，倾斜的雨中接连眨眼的交通信号灯，间歇泉般从地下不时冒出的缕缕蒸汽，全都喷涌入街巷——在这里，在这个**超级大都会**中，所有这一切如梦似幻地向我诉说着林间空地、沼泽和林地集市。

然而，一切中最美好的是这座小岛那不情不愿的隐秘之美，我喜欢一大早走向曼哈顿最南端的炮台公园，那是它朝向世界的眺望台，我从那儿望出去，越过开阔的港湾，望向纽约湾海峡和远海。这是一种忧郁的快乐，因为曾经让此地成为地球上最忙碌内港的航运现在大多星流云散。大西洋班轮大多停航，货轮也大多泊往港湾周围别的地方，曾经像密密麻麻的水生昆虫一样忙忙碌碌往返于曼哈顿的无数公共渡船，也只有开往斯德腾岛的那条忠实的航线得以保留。

因此，大清早时炮台下面的景象不太可能是忙碌的。事实上，倘若起雾的话，它还可能有一点鬼气森森。雾气浓重地弥漫在略呈灰色的水面，模糊的汽笛声传来，一只声响浮标在某处断断续续地鸣响。也许一艘孤独的油轮正谨慎地踏浪驶向布鲁克林，或者一只领航艇，船员竖起领口抵挡阴湿，突突响着朝外开往纽约湾海峡。清晨通勤者的朦胧身影从渡船站冒出来；三两个流浪者伸直身体躺在公园长椅上，身上盖着破布和报纸；一辆警车偶尔开过，警察不动声色地懒靠在座位上。

它似乎遭遇到瘆人的孤立与暴露，在这水滨，你觉得你们这几个人仿佛是全然孤立的。但是，当晨光降临，薄雾消散，某种奇妙的事情发生了。像是一张宝丽来照片的印刷品。港湾的宽阔幅度逐渐展露轮廓，自由女神像出人意料地从它的柱基上浮现，一些更小的岛屿冒出来，当你把背转向如今在清爽的微风中波光粼粼的海水，立刻发现曼哈顿那巨大迫人的存在、那一排排鳞次栉比的建筑始终在越过你的肩头眺望。

一天，我走在第六大道（纽约客仍然明智地选择称其为“美国大道”）上时，看到一位女士穿着全套衣物在时代生活大楼外的水池中冲凉。这个好点子让我惊异，因为天气闷热潮湿，于是我走近她，想要表达我对她的创造力的欣赏。我没能走得太近。她一看到我走过去，马上就直挺挺坐在水池里，水珠从她平直的头发上淌下来，顺着潮湿贴身的衣服的蓝色布料流下去，她冲着我尖叫着吼出一些猥亵的话。我一下就慌了手脚。尖利、狂野，有着令人恐惧的穿透力，她的嗓音像可怕的咒语追逐着我，每个人都用责难的目光望向我，好像是我侮辱了这个水池里的灵魂，活该受她的一切诅咒（我必须得说，她的保留节目令人印象深刻）。

我注意到，没有人用责难的目光看**她**。她显然是个疯子，因此可以不受指责。像那头熊一样被拘禁在自己的岩石上，曼哈顿人是世界上最神经质的一个群体。抽搐、咕哝、无意义的尖叫、满嘴下流话的嘟囔、杂乱无章的曳足而行，都是这座岛上土生土长的姿态。成千上万的脸庞，苍白、鬼魅、妆容浓得可怕或者沉浸在绝望中——小丑一样苍白夹杂深红的脸，集中营幸存者那昔日恐惧阴魂不散的脸，或者像那些残忍的婴孩一样弥漫着疯狂的天真的脸。

每个大城市都有其迷惑的少数——困惑者总是与我们同在。然而，曼哈顿是我所知唯一一座有时仿佛处于普遍的神经崩溃边缘的城市。聪颖过人、愤世嫉俗、内省、高烧般的不知疲倦——曼哈顿有一切热病式的欢快，与沮丧交替出现，有时伴随着失眠，连同精神分裂般彻底的自我专注。很少有曼哈顿的居民会真正关注其他地方发生了什么事。背朝大海与东西方的水路，他们的目光穿越城市，视线的焦点越来越近，越来越全神贯注于此地的漩涡——也就是说，他们自己。“诵读困难症，”一天，我在电视上听到一个受访者正经八百地说，“在本国的其他地方都出现过，还是仅仅与曼哈顿人有关？”

在担任维多利亚女王的首相时，墨尔本勋爵曾经被一个焦虑的熟人问到怎样才能最好地处理生活问题。“放轻松，”这位政治家说，“我喜欢一个轻松的人。”浑不吝的老赌徒会说“随它去”，这句箴言早就被曼哈顿摒弃，要在这里找到一个轻松的人，那可真得费上老鼻子劲。有时候我在想，曼哈顿的首要职业是分析——潮流分析、选择分析、风格分析、统计分析，还有最紧要的自我分析。在这个梦境纠结的岛上，弗洛伊德有许多问题要解答，妇女运动带来解放，却显然仅仅是将太多女人带入极度痛苦的怀疑和反省中去了。

但实际上，像大多数人一样，纽约客喜欢被人认为有一丁点疯狂。要是在纽约或洛杉矶搞一场民意调查，两个城市的市民都会自负地宣称比对方更疯狂。我知道曼哈顿一家商业公司——我不敢提它的名字——在我看来，似乎从上到下全由一帮发癫的家伙在打理。从我进入它办公室那一刻开始，一种暗示集体心理治疗的不安气氛就向我扑来。这家疯子公司的老板藏身于纪念碑般的桃花心木门背后，拒人于千里之外，本人疯得彻头彻尾，而他的下属们在神经错乱的等级体制中瞎搞胡弄。有时，一整个部门被炒鱿鱼；有时，一个自己也感到惊讶的、迄今尚未赢得关注的雇员突然被从底层提拔到一个分公司去当上一两个月的头儿；有时，这家经营（比方说）日用品股份的公司，突然将几百万美元投入查塔努加一家伞厂，或者尼加拉瓜的一家连锁杂货店。

我认为，他们全都被曼哈顿针刺般致幻的压力、野心的刺痛和对失败的恐惧驱赶得神经错乱。在他们思考自己癫狂的职业生涯时，我在他们眼里看到完全相同的凶猛但却无情的激情，那是人们在被洗脑的邪教教徒眼中可以看到的东西——一种惊恐与盲目奉献的混合，朦朦胧胧地夹杂着镇静剂的效果。

我说起叫人产生幻觉的压力，因为对于局外人来说，曼哈顿有太多超现实之处。这不是一个像洛杉矶那样充满自然幻想的地方，它的精神基础是逻辑和理性的，与一座商人、银行家和证券经纪人的城市相称。但它的日常生活沾满了神经错乱的敏感性元素与片段，我将它们记录如下，这些在曼哈顿毫不出奇的例子来自最近一次我在岛上逗留的两个星期，

条目一：一个友好、文雅的著名女演员，穿得很漂亮，搭乘的士去第二大道参加一场讲演。的士司机说："女士，去第二大道的什么地方？"女演员镇定得没有丝毫畏缩地说："别问我，伙计，你是的士司机。"

条目二：纽约警察的总部位于警察广场，沿着警察大道就可以走到，里面有一个职务叫作"有组织犯罪长官"。我在那儿听到一个官员在电话里对其同事说，你今天要生病吗？是要生行政病还是常规病？

条目三：一个年轻人在一个悬浮小组里大谈自己的经验：**还没有人能够飘浮，但我们正在上上下下地升起来。我们正在跳动。我看到一个家伙从莲花座上跳起15英尺高，在试验的阶段没有人能够做到这一点。**

条目四：美国泌尿科联合大会的一个代表在纽约的希尔顿酒店乘电梯下楼。他正去参加一个关于“睾丸瘤在淋巴结清除之前的发展阶段”的介绍会，我从他翻领上的卡片看到他叫“波特努瓦医生”。

条目五：一个上了年纪的法庭指定律师，在州法院用一连串丰富华丽的法律行话和手势戏剧性地说服法官“有必要延期审判”，但当他穿过法庭出门去时，认出一排对方证人，他高声送给他们一句评论：**太糟糕了，混球们。**

条目六：华盛顿广场上的涂鸦。“易比派，耶稣迷和文鲜明统一教团[1]都是由政府操纵的。”

条目七：四位愤怒的女士试图进入圣帕特里克大教堂参加大教堂的百年庆典（到场的有三位红衣主教和八位大主教），却走了错误的通道。她们的道路被挡住，但当弥撒的圣歌透过

1 易比派（Yippie），20世纪60年代后期在美国出现的一个松散的激进青年组织“青年国际党”（Youth International Party，缩写YIP）成员；耶稣迷（Jesus freak），青年基督教徒为适应流行文化而修改福音派教义运动的成员；文鲜明统一教团（Moonie），原籍朝鲜的天主教徒文鲜明创立的教派。

半闭的大门传出时，我听到她们用一种真正的心灵的**嘶喊**做出回应：**我们一定要进去！我们一定要进去！我们是从以色列来的游客！**

条目八：城区一家麦当劳里，那个雄心勃勃、永不疲倦得令人生畏的年轻女主管。越过服务台，你可以看到厨师们油光闪闪而呆滞茫然的脸，一个黑人和几个波多黎各人，说的似乎不是英语；在前面，那个专横的小暴君昂首阔步地走来走去，大吼着发号施令，恼怒地纠正错误，不断重复她自己的一句劝诫性的口号：**快点，伙计，今天伙计，今天……！**厨师们在痛苦的懵懵懂懂中回头张望。

条目九：我感到有什么毛茸茸的东西抓住自己的右腿，往下一瞧，发现是一只松狮犬在咬我。**哦真笨啊你这个淘气的小东西**，它的主人跟在后面，拿着刷子和铲子准备清理大便，说，**你都不认识这个人**。

条目十：早上9点，在东区70—79街这一片的一条漂亮的路上，一位备受尊敬的中年女士倚靠着一辆黑色奔驰的引擎罩，沉思地抓挠着胯下。

条目十一：一个下着毛毛雨的晚上。我正穿过公园大道往家走，我朝左边望向纽约中央火车站的人群，看到了一种景观：这座建筑的尖塔穹顶堆在纽约通用大厦的顶上，被泛光灯照出的轮廓倚靠着背后的泛美大厦，有那么片刻看起来像是一座圣殿——也许是一座浮屠。我惊异地停下脚步，半期待地指望听到神秘的祈祷钟响起，直到一辆出租车鸣着喇叭经过，从附近一条排水沟里掀起泥浆溅了我一身，把我拽回现实。

它是多么小啊！从一端到另一端长13英里，横向最宽处2.5英里——我相信是在第86街。在曼哈顿，任何稍有名气的人都很难长期保持隐匿状态。上一次我去曼哈顿时，在那儿看了伍迪·艾伦的杰作《曼哈顿》，那是我所知的关于这座岛的最真实的当代作品。看完电影我去隔壁的俄罗斯茶室喝茶，在那儿，一个摆弄着我想象中俄式薄煎饼的家伙，确确实实正是艾伦先生本人。

有时，很难记得住这是地球上最强大的城市之一，因为在很多方面它有着怪异的乡土特色。《纽约时报》半是一份保持国际记录的报纸，半是一份教区杂志，会用整版刊登本地受尊敬的保险经理的讣闻，并且极为详尽地描写亨利埃塔·兹利曼小姐和爱德华·忒斯特透三世订婚的过程。像所有大都会一样，曼哈顿被分割成更小的飞地，每一个都有其自身的个性与目标，但是这座岛瘦骨嶙峋的形状、街道网格的刻板及其整体的平坦，使得其中任何一个区域都不可能有疏远于其他区域的感觉。在一趟舒缓的清晨散步中，你就能够轻易地从公园大道走到炮台公园；最近一次，我和一个熟人在哈莱姆区的正中心上了同一辆公交车，上车的地方全都是邋遢的廉价公寓和明显被废弃的商铺，那位熟人向我讲述他的战争经历，还没来得及讲完，我们就来到了广场酒店的外面。旁边就是此地重要的地标建筑：帝国大厦、世贸中心的双子塔，都是那么巨大，几乎在任何地方都看得到，赋予这座小岛一种透视法般的亲密。

所有一切都像这样被塞进去，甭奇怪，曼哈顿的居民随着不断变幻的时尚的调子来回摇摆，仿佛他们的头脑彼此串连在一块儿。我想，世界上没有哪座城市像它这样屈服于批评家、势利鬼和品位仲裁者的勒令。曼哈顿以自身为食——也许是以静脉注射的方式。一个极其公开的精英阶层主宰着它的八卦的专栏与装饰风格，同样的面孔反复出现在眼下同样时髦的俱乐部和餐厅，一代人是史托克俱乐部，另一代人是 54 号工作室，喝着法定的酒水，昨天是**基尔酒**，今天是巴黎矿泉水，在词句中使用同样短命的流行语——比方说，我上一次在那儿时听到的是："夯货""支持性的""棒极了""另一半[1]"。

一天傍晚，在我的主动要求下，有人带我去了当时城里最潮的酒吧，位于第二大道的伊莲吧。每个人都知道伊莲吧。小文秘在它的酒吧间里流连，希望能被狂野的名流选中，年轻的经理人第二天早上谈起它，甚至最聪明的公众人物——博文广识的导演和学者型的批评家——似乎也莫名其妙地认为在那里露面是一件长脸的事。欧洲不会出现这样

1　另一半（significant other），或译为"重要他者"，用来指代某人有着亲密关系的伴侣，这一称谓由于不透露与性别、性倾向、婚姻状况有关的任何信息，故而是绝对政治正确的用语。

的情况，因为伊莲吧既不很贵，也不严格地排斥外人——任何人都能光顾这家酒吧。然而，我讨厌它，讨厌它的嘈杂，挤得水泄不通的桌子，讨厌它的炫耀卖弄、过度热情，以及给最知名的面孔以最好桌位、把无名之辈驱逐到隔壁房间的不成文的规矩。在喧闹中，漂亮的人儿也因为大喊大叫而不漂亮了。侍者抵抗着我要吃不加蒜的明虾的企图——不喜欢吃蒜，在曼哈顿是有失身份的。

我同时感到着迷和骇异，但是更加惊讶的是，我感到有一点屈尊俯就——因为，当我观察着那些上下浮动的面庞，脸上写满夸耀，或者因为拍马屁而鼓圆眼睛，稚嫩得好像我刚从威尔士西北海岸的小乡村里出来时的样子，突然之间，我感到自己置身于一群乡巴佬中。

在纽约，我并不经常感到这种情绪。更多时候，当我在这座无与伦比的城市中逍遥时，我感到自己置身于极限。**还有谁会再想回到乡间农场呢？**这毕竟是我们时代的众城之城，正如罗马是古典时代的众城之城，君士坦丁堡是地中海好几百年历史中的众城之城。这是每个人的大都会，因为没有哪个国家没有为曼哈顿贡献一些东西，哪怕只是一句俗语，或者一种小圆面包。有一天，我到第九大道去观赏每年 5 月举行的街头节庆，那是这座岛上世界主义特色最鲜明的主干道之一，在那里，我简直是刺激过度地意识到，作为一座属于所有人的城市意味着什么：一英里长的人行道小吃摊上，气味与气味彼此冲撞，芝麻油与咖喱粉互相争拗，几乎无隙可钻的人群中阿拉伯语飘入乌克兰语，意第绪语同葡萄牙语碰撞，沿着这条大道往下走，民间音乐不谐和地融混在一起，有波兰的六孔竖笛、墨西哥的口琴或索非亚的巴拉莱卡琴。

这里没什么是土气的！如果说，过去300年里，来自每一块陆地的流亡者、冒险家、理想主义者和骗子在这个巨大木筏上的攀爬，让曼哈顿始终拥有一种范例或支点的品质，那么我想，若是世界末日临近，以这座小岛作为背景，大多数人就能够最为轻易地想象出那场灾难。雄伟的大厦崩塌内陷，被洗劫的大道上火焰肆虐，惊惶万状的人们像家鼠或旅鼠一样狂奔，绝望地一头扎进沸腾的水中——这就是20世纪的人们对世界末日的标准想象：照我自己的看法，如果有一天上帝真的打算对人类的所作所为进行审判，他有可能会把法庭设立在百老汇和第42街的角落，好让他能够首先（我敢肯定是仁慈地）处理那些色情演出的组织者们。

我们生活在邪恶的时代，遗憾的是，曼哈顿这座人类希望与创造力的神殿会被迫去担负这个寓言中的特殊任务。然而，无可否认的是，一种不祥的预兆经常战栗般掠过这座城市的面孔。一天早上，我在《纽约时报》上读到，头天，市政厅附近一条路上，一个女人被一群“大得像兔子”的老鼠攻击。我立刻跳进一辆的士赶去现场，但是曼哈顿人已经捷足先登：一小群看客正带着明显的满足凝视着这群啮齿动物从中蹦出来的那块溃烂的、废弃的土地。一位典型的纽约客已经自封为常驻专家，并把一只真实的老鼠指给被迷住的上班族们观看——**几乎**和兔子一样大，乖戾地蹲在成堆的垃圾中一个铁丝圈套里。最初那个受害者遭遇了什么？我问道。“我想她可能脑子有点问题。她尖叫着开车逃走……”

如果那些兔子大的老鼠扑到我身上，我也会尖叫着开车逃走，但绕过那个角落，几乎就在那个老鼠坑拉屎拉尿的距离内，社区外卖食品店的生意依然兴旺。我想，纽约客很是经得起恐怖的考验，也许正是这种环境适应性赋予曼哈顿岛一种命定的湮灭感。它可能是为报应而设计，有时让我想起一座异教徒时代的大竞技场，里面有女士和老鼠，像角斗士和野兽一样为了众神的粗暴娱乐而互相格斗。

一切事物都汇聚到这座岛上：它们来了就罕有离开，哪怕蒸发都蒸发不掉。它曾经是通往一个新世界的大门，如今主要是通往其自身的一个入口。多年以前，曼哈顿就抛弃了它作为熔炉的功能。现在，甚至没有人试图让黎巴嫩人或者立陶宛人美国化，其实，我每次上岛，都会感觉岛上种族飞地的种族特色变得更强烈。还有什么能够比桑树街上的圣安道节更意大利的？小意大利区的家庭在他们的社区里漫步，不时停下来和快活的同时代的人打个招呼，有时大力咀嚼高声叫卖的街边小贩出售的软壳蟹，它们像动物标本一样摊开腿脚、嵌在面包片上。哈莱姆本身几乎已经成了另一座城市，不再是白人们茶余饭后为寻开心而逛的贫民窟，而曼哈顿的唐人街和世界上其他地方的唐人街一样，是检验你是否有能力解决“让中国侍者微笑”这一世界难题的好地方。

就这样，灯光猛烈地照耀在一座骚动的竞技场上：然而它的数百万角斗士（还有野兽）却一点也不因为刺眼的光而惊慌，也不为他们投身其间的象征性的战斗而沮丧，而是首先关注自己是否有把长度时髦的剑，以及，能否被更昂贵座位上的观众有效地看到。

回到那座公园吧。出于某种原因，中央公园位于当今这个世界对曼哈顿关注的核心。“别去那座公园散步，”从中国到秘鲁，人们都会这样警告你，或者会问你，“说实话，他们那些关于中央公园的传闻是真的吗？”

这座公园也是曼哈顿岛的中心，位于周边互相争斗的砖石建筑中央一片无人之地——在邮政地图上，它是一大块长方形的空白，是曼哈顿唯一没有邮政编码的部分。它的北边是哈莱姆，南边是洛克菲勒中心，一个侧翼是上东城的富人区，西边则是新近萌芽的街道，从哥伦布大道向左向右生长出去，挤满艺术家、代理人、波兰杂货商和学音乐的学生。它像是这座城市中一个巨大的四方形铲痕，被挖出来后又覆满绿色。它占地 84 英亩，在我心中几乎可以是一切，但偏偏不是一座公园。

这是一种异端的看法。中央公园得到规划和城市设计专家的大力推崇。《纽约时报》的建筑批评家把它称作这座城市最伟大的单件建筑作品。它由弗雷德里克·洛·奥姆斯特德和卡尔弗特·沃克斯于 1856 年设计，从那以来，每个人都说过“它是多么奇妙”之类的话。“世界上最漂亮的一座公园”，1904 年的贝德克尔旅游指南如是说。“一件伟大的艺术作品，”1978 年的《美国建筑师联合会纽约指南》这样介绍。

可我不这样想。它那些阻断风景的阴郁小丘，它破损而荒凉的林中空地，它有意设计的各种景观，它险恶的湖与微微发褐的树叶，每小时一次从它那令人害怕的动物园大门传来的病恹恹的排钟乐声，可怕地唤起了我在广岛听到的纪念钟的回忆。对我而言，一座理想的**城市**公园应该是乡村的切片，是新鲜、自然的开放空间，而中央公园恰恰是这一切的对立面。

然而这个世界是对的，当你被邀请来想象曼哈顿时，眼下最有可能想到的首先就是中央公园。如果我否认它那轻灵精致的美，我就也不会费时间来争论它的趣味了。它是世界上最有趣的地方之一。米其林旅游指南警告，“孤身一人在这座公园里较为荒僻的部分游荡是不可取的”，然而，在这个四面八方都被高耸入云的曼哈顿悬崖俯瞰的非凡的幽静之地孤身漫游，就是在享受人类最宏大的、从破晓到午夜永恒上演的一场秀。

想要传统？这里轰隆隆开来一辆四轮四座大马车，马匹的刺鼻骚味在它们离开广场外的站位很长一段时间后还悬浮在空中，荷兰贸易代表、泌尿科联合大会参会者甚或从艾奥瓦来度蜜月的小夫妇，略微有点忸怩地陷坐在马车软垫上，马车夫身子后倾，呈现他们保持了一个多世纪的那种姿势，鞭子在手晃悠悠，笑问客从何处来。

想要反讽？想想东区边上、露天书报摊外面那些明显是永远睡在他们包袱上的游荡者，衣衫褴褛，脾气火爆，瘦骨嶙峋，臭气熏天，几乎就宿营在豪奢的第五大道公寓楼的阴影里；也许效果还要更强烈的是，实际上他们是睡在可以听到狮子虚弱咆哮、鸟儿啾啾鸣叫和动物园那葬礼般钟乐的地方。

想要杂耍？看看每天锻炼的慢跑者吧。他们成百上千绕着环行路顽强地大步慢跑，总是将路上其他的车和人都挤开，像基于某种无法解释的本能迁徙回家的动物，或者像被视野之外发生的一场灾难弄得麻木的幸存者。其中一些人被这嗜好磨损得骨瘦如柴，一些人滴下忏悔肥胖的汗水，一些人硕大难看的胸部随脚步抖动，一些人在必须向办公室的考科威尔先生提交关于正在进行的支持性支出的备忘录之前的半个小时里，像狼一样，带着掠食性的凶狠奔跑。当狂热者从身边费力经过，你偶尔会听到几句极其曼哈顿的交谈——**那么你说的是（喘息），自从1951年以来（喘气），我们的社会里就没有发生过任何有意义的改变（吐气）？**有时你会观察到一个慢跑者用绳牵狗，当那个小畜生到一丛灌木背后大便时主人被迫停下来，作为折中的办法，只好改成原地跑步，结果看起来无论如何都像是他本人快要被一泡尿憋死了。

但是，你想要的是一些险恶的东西，不是吗？**“孤身一人游荡是不可取的，除非是警察骑马或开车频繁地巡逻……”**这才是中央公园今日最出名之处，并且也不难发现。我从未在中央公园被袭击过，也从未见过其他任何人受伤，但我仍然有过胆战心惊的时刻。不止一次，甚至在慢跑者近乎无声地绕圈时，我注意到三四个一伙儿的年轻人，远远地栖息在尘土飞扬的树林中突出的岩石地表上，沉默而若有所思地张望。他们戴着墨镜，很有可能还戴着软塌塌的大帽子，以嘲弄但却鬼祟的优雅态度倚靠岩石，一动不动，似乎正在拨弄弹簧刀。有一次，我神经紧张地经过时，朝这样一伙儿观望者挥了挥手，但他们的反应仅仅是用一种疑惑的表情彼此对望，然后把他们的长腿在石头上不安地挪开一点点。

城市在周围咆哮。哦，不是，不是咆哮——也许是嗡嗡响。曼哈顿的能量与其说是狮子，不如说是黄蜂，作为一个如此巨大的都市，它所关注的东西有着不可思议的个体化与特异性。撇开其外表，曼哈顿是一个特别人性的城市，个人的渴望不论好坏都会意想不到地获得优先权。这也许是因为，和它的同辈，其他那些全球性的都市（在我看来只有两个：伦敦和巴黎）不一样，纽约不是一座首都。没错，联合国总部就在东河边上，但从建筑学的角度看，它完美地体现了其自身黯淡无光的政治地位——人们几乎不会注意到它。没错，这座城市的市政事务规模如此宏大，在我看来不亚于许多较小的共和国的全部政治活动。但它确实不是一座政治城市。国家事务与爱国主义很少强行闯入。甚至纽约州的首府也远在奥尔巴尼，曼哈顿的交谈并不经常转向民主党内部的钩心斗角或者第三次限制战略武器会谈。

从任何社会学或美学的角度看，这座岛上都没有太多工业：很少有蓝领工人带着午餐盒匆匆往家赶，很少有制造工厂向曼哈顿的天空喷出浓烟。这座城市关注的事物更加复杂，它是一座投机者、顾问、代理商、经纪人、分检员和中介的城市。许多世界上最有影响力的公司都把总部设在这里，但其工人则大多放在交通便利的远处。这里出产的是财富和名望，而不是钢锭或汽车。

纽约人步伐之迅猛举世闻名，但如今在我眼中却显得虚假。同其他多数大城市相比，纽约商人的工作并不更辛苦或更快。但是纽约客花上如此多的时间来思考个人事务，分析自我，检查自己的反应，以至于留给商务的时间必然是匆忙的。自动化商业公司的副总裁如此匆忙地离开办公室，可别以为他是去会见远幸工业公司的海外销售总监，哎哟，压根儿就不是，他走得早，仅仅是因为他必须去和布赖恩面对面地讲清楚昨天晚上他在迪斯科舞厅和那个叫埃德加的家伙发生的丢脸行为。

比我所知的任何地方更甚的是，在纽约做生意，你必须了解同事们的境况。经常需要为他们费心思。实际上有某些泄露内情的标记，如同部落文身——比如，对布赖恩和埃德加，是短发；对野心勃勃的文化人，是垂胡须和帆布鞋；对渴望上电视的女孩，是刺耳的嗓音和鼻音浓重的腔调；对常春藤大学毕业的经理人，是把手揣在裤兜里。但你不该冒险。曼哈顿纠结混乱的婚姻与感情生活，为社会观察者提供了无穷无尽的课时，远比民事侵权行为、股票价格或提货单更能确立此地的调性。

几乎没有哪个曼哈顿市民——任何种族、宗教或社会阶层——会没有一点令人着迷的错综复杂的情感经历可供讲述，也不会有哪个市民讲不好。闲言碎语，喋喋不休，**你几乎没法相信它，因此我说绝不，所以**

她说绝对——从华尔街的俱乐部到哈莱姆的酒吧，你似乎听到供认与隐私的潮水咝咝响着涌过这座流言之城，连绵不绝如同车流的洪水，吵吵闹闹如同脚底格栅下面不时出现的地铁列车的哐啷声。

这是近亲繁殖吗？既然多样化的移民流动已经终止，曼哈顿无疑会让人感觉到某种乱伦的迹象。它不再是充满活力的世界种马。埃利斯岛[1]上那些阴郁的厅堂，是几百万新来者进入这片肥沃土地之前穿行的通道，如今仅仅是一个博物馆，从种族上看，曼哈顿已经失去了雄浑的动量。你会在多伦多感到鲜明得多的迁徙的推动力，而纽约当代的大多数移民几乎完全不再是旧时那种甘冒一切风险的移民，而是投亲靠友的波多黎各人，或者是由约翰逊－海茨街区的贩毒集团帮扶资助的哥伦比亚人。

他们很少像其前辈一样，受到任何炽烈的释放或奉献精神的鼓舞，并且他们很快地落入了曼哈顿的模式。“哦，就像我说的一样，你看看，我和以前在波哥大认识的这位女士联系上了，她对我说：‘利昂，我想让你知道，我很喜欢你，真的喜欢你，但是胡安的小孩是个问题，你明白吗？’我说：‘让胡安的小孩见鬼去吧，胡安的小孩和我有什么相干？’她又说：‘利昂甜心，听我说……’”

“给我你受穷受累的人们，你那拥挤着渴望呼吸自由的大众……”今天，偶尔还有苏联持不同政见者出现在纽约，忍受法定的记者招待

1　埃利斯岛（Ellis Island），纽约港内一座岛屿，1892—1954年间是移民管理局所在地。

会，直到被匆匆带进中央情报局接受盘查，或从某个学校获得副教授职位。但旧时由矗立于海湾中的自由女神像如此坚定地宣扬的宏伟目标已然失落，这意味着曼哈顿黄金岁月的消逝。每座城市都有其盛年，彼时其目标得到满足，其精神绽放出饱满的花朵，而我认为，曼哈顿的全盛期发生在穷人蹲坐在中央公园的大萧条期与美国大兵作为自由拯救者载誉而归的“二战”结束之间的这段时间。在那些崇高的岁月里，这座对世界上大多数人来说只是一个虚幻梦想的小小岛屿，在任何地方都代表了全新的开始和高远的概念。曼哈顿是弗雷德·阿斯泰尔和阳光照顶的克莱斯勒大厦！曼哈顿是吉普和罗伯特·本奇利[1]！曼哈顿是白手起家、自由讲演、拉瓜迪亚[2]市长和洛克茨舞团[3]！

毫无疑问，怀旧之情在百老汇盛放。那是美国的天真岁月，彼时责任尚未确立，彼时每一首朴素而地道的老歌，每一家新的艺术装饰家具店，都在表达着遗憾。欧洲列强渴望重获他们连同熊皮高帽队列或叮当哐啷的骑兵一同失却的荣光：纽约则以《并非失礼》[4]回首往昔，或者以翻新那个曼哈顿口味的奇观——无线电城音乐厅（据报道，其设计者从通风管道注入臭氧，以保持观众的欢腾情绪，他们还考虑过注入笑气的

1 罗伯特·本奇利（Robert Benchley，1889—1945），美国幽默作家、批评家、演员。

2 拉瓜迪亚（全名为 Fiorello Henry La Guardia，1882—1947），意大利裔美国人，1934—1945年连任三届纽约市长。

3 洛克茨舞团（The Rockettes），曼哈顿著名齐舞团，最有名的保留节目是每场表演结束时的高踢大腿舞。

4 《并非失礼》（*Ain't Misbehavin'*），爵士乐史上著名歌曲，先后由无数歌手演绎。

点子……）——向昔日致敬。幸运的是，在一座还不到300年历史的城市中，旧日子总是招之即来，而真正的苦乐参半相对容易获取。我本人则被一座餐厅的室内陈设打动，它使用的全是一艘老大西洋班轮（这些曼哈顿码头的遗孀）的设备，直到最后，我发现这艘船是“卡洛尼亚号”，它下水的情景还历历在目，犹如发生在昨日。

那个时代的记忆已经是传奇，并在迅速融入神话。旅途中没有什么对我的触动比那个老曼哈顿之梦更大，这是我童年时的泰坦城，那时，灿烂辉煌的摩天大楼一个接一个耸入云霄，小约翰·D. 洛克菲勒如现代迈达斯[1]般凝视洛克菲勒中心的规划，巨大的班轮满载名流与随船记者高傲地穿过港湾，无法压制的移民潮艰难地刨出一条通往曼哈顿的路线，满腔雄心地从埃利斯岛到下东城再到市中心。它的纪念碑大多还在，还能看到，新鲜时髦仿佛前天的建筑，即使到了现在，你仍然会偶然发现它的一个成功故事：来自波兰的侍者骄傲地矜夸，自从一文不名、举目无亲地抵达此地后，他没有失过一天业；著名出版商如今住在他名下的摩天大楼顶层套间里，而当年其母亲登上曼哈顿时，脖子上挂着一块小牌子，上面写着她的姓名、职业和语言。

洛克菲勒中心是这种情绪的剧场。其中心建筑美国无线电公司大楼的创建者雷蒙德·胡德曾被人提醒，说他初到曼哈顿时就宣称要成为纽约最重要的建筑师。“我这样说过，”他回应道，透过窗户望向那轮廓参

1　迈达斯（Midas），希腊神话中的弗里吉亚国王，曾获得点石成金的能力。

差、居高临下的庞然巨物，“并且，凭着上帝的名义，我做到了！”宏伟的夸耀、启示般的景象、无情的机会主义、无限的资源——这些都是洛克菲勒中心的特征，也是曼哈顿在其鲁莽的建设时期的特征。到冬天，他们把地下咖啡厅改成溜冰场，此时，泛光灯下，轻松愉悦的溜冰者中，有人如此笨拙地欢闹，有人如此卖弄娴熟，还有宽容的人群靠在栏杆上观看，连这座城市的喧嚣也无法将那华尔兹音乐完全盖住——在此情况下，即便在今天，我偶尔仍会恍如回到了那些信心十足的广阔无限的年月。

尽管信心已然丧失，但能力依然留存。这是地球上人类定居地中最有天赋的一个，在曼哈顿，有些时刻，纯粹是此地的才能深深地打动了我。我最近一次在泛美大厦时，正赶上一个年轻人组成的交响乐团在中央大厅进行午餐时的表演。这在曼哈顿是极其平常的事，因为这里到处、随时都有音乐，但不知为何，这场表演攫住了我的想象，扰乱着我的情绪。我发誓，没有任何其他城市能够提供一场如此抚慰人心的幕间节目。才华横溢的年轻表演者如此生气勃勃。听众以如此愉快的专注聆听他们演奏的勃拉姆斯和维瓦尔第。那音乐在这一切钢铁与石头的中心回响，温柔得不可思议，仿佛一种调和剂，穿过这座物质主义巨塔的平淡乏味的空调办公室，沿着电动扶梯飘浮起来。（“他们演奏得多漂亮啊，”我对旁边一位听众喜悦地评论道，但他以一种曼哈顿的方式将我无情地拽回地面，“他们必须演奏得漂亮，”他回答道，“想想那竞争多激烈。”）

欧洲的城市大多失去了艺术家街区，被居民区吞没，或者被环行路撕碎。在曼哈顿，波希米亚精神仍然繁盛于许多热切的凹室。这是一座街道和咖啡馆的城市，其中人与人的接触，不论是肉体的还是柏拉图式的，仍然易于安排；年轻艺术家不会感到孤独或在黑暗中摸索太久，也没有什么雄心抱负会显得过分。曼哈顿的艺术骗子可能超过其他城市的平均份额，而眼下最受欢迎的 SoHo 画家街区也肯定会展出足够比例的废品拼贴画，或标签名为“重要他者 3 号”的用砂纸蹩脚地打磨过的胡桃木圆形把手。但在这座岛上，有无数真正的艺术家和匠人藏身在阁楼、廉价旅馆、公寓楼、改换门庭的褐色砂石豪宅里辛勤工作，不受潮流时俗影响，对假把式充满轻蔑。

我喜欢花一整个星期天上午观看华盛顿广场上的露天马戏，广场是格林威治村的大门，村里边，流浪音乐家、业余玩戏法者要同技巧和手势都很经典的掷飞碟行家、即兴煽动家、下象棋者、巡回白痴和拉斯特法里[1]亡命徒争夺观光者的注意力。坐在公园长椅上，望着身旁这个五光十色的世界，我会不时认出一个吃文字饭的同行，独自坐在**他的**长椅上，带着**他的**笔记本，当我们目光相遇，我不知是否该对他表示

1　拉斯特法里（Rastafari），20世纪30年代起自牙买加兴起的一个黑人基督教宗教运动，信徒相信原埃塞俄比亚皇帝海尔·塞拉西一世是上帝在现代的转世，是《圣经》中预言的弥赛亚重临人间。

同情——就像对一个在简朴的阁楼上挣扎求存的艺术家，或者感到嫉妒——仿佛他的书到明天就会大获成功、畅销无比。

和世人的看法相反，纽约充满正直的人。一座取得如此成就的城市，不得不如此。这是一座专注的诗人、认真的演员、无止境排练的音乐家的城市。它的作家废掉一份又一份草稿，每天晚上在纽约都有比在整个欧洲都更好的钢琴家表演——潜伏在市区俱乐部里的爵士钢琴家，伯里克街上疯狂的朋克钢琴家，市中心旅游景点里神气活现的浪漫钢琴家（“在马娄尼先生演奏过程中，请将声音降低成耳语”），为明年的柴可夫斯基大赛练习的出色的钢琴学生，为外百老汇音乐剧伴奏的年轻快活的钢琴家，中途辍学的钢琴家，被酒精毁掉的钢琴家，乐器搁在滚轮推车上的乞丐钢琴家，下午坐协和式飞机赶来参加当晚林肯中心音乐会的斯坦威钢琴家。

因此，我从未真正被纽约那些假内行的废话骗倒。我无视那些可恨地怂恿我们视其为NBC《今日家庭》栏目里愚蠢自负的采访者与令人反感的受访者。我嘲笑的不是速溶人参茶的卖家。被自己的会计师吓得做噩梦的粗鄙的编辑诓不了我，我也不会被成群可怕的名流骗倒。在曼哈顿，“创造性”是一个被降格得如此厉害的词，我厌恶它被翻译成生意人的敏锐或宣传伎俩，以至于犹豫是否要使用它。但这个地方确实有创造性：也许不是以从前那种大胆鲁莽的风格，而是用更安静、内省、混杂但却诚恳的方式——更像是曼哈顿如今的风格。

对胡德或小约翰·D. 洛克菲勒（更不用说考莫道尔·范德比特[1]或皮尔蓬·摩根[2]）来说似乎无法想象，但1979年的曼哈顿确实让人感到有点老派了。这座泰坦城妥协了，承认毕竟**不是**每件事都有可能。如今是芝加哥在修建更令人耸动的建筑，是休斯敦在做更令人惊讶的事，是东京和法兰克福有更锐意进取的企业家。要寻找未来事物的形状，来曼哈顿不再是一个好选择：新加坡或圣保罗可能会是更靠谱的指引。在充满伟大远景的日子里，纽约客们在帝国大厦顶端竖起一根飞船天线杆几乎是理所当然的，他们确信，最新最大的飞船会直接向曼哈顿驶来；然而，在我们今天的时代，花了好几年，纽约才不情不愿地被说服准许超音速飞机降落肯尼迪机场。

曼哈顿不再是最快、最大胆的，甚至我敢说，也不再是最富有的。什么可作为今日纽约城市能量的象征？我建议你去废弃的西城公路巡视一番，那是市政府七年犹豫不决的受害者，在一片空地、卡车停车场、破碎仓库的荒野上，它先是大跨步前进，那步伐接着就崩溃成蹒跚，其进取心的唯一标记是道路顶端欢快的骑车者，以及习惯性地停在下面的玲玲马戏团[3]的火车车厢。

---

1 考莫道尔·范德比特（Cornelius Vanderbilt，1794—1877），绰号“考莫道尔”（Commodore，有舰队司令之意），美国企业家，捐资建立了范德比特大学。

2 约翰·皮尔蓬·摩根（John Pierpont Morgan，1837—1913），美国商业历史上最伟大的金融家之一，开创摩根家族企业。

3 玲玲马戏团（Ringling Bros，Barnum and Bailey Circus），建于1871年，是世界三大马戏团（玲玲马戏团、纽约大苹果马戏团、太阳马戏团）之一。

我相信，信心动摇发生在20世纪五六十年代，也许从那时开始，曼哈顿不再把自由放任视为绝对的意识形态。怀疑偷偷溜了进来。步子放慢了一点。运动感变得衰弱。不再是所有堂皇高贵的大船都要下碇曼哈顿港口；纽约的机场逐渐远离这座岛；今天，甚至连直升机也被禁止在摩天大楼周围做出任性而奇特的滑稽动作，而在过去20年里它们都是曼哈顿活泼的常客。包豪斯的支持者会对无线电城音乐厅蹙眉，在这些荣光之后的岁月里，曼哈顿的大多数20世纪中期建筑照胡德的标准看来都是胆怯而陈腐的。真正有创造性的建筑很少，按我的口味来说，更糟糕的是时髦的建筑压根儿还没有建出来。

“小就是时尚”的哲学对纽约客那受拘限的心绪有着强烈的吸引力，如今，当市民想要向你展示某种令其骄傲的创新时，通常会把你带到一个有瀑布的秀丽小巧的街边花园，或者罗斯福岛，一片拥有社会学好品位的小巧玲珑的飞地。温和、审慎甚至还有谦逊，这才是如今曼哈顿人欣赏的建筑品质，而庞大厚重已不再受欢迎。

不管相信与否，**古怪的事物**正在逼近。菲利普·约翰逊[1]先生最新的建筑顶端将加上一个形如切斯特菲尔德沙发椅背的装饰性的设施：旧年月就是如此，几乎未被人察觉地爬上甚至最生气勃勃的有机体——时代的A列车，飞速开近！从原子的意义上来说，曼哈顿不再关键：对这座

1 菲利普·约翰逊（Philip Johnson，1906—2005），美国建筑师、建筑理论家。

正在温和减速的发电站来说，“禁止核武”是一个正确的口号。

它不是一片悲哀的景观。我发现它讨人喜欢。尽管纽约失去了令人吃惊的能力，但它也获得了吸引人的能力。我在曼哈顿时，碰巧赶上对几代人来说都是第五大道最时髦百货店的邦维·泰勒公司为一片建筑开发区关门让道。我在关门前最后一天赶到那儿，一趟多么感伤的旅程啊！女售货员眼含泪水，在糟糕的帽子、滞销的陶器、皮带、弯曲的衣服挂钩里消磨最后的时光，周围的东西是她们曾经令人愉快的存货中剩下来的全部，一个在电梯里拉住我非要和我说话的上了年纪的顾客简直快要发狂了——某件漂亮的物事儿就要从她的生活里消失了，她说，消失的是“一点儿纽约，一丁点儿我”。

在次日《纽约时报》上，“邦维连锁”这个名字立刻让我想起它在其他地方有许多分店，但这一事件仍然实实在在地触动了不少纽约人的心弦。感伤、古怪、格雷伯爵茶——这些全都是一个社会正在变老（但总体看来也是在优雅地变老）的标志。当然，小小老纽约的文化中有许多迟钝或凝固的东西。暴力的确是这个地方的一个诅咒，让几十万人的生活画地为牢，破坏了这座城市的各个街区——东河喷泉的捐赠者曾被问到为什么喷泉最近不喷水了，他说他认为是被尸体堵塞了。事实上，在曼哈顿，被人咬过的人比被老鼠咬过的人还要多——据记录，1978年前者有 764 例，而后者只有 201 例。

然而，我仍然持有如下观点：被行凶抢劫、放荡不羁、无法承受的压力和不能接受的罪恶搞得臭名昭著的曼哈顿，在其成熟期，已经变成世界上真正最文明化的城市。不论好坏，它是人类在穿越历史的飘忽不定的行程中走得最远的地方，它的成熟甘美在未曾预见的情况下呈现在意想不到之处。

以前人们总是说，纽约完全建成时会是一个好地方。我想，就其本质而言，现在它已经被完成。人们不再以青春期的狂暴拆除建筑和匆匆建起新楼。各个街区不再在移民的冲击下年复一年地改变个性。我想，曼哈顿已然凝固。如今弥漫于“小小老纽约”的感觉，不是心满意足，而也许是不悦的体验。

结束之前，让我再去一趟中央公园，曼哈顿中心那个没上拉链的空白处，作为对这篇文章的一段抒情的**结尾诗行**。一天，我偶然离开慢跑者的圈子，碰到一个年轻黑人在湖边一张长椅上酣睡。他的外衣盖在身上，靴子并排整齐地放在地上。他像在幼儿园游戏中一样将脑袋枕在紧握着的双手上，他均匀而温和地呼吸，仿佛被魔法迷住。

正在我观看时，有一只灰松鼠跳过绿荫，翻过他的腿跃上椅背，像其他松鼠一样抖抖索索地坐着咀嚼起来；突然，几乎是在同一时刻，一股盐味浓烈的清新的风吹来，这是那种不时携带大洋气息穿过纽约的生气勃勃的风。被风吹散的树叶与飘落的花朵在长椅周围轻轻拍动，打着旋儿。松鼠停下来，再次猛然一跳，消失了。黑人睁开眼睛，微风吹走他脸上的灰尘，他看到我茫然地站在那儿，就冲我缓缓地睡意蒙眬地微微一笑。“别害怕,”我一时冲动，可笑地说道，“这座岛上充满喧闹。”

“是的,”他回答，伸展手脚，在晨光中用力地挠挠身子，“还充满虫子。”

20世纪70年代我为《滚石》杂志写的随笔后来合成一本名叫《目的地》的书，由这份杂志与牛津大学出版社联合出版。为发布此书，这两个不同寻常地配在一块儿的赞助方联合开了一场聚会，就在俯瞰中央公园的《滚石》办公室。聚会上，主办方里的一半人佩戴着念珠、护身符和当时人们所知道的作为“新时代”装备的一切随身物品，而另一半人戴硬领，系领带，穿细条纹西装。在我的记忆中，细条纹西装绅士全都来自《滚石》杂志。而戴念珠的则是牛津人。

21

南非的黑与白

20 世纪 70 年代，整个非洲一片混乱，许多年轻国家挣扎着穿越一片贫穷、腐败和历史淆乱的沼泽，寻找现代身份。在 20 年前我首次拜访过的南非共和国，你能够看到它正努力摆脱根本性的人性冲突——对肤色的反感。罔顾全世界的反对，少数白人通过种族隔离制——该制度让阿非利坎白人拥有政治特权，让英裔白人对自身更无确信，让黑人和有色人种彻底无力无助——的伪意识形态维持其至上地位。《滚石》杂志委派我独自前往观察。

高踞于南非共和国行政首府比勒陀利亚之上，一座矮而宽的球根状纪念堂耸立于山岗，俯瞰德兰士瓦省受风侵袭的辽阔高地——它在这片高地草原上，海拔 5000 英尺，距大海 400 英里，位于非洲大陆最辉煌的一块非洲区域。这是南非白人至高无上的圣殿。如同硬币和报纸被埋在桥梁的基础之下，被填进这块巨大厚重的石制品中的，是最深刻的种族隔离基本原理，错综复杂的政治设计——部分是神秘主义，部分是经济考量，部分纯属骗局——白人种族正是凭借它才在这片大陆的最南端维持着凌驾于黑人之上的特权地位。在其他任何地方，曾经是半个世界主人的白人种族都已经退出被其征服的领土，但在南非，白人们仍然毫不妥协地坚持其特权，对抗着那可怕而庄严的黑色动荡的浪涛。先民纪念堂解释并表达了此种不妥协：因为它如此强硬地耸立于其**山丘**上，仿佛由拱顶、拱门、仪式性的梯级支撑着，被如此之深地插入土壤中，以至于看似除了巨灾大难，没有什么能够摧毁它。

这块碑的正面纪念的是牛车大迁徙[1]，在这场传奇的**逃亡**中，阿非利坎人从海岸迁入这些偏远可怕的高地，于19世纪早期建立各自的独立共和国，将他们的文化扎根于这片土壤中。但它的意义比这更深远。在如此遥远地退入非洲内陆的过程中，阿非利坎人刻意地否定了外部世界的价值观，宣称他们决定在自己不受侵犯的家园里按照他们自己的方式生活。特别是，他们永久性地放弃了由海岸边实用主义的英国人强加于他们身上的“上帝面前人人平等”的论点。阿非利坎人推论的基础是：**并非**一切人都是平等的，尤其是这个国家的土著黑人，按照神的意旨他们注定是劣等人，是伐木者和挑水工[2]。在大迁徙中，阿非利坎人中的狂热者赶着牛车蹒跚而行，比以往更深地进入荒凉腹地，这一旅程排除万难，带着精神上的荣光，将他们和他们小小的民族直接引向如今吞噬其

1　牛车大迁徙（Great Trek），19世纪30—40年代英国夺取开普殖民地后，荷裔阿非利坎人向南非内陆的大规模迁徙。

2　伐木者和挑水工，语出《圣经 · 旧约》，基遍人用欺骗手法令犹太人不杀他们之后，被当作苦力为犹太人伐木挑水。

国的肮脏的种族绝境：白人与黑人险恶地对抗。

这座纪念堂是一个神秘的建筑，如同一个诺言或牺牲之地。它宣告：阿非利坎民族已经征服了邪恶的力量，在这片草原上取得了极具分量的成就，并且独有他们将真正文明的火炬带进了这些野蛮的领土。地下室里永恒燃烧着一团证明这一点的火焰，每年一度，在12月16日正午，会有一道阳光穿透这座建筑高高的屋顶，落在一块巨石衣冠冢上，它像巴黎荣军院里的拿破仑墓一样，阴沉地矗立在地下室里，神秘地阐明了用巨大的字体镌刻于花岗岩上的誓言：ONS VIR JOU，SUID-AFRIKA——“南非，我们为你。”

12月16日。1838年的这一天，在纳塔尔的血河战役中，一支不超过500人的阿非利卡军队彻底击败了一支两万人的祖鲁族黑人军队。他们与神意签订了契约，12月16日所纪念的不仅是军事胜利，也是上帝的承诺——纪念堂手册向我们保证，统计学显示血河战役中阿非利坎人胜出的概率只有1%，“这支持了‘这场胜利是上帝之行动’的信念”。在过去的岁月中，阿非利坎民族主义本身的历史意义逐渐体现在这场得到神意赞助的胜利中，该胜利所针对的“黑暗力量”在被击败的对手的黑色皮肤上得到了鲜明可见的象征性表达，而先民纪念堂被竖起来，就是为了将此信息永恒地留给后代。作为白人的神圣特权在对黑人的一场大屠杀中得以宣示，它反对一切统计学的概率，从上帝的直接干预中获取。

站在这座意态不祥的建筑里，只见玻璃圣匣里稳定地燃烧着文明之灯，周围是战争与奉献的图片，高地草原的风呜咽着穿过窗扉，阳光透过高高的通气口无法察觉地移动，一分钟接着一分钟，朝向下一个周年纪念。你开始理解南非阿非利坎人政府对于承认其黑人臣民平等地位的近乎神秘的不情不愿。先民纪念堂不是一个妥协或再三思量的地方。它更像是一个为瓦格纳歌剧《众神的黄昏》而设的布景，周围立着一道牛车雕塑的路障，把圣殿包围在永远警惕的车阵中，仿佛暗示血河战役仍然没有结束。

今天，白人绝对至上。开普敦的国民议会里从未选入过一个黑人或有色人种，非欧洲移民不可能在商业或政府里取得高位，种族限制与歧视如此精细复杂，如此无孔不入，以至于影响到生活的各方各面，将不同种族绝对地分割开来，使得一个普通的黑人家庭几乎不可能与一个普通的白人家庭友善相处。它不是一种殖民地的安排，不是让移居者的精英对本地人肆行剥削。**所有**这些人都是土生土长的本地人，而种族秩序是某种更加有机得多的东西，它根深蒂固于历史和宗教，异常诡谲地得到这个国家本身的财富的支持——这些财富赋予白人力量，令其如此不乐意改变自己的生活方式。

它是所有国家中最坦达罗斯[1]的——仿佛是一个因种族问题永恒拒绝

1　坦达罗斯，希腊神话中的一位国王，因其泄露天机而被罚站在水中，当他想去饮水时水即流走，其头上挂有水果，但当他想拿水果时枝丫却退开。

了宁静的国家。即使到现在，当它的对抗似乎快要滑向灾难时，在它的某些地方，仍然可以让人体验到一种“本来应该更好”的忧郁之感——特别是在开普省，在不久以前，黑色、棕色和其他有色人种似乎已经建立起一种同类的均衡。开普敦仍然像是一个文明国度中的一个文明城市——些许旧金山的格调，一缕悉尼的滋味。各种族的人们走在街上，周围有鲜花摊、书店，一支交响乐团，四份观点各异的日报。桌山容光焕发地蹲伏在这座城市之上，不时被卷入云层的漩涡中，常有自然漫步者和忧郁的狒狒出没。世界上的超级邮轮从海上驶过，在它们朝产油国的漫长朝圣途中从不歇脚，但却像路过的苦行僧接受施舍一样，通过直升机从这片慷慨的海岸获得邮件和药品。

甚至更好的是，在开普敦东北方，温缓地升向杜托伊特峡谷顶峰的开普平原上那些宜人的酒庄里，你可以瞥见南非那难以捉摸的田园风光。这里有斯泰伦博斯迷人的大学城，有最老的阿非利坎人文明的中心，全都是荷兰山形墙，橡木、臭木的家具，散发着发霉的葡萄酒味。雷司令、斯蒂恩和品乐塔吉葡萄酒的园地得到小心翼翼的照料，从这里伸向山边上朴素的白色农舍，而地图上的名字本身就有一种田园牧歌的音韵——邦佛怡、劳瑞爵士隘口、姜柯许克河，或者波特拉里山岭。

然而，即使在那儿，关于暴乱、流血冲突和镇压的流言仍然沿着蜿蜒的乡间泥路传来，因为今日南非无法逃避的现实，其他一切围绕着它旋转的那个真实，是绝大多数黑人被白人压迫，也是黑人逐渐趋向革命的无可逃避的缓慢运动。种族冲突主宰着一切谈话，正如它支配着一切政治行动、一切经济决定。每一天，它的阴影都膨胀得愈发凶险不祥，每一天，它的症状都侵占着报纸的版面——开普敦黑人镇区更多的死亡——又一场学生骚乱——一份激进的黑人报纸开始发行——一个警察被手榴弹炸死——又一批黑人抗议者根据《恐怖主义法案》或《国内安全条例》被起诉，或者未经起诉就被秘密地单独拘禁，或者被软禁在家中，或者被无限期地禁止参与公共生活。被隔离在白人城市边缘的黑人镇区，如今乱糟糟塞满纵火罪行与公众暴力的废墟，这个国家充满强烈的忧惧，仿佛被一场巨大的雷暴笼罩着，不时有沉重的雨滴泼洒到人行道上。

黑人愤怒了，对南非来说，这是某种新东西。黑人世世代代遭遇轻蔑与伤害，没有选举权，没有财产，工资微薄，工作过劳，被禁闭于广阔单调的限制区，住朽坏的房子，上二流的学校——世世代代经历这一切后，迄今为止，南非的黑人大众一直保持着令人惊讶的好脾气。仅仅是在过去一年里，当黑人复兴的消息从安哥拉和莫桑比克渗透进来时，当“黑人意识”运动最终点燃非洲年轻人的想象力时，黑人才爆发出公开的好斗，并转变为暴力。这仿佛是一种巨大的公众的耐心最终折断，再也没法抚平。

阿非利坎种族主义的“大计划”并没有考虑到愤怒，因为南非的种族隔离制度本质上是一个微染神学色彩的智识概念。它断言，倘若容许这个国家的有色人种与白人合一，他们将会立刻接管国政，并从根子上改变其特性。它提出的替代措施是将南非分割成彼此分离、自治的众多实体，一个白人对八个黑人，从经济上联合起来，但在政治、社会和文化方面互相区别。这是与旧时美国的种族隔离观念不同类型的一种想法，当它最初被斯泰伦博斯的学术界加以界定时，其中居然仿佛有某种崇高感。

但是，如果说学者们是从理念上设计了它，那么政客们就是基于私利对它进行了阐释。对他们来说，这是一种白人至上的设计。计划中的“黑人家园”狭小贫穷，无论如何会有更多黑人住在保留给白人的广阔富饶的地区，他们作为劳动力是不可或缺的：这些人将被永远剥夺所有的公民权，留在那儿只是作为好使唤的奴隶。当“大计划”被政客们加以实施时，也会从一套巨大而荒谬的种族歧视理论架构中得到支撑，将偏执顽固者最卑劣的本能合法化，并确保不论生前还是死后，不论撒尿还是买邮票，不论乘公交车、做爱，还是在一张长椅上写十四行诗，黑人和白人都将被不可撤销地分隔开来。随着时间流逝，这整个计划变得具有越来越明显的欺骗性。到 1970 年最后一次人口普查时，只有远远不到一半的黑人住在分配给他们的领地里，到今天，甚至某些斯泰伦博斯的理论家也承认，这整个想法是一个巨大的估算错误，几乎是一个历史性的骗局。

然而，它仍然被人费力地执行着，仿佛没人知道如何停止它，黑人的怨恨汹涌激荡，随时可能爆发，而南非政府仍然在光鲜的小册子和政策广播里坚持宣称：它是种族进步的真正道路。

远在德拉肯斯堡山脉之外，远在奥兰治自由邦辽阔的高地田园之外，矗立着一座非常不同的种族隔离的造物，在冬天如此荒凉无情，在春天如此美妙地覆满鲜花：索韦托（即“西南镇区”），一片广阔的黑人限制区，几个彼此隔离的城市涂抹成一体，为约翰内斯堡及其附近河边高地的金矿供应了劳动力。

世界上没有别处如同索韦托。它有点像是一场被废弃的展览，有点像是一个开放的监狱，有点像是一片吉卜赛人的营地，有点像是一个建设营，还有点像是一个贫民窟。索韦托容纳着超过 100 万人口——两倍于约翰内斯堡本身——是非洲最大的城市之一，但我感觉它完全不像是城市，因为它没有中心。黑人的简陋破败的小砖房，以没完没了的几何线条、曲线和圆圈，在不长树的草原上一英里一英里地延伸，被印有车辙的泥路连接，房子乱蓬蓬，未上油漆，每个部分与下一个部分都难以区分，整体看来完全缺乏可辨识的形状或界限。索韦托没有焦点，没有店铺和办公室的建筑群，没有大教堂的塔楼，也没有电视塔。它像是一场狂乱的梦，你在其中，总是处于某个地方的边缘，但却永远走不进去。1976 年夏天，索韦托开始的一连串镇区暴乱已经改变了南非的一切，可以说是在向世界通告：巨大的黑人反应堆到了临界状态。在这里，整个种族隔离系统被视为一套彻头彻尾的专制设计，马坦齐马[1]及其同类人不仅被视为汤姆叔叔[2]，也被打上了叛徒的烙印。黑人的力量在今天的索韦托狂野地燃烧。白人要进入镇区必须得到特别许可证，证件上醒目地印有"后果自负"的戳记，安全部队监控这一地区，几乎像是在监视军事前线上一块敌军的突出阵地。身份不明的革命者在这座破败的迷宫的深处工作，这个地方沸腾着阴谋、对抗和部族血仇，到处都是警方的告密者。

几年前，索韦托黑人有如影子人。他们似乎毫无自身的热诚，除了在投入部落舞蹈、足球比赛或暴力犯罪时。白天，你可以在约翰内斯堡看到他们面无表情地干着仆役活儿，夜里，他们全部消失无踪。如今，他们似乎大不一样了。他们无视禁令，聚集着穿过约翰内斯堡的商铺。他们在公共集会上说一些近乎煽动叛乱的话。他们暴乱。他们显然在摸索着摆脱贫穷，并争取当前的优雅，并且，通过掌握俗艳及新奇，他们的行为举止已经获得了一种为白人所不及的振奋劲儿。他们正在开始变得像是此地的盐与气泡，正在提供南非白人（总体而言，是我所知的最少活力的一群人）如此令人沮丧地缺乏的那些璀璨、欢闹与回应的元素。

1 马坦齐马（全名为 Kaiser Matanzima，1915—2003），南非黑人政客，赞成种族隔离制，曾担任白人扶持的黑人"独立"政府班图斯坦与特兰斯凯的首脑。

2 汤姆叔叔（Uncle Tom），美国小说《汤姆叔叔的小屋》中的主角，代表了卑躬屈膝、逆来顺受型的黑人。

这些镇区的年轻人是第一批获得革命凝聚力的南非黑人。“我们不需要什么教导，”索韦托一个激情燃烧的年轻激进分子对我说，“我们知道自己想要什么，也知道该做些什么。”他们像是清教徒——蔑视长辈的奴颜婢膝，具有严峻而诚挚的生活方式。他们猛烈地攻击镇区的地下酒吧，“非法酒吧”，多少代人以来，这都是黑人堕落的标志，他们将一种悼念暴乱受难者的阴森森的体制强加于镇区。他们中成千上万人抵制上学，抗议教育制度，数量更多的人彻底逃离这个国家，越过边境线进入那些独立国家，比如莱索托、博茨瓦纳或斯威士兰。他们中成百上千人被投入监牢，被痛打，被辱骂，像动物一样被四处驱赶，遭催泪瓦斯袭击，被秘密警察从家里抓走。然而，在所有这些种族隔离的年头中，他们是甘冒任何危险反对这一制度并以街头暴力抵抗制度性暴力的第一批公民。

它并非全是崇高的理想主义。它经常是恶毒的。无辜的黑人被欺凌，被胁迫。小孩受到恐吓，被要求离开学校。更重要的是，很长一段时间里几乎是一个自相矛盾之词的黑人种族主义获得了一种险恶不祥的新动力。

20 世纪 30 年代，有那么一刻，印度局势的观察者意识到，尽管英帝国还握着所有的枪杆子，但在一个更深层次的意义上，印度人已经赢得了他们争取独立的斗争。我想，这种看法对今日的南非也是真确的。

尽管他们的压迫者比英国人在印度要残酷无情得多，但非洲黑人感觉上已像是胜利者。他们看到“黑人力量”运动席卷大部分非洲国家，取得至上的地位；他们观察到整个世界毫无异议地站在他们一边；他们最终意识到，尽管南非白人在巍坐于审判桌对面、从起诉人的席位上威胁恫吓他们或者用毒气淹没他们的学校时，看似强大有力，但却并非真正有力，更不用说是全能了。白人的魔法在其帝国的这最后一个部分已然消失。

黑人不再匮乏这种新的确信。它无所不在，在街头年轻人的昂首阔步中，在黑人领袖令人吃惊的直言不讳中，在一些细微的隔离政策（由凌辱构建的荒谬制度）的渐次崩溃中。“我们将不再理会那些胡扯八道，”一个年轻的黑人向我发誓，说他甚至不会再带身份证，而在南非，身份证曾经是黑人存在的必要条件，“完全不再理会那些废话。”甚至在约翰内斯堡的旅馆里，女服务员在被我问起她对自己的生活境况有何感觉时，也用一个决定性的词语做出回答：**“愤怒。”**

局面正在扭转。对于黑人斗士来说，已经赢得的让步不值一提，细微的种族隔离政策慢慢放松毫无意义——重要的并非黑白分开的厕所或划出界线的海水浴场，而是力量的现实。黑人所希望的不仅仅是进入白人的世界，实际上是想要将其接管过来。报纸上充斥着边境渗透和秘密通道的消息。有时，在由南非安全部队在北部边境线上接连不断地发动的武装冲突中，伤亡名单从掩盖的迷雾里浮现；或者，战斗英雄获得绶带、奖章和爱国主义讲演的荣誉。400 万祖鲁人的领袖盖夏曼 · 布特莱齐[1]公开且未受惩罚地呼吁大规模的公民不服从，说到他自己时，他的口气不像是出于虚弱，而像是出于力量："我是我的族人伸出来寻求友谊的手，但我也是他们会在愤怒中缩回去的手。"有时，镇区的暴乱者会让一个白人通过，如果他做出"黑人力量"的致敬手势；并且这似乎非常恰当，因为在今日南非，意义最深远的承认是，在黑人和白人中间有同样逐渐醒悟的意识：**不可抗力**在两方面都起作用。

到处都还有温和稳健、自由主义的黑人，甚至还有支持白人的黑人，但他们开始显得优柔寡断、陈腐过时。妥协的信念缺乏刺激，还没有哪个炽热的黑人福音传道者能让中间道路——即调和之路——显得充满力量、令人振奋。一个基督也许可以赢得它，但我恐怕，即便是一个甘地也不能让南非黑人确信，温和是最好的政策。与白人（哪怕是最开明的白人）合作的建议本身，就足以在最狂热的年轻黑人爱国者中摧毁一个人的声誉。

这并非你计划中的、从某个中心小囚室里组织起来的一场革命。它的发生是有机的，几乎是地震般的，仿佛大自然本身正在恢复一个平衡。根据当代趋势，20 年后南非将有 3700 万黑人，比白人数量的 7 倍还多。"到那时，我们将会遭遇些什么？"一个政府官员在我向他问及永恒的南非问题时回答，"那我们只能把孩子生到海里去了！就是那样！"

1　盖夏曼 · 布特莱齐（Gatsha Buthelezi，1928—），南非因卡塔自由党总裁，系 19 世纪中叶抗击殖民主义侵略的祖鲁帝国夏卡国王的后裔。

然而，南非的整个未来仍然依赖于拥有“圣火”的阿非利坎人：他们依然掌握权力，他们有喷气式飞机和机关枪，只有他们能够——通过选择与黑人和解或者坚持压迫——操控这个奇妙而悲惨的国家所遭遇的一切。这个话题巨大无边——谁来做主，是黑人还是白人？——而阿非利坎人本能地理解它，那是他与生俱来的传统的一部分。

在所有那些非洲部族中，最令人生畏的是这个阿非利坎人的白人部族，他们有权被称作非洲人，因为他们在这片土地上土生土长的时间几乎和白人在北美生活的时间一样长。他们是真正的部族人。他们有自己返祖版本的基督教神祇，自己的独特道德，自己的丰富多彩的语言——那语言并不非常古老，的的确确是从 18 世纪一种粗俗的荷兰语开始萌芽，但却仍然可以辨认出是一种他们自身的语言。那语言带来一种生气勃勃、不断成长的文学，还有一个很棒的词汇表——比如，Foeitog（“多么遗憾！”）或者 Reddingsbaadjie Onder U Sitplek（“救生衣在你座位下面”）。将他们连接在一起的，是一种坚定的同族同源的感觉，还有“民众”（Volk）这个概念，后者被他们用在如此多的地方，胜过美国宪法意义上的“人民”（the people）这一概念，但却是某种更接近邪教或兄弟会的东西——实际上，阿非利坎民族主义最核心的社团就叫作“秘密兄弟会”。

阿非利坎人只有 250 万人。他们组成了一个非常内省的团体，其文化发展、其历史发育、其民族目标的形成，全都是高度自觉的过程。阿非利坎人的历史少有偶然事件。它是一段极端与突然的历史，一种持续不断的朝向种族分离的本能——不模糊，不混杂，不重叠。到现在，这些“民众”已经通过那些强硬的技巧而兴盛，并将其全部劣势转变为成功。在战争中被英国人打败，他们利用随后的和平来翻盘。人口数量被黑人远远超过，他们以彻底的傲慢专横慑服对方。他们打退或避让开每一种试图主宰或改变其社会的努力——其方式或者是驾牛车更深地迁入非洲内陆，或者是开启他们自己的商业事业，或者是采用精确算计过的种族隔离手段。他们独自作战，迄今为止一路顺风顺水。

如今一切都处于危险中，因为阿非利坎人信条中一个重大的错误。在先民纪念堂的神秘中如此生动地浮现眼前的那些黑暗力量，压根儿就**不是**黑人。上帝并非此意。启示是错谬的，“阿非利坎人的社会只能通过非洲黑人永恒的屈服而得以生存”这一信念是这些民众勇敢的态度中一个致命的破绽。它诱导出他们最坏的一面，伴随他们的爱国心与宗教的，是狭隘、不宽容与偏执。它搅乱他们的思想，使他们的美德粗俗不堪。尽管在他们历史的最初 300 年，它发挥了足够重大的作用，但今天没法想象它还能再延续太长时间。他们置身于最后的车阵中，那车阵被象征性地表现为先民纪念堂周围那道牛车围成的圈子。他们没有别处可退，也不能永恒地继续战斗下去。

时间流逝，. 这一整座白人至上的高耸的建筑变得摇摇晃晃，种族隔离制被证明是一切历史误算中最可怕的一个。不论如何，它的体系正在历史的冲击下破裂，黑人正以直截了当的环境的逼迫强行挤进白人的世界。“改变”一词出现在每个政客的唇边，因为种族主义机构的宿命已经显而易见。30多年的种族隔离是对时间、生命和激情的可悲的荒废。它已经失灵了。眼下到了一个命定的时刻，一个叫人喘不过气来的时刻，因为没人知道阿非利坎人是要向历史屈服，还是继续对抗。也许他们最终将要坚持到底，不管别的地方发生什么。不论黑人被激发到什么样的程度，阿非利坎人都不大可能被国内的革命颠覆，并且，他们所宣称的资本主义西方会保护他们不受侵袭的说法也基本是正确的。此外，车阵的精神依然振奋着阿非利坎人，鼓动极端的轻蔑，也许还鼓舞起民族的自我牺牲——在野蛮、愚昧、无神论焚烧牛车、攻击圣殿时，举起永恒之火。

但是，无论如何，他们最终必定被打败，不是被暴力，就是被这一切的痛苦与悲惨，被削弱这个国家生命的灾难的无情威胁，被全世界的令人沮丧的抵制，被他们自己的信心的慢慢衰退，被他们对所犯错误的可怕的自觉。我曾经问一个老黑人，南非总理沃斯特先生为什么不坦率承认种族隔离制度的不公，并在还来得及的时候，创造一个新的开始？他的回答我认为颇为接近事实。他说：“因为那会让他看起来像个傻瓜。”

那会让他看起来愚蠢：说得更贴切点，那会揭露出阿非利坎人的全副神秘——如此充满自豪与成就，如此受鼓舞，又如此真正地鼓舞人——毕竟是有可能出错的，就好像那束神秘的阳光可能会因为计算不精确而在一个美好的 12 月的正午完全错失屋顶上的那个洞。

30 年后，黑人掌握了南非。没有发生暴力，但我们仍然得继续观察不同种族之间最终是否真正和解。

有一次在南非，我开着一辆租来的敞篷汽车去斯泰伦博斯大学，那是种族隔离制在知识界的发源地，在那儿，我安排好和一组强烈坚持隔离主义的知识分子见面。天气很舒服，阳光温和，当我把车篷放下来很招摇地开进校园时，我发现这些顽固的理论家正在他们系的台阶上等我。他们已经流露出不以为然的表情，也许是因为我的收音机正大声放着当天的热门歌曲，科尔·波特[1]的《爱永远真实》。

1　科尔·波特（Cole Porter，1891—1964），美国作曲家，百老汇历史上最出色的音乐剧作者。

20世纪80年代，以推倒柏林墙为标志，

冷战结束，但这并不完全是一个轻松的十年。

中东和往常一样麻烦多多，

在马岛，发生了一场小小的战争——

大英帝国的最后一战。

一场朦胧的全球性运动出现最初的征兆，

导向作为一种政治手段的恐怖主义——

刺杀与企图刺杀，绑架无辜的人质，劫持飞机。

我感到自己与这十年完全脱节，

总体而言，我写的书将我带进世界上那些更为平静的部

或者，在某些情况下，进入梦幻之所。

20世纪80年代

22

充满渴望的心血来潮：虚幻之所

在20世纪80年代，我感到自己对一切事物的状态都很迷惑，并且怀疑自己从未深入曾写过的那些地方的表层之下，于是我偶尔转向或可称为“虚幻之所”的地方——那些在时代背景中看似不太真实的地方。比如在一次充满渴望的心血来潮中，我跑去寻找安东尼·特罗洛普[1]小说中虚构的巴切斯特大教堂城，并且好像在萨默塞特找到了它的一半化身。

韦尔斯

我热切盼望特罗洛普式的场景，并不完全是为了它本身，而是为了它所代表的一个黄金时代的神话。当然，我也渴望那些伴随而来的事物：响彻大教堂周边的钟声，在大学划船队下面喝茶的优雅的年长女

1　安东尼·特罗洛普（Anthony Trollope，1815—1882），英国维多利亚时代最为出色的作家之一，代表作有“巴赛特郡”系列小说，其《巴切斯特大教堂》以逼真再现牧师职业生涯和宗教团体中的权力纷争而闻名。

士，她们的叔叔——已故的圣歌领唱人曾在船队里划尾桨。我渴望干燥的腐烂与市场卷心菜的混合味道。我希望瞥见风琴手兼唱诗班指挥，急匆匆赶去做晚祷时把长袍搭在肩头。但是，像遍布西方世界的许多其他浪漫主义者一样，我真正渴望的是特罗洛普在他那座小城的传奇故事中恶作剧般奉为神圣的旧时英国等级制度的确定性，那种信仰、勤奋、忠诚、独立和权威的混合。

韦尔斯至少看上去毫无瑕疵地符合这个角色。从门迪普丘陵那些洞穴学者和罗马蜗牛经常出没的鬼气森森的山顶走下来，就能看到它无限小巧而整洁地静卧于这些山岭的庇护中。邻近的任何地方都没有高速公路的轰响。最近的火车站在 14 英里之外。虽然从 10 世纪以来韦尔斯就已是一座城市，但到如今，它也几乎不比一座忠实地聚拢在大教堂塔楼周围的大村庄更大：尽管你可以越过它看到格莱斯顿伯利平原上神秘的隆起与斜坡，但它给你的第一印象却并无特别神秘之处。本地人脸庞红润，口音是朴实的萨默塞特腔。

完全是一眨眼的工夫，我发现自己置身于俯瞰集市广场的皇冠旅馆的一个屋梁低矮、墙上印着花朵图案的房间，广场上有一条清澈的小溪顺着水沟流过古老的城市管道。几乎同样是在转瞬间，我就发现自己因为在赤贫门廊[1]外停车太久而被罚款二英镑，透过那道乜斜的拱门，灰色

1　赤贫门廊（Penniless Porch），韦尔斯城中通往大教堂内封闭区域的一个门廊，因为乞丐聚集而得此名。

而又厚重的大教堂正温和地蔑视着交通管理员和不信教的人。

我几乎是马上就碰到了教长，其实就是在门廊的阴影里。伊顿风度、牛津气质，再加威尔士卫兵风范，让他不难被认出来。我后来发现，在大教堂内，他们喊他“米切尔神父”，对我的一个目的来说，这是个令人尴尬的称呼，但我肯定不能抱怨他**作为**教长的真实性。[1]当我们坐在乞丐的长椅上望着市民经过时，他的嗓音里有一种棒极了的关切。“早上好，早上好！天气真好！昨天多么成功——要是你不在，我们**该**咋办啊？早上好，西蒙！早上好，伯特！早上好，约翰！（**约翰·哈维，你知道，他是我们这里研究中世纪教堂建筑的首席权威**……）”

实际上，韦尔斯的教长非常忙。他让我看他的日程表，里面可真是塞得满满当当——哪怕是明确标记为他假期的星期四，也被和法官寓所委员会的会面侵占——看起来更像是一个剧团经理人的生活，而不像是一个牧师的，这是因为，如今的大教堂远不只是一个圣殿，某种程度上也是一个社交中心、一个音乐厅、一个旅游景点，就韦尔斯而言，很大程度上还是举国关注的焦点。几年前人们意识到，韦尔斯大教堂的西面边界（包含一组无与伦比的、并不特别令人兴奋但却是无可否认的中世纪雕像）已然崩塌，随后，由一群温文尔雅的职业呼吁者发起的呼吁突

1 “神父”（Father）为天主教用语，而“教长”（Dean）为英国圣公会用语，故而作者有此情绪表达。

然令韦尔斯的衰朽变得比其幸存更有名（像威尼斯一样），并且给尊贵的教长的生活增添了一个新的维度。

实际上，修复的征候无所不在，以至于我不经意地想到，这座大教堂的首要功能已经变成对其自身进行修葺。建筑本身被笼罩在脚手架中，不时传来泥瓦匠的锤子敲打声。你会频频见到那位教长，裹法衣，带雨伞，以热切的目光注视一尊斑驳朽残的圣徒像或者一个摇摇欲坠的檐尖。西门外立着一个废弃的维多利亚时代的旧邮箱，漆成明亮的蓝色，用来接收捐献；在教堂中殿陡峭的仰拱（它们本身就是用来修复的设施，是在 1338 年中央塔楼歪斜 12 英尺后急匆匆竖起来的）下面，几乎没有哪个星期不搞一场募捐会。

但是，不，教长在午餐时向我保证，教堂生活的真正焦点仍然是日常宗教仪式，不管会众少得多么可怜，这些仪式仍然在镶有隔板的唱诗区里如常举行。在这些场景背后，大教堂的古老功能延续着，每种功能都有其名义上的首领：财政署男爵、秘书、建材主管、司库、首席管家。教长仍然主持着他属下教会的五人理事会。大教堂低级牧师、唱诗牧师、驻堂教士、教堂司事、21 个唱诗班歌手，这些人全都将自己的天赋与精力贡献给日复一日的对信仰的确认。

我相信他说的是真话，那天下午我去参加晚祷：或者更准确地说，我像眼前看到的几乎所有人一样，在大教堂内部四处闲逛。此刻晚祷正在唱诗区狭窄的通道之外进行，我从教堂中殿更阴暗的幽深处浮想联翩地瞥见里面的白色法衣、遮暗的灯光、赞美诗歌单和配乐的动作。那有一种魔力。这座巨大建筑的其余部分躺卧在静默中，只有自觉地曳步而行的观光团不时出现，教长、他属下的教士、音乐家和一小批虔诚的礼拜者被灯火通明的房间包裹于此，仿佛在天堂的界域上演着晚祷仪式。

赞美诗是最抒情的保留曲目之一——S. S. 卫斯理[1]的《你必保守他十分平安》，当那甜蜜的曲调在暗光中回荡时，那么多游客默不作声地靠在柱子上，或者若有所思地停止辨读碑铭，看到这一切真令人感动。

“我现在能去见爸爸吗？”我听到一个声音从西门附近的大教堂商铺传来。“他这时肯定已经从教堂楼座下来了。”即兴演奏的最后的音调渐渐飘散在圣母堂中，他下来了，过了一会儿，这位风琴手兼唱诗班指挥、他的妻子、两个女儿就同我一起舒舒服服地坐到了牧师内街——两排伸向牧师会礼堂北边的14世纪的优雅房舍，也是韦尔斯大教堂围地内唯一有资格称作“封闭场所”的地方——的一个火炉前。没错，巴切斯特就在这儿！一张牛津的印刷品悬挂在壁炉上方；一只猫在壁炉边享受暖气；图书、乐器、食物和沁扎诺牌苦艾酒全都在手边。“难道我们不幸运吗？”两个小孩说。“难道我们不是生活在一个可爱的地方？难道这不是一个可爱的房子？我们特地为你把家里全都收拾了一遍！”

1 S. S. 卫斯理（Samuel Sebastian Wesley，1810—1876），英国作曲家、风琴手，新教卫斯理宗创始人约翰·卫斯理之弟查理·卫斯理的孙子。

它绝对不是这个社区里唯一的音乐厅，因为韦尔斯的大教堂围地虽然不时让人想到娱乐业，经常叫人想起旅游团，但有时也感觉像是个音乐学院。一天中的任何时候，你都可以听到大教堂院墙内隐约传来乐器轰鸣声。穿过敞开的大门，断断续续的《你必保守他十分平安》的乐声如同来自天国。绿地周围古旧的灰色房子里，传来丝丝缕缕的弦乐四重奏、长号琶音或者车尔尼练习曲的叮咚声。这位风琴手兼唱诗班指挥几乎还没有结束一场表演，就又和他的歌手们，站在赤贫门廊背后高高的中世纪练习房里，开始排练第二天的 C 小调木管乐了。

如果说信仰是韦尔斯的理性，那么音乐就是它最明显的勤劳。韦尔斯大教堂学校是全英国为有音乐天赋的儿童提供专业教育的三所学校之一，可溯源至 13 世纪的一所歌唱学校，而大教堂本身的音乐也非常专业。我很欣赏这种远离商业竞争或工会主张的无私的技术交流的感觉。每日的合唱仪式表现极度优异，但除了参加者本身压根儿就没别的人注意过，我从这景观中看到某种真正高贵的东西：一种比修道院制度或冥想更慷慨、更坦率、更**英式**（我斗胆如此认为）的实践——实际上你可以认为，这种实践对于我本人珍爱的那种神祇，那些石头和薰衣草的神祇，要比对于基督教的上帝来说更可接受，尽管它已经被不间断地奉献给后者 1000 多年了。

离开牧师内街前，两个孩子邀我在她们的亲笔签名簿上写点东西。她们说，来访者总会这样做。我饶有兴趣地翻看前面的留言，期待在其中发现政客、巨商或律师的名字，但是没有，全都是些潦草得近乎涂鸦的音乐家的签名——如今川流不息地经过韦尔斯那些热闹围地的作曲家、乐器演奏家和老师。（看到他们写下的那些诙谐机智的文字，我想不出什么同样简练有力的话，就改为画了两幅大教堂的画。“你还说你不会画画，”两个小孩好心地说，“我们认为你**画得非常好**。”）

忠诚，作为“英国性”这一神话的本质，当然体现于大教堂本身的质地中，还体现在它周围的青草、花园和古老石头的包围中。一千年来，韦尔斯的人们献身于这一建造物，在我看来，它是这个小镇的集体财产，如同某种庄严的图腾或物神，一定会强有力地扩张其市民的团体感或同志感。

我想，人们会多么容易爱上这样一座建筑，并耗费生命去逐渐了解它，或者，也许更为有用的是，让它保持原样！在这永恒性的阴影中，生命瞬息即逝的痛苦一定会从你身旁掠过吧？当我表达这一想法时，教堂的石匠师傅流露出谜一般的微笑。他是一个非常实际的人。他本人最初臣服于这座大教堂之魅力时还是个小男孩，当时，他弯弯扭扭地穿过这座砖石建筑里每一个禁止通行的孔径，由此亲身发现了这个地方的无限复杂性。如今，他知晓它的全部，它不为人知的通道和隐秘的走廊，它的拱顶和回廊；经过它的院子和办公室，所有那些建筑师、修复者、石匠、会计、测量员和建筑商正在维护这座神圣的建筑——这也是他们在过去那么多个世纪里所做的事。我想，他像是一艘战船的纠察长，以经验十足的目光监督着这艘船上的日常生活，好让站在舰桥上的人们，比如参加晚祷的牧师和合唱队歌手，自由地专注于航行。

另外，这里还有钟表专家。可以说，韦尔斯大教堂最可爱的一件人造物就是北耳堂[1]里那口中世纪大钟。据说，它是欧洲最古老的仍在工作的钟，每次它一敲响，就有四个小小的骑士闹哄哄地旋转，用长矛互相戳刺木马，同时，一个被叫作杰克·布兰迪佛的面目死板的角色僵硬地坐在附近一面高墙上，点着头，用一把铁锤敲打一口钟，又用脚后跟踢着另外两口钟。

每天早上八点半左右，如果你在高街附近游荡，会看到那个钟表专家正赶去给这个可爱的计时器上发条。他的父亲在他之前干这份差事，而他的儿子毫无疑问也会继承这份职业，从未有一种工作比这更让人珍惜。“那是老杰克，”他打开通往钟表台架的那扇门，一边抬头望着墙上那个奇怪的古老角色，一边亲热地说道。你爬上狭窄的旋转楼梯，穿过仰拱，望向远处空旷的教堂中殿，然后他打开那套机械设备的大玻璃门，仿佛打开一个珍宝壁橱。这套内部机件是维多利亚时代的，原件存放于南肯辛顿科学博物馆，这位钟表专家对它们欣赏极了。多么巧妙的工艺！多么精确！看这些嵌齿轮！摸摸这些把手，看看转动它们是多么

1　耳堂（transept），或译作“袖廊”。欧洲较大的哥特教堂一般总体呈十字形，大门朝西（朝向耶路撒冷），从大门进入是教堂中殿（Nave），是教众们所坐的地方；中殿两侧是列柱隔出的走廊（Aisle）；向东会到达教堂的十字交叉处（crossing），伸向南北两端的是耳堂。

轻松！我马上就领会了他的心情。在那上面，一切都奇妙地给人**手工制造的**感觉：这般丰富的古老木料和修琢过的石头，那般精巧的闪烁光泽、缓慢嘀嗒的机械装置，还有你脚底下大教堂那漂亮而清凉的空间。

“如果生活中的**一切**都给人这样的感觉，”我说，“那生活会不美好吗？”“噢，不会，”他一边说着，一边在上好发条后重新套上外衣。“但是你看，你必须为它工作。它可不会照料自己！现在到这边来，从这儿往下看。”他引着我走下一个小小的通风井，来到一个圆形平台，大钟的四个骑士停歇于此，木然地手持武器，到下一刻钟就会再次投身他们永恒的比武。“如今，下面这些家伙也需要花很多工夫来照料。你看，他们多么容易破损。当然是这样的，谁叫他们每一刻钟就互相打斗一番呢？你不能指望他们像那样互相击打，还能永远安然无恙！”

我有一种怪异的感觉：大教堂更像是这个镇子的产业，而不是这片围地的产业。主教、教长和教士来来去去，但商铺老板、生意人、农夫，甚至那些每星期开着货车、带着货摊来到韦尔斯市场的商人——这些人一辈子都生活在这座伟大建筑的面前，一定会觉得它成了他们自我的一部分。韦尔斯有它自个儿的宏伟的圣卡斯伯特教区教堂，经常被游客误认为是韦尔斯大教堂。这个小镇有一份坚实的地产收益，有一些繁荣的小产业。但它的每一条街似乎仍然望着，每一条巷仍然通往，几乎每一场谈话仍然以某种方式转向，赤贫门廊后边那个古老的存在。

A WRITER’S WORLD
TRAVLES 1950-2000
JAN MORRIS

为了发现威仑斯人（这是韦尔斯市民莫名其妙的自称）是多么充满嫉妒地看待大教堂围地里的事务，我去拜访了一位报纸编辑。和韦尔斯几乎所有事物一样，他的办公室距离大教堂只有一两步路，差不多正对着明星酒店（就在距“国王头”酒吧不远的路上，那个酒吧已经令人沮丧地变成中国餐馆）。这份报纸很快就要搬到一座更现代的建筑里去，但眼下它那些滑稽、古旧、华而不实的房子还在高街上，全都摇摇欲坠、支离破碎，像是某个坍坏的庄园的厨房区。我想，那些莱诺铸排机的咔嗒声响得多么心照不宣！我想，在《韦尔斯日报》将目光不偏不倚地投向教堂围地与市场的128年里，从它的新闻里透出多少阴谋、宿怨与含沙射影！

哦，你说得对，那位编辑嘲弄地说道。韦尔斯从不缺流言，也不少论争。威仑斯人是个性独立的一类人。噢，我应该听听当主教爱上从窗户朝外射击以驱散护城河里的野鸭时引发的混乱！或者，我应该听听他们在古老的主教邸宅后面用时髦的带条纹的混凝土建造那些可怕的新教士宿舍时的喧闹！哦，没错，威仑斯人时常憎恨那里面的教士氛围，尽管严格来说，教堂围地并未被真正地围起来以防御镇上居民的攻击，但它却颇为频繁地给人这种感觉。

那个市议员表示热烈赞成——每个人都叫他“好辩的市议员”，没想到他是个暴躁的威尔士人，出身斯旺西山谷，接受过伞兵团训练，其热情洋溢的保守主义观点令他在当镇长时与大教堂发生了一场剧烈的冲突。他向我生动地回忆旧时那些争斗。在教长砍倒桑树时，难道他没有威胁说要把教长告上法庭？在一次市镇庆典上，当主教迟到时，难道不是他让议员在主教阁下不在场的情况下就职的？这名市议员显然热爱争斗，而我更希望他马上就投入一场冲突，好让我亲眼看到火花飞溅。但是没有，尽管他充满感染力地向我讲起一个错误的新下水道计划，但此刻韦尔斯一切安宁。听起来他相当失望，我也是；因为说到底，若是没有争斗，巴切斯特就算不上是巴切斯特。

或者可以说，若是没有一位普若迪夫人[1]，巴切斯特就算不上是巴切斯特。最终抵达主教管区时，我感到自己的朝圣已然失败。我曾经确凿无疑地在韦尔斯找到信仰、勤勉、忠诚和骄傲，但是权威的感觉和一种既定的不可打破、至高无上的秩序感——它们是浪漫的英国观感的本质——已经随着社会改变和历史必然性的风潮而失落。在特罗洛普的寓言体小说中，旧秩序倘若不是体现在个人身上，至少是体现在主教的办公室里，通过其行头、环境和特权得到辉煌的确认；但是，传统中被物质上的富足与精神上的自满光荣地拱卫着的英国国教主教——那个宏伟的幻想角色很久以前就已经走上了帝国扩张者和戴高帽的火车站站长的老路。

事实上，主教在韦尔斯的官邸也许是所有主教官邸中最辉煌的。它

1　普若迪夫人（Mrs Proudie），特罗洛普笔下人物，巴切斯特大教堂主教夫人，热衷权力。

被自身的护城河、城堡风格的院墙、远处的公用土地环绕，耸立在韦尔斯的边缘，位于大教堂的侧翼，越过绿地能望向萨默塞特郡的深处。这座官邸有如一座要塞，尽管它巨大的宴会厅如今仅仅是一片如画的废墟，但仍然是一道了不起的风景。各种各样的鸭子在护城河里戏水，天鹅娴熟地敲响门楼的钟寻求食物。官邸本身宏伟地环绕着庭院矗立，有一个由巨大的柱子支撑的食堂，一个精美的图书馆，一个私人礼拜堂（自记事以来这里每天都有合唱队为主教、他的家人和仆人唱圣歌）。

但是没有气派的、威严的普若迪夫人在官邸门口迎接我。压根儿就没人在大门口迎接我，因为巴斯兼韦尔斯的主教如今只占用这栋建筑的北翼，其余部分被奉献给会议和其他有用的活动。主教及其家人在空阔而壮观的圆顶地下室中心，在壁炉上方一顶巨大的镀金法冠的俯瞰中孤零零地进餐，这样的日子已经一去不返了。私人礼拜堂里那些日常的宗教仪式也消逝了——如今只有主教一个人在那儿祈祷。随风而去的，还有从前的教堂牧师永远不会忘记的走近主教之所在时那战战兢兢的历程：走过官邸庄严的长廊，穿过挂着历任主教肖像的幽暗走廊，怯生生地打开大书房的门，看到主教大人正在由神学论著堆就的层峦叠嶂的背景中令人敬畏地工作着。

主教本人向我回忆了那种已然消逝的显赫。如今，他和他那位明显非“普若迪夫人类型”的太太在他们拾掇得干干净净的侧厅里生活得更低调，无疑更明智，在我看来更符合基督徒教义，但不可否认，不再那么令人印象深刻。他的新书房里摆放着由教会专员提供的苍白木器，书架顶端的周围装饰着一篇文章，出人意料地不是引自《利未记》或《登山训众》，而是来自阿尔弗雷德国王[1]的话。我在他的来访簿上签名时，看到前一页有演员彼得·奥图[2]的名字。主教的座驾是一辆路虎——"在我们狭窄的萨默塞特道路上，开这样的车真是有福。"这是一个非常现代、运作非常良好的主教辖区。

在这里，在核心处，时代已经压倒了巴切斯特。庄严高贵离开了这座宫殿。人们成群结队涌向那些会议室，在圆顶地下室的饭厅餐桌上吃自助午餐，那镀金的法冠依旧赫然耸现，巨大而怪异。花园经常向公众开放，在一天中的任何时候，都能看到观光者逼近护城河上巨大门楼里的那道大门——在我看来，它还在不称职地维护着主教领地的私密性。

没有人能比眼下的主教夫妇更有说服力地代表这些改变，他俩坐在花园里朴素而隐蔽的角落，正如一对主教夫妇应该表现出来的那种样子，欣赏整个花园的绿与灰，古老院墙的长而柔美的线条，连片的树木，弯垂的凌霄花藤，废弃的宴会厅里透纳[3]风格的堆垛，远处大教堂上宁静的塔楼。但是它变得不同了。像我这样的返祖者，有时从威尔士的

1 阿尔弗雷德国王（King Alfred，849—899），因成功抵御丹麦维京人入侵，而成为唯一被尊为"大帝"（Alfred the Great）的英国国王。

2 彼得·奥图（Peter O'Toole，1932—2013），生于爱尔兰的英国演员，因在1962年《阿拉伯的劳伦斯》中扮演 T. E. 劳伦斯一角而扬名国际。

3 透纳（全名为 Joseph Mallord William Turner，1775—1851），英国风景画家，印象主义的先驱。

严峻中渴望某种华丽而心不在焉的自信（这通常是我们高贵的邻居的特征）——以此方式，对那个我刚刚老到足以记忆的英格兰充满乡愁，我思念披朱着紫的昂首阔步与趾高气扬。

因为，曾经攫住我们想象力的，在某种程度上正是特罗洛普笔下牧师的傲慢骄狂——如今，不管是好是坏，它似乎已然消失，在巴切斯特与在西姆拉或新加坡消失得同样彻底。

旧金山

我的第二个虚幻之所是旧金山，多年来我将其视为一个理想的城市。20 世纪 80 年代我在那儿待过一段时间，作为《旧金山考察者报》的客人，当时该报像大学一样启动了一个常驻作家的计划。我唯一的职责就是每周为该报写一篇关于这座城市——或者像旧金山人喜欢说的那样，“the City”——的随笔，但是我必须承认，这个梦想落了个半空……

在夕光中从索诺玛[1]赶来，如同在一个灿烂的梦中，我看到这座城市。

1　索诺玛（Sonoma），旧金山湾区的一部分，加州北部著名的葡萄酒乡，距金门大桥北部仅 30 千米。

此种启示性的时刻，让开头这一段不仅仅是一个句子，也是一篇带有一个连接词的完整的随笔——在这些时刻，旧金山这座城市配得上它的市民喜欢（据我观察）给予它的大写首字母的名头“the City”。过去30年里，我断断续续体验到那种神秘的启蒙，它从不失手，每次都能令我获得提升——这座城市看上去如此充满希望，如此无与伦比、恰到好处地位于高过海面的山岭之上，像是一个寓言结尾处由所有欲望构成的城市。

此外，更令人困惑的是，当我实打实地走进旧金山的街道，这一次同往常一样，我发现自己的反应格外矛盾。眼前所见令我扫兴。这个地方的魅力中没有任何幻觉性的东西，而在更近的街区，寓言消散，某种柔软、苍白的东西似乎抑制了兴奋。不论何时我来到这儿，旧金山都令我强烈地感到——每一次都更加如此——它既是世界上所有大城市中美得最让人揪心的，又是其中最挑动欲望的。

噢，但它**是**一座大城市吗？毫无疑问，这里的街道看上去有着恰当的都市气派——两旁排列着银行、奢侈品店、西纳特拉[1]们下榻旅馆的林荫道，配备有货真价实的民族风味饭馆和成人书店的街区，有鲜花和防盗报警器的七拐八弯的雅致小巷。但是这里的建筑，不管多么气势逼人，都会给我留下强烈而古怪的不确定感或临时感，仿佛是没有基础的

1 西纳特拉（全名为 Francis Albert Sinatra，1915—1998），美国歌唱家、演员。

建筑，而不是为持久存在而制造的建筑。旧金山让人隐约感觉太过脆弱（也许和地震有关）而成不了一个大都市。

另外，所有那些人都去哪儿了？这座城市似乎有一半无人居住，仿佛一场即将降临的新灾难清空了它的居民，仅仅让可抛弃的陌生人留下来，被吞噬或焚烬。哪怕是在星期六的傍晚，哪怕是在联合广场，最嘈杂的声音似乎也只是缆车电缆在其凹槽里发出的叮当声。哪怕是正午时分的金融区，似乎也不同寻常地让你可以聊天、可以漫步、可以随时吃午餐。像那些到处都是人的城市一样，旧金山也喜欢炫耀其交通问题和犯罪率，但对游客而言，这座城市的压力即使不是小城镇式的，也毫无疑问至少是外省城市的级别。

旧金山的色彩是柔和的粉蜡笔色，而不是彰显首府重要性的金色与深红色。这里的光线是一种水洗过的大海之光，你会感到它永恒地滤过清晨的薄雾。在我看来，甚至本地的海也从来不是一个完全彻底的、巨大的海洋，而更像是一个超大的湖，以至于从高处俯瞰海中激浪环绕的岩石时，我经常发现自己在疑惑下面的水是否真是咸的。

他们管这一切叫作闲散，它也确实是闲散。然而，就我的口味而言，它是一种美学的背叛。我梦想的这座城市，这座索诺玛路的半幻想的、闪光的城市，绝对不是闲散的，而是始终燃烧着渴望的火焰。想想里约热内卢，或者悉尼，或者香港，或者曼哈顿——都是有着辉煌视觉冲击力的城市，也是在幕间和在幕布升起时同样惊心动魄的城市。在我了解的所有至高无上的美好城市中，唯有旧金山，会在其第一印象造成的炫惑之后，不以冲动而以松弛迎接你……

旧金山也有它自身的震颤与刺激，并曾经厕身最有活力和推动力的城市之列。但在今天，哪怕是最珍爱它的市民也不再能这样称呼它，当我冒昧地向一个市民暗示，他所爱的城市可能通过再接纳几千上万人而获益，他用一种精妙的旧金山式的反驳做出回答。“从气质看，”他几乎是热切地答道，“你极有可能是个洛杉矶人。”

然而，它是如此可爱，本质如此正派，态度如此高雅！我一边写下这些无礼之辞，一边还在踌躇是否要将它们说出口，因为，旧金山的传统价值也是我最欣赏的价值：宽容、个性、勇气、优雅的愉悦感。可是，可是……

一个晴朗的早晨，我去联合广场参加为受人尊敬的 1906 年地震幸存者们举办的周年纪念聚会。现场欢乐到了极点。爵士乐队演奏，戴白手套的侍者将免费香槟派给所有人，一个长得像克拉克·盖博的家伙在舞台上娱乐那些略微有点困惑的老兵。（“难道他不伟大？”这个主持人嚷道。“是的。”幸存者们头晕目眩地低语，做出回应。）

在这场庆典的两侧，两位上了年纪的有着独立本能的市民正分别随着音乐腾跃——其中一位是身段柔韧但却面色苍白如死人的老绅士，戴着一顶棒球帽；另一位是丰满的主妇，穿粉红色休闲裤和帆布胶底运动鞋。他正精力充沛地向观众进行夸张过火的表演，挥舞旗帜，高高踏步；她则是全然为自己舞蹈，私密地，低声吟唱；乐队演奏时，这一对儿浑然忘却了彼此，在阳光中快速摆动、摇晃。

起初我想，这多迷人啊！多么旧金山啊！但是，望着这对上了年纪的爵士舞者时间越久，我就越觉得他们像是死亡的头颅在那儿咧嘴笑，在联合广场上的**骷髅之舞**中，奇形怪状地腾跃出青春那滑稽的模仿之作。我再一次摆脱了这座城市的魅惑，原本仿佛是永恒欢乐的东西结果变成了纯粹的老态龙钟。

另一方面，旧金山经常使它接触过的东西变得琐碎。有一段时间，大概 20 年前，这座城市似乎正要引领我们全体进入一个理想主义的新时代——还记得宝瓶时代吗？在远方的观察者看来，旧金山似乎正在进入真正历史性的解放和启蒙的时刻，但到如今，对其大多数激进分子来说，那只不过是一场游戏，仅仅是由毒品和摇滚提供燃料的一场和历史的嬉闹，随着时光流逝，被电脑或副教授的职业取而代之。

我无意否认旧金山在其一切表现中对人类多样性的尊重。这真是一个极少拒绝的城市！还有别的哪个地方，年长的女士能够表现出如此轻快活泼的自信，对自己在社会中的位置充满确信？（另一个晚上，我在剧院碰到的引座员年纪如此之大，以至于她必须用一面放大镜来检查我的座位号。）还有别的哪个地方，一个年轻女人会走进书店，以如此轻松愉快而泰然自若的大嗓门问道——正如我刚刚听到的——“你们有像《如何成功享受性》这样的书吗？”同情似乎真的是一种旧金山特性，在当代场景中，在我看来，没有什么比这座城市照料艾滋病患者时表现出来的爱心更高贵的了。

然而，即使在我通常最喜欢的边缘人群中，我也会被旧金山那要命的赝伪元素恼到。真正的怪人完全意识不到自己有何怪异，但在旧金山，古怪太过频繁地降格为出风头——花花公子炫耀地昂首阔步，怪人摆出刻意为之的姿态。甚至更糟的是，旧金山对悲剧有一种不当有的嗜好，这令我烦扰。正如我们的母亲都说过的，它会以眼泪告终。今天，它是艾滋病，在卡斯特罗街上一度欢乐的咖啡馆里，你能看到的仅仅是苍白而焦虑的脸庞在向外望。昨天，它是毒品，当我坐在一张旧金山长椅上，看到又一个被20世纪60年代摧毁和劫掠的受害者蹒跚走过，我想：噢，旧金山，旧金山，我有时能听到你的海特－阿什伯利[1]的塞壬之歌！

然后，太阳来了，是那种特别纯净的海上阳光，穿透我的窗帘！它在这儿攫住我，犹如它攫住其他任何人，仅仅是晨间对它的惊鸿一瞥，仅仅是旧金山在外面等我这个想法，就足以让我取消航班，再保留这个

1　海特－阿什伯利（Haight-Ashbury），旧金山海特街与阿什伯利街交叉处的一个街区，曾为嬉皮文化中心。

房间一天。当然，它不是马利布或威基基[1]的太阳。像这座城市本身一样，它比那种太阳要微妙而难以捉摸得多。联合广场上的棕榈树是骗人的——这绝对不是一个热带城市。我认为它实际上是美国北部最南端的城市，也是最西端的东部城市，还是最大西洋的太平洋城市。

现在我突然想到，这是不是那个谜的源头？旧金山是否准确地了解自己是**什么**？当然，旅游业为旧金山创造了一个特征非常明显的身份——没错，就是甚至会把旅游者本人变成假模假样的人，并将所有城市、所有国家都变成仿造品的旅游业。但在科伊特塔、缆车、渔人码头、恶魔岛这些熟悉的形象背后，存在着什么？是这个吗，在旧金山我经常发现自己发出这样的疑问。这就是全部吗？

也许是我要求得太多，我应该满足于这座最迷人、最和善的城市的迷人与和善，满足于快乐地迷失在这里的山与水中，满足于街道尽头永远令人惊讶的深景、漂白所有事物的清洁、优雅的老女士和天堂般的环境，满足于它那一切天真的伪装，满足于它对严酷而贪婪的世界的随和平易的超然感。

也许是吧。另一个早晨，从我的窗户望出去，越过码头密密麻麻的游客头顶，在我看来，眼前所见的一切都是某种赝品。一艘不再工作的

1　马利布（Malibu），洛杉矶附近一著名海滩；威基基（Waikiki），夏威夷瓦胡岛一个著名的海滩和度假区，位于檀香山东南方向。

旧帆船靠在一个凸式码头上。一个不复存在共和国的旗帜还在飘扬。几艘观光船朝一个废弃的监狱驶去，从身旁经过的有轨缆车实际上压根儿就不是缆车，而是伪装过的公交巴士。人工草坪围绕着下面那个游泳池。我闻到化冻的箭鱼和塑料包裹的蛤蜊的气味从周围的餐厅传来。我猛然产生怀疑，在轻浮的旧金山，是否没有什么是真实的？

但是，就在这一刹那，一艘潜水艇进入我的视野：一艘格外黝黑，极其凶险，太过真实而活泼的潜水艇，显然正要穿过金门大桥去太平洋里巡航。我的感觉立时改变。突然间，我窗户下面那片琐碎的场景获得了一种新的更宏大的意义。望着那艘好斗的黑色战舰滑过，一种因为忘恩负义而产生的愧怍感压倒了我。“哦，”我责备自己说，“这就是现实，如果说这是你更喜欢的……”

里约热内卢

我想，我的第三个虚幻之所足够真实。并非关于里约热内卢的一切都像田园诗，但在30年前第一次认识这座城市时，我曾经写道，“好家伙！我愿意用一打整洁而繁荣的自治市镇同你交换一个如此可爱的伟大

中心！”我跑回去看这种诱惑如何持续下去。

在里约热内卢城市剧院的台阶上，一小队荷兰人组成的乐队在演奏迪克西兰爵士乐[1]。这是一支肤色极白、金发、碧眼、强壮的小爵士乐队，在其侧翼，四个荷兰空姐（因为那乐队有做广告的性质）以一种狂欢节的健美气质随着音乐摇摆。我坐在他们旁边的台阶上，在这个巴西大都市的中心，在中午人潮最汹涌的时刻，我们这一大群如此扎眼的北欧人，如此明显的非迪克西人，呈现出一道不协调到滑稽可笑的风景。

不过，这一点儿也不重要。无论如何，这座城市毫不费力地吸纳了我们。三四十个各种年纪、各种肤色的人正在台阶下面跺脚，鼓掌，和我们一起大笑，这一场景很快就或多或少地被一个半疯的老头接管，他在台阶上有节奏地、优雅地欢腾跳跃，一直唱歌，并冲着全场人的掌声空洞地咧嘴而笑。

里约传奇的活力不仅有感染力，而且实际上充满占有欲。它攫住你，让你伴随事物的搏动而扭动、痉挛，经常让你在确实应该哭的时候发笑。那支乐队退场时仍然吹着小号，奔往下一个舞台，身后追着那个半疯癫的老头乐迷，我站起身来，发现自己衬衣背上沾上了一些像巧克力一样黏糊糊的东西。旁边人饶有兴致地检查它。他们不能确定，这到

1　迪克西兰爵士乐（Dixieland jazz），以新奥尔良城为代表的乐器爵士乐，以较快的两拍节奏与即兴演奏为特征。迪克西（Dixie）本指美国南部和东部的地区，通常包括那些内战中组成南部邦联的州。

底是被一个恼怒的街头小贩喷洒的，还是由某种鲜为人知的巴西鸟儿排泄的。他们把我带到一个装饰性的小池子旁，好让我用水冲掉那脏物。

我把手帕浸到满是浮渣的水里，发现里面都是蝌蚪：当我在里约布兰克大道旁洗掉衬衫上的脏物时，上千只幼年期的巴西青蛙不知疲倦地蠕动，而那群荷兰人的音乐穿过沸腾的城市，变得越来越微弱。

把最后一块脏东西连同上面黏附的少许蝌蚪洗掉以后，我绕过那个角落，走进 19 世纪。里约并不是只有旅游手册上那些华而不实的东西。它是一座古老的商业之城，一个海港，市区庄严地密布着办公室、银行、仓库、商人前去吃午餐的酒吧、城市小巷、竖有雕像的广场。在老照片中，这个繁忙的商业区**才是**里约热内卢，看上去是一个坚实、理性、有商业氛围的地方。

那个时代的光荣还残存于贡萨尔维斯·迪亚斯街的“科伦坡”，世界上最好的一家咖啡馆。它像凡尔赛宫一样浮夸地覆盖着连片的镜子，是一座休闲爽神之宫。天花板上装饰着褪色的玻璃，地上铺着瓷砖，闪烁微光的玻璃橱柜里装满酒瓶、蛋糕、曲奇饼和堆叠整齐的桌布餐巾。成串的老式灯照亮它，电扇卖力地维持着房间里的清凉。

“科伦坡”里乌泱乌泱的打着领结的侍者像是已经在这儿工作了一辈子，午餐时，他们全都是老派的服务专家，在将巨大的空间塞得满当当的桌子中间快步穿梭、绕行，在这儿鞠个躬，在那儿挥个手作答，把厨房门推进推出，或者被隐约瞥见正在照料那些似乎不太稳当地坐在头顶高而狭窄的阳台上的镀金餐桌旁的顾客。

房间里喧闹得可怕，顾客形形色色，从庄严型一直到另类型，中间分布着许多古怪的老贵妇，打扮得如同古人。我猜测，自从1894年开业以来，这咖啡馆里的事物几乎就没有改变过。然而，里约毕竟是里约，这里的气氛格外放松。吃完饭，我出门时经过蛋糕橱，刚刚为我服务的侍者正在那儿，一边靠着一个柜台，抽出时间吃蛋糕，一边从黑色夹克上拂去蛋糕屑。我祝他**胃口好**，但他只能以微笑和微微躬身作为回应，因为他嘴里塞得鼓鼓的。

当然，青春是里约的财富。它是一座古老而年轻的城市——他是一个古老而年轻的侍者——在柯巴卡巴纳海滩上，随便哪个周末的早晨，人类变老的进程似乎神秘地中断了。我一边沿着这片著名的沙滩闲荡，一边吃香蕉，在我周围，自然法则被蔑视了。

那位庄重的慈母般的女士如此轻易地触到自己的脚趾，这显然是不可能的，从生理上来说是不可能的。在打球时，那群老绅士如此敏捷地四处奔跳，这绝对是不符合自然规律的：他们的脸皱巴巴，头发花白，但是某种不可思议的巴西魔法让他们的肌肉紧绷得像铁一样，动作轻快得离奇。还有那些沿着散步道大步流星的老两口，他们获得了怎样的特许，穿上对他们来说年轻了好几代人的鞋子、帽子和泳衣，却如此时髦地逃脱了责备？沙滩上有一位妈妈，毫无疑问，若换个社会她即使不被囚禁在厨房里，也至少会被拘限于教堂鲜花委员会中，但在柯巴卡巴纳，她戴着一顶宽边黄帽子和一副玳瑁太阳镜，正躺在日光浴床上，往自个身上动作柔软地抹着油，还时不时地，拿起像被插在冰桶里的香槟一样被她摁进沙地的一个罐子吸上几口。

在这片神奇的海滨，甚至年轻人看起来也更年轻。他们更加疯狂地投身于激浪。他们更加欢悦地在遮阳篷周围蹦蹦跳跳。他们用沙建起宽大的平台，然后像印度上师一样盘腿坐上去，打牌或争论。他们玩着费心劳神得多的游戏：比如，一种凶猛的排球，参赛者可以用头部以外的任何部位触球，必须得将身体跳跃和扭曲到如此折磨人的程度，以至于仅仅是观看比赛就让我大气都不敢出。

海面上，一道浪花飞沫的雾霭悬挂在碎浪之上，将远处的岛屿半遮半掩。一队挂白帆的游艇正穿过雾霭顺风行驶或抢风调向，顷刻，一艘灰色的战舰绕过那个海岬出现，接着消失在大西洋中。远方看上去像是一片狂野的南方之海。太阳缓慢地移动，非常缓慢地落下去。柯巴卡巴纳狂乱的返老还童迅猛地持续着。穿过街道走到后面一个咖啡馆，我叫来一杯有魔力让我立刻恢复青春的巴西饮料。

受人控制和教唆的男孩正四处游荡，寻找值得下手的目标：有手表可抢的友好的美国游客，或者散乱地放在沙滩上的手提包。他们的小流氓身份太过明显——像是舞台上的恶棍，彼此打着演得过火的手势，越过街角吹口哨互通声息，以仅仅是最敷衍的姿态装出擦鞋童或小饰物商贩的样子。

唉，他们一点也不可爱。他们中间一个奥利弗也没有。他们看上去纯粹就是叫人害怕的，我想，在他们身边总是萦绕着来自他们所住的贫民窟的苍蝇与跳蚤——那片略呈灰色的摇摇晃晃的贫民区，从沙滩上就能看到，仿佛沿着山坡倾泻而下的垃圾。基督张开双臂，高高地耸立在科科瓦多山[1]的顶峰，但山下由简陋木屋构成的市镇，和沙滩上那些小贼一样，似乎完全在他的祝福范围之外。

一连串无情的放弃贯穿里约的生活，至少是贯穿它的喜悦——贯穿街上人群的炫耀虚饰，贯穿沙滩上令人烦扰的活跃过头，贯穿里约富人们的全副豪奢。城里到处爬满难看的涂鸦。其中一些是政治口号，但大多数只是无意义的胡写乱画，有时候，当大胆的无政府主义者爬上格子墙或者从阳台倒垂下来，涂鸦就会延伸到房子的第二层楼那么高。这种盲目的胡乱涂抹让我想起一个来自空虚的讯息，总是向我们讲起无助与无力——那实际上是一种共同的精疲力竭，躺在里约热内卢的绚丽闪光之下。

1 科科瓦多山（Corcovado），巴西东南部一座海拔710米的山，俯瞰里约热内卢，最高处矗立着耶稣的巨大雕像。

现在我坐在塔糖峰山脚附近一辆停着的大巴上，在一个小公园伸向海边的地方。附近有军营，上校与上尉夹着公文包三三两两、连续不断地经过。几个小孩由母亲带着，游客从索道车站来来去去，但我的目光被一个在公园边上孤独游荡的中年男子吸引住了。他穿一件做工良好的灰西装，举止优雅，身形细长而笔挺，但他身上却有某种不对劲的东西。

部分是生理的，部分是精神的，也许还有部分是太多的咖啡造成的。他始终没法安闲下来。要是坐到一张长椅上，那么过一会儿他就会再站起来。要是在草地上溜达，他就会突然停步。有时他抬头望向高处的山峰，但那似乎只会让他沮丧，仿佛他看不到他要在那上面寻找的东西。他热切地审视经过的军官（也许他曾经是一个上校或上尉），但却一个也不认识。他渴望地眺望海水，但阳光却直射到他眼里。当我坐的大巴发动，我们从公园开走时，我从车窗里冲他挥手，他也心不在焉地挥手作答——但不是冲着我，我想，不是冲着我。

23

悉尼 1983

20世纪80年代我回到澳大利亚，去写一本关于悉尼的书，在那儿，我为《滚石》写下了这篇随笔。我碰到的许多人都还记得四分之一个世纪前我为这座城市写下的上一篇随笔。

“柯弗。**柯弗！**你该走了。”

“呀，桑德拉，外面在下雨。”

“电视上说，天气正在放晴。你没什么不舒服吧，柯弗？你知道全都是那场酒宴闹的，柯弗，你晓得医生说过少喝酒，他说，不奇怪你在早上会不舒服，人体只能接受那么多……”

不过到这时柯弗已经出门了，他把办公室用具丢进背包里，走上台阶，已经走到通往大桥的半路上。

如果他有什么不舒服，那他也不会更加不舒服了，因为电视是对的，雨已经魔法般地停了，当他在人行道上突然慢跑起来时，冬日早晨的所有辉煌在水面上展开。他正加入生活本身的川流中去！在他右边，是郊区列车咔嗒咔嗒驶过，通勤小汽车走走停停地开往城中。在他左边，渡船忙碌地越过港口，第一艘水翼船绕出一条泡沫翻涌的曲线朝大海飞奔而去，第一艘游艇正从其泊位上滑开，一艘拖船还亮着停泊灯，却已经上路去迎接刚刚绕过海岬出现的巍峨的货轮。

港口桥上已经有许多人。他脚步轻快地超过夹着公文包、留着相同样式胡须的步行的商人。他被系吸汗带、穿印有口号T恤的大块头运动员超过。标准模样的学童在路上游荡，书包在背上晃悠悠，不情不愿地朝学校走去。一位穿马金托什雨衣的上了年纪的女士以夸张浓重的爱尔兰口音叫道："又看到太阳，真是棒极了！"另一群大块头喘着气、流着汗跑过。一队小男生把一块卵石到处踢。在他前面，在大桥巨大的塔门中间，城市的摩天大厦开始在阳光中闪耀，建筑高处的玻璃闪闪发光，旗帜在阴影中飘进飘出，最高建筑的观景台金光灿灿。

似乎是清晨的天真感染了整个场景，让一切都显得年轻。一种质朴的活力在空气中传播，对你来说像橙汁一样显得非常新鲜、美好。在柯弗抵达17楼他的办公室前，他感到自己这辈子从未喝过一听富士达啤酒：回想环形码头飞奔的渡船，歌剧院飞扬的白色屋顶，桥上依然涌动的交通，升起的太阳，海水，周围绿色的公园园地，他再一次静静地祝贺自己，如同他每天早上当作一件原则性的事来做的那样，祝贺自己有健壮的女士先生们组成，他们的圈环裙和巴黎式连鬓胡子喜气洋洋，掩饰不了在冲浪与阳光中练出的好身板，也盖不住像希金森和奥罗克这样的名字——就连茶花女本人，在最后一幕卧床不起时，你还会把她看作某种特殊的澳大利亚类型的肺结核病人，因为似乎只要一谢幕，她马上就会溜出去和乐队指挥打上一局凶猛的网球，或者至少去吃一顿拌有橙子沙司和焦糖的烤虾。

柯弗所属的那个亚种就有这种力量，所有那些移民的孩子也都被无情地变成这样。多年前，有一次等待曼利渡船时，我与一个在咖啡摊工作的年轻意大利人交流过目光，我清楚地记得他瘦削、结实、黝黑的拉丁身材。前几天我再去那儿，想看看人是否还在，发现他不仅仅是变老了，长胖了，而且被柯弗效应彻底改变了——他的脸被拉成完全不同的形状，他的活力被某种更加谨慎或迟钝（或者也许是更加梦幻）的东西取代。他说话时，那不勒斯口音的最后痕迹也几乎被隐没在澳大利亚英语那雄健而扭曲的元音下面。

他们所说的语言是国籍的标记，最紧要的，正是悉尼的语言将这个易分裂的社会连接成玄妙的一体。作家莫妮卡 · 狄更斯[1]在悉尼的一次签名售书会上闹了个著名的笑话：一位女士想知道书的价格，莫妮卡却误解了她的问题“Emma Chissett”[2]，结果将一本书题赠给了莫须有的

1 莫妮卡 · 狄更斯（全名为 Monica Enid Dickens，1915—1992），英国作家，查尔斯 · 狄更斯的曾孙女。

2 “How much is it ?”（“这个多少钱？”）的谐音。

幸生为澳大利亚人。

他俯瞰的这座城市是这种境况的一个浓缩。澳大利亚的全部实质——历史、性格、声誉、态度——在这块大陆上由悉尼在它峡湾般的港口旁占据的这个特殊角落里，发现了其自身的最佳缩影。当世界想到澳大利亚，它就会想起这座桥，这座歌剧院，这个尾浪掀沫、缀满游艇的港口。当世界想到澳大利亚人，它就会或多或少地想起柯弗。

澳大利亚人的社会无可避免地被城市化了，悉尼是澳大利亚的**超级大都会**。堪培拉是首都，阿德莱德是一种喜悦，珀斯握有美洲杯帆船赛，墨尔本人相信他们的城市至少同样成熟、有教养和难以言喻的可爱，但只有悉尼才有真正的大都会气派。它以一种恰当的显要姿态矗立于非凡的港口之上，人口高度密集的城区周围绵延着广阔的郊区。一片光灿灿的商业区让你感觉它被楔入了华尔街—伦敦—苏黎世—香港的利益圈。实际上，整个澳大利亚海军都停泊在它的军港旁，或者正从海上迷人地返回，军旗飘扬，雷达旋转，这支军队无可回避的存在让悉尼有了一种前线的氛围。它装备着所有约定俗成的大都会标志——城市马拉松，旋转餐厅，亨利·摩尔那朦胧的慵懒塑像，早餐电视节目，还有巴哈伊教[1]寺庙。

1　巴哈伊教（Bahai），创立于19世纪伊朗的一个教派，核心教义为“上帝唯一”“宗教同源”“人类一家”，主张世界大同，亦译“大同教”。

不过，事实上，它的地位并不存在于其普遍性中，也不存在于其作为这个大城市联盟成员的资格中，而是存在于其无可争议的澳大利亚性中——不论这是好是坏，也不管你是否喜欢。它是一个独一无二的大都市。咱们从外表开始。从建筑学的角度看，悉尼不会带来巨大的震撼。它的郊区最多只能算是普通的赏心悦目，仅仅是零零落落地因为锻铁和迷人的台地而变得生气勃勃。它的城区漂亮但却平平常常，当代都市生活中常见的管状体、圆柱体、广场和镜面幕墙围绕着常见的聚在一块儿的 19 世纪的华丽建筑。它没有优雅的城市规划的精心部署，而是修了一条高速公路直接跨越其位于悉尼湾的水滨——那是它起源的遗址，如今仍然是它生活的焦点——像一个耳光，粗暴地羞辱了那片水滨。

它仍然是世界上最漂亮的城市之一——特别因为其澳大利亚身份。那个蜿蜒曲折、岬角众多、灌木丛生的港口总是令人悸动地提醒你：悉尼耸立的这片海岸位于一个完全不同于地球上其他任何地方的岛上。悉尼冬天苍白而纯净的光线似乎直接来自南极的冰川和冰峰。悉尼的公园和花园的枝叶怪异地低垂、晃晃悠悠，明显极其古老的无花果树荫蔽了郊区街道，船只永远穿梭于这座城市的中心，赋予一切事物刺激的遥远感。在澳大利亚，水以不同的方向旋入下水口[1]，如果你是来自另一个半球的耽溺于幻想的游客，真的有可能想象这个大都市是头上脚下倒挂在

1　由于受到地转偏向力影响，在北半球，水从圆形下水口向下流时形成逆时针的旋涡，在南半球则是顺时针的旋涡。

地球底部，这场景如此微妙地对跖着，或者也许是属于有袋目动物类的。

对于这样一个旅行者来说，至高无上的悉尼体验是：在一个清冽的阳光灿烂的早晨，穿过港口旁公园和花园的结合部，漫步在名叫“麦格理夫人之椅”的海岬周围。这是我所见到的所有城市公共用地中，仅次于温哥华斯坦利公园的最可爱的一块土地，但那是一种狡黠、欺骗性的可爱。它像是意念中的一个公园。草绿得几乎过于鲜明，树看上去像是奇怪的人造物，长尾小鹦鹉在灌木丛中充满敌意地互相尖叫。当你沿着这公园的周边行走，身旁移动的场景比现实更理想化——到处都是水，码头里那些灰色的战舰，周围可瞥见的里维埃拉[1]式的小社区，一个花园里的假城堡，还有你总会看到的来来往往的渡船。

这一切中最狡黠的是当你绕过那个海岬时所见的风景，在那儿，不少家庭正在草地上铺开野餐，一只孤独的白鹮在垃圾罐里拨寻食物；突然，悉尼歌剧院，这最独特的建筑学杰作，如鹰巢的幻梦般在阳光中展开白翼，轻捷得像是某种不为人知的水鸟，还有庞大厚重的港口老桥，上面压着全副野蛮的重量，相对于歌剧院虚幻精致的美，犹如一头野兽。

那两个叫人无法忘却的建筑，一个如此强力地扎根于岩床，另一个渴望着飘浮的状态，代表了这座城市的本质，而不仅仅是只供审美。在

1 里维埃拉（Riviera），位于阿尔卑斯山脉与地中海之间的一个狭窄的旅游胜地，从法国东南部一直延伸到意大利西北部。

悉尼的绝对英国式的基础之上，澳大利亚性添加了一个棱镜般五光十色的种族上层结构，让这座城市（以前是世界上最同种、最古板的一个城市）成为一种自满与迟疑、几乎无法改变与实际上不可抗拒的充满魅惑的混合。曾经，它不会让人想起任何别的地方。如今，它充满异质的暗示。它经常让我想起斯德哥尔摩。斯德哥尔摩之于北半球，恰如悉尼之于南半球，而悉尼的澳大利亚正是斯德哥尔摩的斯堪的纳维亚——我毫不惊讶，那个丹麦建筑师在设计悉尼歌剧院这个奇迹时，记忆中肯定浮现出位于另一片大海入海口处的斯德哥尔摩市政厅。这个南方峡湾的光线并非不像波罗的海的光线；这两个城市都有一种苍白的清新；避开阳光，暖烘烘地坐在悉尼海滨购物廊里，在所有那些华丽奇异的栏杆与块石镶嵌的路面中间，有时候，我几乎以为自己会看到购物者从橡胶套鞋上抖掉雪，往手里呵热气以恢复血液循环，并点上一瓶荷兰产杜松子酒。

在另外一些时刻，悉尼让我想起中欧的某个地方。例如，在名叫“双湾”的奢华水滨郊区，任何一个星期六的早晨，富有的移民聚集在这座国际都市的街头咖啡馆，用鲁里坦尼亚[1]语高声交谈，或者埋首于《悉尼先驱晨报》的财经版。像老布拉格或布达佩斯的资产阶级一样，他们把时间消磨在聊天和出风头里——这里来了四个男人，外套搭在肩膀上，抽小雪茄，热情地讨论比尼奥总统；这里有两位穿皮衣的女士，

1　鲁里坦尼亚（Ruritania），一个虚构的中欧王国，出自英国小说家安东尼 · 霍普（Anthony Hope，1863—1933）的小说《曾达的囚徒》（*The Prisoner of Zenda*）。

披着毛皮大衣，珠光宝气，以一种傲慢的沉默坐在开胃酒前；一个装腔作势的年轻人，戴一顶猎鹿帽，用一根长长的翡翠烟嘴抽烟；一群双湾的社会名流，打扮成包裹型的杂拌儿式样，这风格眼下正风行悉尼，隐约叫人想起东方武术。

黎巴嫩人在悉尼激增，还有希腊人、菲律宾人、印尼人。他们告诉我，越南人正从西部郊区朝东悉尼移动。西班牙俱乐部用堂吉诃德和桑丘骑马走出一片金色内陆的画像给自己做广告。悉尼的唐人街因为来自中国香港的投资而大为繁荣，中国人对出人意料的食物搭配的嗜好似乎传染了整个城市的烹饪界，以至于纯正坚定的澳洲佬餐厅也可能向你提供热黄油南瓜和漂浮着胡椒的橙子汤，或者浇有用红酒和培根制成的调味汁儿的鹌鹑。悉尼市政委员有时喜欢用其纳税市民的各种语言发布消息，这些晦涩难解的公告，本应属于某个维多利亚时代中期大英帝国式的笨重的市政大厦，眼下却尖锐地说明了事物的状况。

然而，当那座桥高高地隐现于歌剧院之上时，柯弗的同类仍然占据着支配地位。移民的潮流软化、缓解、照耀了悉尼，但想要替换这座城市的原初血脉，已经太晚了。半个世纪前，98% 的悉尼人属于英国后裔，正是他们，这些老澳大利亚人，仍然确定着人类学的调性。在这座国际都市的鲁里坦尼亚人中坐得够久，就会有某个健壮年轻的粗鲁澳洲佬过来抢镜头，对着瓶子喝啤酒。去歌剧院看《茶花女》，哦，多么出人意料，开场戏中伴随女主角维奥莱塔上场的合唱队将会由一群热烈而

"Emma Chissett"。这件轶事过去很多年了，但"Emma Chissett"这句澳洲土语的意思却基本没变，每当我想要买东西时，就会刻意用这个短句，商店服务员从来都不会对我另眼相看，因为他们把我当成了真正的澳洲佬，还经常会向我抱怨从帕拉马塔[1]开来的列车的服务质量。

那火车也许是从"乌圃乌圃"（Woop Woop）开来的，这个虚构的镇区已经成为悉尼人对穷乡僻壤的称呼。悉尼英语充满这种幻想的和开玩笑的成分，并且永远有意识地自娱自乐，几乎不到一年，就能又集成一本新的俚语词典。词语的用法持续不断地改变——**"她会苹果的"**（不会有事的）过时了，**"扔一块金属"**（发脾气）流行起来——在悉尼，几乎没有人（从学童到贤哲）想要讨论土话的现存状态。为什么悉尼女人在每个句子（哪怕是最肯定的句子）的结尾，都要用上疑问式的升调？因为她们被如此轻视，以至于不敢说任何确定的话。"Ocker"（澳洲佬）这个词的真正定义是什么？"头上包着厚绒帽、胃里晃着一听富士达啤酒、在电视上看足球的人。"

这里的语言造就了这里的人，也造就了这座城市。若无他的语言，一个悉尼市民（他不再把自己叫作"Sydneysider"）会被当作斯堪的纳维亚人，加利福尼亚人，或者，有时甚至被当成英国人：有了他的语言，哪怕是一个第二代移民也不会被误认为是其他地方的人，这种口语的活力和玩笑反映了悉尼始终如一的特殊气质。这座城市的酒吧喧嚣着

1　帕拉马塔（Parramatta），澳大利亚东南部城市，悉尼城郊的生产区，建于1788年。

爵士和摇滚，震聋了大厅里塞得满当当的人群，吵闹声一直传到人行道上。它的轰然巨响经常把顾客驱入狂乱，酒吧挤满年轻魁梧的澳洲佬，他们把手举过头顶，狂喊乱叫，踢踏着大脚板。他们同欧洲或美国的闹饮者一点也不像，部分是因为他们似乎全都处于一种健康强壮、精力过剩的状态（如同那个歌剧合唱队），部分是因为他们的行为举止中弥漫着他们语言的强烈味道，我曾经认为他们强健的迪斯科是某种出自悉尼的全新事物，是一种 20 世纪 80 年代所特定的澳大利亚化。

但是，有一天，在那些猛烈摆动的四肢和用力踩踩的大脚中间迂回出一条危险的路径，从观察家酒店半破碎地钻出来时，我偶然看到，道路前方一家店铺里有一张表现 150 年前纵情狂欢的早期悉尼殖民者的印刷品。他们戴着松垂的帽子，穿着方格花布衬衫，留着浓密的胡子，也许正在庆祝他们最近一次摆脱监狱的艰辛劳动。他们正在朝四周踢腿，跳着一模一样的悉尼方丹戈舞[1]，进行着完全一致的重量级的狂欢作乐；他们正在吼歌，叫嚷快活的下流话，我敢肯定，也有着同样粗鄙而愉悦的扭曲。

因为，就连悉尼也有一个过去。它始于 18 世纪 80 年代，第一批英国囚犯刚刚到来，被套着锁链丢上海岸，成为既不情愿又不恰当的澳大利亚创始人。它结束于 20 世纪 50 年代的欧洲移民大规模登陆，这些新

1　方丹戈舞（fandango），源自西班牙的一种三拍子的舞蹈。

人历经政府资助的旅程后，下船来将澳大利亚从半解放的殖民主义转变为太平洋的世界主义。到那时，这片监禁地已经发展成为一个有着伟大但却略微有点不讨人喜欢的特征的城市，沙文主义到几乎滑稽的地步，有一批总是势利且粗俗的、拥戴君主制的精英阶层，还有一批强大如斯的劳动力，以至于各个地方的工会主义者都把这儿叫作工人的天堂。那时，任何配得上其社会地位的悉尼女士都会夸口说自己和马德卡瑟伯爵有远亲关系，而悉尼的无产阶级也像一个有自尊心的无产阶级应该表现出的同样粗鲁，同样敏捷，同样凶狠，同样轻蔑伯爵，同样如爱尔兰人般好战。

今天，那个社会多半已转入隐蔽状态。如果你想要一个象征性的证明，试着去市政厅旁边那个地下火车站看看吧：在下沉式广场那时髦的爬满藤蔓的墙、所有瀑布和顶篷后面，车站本身作为老澳大利亚的一个博物馆而幸存——黄铜把手，胶木开关，黄铜框子的玻璃后面“员工操作指南”的铜版文字，裸露的电灯泡开得大亮，通告下一列火车开往潘博或者霍恩比。悉尼的铁路非常有老澳大利亚风味。渡船也是如此，还有那些较保守的酒吧，以及献给国王、女王和罗伯特·彭斯[1]的纪念碑。当查尔斯王子来访时，那些出身名门的夫人们的曾孙女仍然以一种荒诞的热诚行屈膝礼。乌圃乌圃线路上的怠工者，有厚厚双下巴的人打出的

1　罗伯特·彭斯（Robert Burns，1759—1796），用苏格兰语写作的苏格兰民族诗人，代表作有《友谊天长地久》（*Auld Lang Syne*）、《羊肚脍颂》（*Address To a Haggis*）等。

标语牌上写着“澳洲船舶要求机会均等”，这一切让人回想起那个工人天堂的黄金时代。古老的啤酒味的男子气概并未完全被纳入白葡萄酒和男女不分的发型。

更重要的是，从老澳大利亚中产生了悉尼的秩序感和公平竞争意识，正是这些巩固了这座城市变幻不定的活力。“友善、谦恭”仍然是双湾学校的校训，古老的价值观盛行到了不同寻常的地步。你可以认为这座位于世界底部、建立在一条溪流之上的港口是个丑恶、狂野、鲁莽的地方，并且，澳大利亚人当然也像世界上其他任何地方的人一样，沮丧惊慌地谈起不断上升的犯罪率和醉酒驾驶。然而，以大多数标准衡量，悉尼都好到极点。这里的街道比大多数城市更安全，交通足够安宁有序，甚至乱穿马路的人也面有愧色，这座城市至少向游客呈现出经久不衰的礼貌。

这些遗产**实质上**建立在议会民主和判例法的基础上，它们的幸存是其力量的明证——因为最近 30 多年来，在它们周围发生的事不亚于一场社会革命。悉尼已经变成一座不一样的城市，在风格、渴望、忠诚和品位方面都不一样了。一代人以前，我所见到的悉尼气质的内核是对其民众在两次世界大战中所做牺牲——在一场遥远得几乎是堂吉诃德般的事业中战斗——的怀念，这怀念仍然因为他们对王室、国旗和帝国的奉献而有着强烈的真实感。加里波利和阿拉曼战役中英雄无畏的严峻考验还矗立在其市民骄傲的根基附近，退伍兵联盟神圣而无所不在。

但在最近一个冬日的星期天，我回访了曾是那些史诗般记忆之圣殿的海德公园里的巨大的战争纪念碑，发现它悲剧般的磁力消失了。当然，它依然矗立在那儿，灰色，强力，在树木中显得阴沉；悲哀的士兵雕像依然俯视下方，像沉思冥想的神一样坐在胸墙周围；但公园里的人们似乎以某种方式回避它的存在，仿佛它已经被某种再教育过程清出了他们的头脑，或者像耗尽的反应堆一样被密封起来，连同它全部有毒的能量。

另一所悉尼学校的校训“我听，我看，我学”翻译成拉丁文“Audio，Video，Disco”[1]，似乎是唯一合适的选择，因为年轻人已经吵闹着抛弃了悉尼原本的形象，并在他们自己的形象中重新铸造了它。今天，这座城市是世界上最大的承诺之一，是对更好事物的一个保证，它生活在一种模糊不清但却永远期待的状态中。它是一个非常年轻的城市，不仅在态度和成就上年轻，而且在身体上也极度年轻。实际上，有时它的居民似乎主要是些学童——在桥上踢鹅卵石的孩童，沿着装饰性喷泉的沟槽比赛漂流无花果叶的孩童，像侵略军一样在歌剧院里到处攀爬或者成千上万地聚集在新南威尔士艺术展览馆里的孩童。在我看来，他们是健壮结实的一群人。“这是一幅毕加索的画，”一天，我在那个展览馆里听到一个老师说，“我敢肯定，你们都知道毕加索吧。”“我不知道。”一

1 “Audio，Video，Disco”，即“我听，我看，我学”的拉丁文，作者说这是“唯一合适”的翻译，可能是因其与英语中“音响、电视、迪斯科”三个单词同形，正吻合20世纪80年代澳大利亚年轻一代的生活态度。

发就会表现为荒谬的固执己见。对于批评，悉尼人远远不像过去那般脆弱了，但他们对屈尊俯就或冷淡漠然却很难不那么敏感。在欧洲，一个来自悉尼的知识分子狠狠地告诉我，对于澳大利亚事务的无知简直糟透了，**糟透了**——他已经搞清楚了，在伦敦，知名的艺术批评家甚至从未听说过布雷特·怀特利[1]！

“布雷特啥？”我忍不住问道（同时想起艺术展览馆里那个男孩），因为悉尼风格的这一面可能有点强烈。你过于频繁地听人说起怀特利的天才，你厌烦了关于某个本地作家或导演的闲话；是的，你确实意识到，《辛德勒名单》的作者是当地人；就我自己而言，我为错过最近一次悉尼时装秀而感到幸运，关于那场秀我听得够多的了，据说它给一场芭蕾表演配上了土著音乐，在汽车残骸的背景前唱起长笛伴奏的歌，还有极端的日式绑缚造型。

但在另一方面，在城市中犹如在人身上一样，年轻、希望和愚蠢形影不离，其中最有价值的是希望。那希望是柯弗于清晨慢跑在大桥时无意识地感觉到的东西，也几乎是每个陌生人第一次进入悉尼的街巷时感觉到的东西。这座城市多么年轻，多么强壮！这个承诺多么宏大！有时你会忘记，即使在奥兹国的领土上，青春也不是永恒的……

悉尼的红灯区是国王十字区，位于悉尼湾东南方向一两英里。这里

1　布雷特·怀特利（Brett Whiteley，1939—1992），澳大利亚前卫艺术运动领袖。

曾经是一个令人愉悦的波希米亚区，但近来被降格为令人厌恶的肮脏与凄怆的组合。皮条客、色情演员、脱衣舞娘、文身师和易装癖者成群结队，沐浴在传统的邪恶的微光中，被必然会有的来自乌圃乌圃的游客张口结舌地呆望着。在这些红灯区的寻常景象中，午夜过后穿过国王十字区，还走动着一些更加令人心碎的身影：几乎连少女都还算不上的雏妓，化着绝望的妆容，还不是很熟练地勾搭路过的酒鬼与淫棍。

大记者约翰·甘瑟[1]不管去到世界上什么地方，总是会问“是谁在经营这儿？”而我的习惯是问：我应该为谁感到难过？在某些城市——想想加尔各答，想想约翰内斯堡！——这个问题是多余的。在许多其他的城市，柔弱的心肠会被可怕的贫穷、政治压迫或环境中普遍的阴郁绞扭。在悉尼，几乎没有任何赤贫。就政治而言，这座城市的人们自由得像空气，从社会上看，他们同世界上任何人一样不受束缚。他们的城市干净，大体上安全，他们的气候如梦似幻，尽管他们对于经济衰退的后果抱怨良多，并且频频罢工，但按照世界标准来看，他们的生活美妙而逍遥。

那么我应该为谁感到难过？悉尼人对这个问题感到困惑，有时压根儿想不起任何人来。有时，他们开玩笑地回答说是失败的足球运动员或者没落的政客。“为我。”柯弗说，但他其实并无此意。有几个人说是国王十字区那些可怜的孩子，有时会有人含糊其词地指向流浪汉或者被压

1　约翰·甘瑟（John Gunther，1901—1970），美国著名记者、作家。

榨的移民。到最后，大多数人突然想起，我应该考虑考虑“土佬”，也就是澳洲土著，他们的名字以悉尼、乌鲁姆鲁、帕拉马塔或乌圃乌圃的形式围绕在你身边，但是他们的肉体存在不过是这座城市的一道鬼火或一个影子。

第一批白人殖民地建立后的几十年里，该地区的大多数土著就被外来的疾病或野蛮的暴力灭绝了。然而，两个世纪后，几百个土著在悉尼扎下根来，就在欧洲人最初的落脚处。他们在那儿被叫作“古黎[1]”，像港口里的水和公园与海峡上奇异的青枝绿叶一样，他们让陌生人想起比柯弗及其同类所能包孕的更加古老的事物。对于许多澳大利亚人来说，土著是良心上的一个污点，对于另外一些人来说，他们仅仅是些讨厌的家伙：然而，最终大多数人认为，应该为古黎感到难过，而我也确实为他们感到难过。

尽管他们这个群体已经产生一些名人，尤其是拳击手，但他们大多住在城中更为糟糕的街区，并且通常并不怎么露面。然而，我这次在悉尼碰巧赶上他们庆祝“土著日”。让老澳大利亚人惊愕的是，金、黑、黄三色的土著旗帜与国旗并排飘扬在悉尼市政厅上，据宣布会有一场穿越城市的游行，接下来将在亚历山大公园举行集会。唉，所有这一切都可悲地出了错。好像没人知道游行应该从哪儿开始，等到那面旗帜从市

1 古黎（coorie，又可拼写为 kory，kuri，kooli，koorie 等），澳大利亚新南威尔士和维多利亚地区土著居民对自己的称呼，现在这个词主要指“澳洲东南地区的土著居民”。本文作此翻译，取“古代的黎民”之意。

政厅上降下来时，似乎也不是每个人都会喊那集会的口号——**我们想要什么？土地所有权！我们有什么？啥也没有！**——并且那活动拖拉得也太晚了，到讲演的时候，人们都已经回家了。我问人们，古黎的一贯表现是否就是如此，得到的最有说服力的解释是“他们是一个**随意的**民族”。

在我抵达亚历山大广场之前，土著日似乎已经彻底失败了，我所看到的仅仅是一小群黑皮肤的人围着一堆篝火，被草地边缘的垃圾包围着。他们没精打采地欢迎我，从冰桶里掏出啤酒递给我，在我周围侧身而行，偶尔朝我眨巴眨巴眼。一个瘦小男孩耳朵里塞着棉花，用绳子牵着一只黑色小狗到处游荡。其他人在渐暗的暮色中踢足球，火堆周围一小群老头老太悲哀地凝视着火焰。一股强烈的酒精味悬浮在四周，提桶的那个人安静地反复催促我拿一瓶酒，好在路上喝，亲爱的。集会成功了吗？我问。“是的。”他们说着，凝视着火焰。

我**确实**为他们感到难过。他们像是一场原始浩劫中最后的多余的幸存者，他们对其自身文明的记忆亿万年前就已经被抹去。我猜测，很久以前，接近时间的起点，他们每个人都有一个自己的悉尼？那时他们的旗帜飞扬得更华丽？我说再见，开车离去（“继续，亲爱的，拿一瓶吧”），城区摩天大楼的灯火在远方闪耀，但在公园边缘的阴影中，篝火火焰仍然在舞蹈，土著们纤弱的身影在摇曳的火光中摇摇晃晃地移动。

一天早上，我去“冰岛”溜冰场看悉尼人溜冰。就像他们干的大多数事一样，他们溜得很好。他们高大强壮的体型在冰上看起来很不错。我又一次强烈感觉到他们与斯堪的纳维亚人的相似，一个澳大利亚人在寒冷的环境中如此像北欧人，但最终我的注意力被一个在我看来只可能是澳大利亚人的形象抓住了。

他大概 5 岁，金发，活泼，坚强，面无笑容。看上去他其实并不会溜，但却很熟练地踩着冰刀在滑冰场里四处奔跑，这天早上他的一个目标是收集从其他人靴子上掉下来的雪泥，然后把它扔向经过的溜冰者。执行这个任务时，他灵巧娴熟，充满不知疲倦的热情。跳着，跳着，他会猛然出现在溜冰场里，挑选一个活跃的目标，蹒跚地越过冰面，无情地逐猎那个牺牲品，直到噗的一声，导弹射中——然后，他一摇一摆地快如闪电般跑出溜冰场，收集更多的弹药。

我对他无限钦佩。他几乎从不摔倒，很少失手，做任何事都带着一种机敏的勤勉。我问他的名字，他用手指在溜冰场栏杆上写下“GORGE”几个字母；我问他是否尽兴，他仅仅是冷酷地点点头；在我脑海里浮现出他 30 年后的样子，他也许正因为一场不可挽回的收购在公司会议中大发脾气，或者无情地筹划让一个敌对的副部长辞职。当我走出“冰岛”时，我的眼睛紧紧盯着他，因为，本能告诉我他正在收集烂冰屑对付我。

澳大利亚不是由仁善，甚至也不是由理想主义建起来的。囚徒，而个在背后的孤独的小澳大利亚人尖声说道，我在心里向他鞠躬，把他看作眼前所见的唯一一个绝对诚实的人。

它是一座与年轻人想法调和的城市——“光脚的顾客不得使用自动扶梯”，一家最豪华盛大的百货公司贴出这样明智的规章——它的年轻如此有渗透力，以至于几乎引发幻觉。简易法庭的官员看似法律系的二年级学生，检察官可能刚刚买了他的第一辆电动自行车，而被控公然猥亵罪的被告肯定还没有到青春期？说到证券交易所，它似乎是由几百个运动员经营，还有几个穿迷你裙的摇摆舞女作为帮手，楼上的交易大厅里，老人们表面上看是在透过双筒望远镜检查股票板，想要搞清楚“综合金属”目前做得怎么样，而在我看来他们不像是投资者，而像是纯粹的偷窥者。

悉尼的年轻，像一切年轻一样，有点精神分裂，半是鲁莽，半是胆怯。比如，在悉尼一家豪华酒店里，或者一家傲慢的餐厅里，顾客总是表现出一种可以察觉的敬畏感，彼此压低声音交谈，感激地接受酒类侍者的推荐——就连令人难以容忍的同业工会也表现出一种适当的抑制，倘若不是因为在悉尼，这一幕肯定会把餐厅主管给乐坏了。过去，澳大利亚人总是被指责为有自卑情结，尽管如今他们在世界上的形象已大不一样，但悉尼仍然没有对自身城市的绝对成熟建立起自由而良好的信心——“我去加利福尼亚时，”一个非常诱人且聪明的悉尼女孩对我说，“感觉自己像一只老鼠。”当然，这种老鼠的本能有时会爆发，并且一爆非朝圣者，是它的先辈，而悉尼始终比它表面上看起来的要刚毅得多。它不是一个多愁善感的城市，恐怕也不太喜欢不求回报的善意。有一种悉尼特有的面孔（特别是在女人中），第一眼看上去完全是直率、方正而可靠的，但是倘若更加仔细地（如果有可能，请从邻桌越过报纸边缘偷偷摸摸地）审视，就会发现一种潜在的卑劣，或者一种（我用自己那罗曼蒂克的方式对自己说）无疑是从罪犯流放地的凶暴谋杀中遗传而来的狡诈。

在这座城市快乐的建筑正面背后，更加残酷的事总在发生。无法解释的政治丑闻刺激了报纸。数不清的皇家委员会在调查不恰当的行为。一小撮资本巨头昂首阔步地穿过这个显然是平等主义的社会，带着似乎延伸到城市生活的每一条裂缝中去的触须，让你感觉，不论你正在做什么，不论你正在买冰激凌，还是在订飞机票，你都在让同一批澳大利亚富人越发富有。移民们说，老一辈澳洲佬仍然是可怕的偏执狂，他们告诉我，即使到了今天，外国口音都经常会招来冷落和轻蔑——并且不仅仅是针对欧洲口音，因为眼下最流行的悉尼俏皮话是一个关于新西兰的笑话：如何资助一个新西兰人建立一个小企业？给他一个大公司，然后等着。

悉尼人的社交态度让我感觉本质上是谨慎或多疑的。他们缺乏自发欢迎或慷慨的天赋。他们太容易感到麻烦。尽管这些市民永远微笑，总是乐于助人，并且显得非同寻常的礼貌，但我偶尔想到，要是遇到真正的困难：流落街头、举目无亲、囊空如洗、没有护照，在曼哈顿也不会比在悉尼更有被抛弃的感觉。事实上，我都在考虑要不要做个试验，跑到环形码头去向路人讨要渡船船资，但一想起邻桌女士的目光，我就失去了勇气。

即使到现在，两个多世纪后，在悉尼仍然可以明显地看到它带有坏出身的痕迹。总会水落石出的！历史的记忆已经被涂抹——要是你信了澳大利亚人的话，那就没有哪个被流放于此的囚犯干过比偷猎乡绅的大麻哈鱼或者将他的女儿扑倒在干草堆里更坏的事。它还被浪漫化了——比如，在民谣和轶事中，悉尼小流氓总是穿着喇叭裤和尖头鞋，画面感十足地在街头高视阔步，兴高采烈地打群架、扒钱包。今天，尽管已被抹上了一层又一层的文雅和世故，但它仍然在那儿，倘若你想要清楚地看到它，那就挑一个星期天的下午去公园吧，悉尼的街头演说者正在那儿宣讲其哲学，而激烈的质询者不时打断演讲。在大多数国家，我都热爱那种自由表达的竞技场——充满流浪汉的插曲与怪诞，有时甚至充满智慧。但在悉尼，我离开演讲角时会浑身打战。言论自由的自由太过粗野，充满太过赤露的恶意、粗口和大男子主义。争论是威胁性的，幽默是粗鄙的，一个非常胸有成竹的人物在临时演讲台周围大踏步地走来走去，他把贝雷帽斜压到眼睛上，抓着一卷报纸，其唯一的目标是用一种破坏性的粗鄙的反驳轮流冲每个演讲者吼叫，不论演讲的观点或主题是什么——永不沉默，永不安宁，用一种燃烧的攻击性的能量，朝每个演说者和听众抛掷具有同样攻击性的嘲弄。

我对自己说，以前我在哪儿见过这家伙？我痛苦地记起：那个在溜冰场上不知疲倦地抛掷融冰烂泥的GORGE。

远在悉尼以西的地方，越过一条长长的平淡安全的郊区腹地（既不丑也不美，不穷也不富），越过黎巴嫩人的洗衣店，越过有着像“格莱斯顿武器”或“纳尔逊勋爵”这种名字的酒吧，越过在午餐时间穿印花家居服驯狗的女士，越过柜台后面挂着放大的维苏威火山照片的比萨店，越过被叫作“桃金娘街”和“快活路”的街道——在西边的郊区之外，你能看到蓝山的轮廓。有时候，雪落在那上面，度假酒店里燃起木材火堆。在比那更远的地方，比奥兰治和达博更远的地方，绵延着澳大利亚那几乎无法想象的空旷，矮树丛林一英里接着一英里延伸，荒原和沙漠伸进土著人那无穷无尽的荒僻之地。几乎全澳大利亚都是空旷的。空旷是澳大利亚事物状态的一部分，它从荒野深深地伸进悉尼的核心处，给予这座城市一种不断萦绕的缺席感，并且限制了广告经理在电梯里的发挥。

附近总有矮树丛林。即使到了现在，无所不在的绿色斑点仍然让这座大都市像是荒原的闯入者，人们每天从几乎还未开垦的灌木丛林的乡村赶去悉尼上班。沿霍克斯布里河逆流而上，一越出这座大都市的边界，就能看到依然不通公路的社区，由突突响的河船每天送来邮件，那船在溪流和水渠中小心翼翼地行进，穿过小袋鼠蹦跳、考拉反刍的林地，在由棚屋和平房组成的小村落旁摇摇晃晃的码头卸下邮件，然后由破旧蹒跚的牡蛎捕捞船运走——而在橡胶树林后面，开着空调的悉尼高楼几乎还没有隐没到视线之外！

到处都是海水，从无数个水湾不知不觉地进入这座城市，似乎是一种没有实质的海，很少将含盐的微风的强烈味道送入市区街道，事实上，我觉得那始终像是淡水。悉尼的历史，像澳大利亚的历史一样，本质上是空洞的，对于曾经在这儿发生的事几乎没有兴趣，甚至这个地方的胜利本身也有一种冷血的特性，它的风格中有一种苍白，甚至在人流高峰时间也有一丝奇特的消音，让你反复想起山岭之外那片广阔的荒凉。

这种情绪攫住了许多澳大利亚的艺术家，并且非常奇怪地影响到我。有时在悉尼，我感觉自己压根儿就没有直接看到这城市，而是透过玻璃看到它，或者也许是看到它在镜中的影像。当我处于这样一种心绪时，它的边缘显得怪异地模糊不清，它明澈的光线缺乏折射，没有悬浮于大多数大城市的空气中的尘埃、呼吸、历史和遗憾所造成的不透明。风仿佛已经被南方的某种苍白的网过滤。甚至这里的海鲜，不管多么富有想象力地饰以草莓或鳄梨，好像总是缺乏深海与潮汐的浓味。在我听来，甚至澳大利亚的语言有时也如同回音，仿佛它是从非常遥远的地方抵达我的耳朵，或者来自另一个时代。

悉尼能够令人振奋，但那是一种**温和的**振奋。它能够搅动人心，但却不太能达至狂喜的顶点。你不会在这些街道上跳舞，或者为这个地方的搏动而战栗。休息时，它的众多面孔既不和善又不残忍，仅仅是没有表情。在悉尼，人们看起来很少惊讶，就此而言，他们几乎不会太令自己惊奇。然而，可惊异的是，如此宏伟的一个地方居然就存在于此，如此漂亮、如此完整的一个大都市居然就在蛮荒之地的边缘，然而它和其他年轻的城市奇观不一样，从未给人留下“它是不可抗拒地从泥土深处迸发而生”的印象。

悉尼的一片海滩上走着两个老匈牙利人。他们戴帽子，穿驼毛外套，戴图章戒指。他们半辈子前就离开欧洲废墟到这儿来了，从此以后过上幸福的生活。他们逃过了战争的屠杀、极权的痛苦，到地球对面的这个和平的避难所取得了成功。他们的妻子正在这座大都会里饮咖啡——还记得那两个穿毛皮衣服、安静地享用堪培利开胃酒的女人吗？他们的儿子、女儿、孙子孙女也许坐船出海去了。他们非常幸运，他们知道这一点。“我们非常幸运，”他们说，“悉尼是一个美丽的城市。澳大利亚是世界上最好的国家。”然而，他们说这话时并无**柔情**，也没有**如歌的语调**。他们看上去不大可能亲吻自己踏足的这片土地，也不会感激地向澳洲梦举起双手。“让我们祝愿世界永远和平。”他们简单地总结道，说的好像是，让我们祝愿我们的幸运长久——只需要再给我们十几年时间，哦，南方的太阳之神啊！

大多数人喜欢澳大利亚，但在这座反光麻木、眼神空洞的城市，几乎没有人敞开他们关于这个地方的心扉。

沿着悉尼海岸向远处，走到构成澳大利亚壮观门户的悉尼南北两个海角之外，富人们舒适的别墅躺卧在无花果树、橡胶树和野牛草坪中。很少见到炫耀卖弄型的房子。它们不像安提布岬的花园式宫殿，也不像好莱坞那些如修道院般封闭的公寓。尽管悉尼的**纨绔子弟**的确热衷于乘水上飞机去郊区餐厅吃午餐，为心爱的法拉利车开生日派对，或者诸如此类的事，但其历史、性格和政治结合在一块儿，确保它不会是一个炫耀性消费的城市。它的巨富很少露面，仅仅是因为他们在欧洲或加利福尼亚；它最富丽堂皇的邸宅也不可能被看到，因为它们是位于山岭上某个 2.5 万英亩的牧羊场里的乡村房舍。所有这一切，赋予这座城市一种平静的稳定感：当我现在从旅馆窗户朝外望，看到白色游艇在港口中戏耍，经济崩溃的想法本身就显得荒谬，更不用说革命的念头；然而，另一群哈哈大笑的学童暴风般冲上歌剧院的梯级平台，而柯弗正穿着衬衫站在窗前，为慢跑回家的长路做心理准备。

我想，除了还缺另一场世界性灾难作为映衬，这个地方已然臻于完满。这就是它。它也许会变得更富有，肯定会变得更亚洲，但从美学和玄学的角度，我的骨头告诉我，我已经看到了权威的悉尼，几乎纯粹的澳大利亚。除了这里增加几座高楼，那里添上一个郊区，加上一条更嘈杂的唐人街，也许还有更加未来主义的渡船——除此之外，悉尼将永远是这个样子。它性格中那种温和的苍白，那种隔着一层玻璃让人看的特质将会留存，来自北半球的游客朝外望向港口怪异的枝叶与辽阔的天空时，总是可以幻想自己被头上脚下地置于世界的对应面。羞涩的天性与古老的残忍将仍然保持平衡：另一个狂热者将一直在溜冰场收集雪泥，另一代满足的企业家将向命运要求再来幸福的十年，只要长到足以让他们在这个世界上最好的国家活过一辈子。

我已经尽力描画了悉尼的瑕疵，但总体而言，我必须承认，地球上很少有城市能达到如此惬意的满足。那两个老匈牙利人是对的——他们是非常幸运的人，命运将他们冲上这个令人叹为观止且大体不错的海滨。但是，正如没有人是其贴身男仆的英雄，也没有城市是其居民的完美典范，特别是在办公室辛苦地工作一天后，到下午五点半前，柯弗早晨的欣悦早已损耗殆尽。渡船上塞满通勤者，一直挤到船舷上缘。大桥被车流变得紧致密实。天上又下起毛毛雨。柯弗记起来了，今晚是安德鲁和玛格之夜——你可以拿一切打赌，又会有鳄梨，他们也许会带来那个讨厌的乳臭未干的多米尼克在桌子周围爬。“晚上好，伊万斯先生。”晚上好，艾弗瑞尔，蠢货。“晚上好，柯弗。”晚上好，吉姆，你这个啤酒肚的澳洲佬。“你要走了呀，柯弗，再听听这个？这是那个新西兰人……”

呀，这场雨真叫人难受。走到路边上去吧，你个笨蛋。天啊，是谁构想了那座歌剧院？（我们都知道是谁为它付钱的，不是吗？）鳄梨和对虾，你可以拿命来赌。电梯里那个女人在反复念叨些什么车轱辘话？

温沙拉！狗屁！看看那交通！看看费尔蒙特的那个疯子！我问你，谁生活的城市像这样子来着？温沙拉！我们肯定全都是该死的神经病……

“柯弗！柯弗，是你吗？玛格和安德鲁在这儿，亲爱的，他们带来了小多米尼克。”

我认为这篇随笔总体而言相当友善，但因为它而写信给我的澳大利亚人，比起多年前我的第一篇不讨喜得多的悉尼随笔而招惹的澳大利亚人实在少了太多太多了……

24

噢，加拿大！

在加拿大，我避开了旧世界的某些令人不安的现实。20 世纪 80 年代，我在这儿待了很多时间，为多伦多的《周六夜》杂志写了一系列文章。加拿大人喜欢说，21 世纪是加拿大的世纪。在过去拜访他们的国家时，我总是认为它土气得令人沮丧，但在更长时间的了解后，我得出结论：加拿大可能不是最令人激动的国家，但它真正有资格被认为是最好的国家。当然，下面这四篇加拿大随笔（因为其价值）属于这本书中我最喜欢的文章之列。

渥太华

起初，渥太华冰封的河流上那些有尖顶和点彩的摩天大厦让我想到斯德哥尔摩。然后，在一个有风的星期天下午，我在联邦广场上闻到一辆卖土豆条的车里飘来炸土豆的香味，将我这一刻的心绪带回阿伯丁。

最后，我发现自己反复想起采蒂涅[1]。

采蒂涅？19世纪之前，采蒂涅是黑山共和国的一个偏僻的山地村庄，直到这个国家的王公让它变成首都，为它配备宫殿、歌剧院、堂皇的商业街、骄傲的纪念馆，并招来列强们的特使。立刻，它在每个角落都派驻了使节，而其统治者通过联姻如此成功地进入欧洲更知名的君主之列，并将其个性如此招摇华丽地植入这座小城，以至于到最后，采蒂涅发现自己在《曾达的囚徒》[2]中作为那个不可摧毁的鲁里坦尼亚王国的首都，取得了不朽之名。

哎呀，不，我并未暗示说，渥太华有任何滑稽歌剧的元素。没有哪座首都能比渥太华更清白地免于愚蠢的绚丽和羽饰的华盖。但是这座城市足够频繁地让我感觉，它在自身的自嘲姿态中，几乎像采蒂涅一样充满异国情调——几乎同样深深地位于蛮荒之地的中间，几乎同样如小说般充满微妙之处，完全同样完善地配备大都市的附属装饰品，同样完好地供应本国自产的英雄，并且至少同样充分地装饰了政府与外交的厅堂。

在我们走得更远之前，请考虑几个难以置信的事实。在渥太华，人类第一次吃上电力烧熟的饭。在渥太华，世界上第一批双向电梯中的一台还在搭载游客登上国会大厦，只是略微有些歪斜。在渥太华的一天，

1 采蒂涅（Cetinje），黑山共和国前首都，黑山现行宪法确立的法定首都，但实际的首都是波德戈里察。

2 《曾达的囚徒》（*The Prisoner of Zenda*），英国作家安东尼·霍普（Anthony Hope，1863—1933）的历险小说，1894年出版后大为风行，并催生出以书中虚构的鲁里坦尼亚王国为背景的一个小说类型。

有人面无笑意地递给我用格雷伯爵茶煮熟的梨。渥太华铸造了巴布亚新几内亚的硬币。渥太华到处都镌刻着标语、首字母缩略词和犹太神秘哲学的首字母，分布着以已故爵士命名的建筑——理查德·斯科特爵士大厦，盖伊·卡勒顿爵士大楼，约翰·卡灵爵士大厦……这座首都的一个著名的总理与他死去的梗犬“帕特”有过精神上的交流[1]。如今渥太华向其效忠的那个国家元首生活在大洋对面，几千英里之外，但它最初的最高权威是渥太华印第安人的大兔神，垂耳朵的造世主。

难道它不是有一点像鲁里坦尼亚？在渥太华，我不断地感觉到，幻想（或至少是独创性）一直在试图突破，却总是被加拿大人对平凡的天赋所阻遏；我高兴地发现，不仅渥太华著名的“霍尼韦尔－沃瑟斯庞”律师事务所实际上列出了一个名叫“E. 黑山”的合伙人，而且位于斯巴克斯街的英国国教大教堂（不管你是否相信）是由金·阿诺蒂[2]设计的。还有什么东西比这个更采蒂涅？

毫无疑问，作为一个开始，没有哪个半神话的巴尔干大都市的分布会比渥太华——这个最著名的合逻辑与有理性的现代国家的首都——更令人沮丧。如果你站在跨越都市圈中央的渥太华河上的亚历山德拉大桥正中间，你会体验到一种明确无疑的迷失感——也许会非常疑惑自己到

1　威廉·莱昂·麦肯齐·金（William Lyon Mackenzie King，1874—1950），是第11、13及15任加拿大总理，被认为是加拿大总理中最伟大者。据说他曾向其宠物狗帕特咨询过政治问题。

2　金·阿诺蒂（King Arnoldi），加拿大著名建筑师，出生于蒙特利尔，19世纪60年代来到渥太华，其与黑山的关系译者尚不明。

底在这世界的什么地方。在你移动一寸之前，千万小心了。你的左脚肯定会遵从所有讲英语的旅游者都熟悉的英国法，但在某些方面，你的右脚得服从于《拿破仑法典》的规约。如果一个警察从西边走近你，指控你在公共场合不合宜地游荡，他说的也许是法语；如果一个警察从东边走来，确认你没打算搞蓄意破坏，他说的也许是英语。

几个彼此独立的立法机构负责你的右边，另外几个负责你的左边。至少有三种不同的旗帜在你周围飘扬，就我所知，你同时站在加拿大联邦政府、安大略和魁北克省政府、国家首都委员会、渥太华－卡勒顿和奥托埃斯各区域的市政当局、赫尔和渥太华的城市行政部门的管理范围中间，此外还有其他几个我从未听说过的理事会与委员会。

在加拿大之外，我怀疑一万个人中是否有一个有学识的人，能够在一张未标注的地图上指出渥太华的位置——哪怕是以最低的精确度。大多数外国人不妨像传说中维多利亚女王选定这个奇特的地点作为加拿大首都时那样做，也就是说，闭上眼睛，用一根帽针戳地图。即使在这座桥上，只要你和我有一丁点相似，你就会感到很难有更聪明的做法。你似乎正处于一个不受司法权管辖的灵泊，四周漩涡着彼此交叠的行政部门、互相竞争的官僚机构、自相矛盾的地理和政治、更加晦暗的历史影响。只有叫人安心的加拿大联邦的建筑——每个人打童年起就从集邮册里熟悉了它的形状——让你适度地确信这是什么城市。

但是永远可感可触的是周围这片风景的巨大辽阔——这是地球上最

单调的风景之一，却也是最有挑战性的风景之一。野熊有时会出现在渥太华郊区，海狸鲁莽地破坏国家首都委员会的树木，空气是澄澈的。最好的一点是，这个首都周围能够不时看到加拿大狂暴的白色海浪，如同一片遥远视野中的白色绒毛——那些令人战栗的危险，始终萦绕着这个国家的想象，在这个流浪者之国的历史上有着如此丰富的意味，即使在被观光桥、野餐点或解释性的铭碑驯服的今天，仍然在提醒陌生人：这是那片“孤独大地”的首都。

对渥太华来说，在某些方面，没有什么比做一个首都更沉闷的了。它不得不反映习俗、抱负和作为一个整体的国家的风格——至于加拿大这个国家，要说它有什么特征令人感到它的衰弱，那必然是如下感觉：由于自身无可挑剔，故而面目模糊。

渥太华对英国的隶属关系正迅速衰退，它的市民不断向我打包票，天真地指望我对此不论如何总要留心一二。你不会在新爱丁堡的圣巴塞洛缪教堂里获知这一点，这是一个小巧漂亮的英国国教教堂，按传统是渥太华总督做礼拜的地方。在我看来，它作为一个君主政体神殿的身份，几乎不亚于它作为一个礼拜堂的身份。总督有一把带顶饰的椅子，教堂里到处都是旗帜和盾状徽章，整条回廊挂满将军和贵族的画像，王室人物的签名肖像在这座圣殿的正门口比在大使宅邸中的大钢琴翻盖上出现得还要平常——似乎是要再次表明，王权确乎仅次于神权。

尽管有不少带骑士雕像的办公大楼，但这座首都仍然有一种强烈的共和政体的感觉：哪怕是官方建筑上的王室纹章图饰也不会让我沮丧，因为它们仅仅是宪政便利性的表现。尽管来自东方的古老符咒正在衰微，但来自南边的磁力却无可逃避。美国大使馆正对国会前门，像是一个永远警惕的战地指挥所，房顶旗帜飘飘，人行道上的铁柱子挡住驾车自杀袭击者的去路，否则这些人可能会忍不住沿着这条路从和平塔高速冲向大使馆前门，然后自爆。这一场所作为象征符号是粗暴的，但却并非不公正，因为这座城市几乎没有哪个方面，哪种态度，哪个观点，哪张菜单不是明确可辨地受到南边那个庞大邻居的影响。

渥太华最初是作为一个**非**美国的地方而在整个国家里变得重要起来。这座城市汇集在丽都运河周围，而修建这条运河，是为了让加拿大有一条不受掠夺成性的美国人控制的战略通道。今天，美国似乎就在路的前方——似乎真是如此。当然，如今世界上没有哪个地方隔绝于美国文化之外。然而，在渥太华，一个无法逃避的事实是：即使从物理角度看，美国也就在手边，几乎近在眼前，像是一个巨大的**解围之神**[1]，就在地平线外面一点点的地方。渥太华的工人在佛罗里达（他们仅仅称其为“南边”）有度假屋，我在这座城市里碰到的人，似乎有一半刚从华盛顿来，或者马上要去华盛顿。他们让我想起总是来来往往于圣殿的朝圣

1 解围之神（deus ex machina），古希腊或罗马戏剧中，用舞台机关送下来的消除剧情冲突或使主人公摆脱困境的神。

者，实际上，其中有些人会用一种近乎虔敬的庄重说起在美国的经历。

这并不意味着，渥太华人压根儿就是美国人。在我看来，总的说来他们是相当特别的加拿大人——在行为举止、行动方式和反应上都是。

一天傍晚，我走到一个公开的入籍法庭，一些新来者将在那儿结束必需的预备期，宣誓成为加拿大公民。仪式在一个巨穴般、充满回声的大厅里进行，那大厅在市中心的体育场下面，像是所有教区礼堂里最大的一个。还有过更为古怪的证词吗？在这个大厅的一端摆放着咖啡桌，桌子之间有土耳其儿童蹦跳嬉戏，克罗地亚音乐家排练国歌旋律，一个藏族跑堂奉上砖茶和肉馅水饺，系农家围裙的女士站在周围，嘴里嚼着用祖传手艺做的三明治。在另一端的舞台上，一个孤独的骑警穿着《罗斯·玛丽》[1]戏中的全套服装，提供了一种寂寞且略有自知的壮观的元素，同时，一位身着长袍和白色垂饰、几乎过分温良的尊贵女士，欢迎这些新加拿大人实现心愿。

这些幸运儿一个接一个走向演讲台，向大西洋彼岸的那位君主宣誓效忠。克罗地亚人在大厅较远的那一头娴熟地奏起另一段曲调，那位骑警，嘿，可怜的家伙，他偷偷地把身体的重量从一只脚移到另一只脚。这里有来自 15 个国家的移民，从波兰到中国香港。在我看来，这与入籍的全部程序一样，不知何故有点让人感觉丢脸，但对那些实际上经

1 《罗斯·玛丽》（*Rose Marie*），著名小歌剧，曾被多次改编成电影，故事背景在加拿大。

历这种体验的人来说，它显然是一个纯粹喜悦的场面。每一排人都在微笑，热情的鼓掌既来自数学家，也来自家庭主妇。焦急的孩子检查父母从演讲台上带回的文件，在我多疑的眼中，那像是所得税的登记表格，等到每个人的所有手续都办妥，当那位女士说出“我们的加拿大大家庭的完全合格的成员们”，而那位骑警在国歌声中从头到尾不带一丝颤动地直立、敬礼——在所有这些仪式结束后，这些新公民安顿下来，对终极的加拿大智能测验（一场多种族的民俗表演）充满幸福的期待。

我笑话这一切——我有讽刺家的特许权，而我本人又不是加拿大人——但我真的被打动了，我在黎巴嫩人的铙钹敲响第一声前就匆匆溜了出去，打心眼里祝福所有那些充满希望的人们。实际上，渥太华的真正的快乐之一就是它温和的世界主义。如今的它确实是一个双重文化的首都，当我赶往国家图书馆参加渥太华图书节的闭幕之夜，我高兴地发现它是一个双重文学的场合。两种文学并排领受荣耀。忠实的盎格鲁主妇在我眼前投身艰难的法语，消瘦而狂热的魁北克人毫无怨言地重陷英语。非虚构类作品大奖的得主是一个法裔加拿大人，一个英俊、快活而亲切的男子，他对我说，他这辈子很大一部分时间耗费在监狱里，或在从监狱逃跑的过程中，但他甚至都懒得打探我是否说法语——我总以为，在和说法语的、有文学成就的银行劫匪交谈时，他不要求你说法语，这是一种多大的解脱呀。

在参加这次活动前不久，我刚染上一场鼻涕长流的感冒，因此，当我发现自己没有手帕，就从旅馆里带了一条洗脸毛巾去国家图书馆。每当我需要擤鼻涕，就掏出这块巨大的强吸水力的黄色方形毛巾，此时，观察这些加拿大好人们的反应可真是一件乐事儿！其中一两个人会在谈话中停下片刻，但仅仅是片刻；有些人能够忍住不用手肘去捅邻居；大多数人坚决地把目光转向相反的方向，宁愿自己没注意到。看起来，用一块黄色洗脸毛巾擤鼻涕在渥太华完全不是一件正常的事。

这也非常正确——它不是一个好习惯。然而，这些聚会常客们的反应还是饶有趣味地表现出渥太华的公共性格。成为首都一个世纪后，从表面上看它仍然是一个彬彬有礼、迟疑不决、谨慎理智、遵循传统、敏感而有魅力的城市。它绝不缺少快乐，但相当匮乏派头。它的幽默是休闲性的。它非常友善。它有无可救药的羞怯，它想让自己有一种小心翼翼的尊贵，就连它的旗帜似乎都飘扬得不动声色。保安措施不可避免地比过去更严密，但即使到现在，这些措施仍然是以一种家庭式的、近乎不好意思的方式安排。一场政治示威中，一个负责拍照的黄衣女子向我欣然承认她是警察，正在为警方档案收集身份照片，她的男同事来自便衣组，他俩穿着中情局（CIA）风格的高领，表现出拿惯了枪的姿态，我看还不如干脆戴着警用头盔来好了。（“你们这些家伙今天潜伏得到处都是啊，”我偷听到一个穿制服的警官对那些绝对不难辨认的特工人员机敏地评论道。）

其实，这场示威原来是一道非常渥太华的景观——国会山上每隔10分钟就有一场示威。它所抗议的是美国的政策，但现场并不激烈凶猛，警察很容易就将它限制到美国大使馆的街对面去了。当四五个抗议者离开大队伍，试图从侧面靠近时，我听到如下对话：

警察分局局长：你们是示威的参加者吗？你们应该知道，这场示威不允许再朝美国大使馆靠得更近了。

抗议者：不，警官，我们仅仅是在行使我们的自由移动权的加拿大公民。

分局局长：那么，为什么你们带着这个标语牌？

抗议者：哦，那仅仅是我作为一个加拿大公民对个人观点的一种表达。

分局局长：我明白了。好，那就往前走吧。

抗议者：谢谢你，警官。

分局局长：不用客气。

在渥太华，事情就是这样——给示威者留出无害的回旋余地，警察礼貌，避免对抗，保留自由观点。抗议者到大使馆门外齐喊口号，“**里根不是好东西，快快滚回去演戏**”，在表达他们的观点后——我认为表达得相当有效——和平地散去。

这种按常理解决问题的方法，这种普遍的温和，就是全部了吗？当然不是。你必须记得，这是妥协的首都——或者，如果你乐意，也可以说它是模棱两可的首都。在我看来，加拿大是永恒的妥协。各个省份必须和其他省份保持平衡，语言正确良好，移民受到微笑地欢迎，抗议者被警惕地宽容。在渥太华待上几天后，我开始想，也许是某种玄妙的调节在保持这座城市本身的平衡——平淡乏味与奇异怪诞之间的某个不成文的合同维持着它温和的沉静。

其实我想说，加拿大最有趣的东西是它让可怕的沉闷与无限的浪漫结了盟——不管这联盟是精心设计还是偶然形成。一天早上，我拜访最高法院。它正在讨论的案子并不很有趣，两男一女的三个法官没有说出什么简练有力的警句，不多的旁听者看起来没精打采，媒体席位是空的，房间宏伟庄严但却没法叫人兴奋，我正想离开时，一件叫人吃惊的事发生了。法官席突然沐浴在一道缥缈的光线中，与此同时，沿着法庭大厅延伸的电视屏幕上出现一个马尼托巴省温尼伯加市的律师，他向尊贵的法官阁下保证，依据相关法令的第 22 小节，他的客户毫无疑问有资格提起上诉。

我正在见证加拿大的法律——电子审判，跨越六个经度的距离，将有罪和清白、真实和谎言的形象投射到渥太华悬崖之上的这座灰色建筑里。我想，这是一个真正有着帝国辉煌的过程，在它出现之前，这些法官一直让我感觉不过是颇为地方性的行政官员，此后则转变成近乎天神般的护民官。

待在渥太华的时间里，我就这样到处晃悠，在厌倦与惊奇的两极之间摆动。这像是被不同的情绪撕裂（当然，是以一种体贴的方式），要是听说我的参观以最不同寻常的**精力充沛的方式**结束，就连更为卑微、羞怯的那部分渥太华人也会惊讶。最后的情景是这样的：

我天生是一个四处游荡的炫耀者——我爱在那些我正描写的地方到处走，仿佛我拥有它们——而渥太华不能说是一个适于炫耀的城市。它那些鲁里坦尼亚的特征从未失去控制，它的奇特之处并没有普遍表现出来，总体来说，它太有礼貌故而不会卖弄，就算是对自己卖弄也不成。另外，我在渥太华期间，天气温和得不同寻常，让人感觉它没有完全展现其最戏剧性的本色，因此也就更不会导致傲慢的错觉。

但在渥太华的最后一天，《渥太华公民报》警告读者说，对于一年中的这段时间，在首都记录的全部气象资料中有史以来最寒冷的天气就要来了。一看到这消息，我马上从床上蹦起来，套上三到四件毛线衫，跑过运河水闸飞奔到河边。喔，冷！我脚步轻快地沿着水边走，爬上维多利亚女王雕像附近的台阶，发现自己站在国会的中心大门前，俯瞰面前这座正在醒来的城市。

阳光照耀。飘扬的旗帜带着一种迥异于往日的夸张。寒冷刺痛我的脸颊，令我的精神变得锐利。在晨光的荣耀中，置身于这个加拿大的顶点，一股强有力的自负攫住了我。我带着无耻的骄傲走下宽阔的台阶，那座宏大的建筑在我背后逐渐升高，永不熄灭的火炬在大门旁等我，在我经过时，整条威灵顿街两侧的城堡和塔楼都在向我致敬。眼下一切都不寻常！在这个明亮、冰冷的早晨，当我一路吹着口哨以阅兵的姿态穿过渥太华的街道，不时用黄色洗脸毛巾悍然擦去清鼻涕时，我逐渐意识到，如果这一切继续得太久，如果我不是极度小心谨慎，我可能会开始为这个地方感到伤感了。

然而，幸运的是，我得要去搭当天正午的航班，因此，事情永远不会发展到那种程度。

多伦多

在20世纪80年代，多伦多是全世界最受移民欢迎的目的地，并且已经发展出一套应对多元文化的技巧，后来其他国家用这种技巧处理了全球日益增长的人口流动。我写这篇随笔，是为了纪念多伦多的150周年庆，一种我以前从未听说过的周年纪念类别。

在机场行李传送带前等包裹时，我留心观看与我同批抵达的旅客们的面孔。他们大多看起来非常非常加拿大。在那儿等待时，他们沉着、冷静、耐心；听到高音喇叭里传来“因为技术故障而导致行李晚到”的道歉，他们的反应仅仅是眉毛最轻微地一掀，或者戴手套的手指紧握；而在看到自己的包裹从斜槽里冒出来时，他们轻手轻脚甚至是不好意思地往人堆里挤进去。看起来，他们完全掌控着自己的情绪。从外表看，他们营养充足，情绪稳定，举止得体，善意十足，组织严密，保养良好。偶尔，他们有礼貌地用单音节互相交谈。大多数时候，他们仅仅是在等待。

然而，就像任性的彗星穿过恒星，这里也时不时有一两个极其异样的人物蹒跚走过：一个中年妇女，戴皮帽，穿褪色的蓝色长外套，束着一根明显是从先前的另一套衣服里继承而来的皮带。她拖着许多用绳子、金属线和牛皮纸精心捆扎的包裹，通常有一扎旅游签证文件攥在手里，有时叼在嘴里，一刻不停地移动、说话和做手势。不是在用戏剧化的结结巴巴的英语向面无表情的旁观者抛掷问题，就是在用没人知晓的语言对自己咕哝，或者爆发出讽刺的哈哈大笑。她的东西经常掉下来；在从一堆行李推车里拿车时，她陷入可怕的麻烦（“请—您—向—投—币—口—里—投—币。”“投币口是什么？推车是怎么弄出来的？投币口？投币口是什么？”）；到最后，看到她的旅游装备——可怕的成堆的帆布与分层的皮革——蹦到传送带上时，她像坦克一样从静止的加拿大人中冲开一条路，把他们推搡得左倾右倒，或者以技艺高超的肘推动作让他们互相撞来撞去。

不，她不是我虚构的——也许在我出于寓言而非艺术的兴趣拔高其他人的性格时，对她稍稍润了点色。我不知道她来自何处，也不知道她到加拿大是留下来，还是仅仅从原来的国家来看看她最喜爱的已婚的侄子，但对我来说，她代表了典型的移民：她正抵达的是20世纪晚期具有象征意义的移民目的地——多伦多，它的市民肯定不是全都像机场那些旅客一样自我克制，但它仍然是西方世界里纪律性最强和组织最严密的城市之一。

我带着对双方的同情观望这第一次遭遇：尽管在通过海关后那位女士就从我眼前消失（我怀疑她正卷入那里的某些吵闹，或者没法解开她包裹上的绳结），但我经常会想起她，想起我们在多伦多正式存在一个半世纪——哦，对，150年——的日子一同抵达这座美好的城市。

有些时候，至少在幻想中，多伦多向新世界黄金时代的移民提供了可怕的黑色的兴奋。次日清晨，我被这样转瞬即逝的启示唤醒。一片低垂的雾气弥漫在城区，掩蔽了高大建筑的顶部，砍掉了像一根巨大树干的加拿大国家电视塔；在云层下面，这个地方似乎完全被白色的蒸汽笼罩，那蒸汽喷涌，随风流动，或者螺旋上升，汇入顶上的黑暗。光线透过雾霭照耀或闪烁，地面上白雪铺展，这番景象让我想起一口庞大、奇妙、可怕的锅，其中一切皆有可能发生，其中必有恶棍与天才行走，其中定然可获倘来之财，其中被残酷剥削的塞尔维亚女裁缝或许生活于坏不堪言的贫民窟，而巍峨的制造商穿着硕大的皮毛外套，昂首阔步地走出镀金的私人车厢。

初春来临时，雾散了，云收了，甚至蒸汽也平息了，这座城市完全换了个样子。多伦多到晚年才变得世界主义——我 1954 年第一次到多伦多，在我当时看来，它的同质性还不比爱丁堡少多少——并且，作为一个充满机会的避难所，它还不那么自信。没有光荣的贵妇在安大略湖上擎起火炬，召唤那些渴望自由呼吸的人群，而从反面看，也没有拥塞的贫民窟或血汗工厂的限制区，更谈不上任何对新地球和新天堂的信念。搭乘市内有轨电车开往城区的路上，我听不到号角吹响，也听不到天使唱诗班放嗓。

我现在才意识到，多伦多的承诺是一种虽然说不上会令人困惑，但却是更加散漫、更加迟疑的承诺。在港口水滨附近的一座平凡的建筑上，我碰巧注意到外面那些停车位的主人名：D. 伊安努兹，P. 伊安努兹，H. 麦克唐纳德，R. 梅特卡夫，F. 穆罕默德。“这是个什么地方？”我问路过的人。“多元文化电视台，”他们说着，一边紧张地往后退。“**多元什么**电视台？”我又问，但他们在那之前已经逃走了——那时，我还不懂，在多伦多，没有什么比一个追加的问题能够更快地结束谈话。

多元文化主义！我以前从未听过这个词，但我肯定会再听到它，因为它可以说就是当前多伦多的关键词。正如 ooh-la-la 之于巴黎，ciao

之于罗马，nyet之于莫斯科，[1]“嗨，你气色不错嘛”之于曼哈顿，“多元文化主义”就是这样之于多伦多。多伦多远比任何别的移民大城市更力图讨好所有的族群。熔炉的概念在这儿从不盛行，有时候我感觉加拿大人的国民性本身只是一份较小的社会额外津贴，就像是一张驾驶证，或者一副备用眼镜。我反复接到邀请，让我去“拉沙沙央”餐厅品尝马来西亚细面条，去“乌克兰大篷车”吃海鲜馅饼，或者去约克维尔吃越南菜，但当我某一日斗胆提议去吃点加拿大菜时，一丝温和的焦虑掠过我的主人的眉头。“那可能不太容易。”他说。

看来，一种完全新鲜的城市氛围已经发展到将某种统一性赋予这种坚定的离心倾向——在到多伦多之前，我从不知道所谓传承语言[2]是怎么回事——但我很快就完全适应了它。我几乎没有留意到那些希腊文的街名，或者由看似一半东印度儿童一半西印度儿童组成的双列学生队伍。进入这座城市三天后，我听到一个法官对一个名誉扫地的律师说，他不仅背叛了职业标准，也背叛了爱沙尼亚社区对他的信任，听到这话，我像下一代多伦多人一样被震撼。我一点也不惊讶地看到一张亚速尔群岛的图片成为某个加拿大电视新闻节目的永恒背景幕，我也毫不惊讶地发现德国俱乐部的女士先生们戴着货真价实的滑稽帽子，带着惬意舒适，

1 ooh-la-la 是法语中略带否定意味、表示惊奇或不满的语气词“噢啦啦”，ciao 是意大利语中的见面问候语或告别语“你好！ 再见！”，nyet 是俄语中表示否定的“不是，没门”，三者分别为各自语言中的常见用语。

2 传承语言（Heritage language），移民家庭在家中所说的原母语。

在我的电视屏幕上来回晃悠。“我的女婿是立陶宛人。”一个非常像是盎格鲁-撒克逊系白人新教徒的家庭主妇对我说，但我连眼睛都不眨一下，“我想，仅仅是他父亲那一边的血统吧？”“没错，他母亲来自苏格兰的因弗内斯。”

但是，我发现多元文化主义并不意味着多伦多全都是兄弟般的爱与民俗。相反，不论我去哪儿，我都听到两败俱伤的对抗，跨种族的血仇，大都会区圭亚那人政治集会的愤怒情景，各种类型馅饼的互相竞争，针对卡廷森林大屠杀[1]的迥然相异的观点，有关爱沙尼亚合法性、科普特人连续性或者亚美尼亚人命运的激烈争论。这一切被证明是多元文化主义的黑暗阴险的一面。在世界各地，我从未有机会发现任何传说中所谓作家会聚的巢穴，而在多伦多，我感觉随便走进一家咖啡馆，就能轻易发现里面有阴谋家在组织遥远的军事政变，或者在交换与无政府主义有关的沉重回忆。

但这并非我本人想要从多伦多获得的那种满足。我不是非常多元文化的人，我无比期待在这个大都会里体验到北半球古老的庄严高贵，它的规模、体量与气魄，它那荒原的王者气度。幸运的是，在非洲-印度外卖餐馆、葡萄牙文化中心和海柏公园里献给乌克兰著名诗人的纪念碑之间，我不时发现自己要寻找的东西。这里有一些符号和象征，断断续

1　卡廷森林大屠杀，又称“卡廷事件”或“卡廷惨案”，是苏联政府于1940年春对被俘的波兰军民进行的屠杀。屠杀分三处地点进行，遇害人数估计在2万至3万人。在苏联历史档案解密之前，苏联和德国互相指责对方应对此事负责。

续地让我感觉自己身处冰之国的首都：

像伊桃碧谷、尼帕瓦大道、安大纳比空运或者那个令人极度浮想联翩的“北方事务部”这样的名字。

周末休假，去杰克逊角冰冻的湖里钓鱼（“所有小屋都有炉子取暖”）。

贝街邮局墙上的浮雕，令人震撼地描绘了邮政系统的发展：从烟雾信号和印度人驱赶的驿站马车到皇家航空运输线的飞船和6400型火车头。

街上那些高颧骨的面孔，对我说着克里[1]语或奥吉布瓦[2]语。

一家皮货商店的橱窗上写着“生皮及熟皮”，将我的思绪带往狐狸与海狸的森林。

泊在湖边码头的货船那高大瘦削的影子，到处乱爬的庞大的卡车，还有一艘嘎吱嘎吱穿过正融化的冰面的拖船。

内森·菲利普溜冰场里的小青年凶猛而时髦的溜冰姿态，比任何地方的其他任何溜冰者更莽撞、更结实、更迅猛、更傲慢。

---

1 克里（Cree），一个主要居住在加拿大苏必利尔湖西北安大略省、马尼托巴省、萨斯喀彻温省、艾伯塔省和西北地区大奴胡以南广大地区的印第安族。

2 奥吉布瓦（Ojibwa），北美土著民族，原居于休伦湖北部，17、18世纪向西进入美国密歇根州、明尼苏达州和加拿大安大略省西部与马尼托巴省，而后又迁入美国北达科他州、蒙大拿州和加拿大萨斯喀彻温省的大平原北部。

其中最棒的是：某一日清晨我走向联合车站，去看从温哥华出发横穿这片大陆的火车钻出黑暗开进车站。哦，加拿大！我完全明了自己对这一体验有怎样的期待，但却仍然为它而激动：火车的嘶嘶声与轰隆响，卧铺车厢上被旅途蒙上尘垢的微弱闪光，透过车玻璃朝外窥看的灰色面孔，它这一切骄傲的精疲力竭，乘客下车时拥挤的乱哄哄，由靴子、短夹克衫、兜帽和成堆的小孩组成的一片模模糊糊的人群喧闹着走下台阶去吃早餐，祖母，还有多伦多，从无限而宏伟的腹地冒出来。

这些各色各样的刺激让我困惑。这座城市的目标是什么？在城区一家证券交易所的墙上，有一座由罗伯特·朗哥[1]创作的名为“劳动力”的壁上雕塑，而它所要表达的除了“坚定的目标”还能是什么？于是我花了一点时间来沉思它的意义。

雕塑中的八位人物，从股票经纪人到一个看似女矿工的人，看起来全都毫不快乐——毕竟，对幸福的追求并未写入加拿大的宪章。他们也完全不像是得到了某种理想主义目标的激励：没错，中间那位军装女子颇有些让人不安地像是个苏联国际旅行社的导游，但却不包含任何特定的意识形态。他们正在坚定却不高兴地大步向前，手挽着手，朝向一个未被明确定义的目标。财富？声名？安全？来生？我不能确定。正如媒介可能就是信息——多伦多本身就是这样教导我的——对于这些证券交

1　罗伯特·朗哥（Robert Longo，1953—），美国画家、雕塑家。

易所的劳动力来说，似乎运动就是目的。

哦，每座城市都一定得有个目标吗？也许不是，但大多数城市有（即便是一个过去的目标，或者一个理想中的目标）。在我看来，在时间上和在情感上，多伦多都是一座灵泊之城。它不像英国伦敦，念念不忘其自身的历史。它不像莫斯科或曼哈顿那样是一个信仰的行动。它没有里约热内卢那种年轻身份的丰沛欣悦之感。它既不是厚颜无耻的资本家，也不是严格公营的部门。它毫不期待千禧年，也不回望逝去的黄金年代。它是其所是，它街头的人们以这座城市所特有的稳健、不倦、步兵般的步态行走，总体看来似乎是既不苦涩亦不兴奋地顺从于他们各自的角色。

在失落的英帝国的主要城市中，在抛弃其殖民历史的物质残余这一方面，多伦多是最漫不经心（而非最无情）的一个。另一方面，也不可能把它错认成一个美国城市。倘若机场那位女士以为她是在进入——要是她从后门进入——自由者的土地兼印第安武士的家园，多伦多的性情会令她却步。不仅因为多伦多人不停地攻击美国的一切事物，也因为多伦多绝对不是一个清空历史、从零开始的地方。它充满阶级和家族的起源。卑微的出身、富有的背景、下层社会的家庭和上流阶层的价值，这是多伦多人谈话的主题，社会的本质被一丝不苟地评估和分类。

因为它不是一个无拘无束、像该死的美国佬类型的城市——绝对不是。当它的口音因为苏格兰语、芬兰语或爱沙尼亚语的融入而变得音调平缓起来，甚至这些口音也奇怪地变哑了，变得适于含蓄与臆测，而不适于确定与炫耀。这里没有布鲁克林腔那样的粗嘎声调，没有土著伦敦方言的嘲讽乖张，也不会有任何多伦多人像大嗓门的澳洲佬一样，张牙舞爪地走进咖啡馆，手里攥着啤酒瓶，脚高高地跷到帆布椅子上，用本年度新增的俗词俚语搞得你晕头转向——悉尼发明了一种全然属于它自己的鲜活的语言，但就我所知，还没有人编撰过多伦多语词典。

似乎有某种看不见的限制手段在控制一切东西，甚至包括俗语。很难说多伦多的当局像是奥威尔笔下的极权政府——它看上去并无恶意；但与此同时，没有人能够忽略它，因为它似乎在任何地方都伸出一只手，或者至少有一份告示。它若不是在劝诫你保存能量，就是坐在摩托车边斗中四处搜寻游手好闲者；它若不是在市政厅外升起一面旗帜，就是在安大略省议会外升起另一面；你走在购物街上，就会发现它那些不协调的办公室，而且除了它没有谁会卖给你苏格兰威士忌。我听到它把罪犯称作“先生”（“我将会把你送进监狱三个月，先生，希望这会给你一个教训”），对违反交通规则的人说“不好意思”。（违反者：“哦，该死，我该怎样把这件糟糕的事摆平？”警察：“不好意思，我没听清楚。”）大多数多伦多人仍然对它抱有这样的尊敬，以至于我怀疑就算有炸弹出现在国王街，引信嘶嘶燃烧，他们也会等待交通灯变绿，然后才逃向地下通道。

多伦多就是多伦多，也许这就足够了。眼下，一个明亮的春日下午，我透过窗户往外看，我看到了什么？绝非撒旦的磨坊[1]，而是一个干净、整洁、有序的城市，仍然符合人类的尺度，从容不迫，彬彬有礼。现代大都市所必备的一切它全都有：旋转餐厅、亨利·摩尔的雕塑、挂着电灯的树、户外电梯、建筑中庭、苏富比拍卖行，提供"在有肉豆蔻香味的菠菜上铺一层填有卡门贝干酪的油炸梨"的餐厅——亚瑟王子街上的格拉索普斯餐厅。但就总体而言，它仍然逃过了当代城市化进程的塑料枯萎病，也逃过了那些恶劣的危险。

我想，只有在多伦多，市内有轨电车才会停下来让你通过人行横道——这肯定是20世纪80年代的一次极不寻常的旅游体验。只有在多伦多，地铁才会如此卫生，公园才会如此安全，孩子才会如此礼貌规矩（在科学中心，把电路烧熔或使激光束永久性地迷失方向肯定是几乎无法抵挡的诱惑，尽管如此，孩子们依然能够循规蹈矩）。只有世界上最大的城市，才能在剧院、电影院、艺术展览馆、报纸、餐馆的种类、电视频道的数量、到访表演者的档次上盖过多伦多。有人向我保证，不计其数的诗人和艺术家出没于作家与画家闲荡的那些咖啡馆，在多伦多的岛上，尽管永远被官方威胁要对其进行改造，一个真正的波希米亚聚居区仍然在嬉皮士那已逝的芬芳中光荣地幸存下来，紧凑、杂乱，棚屋和温暖舒适的平房里还有许多猫的身影。

1　撒旦的磨坊（Satanic Mills），英国诗人威廉·布莱克在《新耶路撒冷》一诗中有云："耶路撒冷是否建立在／撒旦的黑暗磨坊中？"用以表达其对工业社会的厌弃。

我在外面待了一个早上，看针尾鸭在冰冻的水中上下浮游，大灰鹅在草丛里啄食虫子。我从那个印第安特色的前滩望着多伦多的成就，高耸在湖水对面的黄金与钢铁之中，在我看来相当不可思议：在荒野的边缘，在这片寒冷、空旷的湖水边，在150年里将自己从一个殖民地市镇提升为一个大都会，从半个世界吸纳移民者，却依然将其原初的习俗保留得如此清晰可辨！因为，它在很多方面是一个保守的——实际上是保守主义者的——成就。**没有**发生在多伦多身上的，和**已经**发生在多伦多身上的，一样不同寻常。毫无疑问，它应该是一个璀璨、野蛮的城市，但它却不是。它的城区应该粗俗而壮观，但实际上却是庄重威严、比例匀称，并且确实是高贵的。其"性与罪"的街区有年轻妓女游荡，有摇滚商店喧嚣，但却几乎不可能是另一个绳索街[1]，而在一个周六晚上，可以看到一群朋克青年沿着央街游行，他们被如此小心翼翼地视而不见，他们的虚张声势彻头彻尾地令人同情。

多伦多的真正成就是保留了自身的特色。这座城市的性格从下述事实可见一斑：即使到了现在，建立150年后，在有了30万意大利人，5万希腊人，还有天知道多少的葡萄牙人、匈牙利人、波兰人、拉脱维亚人、智利人、马耳他人、中国人、芬兰人之后，被摩天大楼统治着，每家每户都能接收到美国卫星电视，到处都有共管式公寓楼升起，一家巨大的酒店俯瞰水滨，格拉索普斯餐厅里有填充干酪的梨——即使到了现

1　绳索街（Reeperbahn），全德国最出名的红灯区，已成为汉堡的特色甚至象征。

在，它仍然能够被一个端着雪利酒杯的年长市民（一只马恩岛猫在她脚下咕噜噜叫唤，她亡夫的肖像搁在边桌上）称作“不算是太糟糕的一个老地方”。

那么，这就是新世界！不算是太糟糕的一个老地方！对我自己来说，它再一次不是我所想要的“应许之地”（倘若我需要这么一块土地的话），当我想到机场那个女人——不论她正穿行在这座肆意蔓延的城市的什么地方——试图将我自己放在她的立场，我感到，如果命运真的打算让我移居此地，我可能会非常非常不快乐。

不是因为多伦多可能会对我不友善。它不会让我在街头挨饿，不会用医药账单叫我破产，也不会因为我是黑人而拒绝我进入迪斯科。不，我所遭遇的将会是一种更微妙的压迫——沉默寡言的压迫。多伦多是我所知道的最不动声色的城市，也是最少好奇心的城市。随身听可能最适合它。它挤满俱乐部、小圈子、文化社团，但似乎却对个体竖起了装甲板。在这个世界上，很少有城市会像它一样，让走在街头或乘坐地铁的你感到如此孤零零（不管这算好事还是坏事）。

此刻，我看到周围出现的都是机场行李传送带旁的那种面孔，如此不慌不忙，如此矜持缄默。有一次，我捕捉到一个地铁司机的眼神，当时他正在地铁站明亮的灯光下于控制器前休息片刻，等待保安发出信号，我从未见过一对如此深不可测地被抑制的眼睛——在汽笛拉响、他再次消失于黑暗之前，我没法在那眼睛里唤起一丝闪光，或者一丁点兴趣或恼怒的迹象。得费上比一个地铁司机所需要的更长时间，多伦多人的面孔才能经过怀疑、紧张忧虑和焦急渴望这几个阶段，最终在一丝简单的微笑里高兴起来、露出喜色。有时我想，在闲聊中所上的必修课可以很好地添加到使用传承语言的学校班级里，“如何对电梯里偶尔的评论做出回应”也可能成为有用的课程。

是什么造成了这种精神上的平坦？有时候我以为是这片风景的平坦——那些永无休止向外延伸的郊区，那片无边无垠的湖水水面，那些剥夺了此地之惊讶或复杂的漫长的网状道路。有时候我认为，一定是这里麻木了神经末梢的天气，或者，甚至就是多伦多天空那全然空旷的辽阔，如此决定性地压在地平线上，不论你朝哪边看，都不会有山丘阻断视线。会是这个地方的历史吗，会是仍在限制着乱穿马路者的对权威的遵从吗？会是人口稀少吗，这座城市是否还应该有超过 200 万人口，好给它带来活力或竞争？会是多伦多永恒的妥协吗，既不很这样也不全那样，是资本家但又富于同情心，是美洲人但又是保皇派，是多元文化的拥护者但又是传统主义者？

我偶尔自问，或者，会是我自身的缘故吗？这是一座容易导向自我怀疑与内省的城市。尽管它的城市宣传和导游手册吹得天花乱坠，但你很难感觉多伦多人从总体上共享着任何精神方面的宏大满足，也很难想象会有人在一个春日的早晨走上高处大喊：“我在这儿，在多伦多的这个地方，感谢上帝赐我好运！”我问过来自许多国家的移民他们是否喜欢多伦多，尽管最初出于外交辞令或礼貌，他们几乎全都说“是”，但经过几分钟的仔细观察后，你通常会发现他们毫不热情。为什么？“因为这里的人冷冰冰。”“因为这些人只关心他们自己的事，只在乎挣钱。”“因为邻居从不微笑，也不打招呼，不问好。”“因为没有人说话，知道我什么意思不？”

我从来不会因为市民不友善或城市不快乐而介意，我所介意的只是：在它这般斤斤计较，这般文明有礼的150年的谨慎的发展历程中，在这条路径的某个地方，多伦多遗失了，或者说没法再找到交流或欢乐的天赋。我不知道还有哪个地方比酒类控制管理委员会的零售商店（它们像列宁格勒的婚礼宫殿[1]一样冰冷严峻、充满非难）更叫人不愉快。不知为何，甚至那些天性最快活的移民——跳舞的希腊人、诙谐的波兰人、热情洋溢的匈牙利人——在拥抱这座城市的自由时，似乎也丧失了他们的**生活乐趣**。

多伦多是一座极度便利的城市，在它那些不计其数的便利中，最有诱惑力的一个是城区街道下面的隧道系统，其中有奇妙地灯火通明的成排成串的商店、咖啡馆、购物中心、交叉路口，几乎本身就是第二座城市。我喜欢在上面的街道因为下雨而空荡荡，或者被冷风席卷之时，想象地下的一切温暖与活力——路过的人群、咖啡的味道、背景音乐、茶

1　可见20世纪60年代中《列宁格勒》一文。

杯磕碰的叮当；我的一大乐事是漫无目的地在那些舒适的迷宫里游荡，被一首首曾经风靡的老歌哄得睡意蒙眬，时不时冒出地面透口气，发现自己到了某个陌生的街角，或者完全料想不到地置身于某个巨大的银行大厅里。

但在经过一段时间后，我开始把它们设想为逃生隧道。不仅仅是因为它们温暖而干燥，更因为它们有一种亲密感，一丝人性的情感相通，一种从我们头顶那个更大的城市中逃离的感觉。我疑惑，那下面最终是否有可能进化出一种新多伦多人，被炫目的光线唤回生命，被人群的挤压解除抑制，也许甚至被诱导着爆发出歌声，或者跟随唱片音乐的节拍，沿着自动扶梯舞上几步？

“你怎么想？”我问一个朋友，“它们是否正在改变多伦多的性格？”

“你一定是在开玩笑，”他回答道，“你不可能在150周年庆里做这个。”

也许他是对的。多伦多就是多伦多，不论地上地下。而你，女士，我们当日在机场分别后，不管你遁入哪一片隐秘的种族飞地，他们是否已经改变了**你**？他们是否减弱了你那独特的口音？他们是否教会你不要推搡，不要和自己说话，也不要谩骂那些官老爷？你是否仍然拒绝支付报关费，还是他们已经说服你填写表格，并且肯定要了一份用于报税的收据？你快乐吗？你思乡吗？你还是你自个儿吗？

不论你遭遇了什么事，命运将你送到这个湖滨城市来，对你可不算太坏。你获得了我们凡人能够合理期待的最大的自由。市内有轨电车会为你停下来，虽说下沉式庭院里没有经典样式的带凹槽的圆柱，但你的餐盘里有汤团，你的起居室里有电视。当你注视周围那些多伦多好人们的存在时，你可能不会在心中放声歌唱，但应该也不会情绪低落。振作点！我得说，在生活的乐透抽奖中，你已经抽中了一个二等奖。

温哥华

在我关于加拿大的文章中，最为频繁地被人引用的内容来自一篇关于温哥华的随笔，不过实际上它有着更为普遍的应用。

当然，整个加拿大都是缄默冷淡、不动声色、不摆架子的。我多次把它归因于这个国家的规模，普遍令人畏惧的天气，英国人及其令人衰弱的传统所带来的挥之不去的影响，以及南边那个了不起、强有力、可怕的邻居的存在。然而，在温哥华，礼仪呈现出一个新的维度，赋予整个城市（无论如何，就一个陌生人的感受而言）一种独特的不确定的气质。

请考虑微笑测试。这是我用来测量世界各地市民反应的一套方法，具体的做法是沿街走动时持续不断地冲着碰到的每个人微笑——我发现，对这个实验的小白鼠们来说，这是一种令人紧张的体验，但却是调查性旅游新闻报道的一个价值无量的工具。温哥华在微笑测试中得分非常低：并非（天知道！）因为它是一个不友善或坏脾气的城市，而是因为它似乎被自我怀疑或羞怯深深地压抑着。

现在请注意了，让我们在温哥华城区最时髦、最有活力的一条林荫道罗布森街上实施这套方法。我们的许多研究对象从一开始就表现不合格，他们如此顽固地拒绝眼神交流。其他一些人感到如此震惊，以至于还没来得及做出反应就擦身而过了。大多数人会回头看，表情茫然，却普遍**有所触动**，似乎随时准备回之以微笑——只要能够确定有必要，并且十分肯定那微笑是冲着他们而不是冲着其他人。少数几个勉强能够鼓起勇气让嘴角怯怯地往上微微一翘。但是倘若有谁本能地、快活地立刻回之以微笑，你可以马上断定他或她是一个美国游客，一个艾伯塔省人，或者一个尚未被灌满教条的移民。

不论何时我回到温哥华，人们都会问我如今他们在微笑测试中表现如何。我只能回之以紧张的微笑。

圣约翰

纽芬兰的圣约翰是我在加拿大最喜欢的地方——也是我在整个世界上最喜欢的地方之一，对我的口味而言，它也许是北美洲最令人愉快的城市。

啪！撇开那一切，圣约翰的个性击中你，如同它的市民热情地抓起一条干鳕鱼抽打在你的脸上。

你一到那儿，他们就把你带去高耸于港口之上的信号山（Signal Hill），那里风声呼啸，陈旧废弃的大炮忧郁地趴在炮位里，远远的下面，船只穿过纳罗斯（Narrows）海峡的岩石间隙来来往往。在一到两个小时里，他们就会给你端来海豹鳍馅饼、烤驯鹿、蔓虎刺浆果或者用肥猪肉润滑过的咸鳕鱼。他们会带你参观最后的贝奥图克印第安人的坟墓，最后的纽芬兰狼的尸体。他们提醒你，他们孤独地生活在北美大陆，比格林威治标准时间晚三个半小时。

他们用躺在死人潭[1]的尸体的故事吓得你打寒战。他们用卡伯特塔（Cabot Tower）的朗姆酒让你浑身热腾腾。他们带你去这座城市的第一个（手控）交通信号灯的遗址。他们带你去参观1932年纽芬兰总理用

1 死人潭（Deadman's Pond），位于该市一座曾架设绞刑架的山丘下面。

以躲过一群行私刑的暴民的那所房子，还有 1919 年飞行员哈里 · G. 霍克尔和肯尼思 · 麦肯齐 - 格瑞夫那次尝试飞越大西洋但失败的出发地。他们领着你走上乱哄哄的街道，两旁是灰、绿、黄、紫色的墙板。他们向你详细地解释 1948 年联邦公民表决的不公正。他们向你反复讲起住在波士顿的亲戚，在街角将你卷入自发并且往往是莫名其妙的谈话。

这座城市天性如此：多风、多鱼腥味、多逸事趣闻、骄傲、饱经风霜、乖僻、乐于助人、坏脾气、愉快。

我用"撇开那一切"打头，是因为圣约翰不可否认是那种粗陋喧闹的城市。经济衰退、政治上的捶打、海上的悲剧、宗派的顽固、骚乱、火灾、贫穷和失业已造成的严重损害，让人感觉这座小城有点头昏眼花。从外表上看，它鼻青脸肿。圣约翰的郊区和许多别的北美城市的边缘地区非常相似——购物中心、汽车经销商、机场、二联式公寓、现代化的大学——但它的城区却很是独特。它被安置在戏剧般的峡湾一样的港口周围，被油箱和建有堡垒的山顶俯瞰，由那座天主教长方形教堂统摄着，它那些结实的木头街道在山坡爬上爬下，带着广告画般的优美别致，叫我有时想起初创时期的旧金山，有时想起挪威的卑尔根，偶尔想到中国，经常想起很久以前的爱尔兰。

"它要不就是青春的源泉，"我向一名造船厂工人打听港口里一种冒着独特泡泡的漩涡时，他回答道，"要不就是污水的出口。"圣约翰极其讲求实际，而保守主义者们最有效的努力并没有剥夺这座城市天生的渔民式的夸夸其谈。第一批令人生畏的华丽灯柱和装饰性的系船柱，第一批新奇商品店的香囊的缕缕芬芳，延伸至水滨的最滑稽、不协调的陈腐建筑，镜面玻璃——甚至在前渔业基地建筑里的童装精品店的存在——到如今都未能让圣约翰有那么一丁点故作时髦之感。它仍然是史前采集者时代的珍品，一个看似或多或少天然的古老海港。

我听到一些规劝。“渔民的夸夸其谈”，真的！尽管他们热情好客，我仍然得到如下印象：圣约翰居民在我笔下可能会被证明是一群坏脾气的家伙。并且有人告诉我，圣约翰的某些上层人士对这座城市同渔业的联系抱有偏见。然而，即使最傲慢的中产阶级家庭主妇也不太可能说这是一个精通世故的地方。它像是一个大家族的城市，交织着窝里斗的阴谋，但却仍然有点不情不愿地被血缘、历史和共有的经历联系在一起。它是加拿大的省会中最穷的一个；它几乎没有工业，也几乎没有巨大的纪念碑；它所拥有的是北大西洋岛屿上一个被永恒围困的海港的典型反应——也就是说，完全是它自身的反应。

实际上，在这座城市的界限以内，有一些田园牧歌式的小片区域，那是纽芬兰的明信片极其热衷于展示的风景。小木屋散布在海边悬崖上，狗一动不动地躺在陡峭的街巷中间，到处都可以看到鱼被摊开在户外晾干，仿佛它们已经在传统的木头晒鱼架上晾了 400 年。就在勉强还能看到童装精品店的地方，我碰到一个去山上打鹧鸪的猎人，弹药筒背带紧扣在身上，猎枪扛在肩头，和旧时印刷品上的拓荒者一模一样。走到城里一家更为精美的餐厅（“欢迎回来就餐”）的窗外，你马上就会忘记你的鳕鱼舌，转而凝望这一整个摇摇摆摆、起起伏伏、由支柱撑高、穿高筒防水靴、温和友善的混乱——这纽芬兰海滨的经典图景。

这是一个堂兄弟姐妹组成的团体。我在圣约翰时碰巧赶上建市 100 周年庆典，同时举行的还有一场所谓的社交晚会。庆典以圣约翰纪念体育场内的一场公共派对结束，它有力地强化了家族的感觉，实际上，让我想起一场盛大的乡村婚礼——每个人都是其他人的姻亲，每个人都随时准备既无虚饰又无托词地发言。快步舞和民谣从舞台上传来，各色各样的大人物像外地来的富亲戚一样坐在正中间，成为目光的焦点，当人们好像对跳舞不太积极时，快活的圣约翰市长就会在舞池独自起舞，向任何与他共舞的人派送免费的酒宴礼券——“你得让他们兴奋起来。”在分发这些诱饵时，他对我评说道，自个儿一直不停地舞动。

像每一位外地人一样，我苦苦思索这座城市泼辣尖刻的性格到底混杂了哪些出身，被我辨认出的第一道血统无疑是爱尔兰。我逐渐意识到，圣约翰的单纯夹杂着一种特殊的爱尔兰的羞耻、机智和讽刺——有时我觉得，爱尔兰本身就隐没在作为港口门户的那道海峡之外。乖戾的补助金领取者和游手好闲者晃悠在水街这“北美洲最古老的连续存在的街道”上，看起来纯粹就像是在科克郡或韦克斯福德。你从几乎每个人身上得到的第一反应都是全然爱尔兰的。围绕在施洗者圣约翰长方形教堂周围的建筑（主教建筑、传统建筑、训诫建筑、社会建筑）的结合体提醒人们：不管英国殖民地机构在这个地方多占优势，但这里的爱尔兰价值与记忆被证明是永远无法磨灭的。

但那些机构也仍然飘扬着它们的旗帜——实打实地而非隐喻地，因为市政厅上招展的不仅有市旗、省旗、联邦旗，其实还有英国国旗，我被告知这样做的理由是“纯粹的感情因素”。码头区有一个标志提醒我们，“大英帝国从这里开始”——1583年汉弗莱·吉尔伯特爵士建立第一个永久性的“新发现土地[1]”的殖民地——而这座城市恰当地充满英勇事迹的纪念物、值得铭记的瘟疫遗迹、由王室成员植下的树或者由公爵奠基的石头。在我有生之年，纽芬兰曾经是一个自治的英国领地（我们童年时的学校集邮册里，倘若没有印着我们最古老殖民地里北美驯鹿的那张邮票，那就是不完整的），在城市中心之内，仍然可以足够轻易地找到不列颠治世下的古老权力机构。总督宅邸可以辨认出它曾作为每一个英国领地之社会支点。守备部队的教堂整洁得一尘不染。英国国教大教堂的的确确未完工，就像帝国内所有最好的英国国教大教堂一样。古老的殖民地立法机关都有着恰到好处的立柱，显出恰到好处的庄严堂皇。

然而，人们似乎普遍认为，英帝国为它最古老的殖民地所做的从来都不够多。我问到的大多数人表示，至少从情感上来说，他们宁愿享受

1　新发现土地（New Founde Land），即纽芬兰（Newfoundland），是英帝国第一块海外殖民地。

纽芬兰岛于1949年向加拿大签字放弃的独立地位[1]，但其中许多人告诉我，如果可以选择，他们宁可加入美国。这并不让我惊讶。在某些方面，圣约翰非常美国化。它太过放任不羁，完全没法让我感觉像是在加拿大，但却能让我把它设想为新英格兰的一个半爱尔兰人半保皇党人组成的落后地区。

一个世纪以前，纽芬兰人全都赞成同美国进行自由贸易，至少在英国政府没有干预的情况下可以这么干。今天，我所碰到的人中似乎有一半在美国有这样那样的亲戚或熟人，大多数是在波士顿。当我向一位年长的女士指出，同美国建立更加密切的联系可能最终意味着更多的腐败、剥削和普遍的堕落，她似乎非常恼火。“在美国，你说的这些根本就不是主流现象。”她说。但在她这样说的时候，我望着她的脸，倒认为，透过岁月流逝的痕迹，我在那张脸上侦测到了一个多年前迷恋美国大兵的骨肉皮[2]的欢快而热切的容颜。“我可以保证，美国人在内心深处都是非常好的人。”我的受访者坚定地加上这么一句话，我们分手时，我发誓我听到从麦克穆尔多巷的阴影里——如同从历史的回声中——传来一阵哧哧笑，还有一段遥远的《心情正好》[3]的节拍。

这些各色各样的遗传与联系让圣约翰避免了哪怕是最轻微的狭隘的

1 纽芬兰在“一战”后一度成为独立的国家，直到1949年方才放弃独立地位，加入加拿大。

2 骨肉皮（groupie），这个名称来自摇滚时代，专指跟随摇滚乐队巡回演出、想与流行乐手发生性关系的年轻女性。

3 《心情正好》（*In the Mood*），美国著名爵士乐手格伦·米勒1939年发布的一首歌，被公认为爵士乐史上大乐团时代最著名的乐曲。

乡土性。你可以说，这是历史造成的。纳罗斯海峡命中注定的空隙像是一道门，通往一个远比加拿大本身宽广得多的世界，而同船、鱼、冰、海豹及危险的航海有关的那些特定种类的专门技能让这座城市成了一个绝不屈尊的地方。纽芬兰的纪念大学拥有令人敬畏的声誉，海洋学院世界闻名，许多国家、许多种类的船只永恒地来来去去地穿过这个港口，这一切赋予这座城市一种世界主义的力量——来自大西洋远海的锈迹斑斑的捕鱼船、笨重的海岸警卫队船只、沿海岸货船、海洋研究船、集装箱运货船、战舰、为给冬天道路解冻而运盐来的船——我待在那儿的每天早上，船只都这样川流不息，在早餐前走下码头区时会发现，许多新轮船已经在我睡觉时如信使般从黑夜中驶来。

圣约翰的历史延续性也容许它拥有一个超越其体量的地位。世界肯定曾经在更长一段时间里经由圣约翰穿行，也许是以更大的强度，超过对其他任何加拿大城市的穿行强度——从早年的巴斯克人、荷兰人、法国人、英国人，到“二战”时期的美国大兵，再到今天作为此地常客的苏联与日本海员。他们的所有影响都在某种程度上被吸收进这座城市的性格。毫无疑问，尽管圣约翰长期屈居于一个省会的位置，但它仍然如此不驯地保持着自我。这里没有虚伪的谦逊。当我向某人评论说大多数加拿大城市除了自己别的什么也不想谈时，他回答道：“你说的没错，但这并不适用于圣约翰”——然后他继续历数对圣约翰的热爱，继续巨细无遗地描述这座城市性格中一切别的优越之处。

实际上，圣约翰人是不可抗拒的自我谈论者，他们独特的口音在我听来像是爱尔兰人、德文郡人和大西洋海豹的杂拌混合，让他们痴迷的滔滔不绝更加润滑得如同抹了油。因为市民们大都彼此认识，待在那儿的日子里，我感到自己被包围在一张交叠着回忆、欢愉和抱怨的网中。闲言碎语在圣约翰活泼地流动，丑闻、玩笑和恶作剧的形象经过我面前，如同一张宽大而绚丽的屏幕上的形象。人们使用尚有活力或已消亡的最丰富的俗语向我剖析城里的财富王朝；政客苦于纽芬兰的标新立异者们尖锐的讽刺；当我被人领着参观一条条街巷时，各处建筑的家谱与罪愆被纷纷揭露。这家商铺是张三的财富中唯一遗留下来的，那座宅邸是大获成功的李四住过的地方。一位声望较低的副总督在这栋房子里生活过，一个神童企业家不久前在那所宅子里装了八个浴室。

这一切让人感觉这座城市的生活非同寻常地**直接**。在介绍与信任之间似乎没有间隔。我到圣约翰第二天，就有一位有名的政客私底下向我对本地的司法系统做了一些上不得台面的评论。第三天，就有人把一些规模巨大的财政行动的内幕给我透了底。我刚刚被介绍给圣约翰最古老家族的一位成员——便知道他在城里有一栋房子，在郊区还有一栋，这属于一种纽芬兰版本的迁徙体系——我刚刚碰上这位尊贵的市民和他的妻子，他们就向我解释为什么要给他们的猫起那样的名字——噢，我最好还是别说那猫得名于谁吧，更不要说为什么了。

市政厅外一处人行横道的布告牌上这样写着：

1. 伸出手臂

2. 把脚放到街上

3. 等车停下来

4. 感谢司机

我认为这玩意儿表现了圣约翰公告的精髓，带着它那种亲切和蔼、出人意料和虚情假意的混合。如果阅读这篇随笔让你也感觉如同被干鳕鱼抽脸，那是因为与这座城市及其居民有关的每样东西都令我迷醉。

然而，如此享受地游荡于这座城市，我仍然始终意识到：这里的生命和历史从来没有轻松过。魅力之下藏着苦涩。圣约翰充满失望，在不止一种意义上是一个无遮无蔽、孤立隔绝的地方。一天下午，我驱车出城几英里去到斯必尔角（Cape Spear），让自己短暂地成为北美大陆最东端的人，我站在冷风中思考，背后除了大洋别无他物，面前展开的是加拿大那极度广阔的岩石、森林、大草原和山岭，几乎伸展到想象所能达到的尽头。圣约翰是一切事物的边缘，一切事物的尽头和开始。一出市政厅，就能看到横穿加拿大的公路的零英里标志牌。

到如今，尽管圣约翰的许多活动已经迁往内陆，这座城市的一切依然俯视着（若仅仅是隐喻性地就好了）纳罗斯海峡。甚至那座冷漠的联邦大楼，当年选址时带着一种恰当的怯意远离专爱唱反调的海港，如今也从远处小心翼翼地窥视着那道戏剧性的裂缝。我发现自己被它迷住了，先后多次驱车爬上它的海岬，或者绕过南边的海滩开往尽头处的灯塔，或者朝谨慎地穿过浮标驶向外海的船只挥手道别——舵手室或艏楼上，一只胳膊远远地、慢慢地挥动，作为对我的回答，正如这么多个世纪以来大西洋航海的海员们肯定会做出的反应。

曾经，我从纽芬兰旅馆的酒吧凝望那片催眠的风景——从酒吧朝外看，可以直接看到纳罗斯海峡和外面的大西洋。时值黄昏，平板玻璃窗里的风景被人、植物和我背后永恒变幻的旅馆生活的图案弄得模糊。然而，在这个无实质的场景之外，我能够看到悬崖的严酷轮廓，信号山上泛光灯照明的卡伯特塔，大洋碎浪白色的动荡，还有一艘滑向外海的船只上缓慢移动的桅顶灯。

旅馆钢琴师正在弹肖邦——他的弹奏伴随着在我周围起起落落的纽芬兰人说话的玄奥的音调变化，融混了笑声与酒杯的叮当响，那艘船的锚灯移动着，如行星般穿过镜中的影像，不知为何，令我战栗着意识到，圣约翰的活泼轻快之下隐藏着宏大的辛酸。我在这个空调酒吧里，觉得它悲哀却又令人兴奋。

20世纪60年代我第一次去圣约翰。在当时仍属英国殖民地的纽芬兰，必须找到本地人做担保才能兑换外币的汇票。我在城里什么人也不认识，但在公共图书馆里发现了一本我写的关于威尼斯的书，我向图书

管理员做自我介绍，并问她是否可以为我的旅行支票背书。她明智地问道，我怎么能证明我就是我自称的那个人呢？我说，可以通过一个简单的文学测试：世界上肯定没有第二个人能够熟练地背诵她书架上我那本写威尼斯的书的最后一行。她郑重其事地伸手拿下书，翻到最后一页，目光扫向结尾处，而我紧张地站在她的书桌前。可以了吗？她问道。我清了清嗓子。那本书的最后一句不太庄重。"难怪，"我咕哝道，明显感到自己处于不利地位，"难怪，乔治·艾略特的丈夫掉进了大运河。"老圣约翰的这位图书管理员毫不犹豫地合上书，将它放回书架，为我取款提供了许可。

在伦敦，我关于加拿大的书被起名为《噢，加拿大！》，但却几乎没有人买——"加拿大！你究竟能够在加拿大找到什么有趣的东西可写呢？"在多伦多，出版商给它起名叫《从城到城》(*City to City*)，赢得了全国性的声誉……

25
中国在那儿

我试图进入中国内地的努力遭到多次拒绝后，最终于 1983 年获得了准许，这一次我是为《滚石》杂志工作，当时这个国家仍在克服“文化大革命”的梦魇，还在因为毛泽东的去世和“改革开放”的政策而步履蹒跚。我从中国香港乘坐一艘海岸汽船进入中国内地。

在远方，透过舷窗，中国在那儿。

当然，从**象征的角度**而言，不论你在世界的哪个角落，中国都在那儿，是地平线对面某处一个模糊的巨大存在，发射出加密的讯息，将其古老的磁力施加于各个大陆。我曾经绕着它潜行、游荡多年，经常被它长长的延伸部分撞了一下腰——比如，看到旧金山的美国华人对着空气练拳，或者在某个地方尖叫着、踢蹬着不情不愿地被拖去看京剧，或者在都柏林讨论是去一家炸鱼加薯条的铺子还是去一家广州人开的熟食店。在我心中，它始终是有着宏大的简单性的土地，追随它自身的强有力的道路穿过历史，冷漠、无法渗透。一切事物在中国都比在别的地方更绝对，人类的生存状况庄严地征服一切障碍和逆转。我对它好奇和惊讶了半辈子，最终就要与它面对面了，我乘上一艘慢吞吞、锈斑斑、灰白色、尾部飘着红旗的中国汽船，穿过蓝绿色的中国海，径直朝北开去。

与我同行的乘客殷勤地帮我为即将到来的相遇做好准备。他们在吃饭时向我展示，怎样才能最好地从烟熏青鱼里把精华吮出来。他们教我用汉语数到十。他们把我的注意力引向《中国画报》上一篇关于广东省椿象扩散的文章。从台湾地区看姐姐归来的王太太向我生动地讲述她在被针灸麻醉的情况下进行的子宫切除手术（“医生把我的肚子剖开，嗷，那可真是痛啊，但紧接着是一种非常**奇怪**的感觉，非常**奇怪**……”）。一个从香港出公差回来的官员向我详尽地解释中国政府的四项基本原则。

在我们周围，大海也像是中国的地理课。它从没有空荡荡的时候。有时，明显是被废弃的舢板在漩涡中翻滚；有时，一小队拖捞船在浪里颠来簸去。插红色小旗的浮标神秘地上下波动，离任何地方都有好几英里远，绿色的油轮从旁隐现，高高地浮在水面。不时有岛屿浮现，像是海面的丘疹，像是长长的有瘤节的蛇；有些岛上有灯塔、无线电杆或白色别墅。西边始终耸立着中国的山岭，时而绵延起伏，时而陡峭险峻，偶尔长成圆锥屋顶的形状，到现在我还认为那形状是中国书法家的发明。在海上的第三天，那位官员告诉我，噢，我一定要远远地进入内陆，一定要去南方的广西，才能真正看到这样的山——他说，和其他地方完全不同的山，独秀峰，书童山——“但是看看”（他打断自己的话）——“你注意到没有？水面正在变黄。我们接近长江口了！”

他说得没错。那晚午夜刚过，当我再次从舷窗里往外望时，发现我们正穿过黑暗中亮着朦胧灯光的望不到尽头的船只。等到天色破晓，我来到下着毛毛雨的甲板上，发现我们还在经过它们，沿着一条充满浮渣的河往上游走，河上缀满船只，驳船、拖船、集装箱船，偶尔有一两艘军舰，还有用乱糟糟的木头扎成的乡村小船，看上去如此坚韧、多纤维、多筋节，在我眼中简直就是中国人的化身：用任何东西都可以做出一盘好菜。我们一路拉响汽笛，在黄浦江里缓缓上行，谨慎地避开渡船，为保障安全派出舢板急速前行。经过 30 英里的船只、码头和脏兮兮的库房、工厂，才看到眼前出现由高塔与办公楼组成的陈旧的码头区正面，在雨中呈现红色。那是我在中国的登陆点：上海。

“《月光小夜曲》！”和平饭店的酒吧里，一位上了年纪的美国游客要求道，“再来一遍！”乐队遵命而行——六个穿老式服饰的中国乐师，一位女钢琴师，一个老提琴手，一个很棒的小号手：格伦·米勒[1]在上海活过来了，昔日的重击声与号声升上一个震耳欲聋的顶点，然后是一段迅猛的鼓声。

那伙美国人轻踏脚步，四处找人握手，大声喊着“摇起来吧”，以

1　格伦·米勒（Glenn Miller，1904—1944），美国爵士乐手、小号手、作曲家，摇摆时代的乐队领袖，死于飞机失事。《月光小夜曲》是其代表作。

及诸如此类的话。我留意到，乐队成员们的眼珠到处转，似乎他们已经演奏这个曲子太多次了。毕竟，从他们和这首歌都还年轻的时候开始，他们就一直在演奏它。他们的音乐记忆，就像他们的个人经历一样，穿过中国事务所有那些翻天覆地的变化，回溯到向全世界开放的大上海时代——在那些可怕但却富有魅力的时代，欧洲商人在上海生活得有如王侯，中国黑帮厮杀、崛起，穷人成百上千地死在街头。大世界游乐中心不仅提供歌女和赌桌，还提供魔术师、焰火、脱衣舞、说书人、麻将学校、婚姻掮客、畸形展、按摩院、色情摄影师、十来个舞台、一张用来写情书的桌子。

无疑，这些音乐家流露出厌世的神态。大世界现在成了上海市青年宫，有人一本正经地告诉我们，它作为妓院的往昔仅为少数人知晓。乐队仍然在演奏，在许多别的方面我也惊讶地发现，撇开这一切，老上海依然存在。没错，跑马总会被改成上海图书馆，赛马跑道部分变成人民广场，部分变成人民公园，但其他的一切几乎都还耸立着。壮观浮华的大公司总部依然排列在外滩边，沿着水滨分布，俯瞰曾经让它们大发其财的喧嚣的商业。海关仍然用一口威斯敏斯特大钟报时。上海俱乐部有名的长廊酒吧，曾经拥有亚洲最长的吧台，供应最好的马提尼酒，如今光顾它的是东风饭店里吃面条喝柠檬水的食客。和平饭店不过是奇形怪状变了样的华懋饭店[1]，诺埃尔·科沃德曾在这儿写下《私人生活》，饭店

1　上海和平饭店原名华懋饭店，建于1929年，曾有“远东第一楼”的美誉，1956年更名。

里陈旧的红色地毯还在原来的位置，酒吧单上还有 135 种不同的饮品，透过门厅夜夜传来大型爵士乐团的笙歌。

即使上海街头——如今不再有穷人横死——似乎也出人意料地像在家里一样。这座有 1100 万人口的城市其实没有私家车，但我很难注意到这一缺失，因为出租车、铰接式公交车和数不清的自行车如此拥挤又如此吵闹。尽管林荫道上只有开领衬衫和宽松的上班服，很少有颜色鲜亮的花衣服，但我曾预期会看到的肥裤子、蓝色无袖短上衣甚至比花衣服更少。第十百货公司里传出《大淘金》[1]的主题音乐；以前是雷司令茶室的喜来临食品厂里有奶油蛋糕卖；新亚饭店和过去 100 年里一样，仍然将外国人带上二楼挂着素朴门帘的小隔间。到上海的第一夜，我就在人民公园吃到了冰激凌，考虑到它的树荫与蜿蜒的道路、在水泥桌子上下棋的老人、专心读书的学生、做柔软体操的健身迷、各色各样的沉思者、透过头顶树叶可以看到的高大建筑，我认为它非常像纽约的中央公园——唯独少了剪径毛贼和四轮四座大马车。

王太太邀请我去她家吃午饭，这也没有带来丝毫文化冲击。没错，我们吃肉冻包鸡蛋，一种腌制的小萝卜，一种条状的黏糊糊的东西（让我想到凝胶状的海水），然而，她的家若是放在其他地方——比如说，俄亥俄州的克利夫兰——似乎也不会具有不协调的异国情调。那是一个**最纯正的**布尔乔亚的家。房间里照老规矩站着一台钢琴，乐谱张开在架

1 《大淘金》（*Bonanza*），美国最长的电视剧集之一，从 1959 年播放至 1973 年。

子上，16英寸[1]彩色电视机搁在餐具柜上，一幅画上有两只小猫玩一个毛线球，书架上摆着平装本，家里还有一个保姆。王太太的女儿会跑过去帮忙烧中饭，丈夫从办公室送来他的问候。“我们非常幸运，”友善的王太太说，“我们有一定的社会地位。”

那么这是**中国**吗？我必须掐自己一下。偶尔有戴眼镜的解放军士兵驾驶突突作响的边斗摩托穿过城市，市政府（原来的汇丰银行大楼）外面，两个看上去颇为瘦长的士兵正羞怯地站着岗。若非如此，权力机构就一点也不显眼。交通轻快而乱糟糟地流过交叉路口，站在白色小岗亭里的警察一边抽烟，一边用扩音器无效率地指挥着。横穿马路者激增，老城区皱巴巴的后街小巷里，针对提着一桶桶桃子、一袋袋橘子汁自个儿做生意的兜售小贩和货摊摊主，似乎没有任何限制。

没有人在我面前显得迟疑。每个人都想要说话。我在公园里碰到的一个工人毫不犹豫地把我带去他附近的家（两个黑乎乎的房间，几乎完全被厨房用具和自行车塞满），我发现，上海街头唯一的危险是想要练英语的学生。站在外滩看船经过，或者点数在暮色中飞掠的蝙蝠，还不到片刻，你就会被想要知道单词“intend”后面跟动名词是否合乎规范的年轻人包围，你被推到栏杆旁，被挤得上气不接下气。在公园里边走边舔冰激凌，鲁先生和他的一队上了年纪的朋友会从树林里神奇地突然

1　英寸，英制长度单位，1英寸为2.54厘米。

闪现，他们全都充满感情地回忆起在教会学校里由梅特卡夫小姐教授的英语课，但说到分裂不定式到底是否恰当，却没人能有**十足的**把握。

不，也许说到底，它并非那般亲切如家。一天傍晚，在外滩，一个留着颓废小胡子的年轻人推开人群，将一卷档案递到我面前。我能帮他检查这份试卷并修改他的错误吗？但我觉得自己在那个下午已经尽够了语法方面的义务，而且我想去第十百货公司看丝绸。“不，”我说，“我不能。”

一丝戏剧性的怒容掠过这个学生的面庞，扭曲了他的眼睛，让他的嘴角往下一撇。他的表情，还有他下巴周围那些稀稀拉拉的腮须，看起来像是一部糟糕的老电影里伴着一声锣响入场的流氓。于是我绕开他，一边思考我新发现的想法：哦，没错，如果“四人帮”还在台上，你会把我逼到墙根儿处，往我脖子上挂一块牌子，然后会有一群人围着我辱骂，而不是向我讨教分词的用法！

我得赶紧补充一句，实际上，上海每个人对我都很友善，事实上，我被自己的道德感刺痛，最终又走回去，修改他那份该死的试卷。“改革开放”在这座城市里可真够开放的，外国客人受到热情的欢迎，不论是被导游像赶羊一样领着进出友谊商店的旅游团，还是留着络腮胡、骑着自行车四处飞奔的学汉语的留学生。背包客费力地穿过城市，搜寻宿舍；徒步游历的作家在外白渡桥的大梁上徘徊，望着驳船从下面经过。

在各色人等中，漫游作家似乎是中国人的心中最难容下的一种。“你的**职业**是什么？”鲁先生问我。我用《圣经》赞美诗中的句子回答他，大意是我的工作仅仅是像狗一样咧嘴笑，在城里到处跑。“你是一个兽医作家？”他追问道。其他人极力主张我同作协联系，或者至少去参观一下这座城市东北部的新区，“那里住着许多知识分子”，也许我可以去和他们讨论共同的文学问题。仅仅在城里到处跑并不能让他们满意。那是不可能有成果的。

一天晚上我去看杂技演出——上海的每位访客都会去看，并且都会抽搐般地（我刻意选择了这个词）猛然领会到，角色意识在中国意味着什么。这个国家拥有专业的杂技演员2000多年了，在上海，他们有一座带空调的环形剧场，精心配备了暗门、滑轮和铬制吊架，用作他们每日表演几乎难以置信的节目的场地。当然，演出确实令人惊叹。他们像橡皮块一样四处蹦跶、弹跳；他们隔着整个舞台扔盘子，速度快得叫人看不清；他们一个人单脚站在另一个人头顶，同时将大量陶器在柱子顶端垒成叠罗汉的形状；他们从屋顶头朝下俯冲，然后被绳子猛然拽住，惊人地立住。

我的同伴说：“在旧中国，杂技演员地位非常低下，就像吉卜赛人一样，想到这一点会觉得非常有趣。现在，他们是光荣的演员。他们在社会中有自己的角色。”简而言之，他们接受国家分配，并且，当我望着他们时，我觉得他们不仅有杂技演员的四肢、肌肉和眼睛，还有杂技演员的思想、情绪，特别是杂技演员的力比多，我想，若是撕掉他们的杂技装扮，你会看到下面是上一场表演留下的另一层面具。

突然有个念头闪过我的脑际：那些土气的、拖着脚走路的上海人群也全都能够被安插进他们各自无可逃避的角色里——只要你有钥匙。和你起初所想的不一样，他们真的压根儿就不同于曼哈顿第三大街或伦敦牛津街上的人群。街头每个市民在事物的秩序中都有被分配到的位置，永远不能改变。你的职业是什么？我是一个家庭主妇。我是一个退休的工人。我是一个农民。我是一个杂技演员。我是一个学生，如果你能用简单的语言为我解释下面这个英语句子的意思，我会非常感谢……

在上海国际饭店对面的人行道上，我看到一个乞丐。他坐在那儿，似乎断了腿，打着绷带，身子弓得像个虾米，啜泣着，他的一个亲戚举着一张骨折的 X 光片。它似乎在说，我是一个乞丐！过路者像是被吓着了，但我不能确定是被这个乞丐本人，还是被他的伤情，因为我不懂上海话。

出于责任感，我去了豫园，一个国家文物保护单位，尽管它纯粹是由一个明朝官僚为了享受而修建，尽管园中的大假山是将数千千米之外运来的巨石用米糊粘在一起砌成的。然而，我在那儿陷入了孩子们的包围。仰山堂外一定有上百个小孩，全都是三四岁的年纪，其中一些用带子系在一块儿，以防止他们走散到鱼乐榭里去，我花了好长一段时间和他们玩。多么可爱的快乐的脸蛋！情绪和反应、假扮害怕、伪装担心、纯粹的欢闹，这一切是多么迅速！我和他们待在一块儿，直到他们被人领着两个两个地离开，这群黑色头发、矮矮胖胖的小鬼头排成长长的双行队列，朝玉华堂走去。

没有哪个地方像上海一样宜于观赏孩童，但到最后，在这座城市日益令人迷惑和叫人上当的全体居民中，恰恰是孩子最让我困惑。他们对外国人有一种特殊的喜爱，隔着几英里就能一眼挑中你，越过人头攒动的广场，抄近路穿过永晴塔，向你摆动一根手指做介绍。表面上看，他们没有缺点。他们从来不哭，他们不吮拇指，尽管他们的裤子为了方便而开着裆，但我可以肯定，他们从来不会把自己搞脏。

我多么希望自己能够钻进他们小小的脑袋，去体验一场人民革命的童年的情感！这个大中华的孩童们从来不会恼怒吗？他们那种可爱的镇静是硬塞进去的，还是与生俱来的？是民族固有的，还是教育灌输的？这个社会是否真的正在创造一个不需要尿布的民族？豫园里的孩子们离开时冲我挥手、做鬼脸，但他们仍然让我感觉不自在。

因此，第二天我去了一个“著名”的少年宫，孩子们放学后的活动中心，他们要么在那儿玩耍，要么上培训班。我说“著名”，是因为多年来它们都是专门展示给外国人看的地方。我要去的这家少年宫里，肯定会有专门挑选的幼儿以有点病态的亲昵挥手指引连续不断的旅游团经过；下午会有孩子进行音乐表演，大多是陕西民间舞蹈之类的东西，看上去缺乏自发的天真。

但是，比舞台摆布更令我不安的是孩子们本身完全无视那些窥看、凝视、打开闪光灯拍照的游客——游客们被那些小模范生（顺带说一句，他们总是把暂时交给他们看管的游客喊作“阿姨”或者“叔叔”，这习惯真令人紧张）引导着一个房间一个房间地从孩子们中间穿过。孩子们以一种不可思议的漠然，头也不抬地继续玩乒乓球或电子游戏，踩固定自行车踏板，做船模，练习长笛，一再重复裕固族丰收歌里最后的渐强乐段，或者聚精会神地埋首于连环画本，以一种在我看来快得不正常的速度翻页。他们的眼睛从来不会朝我们这边闪动，一下都不会。他们的注意力从不动摇。他们仅仅是以一种无动于衷的专注从事各自的活动，从无空闲，从不争吵，仅仅是翻书、打球、踩踏板、拨弦，或者吹中国长笛。

我被他们给弄迷糊了。他们真的是在全心读书？他们真的是在玩——照我们对这个动词的理解？我可不知道！我只能报告一个怪异的小插曲，这件小事让我赶紧从这个少年宫里走掉，并且逐渐影响了我对上海的整个儿记忆。在一个由五岁以下儿童组成的管弦乐团演奏的一场名叫《门铃》的表演开始时，那个娴熟的起引导作用的木琴演奏者碰巧错了一整个音阶。她似乎始终没有注意到，而舞台上其他的演奏者也没有，他们全都露出迷人的微笑，露出酒窝，上下摆头。他们以可怕的不协调继续下去，叮叮当当，哐里哐啷，沾沾自喜地从头傻笑到尾。

从上海飞往北京的中国民航1502航班上的空中杂志已经是六个月前的了。我感觉像是在一个牙科医生的候诊室里飞。波音707飞机的座位也像是一批来自更老的、被拆卸的飞机的便宜货，其中一些倾斜，一些僵硬，人们在非吸烟区肆无忌惮地抽烟，而整趟航程中的饮料仅仅是一杯暖意欠奉的咖啡，由一个毫不迷人的空姐送来。对这一切我一点也不惊讶。我知道自己挺幸运，过道中间没有为多订的机票摆放藤椅。

迷惑正在增长。我奇怪，为什么中国人的现代化进行得如此异乎寻常？难道不是他们比西方早1000年发明独轮手推车？而且，难道他们没有分裂原子，并将火箭送入太空？难道他们不是有着卓越的领悟力、敏锐的观察力和强大的推理能力？中国到处都充满来自西方的技术与革新：但1502航班上的咖啡却仍然是冷的。

当时中国的砌砖活儿会让阿肯色州一个后院里练手艺的外行泥水工都感到丢脸。建筑糟糕透顶。最新最宏伟的建筑里，水泥开裂，水龙头不工作，电动扶梯出故障。街头海报大谈“讲卫生”，但公共厕所污秽不堪，十三陵里不得不摆上痰盂。我听说，西方建筑师经常绝望地发现空调被连上暖气管，或者逃生通道被安排得颠三倒四，尽管我在上海住的旅馆里的中国制造的电梯千真万确是我使用过的电梯中**最有礼貌的**——按钮上都写着“请开”或“请关”——但我仍然觉得，要是电梯被卡在半空中，世界上全部的殷勤有礼也不会有任何帮助。

为什么？曾经修筑长城、浇铸精致龙檐、挖出可爱的**中国式**湖景的

A WRITER'S WORLD
TRAVLES 1950-2000
JAN MORRIS

技巧与敏感出了什么问题？封建主义僵化了它们，官方发言人如是说；与世隔绝萎缩了它们，历史学家断定。但是答案或者比这一切更深刻：也许被剥夺了古老魔法的中国人，由于观察到朝代更迭而觉得世间无物恒久，故而对纯粹的物质主义缺乏信仰，对效率也缺乏信任。风水，古老的中国堪舆术，从一切事物的形状中构想出神秘的意义，从共和国建立后就被禁止。然而，亲爱的上帝，它还是显露出来了，显露出来了。

别介意：伴随着扩音装置里一阵无法理解的嘈杂声响，伴随着那些没法把小桌板咔嗒一声收回插槽里的乘客的搏斗，我们足够安全地降落在北京。

这座巨大都城统治着世界上四分之一人口的命运，它给我的第一个震撼是其光线的性质。那是一种大陆之光，一种西伯利亚大草原或北美大草原的光线，似乎微染着绿色。最初我认为这光是金属的，但后来它让我觉得更像是混凝土的：在这座都城上空拱起一口巨大的碗，一个微微泛绿的混凝土的天空！

混凝土也是下面这座城市的主体性的物质：混凝土的烟囱，混凝土的院子，混凝土地面的公园，丑陋地陷在土窝子里的树，穿城而过的、像混凝土冰川一样宽阔的马路，平坦的地平线周围到处隐现多层高楼，其冷酷的方正形状仅仅被将最后的混凝土板抬上楼顶的起重吊臂的轮廓打破。我由此得出结论，北京不需要米糊。

我待在这座城市的郊区，几乎像是在农村。这里的混凝土时常被菜地打断，早晨经过的交通是半乡村风味的：骡车穿梭于公交车之间，偶尔有剧烈颤动的拖拉机。司机看上去大多困得要命，我想，这是因为他们在公社里起床这么早，交通工具似乎在单调的精疲力竭中轰隆隆经过。一天早上，我去卢沟桥，这在过去是外国人活动区域的边界，站在桥上那 282 头不重样的石狮子中间，在奔流的绿色河水上方眺望那些疲倦的“增援部队”费力地开进城去：在上游的前一座桥上，冒黑烟的货运列车拉响汽笛、打着响鼻；在南边的后一座桥上，丑陋的褐色拖车连绵不断，一辆接一辆，保险杠贴着保险杠；越过我旁边这座老旧的建筑，经过古老的“卢沟晓月”石碑，50 万人骑着自行车赶去上班……

北京，曾经叫作燕京，曾经叫作北平，曾经是忽必烈汗的大都，明朝和清朝皇帝住过的地方。我小心谨慎地接近它。我像旧时中国那些要等上一两年才能获准拜见天子的求谒者一样，在这个地方的边缘处游荡，等待一声召唤。

我见人就咧嘴笑，并且跑动（但不是很有精神，因为气温接近 95 华氏度）。如果说上海给人的感觉是意想不到的熟悉，那北京就是几乎无法想象的陌生。这里的一切都不同。面孔是不同的，眼睛是不同的，态度更冰冷，更傲慢。没有人想要你帮忙解决动名词的问题。尽管行人的穿着其实比上海更有吸引力，穿裙子和宽松短衫的女孩更多，甚至有一些年轻人穿西装打领带，但在我看来，他们仍然是无限地更加疏远我。孩子们往往把头发剃光或者剪得短短的，他们颧骨高高，不会那么愉快地做出回应。不论我去到哪儿，都有一种沉重严峻的目光迎接我，在我经过时，透过从吉林到云南的每一双充满思虑的眼睛，这10亿中国人都在审查我。

在辽阔的绿色天空下，踏足那些无止境的混凝土道路，我感到离家非常非常的遥远。当我沿着古老的游客路线，搭上一辆车去八达岭长城，在那儿，在阳光炙烤的砖石建筑上，越过那些广阔的北方平原和具有王气的山岭朝外眺望，我感到自己正在打破某个做了一辈子的怪梦。长城在八达岭城门周围重建，多得惊人的各种国籍的游客在城墙下的轿车与公交车中间乱冲乱闯，他们爬上城墙拍照，骑本地居民的骆驼，吃小桃子，喝可口可乐。然而，避开他们是容易的。你从城门处朝西边的瞭望塔沿着陡峭得可怕的长城往上爬（"孔先生，我们一定得谢谢你，"一个汗流浃背的美国商人一边沿着那些令人生畏的台阶往上爬，一边发出难以置信的喘息，太阳穴青筋直暴，我听到他说，"是你促成了这次旅行——伙计们，难道这不是一次**棒极了的**旅行吗？"）

一旦登上瞭望塔，你会发现在它之外，城墙没有继续往前重修，而是立刻崩塌成碎裂的砖石，在压根儿没人的起伏的山脊上向远处蔓延。我沿着它走了一长段路，一直走进旷野，全然寂静，除了风声，全无生气，除了毛毛虫在我脚下不平整的砖石上爬来爬去。但是，瞧！在荒野中，我在胸墙上坐下来，思考我这颇为孤独的处境，这时，有四五个瘦小的形影从野地里冒出来，打开纸包和粗麻布包裹，问我要不要买个古董钟或抓痒刨。中国再一次令我颠倒混乱。我偶然落入这些老熟人中，他们轮流上前来用我的双目望远镜打望，哦，我暗自思忖：别的不说，中国的长城上还有什么玩意儿是你们没见过的？

从东边看过去，北京一点也不远——离海只有100英里，到东京坐飞机只需要大约三个钟头。而当你从西边走向北京，或者更恰切地说，用西方的感受走向北京，它始终是如此传奇般的遥远。在一个周一的下午，我走向有双塔楼和绿屋顶（还有出故障的自动扶梯）的巨大火车站，去看从莫斯科开来的跨西伯利亚快车到站。这是一个戏剧性的时刻。几百号我这样的人来迎接这趟车。提前几个小时我们就在巨穴般的国际旅客候车室里等待，钟声一响，大门敞开，我们一涌而出奔向站台，一股最令人振奋的期待感弥漫在我们中间。可以说，我们单腿站立，我们换一条腿站立——我们再次看表，我们坐下来，我们站起来——我们再给孩子一瓶可口可乐，好让他们安静——在那边，跨西伯利亚快车非常非常庄重地出现啦，它慢慢地绕过弯道，开进站来。

它拉响凯旋的汽笛，威严堂皇地驶入北京，驾驶室里坐着三个司机，如同三位海军上将坐在旗舰舰桥上。车门打开时，等待的人们鼓掌，欢呼，挥舞报纸，他们的亲人从蒙古或西伯利亚、鄂木斯克或莫斯科而来，被旅途磨得筋疲力尽，眼下终于回到北京。一节车厢里装满西方旅游团，旅行者目光呆滞、面容憔悴地站上月台，充满疑惑地打量着周围，让我想起经过漫长而迷失的太空之旅后重返地球的宇航员。

除了被保护的文物，老北京很多东西没能留下来。城墙已被拆除，大多数堡垒式的城门已经消失，令老游客如此着迷的中世纪的混乱已被一扫而空，仿佛从未存在过。一条主干道上面骨碌碌跑着无轨电车，乱哄哄堆满自行车。然而，在这座2000年历史的古城里，我仍然到处感觉到一种有机的连续性的强大推力。

比如，在最后几代清朝皇帝用来消夏的颐和园里，我感到这种推力。颐和园如今是个公园，但仍然是每个人心目中理想的皇家静居处——塔、高耸的寺庙、荷花潭中装饰性的桥、清澈湖面上数不清的小船，长廊旁描绘着1000幅中国传说的场景（据说讲的是“有情人终成眷属”），滑稽的石舫永远停泊在码头旁（慈禧太后用本来拨给海军重建的军费修了这个地方，据说，她就是要用这个愚蠢的石头玩意儿狠狠地抽打狂怒的舰队的脸。）

走在前门大街上，我不知不觉地抬起头，觉察到事物的持久性；我看到大前门的巨大形影，在前方堵住这条大道。对整个世界来说，它似乎仍然是进入内城的傲慢入口。在孤独的被忽略的八里庄塔旁，我愉快地觉察到它，塔上有来自西边郊区的燕子啁啾，塔下本地公社的女人戴着草帽蹲在豆架间干活，身子半隐半现，像如此众多的燕子般喋喋不休。在始创于1669年的同仁堂里，我嗅到它刺鼻的味道，这家老药店是秘方奇药的宝库，有成堆成垛的神秘粉末，褐色瓶子里装着植物根茎与种子，小药瓶里装着有滋补作用的坚果、海马、鹿茸、鹿尾精华、猴子心……

我经常一大清早就在**胡同**里游荡，这是些曲里拐弯的街区，有带院子的小宅子，在离开宽阔新马路的地方随处可见。这些地方笼罩着一种奇怪的静默。小巷里没有机动车行驶，高墙后藏着乱糟糟的庭院。只有透过虚掩的大门，你才能够窥见其中那些陷入洗衣房和盆栽植物的混乱纠结、拥挤不堪的生活：这边有一个男人光着上身用锡碗吃粥，那边有一个老太婆抽当天的第一支烟，或者一个穿着一尘不染白衬衫的女孩正把自行车轮从碎石里拔出来。空中悬浮着一层从公共厕所飘来的淡淡的烟霭，闻起来有强烈的排泄物和消毒剂混合的味道，沉重的呼吸声和扫帚有力的唰唰声表明，某个同志正在履行大清早的职责。在太阳升起来时，漫步于这些寂静的小巷，始终没有人对我多加留意，只是偶尔在一个女人现身往水沟里倒马桶，或者一辆自行车响着铃铛将我赶到路边时，有一只不太敢大胆凝望的眸子盯着我瞧。

有一天一大早，我翻过一座山脊，往护城河边一条树叶披覆的小径走去。将我吸引到那儿去的是由喊叫、唱歌与弹拨乐器组成的一片奇怪的嘈杂声，最终我发现那是最难忘怀的一个永恒之地。那是一个自我满足的地方。整条道上有男有女，全都像犹太人对着哭墙一样坚定地面朝护城河上一堵高大的石墙，在晨曦中私下练习他们各自的特殊技艺。如同我们晚上在浴盆里唱歌，这些北京人就这样来到这堵墙前面。有一个人，他的脸离石头只有几英寸，正在朗诵豪壮的独白。有一个女人，正在练习音域惊人的琶音，从女高音到洪亮的男中音。一个优美的男低音正在唱浪漫的民谣，一个诗人似乎正在提炼佳句，一个带自行车的老头正在拨弄一把古琴的琴弦。这些冲动似乎如此普遍，连我也想要加入，想要让“生存还是毁灭”的诗句在石墙上回荡，或者也许是朗诵我自个儿的文章里一些比较华丽的段落：但我抑制住自己作为外国客人的这番冲动，仅仅吹着口哨回酒店吃早餐去了。

我一定走了有100英里！我摸索着，转着圈，朝事物的中心走去——古时候的中国人把那称作**一切**事物的中心。这座城市精心设计的、压抑模糊的限制如同阳光中的一场雾。它的市民温和、谦退、礼貌，让我始终充满疑惑，我思念让大多数大城市显得清晰明澈的那些私人生活的闪光。我思念阿飞、酒鬼、妓女、砍价者、向我兜售京剧座票（但愿别发生这种事）的票贩子。我看不到念念不忘碎虾肉酱的陀思妥耶夫斯基：一切都显得平淡有序。在叫人眼花缭乱的西式风格的北京建国饭店，有人让我朝外看，说可以看到那些穿昂贵西装、带女士来吃午餐的官员：但我只看到从美国大使馆里出来的警卫人员，吃着低热量的沙拉。

就连城里也实施计划生育，人们即便不受法律限制，至少也会被强有力的劝说打消念头。他们一定不赌博，也没有地方跳舞，看场电影得骑车好几英里，若是拧开电视，所能看到的是否只有社会发展纪录片、英语课、主旋律的历史戏，或者京剧？他们的一项放松情绪的活动似乎就是吃，兴致昂扬地吃，在吃的过程中，一切激情肯定都得到了升华。北京那些比较上档次的餐厅通常分为两个部分，一个给重要人士和外国人，另一个留给普罗大众。尽管楼下的房间通常是将就凑合，用的是油毡桌布和吱嘎作响的旧电扇，但食客们却都有着相同的放纵的热闹。

我去一家由另一家有 300 年历史的老字号中药店支持的信奉食疗的餐厅，毫不惊讶地看到生意异常红火。我告诉服务员说我头疼并且全身虚弱，他帮我点了枸杞嫩煎鸡，还有姜汁蒸大虾。上菜很快，我吃完走出去，感觉棒极了。

但在中国，并非所有对虾都能治愈历史的压力。我开始觉得，北京真正令人不适之处在于，主宰它的是一种如此普遍、在某些方面如此值得尊敬、但却显然如此变化无常的意识形态，它能一年又一年地改变这个国家的思考方式。今天，中国是开明的、好客的，它的传统得到了尊重，它的人民想穿什么就穿什么，要是愿意还能和外国人结婚，他们可以在自由市场上贩卖自家的鸭子，赚到的钱甚至足以给自己盖房子。昨天，它有着清教徒般的刻板，革命是永恒的常态，外国人是魔鬼，松垮垮的裤子是时尚，愤怒的人们带着活梯和画笔冲上颐和园里那条长廊，擦掉那些落伍的传说的图画。明天，也许一切又会不同。

爬上景山，也即煤山（一座点缀性的山丘，明朝最后一个皇帝在山上吊死于一棵槐树下）的山顶，可以向下看到一连串游乐的湖。它们北边的水面在北海公园里，湖上活跃着游船，湖滨便道总是人头攒动。

我同时感到眩晕、迷惑和被深深地打动，我从中国的存在中退却。我注意到，长城上那些毛毛虫从来不爬到另一边，而是在铺路石的缝隙中安身；我想，如果一切顺利的话，它们会在那儿化身为蝶，扑扇翅膀，脱离凡尘，飞上九天。在快要离开时，我感到非常喜欢它们，因为我采纳了那个官员的建议，泛舟穿过远在潮湿南方的广西的那些平地隆起的绿色山丘离去。

我去过的中国城市让我产生相互抵触的情绪和彼此矛盾的结论，搅得我的脑子一团糨糊，我梦游般晃晃悠悠地朝海滨前行。我在尘土飞扬的小路上骑自行车，穿过丰收的公社，田间劳作的女孩朝我挥手，在滑稽的帽子下面哈哈大笑，简直和宣传画里一模一样。我爬上陡峭的小丘，去仙境般的小屋里品尝茉莉花茶。我加入游客们每日沿漓江行进的大迁徙，舒展身体平躺在船头，一路吃着荔枝，穿过一座座梦幻般的球根状山峰，绿色的稻田，蜻蜓，渡船船夫，笼罩在一片蝉鸣中的河边村落，带着鸬鹚蹲在竹筏上的渔夫，由女船家艰难地弓着身子撑篙逆流而上的平底帆船，浅水中的鹅，高高地站在岩石路径上的农民，打响鼻的水牛，呼哧哧、轰隆隆乱响的旧汽船。一路上，荔枝在阳光里变得越来越成熟柔软，我身边有个悲伤的男人直立于船首，向微风裸出胸膛，一边唱起他的革命青春年代的骄傲的歌，在这片传奇的风景中穿行。

就这样，我走出中国的心脏，再次回到海边。我终究没有发现绝对的事物。我没有发现任何永恒不变的东西。我见到绝妙之物，也看到蹩脚货。我和王太太一块吃腌萝卜，我用枸杞治愈头疼。我成功地避开了京剧。我买了一只竹编的山羊，在公园里下跳棋击败了鲁先生。我参观过我想象中宏大的简单，发现它们确实宏大但却混乱……

我坐的船驶出珠江，被黑色的舢板包围，它停下来等待。

从那以后中国已经发生了巨大的改变。中国人拥抱当代科技，上海变成一个持续不断追求现代性的大都会。那只竹山羊现在还站在我威尔士的家中，闻起来叫人想起中国的黏合剂，过去我经常鼓励孩子们去嗅一嗅，直到我听说在威尔士的学校里有不少吸强力胶上瘾的事发生。

A WRITER'S WORLD
TRAVLES 1950-2000
JAN MORRIS

26

维也纳 1983

“二战”结束时我初识维也纳，但几乎有 40 年没有写过它。最终等到我写它时，尽管我愉快地承认它的欢乐，但却没法让自己喜欢它。对一个威尔士共和主义者来说，它绝非什么好地方。

没什么能比有轨电车更适合城市，特别是，如果这电车车头有一只独眼大灯，车顶飘着两面旗帜，车后通过各种各样的管子与挂钩连着一台拖车。多么有分量！多么负责任！多么叫人放心！

没有哪个地方的有轨电车能比在维也纳更坚定地满足其城市功能，因为在这儿，不论战争或和平，它必须日复一日骨碌碌地穿过一种对任何有自尊的电车的本能来说格格不入的状态：在奥地利的维也纳，幻想堆积在幻想上，伪装混合了错觉，内省反复退化成情结，这一切整体汇合成城市状况的一个邪恶的寓言。在某些方面，维也纳是大城市中有着最强烈城市味儿的一个，最完善而紧凑的一个，最关注自身城市性的一个——毕竟整个奥地利人口的五分之一居住在这座都城中。在其他方面，它不单纯是一座城市，更像是一种气质或情感，保留着一副怀疑、遗憾及含糊的骄傲的模样——在世人的记忆中，难道它不是哈布斯堡的首府，奥匈帝国的都城，“帝国”这个词在“一战”前对全世界所意味着的全部含义？

尽管如此，车顶小旗仍然坚定地飘扬，有轨电车仍然叮当响着，坚定地在城里到处跑，它们被抹成强烈醒目的色彩，看上去颇像是游艇，仿佛应该在车头前方的轨道上掀起一道道艏波。

环城大道在19世纪替代了环绕维也纳内城的古城墙，这条林荫道上的建筑居高临下地凝望着勤勉的车流。今日如同当时，环城大道令人难忘地戏剧化了这座城市虚假且无用的价值，将自己的名字赋予一整套类型的维也纳艺术和思想——环城大道派。就像某些疯狂建筑师的梦变成了现实，它的建筑一个接一个荒诞地耸入视野，哥特式、希腊式、巴洛克式，涂敷着庸俗艺术，扭动着经典的典故，上面加有尖顶、畸形的拱顶、侧面轮廓雕像，聚集着女神、战车、臃肿的盾状徽章、女像柱、成堆的战利品雕饰——这里，一个巨大的歌剧院，那里，一个辉煌的雅典式国会大厦，一所比普林斯顿、帕多瓦、剑桥和索邦加在一起更有纯粹学术氛围的大学，达到极限的最无与伦比的博物程度的博物馆，而在这个环形绕到一半的地方，主宰着这一切的，是由巨柱支撑着扩散开去、占地极广的哈布斯堡王朝皇宫霍夫堡——到“一战”后皇室搬走前，这座宫殿仿佛已经最大限度地被如此之多的显要的分量压得近乎精疲力竭。

维也纳整个儿就是显要。它矗立在阿尔卑斯山的远端，像位浮夸的历史守门人。它的街道不仅通向郊区或外省小城，也通向古老的总督辖地与战场：东边，宽阔的高速公路伸向布达佩斯和布拉格，的里雅斯特大道把你直接带往（倘若你坚持不懈地走）达尔马提亚，而乡村大道的尽头就是（如梅特涅[1]曾评论过的）亚洲开始的地方。这里周围的一切都刻意为显要而设。多瑙河从距离环城大道一两英里的地方流过，被战略性的桥梁跨越，被城堡俯瞰。仅仅是为坦克或骑兵而设的平原几乎从市郊延伸至东边的沼泽地。圣斯蒂芬大教堂的尖顶，犹如内城中央的一只铅锤，是一个巨大的标杆，指引或警告着部落、商队与交战的军队。

在古老的妄自尊大的哈布斯堡王朝的庇护下，维也纳人成为典型的历史谄媚者，将他们的城市变成一个献给阶级庸俗性的巨大的颂词。他们怎么能忍得住？几百年来，被维也纳人作为行为模范而加以敬畏的那个家族的人，不仅非常严肃地自称帝国、皇室和使徒的最高权威，而且还宣称自己是耶路撒冷、达尔马提亚、波希米亚、特兰西瓦尼亚[2]、克罗地亚、加利西亚[3]的国王，托斯卡纳[4]的大公，蒂罗尔[5]的伯爵，一大堆公

1 梅特涅（Metternich，1773—1859），奥地利保守政治家，促进神圣同盟的形成，最终击败拿破仑。

2 特兰西瓦尼亚（Transylvania），今属罗马尼亚，以特兰西瓦尼亚阿尔卑斯山脉和喀尔巴阡山脉为边界。

3 加利西亚（Galicia），中欧一历史区域，原来被称为加利西亚的地区，如今分别位于波兰东南部和乌克兰西部。

4 托斯卡纳（Tuscany），意大利西北部的一个大区，文艺复兴的发源地，代表城市是佛罗伦萨，曾短暂地被哈布斯堡家族统治。

5 蒂罗尔（Tyrol），奥地利西部及意大利北部的一个地区，大部分为阿尔卑斯山地，19世纪不断地、部分或整体地在奥地利和意大利之间来回转手。

爵领地的公爵，以及数不清的贵族领地的领主。这些活生生的社交名人录，中欧的大贵人，是几乎到现代还掌管此地的幽灵，他们愚蠢的标准和迷信仍然无法逃避地徘徊于此。

它让我想起北京。北京也拆掉了它中世纪的城墙，腾出地方给浮华的广场与大道，北京的自信也明显依赖于孩子气的高贵宏伟的字谜游戏。哈布斯堡王朝最后一个皇帝弗朗茨·约瑟夫[1]，是 19 世纪维也纳的舵手，伟大的父亲，他身后跟着一群拒绝效忠其意识形态、但却因为世代相传的洗脑而屈从于其价值的追随者。抬头看——往后站——几位部长从国会会议室的台阶上走下来，都是些肥滚滚的要人，专心讨论着肥滚滚的重要的国家事务——守门人像火箭一样嗖的一声从办公室里跳出来，一边扣上夹克——冲出门，气喘吁吁，急切地抚平头发，两步并作一步冲下台阶，**“请，请！”**[2]——刚刚好赶上，我的天啊，刚刚好赶上给这几位阁下开门，大人物们对他的曲意奉承仅仅报以微微点头，免得打断了谈话，他们从密涅瓦及伴随其左右的圣哲雕像中间笨重地走出去，走向等待着的豪华轿车。

看到这几位如此气派的大人物，各色各样的路过者看上去几乎像是要朝他们鞠躬和行屈膝礼！在礼仪方面和在象征方面一样，弗朗茨·约瑟夫对等级制度的信念似乎还在影响着维也纳的一切。尽管维也纳是

1 弗朗茨·约瑟夫并非末代皇帝，但其继位者卡尔一世任期短，声名不彰。

2 原文为德语：bitte，bitte。

一个共和国的首都，而且还是奥地利史上第二个共和国的首都，但它却有的是王子与大公爵，更不消说伯爵或男爵夫人，这些贵族的光滑的金发与掠食性的半马扎尔[1]血统的面孔在餐厅里熠熠闪光，在鸡尾酒会上既优雅又热忱（若是你曾经去过卡林西亚[2]，我们恰好有一小块领地在那儿……），或者，如果够年轻，可以瞥见他们有时会出现在环城大道上，驾着意大利跑车飞驰——尽管在想象中，他们应该仍然头戴筒状军帽、羽毛，身佩摇摇摆摆的白色轻骑兵剑鞘。

在贵族下面，社会秩序仍然由永存不灭的恭敬与名望的等级统领着。帝国官僚体制的风格原本是建立起来管理从瑞士到阿尔巴尼亚这么大一片领地的，如今号令着一个750万人口的无力的、中立的共和国。人们不停地抱怨官僚机构的规模、迟钝、挑剔烦躁、并非不为人知的腐败及其装饰华美的奥秘，但你仍然感到，他们本身就古怪地与它的残存物沆瀣一气。它是他们的丰功伟绩中最后的污点。是弗朗茨·约瑟夫本人还在挑剔烦躁地活着，还在被维也纳那数不清的社会与官方重要性的等级尊崇着，还在被它的大人阁下、教授先生、医生夫人、行会、秩序、协议的无穷小的细微差别给予荣耀——直到今天，那忠诚还体现在伴随皇家利皮萨马的晨练（它在宫殿般的骑术学校里一圈又一圈地慢

1 马扎尔（magyar），原居于匈牙利的民族，被认为源自突厥人，在文化上与东亚社会有类同之处，他们的命名方式是，先姓，后名，最后身份，和周围的印欧语系完全相反。

2 卡林西亚（Carinthia），奥地利南部一历史地名，曾经是公国，1335年后归属哈布斯堡王朝统辖。

跑，后面跟着个溜须拍马的小职员，提着铲子清理它们高贵的粪便）而产生的充满敬畏的顺从中。

维也纳以往昔为食，一份可爱的、可持续的饮食，随着巧克力蛋糕或土豆烧牛肉（弗朗茨·约瑟夫最喜欢吃）而变，大口灌下维也纳森林的年轻的白葡萄酒，消化，再消化，再一次点菜，一遍又一遍，一遍又一遍……它偶尔让我想起南非的种族隔离。这座城市着了魔，着了迷，每次谈话都会回到它失落的伟大之上，不管提到什么，总会以某种方式找到路径回到等级、地位或历史影响的问题上。维也纳的浪漫仍然喜欢沉湎于鲁道夫皇储[1]与其18岁的女友玛丽·维切拉（“小女男爵”）的悲剧故事，他俩1889年死于梅椰林的一座乡村小屋，显然是相约自杀。这个故事正好符合这座城市所流行的偏好：势利、怀旧、易伤感、颇为廉价。某个星期天，我出门去拜访小女男爵的坟墓——当年，在弗朗茨·约瑟夫的命令下，她被悄然安葬于一座乡村教堂墓地——恰好听到一位维也纳中年女士对她的美国客人介绍这段往事。“但是，不管怎么说，”我听到她丝毫不带讽刺地说道，“不管怎么说，她仅仅是一个资产阶级的女儿……”

我经常看到这同一位女士在等电车，因为她是维也纳的一位守护精

1　鲁道夫皇储（Crown Prince Rudolf，1858—1889），弗朗茨·约瑟夫与其妻（著名的“茜茜公主”）的独子，因精神崩溃，与女友玛丽·维切拉一同自杀。死后，其堂弟弗朗茨·斐迪南大公成为皇储。

灵。她常穿一身褐色粗花呢套装，腰间扎得颇紧，身上很可能缀有珍珠，和我们大多数人不一样，她似乎从不拿购物袋、雨伞或者刚刚从电工那儿提来的烤箱。如果你冲她微笑，她会回之以冰冷的凝视，似乎在怀疑你会把调味番茄酱加到精煮牛肉上。但是如果你和她说话，她会燃起一种花一般绚丽的魅力。同维也纳社会的荒诞性无法摆脱地联系在一起的，是它著名的“Gemütlichkeits”——有秩序的“安逸闲适”——足以令一位威尔士无政府主义者浑身直起鸡皮疙瘩：每个人都跟随着别的人，正如它让老维也纳的每个人都变成他们那位慈父——帝国、皇室和使徒的最高权威者——的孩子，直到今天，它似乎仍然确定了这座城市的态度，仿佛使用了一种有香味的胶水——如果是人工合成的香味，还会是甜丝丝的，就像是你偶尔舔美国信封的封口胶时尝到的那种味道。

这座城市没有任何**刺激性的**东西，也许除了干白葡萄酒。它没有丝毫贫乏消瘦，哪怕是那些最优雅苗条的贵族，也让你感觉最终会发福。在城市中心，几乎完全看不到任何现代建筑，这意味着似乎有一种夸张的遗传的广阔丰富感在监督着每一种态度。尽管维也纳到处都装饰着鹰，二元君主国[1]的双头鹰，奥地利共和国的单头鹰，但它却不比任何地方有着更多鹰的性格。鹰巢维也纳！它更像是个闺房般的鸟笼，一天早

1　奥地利皇室和匈牙利谈判，于1867年通过妥协宪章，建立奥匈二元君主国（Dual Monarchy of Austria-Hungary），即奥匈帝国，帝国分为奥地利君主国和匈牙利君主国，由弗朗茨·约瑟夫为帝，并在匈牙利称王，称为“帝－王”（Emperor-King）。两国地位平等，各有其宪法、议会与内阁，各有其官方语言，在国防、外交、财政上设立共同的行政部门，其他事务自理。

上，我看到一只海鸥在美泉宫的池塘上空盘旋，就像是看到了来自其他大陆的一个狂野而自由的访客。

狂野，自由，鲁莽——在维也纳找不到！一天，我去参观一个未成年人违警法庭，在审问间歇看到一名被告正在研究道路地图，我问他是否在计划逃跑。“不，”他说，“我正在决定去拜访我在格拉茨的阿姨家的最佳路线。”普拉特游艺中心里著名的摩天轮，维也纳天际线上一个可爱的形象，转动得如此缓慢从容、故作优雅，让我忍不住想要踢它一脚，或者在它的长凳上乱画粗鲁的涂鸦：维也纳森林，据说激发了那么多艺术家对“崇高”的激情，其实它所表现的“自然”同一个教区石头公园本质上差不多同样令人惊悚。

但是，在这座咖啡厅、穿晚礼服的批发商舞会和有手风琴伴奏的快活小酒店之夜的城市，有谁会希望它是另一种样子呢？维也纳是一个上年纪的、安逸老派的城市。我认识的一个学生告诉我，要找刺激，必须得去慕尼黑，或者去鼓动一场和平示威。在维也纳，几乎能够比在其他任何城市更迅速地意识到：它拥有大都会之存在的全部感受和附属品——步道上的人流，有池塘和咖啡馆的大型绿地公园，老字号商店的丰沛充裕，豪华的银行与拥挤的剧院，潮湿的人行道上闪闪烁烁的抚慰人心的餐厅灯光，幕间一涌而出、闲聊着喝香槟的歌剧观众，林荫大道上一家挨一家的书店，拥有纷纭传说与私人菜谱的旅馆，有关英雄和历史成就的纪念碑，出售法国《世界报》或者《瑞典日报》的报亭，广场上大教堂的宏伟、陡峭的外形，步行区的街头艺人，灯光一眨一眨的电视塔，通宵不歇的有轨电车……还没有哪个城市能像维也纳这样，将这种人类能量与想象力的光荣的蒸馏物以某种方式变异成不可救药地被驯服且墨守成规的玩意儿。

某一天，我走路去维也纳最壮观的巴洛克式样的卡尔教堂，它有一个同圣彼得大教堂类似的拱顶，一对打扮得像是伊斯兰教尖塔的凯旋柱，两座带中国式屋顶的附属塔。教堂里面正在举行婚礼，很盛大。大教堂似乎到处都闪耀着灯火和镀金的光泽，洛可可风格的圣人飘浮于各个地方，新郎新娘并排跪在高高的祭坛前，海顿弦乐四重奏的旋律弥漫整个建筑，被美妙地演奏，并被放大成一种松脆的、震颤的辉煌。然而，所有这些荣光都被维也纳巧妙地收紧，因为，在集会的众多面孔上，我看不到丝毫兴奋，而只能看到一种家族式的自满，满足于礼仪安排的正派得体，唯一的一丁点儿不满仅仅是：亲爱的神父演奏那**慢板**时应该稍微再精细一点。

对，没错，如果说一门艺术有力量将事物全部变成“安逸闲适”，那必然是维也纳的音乐艺术。对贝多芬、莫扎特、海顿、李斯特、舒伯特、勃拉姆斯、布鲁克纳、马勒和数不胜数的施特劳斯，维也纳人感到一种堂兄弟的关系，也是一种占有的关系。某个傍晚宴会上，我对一个同席的维也纳人鲁莽地宣称，“我讨厌去音乐会”，我们的亲密关系就此打破，再也不能复原。啊，我逐渐变得多么畏惧库尔沙龙公园里乐声的震颤的暂停——指挥将小提琴和琴弓举过头顶，管弦乐队在琴弦上摆出期待的姿势，听众一动不动，调羹一半戳进冰激凌里——每天都有这么二三十次，它带出维也纳华尔兹那丰富甜美、持续不断的节拍！

然而，我还是去中央公墓“名人林”里贝多芬的墓地朝了一次圣。莫扎特的纪念碑也被供奉于此，他的身体已经不幸地被抛进了一处没做标记的乞丐坟墓，老约翰·施特劳斯被附近的小天使包围，艺术歌曲作曲家雨果·沃尔夫[1]（世界上没有谁比他让我陷入更深的绝望）躺在拐角处的灌木丛里。贝多芬的坟墓很容易找，因为上面有许多花圈，其中一个是当天早上放的，贴着名片，名片上写着“大分县民间戏曲社社长，谷超久子（电话：大分 5386）”。即使这座宏伟的圣殿也没能让我的心脏猛跳，或者鼓起我英勇的渴望：因为它的墓石上刻的那把镀金的七弦竖琴，它的旧式德语的雕刻字，它总体上那种机械呆板的或者说彼得斯音乐出版社目录一样的态度，让我心惊胆战地想起钢琴练习课。

然而，到了夜里，灯光反射在有轨电车的高架线里，仿佛它们是在自觉自愿地、幽灵般地绕着环城大道滑动，如同在一个分隔开的活动领域里，比开往弗朗茨·约瑟夫码头的任何一辆二号线公交车更明亮、更迅捷、更轻盈、更淘气。也许著名的维也纳教授弗洛伊德迈着大步边走

1　雨果·沃尔夫（Hugo Wolf，1860—1903），奥地利音乐家，最杰出的歌曲作曲家之一，一生颠沛流离，生活非常贫困，健康状况极差，死于梅毒，故而也有人认为他是世界上最悲惨的作曲家。

边沉思时，曾经对它们进行过思考：他肯定是从维也纳的普遍精神中得出了潜意识的定义——每个人，每座城，都有这个部分，藏匿在人格下面，或者仅仅从有轨电车线上闪烁的微光中泄露出来。

当代维也纳市民的最著名的形象，不是精神创伤的分析师，而是清洗者。纳粹猎人西蒙·维森塔尔[1]坐在他那间位于萨尔茨托大街上的办公室（靠近旧时的犹太人居住区和盖世太保总部）里，警察在外面的台阶上跷腿闲坐，数据档案在他周围堆起屠杀与死亡的记录，他心中不断充满最黑暗的忧惧。围绕在他身边的是加框的证明书，来自表示感谢的机构——他是一个得过奖的纳粹猎人——但其中很少有来自维也纳的社团的。他说，成百上千最残忍恶毒的纳粹分子仍然平安无恙地生活在这些地区—— 一个颇受尊敬的教堂建筑师不仅构建了奥斯威辛集中营的毒气室，还对它们进行过**维修**。对于维也纳人来说，维森塔尔博士绝非一个**令人舒服的**存在。不久前，还有人想要取他性命，他告诉我，市政当局非常希望他搬去别的地方，同时，他们安排了一个懒散的警察守在他门前，另一个警察背着自动步枪，站在色腾斯特腾巷的犹太会堂外以防万一。

我不得不说，在拜访维森塔尔博士之后几个小时里，我一直看到艾希曼的面庞在周围浮现——多年前在耶路撒冷一个法庭里看到的、眼下

1 西蒙·维森塔尔（Simon Wiesenthal，1908—2005），犹太裔奥地利籍建筑工程师、犹太人大屠杀的幸存者，是著名的纳粹猎人。

还记得如此清楚的那张憔悴而平凡的脸，汉娜·阿伦特[1]将其永恒地描述为表现了“恶的平庸性”。我知道，没有什么比这个说法对维也纳更不公道的了。它的一半市民太年轻，压根儿不记得纳粹时代的任何事，另一半市民呢，尽管根据维森塔尔博士的说法，其中藏匿战争罪犯的比例比任何德国城市都要高得多，但说到底，他们无疑首先是其城市精神的受害者。毕竟，正是维也纳的存在最先激发了阿道夫·希特勒那些宏大的主权之梦——他像是从天方夜谭里冒出来的魔怪，思考环城大道的虚荣的恐怖。

即使我从自己的脑袋里驱走那个穿褐色套装的女士的形象（当年，她扎着金发辫子，从紧身连衣裙的口袋里掏出玫瑰花瓣欢迎纳粹冲锋队员），但当我走在这些街道上，仍然没法不觉得自己正漫步于一个巨大的神经官能症的聚结体中。这一感觉的原因不难推测——君主政体残破的社会遗产，“安逸闲适”的无情压力，历史上的羞辱，地理上的无遮无蔽——如今，沿着梅特涅的乡村大道驱车前行，一小时后就会抵达捷克斯洛伐克或匈牙利的边境，那里站着东方世界的哨兵，肩头扛着武器，背后是辽阔的欧亚大草原。

无疑，从任何意义上说，它都是一个弗洛伊德的城市。不只是因为弗洛伊德那栋位于伯格斯街的故居被奉为神殿，在那儿，你可以买到病

1　汉娜·阿伦特（Hannah Arendt，1906—1975）是原籍德国、后加入美国籍的犹太裔政治理论家，以其关于极权主义的研究著称。

房躺椅原件的裱装照片，也可以在俄狄浦斯情结最初被甄别出来的那个房间里幻想自己召唤等待解释的梦。不只是这些，还因为在这座城市的任何地方，你都能在周围感受到充满弗洛伊德洞察力的观念、术语和主题："父亲形象"耸立在皇家和使徒的雕像中，"力比多"搜寻迪斯科舞厅或普拉特游艺中心的妓女，周日下午，"压抑"胳膊挽着胳膊游荡在中央墓地那些诱人的林荫道。似乎这整个著名的大都市，尽管表面上鞠躬、微笑、有礼有节，其实却什么也不乐意干，宁愿一屁股坐在沙发上，哭诉自己的隐私——当然，是在一位"亲切随和"得恰到好处且信誉卓著的受人尊敬的教授医生面前。

维也纳天赋的最后且最不可思议的绽放——导致哈布斯堡王朝衰落与崩溃的风格、观念和特殊习性的汹涌浪潮——本身就是一种独特的神经官能症的繁盛。激发这座城市的建筑师、画家和作曲家创造新艺术形式、反叛事物陈旧秩序的，似乎并不是什么解放的喜悦。他们的革命圣殿是被称作"分离派[1]大楼"的艺术展览馆，由建筑师约瑟夫·奥尔布里希[2]于1898年建造，如今仍然新崭崭；然而，不论如何它是由皇帝正式开启的，它那弓背蹲伏的形状，它那镀金月桂叶的拱顶，看起来颇像是一个名人林中的陵墓（尽管我敢说，以"圣春"作为官方刊物名称的分

1 维也纳分离派（Vienna Secession），又译新艺术派，是19世纪后期至20世纪前期新艺术运动（Art Nouveau）在奥地利的分支，涵盖绘画、设计、建筑、装饰等领域，代表人物为古斯塔夫·克里姆特。

2 约瑟夫·奥尔布里希（Joseph Olbrich，1867—1908），奥地利建筑师，维也纳分离派创始人之一，是维也纳建筑师奥托·瓦格纳与德国现代设计先驱贝伦斯之间的纽带。

离主义者本身，肯定认为它像是个公共饮水大厅)。这场文艺复兴似乎并无太多美妙的、无忧无虑的狂喜，它那些绘画上怨毒的狂怒与镶金的妇人，它那些始终冷漠的建筑上交替更迭的漩涡与严酷的线条也是如此。

但是，它有一种恶魔的火焰，今天，这种被折磨或被颠倒的天赋的张力依然留存，像这座城市内在冲突的反射的光彩。我发现，它比环城大道的无节制更令人难忘（即便不算是更令人目眩)，因为它把自己表现得更加躲躲闪闪，在生活中、在艺术中都是如此：一片突然出现的混乱纠缠的装饰，一块混凝土建筑的空白正面，地下通道里一个男人的凹陷眼窝，一个独坐喝咖啡的女人的扭曲面容——是被中风扭扯，还是被辛酸折磨？尽管维也纳有舒适与美丽，有财富和自尊，但我仍然不觉得它是一个快乐之城。它的市民，似乎还在以各种不同的方式解决旧体制的最后岁月里那些艺术家以如此令人不安的力量表达过的同样的疑惑与挫折。他们常常失败。维也纳的自杀率一直很高。“他死得像个裁缝，”据说这是弗朗茨·约瑟夫听说他的儿子兼帝国继承人自杀于梅椰林的讯息后做出的相当可恶的评论，而这话也就等于承认在他的全体子民中，自我毁灭的冲动是多么平凡、多么日常。死神是天生的维也纳人，实际上，待在哪儿都不如待在存放哈布斯堡家族成员遗体的嘉布遣会教堂[1]的地下室里“安逸闲适”：因为，那里还有一个小工场，专门负责皇家石

1 嘉布遣会教堂（Church of Capuchin），位于维也纳新市场街的一座教堂，地下是哈布斯堡王朝的皇家墓穴，存放有1633年以后哈布斯堡家族145个成员的棺墓。

棺的修复，透过它的窗户往里看，你会看到一口巨大的棺材，其内部被腾空，也许盖子正被修理，或者，用作支柱的天使雕像正在重新安装头颅，无论如何，它都像是一辆轿车，正在享受驾驶6000英里之后的保养服务，又像是一台剪草机，停放在花园棚屋的水桶和橡胶软管中间。

有一次，有轨电车险些要了我的命。在环城大道的某些路段，唯有电车与交通主流逆向而行，我过马路时只顾往右看，以确定自己不会被某个大公爵开着阿尔法赛车撞倒，结果却差点被从左边来的一辆有轨电车碾碎。"**小心！小心！**"几位穿褐色粗花呢套装的女士尖叫起来，不过她们原谅了我的愚笨——她们互相提醒，难道联合国第四任秘书长、奥地利前总统瓦尔德海姆不就是在这同一条街上，在这同一段路上，差点被车撞死？

在这座如此专注于往昔、坟墓和强权如何没落的城市里，人们无法逃避地看到弗洛伊德的"死亡本能"的例证。然而，在我看来，维也纳非常熟练地将这意愿转向其他方面。它对自己并不像对我们其他人一样致命。它在神经官能症中取得了足够的繁荣——而承受创伤的人却是我们！维也纳的现代性很难以其各种形态扰动维也纳的外表，但在别的任何地方，它都会在建筑和公众品位之间造成一道悲剧的疏离。维也纳的无调性音乐也许极少在维也纳自己的**金色大厅**里响起，但在其他任何地方，它甚至老早就已经让生活的艰难娱乐变得更加艰难。维也纳的公社主义，体现在会让20世纪30年代的社会学者觉得如此亲切的巨大的住宅小区上，结果却是朝社会福利型塔式公寓楼的普遍糟糕透顶的状况迈出的一步。维也纳的反犹主义将我们全体推向“最终解决方案”，诞生于此的犹太复国主义让许多年轻人——既有犹太人，也有非犹太人——死在通往耶路撒冷的路上。我听说，弗洛伊德本人，尽管直到20年前他的名字都还很少在维也纳精神病学研讨会上被提起，但在很久以前，他就让整个世界无可挽回地被他的天才弄糊涂了。

哪座城市能比维也纳带来更有创造性的心烦意乱？维也纳仿佛是个用我们的一切压抑做实验的地方，它一代接一代地试验新办法，以令我们困惑。也许，它所表达的不是我们的全部“死亡本能”，而是我们的全部精神分裂症？我愿意认为这有可能，因为就在那天，我从电车轨道上后退一步堪堪避免被撞死时——“**小心！快停下！电车来了！**”——我抬头望着从面前经过的电车，在它那微微起雾的窗玻璃上明显地看到我自己的脸（仅仅是一刹那）。我们交换遥远的微笑，如同在本我和自我之间，在梦与醒之间。

27

Y Wladfa：另一个威尔士

每个威尔士爱国者一辈子至少有过一次，想要拜访阿根廷巴塔哥尼亚地区那些海外威尔士社区里最有韧劲的威尔士人。如今威尔士本土的人们也全都会说英语，于是那儿就成了地球上唯一一个旅游者将会被迫说“yr hen iaith”——威尔士语，或者，如别人所说，神之语言——的地方。

在阿根廷巴塔哥尼亚的新湾，小小的马德林港（Puerto Madryn）上，迎接航海者的是一尊最不靠谱的雕像——如果那也可以叫作迎接的话——因为这座雕像实际上是屁股朝海，站在一个形如发射坡道的混凝土柱基上。这儿是拉丁美洲，所以你可能认为它是献给自由，或者献给古巴革命主义，或至少是献给西蒙·玻利瓦尔的。事实上，它尊奉的是威尔士女性。

威尔士女性？倘若你有任何疑问，请绕着那坡道观看。这边，在前面，是一个小小的铭碑，上面刻着古老的、魔法般坚韧的威尔士语。我来自威尔士，在我们一年一度的威尔士艺术节上，我总是迷醉地望着那些明显是威尔士人但不知为何一举一动格外有气势的家伙四处游荡。那是巴塔哥尼亚的威尔士人，他们的163位先人于1865年首次登陆马德林港，水边那尊雕像所纪念的就是这些前辈。

他们是阿根廷巴塔哥尼亚地区最早的欧洲移民，被认为是丘布特省——从大西洋延伸到安第斯山脉，完全跨越巴塔哥尼亚地区——的奠基人。他们远道而来，不是为了寻求轻松的生活，甚至不是为了利益。他们是为逃避家乡那些压迫他们的英国人，希望到这儿来建立一个属于他们自己的新威尔士，好让他们按照自己的心愿进行礼拜和安排事务，并说他们自己的语言。他们选择了一个实际上无人居住也无人管理的目的地，而没去阿根廷那些技术更发达的区域，他们把这个地方简单地叫作“Y Wladfa”，即“聚居地”。

他们不是那种酗酒、好色、热情奔放的威尔士人。他们是19世纪的非国教徒[1]威尔士人，敬畏上帝，热爱《圣经》。就是这么凑巧：几乎是一登岸，我就发现自己赶上了一场正进行得如火如荼的威尔士教堂仪式——为一个威尔士传教士回威尔士而在小礼拜堂里举行的茶会。这可算是深深地一头扎进了聚居地，见识到了**无与伦比的**威尔士特性。对我的欢迎非常热烈——“从威尔士来的访客！进来，进来，喝点茶，坐下来，和威廉太太见个面，和琼斯太太见个面！”每句话都是威尔士语，

1　天主教一般被称为旧教，改革后的新教在英国被称为国教。国教中又有一部分人主张清除国教的天主教残余，故称清教，是为“非国教徒”。

每张面孔一看就认得出是威尔士人，创建这块聚居地的元老刘易斯·琼斯的曾外孙女也参与其中。

第二天，刮起狂暴的风。一切都在砰砰响，一切都在呼啸，尘土、纸张、树枝树皮、锡罐头在街头乱飞。我的窗户抵挡着狂风，被尘土遮掩得朦朦胧胧，透过它，透过这一切，我能够看到曾经作为最初聚居点的“Dyffryn Camwy”（下丘布特河谷）。如今，威尔士人通常把它简单地叫作“Y Dyffryn”（河谷）。

它完全不是领头人给移民们描述的那个样子。它一点也不像威尔士。没有一丁点像是片奶与蜜的土地。它完全平坦，覆盖着灌木，实际上根本没有树，有污浊的河水流过，不时爆发洪灾。可以理解为何一些威尔士人返回家乡，或者去了加拿大，但大多数人坚持下来。新的移民从威尔士继续迁来，他们及时地建成一个农业兴旺的聚居地，这块土地长 40 英里出头，由一个复杂的沟渠系统灌溉，在移民家庭中系统地分割，修建了 14 座完全威尔士风格的教堂。这是一个结构紧密、有种族凝聚力的社会。

到如今，河谷里最初的农场大多已经衰败，它的居民大范围地分散开去。威尔士人修筑的堤坝仍然在工作，但你眼前所见的在田里手工刈草、挖土、犁地的人很有可能是玻利维亚移民，而在农场外的临时杂货铺中，你可能会发现，为你提供服务的是一位外表狂野的混血印第安人。

然而，在绿色的小围地里，你会不时与那 14 个教堂中的一个不期而遇。它可能是用红砖砌成，极端朴素，四四方方，但却保留着一种沉思的宁静气质。河谷里的 9 个教堂仍然断断续续地开放——在有传教士到岗或者有一场颂歌庆典时——对于威尔士的多愁善感者来说，它们唤起的情绪与记忆几乎令人痛苦。一些教堂有墓地，那也很是令人伤感。琼斯、伊万斯、威廉斯、摩根等家族的已故成员全都躺在这儿，顶上偶尔竖起真正威尔士板岩的墓碑，由远在威尔士的石匠雕琢，刻上威尔士传统中表示哀悼的图形。

河谷里还有威尔士人，依然活跃，依然极度威尔士。你最初敲开的几扇门只会传出西班牙语的抱歉的回答。然后你撞上大运。“你说威尔士语吗，先生？”问到第 10 遍时，一张饱经风霜的褐色面庞上闪露出表示欢迎的微微光泽。那房子几乎肯定是简朴的。主人会立刻让你坐到厨房餐桌前一张硬靠背的椅子上，并将壶放上炉子烧水冲茶。你们的谈话可能会是关于“根”的。甚至那些从未去过威尔士的巴塔哥尼亚威尔士人也非常熟悉它的地理，知道他们的祖父母来自哪个村庄，并且很有可能知道你的家乡在地图上什么位置。他们的威尔士语可能略微有点衰退和迟缓，给我这样最多只能算是马马虎虎掌握这门语言的人带来了挺大的方便。

如同威尔士的传说中习惯讲述的那样，你的主人过着几乎和今天的威尔士人一样的生活，或者至少是过着威尔士人前些年的生活：同样类型的家具，同样继承下来的小摆设，也许有一台直立的钢琴，一箱书，冰箱里放着自家做的奶油，门口有一条边境牧羊犬。桌子上可能会有一本威尔士语期刊《探讨》（*Y Drafod*），在巴塔哥尼亚已经出版了一个多世纪，如今与其说是一份报纸，不如说是一种供家庭传阅的印刷品。这样一所房子里每样东西都一尘不染，非常新鲜，非常干净，非常"taclus"——这是一个威尔士语单词，意味着一种几乎是抽象意义上的"整洁"，在聚居地非常流行。

但是，你也可能碰到极端贫穷的威尔士农民，住在粗坯砖头砌成的房子里，屋顶可能是泥巴和柳栅，如同一所中世纪的屋舍。在裸露的电灯泡下，这些人的生活远比倘若其祖先最初不离开威尔士他们今日可能过上的生活更加贴近泥土。也有可能这个家庭如今掺入了一半西班牙血统，只有父亲或母亲能说威尔士语。再过一代，对这所房子来说，这门语言就消失了。

不论如何，那河谷很难说是一片富庶之地，最初抵达的威尔士人中有些望向西边更远的地方，望向那外面的辽阔沙漠高地。这是野兽和德卫尔彻印第安人[1]的省，来自下丘布特河谷的威尔士人属于最早一批穿越它的外国人。从河谷到安第斯的山麓大约450英里，每向前一英里我都感觉到不断上升的愉悦，一定是这种愉悦鼓舞聚居地的年轻男女走出河

1　德卫尔彻印第安人（Tehuelche Indian），居住在巴塔哥尼亚高原的印第安民族，又被称作巴塔哥尼亚人，因为普遍身形高大，曾被西班牙殖民者视为巨人，目前近乎灭族。

谷，向西进发，深入未知之地。

最后，像他们一样，我看到了奶与蜜的土地。首先看到的是远处安第斯山脉中覆雪的山脊，然后是起伏的山麓，湖泊，青翠的山谷，绿树的密林，辽阔的农场，马，那个璀璨夏日里完满的红光（以前的寓言画家常用来表现神学信念的那种）。这是一片绝妙的、壮观的乡土。

威尔士人是移居此地的第一批欧洲人，他们把它叫作“Cwm Hyfryd”(可爱的河谷)。在这里，我感觉不到悲哀。威尔士文化也在慢慢衰退，但我感到它正在变得不时兴。威尔士农场散落在以高高的山岭作背景的空间和自由中，威尔士人的小都会德卫林似乎充满娱乐和阳光。我兴致高昂地驱车从一个农场开往另一个农场，来这儿买奶酪，去那儿讨论威尔士语的未来，听人讲艰难的冬天与经济上冒险的故事——即使在一片应许之地，生活也很少是轻松的。这里到处都有马，还有可爱的狗。一个年轻的威尔士农民在他的高频电台里用威尔士语帮我喊他爸爸回来。一位威尔士老农带我参观他家，那房子是他用自己开采的石头、自己烘烤的砖头、自己用旧雪佛兰车零件制造的机器修建的——“一切都是自家制造的，一切都是我自己的！”

在德卫林郊区的一个农场，我找到我的最后一个聚居地原型人物。可以说，他像是柴郡猫[1]脸上的微笑。这位最后的巴塔哥尼亚威尔士人高

1　柴郡猫（Cheshire cat），刘易斯·卡罗尔著名童话《爱丽丝漫游奇境记》中的虚构角色，形象是一只咧嘴笑的猫，拥有凭空出现或消失的能力，甚至在它消失以后，它的笑容还挂在半空中。

高兴兴地代表历史发言。除了他自己，他家里没有一个人懂威尔士语，但在我和他说话时，他们全都急切地聚拢到我们周围—— 一个快活的阿根廷妻子，形象各异、身份不明的孩子和孙子孙女，狗、鸡和拴在栅栏上的一匹马。这个南美洲的威尔士人，布帽子歪戴在头上，手揣在口袋里，他打动了我的心——完全不是靠忧郁，而是靠对“我自己也是威尔士人”的可喜的自豪。

28
柏林 1989

这个十年终结于对柏林墙倒塌的普遍的喜悦，那不仅标志着冷战结束，也标志着这个长期分裂的城市重新合为一体。

在如今基本上不再被那道悲惨的墙分割开来的柏林，我坐在选帝侯大街一家餐厅里吃饭，伴随我的是一个街头艺术家用单调的吉他演奏的《在河边》。我望向自己的头脑——也望向自己的心（既然我已经颇有一把年纪）——想看看那里已经浮现出什么与这个臭名昭著的双重性格之城有关的意象。

我找到了偶像破坏的乐趣的象征，由花槽和粘牙的蛋糕组成的舒适的**家庭主妇**的象征，险恶者、褴褛汉混在一块儿所唤起的勒卡雷[1]小说般的联想，以及最首要的，与悲剧扭打的可怕力量的象征。柏林有许多声名，但其中很少有“坦诚直率”。自打“二战”结束以来，我一直不断拜访这座城市，并且始终意识到，我自己对这个地方的感受被时间、神话和古老的情绪弄得模糊不清，我不情不愿地打赏那个故作哀伤的行吟

1　约翰·勒卡雷（John le Carré，1931—2020），英国间谍小说大师。

诗人，出发去漫游那道正在崩溃的意识形态边界东西两边的各个城区，去探究我头脑里的哪些意象仍然可以当场辨认出来。

不用太远，我就能找到乐子。西柏林最浮华的林荫道选帝侯大街的尽头提供了欧洲最活泼、最无拘无束的街景。在霓虹灯招牌的注视下，经过拥挤的路边咖啡馆，无穷无尽的充满活力的年轻人从喧嚣的车流中涌过，哈哈大笑，昂首阔步，游手好闲，吃吃喝喝，演奏音乐，拥抱亲吻，炫耀卖弄，从下午短休时一直闹腾到黎明快结束。它像是一个永恒的集市，或者也许是一个杂货街市，斯文人和流氓扎堆，穷光蛋和阔佬混杂：带婴儿的吉卜赛乞丐，牵狗的布尔乔亚女士，餐厅饭桌旁拥抱的情侣，黑乎乎的门道里未刮胡子的外币贩子，灯光明亮的鞋店外演奏斯卡拉蒂[1]的管乐三人组，在两棵树中间的一根绳子上不太熟练地走动的杂技演员，不知疲倦的鼓手，冗长乏味的哑剧，不知何时就会突然冒出来的滑板少年，素描肖像画家，带便携式音响、鬼鬼祟祟蹲在自己制造的垃圾中间的年轻人，咖啡和新鲜面包卷的味道，街头滑过的双层巴士，水花泼溅的喷泉，人行道旁展示皮带和珠宝的玻璃橱窗——统摄这一切、并被不协调地保留下来提醒我们勿忘旧时恐怖的，是丑陋的、坟墓般的威廉一世纪念教堂的残骸，它被泛光灯挑衅般地照亮。

柏林人一直以其无法抑制的不敬与享乐主义而闻名，他们在任何压

1　斯卡拉蒂（全名为 Alessandro Scarlatti，1660—1725），影响现代歌剧发展的意大利作曲家。

迫下都始终保持着这种态度，即使在我第一次去那儿，它还是一座半毁的城市时就非常明显。在东柏林，与选帝侯大街相对应的是无情的亚历山大广场，即使在这边，在独裁统治已经倒台的今天，高昂的兴致也时常透过极权主义的坏脾气闪出光来。一位侍者眨巴眼，无视我们已经错过供应咖啡时间的管理规章。一个年轻人大胆地驾车以V字形路线掉头，在制动器和车轮打滑的尖啸声中，穿过卡尔－马克思大道去接他那位哈哈笑的女朋友。迄今为止神圣不可侵犯的那道墙，朝西的一边已经覆满壁画，并被称作“东边画廊”。

如今，柏林的空气中充满自由。在这儿生活很棒，在这儿做年轻人一定如在天堂。一切都在涌动，一切都在改变，新的地平线敞开，没什么强求绝对的尊敬或忠诚。尽管半个柏林是即将解散的民主德国理论上的总部，但这座城市实际上并非任何事物的总部，这赋予它一种不负责任的刺激感。实际上，娱乐的符号很多，但没有哪个比荒诞的小小的“卫星”牌轿车更可爱，它像是小精灵开的车，从东柏林蜂拥向西边，过夜生活，或者大采购，原始的引擎发出欢天喜地的哐啷声、呼哧声，每个车窗里都是笑脸。

走在米格尔湖旁的树林中，在一两年前会令人惊恐得无法形容的东柏林的一个角落里，我听到一段快活的德国旋律传来，嚯嚯、砰砰的音乐，一个热烈的男中音独唱，间或穿插着快乐的合唱。我沿着芦苇丛生的湖边（它远远的东岸上耸立着冷酷的黑色的工厂烟囱，那里曾经被叫作工人的天堂）跟着乐声穿过宁静的小路，尽管在我抵达音乐的源头之前，旋律已经变成了老汤姆·琼斯[1]最爱的《绿草如茵的家》，但我仍然发现那场景有着典型的“安逸闲适”——掺杂了伤感的家庭生活的舒适劲儿——这是我的第二个柏林意象。

我看到的第一个T恤衫口号是“我做主”，印在一个家庭主妇丰满的胸脯上，当时她正和她那位显然毫不惧内的丈夫跳着充满活力的迪斯科快步舞。我正赶上东柏林的公共假日，在湖边的一个旅馆，几千个市民，从老祖母到抱在怀里的婴儿，正在阳光中享受家庭宴会。他们多么完美地满足了我的设想！他们多么愉快亲切地大笑、唱歌、跳舞、喝啤酒、吃腌猪蹄！两支乐队带着多么不知疲倦的微笑轮番献艺，一支奏起古老的嗡啪啪[2]，另一支不断探索着不太嘈杂的摇滚！我望着他们，如此激情奔放，如此亲密热络，我意识到柏林的“安逸闲适”有着多么无穷的力量，它经历战争与和平、独裁与革命、希望与灾难，经过一代又一代人，在大杯啤酒和甜筒冰激凌之上绵延不断。

它不知道什么边界，也不认得什么意识形态，就我自己而言，我发现它有一种略微叫人不安的品质，绝对能够让它漠视历史。我不信任它潜在的歧视倾向——比如，针对西柏林无所不在的土耳其移民。我不喜

1 汤姆·琼斯（Tom Jones，1940—），英国著名流行歌手。

2 嗡啪啪（oom-pah-pah），由大号或其他铜乐器演奏的节奏感很强的乐曲。

欢它那些愚蠢的方面，明显地遍布于这座城市那些滑稽的雕像、暗藏机关的喷泉和相当沉闷的幽默中。

不管是好是坏，柏林的安逸是它本身的一种气质，并且无可逃避。我们在史潘道区的一场简朴的婚礼上看到它，披着长长的白色婚纱的新娘，系着高高的白色硬领巾的新郎，牧师和亲切的祭坛少年，不停拌嘴的唱诗班女孩，孤零零、戴眼镜的女傧相（粉红色的眼镜很配她粉红色的衣服），穿得过分隆重的家族宾客，偶尔路过的人，甚至连我们在内，全都被拥抱在它的亲切和蔼中。我们在古耐沃德森林里一个露天餐厅观察到它，在两位中年女士身上，她俩一边吃芦笋一边咯咯笑，冲我们鼓励般地微笑、点头，小心翼翼地把手包在酒杯边沿放稳，避免栗子花落入杯中。

在西柏林最北处的卢巴斯，它表现得最清楚。卢巴斯是这座大都市范围内一个真正的农业社区，周边被草场和沼泽包围，它有一种结晶的“安逸闲适”。在一片甜蜜的乡村翠绿中，有一座标致的乡村教堂；这里有农家场院和一家铺蕾丝桌布的餐厅。有时，一个胖乎乎的农民坐着由两匹马拉动的双轮轻便马车轰隆隆经过，走出村庄中心，你会发现一片完全包裹在绿色中的适合小精灵居住的社区，人们生活在小小的玩具般的房子里，还有醋栗灌木和精致整洁的小草坪，如同童话中的德国。

柏林墙上极为靠近原来查理检查哨的地方被锤出一个大洞，我从里面看过去，望向无人区之外的小片土地。它被建筑废墟包围，乱糟糟地丢着成卷的废弃的带刺铁丝网，地上覆盖一层沙子、沙砾和碎石的凄凉的混合物，这是连续30年使用除草剂的结果——这里不允许草木生长，免得软化了柏林墙的象征，更别说为逃跑者提供隐蔽。三个民主德国士兵在那儿，一个斜靠在一把厨房椅上，帽子盖住眼睛，另外两个在尘土里把一顶旧钢盔四处乱踢。这是肮脏破败与被荒废了的时间的一个典型。

没错，冷战的肮脏破败肯定还幸存于柏林。沿着这堵墙走得更远些，可以看到波茨坦广场，曾经是欧洲最繁忙的交叉路口，如今变成了一片沙砾与各色各样棚屋的邋遢荒野，汽车经过这里如同穿越一小片沙漠。繁衍成灾的野兔蹦蹦跳跳，叫人有时空错乱之感的扎束发带的嬉皮士，带着小孩在脏兮兮的帐篷外面抗议这抗议那。不远处，几百个波兰人经营着一个卡车与遮篷搭起来的摇摇欲坠的市场，卖美国香烟、粗劣的晶体管、形如胆汁的奶酪、蹩脚的小玩意儿。我在那儿时，他们被一大群獒犬类型的动物护卫着，那些家伙口水滴答，不仅是我曾经看到过的狗里面最令人厌恶的，也是所有种类的生物中最令人恐惧的。

即使到如今，在柏林的中心，当你从东边或从西边，经过一种明显是“犹豫不决的忽视放弃”的氛围，走近那道墙所在的地方，你会看到：遭过轰炸、垃圾散布的空间，剥落的招贴画，密密麻麻挤在一块的穿深色衣服的人，货摊和拖车组成的残缺不全的街头集市，显然是被废弃的汽车，类似于“杀死里根”或“朋克联合起来”的褪色涂鸦，在旅游者去得较多的地方，纪念品小屋正在卖苏联军帽或者包在玻璃里的柏林墙碎片。没有人知道如何处理那条凄凉的绷带，它以如此可厌的方式横穿这座城市的心脏；眼下，它像是取掉绷带后人体皮肤上留下的一条粉红色的印痕。

当年，两边的政治势力越过这条虚假的边界线交换间谍，而年轻人仅仅是试图穿过它就会被枪杀，那些日子结束以来，它已经足够破烂了。这是我的第三个柏林意象，其中原本包含的那些险恶的成分呢？消失了，在我看来，完全消失了。可怕的恐惧过去总是像黑云一样悬挂在柏林墙上，让每一次从东往西的穿越都变成令人胆寒的忧惧，如今被彻底驱散了。民主德国人民军的士兵在碎石场院里把一顶多余的钢盔四处乱踢，而不是从岗哨里通过瞄准镜朝外窥视，民主德国的移民官曾经像机器人一样狂热得可怕，如今让每个人大吃一惊——原来他们也是人。亚历山大广场上的电视塔，球根状的平台过去像是一只不眠、不祥、无所不见的眼睛，如今仅仅是让我们想起：若是乐意朝那边走，在 680 英尺的高度上有一家旋转餐厅，而塔底有一个热心的旅游办事处。

所有那些对抗的回声也消失了：一夜之间，一整套类型的传奇、政治、艺术、幽默全都落伍了。一天，我和来自东西两边的两位德国官员碰了个头，搁在十年前，这样的聚会本身就是疯狂的异想天开。想从他们身上榨出自发的反应，颇像是把格外脆弱的瓷器从包装里取出来，他俩都非常渴望表现得既不过于自负，也不充满歉意。但是我觉察到，他们之间没有敌意，也没有怨恨，尽管其中一个穿着最花哨的西方款式，递给我一张印刷极漂亮的名片，上面有英文和日文的翻译，而另一个则穿着一件裁剪糟糕的深色西装，没打领带，递给我的仅仅是一张纸片，上面印着他的名字，背后盖着一句歪歪扭扭的标语。

曾经让世界在普鲁士的军礼与纳粹的正步、万十字章、侧面鹰纹章前畏缩的柏林力量如今去哪儿了？我们这个时代，分裂的柏林不拥有任何真正的力量，其中一半纯粹是莫斯科的傀儡，另一半则是昭然若揭的资本主义活广告。在这座城市里，我必须努力辨认，才能找到一丁点儿傲慢自负的征兆。

它确实让我感到过战栗，但仅仅是一丁点儿，在令人生畏的普鲁士王权的遗迹中，特别是在这座城市古老的王室区域里。那里有巨大的凯旋柱，依然耸立在气势逼人的建筑正面，高处是皱着眉头的狮子、腾跃的狮身鹰首兽、有翅膀的马、英雄和各种类型的神。大教堂巨大的拱顶在马克思－恩格斯广场（过去叫“卢斯特花园”）上隆起，戴头盔的士兵在法西斯及军国主义受难者纪念馆（过去叫“新岗亭”）外面重重踏步。被重建但却仍然没加拱顶的国民议会凄凉地立在波茨坦广场外，斯比里河旁隐现怪异不祥的古典式样的公共机构建筑，在 19 世纪后半叶，它们宣告了柏林那复兴的、过于自信的文化。被敲坏了的勃兰登堡门依然统摄着菩提树下大街。在柏林的树木间，只要你真正凝聚心神，就几乎能看到骑兵上校的带羽毛的筒状军帽，容克地主[1]凶狠的小胡子，甚或能够看到至高无上的陛下、神圣罗马帝国皇帝、全体日耳曼人的皇帝的开放式马车，在枪骑兵的护卫下从军部去他的**城堡**……

而希特勒的妄自尊大甚至留存得更少。这里有设计构思才气横溢的城市中心机场滕珀尔霍夫——纳粹曾经建造的最好的东西。这里有不幸辉煌的大体育馆，1936 年奥林匹克运动会在此举行，希特勒在这儿发现自己被杰西·欧文斯[2]嘲弄（转过那个街角，就有一条被命名为“欧文斯”的街）。其余的希特勒遗物都消失了，在我的感觉中，这座城市已经完全排掉了它的威胁。那机场仅仅是一个壮观的机场，那体育馆仅仅是一个体育馆。经过盖世太保总部遗址，我能够不带一丝战栗。俯瞰曾经是希特勒地堡所在的隆起处，我丝毫不感到恐惧。戈林的肥胖的鬼影不会显现在空军部的台阶上。邪恶已经被驱除。

至于那些战后修建的著名建筑，它们完全没有任何支配感。东柏林的官方建筑可能巨大而专横，但本质上是不育的，缺乏真正男子气概的汁液。资本主义西柏林的纪念碑式建筑让人感觉脆弱、贫瘠或矫揉造作：国会大厦的屋顶不久前崩塌了，爱乐厅看上去像是用一些鸡零狗碎

1　容克地主（Junker），是指以普鲁士为代表的德意志东部地区的贵族地主。在德国从封建社会向资本主义社会过渡时期容克地主长期垄断军政要职，是德国军国主义政策的主要支持者。

2　杰西·欧文斯（Jesse Owens，1913—1980），美国黑人田径运动员，在1936年的柏林奥运会上夺得100米跑、200米跑、跳远、4×100米接力4项金牌，追平和打破奥运会纪录共12次，打破了希特勒用奥运会来展示日耳曼民族优越性的企图。

的玩意儿粗手笨脚地拼凑而成，而密斯·凡德罗[1]给新国家展览馆的设计原本是用给古巴的巴卡第大厦的。

实际上，当今地球上，几乎没有哪个城市比1989年的柏林更让人感觉由于力量本身的缘故而鄙弃力量。所有那些权威机构的纪念物，不管是戴卷曲假发的容克地主的巴洛克式建筑，纳粹新古典建筑，教条主义的钢筋混凝土大楼，或是资本主义的垃圾货色，看上去都有点滑稽。

快乐，“安逸闲适”，恶毒，统治欲——这些标志性的特征，我发现有的还活跃，有的已经被慈悲地埋葬掉了。待在柏林的最后几天，我四处搜寻另外的特征，希望它们能够代表我对柏林未来的直觉，而不是代表我对柏林过去与现在的反应。在当代柏林最杰出的作家咖啡馆“爱因斯坦咖啡馆”——你可以在那儿只点一杯咖啡，然后写小说，直到打烊——我把一张1913年柏林旅游指南地图在面前展开，希望从中觅得预兆。

它展示出一座宏大而崇高的城市，以勃兰登堡门作为仪式性的焦点，在那周围紧凑而有秩序地分布，它的西边是公用土地和住宅区，东边是政府和金融区的办公楼。如今，这里的一切似乎都分布得随意、即兴或者变迁不定，而1913年的旅游指南地图则仅仅表现出理性和永恒

1 路德维希·密斯·凡德罗（Ludwig Mies van der Rohe，1886—1969），德国建筑师，最著名的现代主义建筑大师之一。

的安排。现代柏林没有真正的中心或平衡点，正像它当年被战争摧毁和被那道可恨的墙撕裂时一样，但老柏林以其沉重而自觉的方式几乎成为一座模范首都。

眼下，只有再次把它想象成一个帝国的都城——实际上，是想象成未来的欧洲首都，这片大陆的东半部与西半部在此相遇——才会觉得它时尚。其实，在某些方面，它给人的感觉已经是一座国际大都市，汇聚了来自各个国家的西方人、土耳其人、罗马尼亚人、波兰人、阿拉伯人、非洲人和吉卜赛人；这里的路标指向布拉格或华沙，在动物园火车站，你会遭遇旅行者疲倦的目光，透过卧铺车厢的窗户向外凝视，他们直接从莫斯科来，并将直奔巴黎。

毫无疑问，从物理的角度看，柏林能够恢复成一个真正的统一体。它那些丰富得不可思议的公园、花园、森林和林荫道，都是在战争与和平的岁月中充满爱意地种植与移植而成，它们已经赋予它一种有机的整体性的感觉。等到柏林墙附近的荒地填满新建筑，等到卡尔－马克思大道和亚历山大广场的浮夸被自由企业的欢乐的碎屑抢走风头，我们就可以看到古老的市政逻辑重新浮现。生活的焦点将会回到古老的皇家区域，勃兰登堡门将会再次标示公共与私人目标之间的过渡。

但是，我那本古旧的旅游指南表明，从形而上的角度看这将是一个不一般的问题。它的地图上那个如今已然消失的柏林建立在胜利之上——1871年普法战争的胜利，这胜利让德国统一，让柏林成为世界上最骄傲、最军国主义的首都。关于它的一切都讲述着凯旋、帝国，以及未来的胜利。在今天的柏林，胜利这个概念本身就是反常的，凯旋似乎不再是城市的天职。作为整体的世界也许在其内心深处依然畏惧德国重新统一的前景，畏惧德国力量的复兴，但根据我的判断，至少柏林不再是一个需要害怕的地方。我强烈地怀疑，从现在起再过50年，当这座城市最终恢复它统一的自我时，我们会看出它远远够不上“欧洲首都”的重要地位。毫无疑问，它会是一个非常厉害的城市——拥有绝妙的管弦乐团、著名的剧院、学术、研究以及一切令人愉悦的艺术——然而，本能和旅游指南一起告诉我，它不会是一个大陆的政治与经济顶点。

如果我必须选择一个单独的抽象概念来表达它的未来，我一边点上第二杯咖啡，一边思忖着，它终究会是某种可爱而不抱野心的东西：放轻松点，也许，在这个属于有趣时代的城市里，最糟糕的一切的确已经结束。

若上帝愿意的话。

在我看来，这个世纪的最后十年是不确定的十年，

其中没有什么是决定性的。

没有世界大战，但也没有世界性的和解，

尽管一个被叫作“国际社会”的抽象概念大受追捧。

世界上有一半人变得更富有，

但另一半变得更贫穷。

美国人继续他们那显然是不可动摇的征程，

意在控制所有的大陆，

沿着这条路前进，他们同伊拉克打了一仗。

苏联最终解体，

接管它的鲍里斯·叶利钦将这一结局描述为“20世纪的终结”，

但其后续者俄罗斯联邦还在生死存亡中挣扎。

欧洲朝向统一的进程被南斯拉夫解体的可怕战争挫败。

这十年可能变得更糟，但也可能变得更好。

对我个人而言，这是待在欧洲的十年，

间或突袭其他地方，

我这十年主要用来为一本名叫《欧洲五十年》的书收集材料。

我终于开始赞同丁尼生爵士的那句格言：

“欧洲的50年胜过中国一个朝代。”

20世纪90年代

29

欧洲的流动

欧洲正处于流动的状态，苏联之前的加盟共和国犹犹豫豫地先后独立，一些老的民主国家试图令其迥然相异的身份与作为一个整体的大陆的观念相调和。我沉思它持续不断的不确定性，感到自由不羁，同时又觉得自己在逃避现实，一天，我决定跳上我的车，去拜访这片大陆上保持着经典的连贯性的地方——三个著名的产酒地。这篇小随笔最初的结束语是一声感叹：“噢，这就是我的作家生涯！”但对 20 世纪 90 年代的更加严肃的欧洲探访来说，这可真是一句无忧无虑的开场白。

葡萄园

首先，我去了西班牙的阿罗。我从附近阿尔贝卡村的阿贝卡酒窖（有人向我推荐说它是现代里奥哈的一个非凡的典型）买了一瓶 1990 年的陈酿，我在这座城市主广场上马德里咖啡馆外的一张桌子旁喝它，面前还摆着一大盘各色各样的餐前小吃。

阿罗位于最纯粹的西班牙乡村，裸露的山岭，葡萄藤蔓生的山坡，城堡，大教堂般的乡村教堂，山顶的修道院，杜鹃，蟋蟀，锄地的孤独老人。去圣地亚哥朝圣的路线从附近经过，没有人能够指望别的地方比我面前的拉巴斯广场呈献出更多的西班牙特征，它被建在一个华丽的音乐台周围缓缓的斜坡上，有广场必备的一切：灯柱、鸽子、钟、卵石、拱廊、有老人在上面睡觉的长椅、大多数时候不出水的喷泉。在我头顶上方的屋顶上，一对鹳正在筑巢。

在拉巴斯广场上，似乎每个人都彼此认识。每个人都认识那两位老女士，她俩合打一把太阳伞，在咖啡馆的桌子旁来来回回、来来回回地走动。每个人都向那个极度优雅的彩票贩子致意，当粗壮结实的"Jarreño"（"制罐者"，这是阿罗市民的绰号）在音乐台周围互相打招呼时，"嘿，伙计"的叫声反复响起，越过广场传开去。每个路过的人都望向马德里咖啡厅欢乐的内里，想看看是哪些朋友在支持这家酒吧，还有一些人好奇地打量我，而我正拿着为了避开阳光直晒而放到桌下的瓶子给自己添酒。

我可不能将这场景理想化了。一群较为温和的西班牙人（他们自称来自布尔戈斯）戴着繁多的金饰、丝巾、墨镜，刚刚在人行道上的两张桌子前坐下；两个可怕的恶棍牵着一只令人生畏的猛犬大摇大摆地走过，我觉得他俩是一对巴斯克独立分子。周围有几个古怪人物，有穿皮夹克的摩托车手，炫耀夸饰的婴儿车里的孩童。不过，总体而言，此地的市民像是些不装样不矫情的人，一种粗野但却沉静的人，来自一个粗野但总体上沉静的地方。

那么酒怎么样？给我片刻，让我吞下这只明虾，想一想。嗯——我想，更多是沉静，而非粗野。它是去年在波尔多赢得重要奖项的一种非凡佳酿的 8400 瓶酒中的第 1301 号，但它仍然忠于里奥哈的风味，经由橡木桶珍藏，坦诚、强烈、纯粹，是一款口味醇正的葡萄酒。而且它的制造商是个女人，这一点恐怕只有在新西班牙——在新欧洲——才能算是合乎体统的。

接下来我赶往另一种截然不同的坚定恒久——我来到法国勃艮第的博纳坡，这里，有来自瑞士的奔驰和捷豹四处逡巡，寻找昂贵的午餐及成箱成箱的世上最贵的白葡萄酒。

这里距离阿罗的鹳和林荫大道闲荡者很远。在这儿，酒庄一个接一个，显得富有、考究、自鸣得意，就像是陈词滥调里说的：它们窄窄的街巷一尘不染，迷人的带庭院的别墅看上去全都像是上星期才用蒸汽清洗过。这些酒庄似乎大多荒弃无人，除了一路漫游而来的美食家和古怪的葡萄种植者踏进或踏出其路虎车，但每个角落都有一个风格简朴的雕刻标志，宣示着品尝美酒的机会。

作为一个粗野的岛民，偏偏又还是一个标新立异者，我决定在这儿大大地不敬一番。我平生第一次（可能也是最后一次）买下一瓶梦拉榭顶级名庄酒——1993 年出品的“拉纪胥侯爵”。在一家咖啡馆里，一位好心的女侍者帮我拔开塞子，我挑了一大份儿加火腿、奶酪的法式长棍面包来下酒。“请问，”我对一个碰巧在此时开着路虎赶到的葡萄种植者说，“这瓶酒的产地怎么走？”

看到酒的商标和我手里餐巾纸包着的三明治，他微微皱眉。他说，今天不算是个野餐的好日子，不过也许这酒能帮我体验野餐的感觉——他带着一种微妙得不可思议的不赞成的神态，为我指出通往梦拉榭酒庄之路。“祝你胃口大开。”他强迫自己说道，因为勃艮第葡萄种植者不充满魅力可不行啊，几分钟后，我发现自己坐到了著名的梦拉榭酒庄周围低矮的石墙上。它可能就是为野餐者而设的。我伸手就能碰到葡萄藤，在我面前的小路上，一只硕大的灰色蜗牛慢慢爬过，朝另一边那个几乎同样华丽的葡萄园爬去。

我坐在那儿，吃我的长棍面包，用一只塑料杯喝世界上最有名的干白葡萄酒。周围非常宁静，颇像是在一个极其高档的公墓野餐。没有一只鸟跳动，也没有一只蜥蜴闪现。偶尔有人坐车从那条葡萄园的小路上开过，放慢速度盯着我看上几眼，我坐在墙上晃悠双腿，以警惕的微笑作为回应，同时向他们举杯致意。葡萄园周围对称地展开这片土地的部分轮廓，干净到了极致，整齐到了完美，似乎从来没有人类之手耕作或种植过它们。

当然，那酒是神圣的。对我而言，它是一切勃艮第之物的精华：娴熟，挑剔，礼貌中带着优雅，也许有一点像路虎，余味中有一丝高傲。然而，当你发现自己置身于一个会让你的名字在行家圈子里受到400年敬畏的葡萄园，却就着火腿三明治，用塑料杯喝葡萄酒，这难道还不够酷？

400年？那不算什么。我去的最后一家葡萄园位于莱茵高——德国最棒的产酒地，从14世纪以来就一直属于同一个贵族之家。我喝的莱茵葡萄酒（一瓶1993年的贵腐）来自哈布斯堡皇帝在维也纳和会之后赐予梅特涅亲王[1]的约翰山城堡，那城堡如今仍然是其后人的产业。

如果说，勃艮第的标志是绅士般的优雅，那么莱茵高的土壤里则似乎充满着力量：持续的、恒久不变的力量，不受历史的影响，有时潜身蛰伏，有时大张旗鼓。我待在河西的巴特克罗伊茨纳赫温泉区，这是戴尖顶头盔的德国总参谋部1917年的总部所在地，30年后，康拉德·阿登纳[2]和戴高乐在这里会面，为欧盟奠定了第一块基石。一翻过北边那座山就有一座可怕的纪念碑，德国人用它来纪念1870年普法战争的胜利与德意志第二帝国的建立。周围的葡萄园一直是达官贵人们的采邑，分别属于普鲁士的弗雷德里克王子、黑森的伯爵领主、罗文斯坦因王子、各色各样的伯爵和男爵，以及梅特涅的后人。

1　即奥地利著名保守政治家梅特涅，他在1813年被授予奥地利亲王的头衔。

2　康拉德·阿登纳（Konrad Adenauer，1876—1967），德国政治家，1949年当选为联邦德国首任总理。

约翰山城堡耸立在壮丽的山岗上，颇像是另一座胜利纪念碑，俯瞰着下面的莱茵河，这一次，除了在城堡本身的平台上，还能去别的什么地方饮酒？风景庄严壮美。星罗棋布的城镇像众多佃户。莱茵河本身就是液化的力量，经过罗蕾莱，浩浩荡荡奔向科布伦茨，流往鹿特丹，汇入大海，河上永远充满川流不息的驳船——它们的突突声越过葡萄园的宁静传到我耳边，像是蜜蜂的嗡嗡声。看啊！那边来了一个德国连续性的象征，你想要多生动，它就有多生动——庄严的“歌德号”明轮船，522 吨，翻涌着旗帜和泡沫，正在莱茵河上航行，自“一战”前，它的主人一直没变过。

我正望着欧洲大陆上最重要的一道边境线，也是利润最丰厚的一条运输路径。河里流动的是全欧洲的能量。在约翰山城堡观景楼上开花的栗树下面，我抓起我的酒瓶（连同它优雅的标签，以这座城堡本身的形象作为标识，还铭刻着“冯·梅特涅亲王”的字样），仿佛将要从里面倒出祭品来。我这一辈子从未品尝过顶级的莱茵河葡萄酒，它与这个高高的有历史的阳台正相匹配。它向酒杯里倾泻富足与金色，它是一种强力的酒，一种高贵的酒，甜而不腻，复杂，一款有着精致意味的酒——主教和边疆伯爵们用它向神圣罗马皇帝祝酒，或者，留小胡子的陆军元帅以之庆贺胜利。

一两朵花从我身旁飘落到搁板桌上。“歌德号”消失在朝向吕德斯海姆的河弯处。是时候回家了。我从欧洲的确定性中暂时恢复了信心，有机性的美、自豪感的优雅、傲慢自负的反常魅力，全都混合在一种深邃的大陆性的余味中，我就这样带着它们动身前往茶和野味馅饼的威尔士。

瑞士

我把瑞士视为一种更为深远的欧洲恒定性的缩影，尽管它当时还没有加入所谓的欧洲共同体。在20世纪90年代，因为一连串金融丑闻和它在战争年代的不光彩行径被披露，瑞士的声誉遭到玷污，但我写下这篇随笔，是要对我所看到的外国人对这个共和国的不公正且乖戾的态度做出一个回应。

我驱车从奥地利南下日内瓦的路上，看到一个路标上写着“韦吉斯”，我想这个名字有某种亲切的狄更斯风格，就离开大路，开往韦吉斯去找地方过夜。我很快在卢塞恩湖边找到一个效率高到无可挑剔的家庭旅馆。古旧的明轮船自得其乐地从公园旁经过。一群开会的保险经纪人正在长沙发椅上消磨时间。穿浅灰色开襟羊毛衫的女士沿着邻近的散步道闲逛，华尔兹舞曲从一个音乐台上传来。天鹅与野鸭徘徊，等待胖乎乎的婴孩坐着推车过来投食。一种中性魅力的感觉，和善友好，却颇有点屈尊俯就的意味，如清洁剂的芬芳一般悬浮在空气中。

简而言之，我发现自己置身于瑞士人的一个窝、巢，或一套陈词滥调。我决定在这儿待上几天，整理好那些混合的感觉——作为英国少数民族的威尔士人中的一员，我沉思有关“瑞士特性”的问题时，必然带着这些感觉。

在英国人心中，“瑞士特性”这个词总是唤起位于冷笑和嘲弄之间的某种情绪。它并非一直如此。在中世纪，瑞士人作为最凶猛和坚定的战士而受到尊敬，在19世纪，大不列颠人对瑞士联邦似乎有着近乎谄媚的崇拜。当时的瑞士人没有丝毫可让人冷笑之处。他们似乎成功建立了一个理想的国度。他们是强健的山地人和农民，天生的绅士。在大型工程学方面，他们甚至有东西可以教给维多利亚时代的英国人，而且，整个国家全民皆兵的观念对英帝国的创建者们也有着非常强烈的吸引力。

无疑是两次世界大战改变了它的声誉。在许多英国人看来，中立原则始终像是懦夫行径，是逃避现实，或者纯粹就是娘娘腔，在这个世纪，瑞士不仅两次避开落在欧洲其他国家头上的悲剧，甚至还从中得利。对于英国人来说，瑞士特性作为一个抽象概念，其高贵性日益降低，几乎没有什么话能比卡罗尔·里德的电影《第三人》里那句关于瑞士人创造力的著名评语更准确地表达一个国家的怨恨："他们拥有500年的民主与和平，从中产生了什么？布谷鸟钟。"我们的曾祖父那一辈人听到这话会感到惊讶，但即使到了今天，大不列颠人仍然在引用它，走在韦吉斯完美无瑕的水滨，它也时常浮现于我的脑海——一个饱受战争创伤、被消耗殆尽、有着史诗般苦难与成就的帝国，对一个舒适安逸、秩序井然、巧克力般的共和国（就我们所知，它从未做过任何一件有助于拯救文明的事），所作的评判就是如此酸涩。

当那些有着古老的高烟囱的明轮船泊往韦吉斯的栈桥时，负责导航的高级船员独自站在舰桥上，带着一对操作杆和一根长长的、精心打磨过的通话管。他可能从未乘坐过北极护航舰，也从未把驱逐舰驶入马耳他，但在如此冷静地把船引往码头时，他的身上肯定没有什么可笑之处。他显得骄傲、健美、称职、时尚。时尚不是一个常和瑞士人产生联系的词，但就我的口味而言，周围有大量可称时尚之处。瑞士的富豪阶层没有太多可用来夸示其财富的特别的手段——在悉尼港口待上半个小时，你所看到的坦诚的炫耀比在卢塞恩湖畔待一个星期看到的还要多——而瑞士的中产阶级似乎决心永不打破平凡的规则。但是，总体而言，瑞士特性在许多方面确有其真实的辉煌。

想想瑞士的山间别墅。今天，它与蹩脚的布谷鸟钟产生了牢不可破的联系，并且被开发商和投机建筑商平庸化、琐碎化，降格到不比多尔金某个居民区里一栋竖框窗的行政公寓高贵。然而，在瑞士到处都有真东西的范例保留下来，它们不仅漂亮，而且宏伟；它们是**出类拔萃的**堂皇之家，是英雄之家，由大师级工匠为有地位的人修建，既热情好客又坚固强大，以细节与装饰的无穷无尽的变化赋予个性，有时候，住在里面的家庭和英国任何公爵宅邸里住的家庭一样古老。

或者，想想将瑞士和阿尔卑斯以南的世界连接起来的那些高高的隘口。它们在维多利亚时代和在今天都算得上是奇迹：那些棒极了的公路和灯火通明的隧道，那些在山岭中心打转的铁道线，那些登峰造极的堡垒，那种巨大的规模、目标与绝无错谬的计算的感觉，让人想起一个超级强国，而不是一个区区 650 万人口的内陆共和国。

就连瑞士人都开始怀疑他们的军队，多年来那一直是他们的联邦共同体的标志——在最近的公民投票中，三分之一的瑞士人认为应该撤销军队。但我仍然在其中找到了某种大气而动人之处，特别是在周末，民兵出现在山岭间，在树林中的骑兵补给站里擦拭马鞍，两人一组带着对讲机爬上山坡小路，或者在几乎无法通行的山谷里轰隆放炮。150 年来，他们几乎从未在愤怒中开过一枪，不过，这正是其大气之处。

瑞士国旗非常有风格：清晰，简单而独特——把各个州郡的图徽乱糟糟地塞进去，这是多大的一个诱惑！——因此，至少对外人来说，这代表了瑞士身份的清晰。不管你是否喜欢，我们都知道瑞士特性是什么。尽管瑞士人说四种语言，但他们的国民语言特征远比大多数国家清楚得多。英式法语、英式德语、美式意大利语相对来说较少入侵这里，就我所知，本地的罗曼什语基本保持原样，瑞士的姿势、态度、显而易见的风光与天险仍然是确凿无误的。

从韦吉斯沿着湖边往前走，在只有船只和从山上下来的险峻小路可通达的地方，延伸着吕特利草原，瑞士的兰尼米德[1]，根据虔诚的传说，1291 年，山地叛乱者在这儿聚集，反抗哈布斯堡王朝的权威，由此产生了瑞士共和国。到今天这里仍然是一个朝圣之地，星期天我走去那里时，成千上万的瑞士爱国者正来往于神圣的遗址，密密麻麻地穿过森林。我朝自己碰上的每个人快活地说声“早上好”，他们中大多数人的反应里完全没有逢迎，而是谦恭里夹杂着明显被搁置的判断，让我忍不住心生钦羡。这也是他们的风格。

这绝不是一种慷慨或随和的反应。它本质上是一种**居高临下的**反应，对我们大多数人来说，瑞士人身上最叫人不爽的也许是他们那种无言的优越感——当然，更加令人抓狂的是，他们对那些本身就有历史优越感的人也是这种态度。《第三人》里的讽刺对瑞士人毫无影响：他们也许会把它当成一种恭维，实际上，他们似乎如此依恋布谷鸟钟的气质，如此确信自己本质上、完全地、不可撤销地站在正义的一边。

这让我感觉是一种农民式的特征，在许多方面，瑞士仍然像是一个

1　兰尼米德（Runnymede），英格兰东南部一草地，位于伦敦西部泰晤士河边，1215年约翰王在此或附近的岛上接受了大宪章。

牧羊人的国家。待在卢塞恩湖的几天里，我所看到的身子扭曲、弓腰驼背或者衰弱干瘪的老人——在如今的西欧我们很少看到这样的老人——的数量反复给我留下深刻的印象。我想，他们是刚刚摆脱如符咒般纠缠着山民的甲状腺肿的那一代人；尽管今天瑞士人的预期寿命比欧洲其他地方的人都要高，而且最偏远的阿尔卑斯农场可能也拥有各种家居的便利设施，但那些身体扭曲的老人们刀砍斧削般憔悴沧桑的面庞，似乎仍在诉说着多少个世纪以来土里刨食的艰辛与隔绝。

被不列颠人持续不断地重申的一个常识是，瑞士特性绝非宽容的秘诀。它有很重的防范心理，偏重内省，倾向于褊狭的判断。在这里，眼界狭窄同郊区居民紧密相连，很显然，对怪人、无政府主义者、亚洲人甚或那些太过随意地向陌生人说“早上好”的人来说，待在瑞士可不会感到自在。甚至瑞士的幽默也像是费力构思出来的，似乎它必须费尽心思才能让自己摆脱千篇一律。我听说，瑞士在公共自由的问题上如此保守，它的权威如此侵凌个人，以至于倘若这个共和国加入欧洲共同体，很有可能永远遭遇人权法庭的非议。

瑞士人了解这一切。天知道他们有多么频繁地听到这些说法，城市激进分子大声叫嚷着进行批评——这是一个强有力的知识分子群体，他们压根儿就拒绝参加国家的周年庆，其理由是700年时间长得过头了。专家说，瑞士人的观念正在落伍。但是，倘若你富裕而和平地生活在一个维持得如此美丽的国家，倘若你在几代人的时间里从坐骡橇发展到开奔驰，倘若你的孩子接受极良好的教育，你的养老金足够负担得起韦吉斯一个俯瞰湖水的带阳台的宽大的宾馆客房（房费里包括早晚两餐，每餐四道菜），你也可能会认为，总体看来，你所处的社会系统是走在正道上。

在韦吉斯待到一半的时候，我下水游泳时撞破了头，不得不去缝针。我多么喜欢当时那种瑞士特性啊！男医生平静而稳定地工作，女医生和他们的儿子兼电脑专家在一旁帮忙，他的技术细腻，他的装备尖端，不论何时睁开眼，我都看到一尘不染的诊室窗户外波光粼粼的湖水，点染着安闲的波浪，环绕着绿色的山岭，像是一粒视觉镇静剂。

我对这一切思考得越多，就越疑惑英国人能够嘲笑瑞士什么。他们比瑞士人更自由吗？我怀疑。他们的种族主义比瑞士人的要少吗？我怀疑。他们的安保部门更少侵凌个人吗？也许不是。他们的权力结构更开放吗？得了吧，别让我发笑。他们的学校有瑞士那么好吗？他们的收入有瑞士那么高吗？他们的失业率更低吗？他们的产出更大吗？他们的街道有那么干净吗？他们的公共道德更好吗？他们的犯罪率更低吗？他们对自己的命运更满意更开心吗？哦，投票似乎表明了观点上的摇摆，但当瑞士人通过公民投票来决定是否加入欧洲共同体，并由此终结作为其本质上中立的隔绝状态时，仍然很有可能大多数人说不——正如他们在1986 年拒绝加入联合国。评论家会向我们保证，这将被证明是一个错误，要不了多久，瑞士就会发现自己过时、沮丧。想要打个赌吗？

另外，作为一个威尔士的共和主义者，一个欧洲的联邦主义者，我仍然能在瑞士发现一个典范，一种希望。欧洲各民族国家的公民总是拒绝承认它的榜样效应，但对我们这些在新欧洲的构想里看到少数民族（加泰罗尼亚人、科西嘉人、巴斯克人、布列塔尼人、苏格兰人、威尔士人，以及其他所有小民族）的新机会的人来说，瑞士联邦绝对不是一个过时的理想。在湖边游荡时，我不时留意到小小的、不显眼的边界标石。卢塞恩湖边上环绕着四个州——卢塞恩、乌里、翁特瓦尔登、施维茨（也全都是明轮船的名字）。每个州都在很大程度上管理自己的事务，仍然只有那些朴素的石头（有时远离道路）标示出它们的边界。

瑞士可能在人权方面是落伍的，但在政治民主方面肯定是强大的，不仅共和国的24个州大多自治，而且在影响最深远和最本质的议题上，联邦政府的事务也长期服从全民公决。你能想象英国人对是否拥有军队搞一次全民公决吗？在瑞士，人民的意愿是算数的，对国家事务的商议尽可能地下到基层去，一直到最后的山谷；正是瑞士人民的意愿决定了那些我们所讨厌的一切，所崇拜的一切，所惋惜或嫉妒的一切，以及今日瑞士那些让我们愉快或恼怒的一切。

几个世纪以来，这些州互相之间没有开战，也没有谁试图凌驾于邻居之上。这些简朴的界石代表了对国家主义观念的一种温和的尊崇，而在其他大多数地方，与国家主义有关的一切绝不可能是温和的。我一点也不介意欧洲以同样的方式划分边界，比如说，仅仅用一块标明“法国”的石头或木头（也许顶上有一只混凝土公鸡）告诉旅行者，他们离开了德国或意大利，必须得换一本其他语言的词典。如果威尔士人像翁特瓦尔登的人们一样，在一个多民族、多语言的联邦制国家内管理自己的地区事务，其目标是哪怕拉姆尼河谷或者杜伊佛区的议会也对中央政策有其法定的（虽然是微不足道的）影响，并且每个人在国家最大的决定上都有直接的发言权，我就会成为一个热烈的爱国者。

在韦吉斯待上一个星期后，我仍然隐约希望历史以瑞士特性作为其终结。

1992 年，瑞士确实举行了一次全民投票，决定是否加入欧盟。投票结果是否定的，迄今为止它还呈现出一派繁荣。

法国

英吉利海峡隧道完工前的 20 世纪 90 年代是英国真正作为一座孤岛的最后十年，因此，哪怕从丹佛去加莱的 25 英里旅程似乎也是一种明确的过渡。我为了写这篇总结而去法国，乘坐的是气垫船，这是用来横

渡海峡的有着最实实在在戏剧性的载体。

对最终的旅程来说，毫无疑问，不可能采用什么别的交通方式。我们最后就将这样渡过冥河，伴随着浪花的哗啦声与舱门的咔嗒声，粗笨地赫然出现，水陆两栖地穿过黑夜，头顶的操舵室里高高地站着冥府渡神卡戎。如果你乘坐这种极为重要的交通工具登上法国的土地，那么这次登陆似乎是不可撤销的，并且它多半是不可能因为外海上一波轻微的碎浪、峡湾里突然刮起一阵狂风而取消的，而卡戎每次在气滑艇港口都要滞留好几个小时，接下来你会看到他坐在全景餐厅的高脚凳上，闷闷不乐地回忆着什么。

我爱这登陆的绝对性，因为我与每个爱国者同声同气，橄榄球赛上落泪的威尔士人，游行队列经过时将帽子扣在胸口的美国人，斯威士兰那些神秘难解的仪式或者罗马维托利奥·伊曼纽尔纪念馆的台阶上、歪着头倒背着枪一动不动站立的悲哀而沉默的岗哨，他们在我心中唤起几乎同等的同情。尤其是，既然人们将爱国主义的情感最为明显地与法兰西的事实联系起来，那我就得对令法国人骄傲的法国性做出反应。我并不指望他们对我好。我也不想他们以任何方式去适应外部世界的影响，不管那影响是合理的还是有启发性的。我只希望，和往常一样，在驱车从港口开进那些加莱海峡的忧郁风景时，我所进入的世界不仅与我自己的世界分离且不同，而且完全确信它对其他所有人的优越性，它邀请你接受它，要不就离开它。

这是些陈旧过时的嗜好。我知道，世界主义是当代的正统，今天很少有人希望用其自身的形象去改造外国，对我而言，更少有人希望各个国家保持绝对的原样。照我看来，这会导致迟钝，尽管我偶尔会因为肿块被抹平、怪癖被标准化、畸形被合理化、对比被均质化——他们告诉我，这些肯定是伴随着泛欧洲化而来的后果——而感到激动。

那天，正是这样带着一种内在的预兆，我离开布洛涅的气垫船港口，沉思着驾车开往巴黎。我有一种恼火的感觉：法国自己可能最终会对其风格加以折中。在高速公路咖啡馆，当服务员递给我一块**巧克力夹心雪糕和远西炸鸡块**，并且出于安全理由拒绝给我酒时，我对事物的外表产生了反感。

不过，起初我发现了许多让我安心的东西。人们依然迈着那种特别的法国式步伐，四肢没我们那么灵活，但更精确而谨慎，仿佛他们的膝盖不能打弯。交警仍然以那种特别的法国姿态骑着摩托车，像白骑士一样大幅度向前弓身于油箱之上，又好像他们在谨慎地离开人们的视线后也可能摔倒在地，麦克风和报告本被摔得一片混乱。卡车司机在路上逆行，与我的车碰头时，仍然像往常一样按响刺耳的高音喇叭，彻底压垮我自觉清白的自娱自乐的抗议，让我只得愤世嫉俗地甩甩头，同时微不可闻地嘀咕几句——这是法国式勇气的早期症状。

我发现，仍然没有哪个地方有像法国市镇一样的早晨——面包在令人清醒的空气中弥散香味，黑衣神父聚在大教堂做早间弥撒，火车站广场周围机动脚踏两用车的吱扭声惊醒第一位游客，让她打开百叶窗，在阳光中啜饮橙汁。世界上仍然没有哪个地方同法国的中产阶级乡村餐厅（尤其是在星期天午餐时间）有丝毫相似之处：外面的小城无精打采，有回声嗡嗡作响，而美食家客栈、血肠餐馆或香颂饭店有如空洞卵石的大海中一个个温暖的饕餮岛屿。

在法国中部一个古老的城镇，在这样一个漠然的星期天，我走进这样一家餐厅。街道蜿蜒着从铁路那边爬上来，穿过中世纪风格的阴沉晦暗的墙壁，最后会聚到大教堂门外的广场上，广场被巨大的石头动物透过大教堂塔楼的石头格栅俯瞰，有猫和零零散散的游客漫步。这家街角餐厅周边围着擦得锃亮的黄铜框架，里面有遮篷和菜单，我发现它未曾改变分毫。它仍然是我们这些岛民既爱且憎了许多个世纪的法国的精髓。老板娘依然是一切虚伪、小心眼与不可靠之物的典型。一位侍者照旧摆出公爵的模样，另一位则明显是个乡村白痴。我旁边一张桌子上坐着星期天出门下馆子的本地一大家子，老板娘跟他们很熟，街区里的人对他们都挺尊敬——他们面无笑容，面前铺着层层叠叠的餐巾，严肃地吃个不停，偶尔从小眼睛边上乜斜我一眼，低声交流着无疑是在粗鲁而狡猾地辱骂英国人的话，然后继续懒洋洋地吃小牛肉。

我不怀疑账单有误。我可以肯定，老板娘像我憎恶她一样讨厌我。

小牛肉其实颇多筋结。但这一切仍然是一种多么对立的快乐！蔬菜仍然炒得多么棒！法兰西美酒多么甘醇！那公爵多么气派！那白痴多么惹人怜爱！我避开前面那张桌的顾客们的审视，甜蜜地回应老板娘那闪烁不定的微笑，我带着多么真实的感激，将这家咖啡馆的法国味儿像披风一样裹在身上，激情满怀地返回高速公路！

对我而言，法国人的生活在大多数方面都和往常一样强健有力。在沙特尔，侍僧仍然聚集在司仪神父周围，就像白衣侍从围在骑士身边。在卢浮宫，工人把大师杰作从一个房间拖到另一个房间，给人感觉像家具搬运工一样快活而无礼。圣奥诺雷的时尚用品店女店员仍然是那种最艰难的硬推销技巧——冷淡的技巧——的行家里手，“它**完全**适合你，”说话的口吻像是她们母亲那一辈人，“如果你认为，如此精细微妙的一件织物**真的**符合你的风格……”在一个温暖的月光明媚之夜，我游荡着穿过普罗旺斯葛林姆村的城堡，山下村庄亮着柔和的灯光，地中海在视线之外的某处呢喃，我感觉那天鹅绒般的古老魔力一点也不比过去稍逊风骚——不管下面远远的公路上车流多么狂乱，也不管圣托贝海滩上水面的浮渣多么厚重。在伊泽尔行政区扩普斯镇珀思特旅馆的车库，一位老人在我停车时给了我帮助，他以全副老派而谨慎的关注指挥我从柱子中间穿过——手指朝这边一弹，右臂朝那边一挥，直到最后，像乐队指挥抵达完满的最终和弦，他以半凯旋半失望的姿态垂下胳膊，让我明白：可以熄火了。“哦，在某些方面我们还是老样子，”萨缪市（多年前我在这儿住过，写过一本书）的一位老朋友说，“钱没多多少，仍然喝同样的汤”——我毫不怀疑，若是在（比如说）21世纪以来的任何时候向他提出这同样的问题，他都会用同样嘲讽的口吻作答，脸上带着同样皱巴巴的表情，以同样的方式把白兰地在小小的雕花玻璃杯里晃来荡去。

但是，正如我所害怕的，我看得越多，就感觉到越来越多的差异。甚至那萨缪市，表面上几乎与往昔一模一样，其内里也发生了深刻的改变，因为上萨瓦省旧有的阿尔卑斯文化已经死去，山地农庄大多变成日内瓦人的周末休闲地，只在非常罕见的情况下，你才能看到亲爱的、熟悉的山谷道路，看到在草地上织毛线的女士（母牛在她身后闲荡、咀嚼，牛铃在甜蜜的空气中叮当作响）。变得不一样的远非法国的细节特征，而是那总体性，是那生活的氛围或风土。

首先，法国比它原来年轻多了。过去，“织毛线的女士”根据定义来说几乎专指颇有点年纪的女士，而且，法国的大多数经典原型人物——从巴黎的门房到多尔多涅河的农夫——都是老人。无疑，这个国家的诱惑力的一部分就在于其成熟，那导致了古怪乖戾和老牛皮筋似的脾性，还有我总是甘之如饴的顽固倔强。过去我们老是感觉，法国人似乎永远也不会改变，因为人都是要死的，而他们绝对没时间改了。

我想说，从生理的角度看，如今的法国让人感觉比我所知的其他西方国家都要年轻。当我用更具分析性的目光打量，甚至付款台后穿邦巴津织物的女士也只有过去一半的年纪。再也看不到那些不知疲倦、满口酒气的农夫催促喷着鼻息的高头大马从远处的原野上走过。甚至银行经理也可能不再是你预料中老奸巨猾、善于逢迎的资产阶级，而是刚刚 30 岁出头、油光可鉴的管理人员，你尽可设想他有一位若然丰满那就定然珠圆玉润的妻子，也许还有一个经济学的学位。说到法国的驾车者，过去他们总是开着翘屁股、车身有波纹的小型雪铁龙，如此惹人怜爱地突突驶过，手里的香烟上下颠簸，同时和陷在副驾驶位上的面无表情、脾气火爆的同行者说着话；如今，他们几乎总是跑得比声音还快，你只能看见一道未来主义风格的模糊的橙色。

法国的年轻化令我不安。我知道它迟早会来，因为 20 世纪 40 和 50 年代的出生率非常高，我认为自己已经无意识地看着它发生了好些个年头了。尽管如此，当我坐下来思量时，我看到周围皆是这个国家的新面孔，仍然感到震惊。这就像是在卡纳比街[1]上碰到一位老阿姨，四处转悠着买牛仔裤。它带给我一种古怪的化学性的感觉，仿佛我触到了一个在实验室里人工制造的新的细胞结构。

没错，随着青春而来的，还有一种新的普遍性。毋庸否认它。超市、购物中心、电视、家庭轿车、电冰箱、舒洁纸巾，所有这些世界

1 卡纳比街（Carnaby Street），伦敦一条以时装出名的街道，除了著名时装师设计的服饰，这里也是购买街头服饰、夜总会装扮和时髦运动鞋的绝佳地点。

性改变的工具都如它们影响我们其他人一样强有力地影响了法国。甚至风景的外观都在过去大约五年发生了改变。今天的法国涂抹着亮丽得多的色彩。它的北方村庄最终摆脱了自从凡尔登和马恩河战役以来像雾一样笼罩在它们头上的那种绝望的枯萎病。它的南部海滩，曾经如此安宁，散发着鼠尾草的芬芳，如今被开发得俗气艳丽，像任何西班牙海滩一样。甚至巴黎，尽管其中心城区基本上未受侵犯，但其边缘却激增了大量高层楼宇与混凝土天井。勒·柯布西耶死了，法国建筑像是从一段长时期的迷茫困惑中苏醒，抛弃了他那阴沉的影响，变得越来越精巧，越来越轻盈，带着越来越多的喜悦感，越来越少的社会教条——因为，勒·柯布西耶的原作至少还有庄严，而勒·柯布西耶的复制品则大多是险恶的欺诈。

到处都是这个年轻的新法国在以英式法语迎接你，这种由广告人和赶潮流的小年轻使用的混合语言被学究们大加鄙薄，是这次在法国碰到的最令我闹心的事。英式法语无所不在——有**凉台的平房、热狗、玩具农庄、园艺中心、巧克力夹心雪糕、远西炸鸡块**。当我咕哝抱怨时，人们说我拘谨僵化，但是任何在威尔士生活过的人都知道，语言才真正是民族性的实质，每一次向外国的习语妥协、每一次采纳诱人的外国用语，都是对民族身份的削弱。我厌恶任何英式法语的征候，当我漫步于距歌剧院、卢浮宫和玛德莲教堂几乎只有一箭之遥的和平路，我觉得自己抵达了它最泛滥的地方，我看到一家房产中介公司的橱窗广告上写着，有栋房子距离“Paris-France”只有25英里。

特别是在法国巴黎，我格外觉得自己感受到精神的某种驯服。尽管法国人是年轻的，但却看不出他们拥有强大的勇气。以切尔西或加利福尼亚的标准来衡量，他们相当镇静。我思念巴黎那传奇的火花。不管我的车开得有多糟糕，几乎都没人冲我猛按喇叭。左岸那些咖啡馆里原本盛产的亡命徒如今陷进课本里。当倾斜的雨水凶猛地泼向杜伊勒里宫，没穿外套的巴黎女子吃完可怜的减肥午餐后，顶着夏日的风，深深地弓着腰，在人群中顽强地挤出一条道儿走回办公室去的时候，这座都城似乎被一种奇特的绅士般的宽容感攫住——那感觉甚至像是冷静的表象。

不知为何，这座城市似乎**被消过音**。也许是因为分区限制，它把对新伦敦来说如此必不可少的露天市场的卖弄夸耀给赶到巴黎市中心之外去了。跟同一天的《泰晤士报》比起来，《世界报》显得异常平衡而拘谨，我白费了一通力气，没在上面找到胡乱涂写的抗议标语或者星期天的示威活动。就连巴黎的警察也变了，尽管他们在巴黎保安局的隐蔽地牢里可能凶神恶煞，但表面上却和蔼得令人不安——当他们在河边仁慈地摆弄警棍，或者亲切地弯腰帮助虚弱的老妇人时，脸上流露出友善安详的神情。而像我这样的人总是习惯性地把巴黎警察想象成拂晓时分穿皮夹克、弓着背坐在防暴卡车里的人，对我们来说，这个温和的新形象不啻是一次令人泄气的打击。它给巴黎带来一种不成熟的满足感，仿佛经过战争和叛乱，经过苦涩与压抑，它最终习惯了接受，并将狂怒、绚丽和创造力留给了别人。

这仅仅是本能：一种形而上的道听途说。我只能记录下这个国家给我的一种贫瘠不育的感觉，颇像是一道喷洒过杀虫剂的风景所带来的死寂感。对我来说，法国像往常一样友善，似乎依旧是一座宏伟的文明堡垒。

但它没有**点燃**我的激情。我感觉不到振奋的刺痛，试图解释这种战栗的缺乏时，我主要将其归因于**光荣**的消退。这不是法国人的错。仅仅是法国式的庄严风格过时了。拿破仑的黑色石棺多么浮夸而宏伟，墓地高高的拱顶周围鸽子没头没脑地拍打翅膀，前厅里躺着拿破仑手下的法军元帅们，虽然失败，但却傲慢！凡尔赛宫的巨大多么没品位，一条条走廊紧紧相连，一幅幅战争画面互相融混，镀金，丑陋的镜子，过分充裕富足如今显得比暴发户还要不雅！那个老法国的尺度出了错，在一个将用后即弃标榜为美德的时代，这些法国遗产——汗牛充栋的画作与无穷无尽的繁文缛节——的巨大荣光如同名誉扫地的价值观的荒芜遗迹，不仅令人同情，而且粗俗平庸。

它们仍然是法国爱国主义的真实表达：随着民族光荣感的衰落（它肯定会衰落），法国就这样变得越来越不法国。我不可能全方位地拥有它。结束游览回到布洛涅时，我对自己说，这趟气垫船之旅毕竟不会如此绝对。法国的一些奇异性已然消失，法国人正在变得——别管那是好还是坏——有一点儿更像其他人。“如今我们都是世界公民，”在巴黎，另一个朋友曾对我精辟地评论道，我觉得他说这话是想要安慰我，因为他不知道我的民族统一主义倾向。仍然有一种奇特的反常复苏了我的精神：气垫船带着它习惯性的起伏、翻涌和轰隆声抵达另一边的海岸，张开大嘴放下我们，而我驱车进入多佛喝下午茶，天啊，当我想起法国时，我发现自己置身于一个多么不可救药的孤立的国度，它的习惯多么怪异，它的口味多么与世隔绝，它的公共习俗多么滑稽，它那些坚韧的撒克逊面孔（他们快活地呷着用茶包泡出的茶，正在讨论是否要来一份蛋白杏仁小甜饼或一片人造奶酪）多么自鸣得意！

德国

位于新欧洲核心的德国吸引我反复光临，几乎始终是出于同样的目的：比较过去和现在，思考未来。

“一战”前不久，当时还是姑娘的我母亲抵达莱比锡，就读于皇家音乐学院，该学院大约 70 年前由门德尔松创立，到那时还是世界上最著名的一家音乐学院。她在这座古老的萨克森城市度过的三年如此快乐，她对它的记忆如此充满感情，让我在成长过程中也对这个地方产生了一种模糊但却无法磨灭的景仰，它给我的童年上了色，并且永恒地影响了我的态度。

在我耳中，它一直是个多棒的地方啊！莱比锡大学位列欧洲最有影响力的大学。它的商品交易会从 12 世纪繁荣至今。在莱比锡，席勒写下《欢乐颂》，巴赫创作了《圣马太受难曲》，瓦格纳出生于此，歌德和舒曼在这儿读过书，马勒指挥过它的城市剧院管弦乐团。在我母亲那个时代，莱比锡仍有巨人存在。阿瑟·尼基什[1]是伟大的布商大厦管弦乐团的指挥，该乐团那举世闻名的音乐厅就在皇家音乐学院隔壁，罗伯特·泰西穆勒[2]是我母亲的钢琴教授。理查德·施特劳斯在德累斯顿那条路上指挥完《莎乐美》的首场演出，马上就赶到莱比锡指挥第二场——我母亲被禁止观看，因为对少女来说，这部歌剧实在是太不得体，不过，她最终还是从一扇窗子里爬出去看了演出。

哦，她在半夜里听到过钟声！她喜悦地记着，莱比锡有一些辉煌的公园，古老的广场上有一些令人愉快的咖啡馆，到处都有音乐。此外，相当重要的是，这里的市民是一群有魅力的萨克森人。她在莱比锡交的一些朋友，终其一生都是她的朋友，虽然其间有两次针对德国人的世界

1 阿瑟·尼基什（Arthur Nikisch，1855—1922），匈牙利指挥家。

2 罗伯特·泰西穆勒（Robert Teichmüller，1863—1939），德国钢琴家、音乐教育家，是其时代最有影响的钢琴教师之一。

大战，战争中她唯一的兄弟被杀，丈夫受到毒气的致命损伤。

在我本人平生第一次到莱比锡之前，阅读与它有关的各种资料让我觉得，母亲对这座城市的观点（充满少女的热情）是片面的。她从未告诉过我，在她读书那会儿，莱比锡像德意志第二帝国的其余部分一样，肯定也处于好战的骄傲的骚动中，甚至有魅力的萨克森人也在朝虚荣心的彼此冲撞——也就是世界大战——不断前进。她从未告诉我，帝国法院（全德国的最高法院）就在距离她母校几百码的一座宏伟的宫殿里，她也没对我说过，这座城市是第 13 军团的司令部所在。她从未提起过市集广场上的民族战争纪念碑，纪念碑前面的德国皇帝威廉一世像，以及顶上的日耳曼尼亚胜利雕像。

也许她本人没有意识到，莱比锡不仅是一个德国文学、艺术、音乐和学术的名胜，也是正在萌芽的德国物质主义的展示地。在布鲁歇尔广场，人们正在建造欧洲最大（甚至有可能是世界最大）的铁路终点站，26 条平行的铁轨位于钢铁与玻璃的庞大框架下。有轨电车网络是效率和现代性的一个典范，我母亲喜欢回忆她和同学们在风光如画的户外餐馆度过的快乐长夜，但却忘了告诉我当时城里已经开了三家自动餐厅——那可是曼哈顿自动售货机的前辈！她将到莱比锡纯粹视为对艺术圣杯的朝拜。当时，德国文化正在她这一类型的不列颠人中风行，她的学业进行到一半时，我那位骄傲的外公出国探望她，将一对蒙茅斯郡雏鸡进献给了泰西穆勒教授。

巨大的中央车站现在比过去更繁忙。我要等的从柏林开来的火车进站时，从布拉格到巴黎的“亨利希·海涅”快车刚刚从16号站台离开，几乎就在我走进维利·勃兰特[1]广场（原布鲁歇尔广场）那一刻，一辆红色有轨电车疾驰而入，将我载往旅馆。老莱比锡在“二战”中被粉碎，第一眼看过去，我觉得，这座当代城市的天赋显然是物质主义的，而非艺术的。

今日市民生活的中心是奥古斯塔斯广场，它在战争中基本被摧毁，尔后在莱比锡作为民主德国第二大城市的岁月里得以重建。我母亲会选择性地无视它。统摄广场的是原来那所卡尔·马克思大学的一座34层高楼，到如今它仍然向世界呈现着原先这里学术机构常见的单调浮夸。广场北端是一座毫不可爱的被修复的歌剧院。另一端是现代派的新布商大厦。巨大的莫斯科风格的公寓楼向南边延伸，有一排常见的肮脏的帷幕墙。那天，它们在我看来全都非常阴郁，但我很快就振奋起来，只需从奥古斯塔斯广场走出几步，我就置身于一个我母亲一见便熟知且热爱的莱比锡。

其中一些东西是她从物理的角度熟悉的，因为被飞机和大炮轰炸过

1 维利·勃兰特（Willy Brandt，1913—1992），德国政治家，1969—1974年任西德总理，1970年华沙一跪引起全球瞩目。

的老城还保留着许多遗迹，并且已经亲切地修复过了。文艺复兴时期的老市政厅在市集广场旁光洁如新；豪奢的市民宅邸到处都有；教堂尖顶如往常一般高耸于陡屋顶与小广场之上；豪斯荣咖啡馆（Haus zorn Kaffeebaum）从16世纪以来一直在供应咖啡。更合我意的是，在消失的城墙原本围着的圈子里，仍然繁盛着多年以前诱惑了我母亲的萨克森的“安逸闲适”。

我逐渐爱上在纳什市场一家自助餐厅的户外吃晚饭。巴洛克式样的老证券交易所和蔼地俯瞰着小广场，我的晚餐总是由蘑菇、土豆、草莓和白葡萄酒构成。这个地方充满可交谈的人，葡萄酒味道很棒，我习惯性地放纵自己多吃一份草莓，再加上角落里一个卖艺的手风琴师，以及温暖着颈背的夕阳，我很快开始感觉自己惬意地置身于朋友之中。（待在那儿的日子里，我碰到的唯一令人讨厌的莱比锡人，是一个厚颜无耻地闯进买音乐会票的队列里的男人；当他大摇大摆地走开时，**为了公众利益**，我成功地绊了他一跤。）

因此，尽管从我母亲那个年代以来，莱比锡发生了如此多的变化，但她那个关于这座城市的玫瑰色幻梦仍然得到了我的证实。德意志帝国来了又消失，纳粹的梦魇过去了，美国人带着炮火与口香糖雷霆风暴般席卷这里，直到五年前，自由的旗帜才重新回到这座宏伟的古老城市。然而，我在这儿得到了意想不到的安逸，哪怕是在那片凄凉的街区，在那儿，玩滑板的人在水泥铺路石上弄出咔嗒咔嗒的声响，街头涂鸦颂赞“全体祖鲁人之国”。即使到了现在，莱比锡仍然会是一个好地方。在20世纪90年代和在20世纪初一样，走进圣多马教堂——也许你刚刚在正对它大门的那家咖啡馆里干掉一客冰激凌——是一件很棒的事，你会立刻感觉自己同那位强大的管风琴家兼唱诗班指挥约翰·塞巴斯蒂安·巴赫在一起。巴赫的雕像矗立在它的建筑正面之外，严峻地审视着冰激凌。巴赫的音乐巨大地回响在它的管风琴旋律中。巴赫永远（这是我们的希望——他已经被移动过一次了）躺在高坛中纪念性的厚石板下面。在今天的莱比锡，谁能不被圣尼古拉教堂刚刚显现的魔法打动？[1]在这座教堂里，莱比锡人的意愿聚合成团，通过祈祷和烛光守夜得以表达，直接导向了德国的重新统一。

至于席勒写下《欢乐颂》（经贝多芬谱曲后，成了欧洲共同体的圣歌）的那座小房子，位于城中一个特别令人不悦的区域，它所属的那些街道还在忧郁地诉说着昂纳克[2]与史塔西[3]的旧事，它的周围是阴沉的红砖公寓楼、轰炸遗址、破碎的窗户、下沉的过梁；但在它上面，有一块纪念性的铭碑，以如此辉煌、喜庆的巴洛克式风格打造，整体闪耀着兴

1 圣尼古拉教堂的和平祈祷会催生了1989年民主德国境内最早的和平示威活动，最终导致柏林墙的倒塌。

2 埃里希·昂纳克（Erich Honecker，1912—1994），民主德国最后一位正式的领导人，是1961年建造柏林墙的决策和组织者，曾下令对逃亡者开枪射击。

3 史塔西（Stasi），是德语Staatssicherheit缩写的音译，全称是“德意志民主共和国国家安全部”，1950年成立。

奋的精神头儿，以至于这所房子就像是在挑衅式地宣告着喜悦——不论发生任何事情。

我母亲的莱比锡主要是老城区以南的学术区，在信心十足的威廉皇帝时代，在那些鲁莽振奋的岁月里，每一种智力机构都在这里涌现。我不知道这个区域有多少在战争中幸存，但我晓得母亲读过的音乐学院仍然存在，被改名叫费利克斯·门德尔松·巴托尔迪音乐大学，因此，我在一天早上出发去找它，作为向导的是我那本 1913 年**德国北部**旅游指南上一张漂亮极了的地图——漂亮极了，唉，但现在基本上已经没用了。城里那一片已经整个儿大变样了。英裔美国人的圣公会教堂在哪儿（地图 4，B4：牧师——尊敬的 JHM. 诺德尔）？阿尔伯特国王公园咋样了？还**能够**找到的少数建筑之一是施列伯街游泳洗浴中心（地图 1，B4），我在泳池旁晒太阳的人群中随意打听其他的旧地都在哪儿。一个年轻人自告奋勇地带我去音乐学院，他本人也曾是那儿的学生。我收起旅游指南，和他一起出发，穿越我母亲的那些风景。

这里有她记忆中格外亲切的约翰娜公园，她曾在那儿看到过小青蛙（或者是鱼？）随着一场可爱的萨克森阵雨从天而落。在一片杂草丛生的荒地对面，那边的某个地方一定有过她的寄宿处，她曾从房间里逃出去看《莎乐美》，我的外公前来视察时无疑曾经恭维过她的女伴。马路对面是托马斯教堂男孩唱诗班（巴赫本人所属的唱诗班）的校舍——毋庸置疑，我母亲回家后在蒙茅斯郡教堂弹管风琴时，这地方一定时常浮现在她心中。

我的向导原来是圣多马教堂的一个唱诗班指挥，并且是巴赫的后人，当我们一起穿过这座城市，我开始感到自己获得了某种神力，真的回到了尼基什和泰西穆勒那个时代的莱比锡。我这位同伴，撇开T恤和运动鞋不提，完全就是我所想象的我母亲的怀旧记忆中那些学生的模样。没有青蛙从天上掉下来，但约翰娜公园依然青翠，充满年轻的生命。号角的乐声从视线之外的某处隐约飘来迎接我们，当我们走到一片宽阔的绿色空间，我的同伴说，这就是老布商大厦音乐厅的遗址，20世纪40年代被炸塌，我们站了一会儿，保持着得体的尊敬的沉默，我想起了门德尔松和我的母亲。

到最后，皇家音乐学院出现了。在我眼中，它和我母亲毕业证书上那幅版画一样，都是音乐学院巅峰及典范的模样。我们走进去，里面有著名音乐家的留胡子的官方半身像，学生带着大提琴和乐谱夹匆匆经过，朗诵和排演的通知在公告板上飘动，从我母亲那年头以来，它们肯定一直是这样被风掀动的。“我们马上就到，”我的向导殷勤地宣布，“钢琴系”：在这儿，沿着一道旋转楼梯爬上去，我们就回到了20世纪初的音乐学院。我所能看到和感觉到的一切都没有改变；没有任何东西缺席。每道门旁边贴有一张教授名单，就算看到泰西穆勒的名字我也一点都不会惊讶。我们走进其中一间练琴房，一个学生正在努力弹奏肖邦的前奏曲，有那么一瞬，我真的以为那就是我母亲，年轻，微笑，穿一件有花边的衣服，从键盘上抬起头来，充满期待地望向我们。

我几乎可以肯定，窗台上放着一对雉鸡，包在一份《蒙茅斯郡灯塔报》里。

古老德国文化的另一个中心是图林根的魏玛。它充满优雅的记忆，但和许多德国城市一样，即使到了20世纪90年代，这座可爱的城市仍然有自己的家丑。

我得羞愧地承认，我从未听说过作曲家贝内代托·马尔切洛[1]的名字，尽管我现在知道他是17世纪威尼斯派驻伊斯特拉半岛[2]普拉城的总督，当我在乐谱架上的乐谱封面上看到他的名字时，有那么片刻，我怀疑他是否仅仅是一个由学生幻想出来的人物。这一整个小插曲看似颇有迷幻感。这是在魏玛的第一个早晨，我独自穿过伊尔姆河边落叶披覆的公园，碰到一对迷人的非正统的卖艺学生。男孩吹长号，女孩拉大提琴，一起努力完成马尔切洛的奏鸣曲（曲谱搁在他们的老式铜架上），对我和其他任何路人全都浑然不觉。我对自己说，这是一种多么可喜的

1　贝内代托·马尔切洛（Benedetto Marcello，1686—1739），意大利作曲家、作家、政客。

2　伊斯特拉半岛（Istria），亚得里亚海东北部一半岛。2世纪，伊斯特拉半岛被古罗马征服，随后又被奥地利、威尼斯和意大利相继占领。1946年，除了的里雅斯特，周围地区全部划归了南斯拉夫。

自负！多么浪漫的德国味儿！多么适合艺术与音乐之城魏玛！小径斑驳。树下昆虫嗡嗡。身旁有河水奔流、泼溅。马尔切洛悦耳。我把钱投入他们面前的盒子里，但他们如此专注于演奏，似乎压根儿就没有注意到。

话说回来，魏玛不是一个贪婪的城市。相反，它的传统声誉是优雅的、有文化的。在18世纪晚期，年轻的卡尔·奥古斯特公爵把他的城市转变成一个审美型的贵族领地，让贵族与创造力结成联盟。让美做主！巴赫、老卢卡斯·克拉那赫[1]已经给这个地方打上了艺术的戳记，追随他们的是一股持久平稳的艺术天才的浪潮——席勒、李斯特、理查德·施特劳斯、格罗皮厄斯[2]、托马斯·曼，以及最首要的，歌德，他成了崇拜天才的公爵手下的头号大臣，从设计公共建筑到检查公爵的矿山，什么事儿都干。对于好几代人来说，魏玛代表了德国的一个梦。斯达尔夫人[3]报告称，与其说它是一座小城，不如说它是一座巨大的、自由主义的、不可思议的开明的宫殿。

直到今天，它都沐浴在那个艺术家和君王分庭抗礼的伟大时代的光

---

1 老卢卡斯·克拉那赫（Lucas Cranach the Elder，1472—1553），德国画家、雕刻家，以肖像画和宗教作品出名，其中一些作品描述了他的朋友马丁·路德的神学观点。

2 格罗皮厄斯（全名为 Walter Adolph Gropius，1883—1969），德裔美国建筑师，包豪斯建筑学派创始人。

3 斯达尔夫人（Madame de Stael，1766—1817），法国浪漫主义女作家、文学批评家。其文学理论思想有力地推动了浪漫主义运动的发展，代表作有《从文学与社会制度的关系论文学》和《论德国》。

芒中。在卡尔·奥古斯特陵墓中陪伴他的不是其麾下的将军，而是两大诗人歌德与席勒，而艺术家的名字还在为这座城市提供参考点。克拉那赫故居隔壁是一个游客咨询中心。在歌德故居往右转，就到公交车站。你想要看席勒故居？那很简单：只需从歌德–席勒雕像沿着席勒大道径直走—— 一本本地的旅游指南告诉我说，那座雕像是“举世闻名的魏玛象征，就像巴黎的埃菲尔铁塔”。

沿着席勒大道缓行，在它的林荫下吃冰激凌，可真是一件惬意事。这是一条可爱的温和的街道，今天还和席勒住在12号那栋朴素的房子里时一样，没有机动车行驶。这里有一家挺棒的古旧书店。有许多叫人愉快的咖啡馆。游客大多是德国人，冲你咧嘴笑。这条街上，音乐家们在阴影里弹奏迷人的吉他。冰激凌棒极了，很容易想象年轻时的卡尔·奥古斯特一手挽着一个抒情诗人缓步走过，不时向他恭顺的臣民左右点头。

在席勒大道之后，闲散的漫步也许会把你带向建筑高等学校——最初的包豪斯学校，如今有点破旧衰败了，但对西方世界来说仍然是一个决定性的重要的地方。经过那里，回到河边的绿色公园，歌德在里面曾有一所花园小屋，阳台上有一尊欧洲大陆上最古老的莎士比亚雕像在晒太阳，小男孩们正带着钓鱼竿蹚过河流，大提琴加长号的小爵士乐团的音乐依然不断回响于树木间。

歌德想要魏玛的来访者把这座小城及其公园看作“一连串美学的图画”，当然，我不知道还有哪个城市如此浓重地弥漫着作为一个政治概念、作为既有秩序组成部分的美的观念——这不是浮华与庄严的美，而是一种亲切、怡人、室内乐类型的美。1920 年，正是在魏玛的剧院里，短命的魏玛共和国[1]的宪法获得通过，第一次创造出一个自由且具有欢乐潜质的统一的德国。

到魏玛的第一个早晨我就有这样的感觉，但过了一会儿，事物开始凝固变质。我的欣快症遭遇的第一个挫败发生在集市广场旁的圣彼得和圣保罗教堂。这座漂亮的老教堂拥有老卢卡斯·克拉那赫的著名杰作《基督上十字架》——魏玛最伟大的视觉艺术作品，我急切地加入它周围的一群游客中。它无疑是一件奇妙的东西——鲜明，充满想象力，大胆地将路德和克拉那赫本人引入画面，站在十字架脚下。但对我吹毛求疵的口味来说，某种令人反感的东西粗俗化了这一场景：一道细细的血流，从基督的右边身体喷出来，呈拱形越过整个画面，泼溅到艺术家的头顶上。唉哟，我忍不住想：尽管我知道那是寓言之血，是基督的慈悲之血，但我还是疑惑，它也许表达了在甜蜜的魏玛的感受力中未曾预料到的某种东西。

我承认，这种想法在某种程度上是马后炮。在席勒大道上边吃冰激凌边观察的过程中，我已经发现，卡尔·奥古斯特与世长辞后，魏玛的

1　魏玛共和国，1919年至1933年间统治德国的共和政体，由于共和国宪法（一般称之为《魏玛宪法》）是在魏玛召开的国民议会上通过，故被称为魏玛共和国。

启蒙永远不会再如那般绝对了。当歌德不再在这儿监督审美，艺术家的崇高地位就失却了几分喜悦，作为象征的是，到1860年，一位俄国女大公在此修建了一个带金色洋葱头拱顶的、庞大而艳丽的俄罗斯东正教教堂，它的影子浓重地遮住了年轻的公爵及其诗人的精巧的陵墓。

另外，公爵的宫廷可能是自由主义的，至少在艺术问题上是如此，但市民却往往是粗鄙的市侩。“难以置信的小气和狭隘。”戏剧家弗里德里希·黑贝尔[1]19世纪60年代到魏玛时对此地的社会有此看法。可怜的老李斯特在成为这座城市的宫廷乐长之后，发现自己对于本地的小资产阶级来说完全是太过前卫而贵族气了，宫廷里冷漠的业余态度变得制度化，19世纪以降，宫廷在基础、社会、博物馆、艺术学校和其他所有那些与威廉帝国有关的大量表现中变得更加普鲁士化。因为罗丹的一些裸体画在魏玛的艺术和工艺博物馆中展出，魏玛宫廷强迫馆长辞职。至于包豪斯，魏玛人如此鄙弃它及其作品，以至于母亲对不听话的孩子会吓唬说要把他们赶到那儿去。

甚至更糟糕的是，作为德国的文学首都、不朽的诗歌精神的宝库、自然崇拜和神秘梦幻的隐修所，魏玛成了纳粹心爱的地方，作为回报，它也爱上了纳粹，在希特勒当上总理之前很久就选举纳粹分子进入本地权力机构。“希特勒主义和歌德的混合，”1932年托马斯·曼就严苛地评

1 弗里德里希·黑贝尔（Friedrich Hebbel，1813—1863），德国戏剧家，其作品如《犹滴》和《玛丽亚·玛格达莱娜》都注入了他本人的哲学及历史学理论。

论道，“特别令人不安。”集市广场上耸立着大象旅馆，倾伊尔姆河之水，也洗不尽这座倒霉旅馆的污点。它是一座漂亮的20世纪30年代建筑，但却非常可惜地将内部重新装修成了一种亮晶晶的镀铬风格，令人无法抑制地想到：趾高气扬的纳粹地方长官即将到场，带着放荡粗俗的金发美女从宽大的黑色奔驰里钻出来。这个印象实在是太真实了。希特勒及其党羽特别中意这家旅馆，元首不只一次站在它的阳台上，朝外面广场上热情的群众发表演说。

事实上，纳粹对魏玛如此着迷，甚至在那儿竖起他们最著名和最有代表性的一座纪念碑。他们选择的地点位于城边上的埃特斯山（Ettersberg），歌德当年喜欢坐在山上的一棵橡树下沉思，山因此而出名。在魏玛的最后一个晚上，我匆匆忙忙、不情不愿地参观了这个地方，如今它是城中大力宣传的一个流行的旅游景点。我的出租车司机，一个爱交友的家伙，一路上快活地唠叨个不停：你在魏玛待得愉快吗？你参观了歌德故居没有？你感觉吃得如何？你可知道，在千禧年终结的1999年，魏玛将成为“欧洲文化之城”？

可喜可贺，我说。魏玛再一次作为艺术和音乐之城得到认可。“说得对。”出租车司机说，与此同时，我们离开大路朝山上的布痕瓦尔德集中营[1]开去。

1　布痕瓦尔德集中营（Buchenwald），建在埃特斯山上，是德国最大的集中营之一，1937—1945年总共关押过25万人，其中有5万多人丧命。

意大利

在我看来最为鲜明地表现了意大利国家性格之巨大分裂——据约翰尼·莫瑟尔[1]分析，分裂存在于不可撼动与无法抗拒之间——的两座大城市，彼此仅仅隔了 50 英里。当然，说到固定不变，舍罗马其谁？

我倚在品乔（Pincio）的一道栏杆上，琢磨着有关新旧年份交接的恰到好处的格言警句。不幸的是，那个傍晚，太阳永远也触不到地平线，而是泛着淡灰蓝色，被吸入如诅咒般笼罩着罗马的那片厚重的烟雾里。我觉得自己几乎能听到它发出的声音——不是嗞嗞声，而是啧啧响——并且可以想象出，幽暗吞食太阳时微波加热的废气的硫黄味儿。

罗马始终是一个适于沉思时间流逝及确定性兴衰的地方，一个年头的离去对这座取得过如此多胜利也承受过如此多苦难的城市不是什么大事。然而，落日的象征给我留下强烈的印象。我们又度过了罗马乱糟糟的一年，在我看来，它腐蚀性的污染像是某种更加普遍的衰败的寓言。毫无疑问，罗马处于一片可怕的混乱中。空气如此糟糕，拥堵如此骇人，以至于他们只允许汽车轮流隔日进城。肮脏的垃圾到处都是，被风吹掠过荣耀的广场，在喷泉里腐烂，排列在亚壁古道（Appian Way）

1　约翰尼·莫瑟尔（Johnny Mercer，1909—1976），深受欢迎的美国作曲家、歌手。

上。中毒的台伯河丑陋且放纵地从水泥码头间流过。过去看上去美妙如画的建筑如今似乎邋遢得无可救药，人行道出现裂缝、坑洞，整座城里的翻修和挖掘都因为缺钱而耽搁下来。

在这座城市里闲逛，有那么一会儿我得出结论：我们的文明，在这儿曾经产生过如此精致高雅的典范，如今正无可挽回地走了下坡路，以至于康多提大道（Via dei Condotti）上光闪闪的店铺、圣彼得大教堂里奢华的仪式都不过是残酷的时代错误。然而，这种确信逐渐被一个更加鼓舞人心的念头所取代：尽管罗马的环境出了毛病，但它的居民依然强健有力。不论是烟雾弥漫或者烟消雾散，他们都保持着一贯的做派，展现出与游客多年来在他们身上所观察到的一模一样的傲慢与纯朴、狡诈与同情心的混合。经济衰退、污染、犯罪、乱停车，他们似乎并不把这些问题挂在心上；我渐渐想到，倘若这座城市突然整个儿变得像斯堪的纳维亚国家一样，所有建筑都整洁亮丽，所有交通都井然有序，所有污染都被一扫而光，罗马人恐怕也不会注意到。

待在罗马的日子里，我好几次碰到一对有田园牧歌风味的音乐家，戴着古怪的帽子，穿着奇特的鞋，在公共场合轻轻吹奏长笛与风笛。他们像是存在于现实中的半人半羊农牧神法翁（Faun），来自遥远的乡村的往昔，在城中不时出没。这些中世纪的形象让我感到奇妙的异国情调，直到一天深夜，我碰到他俩在柯索的一杆街灯下急切地查询公交时刻表。于是我意识到，事实上，他们有趣地诠释了这座城市的实际情况。当他俩挤在那儿时，没人对他们有丝毫在意；他们抬起头来，向我咨询回家的最佳路线，当我告诉他们我是个外国人时，“啊咿，啊咿，啊咿”，他们像电影里的意大利人一样发出戏剧性的感叹。

这就是他们所说的“永恒之城”的意思？指的就是这种永恒的粗朴，让人感觉不管它历史上发生过什么，它的人民始终不受任何影响？当然，罗马肯定比以往更符合那句描述它的陈词滥调——“本质上最富人文精神的伟大都城”，比任何城市更甘心混日子、视而不见、一笑了之、得过且过。地球上肯定再没有哪个历史遗址比古罗马城市广场更随和，这古老的世界中心覆满令人愉悦的小径，废墟大多茕茕孑立。维托里奥·伊曼纽尔[1]纪念堂的岗哨并不拒绝同路人简短地打个招呼。吉卜赛儿童在毫无掩饰地扒你钱包的企图遭遇挫败时，仅仅是咯咯发笑。想从圣彼得大教堂去西班牙台阶[2]？出租车司机会开出天价，但当你拒绝时，他们又会很快做出让步。交通信号灯前，有黑皮肤的男孩推销擦挡风玻璃的服务，但当驾车者愤怒地拒绝时，他们也不过是跳起舞，一笑了之。很好，很好，**没问题**，这座城市似乎总是在说：你赢了一些，你输了一些，试一试没坏处。

1　维托里奥·伊曼纽尔二世（Vittorio Emanuele II，1820—1878），即萨丁尼亚－皮埃蒙特国王（1849—1861），意大利统一后的第一任国王（1861—1878）。

2　西班牙台阶（Spanish Steps），罗马著名景点，连接圣三一教堂和西班牙广场的台阶，共135级，因为西班牙使馆在这里，故而得名。

简而言之，罗马显得多么特别的**真实**啊！它的警察充满多么自然的个性，有的戴滑稽的白帽子，有的披斗篷、戴帽子，打扮得像潜水艇舰长！它的瑞士卫兵真的是那么矮墩墩的，特别是当他们在有羽饰的、擦得铮亮的头盔下面戴着眼镜时，显得格外矮胖！在人民广场上，由于看错一位小数点，我在咖啡桌上只留下了我应付的钱的十分之一，跑来追上我指出这一点的侍者多么愉快而宽容！当我进入拉斯提弗列的圣母大教堂时，碰巧赶上一场施舍给穷人的慈善午餐，我从来没见过那么多差异如此之大的面孔——做义工的贵族沿着教堂中殿的搁板桌上酒，神情冷淡；上了年纪的、外表还算体面的穷人脸上满布皱纹；吉卜赛家庭被谨慎地隔开在教堂尽头附近，面容活泼而机敏。

就这样，在新一年的开始，我最终断定，罗马给我的教导在于不仅关注历史的宏伟片段，也关注人性的不屈不挠的适应力——不论是在幽暗的日落时分，还是晴朗明亮的清晨。还不只是人性。罗马街头瘦骨嶙峋的小猫，一直靠自个儿的机灵生活在垃圾堆里，似乎没有哪种动物比它们生存能力更强。一天傍晚我注意到，一只非常小、样子非常奇怪的蜥蜴一动不动地趴在圣天使桥的一道扶壁上。我凑近观察，心想，它可能被周围永恒旋动着的臭味和化学物质以某种方式变异了。但是，不，它仅仅是太老了，老得没法想象，并且顽固得不可思议。

另一方面，要找新的、吵闹的和适应性强的一切，除了那不勒斯，

还有哪儿更合适?

一个春日的下午，我乘船从伊斯基亚去那不勒斯，钻出宁静的天堂般的海峡，发现这座城市臭名昭著的交通状况被一场失业者的游行示威恶化到有如地狱。整个城市沸反盈天、烟气腾腾，尽管精益旅馆从渡船码头上几乎就能看到，并且从头到尾甚至压根儿就没有瞧见失业者的行列，但我们还是花了一个小时才到旅馆。你可能认为这是一段叫人沮丧的经历，但实际上，经过岛上平静的一个星期后，这让我们兴奋不已。

我们的出租车司机，上了年纪但却对职业仍然充满热情，把这一事件看作对其行家技能的挑战，于是我们穿过一连串捷径或私人临时车道，在单行道里狂野逆行，旁若无人地挤过购物街的货摊，有时纯粹是被路人指指点点的压力逼得转向，有时在确实无法通行的背街小巷里绝望地掉头。我们大笑，我们颤抖，我们闭上眼睛。当我们暂时开进一个小广场休整，在重新踩下油门飞速穿过一晾衣绳的随风飘荡的衣物、钻进另一个贫民区迷宫之前，司机时不时像演戏一样地擦擦额头。

车窗外面——“把窗子关上！”司机叫道，“这里有坏人！”——那不勒斯的传奇正在上演，我们仿佛置身于一家主题公园，或者一个水族馆。小孩的脸突然皱着眉头出现在距你一两英寸的地方。坏人带着掠食者的冷笑盯着我们的行李。当汽车与水果摊发生碰擦，守摊老女人的目光在我看来只能理解为恶毒。在帕特诺普路（Via Partenope）上，我们在车流中停滞了片刻，但在我们周围，小型摩托车在汽车之间穿梭，爬上人行道跑远，如恶魔般狂喷废气黑烟。

新堡旁边，一群人和狗像死了一样地躺在绿地上，不时看到有警官站在车流的大漩涡中，既冷漠，又无力。起初，我把他们视为挫败的象征。我想，在那不勒斯，内燃机在与人类的战斗中赢得了第一场伟大的胜利，这座城市的全部人口都生活在一种永恒的机动化的混乱中。

然而，随着旅途继续下去，我开始怀疑，那不勒斯人是否真的被打败了。没错，市政当局启动一系列措施限制城里的汽车总量，但在我看来，这座城市的市民本身，在构思和谋划穿过梦魇般的路线时毫无沮丧之意。和我们的司机一样，许多驾车者都表现得挺享受的——以一种又苦又甜的那不勒斯方式。人们并没有被磨得耐不住性子。喇叭很少乱响一气。在一场明显是不可开交的大堵塞里，不论何时，当我们的眼睛碰上一位邻车司机的目光，他都显得愉快而非恼怒，那些可恶的小型摩托车全都在车流中如冲浪般漫不经心地穿梭。

不，要是说机动车将要在某个地方赢得决定性的胜利，那也不会是在这儿，因为那不勒斯人是如此心甘情愿的合作者。没有汽车，那不勒斯人就不会是那不勒斯人，世界上似乎没有人比普通的那不勒斯人更安于驾驶座——完美地适应了它的文化，在身体和精神上充分利用它。另外，在那不勒斯，汽车在法院里有强大的朋友。这座城市里普遍的腐败站在它一边，人们闪闪发亮的虚荣也是如此：早几代市民表达自豪的基本方式是大摇大摆地**散步**，一边领受路人的奉承谄媚，一边流露出屈尊俯就的神情，而如今，作为代表的则是一辆阿尔法赛车或菲亚特博通轿车的浮华的展示，在最好的情况下，展示的会是意大利艺术和工程学的可爱的奇迹之一，一辆法拉利或玛莎拉蒂。

这不像是伦敦或纽约的交通堵塞。它有一种悖论的风格，对日复一日、年复一年的体验者，确实会失去不少吸引力，但对从海上抵达此地的陌生人来说，它揭示了人类的活力与适应性。对那不勒斯人来说，处于这种困境是一件自然的事，他们所有那些传统特征——活泼、机会主义、厚脸皮、耍派头——被多少个时代以来的游客们所熟知，如今似乎令他们绝对有资格在机动车的年代生活得悠游自如。他们是机动化的无序状态的主人，他们抹拭额头不是因为绝望，而是出于戏剧性的洋洋自得。

我想，他们在这方面真是不可思议——世界上还有哪个城市能够让一个陌生人正儿八经地享受在一场交通堵塞中蜗牛般爬上一小时？——我突然想到，他们的态度莫名其妙地比我们更像是冷静、明智的北半球人。他们更乐于接受现代性的无法逃避的糟糕与可怕，并且已然适应了它。他们不会被街头的垃圾恶心到。他们不在意吵闹。他们在海港的恶臭的污染物中心满意足地钓鱼、裸潜。他们早就适应了政府的欺诈与黑帮的勒索。他们在单行道上快活地逆行。在那次狂躁的远足中，有一会儿，我不知所措，把头深深埋进《共和报》，发现当天的头条讲的是几个当地的圣母像据说眼睛里流出血来。这种对神秘事物的轻松的熟稔肯定会让那不勒斯人在未来主义的赌局中大大地领先瑞典人一筹——你想想，UFO 会选择在哪儿着陆，是那不勒斯，还是哥德堡？

就这样，那天下午，感情用事的我被那不勒斯人大大地诱惑了。像之前的许多漫游作家一样，我在他们身上看到如此之多我愿意在我自己和我本国的民众身上看到的东西。不过，说真的，不会再有人比我更不那不勒斯的了，最终，当我们到达旅馆，因为激动、快活和疲累而浑身发软，我支付了出租车司机索要的过高但却完全合理的车资，对旅馆的接待生说我想要回家。“别那样说，”他回答道，“等到你爬上你的房间，一切都会不一样的。”

确实如此。此时，暮色正在降临，港口点缀着小小的渔船，维苏威火山朦朦胧胧地浮现在远处的暗光中。光线正越过城市升上来。码头被高烟囱的白色巡游班轮、渡船、轻型航空母舰“维托里奥·维内托号”塞得满满当当，我站在那儿时，刚巧看到正在进行地中海巡游的 QE2（“伊丽莎白女王二号”）班轮从码头向外海滑去。好长一段时间我都能看到它的灯光，向西而去，变得越来越微弱——我喜欢想象它踏波而行，越过棕榈庭的金汤利鸡尾酒，直奔秩序的王国而去。

但它丝毫也没有唤起我的乡愁。接待生说得没错。我拉铃要来一瓶酒，我们坐在阳台上，完全心满意足，此时，地狱般的交通正在我们下面快活地纠结成一团。

波斯尼亚

在20世纪90年代的巴尔干半岛，地狱般的交通以另一种方式纠结。波斯尼亚和黑塞哥维那曾经是南斯拉夫联盟的加盟共和国，随着南联盟解体，它变成不同民族、意识形态、宗教和国籍之间的可怕战争的震源。

20世纪90年代一个冬日的夜晚，我坐着一辆闷热得反常的小巴，车子摇摇晃晃地从萨拉热窝开到亚得里亚海的路程的半途——我几乎没法想象还有比这更能诱发回忆的情境。这是我们唯一的出路，因为萨拉热窝机场已经关闭，夜航飞机从北边飞过来，看了看，又飞了回去。

那天夜里，波黑的雪积得很厚，道路状况难以预料，我们在荒野中不时碰到路障停下来，周围隐约浮现的、伸入山岭的可怕的峡谷显得黢黑而危险。有时，我们咔嗒咔嗒地经过被炸掉的桥梁旁边一座临时搭建的铁桥。有时，在黑暗中，一辆影影绰绰的装甲车守在一个三岔路口。

还在路上跑的，除了我们的车，就只有从萨拉热窝费力地赶往海滨的巨大的油罐卡车，它们的前灯探出好远好远，远到山路拐弯之处。

这一切里最令人不安的是，我不时透过车窗看到车子从散落的废墟旁凄凉地经过——黑暗中裂开口的房子一栋接着一栋，没有任何生命迹象，除了某个底楼可能有一点微弱的灯光，或者火盆里一团火焰在忧郁地燃烧。

这不是常见的战争废墟。它们不像是“二战”中法国、德国或意大利农村那样紧凑的村庄遭遇地毯式轰炸、巷战或集中式炮轰后的常见景象。它们通常是成排成串的彼此完全分离的房子，每一栋都是最近被逐一地、刻意地摧毁。同样，萨拉热窝与世界大战中遭遇轰炸的欧洲城市也全无相似之处。它并非一片焚烧殆尽的框架与形销骨立的街区的荒原。但在市中心，几乎没有哪一栋房子没被有针对性地攻击过，有的半坍塌，房梁和砾石一片混乱，有的仅仅是遍布炸弹碎片和狙击枪手的弹孔。

所有这一切，给我留下一种特定的、个人化的仇恨的印象。这像是一种充满恶意的毁灭。它表明，蹂躏波斯尼亚的不是对它一无所知的强行征募的军队，而是成群结队表达其真实情绪的市民——它所展示的是一种与“轰炸机”哈利斯[1]所发动的袭击完全不同类型的邪恶。艾伦·约

1 “轰炸机”哈利斯（“Bomber” Harris，原名 Arthur Travers Harris，1892—1984），“二战”中担任英国皇家空军轰炸机部队指挥官，坚信对敌国平民进行大面积轰炸可以击溃人民士气从而结束战争。

翰·珀西瓦尔·泰勒[1]曾经写道，世界大战开始时是最受民众支持的一场战争，但我感觉，南斯拉夫分裂战争甚至更加真实地源自人心深处。黑暗中从那些破碎的房屋旁经过时，我忍不住疑惑，关于人心，这一切说了些什么？

上个周日，我是在萨格勒布度过的，那是一个热诚的克罗地亚基督教徒的城市，会众挤满教堂，热情祈祷，颂唱，跪伏，领圣餐，令我大为惊讶。我注意到，当祈祷钟响起时，甚至集市里的人也在货摊前往胸口画十字。特别触动我的是一对年轻夫妇，我看到他俩在通往上城的石门里一尊神奇的圣母像前一同祈祷，祈祷结束时两人甜蜜而感激地拥抱到一块儿。石门外，两个儿童乞丐一人占据道路的一边，不论何时，只要有人从那座圣殿里出来，他们就会发出乞讨的哀号。那对年轻情侣脸上放着光、胳膊挽着胳膊走出来，冷漠地无视乞儿的哀求。过了一会儿，我也克制住自己在身上搜索一枚小到可以用来打发那两个小屁孩的硬币的冲动。

当我们轰隆隆驶向海滨时，我带着羞惭记起这一刻，因为，如果我们在小事上全都表现得同样卑劣，等到大事发生时，难道我们不会一样令人厌恶吗？

---

1 艾伦·约翰·珀西瓦尔·泰勒（Alan John Percivale Taylor，1906—1990），20世纪最著名和最具争议性的英国历史学家之一，1961年出版的《第二次世界大战的起源》一书，至今仍引起不少争论。

之前一个星期，我和一个来自杜布罗夫尼克的克罗地亚熟人待在莫斯塔尔（Mostar），惊讶地发现这座城市的基督教徒的那一边——位于内雷特瓦河西堤上——处于一种虽繁荣得可疑却活泼欢快的环境。大量的咖啡馆，个个生意兴隆。街上充满购物者。奔驰和宝马非常多。似乎没有什么被战争破坏，也没有什么特别破烂或贫穷的地方。但在穆斯林的那一边，也就是东堤一带，满目皆是单调的痛苦——建筑倾圮，店门紧闭，衣着破旧的人们急匆匆走在泥泞麻麻点点的街道上。河上曾经横着漂亮的土耳其风格的大桥[1]（黑塞哥维那穆斯林的骄傲）的地方，如今只有一座晃悠悠的临时吊索桥，购物者匆匆过桥时一直盯着桥下面不敢转眼。

我的同伴因为这一切而感到尴尬。他低声说道，许多坏人因为南斯拉夫战争混得很好。那座桥曾是前南斯拉夫至高无上的珍宝之一，我问他是谁下手摧毁的，他支支吾吾。他说，可能是塞尔维亚人。也许是穆斯林，试图以此获得外国人的同情。难道不会是克罗地亚人？哦，是的，也可能是克罗地亚人，但不是真正的克罗地亚人，不是像杜布罗夫尼克的克罗地亚人这样的克罗地亚人——简而言之，不是像他这样的克罗地亚人。

后来我和他去了小山村默主歌耶（Medjugorje），自从1981年以来，圣母玛利亚在那儿多次显灵，太阳为来自全世界的数十万朝圣者跳

1　即莫斯塔尔桥，由土耳其建筑师 Hairuddin 于1556年奥斯曼帝国占领巴尔干地区时建造，曾是天主教、东正教、伊斯兰教三教并立，彼此沟通的符号，“莫斯塔尔”这座城市的名字即意为“大桥守护者”。1993年11月9日被克罗地亚人集中炮火轰炸摧毁，2004年修复重建完工。

舞。我的克罗地亚朋友在那儿也颇为尴尬。他是一个虔诚的天主教徒，却被那种华而不实的机会主义弄得几乎有点恶心——随处可见的出售神圣纪念品的亮闪闪的店铺，卖比萨的货摊，私人旅馆的招牌。我们去幻象山，那里有一长队朝圣者打着黑伞沿着小路沉重缓慢地走向圣迹显现的遗址，但是雨下得像瓢泼一样，哪怕是最轻信的教徒也不认为那一天会有太阳跳舞。我问我的朋友，他真的相信那是神圣慈悲的标记？他承认，他完全不确信，但他敬畏上帝。

如今，这个国家的气氛里加入了犬儒主义的成分。这个地方的混乱困惑的状况，连同它互相杂处的塞尔维亚人、克罗地亚人、波斯尼亚的塞尔维亚人、克罗地亚的波斯尼亚人、穆斯林，全都和多国部队纠缠在一块儿，后者的护卫队踌躇不决地、缓慢地爬过分崩离析的土地——波黑的状况实际上对外人是无法解释清楚的，它屈从于每场战争都会大量催生的有利可图的骗局，并且凝固了人性的善意。我疑惑，如果这些事发生在我们身上，我们的表现会有很大差别吗？

在威尔士的家乡，我们有一座桥，颇像这座莫斯塔尔古桥。它是一座单拱的驮马桥，架设在庞特普里德（Pontypridd）的塔夫河上，是水彩画艺术家的旧爱。我们也有我们的种族歧视，我们的山村，甚至我们的宗教狂热者。当我们穿过那天夜里的黑暗沉重地前行时，我可以毫无困难地想象南斯拉夫的苦难降临到威尔士头上——可爱的老塔夫桥坍塌，落入下面的河中，格温内思村（Gwynedd）与梅瑞恩尼德村（Meirionydd）被摧毁，我们那被压抑了如此之久的全部古老的偏执猖獗地暴露出来。我知道许多人会靠邪恶的利益开上宝马，倘若英格兰移民者出现在河流的另一边，也许至少有一部分人会毫不犹豫地用迫击炮瞄准他们——但是，请你注意，那不是真正的威尔士人，不是兰伊斯当杜伊（Llanystumdwy）的威尔士人，不是像我这样的威尔士人……

那天晚上的小巴上还有四名乘客——一个瑞典人，一个芬兰人，一个克罗地亚人，一个英国人。在背后，还有一辆车跟着我们穿过黑暗。大约凌晨两点我们停下来，我们的司机下车去，沿着积有雪堆的公路，非常无助地凝望他身后黑暗的空虚。“出什么事儿了？”我前面的英国人问，“我们为什么停下来？”司机解释道，另一辆巴士好像不见了：看不到它的灯光，他很担心它在后面遇到了麻烦。英国人伸直身体，把衣服在肩膀上裹得更紧，安坐下来继续睡觉。“谁在乎啊？”他说，但他也可能是在开玩笑。

立陶宛

在东欧，随着意识形态和苏联的解体，去俄罗斯化的过程正在

各处发生。这个过程在一些国家比在另一些国家发生得更快、更彻底。有人告诉我说，在立陶宛的希奥利艾市（Siauliai，德国人管它叫Schaulen）可以观察到一种有趣的去俄罗斯化，因为在苏联时代，此地作为具有战略重要性的苏军空军基地，禁止任何外国人进入。

我在城里一家挺大的宾馆办理住宿手续，那是苏联时代修建的一栋老旧邋遢的高层建筑，也许仍然归苏联所有（似乎没人知道确切的归属），并且顽固地坚持老一套：也就是说，有条纹的混凝土，没有暖气，废弃的电话亭，糟糕的食物，裹着大衣的接待生，电视里正在放一档莫斯科脱口秀，墙上有一张通告，写明对立陶宛公民、苏联公民和我们其他人的不同价格。当那台惊悚的不时抽动的电梯痉挛般地将我送上客房时，我对自己说，这正是我所想要看到的。

立陶宛简直像是还没有独立，仍然属于苏联。清晨出门去散步时，我感到迷失了方向，觉得自己可能置身于大约10年前苏维埃社会主义共和国联盟的某个相对繁荣的镇区，除了没有斯大林或列宁的雕像，其他一切都在。这里有纪念碑式的国有办公大楼，俯瞰着其中带花园的宽阔广场。这里有法定的装饰性的步行大道穿过市中心，道路两侧有不同的文化机构，有许多长椅给幸福的工人提供完全应当的休憩，还有包俄罗斯头巾的大妈在卖香蕉。有高高的多边形尖顶的无与伦比的圣彼得和圣保罗教堂，已经被漂亮地改造过——也许是作为无神论的博物馆？——这里还展示着许多怪异的幽默，比如搞笑的老鼠雕像，柱子上的石头鞋子，还有一个猫博物馆。

城市郊区的大多数工厂似乎已然废弃，失去了苏联市场，陷入衰残。我听说，以前的空军基地正被改造成一个自由经济区，但当我在它破烂的半废墟区、飞机棚、军官区和废弃的警卫室中漫步时，想到倘若在斯大林时代迷失于它的路障中，会遭遇什么样的对待，这一刻，它仍然让我感到一丝战栗。

因为，在希奥利艾，掌权者曾经非常卑劣。在所有的波罗的海共和国中，他们都很卑劣，他们驱逐了几十万拉脱维亚人、立陶宛人和爱沙尼亚人，输入了几十万俄罗斯人：但是他们在这里是象征性地遭人厌恶，因为只要一出城，在广阔的乡村里，就有全体立陶宛人最伟大的神圣遗址——十字架山[1]，那自然是掌权者所强烈憎恶的东西。

这是最奇怪的地方。至少从19世纪早期以来（也许还要更早些），人们就把它视为圣地。经过许多代人，他们在它的土壤中植入一片纠结的十字架森林，木头的、金属的、石头的十字架，高高的雕刻的十字架，用旧管子做的十字架，精细雕刻的十字架，成排成行的十字架，聚

1　十字架山（立陶宛语：Kryžių kalnas），希奥利艾以北12千米处的一座山丘，目前覆满上万个十字架。苏联时期，立陶宛人不断来到十字架山留下十字架，成为进行和平抵抗的象征。苏联政府也不断搬走新的十字架，并至少三次试图用推土机推平此地，甚至有传言说苏联当局计划在附近修建水坝，将十字架山淹入水底。

成一簇的十字架，堆叠成一团无法辨认的混乱的十字架。在几乎每一个十字架周围都挂着几百个较小的十字架，还有乱糟糟的一团团念珠，在它们之间，所有小通道都被朝圣者踩踏过，人们从立陶宛的每个角落川流不息地来到这儿。整个儿山丘看上去像是被熔化了，仿佛它所有的数之不尽的象征被融合到一块儿，到处都留下锯齿状的突起。

作为一个泛神论的异教徒，我本人也敬仰这个地方，不是为了它的基督教意义，而是因为它那抽象的神圣性——它有一种压倒性的神秘原始主义的感觉。他们正确地将其视为一个爱国主义兼宗教忠诚的焦点，以最专制的态度尽可能地终结它。他们用推土机推倒了6000多个十字架。他们禁止再竖起新的十字架。他们在这个地方安排了卫兵，在我想象中，就是会从机场岗亭里冲我大声吼叫的那种卫兵。

当然，那没给他们带来任何好处。爱国者和教会人士在夜里爬进来，费尽心思种下新的十字架，最终，在十字架山上如同在立陶宛一样，俄罗斯人放弃，离开。他们离去后，成千上万的新十字架被竖了起来，扩散到山丘周围的草地上，其中许多纪念的是那些被强行迁入俄罗斯的立陶宛民众。就在我站在那条从附近流过的芦苇丛生的小溪的堤岸上思考这一切时，宁静的牧歌氛围中传来十字架丛林里某处竖立新十字架的锤击声。

在希奥利艾，以及这三个如今再次让自己习惯独立的波罗的海共和国中，情况就是这样。恐惧存在于记忆中，有时也在现实里——几十万俄罗斯居民让政治生态复杂化，许多克格勃官员仍然身居高位——但是渐渐地，非常渐进地，这些小国再次找到自己的身份。它们正在锤击竖立十字架！在城里那条步行大道上，在这个国家充满感激的工人们的休息处之间，到处都有非常不同的机构在冒出来。

现在，你能在街上喝到卡布奇诺咖啡。时尚小店里奏响摇滚乐。外国商人在时髦的新餐厅里吃有发票可报销的午餐。你可以用信用卡付账。穿着迷你裙的令人销魂的波罗的海姑娘永远不会长成戴俄罗斯头巾的大妈。88 号的地下室里有保龄球场，你能在 146 号买到非常正宗的汉堡。尤里威瑟琳百货公司看上去还有一点旧时的风格，但是，正如商务咨询中心的《希奥利艾在指尖》所大胆指出的那样，它是“一个可用于怀旧的好地方”。

我住的宾馆隐现于这条街的尽头。那里没有卡布奇诺，没有乡村或西方的音乐。《希奥利艾在指尖》说，这个宾馆的“大多数人只在其他宾馆都客满的时候才来住”。早餐时，一张非常非常长的桌子上盖着一层褐色棉绒布，周围满满当当地挤着 20 个年轻的俄罗斯女性，像是旧时代里过来参观的技术员，与此同时，灯光昏暗的房间尽头独自坐着一位正在吃东西的安静的女士，她的角色可能是个女政委：严厉，戴眼镜，强健有力，头发扎个髻子，裙子又长又重。一个孤独的侍者正挽着袖子为我们服务——浓稠的黑咖啡（没有放奶），豌豆煎鸡蛋，黑面包和非常棒的奶酪。

早餐吃到一半的时候，我们都得到了一瓶可口可乐。大多数人都是马上喝掉，同咖啡一同下肚。不过，那位女政委离开房间时，一边用纸巾仔细地擦嘴，同时刻意地不正眼看任何人，我注意到她带走了可乐。

匈牙利

随着东欧的社会转型，计划经济的记忆也在迅速地消退。这一过程刚开始的时候我就去了布达佩斯，那里现在已经能够过上一个完全享乐主义的圣诞节了。

“布达佩斯怎么样？政治状况很棘手，对吗？”我从匈牙利回到家中，一个朋友发来贺卡问道，而那并没有让我感到负疚。政治状况棘手？我不知道。我从未问过。在布达佩斯的几天里，我丝毫没有想到过它的政治状况，而是完全沉醉于最逃避现实的快乐中。

回想 20 世纪 70 年代，我上次去布达佩斯时情况大为不同。当时，匈牙利正朝市场经济迈出试探性的第一步，你忍不住要对政治状况发生兴趣。私营店铺逐渐开始营业。外国公司开始出现——外国游客也是。

感谢上帝，甚至有人说到，要在城堡山上建一家希尔顿酒店——那是非常靠近军乐队在夏日星期天里偶尔为心存怀疑的本地人表演的地方！

事实上，在今天的布达佩斯，只有意志坚定的游客才会去关心政治状况，因为在欧洲，几乎没有哪个地方比在布达佩斯啥事儿也不干更让人快乐。从本质上说，它一直是座美好的城市，庄严地分布于浩浩荡荡的多瑙河两岸，佩斯那么平坦，布达那么多山，那（被帕特里克·利·弗莫尔[1]称为“狂乱的”）令人惊讶的议会大厦统摄着一边河岸，城堡与生气勃勃的马加什教堂俯瞰着另一边，一连串宏伟的桥将两岸连接起来。

然而，不知为何，这座城市过去总是完全被裹得闷声闷气，而其自身的历史则被模糊与搅浑。就连匈牙利民族至高无上的象征，圣斯蒂芬王冠[2]，也仅仅是因为其缺席而著名：“二战”结束时它被人带往美国，保存在肯塔基州的诺克斯堡，同联邦政府的黄金储备放在一块儿。

但现在请跟我走。国家展览馆沉重的大门被推开，发出戏剧性的吱嘎声，灯光昏暗的内厅，一名孤独的看门人坐在角落的椅子里，显然是在打瞌睡——璀璨的圣斯蒂芬王冠摆放在玻璃橱里，回到了它应该归属的地方。那是一个拜占庭风格的黄金宝石的奇迹，上有珐琅质的圣像，镌刻着古体字母，和世界上其他任何王冠都不一样，真正适合匈牙利精

1　帕特里克·利·弗莫尔（Patrick Leigh Fermor，1915—2011），英国作家、学者，在“二战”中立过重要战功，被认为是英国当代最伟大的旅行作家。

2　匈牙利第一任君主圣斯蒂芬于1000年加冕，教皇西尔维斯特二世赠其这顶王冠，匈牙利的国土也因此被称为“圣斯蒂芬王冠领土”。该王冠于1978年由美国人交回匈牙利。

神的是它顶上歪斜的漂亮十字架。

没有人知道它为什么是歪斜的，[1]但哪怕是最迟钝的公务员、最迂腐的学者也不敢建议将它扶正。匈牙利的欢乐是它英勇的传统——拘谨正式和淘气胡闹的结合。布达佩斯总是让我想起一个嘶嘶冒泡的维也纳，它的哈布斯堡等级制度的遗产掺杂着突如其来的机智与挑衅的闪光，以及些许夸张和放肆。

当然，匈牙利人自个儿喜欢把这些称为马扎尔元素——匈牙利最初的国王们骑马奔驰，从欧亚大草原上带来的狂野的创造力——而我非常容易对史诗性的解释着迷。布达佩斯的英雄广场（1896 年为匈牙利的千年庆典而建）上，有一组骑马的雕像，表现的是阿尔帕德王[2]于896年抵达匈牙利的情景。阿尔帕德王一马当先，高昂着头，眼睛沿着安德鲁西大道坚定地望向市中心。他周围是凶猛的酋长护卫，都骑着装饰华丽的高头大马，在带羽毛的头盔下面，以极度傲慢和冷笑的表情东张西望——令人毛骨悚然的人们，如恶魔般残忍嗜血，是你只愿意与之为友而不想与之为敌的那种人。

一天傍晚，我去维加多（Vigadó）音乐厅观看一场轻歌剧选段的音乐会表演时，心中还充斥着这样的形象。李斯特、瓦格纳和马勒全都

1 关于这个十字架为何歪斜有三种说法：一是为了显示对上帝的谦恭而特意设计的；二是曾经有一次两王争夺王位，一方派人盗冠时，为躲避搜查而弄坏；三是哈布斯堡王朝吞并匈牙利之后，为了毁掉王冠的神力故意破坏的。

2 阿尔帕德王（King Arpad），匈牙利历史上最早的君主，896年成为在喀尔巴阡盆地陆续定居的马扎尔部族联盟的首领，开创阿尔帕德王朝。圣斯蒂芬亦属于该王朝。

在这儿表演过，但我去的这个晚上是一些甜腻腻的流行旋律，对于布达佩斯的听众来说耳熟得就像是吉尔伯特和沙利文[1]之于当年的英国人。起初，我的心思还放在圣斯蒂芬王冠与阿尔帕德手下的亡命徒身上，我想这些选曲很是配不上这座城市。那表演伴随着旧旋律，仍然充溢着大量的轻浮与吉卜赛魅力，但在我看来，穿白色燕尾服、绕着舞台跳华尔兹的舞蹈合唱队的年轻绅士们未免有点娇弱。

然而，过了一会儿，他们换上较为宽松的服装后，立刻迸发出查尔达什舞的狂暴的跺脚与大踏步，这是对一切最为戏剧化的匈牙利特征的古老的展示方式。然后，他们把头往后仰，擂动地板，掴击大腿，在空中拍打胳膊，有时发出狂野的喊叫，而快活的观众随着那音乐越来越快的节奏鼓起掌来——在他们身上，我看到英雄广场上那些骑手的冷酷的嘲笑经过良性变异后的样子，或者，就此而言，我还看到1956年在可怕的铁幕上造成第一道裂缝的匈牙利事件中那些涌向苏军坦克的小伙子们不顾一切的姿态。

不过，经过马扎尔英雄化的几天后，我心满意足地退回到哈布斯堡化中去。在布达佩斯的日子里，地上有雪，使得这座城市的生活中温暖舒适、陈腐古板、令人发胖的那一面变得更有吸引力。你不能总是冷笑和跳查尔达什舞。佩斯的广场与林荫大道如今大多已完全恢复了资本主

1　吉尔伯特和沙利文（Gilbert and Sullivan），即英国维多利亚时代幽默剧作家威廉·S. 吉尔伯特（William S. Gilbert）与作曲家阿瑟·沙利文（Arthur Sullivan），两人在1871—1896年的合作中，共同创作了14部喜剧。

义的丰富性，在那上面漫步是宁静而安闲的，还能一边想着弗朗茨·约瑟夫，一边吹起一段你我都肯定非常熟悉但却不太能说清楚的曲调——可能是弗里茨·克莱斯勒[1]的作品？《美丽的罗斯玛琳》，难道不是这个？

没有哪个地方比在咖啡馆里待上半小时更好，咖啡在前五分钟就会送到，还有黏牙的蛋糕，接下来是一边观察一边快乐地回味，肤浅地故作深沉，以及同隔壁一张纺锤形桌子上的顾客交谈。骑马绝不会比登上缆车，坐在古怪的木头舱室里，舒舒服服地越过不断向后退去的河流，花十分钟时间抵达哈布斯堡的皇家城堡更“安逸”。也没有什么街道更适合用来观看那片最后的**世纪末**风格的建筑——河边那狂乱的议会大厦——被哥特与文艺复兴风格的辉煌混血神化了的一堆折中主义的大杂烩。除了在动物园旁著名的老字号贡德尔餐厅，你不可能在别处感受到更加舒适的哈布斯堡风格。我上一次来布达佩斯时，那餐厅在市政当局的控制下过得没精打采，但现在，它又被魄力十足的美籍匈牙利人再次带入奢华的生活。我没有去吃被描述为弗朗茨·约瑟夫最爱的那道汤，但却沉溺于一种足够气派的菜肴——所谓“塞切尼伯爵烤雏鸡脯”，这道菜里面填充了鹅肝，边上搁着烤苹果。

我从未如此享受过一座城市。回家后我致电一些住在澳大利亚的匈牙利朋友，告诉他们说我去了布达佩斯。“哦，”他们说，“难道你没有发觉**令人不安的潜流**？”听到这种问题，我毫不脸红，即使对自己也

1　弗里茨·克莱斯勒（Fritz Kreisler，1875—1962），美籍奥地利裔小提琴演奏家、作曲家。

不：我仅仅是更加潇洒地把头一偏，将萨赫蛋糕[1]再咬上一口。

保加利亚

保加利亚也在变成一个快乐的旅游胜地——与它在冷战时期的声名大不相同，当时它被认为是最危险最好战的苏联卫星国。

当你驾车驶入保加利亚首都索非亚以南的山岭，会非常突然地在一道林木葱郁的狭窄山隘的高处发现“里拉的圣约翰[2]”修道院，一座多拱顶的教堂，位于宽阔的石板庭院中，被如同中世纪客栈般有着高高走廊的楼房包围。它是我所知最令人满意的建筑群之一，远远不只是一座修道院，因为，除了是一个显而易见的圣地，一种堡垒，一道熟悉的明信片风景，它还是保加利亚最重要的国家护身符。它是保加利亚的象征。它是当代保加利亚人心中的埃菲尔铁塔、悉尼歌剧院、纳尔逊纪念柱、华盛顿纪念碑、勃兰登堡门和红场。

1　萨赫蛋糕（Sachertorte），1832年由一位名叫弗朗兹·萨赫（Franz Sacher）的奥地利皇室御厨发明的巧克力蛋糕，由一层层酸酸甜甜的杏仁酱与巧克力海绵蛋糕堆叠，外面覆盖厚厚的巧克力酱。

2　里拉的圣约翰（Saint John at Rila，876—946），第一位保加利亚隐修士，保加利亚的保护圣徒，也是东正教中最著名的圣徒。

上帝知道他们为什么需要这么一两件国家护身符，因为他们的近代史总体而言是一段漫长的困苦与挫折的记录。不幸的地理位置将他们置于世界上最令人不舒服的两个邻居之间。俄罗斯传统上是保加利亚的保护国，最终赋予它一种特别令人厌恶的体制；土耳其传统上是它的压迫者，占据这个国家长达几个世纪，并且间歇性地进行屠杀。仅仅在过去10年，几乎谁都会喜欢的有魅力的保加利亚人才真正获得自由。

那么，自然而然的是：对保加利亚各地的游览，似乎变成了穿过从里拉骄傲地向外辐射的环形、从一个国家圣殿到另一个国家圣殿的旅程。那些献给坚韧意志与国家复兴的纪念碑！那些牺牲与革命的博物馆！那些诗人和士兵的衣冠冢、陵墓、坟地！那些英雄雕像、感恩教堂和立宪议会的遗址！世界上没有哪个国家的爱国者比保加利亚的爱国者更爱国，也没有什么象征比保加利亚的象征更有象征性！

保加利亚历史上最重要的胜利是1876年反抗土耳其的起义，它最终为这个国家赢得了独立，对它的记忆盖过了后来的许多困苦——随后发生的大屠杀，这种或那种专制，1913年巴尔干战争中的失败，“一战”中的羞辱，“二战”中与纳粹的不幸联盟，1945年苏联带来的解放，以及独裁统治的漫长岁月。一个多世纪以后，你依然没法避开1876年所赢得的纪念品。

鲁塞的多瑙河河边有令人敬畏的唐卡婆婆的故居，她领着鲁塞的爱国妇女们武装袭击了土耳其人设在镇上的监狱，她的五个儿子都参加了1876年的起义。在上游的科兹洛杜伊，有一座纪念碑供奉着热情洋溢的诗人赫里斯托·波特夫[1]，他领导200名保加利亚流亡者劫持了一艘江轮从罗马尼亚赶来，在这里旋风般地登陆，打出“不自由毋宁死”的旗帜参加起义。在索非亚，一座纪念馆标示出瓦西尔·列夫斯基[2]被处死的遗址，这位可怜的“自由使徒”乔装打扮，漫游全国招募革命者。而为这一切加冕的，是位于希普卡[3]的自由纪念碑，保加利亚人在那儿赢得了他们最著名的胜利（我看到的保加利亚历史书大胆地宣称，“在不算太多的俄国人的支持下”），学童们近乎川流不息地爬上894级阶梯，来到山顶这座由最孔武有力的石狮子护卫的巨大纪念碑前凭吊。

在对保加利亚人产生最明确的喜爱之后，我发自内心地同情这些情感，像任何一位学童一样被自由纪念碑、列文斯基和唐卡婆婆的故事、狂野的抒情诗人及其同志夺取江轮的传奇鼓舞。每个人都需要用胜利的时刻来补偿自己的苦难，保加利亚的麻烦似乎还没有结束。在这个

1　赫里斯托·波特夫（Hristo Botev，1848—1876），诗人、革命者，1876年革命中牺牲，保加利亚的民族英雄。

2　瓦西尔·列夫斯基（Vasil Levski，1837—1873），保加利亚革命者、民族英雄，为革命提供了“纯粹而神圣”的意识形态，并在漫游中建立了一个广泛的革命组织，1873年被绞死。

3　希普卡（Shipka），保加利亚境内巴尔干山脉上一道关口，1877—1878年的俄土战争中，为控制这处要地，俄国军队在保加利亚志愿军的协助下与奥斯曼土耳其的军队交战四次，取得胜利。

国家，乡村可爱，葡萄酒可口，到处都有鲜花，侍者微笑，鹅、山羊和驴悠游在风景如画的乡村边缘，卡车司机停下来享用滋养的浓汤，黑海边旅游团常去的景点一派繁荣景象；但大多数人仍然极度贫穷，据说政治漆黑一团，我拣起一份《保加利亚经济新闻》，发现上面充斥着焦虑。基本利率徘徊在 108%。销售额降低了 33%。水果产量直线下降。内务部长辞职，原因是他手下三名警察被枪手谋杀的第二天，他就被人拍到在一场选美大赛上向模特们表示祝贺。

可怜的保加利亚人！这里的生活永远不会轻松？世界永远不会让它安宁？今天的土耳其人相当友好，但在从北方南下的重要隘口鲁塞，我仍然烦恼地感到来自异族的干扰。从这座城市往下游去一两英里，河面上有一座巨大的铁桥，在那儿可以轻易地想象东欧的一切新的欺诈从北方涌来，坐着偷来的奔驰轿车，散布到这个小国里——罗马尼亚恶棍、摩尔达维亚来的机会主义者、吉卜赛小偷、匈牙利欺诈者、俄罗斯骗子（前几天，一位保加利亚女士对我说，“俄国人不是普通人，他们是商人和强盗”）。保加利亚独自面对这些新的危险，它还不是欧洲的成员，也不再是东方集团的成员，仅仅是一个 900 万人口的小小的、令人愉悦的共和国，它正试图重整自身。

保加利亚人当然想要象征！谁不想呢？他们足够经常地回溯历史，

寻找象征——超越里拉本身，进入原初的保加尔人[1]、色雷斯人[2]和鲍格米勒派[3]那丰富而迷蒙的世界。在我心中，他们的一切爱国主义象征中最恰当的就是上述三者之一。马达拉村有一个火车站，让我想起阿拉伯的劳伦斯[4]在汉志铁路上进行爆破的场景，这座灰扑扑的小村庄高处的悬崖上雕刻着一个古老的人像。它是那么古老，剥蚀得那么厉害，以至于只有在落日捕获其轮廓时你才能辨认出来，而且，即便那时也是非常模糊的。但在照片中，你能够更清晰地看到“马达拉的骑手”，并意识到他的形象对这个国家的状况来说多么贴切。

他骑着马，不屈不挠，但仅仅是勉强能辨认。他的脚边跟着一只猎犬，活泼得像是刚刚杀了头狮子。他用右手抓着腾跃的骏马的缰绳，左手攥着一只酒杯，欢快地高举过头顶。马达拉骑手向历史高喊“Nazdrave！”——意思是“干杯”。隔着那么多个世纪，这个葡萄酒、骄傲与苦难的国度，也忠诚地高喊“Nazdrave！”作为回答。

1　保加尔人（Bulgar），2世纪起在欧洲不同地区定居的一个游牧民族，分散生活在欧洲的东部和东南部地区，是巴尔卡尔人、保加利亚人、楚瓦什人与塔塔尔族的先祖，为突厥人的一支（另一说法是来自帕米尔，与塔吉克人有关的东伊朗人），今天的保加利亚人已经斯拉夫化，语言属于斯拉夫语族。

2　色雷斯人（Thracian），古代色雷斯地区的居民、保加利亚早期居民，有的学者认为它和现在的罗马尼亚人有血缘关系。古色雷斯语属印欧语系，今已灭绝。

3　鲍格米勒派（Bogomil），基督教二元论支派，10世纪中叶兴起于匈牙利，曾盛行于巴尔干半岛和小亚细亚，主要教义是上帝有二子，一为撒旦，一为耶稣。

4　阿拉伯的劳伦斯（Thomas Edward Lawrence，1888—1935），英国军人、作家，1916—1918年间在中东帮助阿拉伯人反抗奥斯曼土耳其的统治，其事迹1962年被拍成著名电影《阿拉伯的劳伦斯》。汉志铁路是战争期间土耳其军队的重要运输线。

罗马尼亚

罗马尼亚的情况有所不同，因为它的经历属于另一种类型。它被两个疯子——尼古拉·齐奥塞斯库和他那位近乎文盲的妻子——统治了 25 年，直到 1989 年他俩被枪毙。

在布加勒斯特，人们似乎对地道谈得很多——淫乱的贵族幽会情妇用的地道，给独裁者提供逃生之路的地道，在今天已消失的犹太区下面纵横交错的地道网络——在这座城市待上几天之后，我感到自己似乎正摸索着穿过一个超现实主义的迷宫。

就物理方面而言，这座首都肯定有足够的地洞与地穴，其中许多会让人感觉像是一座巨大的建筑或爆破场址。这里有如鼹鼠窝般臭烘烘的通往地铁的楼梯道；有穿过最高法院的皮拉内西[1]风格的黑沉沉的长廊，强迫焦虑的人群朝决定他们命运的灯光昏暗的内厅走去；有利普斯卡尼区的狭窄小巷，像土耳其的街市一样，交通被挤压到牛仔裤、平装书、兜帽夹克的货摊之间，空气因为摇滚乐和颤抖的民间音乐而变得不

1 乔凡尼·巴蒂斯塔·皮拉内西（Giovanni Battista Piranesi，1720—1778），意大利雕刻家、建筑师，以蚀刻和雕刻现代罗马以及古代遗迹而成名。

透明。从形而上的角度看，这里是一个谜题与悖论的迷宫，布加勒斯特的一切沉思似乎都迷失于其中。哪个是摩尔多瓦，哪个是摩尔达维亚？铁卫队[1]成员和军团主义者有什么区别？德涅斯特河沿岸地区问题[2]是什么？谁是塞克勒人[3]？哪里过去常被叫作喀琅施塔特[4]？

在罗马尼亚地道的尽头，若是有一道光亮，那通常会被证明是一道鬼火。向人打听为什么一栋建筑显得半废弃，你会得到近乎千篇一律的回答：它被忽略了，在地震中毁坏了，在革命时被冲击过，或者，一直没有完工。前几天，关于为什么我不可以进入某个博物馆，我得到了六种回答：1. 它在重建；2. 里面发生了一起抢劫；3. 正在清查藏品目录；4. 埃及总统穆巴拉克即将参观；5. 土库曼斯坦总统尼亚佐夫刚刚参观过；6. 它关闭了。

放荡却虔诚，衰败却依然庄严，有边开车边抽烟的电车女司机，有勇敢地面对城区的大漩涡时在胸口不停画十字的老女士；有草药根贩子和戴着高高皮帽的农民；有举止类似于电影人物的流氓，鬼鬼祟祟地从

1 铁卫队（Iron Guard），罗马尼亚极端右翼政党，1927年成立，具有极端民族主义、反犹主义和法西斯主义的特征，曾与纳粹德国合作。东欧剧变后，罗马尼亚一个新纳粹组织也采用了这一名称。

2 德涅斯特河由北向南流经摩尔多瓦东部，河流左岸与乌克兰相连，面积4163平方千米，人口75万。其中摩尔多瓦族约占40%，俄族和乌族加起来占60%。1990年9月，因担心从苏联独立出来的摩尔多瓦与罗马尼亚合并，德左的俄语居民成立了没有得到国际社会承认的“德涅斯特河沿岸共和国”，引发武装冲突，俄国军队曾介入，直到目前争端尚未彻底平息。

3 塞克勒（Szekel）人，历史上与马扎尔人有着密切联系的一个民族，先于马扎尔人定居到今属罗马尼亚的特兰西瓦尼亚地区。

4 即今天的布拉索夫，位于特兰西瓦尼亚地区南部，距离布加勒斯特约166千米。

旅馆走廊里消失；有可爱的小教堂，等你去参观；有妄自尊大的齐奥塞斯库纪念碑，让你对着它惊讶或颤抖；有戴俄式头巾的老妇扫落叶，有用蕾丝窗帘美化的火车驾驶室。不管怎么说，布加勒斯特充满异国情调，带着全然属于其自身的拉丁韵味[1]，日复一日地呈献出最振奋人心的一切巴尔干事物。

有时候，这座城市的幻想似乎完全来自另一个时代。你会听说如此不可接受的国界线，如此不满的少数民族，活像是当年张伯伦和希特勒讨论的东西。有人在《罗马尼亚自由报》上言之凿凿地说，罗马尼亚的学校在摩尔多瓦的蒂吉纳城遭到俄语民族的攻击[2]。另一个人说，全欧洲的命运都取决于德涅斯特河沿岸地区问题的解决——“德涅斯特河以东的领土是拉丁语的最终边界！”又有其他人告诉你，“只有在由基督教建立的传统中”，一个人才有可能是欧洲人。哪怕听说让我进不了博物馆的不是即将到来的穆巴拉克总统或正在离开的尼亚佐夫总统，而是土耳其的苏丹，我也几乎不会感到惊讶。

1 罗马尼亚的祖先为达契亚人，是色雷斯人的一支。罗马尼亚语源自拉丁语，语言结构迥异于周边邻国所使用的斯拉夫语族语言，文化上也有较大差异。

2 摩尔多瓦共和国历史上曾先后属于罗马尼亚和苏联，苏联时期通用俄语，国内只有少数使用罗马尼亚语的学校。摩尔多瓦人使用的罗马尼亚语在书写时不用拉丁字母，而是用斯拉夫字母，称为摩尔多瓦文。1989年5月，摩尔多瓦通过语言法，认定摩文为国语，在官方场合限制使用俄语和其他少数民族语言，引起国内少数民族尤其是俄语民族的不满和抵制，并诱发流血事件。

另一方面，在军方中央大厦（1912年落成，建筑师德米特里·麦马若卢）的装有枝形吊灯的饭厅里，一支乐队沉重的音乐声被放大到震耳欲聋的地步，我和一群快活的熟人坐在餐桌前，吃多瑙河的梭鲈，飘飘然地喝摩尔达维亚的雷司令葡萄酒（以有别于摩尔多瓦雷司令，我认为）。我不受惩罚地刺探了几个隶属于布加勒斯特当局的这种听起来没啥前途的堡垒。比如，我闯进罗马尼亚作协总部，在这裁判所里昏头昏脑、不受阻拦地游荡，在成千上万次意识形态争论不断积聚的雪茄烟雾中穿行，不时有书生气重得出奇的同行冲我和善地点头。我信步走进军事宾馆，毫无问题地享受到一位极度令人生畏的罗马尼亚海军上校的友好接待，他镀金的制服外面披了件皮外套，像一位德国海军的潜艇司令。

这是一种不同情绪的怪异混合。一方面，几乎每个人都友善好客，另一方面，似乎很少人彻底坦率。在这个地方，哪怕是在鲁莽的海船船长的谈话中，都悬浮着一种隐伏的谨慎意味，提醒人们：齐奥塞斯库的许多忠诚下属仍然管理着这个国家，而对自由的确信仍然是试探性的。几乎不可能是别的样子。布加勒斯特的专制政府同华沙、布达佩斯、索非亚、布拉格和东柏林的属于不同的类型。它是一种拉丁式的专制政府。它与苏联常有争执。它的统治者更像是东方的疯狂暴君，而不是常规的斯大林主义者。

那对令人惊悚的夫妇的鬼魂仍在压抑和搅乱布加勒斯特的事务，甚至比历史上的委屈、对奥斯曼帝国的心结或者即将到来的南斯拉夫的可怕例子影响更甚。他们被处决才过去五年；整整一代人在他们庇护下长大成人，如今冒出头来。年轻人们反复对我说："我们是学习者，我们才刚刚开始。"我想，这句话的意思是，他们如今才刚刚出发，准备参与到普通的世界中去，而我从来都不忍心高声地质疑他们要花多长时间才能达到目标。在这座城市，尤内斯库[1]学会他的手艺，如今我领悟到，在他的戏剧中，他所反思的不仅有普遍意义上的非理性的生活悲喜剧，也有其故乡那特别的颠倒混乱。

当时，我把齐奥塞斯库倒台视为罗马尼亚历史上某种决定性的东西，就像是柏林墙的崩溃——梦想和梦魇的终结，通往平凡生活的道路的开端。在这儿待过几天后，我不那么确定了。一条设施还不齐全（数不清的喷泉依然干涸）的宽阔的林荫大道，构成了齐奥塞斯库那臭名昭著的新布加勒斯特的中轴。在我看来，至少从视觉上，它的建筑并不比西方那些更加愚蠢的后现代主义建筑糟糕太多，并且，其中部分区域已经被城市生活中常见的小摆设与喧闹混乱变得有人情味了，以至于我能够想象，再过 20 年，它会成为布加勒斯特风味的基本元素。

甚至作为这座城市冠冕的巨大宫殿也正在变得熟悉——尽管很难

1　尤金 · 尤内斯库（Eugène Ionesco，1912—1994），生于罗马尼亚的法国剧作家，荒诞派的代表，代表作有《秃头歌女》《犀牛》等，1970年当选为法兰西学院院士。

说变得家常。它的规模与丑陋无法磨灭。如果你能想象罗马的维托里奥·伊曼纽尔纪念堂被放大20或30倍之后所造成的视觉冲击，你就能对议会宫（过去的人民宫，也即齐奥塞斯库宫）的威慑力有点概念。就生活及工作空间而言，仅有五角大楼的尺寸盖过它；就纯粹的容量而言，只有卡纳维拉尔角[1]的火箭组装棚胜过它。

尽管它还没有完工，但已经游人如织，宽阔的大厅里时有会议举行，参众两院都打算有朝一日入驻。1990年，报复的人群冲进这里，在憎恨与胜利的情绪中割破地毯。昨天，让我的导游最感兴趣的似乎是下述事实：这里的窗帘是由修女制造的。离开这栋建筑时，我注意到，在仪式性的大门外面，一只老狗蜷着身子，在凉丝丝的阳光中打盹。

至少对于陌生人的眼睛来说，齐奥塞斯库的愚行已经变成此地的有机组成部分。也许，布加勒斯特的本质就是吸收一切，把哪怕是最狂野的极端事物加入其历史保留剧目。我从议会宫径直走向族长大教堂，这是附近山上一座小小的可爱建筑，闪烁着东正教的银器与灯火的微光。我在教堂里面看到朝圣者的长长人流，排成一列轮流亲吻圣像。这个耐心的队列的最前面是一位紧张的高个儿神父，负责把圣水洒向信众，一个仿佛直接来自《圣经》的疯女人在人群中间以半身不遂的姿势蹒跚着

1　卡纳维拉尔角（Cape Canaveral），美国佛罗里达州布里瓦德县大西洋沿岸的一条狭长的陆地，是众人皆知的航空海岸，附近有肯尼迪航天中心和卡纳维拉尔空军基地。

随意走动，偶尔有基督教徒同情地轻拍其肩。

从神圣的幽暗中钻出来时，我疑惑自己是否真的身处20世纪的欧洲。我恐怕，布加勒斯特的年轻人要加入世界的其余部分，这个荒谬事物的市民剧场的幕布要落下来，还得要相当长的一段时间。

阿尔巴尼亚

阿尔巴尼亚独来独往的独裁者恩维尔·霍查甚至比齐奥塞斯库更疯狂。他鼓励他的臣民喊他“朋友霍查”。他能够呼风唤雨！他的脚印里长出花来！他死于1990年[1]，留下衰退腐朽和遍布全国的8万个混凝土碉堡作为令人震惊的遗产。阿尔巴尼亚要抵抗谁？我曾经发问，回答是“一切人”。

1992年东欧剧变后，阿尔巴尼亚的首都地拉那仅有50辆轿车，市中心的斯坎德培广场几乎全空，只有几个遵纪守法的步行者穿过它宽阔的仪式性的空间。到1996年我去那儿时，地拉那的街头涌动着4万

1　原文有误，霍查死于1985年。

辆轿车（三分之一是奔驰，几乎全是二手车，大多数是从德国偷来的），斯坎德培广场变成了一个大漩涡。它包含一个清真寺，一个钟楼，一个博物馆，一个文化中心，一个实用型的现代主义风格的宾馆，一个国家银行，一两处喷泉，各色各样的意大利风格的办公楼，大量街头货摊，一尊15世纪民族英雄斯坎德培[1]的骑马雕像，还有两个极端吵闹的游乐场。数不清的各种年龄的人在你周围逡巡，开出黑市货币兑换的汇率。数不清的小孩在游乐场骑木马。广场周边，大量咖啡馆处于永恒的狂乱中；绕到广场背后，一条宽阔的街市聚集了乱糟糟的一大堆鱼摊、肉档、卖菜推车和成垛的旧自行车。仿佛这座巨大的广场先后被阿塔图尔克[2]、墨索里尼和斯大林改造过，然后又被交给哥本哈根的蒂沃利花园进行管理。

傍晚时分，地拉那似乎所有人都出来散步了，人们沿着主街来回闲逛，坐在喷泉边，在游乐场周围转圈，在公路上随意游荡，明显还保留着全城只有50辆轿车那个时代的习惯。在我听来，此刻的喧闹是一种极度阿尔巴尼亚的喧闹——1000辆新近到手、开得还很不稳当的汽车

1 斯坎德培（Skanderbeg，1405—1468），原名乔治·卡斯特里奥蒂（George Kastrioti），曾作为人质羁留奥斯曼宫廷，接受伊斯兰信仰，得教名“斯坎德”，后成为奥斯曼帝国的一员骁将，受军衔“培”。1443年反叛，皈依天主教，在阿尔巴尼亚山区坚持游击战，直到他死后奥斯曼帝国才重新征服阿尔巴尼亚。

2 阿塔图尔克（Ataturk），意为“土耳其人之父”，即穆斯塔法·凯末尔（Mustafa Kemal，1881—1938），土耳其共和国奠基人和第一任总统，1934年被土耳其大国民议会授予“阿塔图尔克”的称号。

喇叭轰鸣，心烦意乱的交警猛吹口哨，混合着饶舌乐、摇滚乐和巴尔干民间音乐的震耳欲聋的敲击声。我爱这一切的声名狼藉的漫不经心，我爱市民随时奉上的微笑，无法逃避的流氓行径的迹象，覆盖于所有事物之上的辽阔的嗡嗡声，我爱那些怪异和令人惊讶的事。有时，我感到有人用干涩的小嘴唇在我的胳膊上轻轻一吻，扭头一看，发现是一个吉卜赛女孩叫人难以抗拒地讨要现金。我不耐烦地嘘走一个穿T恤和牛仔裤的年轻人，以为他是又一个货币贩子，结果他羞涩地自称总统保镖，想要提醒我离总统府前门远一点。

一天晚上，我走进一座金字塔形的巨大建筑，那原本被设计成恩维尔·霍查博物馆——在他还活着的时候！——现在派上了更加世俗的用途。入夜后，它的灯火明亮得扎眼，周围挤满无数闲人，在礼仪台阶上上下下，从地下室咖啡馆进进出出，吃冰激凌，高声谈笑。无法无天的顽童爬上光滑的混凝土扶壁，只为了从上面再滑下来。这沸反盈天的建筑是对妄自尊大的示众，是欢闹的耻辱纪念碑，在它的主厅里，美妙地演奏拉威尔弦乐四重奏的四个年轻人，可不正是我想要看到的？

可怜的老霍查！他会怎么想？尽管他是个可怕的妖魔，但我对他死后从地拉那消失还是颇感遗憾。毕竟，对于大多数外国人来说，他比斯坎德培更像是头号阿尔巴尼亚人。我参观了他的故居，位于以前被叫作“集团”的封闭式的官方区域——有着郊野风格的体面城区，在霍查时代，普通市民完全禁止入内。即使到1996年，在我游荡于这个暴君的花园小径时，仍然被一个持枪警卫一直跟着，当我弯腰从紫苑花圃里摘花时，仿佛听到背后（虽然有可能是我的幻觉）传来拉保险栓的声音。可以摘一朵花吗？为防万一我扭头问那个年轻人，他不是朝我开枪，而是大大地一挥手表示允许。似乎在说，随便摘。它们仅属于朋友恩维尔。

我多希望霍查博物馆仍然是他的博物馆，我特别希望他巨大的青铜雕像仍然矗立在斯坎德培广场——雕像的基座还保留在那儿，挨着一个游乐场，有大胆婴孩在父母搀扶下蹒跚着爬上去。因此，当有人告诉我那座雕像还在地拉那，保存于原来浇筑它的那家纪念碑工厂，我非常兴奋，一眨眼的工夫就赶到那儿，陪同的是我认识的一位年轻的阿尔巴尼亚工程师。同阿尔巴尼亚的许多工厂一样，纪念碑工厂已经歇业，但是一个看守把我们领到一座明显是要永远封闭的没有窗户的仓库前。“恩维尔就在里面。”他说。

我们绕着这座阴沉的陵墓，搜寻可以往里面看的钥匙孔或门缝，最终我在砖头之间找到了一个窥视孔。恩维尔在那儿，斜靠在阴影中，只能看到他的青铜大腿，像是图坦卡蒙[1]法老墓里不是很有趣的某样东西。这就够了。陪我来的工程师看过后，肯定地确认里面就是那个老怪物，他应该不会弄错。这尊雕像在斯坎德培广场上被推倒时，他还是个学

1　图坦卡蒙（Tutankhamun），古埃及新王国时期第十八王朝的一位法老（约公元前1332—前1323年在位），其坟墓在3000年的时间内从未被盗，直到1922年被英国人霍华德·卡特发现，从中挖掘出大量珍宝。由于有几个最早进入其坟墓的人早死，被媒体大肆渲染成“法老的诅咒”。

生，曾经冲在欢天喜地的人群的最前列。“我在上面尿过尿。”他洋洋自得地回忆道。没有比这更确凿无疑的了。

爱尔兰

整个 20 世纪 90 年代，北爱尔兰一直是欧洲的流血的伤口——在其南部的爱尔兰共和国建立半个世纪后，它还是英国的一部分。

在这个幽灵萦绕的国度，到处都能碰上献给一方或另一方死者的纪念碑：这里是在阿马郡金斯米斯被爱尔兰共和军枪杀的十个新教徒，黑色闪亮的大理石上用烫金字体刻着纪念他们的文字；那里是在蒂龙郡斯特拉班被英国密探伏击和杀死的三个年轻的天主教徒，他们遇害的地方被竖起木头十字架。在莫纳亨郡苏格士敦的教堂墓园，我站在谢默斯·麦克埃尔文的坟墓前，他是一个年轻的爱尔兰共和军成员，他的一辈子就是一连串的流血与囚禁，最后在附近的草地上被英国士兵枪杀。他的墓志铭用爱尔兰语撰写，十字架上浮雕着一只鸟儿挣脱铁丝网的形象，贴了一张彩色照片，是个穿无尾礼服的黑发英俊小伙儿。站在那儿时，泪水涌入我的眼眶：（风吹得周围的树篱沙沙作响），在附近工作的一名园丁问我，也许我自己也是一名麦克埃尔文？但是我说，我为所有人哭泣，不论他们属于哪一边。“那是实话，”他说，“那是实话。”

在某些地方，当前时代的纷扰麻烦根本就是生活的一部分，以至于人们在继续每日的生活时，明显对周围发生的怪异可怕的事情无动于衷。在贝尔法斯特，似乎没有任何人会注意那些轰隆隆四处跑的安装有怪异屏障与装甲的卡车，也没人会注意沿着再普通不过的街道不时巡逻的步兵。一天晚上，我在贝尔法斯特正中心的多内加尔广场看到一个巡逻的士兵，他把枪夹在胳膊下面了一会儿，好从自动提款机里取钱。在农村，许多村庄似乎完全可以对可憎地嵌在它们中间的军事设施视而不见，这些设施用铁丝网或高墙与社区隔绝开来，无线电天线高高地突出于屋顶。令人恐惧的高高的瞭望哨矗立在乡村里，沿着边境延伸的乡村道路上可以看到柏油碎石路面上画着白色十字架，这是永远在巡逻的军方直升机的定位标记。

在我看来，最不幸的地方是阿马（Armagh）南部的克罗斯马格伦村，它在这几十年里因为大量杀戮与爆炸而臭名昭著。它位于小报们喜欢称作“匪徒乡[1]”或“杀戮场”的那片地方的中心，此地虽属英国领土，但大体上被爱尔兰共和派民族主义者不受挑战地控制着，在去那儿的路上，我看到电线杆上不祥地贴着一张硕大的手写通告，警告称某个人是

1　匪徒乡（Bandit Country），北爱尔兰和爱尔兰共和国交界的两不管地带。

告密者。

我可不愿成为克罗斯马格伦人，因为那整个村庄都让人感觉秘密参与了阴谋。它非常安静，非常空寂，人们彼此交谈时似乎总是压低嗓门。他们告诉我，新教徒身份曝光的人（更不用说军方人员）在镇上的酒吧里不受欢迎，甚至在咖啡馆里也一样。我曾经在咖啡馆里停下来买汉堡包，里面的人对我欢快的询问颇为友善地做出回答，但我觉得他们小心翼翼地避开我的目光。

可怜的克罗斯马格伦！一个颇为快乐的村庄，像许多别的村子一样，它应该是一个喜欢吃喝交际的地方，也许有一天它会那样，但眼下却是压抑得可怕。宽阔的中心广场（至少有17名英国士兵在此被杀）的一边，耸起一座有着莫可名状的险恶意味的军队岗哨，高约三四十英尺，用略呈褐色的混凝土制成，周围绕上铁丝网，穿过它狭窄的开口，几个模糊难辨的沉默身影定定地俯视村庄——你可以想象，他们的眼睛贴近枪筒。它像是太空旅行小说中的某种怪物，或者也许是个机器人。在这座堡垒的正下方，人们竖起一座纪念碑，献给他们自己的爱国者，用英文和爱尔兰文镌刻着：

光荣属于你们全体，被颂赞的谦卑的英雄，

你们自愿受难，为了对爱尔兰自由

献出无私而热情的爱。

我站在寂静中，往笔记本里抄下这段话，离去时我看到一只手，从堡垒的一道射击口里，朝我凄凉地挥别。

20 世纪 90 年代

30

美国的光与影

20 世纪 90 年代我多次拜访美国，经常悲哀地发现，它那些前几十年曾经如此吸引我的原来的公共性格在穷兵黩武、不受约束的资本主义、国家野心与十足傲慢的冲击下逐年减弱。但我仍然经常感觉到自己对它的喜爱。

俄勒冈的波特兰

我去波特兰做个讲座——那是我平生唯一一次看到自己的名字张贴在灯光牌里！——有一天空闲时间用来在城里闲逛。在我看来，波特兰城区文明优雅、令人愉快。

这是美国为数不多的一个从未屈服于流行的高层建筑热潮的大城市，尽管迈克尔·格雷夫斯[1]在后现代主义方面初试啼声的作品——波特兰市政厅——作为一个预示着将要随之而来的东西的不祥征兆让我浑身为之一寒，但在这座城市里穿街过巷的漫游，大多数时候是非常惬意的。波特兰的楼房矮得不同寻常，有利于你愉快地从中发现惊喜，建筑大多是亲切的，这里有许多咖啡馆，并非全都非要你用塑料杯喝他们的卡布奇诺，光荣地绵延开去的鲍威尔书城[2]肯定是世界上最棒的书店之一。

城区公交系统是免费的，考虑到眼前这一切的干净和理智、显而易见的繁荣，以及对在希思曼旅馆吃上一顿晚到的午餐的期许（红鲷鱼，也许还有一瓶顶级的本地白葡萄酒），我想，在礼仪方面，俄勒冈的波特兰给整个世界上了多好的一堂课啊！

但是，跟着旅游路标走向老城区和唐人街——本来指望像往常一样接受重建的煤气路灯和龙门牌坊那无害的糊弄，结果我一穿过伯恩赛德街，就发现自己置身于地狱的一角。突然间身旁挤满了美国的边缘人，筋疲力尽地躺在人行道上的，倚靠在墙边的，坐在台阶上的，有些明显是吸过毒，有些显然是要呕吐，我觉得，当我经过时几乎所有人都在漫不经心地考虑我是否值得打劫。各种年龄、各种肤色的人都有。他们看

1　迈克尔·格雷夫斯（Michael Graves，1934—2015），美国后现代主义建筑师和设计大师。

2　鲍威尔书城，号称世界最大的二手书及新书书店，库存惊人，种类齐全，涵盖各种兴趣爱好、绝版以及一般难以在市面上找到的书籍。

上去完全没有敌意，甚至也不绝望，而仅仅是麻木，仿佛生活和历史判决他们永远处于赤贫的安详状态。

每座城市都有其丑陋的阴暗面，美国的城市尤其如此。在波特兰，让我震撼的是，这里的富人与穷人、希望者与绝望者——更不消说白人与有色人种——比通常情况更加彼此隔绝。一个倦怠的陌生人可以在希思曼旅馆待上一个星期（间或去一趟书城）而几乎完全意识不到这里也存在着贫穷、罪恶或崩溃，他甚至有可能见不到任何非高加索人种，除了几个极有教养的亚洲人。波特兰多次被选为美国最宜居城市之一，如果在城里选对了街区，那它毫无疑问是最宜居的。

我从伯恩赛德街退却，回到城中更抚慰人心的地方去喝上一杯提神的咖啡，我发现自己诡异地想起了另一个截然不同的国家。在印度，在亿万混乱不堪的穷人中，存在着一个完全现代的国家，富有、老练、精明，倘若可以将它隔绝开来，挪到其他地方，就会形成一个精干得不可思议的中产阶级的国家。这种想法将我引向某些不安的推测：受过教育的印度人只占其人口的极少数，而有教养的美国人大概占据了多数——但当我越过咖啡杯，望着周围属于这个美国中心的那些友好而轻松的面孔，我所疑惑的是，上述情况能持续多久？美国人的教养又有多高？

众神爱美国，但我有时觉得他们已经让美国疯掉了。在那些聚集在人行道上的可怜人中间，完全可以预想会存在着精神失常，而每次到美国，我都感觉神经官能症和偏执狂正在扩散，越过这个国度的所有的伯恩赛德街，进入街对面那些亲切和善的社区。郊区的神经永不止息地痉挛，城区的眼睛闪烁不定，而纯粹资本主义的可怕对照与巨大能量在小区的平静中消失殆尽。

美国人，甚至包括中心城市里那些有教养的美国人，都已经被拘泥成法、女权主义和政治正确逼得半疯。他们即将带着性妄想症沦入精神病院。他们被那些怪诞而阴森的事物——从小丑到吸血鬼——搞得精神错乱。他们被暴力诱惑得如此糊涂，以至于在今天的美国，经过联邦政府许可的枪械经销商比加油站还多，他们那不断进行自我割裂的民意调查的最近一次投票表明：一半中学生知道如何搞到枪支。

在波特兰市政厅入口的顶上，有一个真正庞大的女性形象，我现在知道那是波特兰蒂亚[1]。我向两男一女三个过路者问她是谁。女路人说，尽管她觉得雕像很“漂亮”，但对其身份一无所知。两个男人则表现出从未考虑过这个问题的样子。这让我颇为意外，因为这座雕像是全世界第二大铸铜塑像，仅次于自由女神像，但我最后得出结论，这仅仅是一种普遍的疏离的症候。如果波特兰蒂亚正在滴血，或者正在变成一头恐龙，那么每个人都会知道有关她的一切：实际上，她如此强健、匀称，也就完全不值得留意。

1　波特兰蒂亚（Portlandia），波特兰城徽上的女性形象，以此形象为本的雕塑系美国第二大铸铜塑像，仅次于自由女神像。

我拿起一份报纸，上面有整形外科医生向潜在的男性顾客承诺：花上一万多美元，就能进行胸部植入、腹部吸脂、小腿植入，保证让“忙得没空在健身馆里耗上无穷无尽时间的管理者更健美”。埋在内页里的一则新闻说，一个因为在俄克拉何马州杀人而将被处死的男子获得了缓刑，原因是他先得为他在纽约犯下的一桩杀人罪服刑 20 年。几乎每个私事广告栏都在展示自我质疑，宗教疯话，信任崩溃，对年龄、性别、种族或生活境遇的荒谬的怨愤。甚至某些漫画也进入了一种迷失方向的超现实主义。

你可以确定，在随便哪天的随便哪个时候，总有某个电视频道在展示叫人毛骨悚然的流血场景、现场直播的刑事法庭案例、讨论虐待儿童的脱口秀、婚姻不谐、不端的性事、掠夺性的诉讼。没有哪本有自尊心的畅销书里少得了对性交、手淫、肢解或剜心剖肝的翔实再现。若是一名俄勒冈的参议员眼下正被指控对数量颇多的下属有过“性失当”（别管这个词在政治正确的语境中到底意味着什么），似乎不会有人对此特别惊讶。

疯了！但这还是那个将理性特别视为其创建原则、将全体和谐作为其目标的伟大共和国！自建国以来，美国已经满足许多普泛的人类渴望，并同我们所有人分享其成功的秘诀。从《独立宣言》到鲍勃·迪伦、好莱坞、约翰·契弗[1]、干马提尼和《信息自由法案》——美国福祉的名

1 约翰·契弗（John Cheever，1912—1982），美国现代重要小说家，一生著述丰富，尤以短篇见长，以幽默和热情的笔调描绘了美国郊区的生活，有“美国郊外契诃夫”之誉。

单无穷无尽，全世界范围内对它们的采用和模仿已经给我们带来了无限的善。

然而，它们是一种极度自信与合理的文化——实际上可以认为是杰斐逊及其同侪们创造的那种文化——的赠予。而如今从美国冒出来的，并仍然强迫性地向全球输出的东西，是一堆乱七八糟的哲学，如此三心二意，如此摇摆不定，以至于它们似乎压根儿就缺乏凝聚力，与其说是一种支配性的价值观体系，还不如说是一群人质的神经过敏的反应。在我看来，那中心仅能做到刚好维系住[1]，并明显地露出其不胜重负的压力：对世界的大部分国家而言，它仍然是一个榜样，被盲目信仰者复制得到处都是，尤其在英国和加拿大这样的人中间——他们与美国人共享同一种语言，自个儿的身份感正被削弱，或者变得不确定。

而在街对面，等着我们的是另一种文化，隐秘的美国，或者也许是终极的美国，[2]这种不成熟的懒散的存在给这个国家带来那些令人不安的神经过敏。它没有自身的标准。它没啥可失去的东西，也没有太多成功的希望。它的语言只有一半可理解，它的推理很含糊，然而有一天，美国和世界会突然意识到，它像印度的赤贫大众一样，与其说是例外，不如说是常态。

1　叶芝名作《第二次降临》（*The Second Coming*）中有句云“中心再不能保持”（the center cannot hold）。

2　“隐秘的美国”原文为 America Ulteria，“终极的美国”原文为 America Ultima，颇为类似。

那天晚上，在希思曼旅馆隔壁一个辉煌的音乐厅——阿琳·施尼策音乐厅（我想，其简称是“施尼策”），我做了一次朗诵。我从未如此享受过这样的场合。听众非常敏锐、慷慨且有趣，在随后的招待会上，就旅游对弗吉尼亚·伍尔芙作品的影响，以及想象在非虚构作品中的恰当地位，人们提出了许多有洞察力的观点。

在「微风号」

我从一开始就喜欢美国的火车，如今它依然令我振奋。

“上帝啊！”这是我在加利福尼亚州爱莫利维尔市登上开往芝加哥的美国铁路公司“加州微风号”列车时，卧铺车厢乘务员对我说的第一句话。这话听起来完全合适，因为上车的过程是一场可怕的混乱——我们不得不穿过另外一列火车才走到我们的车上，行李乱作一团，乘客迷惑不堪。“总是这个样子吗？”我问乘务员。“一开始并不总是像这样的，”他回答道，“但是用不了一分钟，就变成这样了。”

我不介意。我登上这趟著名的列车，仅仅是为了体验它的浪漫——品味一个更古老的美国。我刚刚被年轻的加利福尼亚的未来主义的艺术趣味、因特网、信息高速公路以及诸如此类的东西搞得眼花缭乱。我惊诧于它的热情与创造力，但如今我想要安闲地退后一步。旅游手册向我保证，在列车旅行中我会体验到极致，“享受奢侈而愉快的随车膳宿！”从爱莫利维尔到芝加哥全程 2420 英里，要花上三天两夜，而我的好心情一点也没有受到开头那场混乱的影响（后来我得到的解释是，它的起因是从西雅图开来的“海岸星光号”列车晚到了两小时）。

浪漫肯定是少不了的。我们这十节蓝色、红色和银色的双层车厢，还有两个火车头与四节行李车厢，雷霆般地闯过沙漠、草原和峡谷，活脱脱像是电影里的场景，偶尔在一段壮观的弯道上行驶时，从车窗里能同时看到火车的头和尾，并隐约期待看到好人和坏人在车顶上打斗。我们瞥见绥森湾里的后备役舰队。我们穿过里诺，“世界上最大的小城”。我们环绕多纳湖，1846 年，一队走到湖边身处绝境的移民掷骰子来决定谁吃谁。[1]我们经过威尔迪湖和埃尔柯县，以及战略空军司令部。火车沿着格兰德河的堤岸走了 238 英里，列车广播说，这是“世界上沿着一条主要河流行进的最长的一段铁路干线”。不幸的是，经过内布拉斯加

1　1846年，一个名叫多纳的人带领一支87人的拓荒队伍去加利福尼亚，经过内华达山脉顶峰地区一个无名山口时遇到暴风雪，被困在一个高山湖泊旁。次年春天，救援队找到他们时，已有39人遇难，其他人靠吃尸体才存活下来。这段惨剧被称为美国西部开发史上最可怕的故事，这个山口被称为多纳山口，那个高原湖泊被称为多纳湖。

州斯坦顿县那座形如咖啡壶的水塔时，天已经黑了，但我们哐啷哐啷地经过伯灵顿大桥时顺利地看到了密西西比河。

有时，火车汽笛真的是在悲号。因为“微风号”上禁烟，所以有时我们会特意在某个差不多废弃的小站小停片刻，让那些憋得坐立不安的瘾君子下车去与人无害地吞云吐雾。我们在悲哀的丹佛火车站待了一小时，那是一个有纪念意义的车站，但如今每天只接纳两趟客车。我们在大章克申的月台上买了水果和香蕉，无论刮风下雨都有农妇守着货摊等乘客到来，就像跨西伯利亚铁路沿线的那些俄罗斯老太。我们在中西部的一些小城短暂停留，比如奥西欧拉县、欢喜山和奥塔姆瓦（旅游手册告诉我，它作为《风流军医俏护士》一片中“雷达”奥瑞利的家乡而闻名），这些地方有一家子一家子的乘客等着上车，带着大包小包和兴奋的小孩，背景由板房和街角药店组成，甚至连巍峨的“微风号”都被他们衬得像是一趟区间慢车。

然而，我不觉得老美国还像往常一样运作得那么好。“加州微风号”似乎表现出一种上了年纪的、但总体而言还算温和的顺天知命的心态。“上帝啊！”当我向卧铺车厢乘务员报告说我的床铺塌陷，他再次发出这样的惊叹，然后不得不从餐车找来一个装蛋箱作为支撑。我住的那个舱室的扬声器听不到声音，我不得不到过道里去听报站。但我仍然不介意。在厕所门里塞上一个枕头，它马上就不再咔嗒作响了；尽管乘务员警告说洗澡有时会导致舱室里水漫金山，但我们一路上还没有碰到这种情况。“微风号”只是偶尔达到其被法律允许的最高时速 79 英里，并且我意识到，我曾经以为是“轰轰隆隆”的运动实际上更像是“磨磨蹭蹭”，不过见鬼了，要跑那么快干吗？

不管怎么说，与我同行的乘客完全属于我想要的那一类型。没有一个电脑福音传道者，也几乎没人用手机。“哦，我多么希望那些树走开，那样我就能拍下一张真正的爱荷华州农舍的照片！”一位同伴在某一天早餐时这样说道。她以前从未坐过火车，她也很少离开加州的弗雷斯诺，她简直就是从一部 20 世纪 50 年代的电影里蹦出来的。她多么急切地想看到加利福尼亚！她多么急切地想见到她在俄亥俄州阿克伦市的最好的朋友！她多么急切地——噢，看啊，那里有一个小棒球联盟的赛场！“难道那不是真的**棒极了**？难道你们这些家伙不觉得它真的很棒？”

一位前职业橄榄球运动员（曾为绿湾包装工队效力）向我传授了我所需要知道的一切与职业橄榄球赛有关的知识。几个狂热的铁路爱好者不停告知我铁轨的状况。一个女人让我参加了一场富有挑战性的有关生物进化的讨论，另一个女人对死刑表示强烈反对。我很同情那些面色苍白的烟民——我觉得应该把他们装到同一节车厢去。一位上了年纪的女士友好地建议我也到奥马哈她住的那个退休人士公寓里去住，我告诉她基本上是**不**太可能啦。我爱他们全部。他们全都是你想象中美国人的样子：喋喋不休，固执己见，本性良善。

但是，正如沉重吃力地奔向东边的“微风号”在一个电子邮件和城际高速列车的世界上显得古怪而不合时宜，这些可爱的人们也是这样，显得落伍于一个完全不一样的社会。每天早上，乘务员都会将一份早报塞进舱室门缝（我也可以自取早茶，但过道尽头的那台机器出故障了）。每天，报纸上都充斥着在车上这个愉快的小团体里几乎无法想象的焦虑与不确定，不仅是对我们已经习以为常地视作美国生活中少不了的日常暴力的恐惧，也有一种由不信任、不祥之感与种族敌对组成的辽阔而炽烈的焦虑，这个伟大的国家穿过这一切，犹如“微风号”带着不停歇的咔嗒声与莫名其妙的延迟穿山越岭。

恰好在如此欢愉地坐在餐车中，吃着塑料盘子里的沙拉时，我们感到这种毒性的侵扰。当我们发现话题正奔向种族或女权主义的流沙陷坑时，谈话就变得支吾起来，因为那位橄榄球运动员是黑人，而那位来自奥马哈的女士对政治的了解无异于纯洁的小白兔。我们当然得绕开他们，我们都是好人嘛，对不？不过，那些时刻就像是突然穿透“微风号”清凉的空调环境的、对健康有害的热风一样喷射而来。

我们都知道，在车窗外面，在壮观的风景之外，事物可一点儿也不像这样优雅礼貌。那外面是一片战场：富人对穷人，女人对男人，吸毒者对清醒者，黑人对白人对西班牙人对印第安人对韩国人对犹太人。这个过去一直自视为人类熔炉的国家比我曾经了解的有了更多的分裂倾向，没有伟大的领导人，甚至也没有普遍的忠诚来维护其统一。这个民族所推崇的榜样似乎不会比摇滚明星、运动员、演员、各色各样微不足道的名人更高级，其中甚至还有罪犯（因为这类人具有少许感召力）。尽管如此，其余的美国人却成了全世界人的榜样。

我旅行时的心绪与“铁路旅游王子”保罗·索鲁[1]截然不同。出于职业目的，他刻意摆出坏脾气。而我的态度则是讨好逢迎到几乎有点过分了——那些该死的澳大利亚评论家中的某一位最近就说我是一个文学上的玛丽·波平斯[2]。然而，我在“微风号”上也卷入了一场口角。原先我听说，我买的那种车票可以保证菜单上的东西我想吃什么都行，但当我点爆米花和煎鸡蛋做早餐时，我被告知，我只能点其中一个，而不能同时来两样。我叫来主管争论——我想索鲁会这样干——但没有取得进展。这毕竟是老美国，谈话都是直来直去的。该负责人颇为和气地说我搞错了，我一字不改地将他的话记录如下：“您不是美国人。您不懂我们的行话。”

但是，那个来自弗雷斯诺的女孩说，她认为那家伙相当无礼，一位铁路爱好者提出把他的煎鸡蛋分给我——实际上，我们不过是扯平而已，因为我已经向他强力推荐过我的库珀牌牛津橙子酱。

1 保罗·索鲁（Paul Theroux，1941—），美国旅游作家、小说家。其最著名的作品《火车大巴扎》记述了他从英国穿越欧洲、中东、南亚、东南亚、东亚直到日本，然后穿越俄罗斯回到出发点的火车之旅。

2 玛丽·波平斯（Mary Poppins），英国女作家帕·林·特拉弗斯（Pamela Lyndon Travers，1899—1996）创造的著名童话角色，是一个懂得魔法的保姆。

西点军校

有一次，因为感到对美国的现状如此失望，我在曼哈顿弄了一辆车，沿着哈得孙河向上游开去，打算漫游几天寻找慰藉。结果，我开到西点军校就停了下来，这篇随笔能够解释为何如此。

天黑以后，我独自走向位于西点镇的美国陆军军官学校那座巨大的运动场兼阅兵场。这个开头听起来像是一部美国小说。月亮正升上天空，幽黑而柔滑的哈德逊河在下面流淌，一只孤单的臭鼬越过草地，在暮色中抽着鼻子嗅来嗅去。头顶偶尔有飞机闪烁着飞过。一列火车在远处呼啸而过。一艘拖船拖着驳船哼哧哼哧朝上游的奥尔巴尼驶去。一辆宪兵队的汽车窥探着从旁边滑过。在河水之上的这个地方，周围再没有别的人，但在学校里那片隐约以礼拜塔为冠冕的修道院式的巨大建筑中，稳定而沉默地亮着不计其数的灯光。

我知道，4400 个年轻的美国男女在那儿埋头工作：定定地对着电脑屏幕，沉浸于弹道学理论、经济原则、从俄文翻译的信息、比较方程式或历史相关性。他们将被培养成未来的精英，他们所形成的军官队伍将引领美国军队进入一个对美国力量和决定比以往更顺从的世界——

美国统治下的和平世界。我在那儿独自待了几分钟，体验到一种近乎超验的感觉——在旅行中，当历史、地点和环境仿佛在合谋宣告某种真理时，倘若我们能够发现那真理是什么，就会有这种感觉。宪兵警车踅了回来，“你没事儿吧，女士？”当然没事儿，我说，我好得很：我只是在望着那只臭鼬。

我以前的确从未在野外看到过臭鼬，不过其实那一刻我正在沉思。无法否认，那时我对美国的现状感到非常沮丧，它似乎比往常更深地陷落于犯罪、腐败和虚伪，被种族主义迷惑，被怪异的内省削弱。西点军校像是一个独立的世界，在这里，老美国的价值观仍然作数，荣誉和责任是其中的口令，说谎是对传统的背叛；在这里，照我那天傍晚所看到的，它的目标与外表如此精确地匹配，以至于整个场景变成了一个寓言。

次日，我在正午的光线中重返此地，亲自去看未来的精英们——1992—1995 级军校生。每天中午，全体军校学员都会穿灰色制服接受检阅——在艾森豪威尔和麦克阿瑟的雕像之间，中间正对着站在高高基座上的华盛顿雕像。此刻，西点军校从 1802 年建校以来不断累积的神秘性被展示给所有过路人观看。军旗飘展。乐队演奏。军刀闪亮。传统的“灰色长队”以团为单位集合起来。这个地方更为有名的一个特征正被公开演示。

对“下级生”（或称“新生”）的恶作剧是一个苛刻的仪式。在露天地里，在阅兵场上，一年级军校生接受学长们的口头测试，问题从总统任期到那天早上《纽约时报》的内容。我用望远镜望着这一切，高年级生带着军人的严厉突如其来地甩出问题，而新生必须迅速作答，他们以此测试明显被吓到了的新生的反应时，那态度真是令人生畏。有时，新生要说出连串的名字。有时，他们似乎是在背诵诗歌，或者是军事条例。有时，他们被强迫大声唱歌。

一阵不太悦耳的齐声高唱从操场另一头传来，我问一个高年级军校生："这是爱国歌谣吗？""女士，"他回答道（西点人都很礼貌），"女士，我想那是国歌"——他话音未落，乐队就演奏起来，命令被大吼着下达，军刀被搁上肩头，沸腾的灰色人流涌上台阶，进入华盛顿堂，去吃一顿简朴但丰盛的午餐。

实际上，他们不是唱而是吼出的，是国歌的**第二段**，所以我过了一会儿才听明白。毕竟每个人都知道第一段，而在西点，几乎没有啥事儿是容易的，或者是完全简单的。军校生下课后，我再一次在这儿闲逛时，注意到不论何时低年级学生从佩戴徽章的学长身旁经过，都会口吐一种咒语。他们说的是"打败路易斯维尔，长官"——"打败路易斯维尔，长官"——"打败路易斯维尔，长官。"路易斯维尔是西点军校在橄榄球场上的下一个对手，不得不记住这个事实，并且在校园里走动时一遍又一遍地吐出这个秘传的咒语，这是军校对学生进行洗脑的一种微妙的方式。它毫无疑问是洗脑。西点体系——人们一直这么称呼它，让我很不爽地想起人们对维多利亚时代那种特别恐怖的刑罚纪律的命名——西点体系的预设是：新成员必须从零开始重新塑造。所有高中生的夸耀必须全被擦掉，所有孩子气的骄傲必须全被抹去，既然这种效果的获得不是通过成为这个团体的一员，而是来自仅仅高几年级的学长的无穷无尽的折磨与责难，新生们自然会体验到军队纪律和等级制的全部本质。现在你就是不幸的受压迫者，现在你正发号施令：你在了解这个苦涩的职业的两面。

与此同时，每日生活的压力是无情的，步调是可怕的，每样事物的标准高得令人恐惧。西点军校的毕业生不仅要获得科学学位，要接受理论与实践的军事教育，还要通过无休止的锻炼改造身体。校园里不存在丝毫懒散。每个人都以迅捷有力的步伐走动，左右，左右，抬头，目光经常有一点茫然，总是沉浸在思考中——也许是在努力回忆微积分，或者今天的《纽约时报》对苏门答腊的经济状况又说了什么。

这是一种严酷的、精心计划的体制，某些下级生显得如此疲惫，真能揉碎母亲的心。然而看看他们的一些学长吧，看他们是怎么为下午的锻炼做准备的！英俊而亲切的年轻巨人们慢跑向橄榄球场。精力充沛得让人吃惊的姑娘们做狂暴的有氧运动。汗流浃背的狂人们举起可怕的重量，在单双杠上滴溜溜打转，或者以如此狂野的激情做那么多俯卧撑，我就连看着都觉得快要累瘫了。“齐步走！”教官嚷道，“高抬膝！”“带球！”——软弱无力的我漫步经过时，他们偶尔会暂停一下，同我礼貌地说声“嗨”。

我仅仅是从外面看它，但却被这一切深深地振奋了。西点军校里四分之一的学生退学，我没权力责备他们，但那些坚持下来的人让我感觉棒极了。我在碰到的军校生身上努力探测是否有欺诈、虚伪或兰博式的傲慢，但在我看来，可以套用一句老话：他们每个人都是淑女或绅士。如果说西点军校制造的是精英，那也是非常有吸引力的精英，并且多半不是千人一面的：这里有黑色、褐色、黄色皮肤的军校生，有犹太裔军校生，有许多戴眼镜的军校生，有矮个子的军校生，甚至还有让我觉得有点胖而不适合做俯卧撑的军校生。他们来自从豪门到贫民的各种家庭，所共同拥有的东西——西点军校爱这么以为（我也是）——是对制宪元勋们会赞同的那些原则的忠诚，待在这儿的四年中，这种忠诚会被逐渐灌输到他们的脑子里。

我绝非军国主义者——实际上主要是个和平主义兼无政府主义者——但当我徜徉于西点军校时，惊讶地发现自己被它的氛围深深地吸引。当然，这部分是由于此地所坚持的老派价值观与外面当代世界之龌龊的对比。也许部分是因为，在哈德逊峡谷辉煌景色的映衬下，秩序与传统产生了强大的美学吸引力。但首要原因也许是一种**似曾相识的**怀旧感。在英国人统治世界的时代，我们也有意识地制造了一群恪守正道的精英，而西点军校与那些培育了英国统治阶层的学校有许多共同之处。**身体健康，心灵健全**——这是英国人当年的理想（如今是西点军校的理想），他们也喜欢设想自己正在培育以信任和忠诚结为一体的一班兄弟，要在那个被称为“不列颠治下的和平”的年代里组建新的世界秩序。

我被这些猜想刺激得浑身发热，西点军校永远不会让我放松，正如它永远不会让“灰色长队”丧失警惕。随便走到什么地方，战利品和象征物都在激励我：成排被缴获的大炮，刻着“尊严”“坚定”“责任”的长椅，鹰和交叉的剑，40 英尺高的旗杆上飘扬的旗帜，军校生的祈祷（“时刻警惕轻浮与不敬”），西点校训（“职责、荣誉、国家”），1933 级军校生捐赠的日晷（“从置身于灰色长队中的时间和地点开始”），纳粹德国帝国元帅戈林（他是西点人的直接对照）1945 年向真理的力量投降时交出的粗俗的黄金象牙权杖。“打败路易斯维尔，长官”下级生咕哝道。“职责、荣誉、国家”，麦克阿瑟将军雕像周围的文字在轰鸣。“要做好军官，先要做好人”谢尔曼将军[1]的阴影说道。“如果你承认你错了，”我听到一个橄榄球教练对汗流浃背的队员们保证，“你就已经做对了，不会有人吼你骂你了。”

这一切中最好、也是最真实地给人鼓舞的，是我待在西点的最后一个下午看到的一个小小的特写场景。那天是周六，许多军校生正准备出门，或者接待来访者。我看到一个健壮活跃的女下级生从营房里冒出来，穿着半正式的制服——不是我们经常在西点的照片上看到的那种有

1　谢尔曼（全名为 William Tecumseh Sherman，1820—1891）将军，南北战争期间著名将领，联邦军将军。1864年攻占了亚特兰大，并进行了一次破坏性的进军，直到大西洋沿岸，有效地把南部邦联分割成两半。

交叉皮带和饰羽帽的著名的仪式性制服，而是整洁的灰色女衫裤套装，戴着一顶闪闪发亮的尖顶帽，配合她柔韧的身段，非常时髦雅致，非常讨人喜欢（若是在这样的背景中你还敢于这么说的话）。

我跟着她沿小路走向艾森豪威尔雕像——左右，左右，抬头，甩动胳膊，要多轻快就有多轻快，走向她父亲正等着与她见面的地方。然后——谈谈象征主义吧！他是一个典型的和善朴实的农村人，像是刚从老杂志封面上走下来，穿靴子，戴松软的褐色帽子，脸上闪耀着骄傲与幸福。她跑起来，连帽子都跑歪了，最后一头扑进他强壮的美国人的胳膊里。

曼哈顿

总是曼哈顿……

曼哈顿此刻正是严冬时节，但我不在乎。我裹得暖烘烘，玩得很开心。在哥伦比亚海港城市卡塔赫纳有，或者曾经有过，一双破旧靴子的巨大青铜雕像，让人想起当地一位诗人的评论，他说，他爱这座城市，就像爱熟悉的旧鞋。经过与曼哈顿 40 多年的相知相识，我逐渐对这个传奇的世界洼地兼顶峰产生了同样的感觉。

旧靴子是曼哈顿的一个隐喻！你可能会哈哈大笑。它不是特别时髦的靴子。鞋底和鞋跟都需要修。它有点渗水。它吱吱作响。它需要上光。然而我已经适应了它，特别是在冬天，当这座城市如此频繁地卷入天灾时，我几乎能够看到那双靴子站在我面前，站在中央公园的雪地里，上面爬满涂鸦，显得可爱而熟悉。寒冬里的曼哈顿始终是一个感伤之所。第 34 大街上有海市蜃楼浮现。前几天我看到一个年轻人在洛克菲勒中心的溜冰场里向女友求婚，把戒指套上她的手指时真的是双膝跪地。那女孩以狂喜的姿态，用脚尖点地旋转表示接受，而围观者高兴地鼓起掌来。

一天傍晚，我被带往市中心一个高贵的俱乐部，一位成熟且极度典雅的侍者劝说我尝试他们不外售的鸡尾酒，那有点像是朗姆酒，盛在一个银质大酒杯里。“当我还是个小男孩时，”我的主人说，“我父亲经常带我来这儿，每次都让我喝一杯。”我想，多么动人的老纽约啊！从埃克塞特学院和哈佛大学毕业的和蔼爹地，穿着自己最好西服的急切男孩，微笑的叔伯般的侍者，快乐的连续性与同谋感——我敢肯定，孩子他妈不会同意让孩子喝酒。我喝光银酒杯，不明智地接受了第二杯，没多久就踉踉跄跄走出去，走到第 49 街，心中充满明确无误的感伤（并且意识到，和往常一样，妈妈总是对的）。

裹着围巾，戴着羊毛绒帽、手套和耳罩，在一年中的这个时节，曼哈顿市中心的人全都变得相当老纽约——在令人毛骨悚然的冷空气前锋从大洋里呼啸而来时，会变得最为老纽约。在那种时候，此地居民变得几乎像是诺曼·洛克威尔[1]笔下的人物。当然，在绯红的面颊和结霜的胡须后面，一切常见的恶意都暂时休眠了。别再担心扒手渴求地瞄着我们的手包。强奸犯不情不愿地冻结了情欲。不宽容的教条主义者收起了政治正确。连环杀人狂控制住自己。种族主义者和少数族裔的一家人一同在冰冻的十字路口打滑，对方冲他大笑，他也回之以足够友好的微笑，但心里仍然希望那讨厌的一家子滚回老家去。邪恶暂时被抑制了。在这样的曼哈顿，我敢保证，面容险恶的年轻人真的会去帮助上了年纪的女士，同时嘀咕着不可思议的咒语，比如“不用谢，女士，你可走好了……”

我在这儿帮忙制作一部电视电影，那双旧靴子时常出现在我心头。我们到处跌跌撞撞地穿过雪地，拖着那些该死的设备从一个场地赶往另一个场地，爬过冰冻的栅栏，向警觉的警察解释，在这些时候，曼哈顿经常显得充满“家常味儿”——按照英国人对这个词的解释。一个狂风阵阵的冷酷早晨，我们在港口里一艘拖船上拍片。咖啡一直放在炉上，助理机械师是一个非洲国王的儿子，甲板水手非常有趣，船长无限放松，

1　诺曼·洛克威尔（Norman Rockwell，1894—1978），美国画家，出生于曼哈顿西区，作品体现了美国人的生活和价值观念。

当我们将“伊丽莎白女王二号”班轮轻轻推入泊位时，显然是几乎不假思索地，我感到自己同这几百号拖船水手和引水员（自从曼哈顿建立以来，他们一直干着将轮船推入港口的活儿）都有了一种亲切的友谊。

我们也从直升机上拍过，在那飞行员抱歉说他要飞走片刻去加油之后。我们拍下了一年一度的“中央公园狩猎”集会，女士先生们穿着一丝不苟的红色外套，在公园中的旅馆里觥筹交错（“你来捕猎什么？”我问一个和蔼可亲的老男人，他嚷道：“当然是人啰。”）要不是有一群上班族组成的快活的合唱队赶来搞午餐音乐会，我们还会在西格拉姆大厦的休息厅里拍摄。

我们在一辆公交车上拍摄。那是一种多么家常的娱乐！多么温和友善！只有两个乘客不愿对着镜头说话：一个是我前面那位小个子的老女士，她忙着读泰伦斯[1]用拉丁文写的诗；另一个是我后面那个面色苍白的年轻人，他戴着羊绒帽，藏在阴影里，让我强烈地感觉他就是几段前我提到过的那个连环杀人狂。

这一切并无做作。尽管它短暂，但它是真实的。很久以前，在纽约，我的一个朋友详细解释过美国人和欧洲人的不同类型的真诚。他系统地阐释道，欧洲人的真诚是自发的，但并不总是深沉的。美国人的真

1　泰伦斯（Terence，公元前195/185—前159），古罗马喜剧作家，本为一元老院议员的奴隶，后解除奴籍。写有六部剧本，全部保存下来，分别名为《安德罗斯女子》《自责者》《阉奴》《福尔弥昂》《两兄弟》《婆母》，对后世戏剧家影响很大。

诚深埋于许多层次的算计与机会主义之下，但在那下面，却是真实而深刻的。每个人都知道，纽约客是美国人中的美国人，在冬季那些绝望的时刻，他们抛开国民性的虚饰，展露出下面真正的善意。但是，即使在最糟糕的时候，他们也免受一种特别的伪装之害，而这种伪装是其他西方人大多无法避免的——他们不必伪装成美国人。一个纽约客，不管他是白人、黑人、棕种人、黄种人，反戴棒球帽都不会显得愚蠢。纽约的摇滚歌手用他自己的方言唱歌，而不必模仿其他人的腔调。纽约街头的俚语土生土长，鲜活地来自本地的源头。这座城市（以及作为一个整体的美国）的大众文化完全是本土的。

天晓得，美国人永远没法像旧时那种“熔炉”观念所设想的一样演化为同一个种族身份，但是说到国民身份，那没问题。我偶尔会碰到一个黎巴嫩人、一个海地人或一个牙买加人想要叶落归根，但在大多数情况下，别管是不是熔炉，我在纽约碰到的几乎所有移民都非常乐于做一个美国人。他们急于采纳一切传统美国人的姿态，从长时间加班到利用社保系统再到反戴棒球帽。

他们不是在伪装成美国人。即使基于实际的公民资格，甚至像太过常见的那样，基于法定住所，他们算不上是美国人，但至少基于真正的杰斐逊主义的基本要素，他们**确实是**美国人。毫无疑问，这种朴实的信心在某种程度上是多种族的。美国，特别是其令人炫目的典型——纽约，有 100 种不同的传统可利用，会将它们全部吸收，让几乎每个人都感到像在家一样舒适。英国、德国，甚至包括澳大利亚，还没有太多时间来适应“属于一切种族的国家”这一概念：他们不仅对新来者感到不爽，也对自己感到不舒服。几个世纪以来，美国一直欢迎那些疲惫、穷苦、扎堆的人们，不管它的种族问题有多严重，至少把一种国家成员的感觉给予所有人。

不过，说到自信感，美国还有另一个巨大的优势——它是个超级大国。权力不仅是春药，也可能是镇静剂。它让人们对自己感到轻松。曼哈顿，最大的美国城市——对我来说，是**唯一的**美国城市——不需要模仿其他任何地方，也不需要拒绝任何地方。它完全就是它自己。它说十几种语言，它们全都是它自己的。在大雪飘落的时节，它献出自豪的慷慨，甚至能够让一个从遥远小国来的陌生人感到，这个最富裕、最可怕、最宏伟、最苛求、最吓人、最肮脏和最壮观的大都市，拥有一双旧靴子所具有的全部诱惑。

31

悉尼 1995

我关于悉尼的书在 1992 年出版，后来我重返这座城市时格外小心，因为我没有忘记它对我发表在报纸上的文章的最初反应……

一个住在悉尼的熟人，无意中听到我和悉尼最令人生畏的一个媒体老板的谈话，说那让她感觉像是一个基督徒碰到了一个角斗士。她没说谈话双方谁是基督徒，但我能猜到——悉尼人可能是一群凶恶的家伙，而且没有谁能凶恶得过那些高学历、高权位、高科技的年轻商人，他们游历广泛，聪明、富有，铁腕时常在并不很柔滑的手套下面闪烁着警告。

这些人在场时我走路小心翼翼，我怀疑，同他们发生争论，可能比被丢进狮子群中安全不了多少。倒不是说他们一直很粗鲁。他们没有必要如此。他们的力量平时都盘卷着，像一根备用的皮鞭，恰恰在你认为鞭子即将甩出时，预先出现的却是一丝有着豺狼魅力的微笑，骗不了任何人，但却不可否认地消除敌意。事实上，我不知道还有哪座城市，其市民——哪怕是其中最贪婪的人——能摆出更丰富更热诚的欢迎姿态。他们可能蔑视你的勇气，但他们绝少让那蔑视败坏其热情好客的气势。

外国人经常说，悉尼让他们想起更早时候的美国，彼时天真尚未衰落。我想这是一种误读。美国人失落的天真建立在一种深远而简单的公正与永恒之感上，由高尚的理想和对力量的信念支撑。我认为，悉尼的态度反映出一种总而言之更加脆弱的国民身份。

这种态度更加快乐，以至于澳大利亚这个如此长久地把自己视为“幸运国”的国度，即使在经济困难时期，仍然让人感觉是最幸福的地方。每天早上，我在早餐前离开摄政王酒店，去植物园锻炼，走到比在清晨阳光中闪烁的歌剧院更远的地方，沿着港口边缘行走，港口中渡船正翻卷着泡沫，经过断肠岛驶向曼利海滩。我几乎和路上碰到的每个人说话。从他们身旁经过时，我把“今天天气真棒！”甩过去，更多时候甩过去的是：“这个国家真棒！”每个人似乎都会回答：“是的！”我经过的不仅有强壮的汗流浃背的慢跑者，还有水边的垂钓者，偶尔出现的戴滑稽帽子、穿橡胶靴四处漫步的怪人，在每日工作开始前练习小号的男人，还有在花园的枝叶下搜捡食物的又瘦又高的白鹭。很难找到一个悉尼人不喜欢悉尼，不乐意当澳大利亚人。

它的这种态度像是一个更早时期的美国。这里的新移民普遍令人嫉妒地显得更懒散、更乐观，仿佛是置身于一堆朋友里。没错，移民可能会抱怨老派的澳大利亚人的种族歧视，但他们大多能够无视它，实际上他们自己对土著和英国佬也有点种族歧视。他们的机遇是：有正茁壮成长的他们自己的种族群体作为支柱，这个群体说他们的语言，共享他们的传统，支持他们内心深处对自己选对了地方的确信——没问题，放轻松，坐下来，快活点儿，就像悉尼的出租车司机有时对我说的那些话。

这次待在悉尼期间，我打过六次出租车，对每个司机都有记录。一个生于贝鲁特，骄傲地向我指出我们所经过的连成长串的黎巴嫩餐厅。一个是来自班戈尔的威尔士人。有一个我没法确定他的出身，最后才知道他来自厄瓜多尔。有一个我正确地猜出他来自巴基斯坦的拉合尔。有一个让我多付了10英镑小费的来自英格兰，还有一个是在悉尼出生的金融家，眼下因为经济衰退而失业。他们全都乐于助人、快活而好打探（这是一个好打探的城市），没有朝我抱怨，也不太在意我是否给小费。那个前金融家把我送到一处私宅去吃饭，没想到邀请我的女主人是他的一位老相识，他亲切地和她打了个招呼。

我感到这一切里有某种不切实际的东西，仿佛悉尼从一开始就有能力对与其自身有关的令人不快的事实视而不见。甚至最早的殖民者，在最不乐观的情形下被抛弃到这个遥远而可怕得无法想象的海滨时，似乎只要没被鞭打，就会莫名其妙地快活得很。也许是伦敦佬的气质让这里的市民这般不可救药的无忧无虑，或者，也许是整个环境所固有的不可能性，以及这座光彩闪烁的城市在地球下边幸存下来这一事实本身，导致了一种幻觉般的存在主义。

我发现自己只待了几天就完美地适应了悉尼那充满不可能性的氛围——那些在花园中四处啄食、尖叫的玄奥的鸟儿，在夜色中拍打翅翼的黑色大果蝠，仿佛颠倒着生长的树，刺破雅致郊区、似乎完全有可能藏匿着考拉和鸭嘴兽的一片片野生灌木林。立刻，一切都显得完全正常，一切都与一座现代化的欧洲城市的生活轻而易举地共存。

我有意称其为“欧洲城市”，是因为当代悉尼的世界主义确定无疑地属于欧洲那一类型。一个世纪以前，詹姆斯·布赖斯[1]把曼哈顿称作“一个欧洲城市，但不属于任何特定的国家”，这一描述如今正适合悉尼。当然，它的根基是澳洲土著，它的结构仍然是英国式的，并且像所有英语城市一样，它也带点儿美国味儿。它的市民里亚洲人越来越多。然而在我看来，无论如何，尽管微染了从一开始就作为其颇有影响力的成分的爱尔兰特征，眼下悉尼的表面风味仍然模模糊糊地属于地中海式、意大利式、希腊式、葡萄牙式、黎巴嫩式——吃过牡蛎后来上一杯卡布奇诺，街头咖啡馆，在夜里从港湾大桥底下经过的渔船的灯火。

悉尼从未让我觉得是一座宗教色彩浓厚的城市，但是很大程度上因为有爱尔兰人，所以天主教在这儿活力不衰。偶尔有那么一天，仿佛置身于爱琴海，伴随着那不勒斯的咖啡味，吃过一顿普罗旺斯美餐，你却会被突然拉回都柏林，甚至回到梅奥郡的诺克[2]。直到昨天我才获得这样的体验，当时我正坐着一艘颇有点年岁的汽艇渡船（往来于布鲁斯海角和环形码头之间）横穿港口。当船像螃蟹一样突突响着越过水面，坐

1　詹姆斯·布赖斯（James Bryce，1838—1922），英国著名法学家，同时也是历史学者、政治家。

2　诺克（Knock），该城位于爱尔兰西北部，有欧洲最重要的圣母玛利亚圣殿。

在我旁边的一位爱尔兰特征非常明显的女士悲伤地告诉我，她的车刚刚被偷了。别介意，我说，那仅仅是一件东西罢了。“仅仅是一件东西！”泪水模糊了她的眼睛，“仅仅是一件东西！肯定得这样看了。仅仅是一件东西！我只能这样想了。愿上帝保佑你，愿上帝为了这个而保佑你！”“愿上帝也保佑你！”我嗫嗫嚅嚅地回答，不知还有什么更好的话可说——在和爱尔兰人谈话时，经常会出现这种情况。

但是，那个角斗士般的媒体老板没有给我任何祝福，我也没指望从他那儿获得。我所欣赏的正是他的冷酷，以及魅力背后的些许恶毒。几乎每个人都喜欢现代的悉尼，但却没人说它好。它不是一个适合失败者的地方，即使到了现在，如果我是一个碰到麻烦的陌生人，我觉得我会更有把握在曼哈顿城区得到同情，而不是在这座幸运之城。悉尼的飞短流长绝不宽容，并且很不慎密。有时，席间的谈话有着如此残忍而欢闹的热腾劲儿，对隐私的揭露叫人如此眩晕，可真像是在坐过山车。

这座城市勾出了我内心的浑不吝，原因部分是，我始终感到从某种意义上讲，它是昙花一现的。它从来没让人感觉是要修好留给后世。这里的流言飞语格外短命，而且特别千变万化，每一次我来这儿，都会发现色彩变了，新闻里的名字变了，我得到了一份包含众多新“身份”（悉尼人把名人叫作“身份”）的演员表。

身份！难道它听起来不像是一个警察局用语？悉尼人，曾经对他们这座城市的原始目的[1]如此易怒而敏感，如今却对其起源颇为自豪。对我而言，这个地方的一个诱人之处在于，我有时候（比如，同它那些比别处更具掠夺性的经纪人谈话时，或者，坐在某个报价高得吓人的律师的桌子对面时）会感觉自己与罪犯那无法压抑的沸腾热情发生联系——当我这么说的时候，悉尼人不会再火冒三丈了。

1 澳大利亚原本是英国用来流放重刑犯的地方，曾经有段时间，当年囚徒的后人们似乎对此颇为不悦，这一点作者在以前有关悉尼的随笔里也提到过。

32

香港：终结

1997 年 6 月，英国结束对香港的殖民统治，在 150 年后将其交还给中华人民共和国，香港将成为中国的特别行政区。这实际上是英帝国的终结，我受伦敦《旗帜晚报》之邀对交接仪式进行描述。这是我最后一次写新闻报道。

昨天晚上，在香港，英国人的告别典礼上，当《天佑女王》被奏响的那一刹那，天上突然下起雨来，我们全都被淋湿了。这不碍事儿。占卜者会说，这是一个不好的兆头，但是英国人忍受着痛苦。雨继续下，看台变成了伞的海洋，雨水顺着我们的脖子流下去，但士兵仍在勇敢地齐步走，风笛手如怨如诉，歌手放声高歌，查尔斯王子穿着海军上将的白色制服发表演讲，雨水当头淋下也毫不畏缩。

告别仪式是娱乐业和军事训练的混合，不出意料地包含安德鲁·劳埃德·韦伯[1]的音乐《夏日最后的玫瑰》和《苏格兰勇士》，一些埃尔加[2]

1　安德鲁·劳埃德·韦伯（Andrew Lloyd Webber，1948—），英国著名音乐剧作曲家。

2　爱德华·威廉·埃尔加爵士（Sir Edward William Elgar，1857—1934），英格兰浪漫派作曲家，代表作包括变奏曲《谜》和进行曲《威仪堂堂》。

的作品，还有《我会与你再见》。作为一个威尔士民族主义共和派，我想我已经摆脱了这些甜腻腻的玩意儿，但在逐渐暗下来的暮色与持续不断的雨水中，当英国国旗随着“主赐此日，转瞬已经过”那古老而庄严的旋律从高高的旗杆上缓缓落下，我不能否认，我的心啊，被一种返祖的强力推动。不得不承认——没人像英国人做得那样好。金灿灿的荣耀非凡的军乐队队长引导昨晚的阅兵式，没有谁能像他一样骄傲地昂首阔步。那个孤独的风笛手为典礼压轴，没有人能够演奏得像他那样悲哀。若不是我的脸正被雨水冲刷，我会不得不擦拭眼泪。

对我来说，整个晚上最好最华丽的部分仍然是大乐队齐奏贝多芬那庄严的《欢乐颂》。我怀疑，他们是否都知道正在演奏的是欧盟盟歌，但无论如何我都将其视为一个解放的姿态。最终摆脱历史上帝国传统的重负，今天的英国人必须迈向令人惊讶的历史命运的下一个成就——与欧洲的其余部分达成和解。

对英国人和对中国人一样，英国离开香港代表了一个终结和一个新的开始。当英国国旗落下，达官贵人们起身，沿着港口水滨前往会议中心，中国人即将在那儿对香港特别行政区宣示主权。但我却嘎吱嘎吱地穿街过巷，走回港口对面的海边宾馆。我挣扎着穿过被霓虹灯招牌映亮的极度兴奋的人群，他们吵闹，大笑，快活，湿漉漉，普遍好心情，此时，由英国出钱的价值 32.5 万英镑的焰火在天上轰响。回到我的客房卧室，拉开窗帘，海港展现在面前，它的中心是巨大的玻璃幕墙的会议中心，来自半个世界的外交官与达官贵人正在结束一场宴会，向英女王和中国国家主席祝酒，准备到午夜时分正式宣布英国对香港殖民统治的终结。

这座城市是一台巨大的电视机，城中每块屏幕都在播放那一场景。我不时看看自己房间里的电视，那是一种令人迷惑的经历。这会儿，我们看到“不列颠尼亚号”游艇，正等着仪式一结束就接查尔斯王子离开。这会儿，我们看到参加宴会者举起香槟酒杯。奇怪而熟悉的面孔接连闪现——印尼外交部长，哥伦比亚总统，联合国秘书长安南，撒切尔夫人，理查德·布兰森[1]，泰德·希思[2]，阿根廷外交部长，彭定康，查尔斯王子，等等。

镜头切换到中国人民解放军先遣部队，他们正乘坐大巴和卡车穿过边界向香港开来。军队，外交官，香槟，香港的全部生活都在这儿，在32个频道上闪烁。但在深夜来临前的大部分时间，我都在喝红酒，听瓦格纳的唱片，从窗口向外眺望。这座奇妙的城市等待着那一刻的到来。下面的街道上人流如织。无与伦比的天际线闪耀着火树银花。天空阴云密布，被城市的灯火映得通红，港口里到处都有警用船只的灯光在闪烁，让水上交通远离会议中心。下面的香港人实际上在想些什么？他们

1　理查德·布兰森（Richard Branson，1950—），英国最大的私营企业维珍集团的董事长兼总裁，当今世界上最富传奇色彩和个性魅力的亿万富翁之一，获得爵士头衔。

2　泰德·希思（Ted Heath，1916—2005），原名 Edward Richard George Heath，泰德是他的绰号。1970—1974年任英国首相，经历了保守党内的重要转变。

的心里和表面上是一样的快乐吗？在英国人说“再见”和中国人接手之间的这最后几分钟，我是否应该充满怀疑？

当我想到这一点时，在我看来，英国人留下的香港既不像这个地方可能达到的那么好，也不那么坏。从经济上来说，重新统一其实可能是一剂强心针。就社会事务而言，这片土地是自由的，并且基本上是公平的。

于是，我想到——打住吧！已经非常接近午夜了，《纽伦堡的名歌手》里汉斯·萨克斯[1]正在唱他的最后一段胜利咏叹调——帝国雾中逝，神圣艺术存！港口对面，会议中心现在像是一个反应堆，不是熊熊燃烧，而是炽热发亮。在电视屏幕上，更多发言，更多乐队，更多跺脚踏步的仪仗队，直到午夜的钟声响起，我们看到英国国旗在香港最后一次落下，而中国国旗第一次升起。

窗外传来汽车喇叭响，还有一阵巨大的欢呼声，下面仍然有成千上万人到处漫游。我看到外面的夜色中，“不列颠尼亚号”游艇、它的导弹护卫舰“查塔姆号”，以及皇家海军香港舰队的最后三艘小战舰，立刻悄悄起航，离开码头区，缓缓驶向大海，到底还带着某种荣光地从摩天大楼下面滑过。

英国人走了。

1　汉斯·萨克斯（Hans Sachs，1494—1576），出生于纽伦堡的德国歌手、诗人、剧作家、鞋匠。一生创作6000余件作品，其中包括约4000首歌曲和很多对话录、悲剧或者喜剧作品。瓦格纳以其为原型创作了歌剧《纽伦堡的名歌手》。

对我来说，那天晚上离别时的庄严景象不仅代表了我的最后一次新闻报道，我这一辈子职业的结束，也代表了我自己这半个世纪的终结。

它也代表了为这本书提供材料的连续不断的环球漫游的终结。我享受这些旅行中的几乎每一分钟——因为工作而独自出行，伸出我所有的触角，除了手头的工作什么也不想，对我而言，这是生活中最大的快乐之一。但对别的人来说，并非总是如此。参观爱尔兰海的马恩岛[1]时，我坐在一家咖啡馆的桌子上写一篇关于它的随笔，旁边有一片波光粼粼的海湾，面前有一盘对虾，半品脱吉尼斯啤酒，还有一本我刚刚买来的有关马恩民间传说的书。这简直是在天堂啊！没多久，就有一位女士递来一本小册子。哦，谢谢，我说，这写的是什么？"它仅仅是要向你保证，亲爱的，"她平缓地说道，"上帝总是和孤独者同在……"

1　马恩岛（Isle of Man 或 Mann），英格兰与爱尔兰之间的海上岛屿，英国的三大皇家属地之一，是一个独立于英国的自治区。

结语
满足一个长期被需要的需求

就这样，我的半个世纪到了尽头。它将我从遥远的家乡带往生活中更大的部分，踏上“历史的蜗牛留下的闪闪发亮的道路”（穆齐尔[1]语），因此，也许唯一合适的是，它的结语应该关注世界上我自己那个微不足道的角落里发生的一件小事。

2001年夏天一个下着毛毛雨的早晨，在75岁生日前没多久，我去林恩（Llŷn）半岛上一个小村子里参加政治集会。这个半岛位于威尔士左上角，是一个威尔士特性的著名堡垒。几百个人聚集于此，表达他们的沮丧不安，因为英格兰移民涌入导致威尔士文化和语言被削弱。

1 穆齐尔（全名为Robert Musil，1880—1942），奥地利小说家，20世纪最伟大的小说家之一，代表作为未完成的长篇小说《没有个性的人》。

这不是一种新的焦虑。一千年来，威尔士爱国者们始终对英格兰人的入侵充满愤恨，有时是激烈的愤怒。然而，对我来说，这次集会表达了某种更加深远的东西。与会者不是好开飞车、挤满村里的会堂或者聚集在外面听扩音器讲演的年轻的民族主义者。他们是清醒自制的、有礼貌的威尔士农村人，各种年纪都有，他们觉得自己古老的生活方式处于致命的转捩点。他们悲哀而严肃地倾听，我感到他们本能地知道，威胁他们传统的，不仅是潮涌般的英格兰退休者和二套房购买者，更是其背后隐现的无穷大的格格不入的影响：巨大的、尚未成熟的、几乎无法想象的金融、科技、全球化、均质化的力量，正在压迫他们，并开始让他们丧失自我。

在我看来，远远地发生在欧洲边缘的这件微不足道的事，它所关心的是世界从未听说过的一种语言和文化，它以骚动不安的预兆而非任何激烈行动作为标志，它是一种正让 21 世纪的新世界蒙上阴影的、模糊的不适感的症状。在这 50 年里，在我的世界里，我知道自己身在何处。老天知道，世界上有那么多的恐怖、悲惨和痛苦，从冷战到艾滋病——什么时候没有？——但就整体而言，它对我来说仍然是一个相对正直的时代，一个拥有某种承诺的时代。实际上，20 世纪我正当盛年时，当我漫游这个星球时，我总是爱幻想，某种第四世界正在形成，那是一个超越了边界的民族，一场大离散[1]和一个正派人的共济会，它的价值观有一

1 大离散（diaspora），本指从公元前6世纪起，犹太人被驱逐出巴勒斯坦后的散居，现在也泛指一个民族的大迁移或其语言、文化的传播。

天将会获得至高无上的地位。

林恩半岛上那些村民肯定是这样一个善意的民族的潜在成员，但是，在2001年7月那个潮湿的早晨，他们似乎并不打算继承这个星球。相反，他们急切的争论和对绝望的宣告让我感到，在这个新世纪的开始，我自己曾有过的那种充满希望的时代思潮已然衰退，精神亦是如此。因此，不久以后我最后一次出发环游世界，寻找接下来的时代思潮。

我几乎是立刻就在俄国圣彼得堡遇见了一位苏联红军的空军上校，他孤身一人，住在一栋明显已被废弃并且相当破败的廉价公寓里，他的房间里床没铺，碗没洗，感觉很不舒服。在我看来，他像是一个笨拙的挣扎者。他告诉我，20世纪失落的苏联曾经是他生命的支柱。他经过一番努力往上爬，从少先队员的红领巾攀到红军空军那滑稽的软塌塌的帽子与巨大的肩章，接着他又突然走了下坡路，从对自己作为国家主人并且拥有特权的绝对确信中跌落到这个荒凉庭院中没铺好的床上。他忍不住疑惑这一切全都是怎么了。

我马上意识到，他是一个原型。到处都有人有和他类似的不安，有同样迷失方向的被背叛的感觉。这个世界的空气中有某种发热的东西，像是即将高烧一场。美国成为一个可以随心所欲的强权，这件事里包含着某种有威胁和不健康的东西。科学似乎正在胡乱地修补那些几乎拥有超自然意味的问题（一个埃及学生郑重其事地向我保证，要不了多久，人类就能够掌握创造生命的奥秘)，关于它，有某种不祥的东西。说到互联网，这个渗入私宅的通灵的存在，它有某种叫人毛骨悚然的东西。

“男人为了什么？”在的里雅斯特，有人这样问我。“告诉我——我们为了什么？”男女关系的巨大改变令他感到困惑，让他没法确定自己的新地位，就像许多女人对她们的新地位一样。“没错，我是个基督徒，”旧金山一张咖啡桌上，一个女人明确地告诉我，“但是，我不知道，也不再相信和基督有关的一切。”穿过生命的中途，她发现自己的天真不幸地丧失了。“青蛙怎么不见了？”在英格兰，一个孩子问我。生命才开始，她已经观察到大自然的普遍的退化。

世界各地的人们的融合，曾经是一个多么幸福的征兆，如今开始感觉受到压制。在夏威夷，据说你必须证明自己的祖上在那座岛上生活了超过一个世纪，才能在某片海滩上泊你的独木舟。我抵达澳大利亚时，正好赶上从一艘沉没的船上救起的 450 名亚洲难民被遣返回国——“人已经够多了，”《悉尼每日电讯报》刊登一位 A. 普尔兹比拉先生（原文如此）的来信中写道，“澳大利亚不是全世界沮丧者的垃圾场。”最令新时代的精神迷失方向的基本上是每一天每一分钟都在不断扩大的带来阻碍与挫折的鸿沟，它横在富人和穷人之间，酒足饭饱者与饥肠辘辘者之间，横在拥有很多并且希望拥有更多的那些人与几乎什么也没有并且什么更好的也指望不到的那些人之间。

我们全都被弄糊涂了，在继续旅游时，我逐渐觉得一切都不确定起来，有时我突然想到，这种状况甚至让我们的思想边缘变得模糊，并让我们的言语变得更加不精确。在美国，有人告诉我他最近读到的关于一部电视连续剧的评论。这段评论说，“这部连续剧，满足了一个长期被需要的需求”——我得承认，过了好一会儿，我才意识到尽管它的句法没问题，但意思却明确无误地是不确定的。

徘徊不去的对帝国主义的指责，技术的神话，种族之间的憎恶，平衡的变化，对进步的困惑，金钱与权力的腐蚀——在我看来，这一切正在抵达某种黑暗的高潮。多年来，一代接一代的老顽固与傻老头想让我相信世界正在走向衰落，我对他们始终是嗤之以鼻。到如今，我开始害怕他们可能一直是对的。我所感觉到的，并非朝向启示录般灾变的猛冲，而是将我们到处乱扔乱掷的一大堆彼此分离、相互矛盾的力量，颇像是我们偶尔听说过的，宇宙自身从一个飘浮的气体的大杂烩中旋转着产生时的样子。

随着年岁日长，我比以往更清晰地认识到，那个终极问题——“这一切都是为了什么”——没有并且永远不会有答案。多少个世纪以来，最真诚最聪慧的头脑用各种各样的胡言乱语瞎扯过这个问题，从圣彼得教堂的大弥撒到施咒的巫医。我逐渐认为，从一个时代进入另一个时代，我们最好是忽略这个谜题，照我看来，只需要一条戒律帮助我们处理事务：与人为善。这个简单的指令包含着一切宗教的最高教诲。它灵活到足以体谅自由意志和人性的脆弱，但在核心处又坚如磐石——强硬得像圣彼得的岩石，神秘得像麦加的黑石，简单得像英国的史前巨石阵，朴真得像佛陀的菩提树，权威得像摩西的律法。

是的，结束旅行，登上回家的航班时，我暗自思忖，善是一条能够透视我们的原则，作为一条生命规则它如此直率坦诚，以至于我们全都知道它是什么意思，不需要神学家为我们解释。沉思着这条简单的戒律，我忆起圣彼得堡那位困惑的上校、开罗的学生、夏威夷的独木舟主人、普尔兹比拉先生、幻灭的的里雅斯特人、消失的青蛙、失落的信仰，还有距我家那么近的林恩半岛上那些担忧的村民，我想象着，对善的普遍的热诚与投入会怎样安抚他们的全部焦虑。2001 年 9 月 10 日，我沉思着回到威尔士。

第二天，在遥远的可爱的老曼哈顿，接下来的时代思潮宣告了自身的存在。

2003 年于莫里斯祖宅

A WRITER'S WORLD
Travels 1950-2000
JAN MORRIS

湖岸
Hu'an *publications*®

出版统筹_唐　奂
产品策划_景　雁
特约编辑_周　赟　赵　芳
责任编辑_蔡　欣
统筹编辑_刘　琼
营销编辑_宋　来　王雅伟　李嘉琪
特约营销_张　璇　王诗云
装帧设计_尚燕平
美术编辑_陆宣其
责任印制_陈瑾瑜

@huan404
湖岸 Huan
www.huan404.com
联系电话_010-87923806
投稿邮箱_info@huan404.com

感谢您选择一本湖岸的书
欢迎关注"湖岸"微信公众号